《始皇与蒙宠》（马白　绘）

始皇与蒙宠

SHIHUANG YU MENGCHONG

张民 著

群言出版社
QUNYAN PRESS
·北京·

图书在版编目（CIP）数据

始皇与蒙宠 / 张民著 . -- 北京：群言出版社，
2023.1
ISBN 978-7-5193-0753-0

Ⅰ . ①始 ... Ⅱ . ①张 ... Ⅲ . ①章回小说—中国—当代
Ⅳ . ① I247.4

中国版本图书馆 CIP 数据核字 (2022) 第 138057 号

责任编辑：肖贵平
封面设计：焦　丽
排版制作：辰征 · 文化

出版发行：群言出版社
地　　址：北京市东城区东厂胡同北巷 1 号（100006）
网　　址：www.qypublish.com（官网书城）
电子信箱：qunyancbs@126.com
联系电话：010-65267783　65263836
法律顾问：北京法政安邦律师事务所
经　　销：全国新华书店

印　　刷：朗翔印刷(天津)有限公司
版　　次：2023 年 1 月第 1 版
印　　次：2023 年 1 月第 1 次印刷
开　　本：710mm×1000mm　　1/16
印　　张：28.75
字　　数：448 千字
书　　号：ISBN 978-7-5193-0753-0
定　　价：79.00 元

序言

黄钟大吕，正声雅音

张平

秦朝是中国历史上最具标志性的时代，它首开中国大一统的政治局面，创立的国家政治、经济、军事、文化等管理制度深刻地影响了中国社会，其政治遗产、文化遗产至今仍作为民族的文化成果被弘扬和传承。秦朝虽然存世时间短，但对中国社会的影响重大。秦朝是个多彩的世界，更是一个多谜的世界，集荣耀和苛责于一身的秦始皇，是秦朝多彩和多谜世界中的一个密室，打开了这个密室，秦朝时代发生的许多事情就能大白天下。

这段历史也引发了历朝历代无数文人墨客的无法决绝的浓郁兴趣和倾情关注。

自汉代以来，史家、文学家对秦始皇大多定格在孤家寡人的框架中，对他的励志生活，他与臣子、与家人，以及他过世后身边人的生活状态与情景探索和描述较少。应该说张民先生的长篇历史小说《始皇与蒙宠》，对此做了一个有益的尝试和探索，填补了这方面的欠缺和空白。

故事从长平之战开始，讲述了始皇嬴政从出生，到童年、少年、青年、壮年，最终成为叱咤风云的天下霸主的艰难历程和辉煌岁月。作者运用敏锐的史学目光和占有的丰富史料，通过历史事件和鲜为人知的生动故事，从更加广泛的视界和层面，展示了秦王朝建立前后的社会政治生态和文化习俗面貌，展示了始皇嬴政掀翻旧世界建造新世界的艰难历程。此书同时突破两千多年来历史上对秦始皇后宫避之唯恐不及的禁忌，塑造了始皇身边三个独具个性的女性形象，特别是重情描摹了蒙宠夫人维护中华一体的深远布局、磊落胸襟和铿锵壮举。《始皇与蒙宠》这部作品从史实和事理两方面着手，一点一滴地填补了始皇一生的多处空白，有理有据地解析了笼罩在他身上的谜团，还给世界一个有血有肉、肝胆俱现的千古首帝形象；同时向世人展现了蒙宠夫人爱国护家、特立独行的巾帼形象。

作品运用口语化的叙事方式，让人读之深陷其中，不忍释卷。作品呈现出画面与细节的交互涌动，字里行间透露出有力的视觉冲击。一幅幅悲怆的场景，一个个英雄的壮举，构成了一曲可歌可泣的历史画卷，让这部作品成为不可多得的黄钟大吕，正声雅音。

张民先生生于古巨鹿郡地，此地是秦汉时期的天下大郡。巨鹿郡地的大平台是秦始皇最后一次东巡的驾崩之地，也是沙丘之谋之所，从始皇嬴政驾崩前推85年，倡导胡服骑射的赵武灵王也因政变死于此地。后来秦王朝走向灭亡的巨鹿之战，以及因巨鹿之战而起的破釜沉舟、作壁上观等典故发生于此。正是这样的丰富多彩的人文历史资源，才让张民先生占尽地利，独辟蹊径，写出这部皇皇巨著。

我们至今仍生活在两千多年前始皇统一的版图上，这是值得庆幸的事。

张民先生这部关于始皇和蒙宠的叙事作品的问世亦同样是一件值得庆幸的事。

希望有更多人能看到这部于身心有益的优秀作品。

是为序。

（张平，现任第十三届全国人大常委会委员、教科文卫副主任委员。曾任山西省副省长，中国文联第十届副主席，中国作协第六、七、八届副主席，中国民主同盟第九、十、十一、十二届中央委员会副主席。"人民作家""茅盾文学奖"获得者，主要作品有《天网》《十面埋伏》《抉择》《重新生活》等。）

题记：

**人类终归还是要尊重历史的真实，
尽管有些人难以相信和接受……**

目 录

引子

　　秦始皇三十七年（前210）九月十二日凌晨四时，巨鹿郡城的南门悄然开启，六百名全副武装的黑衣军士快速在城门两侧警戒，气氛异样地紧张起来。凌晨五时，一支庞大的出殡队伍走了出来，整个队伍一片黑色，默默前行，他们走出南门后转而向东，从郡城东门外的官道上北行，然后转向郡城的西北方向行进。

　　队伍整肃，前后呼应，队伍中由重兵守护的是运载始皇帝灵柩的青铜辒车，所有人都神情凝重，屏息张目，只听到马蹄嗒嗒，车轮滚响。在装载灵柩的辒（liáng）车上，站在金棺左侧的是一位黑衣装扮的女子，她尽管脸色悲戚，但目光炯然，眉目间透着少有的刚毅和坚定。跪在金棺右侧的是一个俊雅的男儿，他仰起头唤了两声母后，然后又低下头，那女子移步过去，用手抚了抚男儿的头说："孩子，要镇定，没事的，不要怕……"话没说完，泪水从她眼角滚落下来，滴洒在男儿的后背上。

　　两天之后，队伍抵达泜水河畔，进入了太行山的山前陵地，正待西行时，多日的雨水引发山洪，泜水像脱缰的野马从山涧咆哮而出，恣肆地冲进大陆泽，队伍被阻隔在水泽一旁。这时郡尉蒙嘉带来一个衣衫褴褛的人，他手持照身帖给辒车上的女子行礼，然后从怀中摸出一封书信呈了上去，低声说道："夫人，咸阳变天了，胡亥登基做了皇帝，上卿蒙毅派我从小道来此寻找夫人。"

　　来人是蒙毅的家臣，被称为夫人的女子看罢兄长的书信，伏在金棺上默不作声。

金棺深深地埋在了地下，地上平复成原来的模样。

离开这片陵地的时候到了，她记得皇帝曾说过：当年他的父王和母后在这里颐养过一段时日，从这里回到邯郸不到一年就在战乱中的正月生下了他，难道是天道巧合，皇帝在这龙兴之地孕育，又在这大陆之地驾崩，终归又回来这藏龙之地。

唉！一切都归于平静了，除了深埋地下的始皇帝嬴政，除了这一行即将消失的队伍，还有谁知道，在五十年前，秦昭襄王派往赵国做质子的嬴异带着新婚的妻子曾来这里游历……

一 / 不韦押宝秦质子，背后赵王图谋藏

秦昭襄王四十二年（前265），秦国把太子安国君嬴柱的儿子嬴异派往赵国邯郸当质子，这一年，阳翟巨贾吕不韦也萌生了离开韩国到赵国去的想法。

吕不韦本是卫国濮阳人，可卫国太小没有大的商机，挣不了大钱。他在父亲的支持下来到韩国都城阳翟，他低价购得南方的象牙、牛角、玉石，以及北方的皮毛、东方的盐铁、西方的马匹，销卖到价高的地方，低买高卖，囤积居奇，财源滚滚，不到十年成为阳翟首屈一指的大商人。慢慢地，阳翟另外两位来自魏国和鲁国的巨商白圭、猗顿，和他的竞争加剧，甚至倾轧。尤其是白圭、猗顿开始与六国王室结交，同时又得到韩王的保护。吕不韦争不过他们，正值走投无路之时，秦昭襄王四十五年（前262），好友赵藩邀请他到赵国经商。吕不韦绝路逢生转到赵国，没多久，就垄断了赵国的铜、铁、盐、木材、草药、麻帛、玉石的经营，日进斗金。

有一天，吕不韦和赵藩在一间商铺里偶遇秦国质子嬴异，当时秦质子因钱不够没买成看中的衣服而悻悻然离开了。赵藩说："吕公啊，你看那刚才走开的是秦国太子的儿子，在这里连一套好一点的衣服都买不起，你觉得可怜不可怜呢？"

吕不韦说："是啊，可怜之人也有可'炼'之处，他兴许也可以成为秦国的太子和秦王呢，到那时就牛气了。"

赵藩说："他若牛气了，我们就可怜了！"

吕不韦说："是啊，他是个奇货，不可多得，我觉得和他有缘。"

赵藩身为当今赵王的堂兄，从吕不韦的话里悟出了什么。他深夜去见赵王，赵

王赵丹听完赵藩的一番话后，连夜召见吕不韦。

赵王赵丹对吕不韦说："本王秘密召见你，是你的大胆设想提醒了我，和虎狼般的秦国硬抗，不如扶持不被他们重视的质子成就王事，为我所用。"

吕不韦奏报了自己的设想并表示愿付诸实施。

第二天，吕不韦就到质子府造访秦质子嬴异。

吕不韦开门见山地说："我能帮你改变现在质子的地位。"

嬴异反问道："你是个商人，你能做什么呢？"

吕不韦说："经商和从政是相通的，我想通过帮你改变地位从而改变我吕不韦的地位。"

嬴异说："请上座，愿听高论。"

吕不韦说："你祖父嬴稷在位已经四十五年了，今年都六十四岁了，我看用不了几年，你身为太子的父亲安国君就会继位为秦王。若此时再不行动，到那时，你排行中间又在外为质，新立太子定然不是你。"

嬴异深以为是，问道："吕公，我该怎么办呢？"

吕不韦说："我听说你父亲安国君十分宠爱华阳夫人，尽管她没有生养出儿子，但是若新立嫡嗣还得华阳夫人说了算。"

嬴异从未想过自己能成为太子，更从未想过继承王位成为雄霸一方的秦王。这怎么可能呢，嬴异一头雾水，没有吱声。

吕不韦继续不紧不慢地说："这本是异想天开的事，可你不敢异想，天怎么会开呢？嬴公子，你做质子无钱无势，无力疏通赵国权要结交豪族宾客。不仅如此，秦国、赵国频发战争，公子还有性命之忧。鉴于此，不韦我愿出黄金千镒（yì）为公子你去秦国游说，以求说动华阳夫人收你为养子，立为嫡嗣。"

嬴异听罢吕不韦这么一说，犹如醍醐灌顶，顿觉透亮。心想：是啊，原来我也是有可能的。他起身拜谢道："吕公，如若你能帮我谋划成功，我嬴异到时候任你为相，共享土地和国政。"

第二天，吕不韦前去拜见赵国太子赵偃，赵偃听吕不韦说秦质子嬴异十分愿意并配合这第一步的谋划后很是高兴，并及时告知父王赵丹。

第三日，赵王再次召见吕不韦，听了吕不韦初次游说嬴异的情形和嬴异的态度后，说："这是第一步的谋策，钱不是问题。你的钱是赵国的钱，赵国的钱也是你的钱，该花的花，赵国和本王是不会亏待你的，尽快去秦国游说吧。"

得到赵王的嘉许后，吕不韦马上派人给嬴异送去黄金五百镒，让其装修门庭，结交宾客，并决定两日后就西去秦国运作此事。

赵藩在吕不韦赴秦的头天晚上于府中设宴为他钱行。

吕不韦在客厅中落座，边喝边说："赵公啊，你我交往多年，当年你邀我来赵国，还真成就我吕某了。权贵离不开金钱，金钱也离不开权贵，我吕不韦从今后可要政商联姻，以商谋国了。"

两人越喝越高兴，赵藩让府里两个舞姬出来以舞助兴。舞着舞着，两个舞姬变成了三个，吕不韦指着刚混入的穿着华丽服饰的美貌少女说："这个女孩跳得好，舞得美。"

赵藩忙说："赵嫣，快别胡闹了，过来给吕公敬一卮酒。"

那少女起初不听赵藩的话，跳得更欢了。好一会儿才娇喘吁吁地过来，给吕不韦敬酒。

赵藩说："别见怪，这是小女赵嫣，跟府上的舞姬学舞入迷了，一有机会就非得显摆显摆。"

吕不韦连连夸奖，并拿出百金和玉串赠送。

事不宜迟，吕不韦马不停蹄来到秦国。吕不韦明白，直接去拜见太子安国君和华阳夫人，事必不成。走直道不能直着走啊，于是吕不韦先去拜访华阳夫人的姐姐芈茜。

吕不韦开门见山地说："贤德的嬴异委派我来看望您，并给您带来礼物。"说罢将珍贵的物品呈上。

芈茜问道："嬴异在赵国可好？"

吕不韦回答说："嬴异不辱使命，结交宾客，颂扬秦国，抱负远大，他日夜思念安国君和华阳夫人。"

芈茜说："吕公，你回赵国后告诉嬴异，我们都很好，不要挂念。"

吕不韦说："夫人，有句话不韦觉得一定得给您说一下。你们一大家子来自楚国，芈姓熊氏，现在是尊崇无比，荣华富贵，呼风唤雨，可实际上却是危机重重啊。"看到芈茜收起脸上的笑容看着自己，吕不韦继续展开来说："熊氏在秦国是外戚，无论尊贵还是败落，都必然和婚姻子女有关。现如今，安国君和华阳夫人恩爱无比，却没有子嗣，我听说长子嬴傒得到重臣杜仓相助，一旦安国君继承王位，那么嬴傒便铁定为太子，他的生母也必然母以子贵，华阳夫人就会日渐败落。"

芈茜现出惊愕的表情，急问："吕公，您是不是有好主意能改变这一切？"

吕不韦坚定地不紧不慢地说："有主意。这个主意就是夫人您去说服华阳夫人收认嬴异为养子，有子为贵，子养其母，这样熊氏家族在秦国就可避免衰败之大患，永葆尊宠和荣华。"

听罢吕不韦一番鞭辟入里的话，芈茜如梦初醒。当天她就和弟弟阳泉君芈宸宴请了吕不韦，吕不韦趁机向芈宸赠送了玉佩和金质酒器。酒席间，吕不韦又向芈宸具述了利害得失，芈宸深为折服，他痛饮一大卮表示感谢，说道："若无远虑必有近忧啊。"又对大姐芈茜说："我虽然与嬴异无甚交集，但近日从赵国传来有关他的讯息，都说他是个贤才。大姐啊，明日我陪您去见华阳吧。"

第二天，阳泉君芈宸和大姐芈茜一起进宫去见华阳夫人，说："嬴异在赵国做质子，仁厚贤德，广结宾侯，时刻思念安国君和妹妹您，他说万分愿意孝敬妹妹您，您看，嬴异他还特意精心准备了礼物，派使者专程敬献给您。"

华阳夫人把玩着吕不韦带来的奇珍异宝，欣喜地称赞说："这孩子在赵国这么苦，不仅博得了好名声还不忘送礼物孝敬我，难得啊。"

芈茜见引入正题，趁势说："妹妹啊，常言说，以色事人者，色衰而爱驰，您受到宠爱，但没有儿子，宠爱难一世，而儿子是未来，安国君儿子众多，您到了选其中一个做养子的时候了。"

华阳夫人说："姐姐啊，您可说到我心坎儿上了，可选谁好呢？"

芈茜接口说："听姐姐的，选嬴异最恰当。他虽有贤名，但排行居中轮不到他做嫡嗣，他母亲夏夫人又失了恩宠助不上力。再说，这孩子表明愿意依附于妹妹您做养子，您点个头认了他，对他如再造之恩啊。"

华阳夫人喜露于表，应允了此事。

此后，华阳夫人时常在安国君面前夸赞嬴异贤良，一有空就和安国君共同赏玩嬴异送来的珍宝。忽然有一天，华阳夫人如花的笑脸上淌下泪珠儿，她轻声细语地对安国君："贱妾尽心服侍太子，不敢有失，独独未能为太子生下子嗣，是妾无能。今贱妾认可嬴异贤孝，欲收其为养子，贱妾日后有所依托，您以为可否？"

安国君岂能不知正是由于华阳夫人和自己成亲，他才得以在芈姓帮助下成为太子。安国君嬴柱帮妻子拭去脸上的泪珠儿说："我久未定后嗣也是因你而犹豫不决，你既然喜欢嬴异，那就立他为后嗣吧。"

事情进展异常顺利。在华阳夫人的坚持下，嬴异被明确为太子后嗣，此诺约被刻成玉符由安国君和华阳夫人分别保管。

这件大事尘埃落定后，吕不韦起程回到赵国，刚到邯郸，赵王和太子赵偃在王宫里秘密召见吕不韦。

赵王说："第一步的谋划业已成功，接下来还要考虑下一步。你看，秦国和楚国三十年没有战争，是因为秦国和楚国有姻亲绑定，秦王嬴稷之母宣太后是楚国人，嬴稷和太子嬴柱又都娶的是楚女。现在我赵国接受韩国上党郡郡守冯亭献的十七城后，秦国红了眼，准备开始进攻赵国。现在我们既然帮助秦质子嬴异上位了，他还未成婚，那何不尽快给他物色一个赵国之女为妻呢？"

吕不韦不住地点头称是，可心想，到哪里去找能和秦质子相配的赵女呢？

吕不韦出宫后和赵太子拉上嬴异一起到赵藩家参加宴请。席间，赵藩见吕不韦若有所思，提不起酒兴。于是唤出府上的舞姬以舞助兴。不一会儿，赵藩的爱女赵嫣也出来助舞。赵嫣腰肢婀娜，罗袖轻飞，抬腕低眉，矫健舒柔，回眸一笑，倾国倾城。太子不停地给小妹击掌鼓劲，吕不韦和赵藩连番对饮。当邀嬴异对酒时，只见嬴异手端酒樽，双眼直直地随着赵嫣的舞姿而移动。吕不韦见状示意赵藩起身到旁侧的雅室。

吕不韦对赵藩说："赵王谋求永久控制秦国，以达到与其和平共处的目的，赵王命令要效法楚国，让秦质子嬴异娶赵女为妻。这样，一旦嬴异当上了秦王，那赵女就是王后。我看嬴异对赵公您的小女痴迷，您意下如何？"

赵藩略一沉吟，说道："这是赵王大计，若秦赵结亲，我赵藩以后可就成了秦王室外戚，这求之不得啊，我全权拜托吕公撮媒玉成其美吧。"

嬴异自从在赵藩府中见到赵嫣后，整日魂不守舍，思念不止，踌躇再三，向吕不韦吐露了心声。吕不韦早就看出了质子嬴异相思难耐，便欲纵故擒地说："该女生长于豪族之家，追求者众多，公子所请，我吕某尽力撮合吧。"

二 / 嬴异携妻游大麓，孕育巨子黑龙港

秦昭襄王四十六年（前261），在赵国当了四年人质的嬴异拜华阳夫人为养母，一跃成为秦国太子安国君嬴柱的继承人。同一年嬴异在赵国的都城邯郸，认识并痴爱上了赵国王族之女赵嫣。但赵家对嬴异说，必须等到秦国王室准许后才能定亲成婚。很快，安国君和华阳夫人就派使臣送来了同意这桩婚事的信简和六十件礼物，嬴异携重礼在吕不韦的陪同下拜见了赵藩。赵藩在邯郸城是一等一的豪族，他是当今赵王赵丹的堂兄，其女能与秦国太子的继承人结为夫妻，赵藩自然是喜上眉梢，看到秦太子夫妇的信简和礼物后，就同意了这门婚事。嬴异按照秦国和赵国的风俗习惯，择吉日于秦昭襄王四十六年八月六日，在驻赵国的府邸迎娶了赵嫣。

嬴异和赵嫣新婚后，恩爱情深，如胶似漆。婚后第二天，赵嫣就惊奇地发现：自己右手腕内关节靠上三寸的那颗母亲在她九岁时种上的鲜红的痦子不见了。

秦昭襄王四十六年九月的一天，嬴异接到生母夏夫人的第二次信简。不同的是，这次夏夫人没有让信使送传，而是让内管家亲自到邯郸将信简交给嬴异，并且还带来了三个侍女留下照顾嬴异和赵嫣。

夏夫人在信简中说："华阳养母准许你娶赵女而不是楚女为妻，实在出乎我的预料，异儿切记，孕育子嗣事急，血脉接续勿缓。"

嬴异将生母夏夫人的嘱咐和期盼告诉了赵嫣，赵嫣说："我们私下找个人看看，看有什么妨碍没有。"于是，嬴异就和赵嫣一同请求外舅赵藩。赵藩找了善占卜的大夫，大夫看后说："邯郸城里杀气太重，向北巨鹿邑一带有大陆泽，那里万

物生机繁茂，到那里出游居住可保孕育。"

　　大夫的话算是说到嬴异心坎儿上了，可到邯郸北面的大陆泽去，对别人来说也许不算什么事儿，对嬴异来说还真是个事儿，嬴异和赵嫣都犯难了。嬴异知道，自己是秦国派到赵国的质子，按条约质子是不可随便出都城的，更何况如今嬴异已经成为秦国太子的继承人，对此，赵国还增加了官吏和军士对嬴异进行盯守。赵藩打不通关节，嬴异便去找吕不韦商量，吕不韦见嬴异出城心切，就找到赵国的上卿虞信，虞信说这事要请示赵王，让吕不韦回府等信。两天后，虞信回信说：当下秦国正进犯赵国，质子就是棋子，投鼠忌器，不可出城。吕不韦又找赵太子斡旋。太子和赵王商议说，既然有意笼络秦质子，放长线才能钓大鱼，明松暗紧，可以让嬴异出城。两天后，上卿虞信传达赵王指令，准许嬴异离开邯郸到巨鹿邑大陆泽游历，但要听从赵国所派官吏的安排，不得接见秦国派来的使节。

　　秦昭襄王四十七年（前260）三月三日，嬴异和赵嫣悄悄离开邯郸城向北出游。随同他们出游的是夏夫人送过来的三个侍女和一个医官。他们乘坐的是两辆带有篷顶和帷幔的马车。嬴异尽其所有，带上十镒黄金，三百圜钱和铸有"甘单"铭文的刀币、布币各十五釿（jīn）。

　　此时，楚国正有一个叫范增的十八岁少年背着行囊渡过黄河来到赵国游历。他的恩师羊真子对他说："你从十三岁学习兵法、望气和帝王之学，现在给你两年的时间去实地验证，本师连日连夜观望，西北之地将有天子出世。天子出世，必先聚气，你去找一找，能找到就说明你学到了；找不到，两年后回来接着学。"范增问："什么是天子？"羊真子说："天子就是比王还大还厉害的人中之龙，天子之气自然要比王气瑰丽壮观些。学而不练，成不了真把戏，去吧，为师老了走不动了，以后的造化靠你自己了。"

　　此时，上卿虞信遵赵王之命，选派了一个叫摎（náo）包的身强力壮的副都尉跟踪嬴异到巨鹿邑对其进行监视，摎包带着四个便衣军士出发了。临行前，丞相让人交代摎包说：此事要依据赵国与秦国之间的战争进展情况随机定夺，等待赵王的命令，如果接到赵王的第一道命令就立刻把质子嬴异囚禁，如果接到赵王的第二道命令就可以把嬴异处死。

嬴异的车马一路向北行进，没几日就进入巨鹿邑地界，只见黄河、漳河先分流后并流，之后又分流，水势浩浩荡荡。车驾沿着太行山东麓，从千年的松柏林中穿过，林中云蒸霞蔚，松香阵阵。出了松柏林，眼前是一望无际的灌木、野草、野花，地上无路，只能看到野兽的足印和腐朽的枯枝落叶。终于到大陆泽了，这里九河汇流，丘陵绵延，鹰隼低回，虎豹隐现，鹿麝奔突，好像到了另一个世界，平和安宁，清静自然。

一天，嬴异和赵嫣一行辗转来到大陆泽的东北方，在一个叫杨氏邑的地方停了下来。在一片古松密林之中有一高台，人道是唐尧虞舜禅让之地。嬴异访问邑中老者得知：虞舜是附近冀州人氏，他自儿时就穿行劳作在衡水、大陆泽和漳水之畔。唐尧打听到虞舜的贤良后，亲自找到虞舜，并居留在大陆泽环岛上时时对虞舜进行观察考验。三年后，唐尧选择在杨氏邑一片古松林中建筑了一个六十六尺见方、九尺高的大台子，在台上把帝位禅让给了虞舜。嬴异记得父亲安国君说过，如果没有舜帝和禹帝就没有我们嬴姓秦人，说的是唐尧禅让帝位给虞舜后，天下大水漂流，虞舜派大禹去治水，大禹从冀州开始，该疏的疏，该堵的堵，最终治服了大水。虞舜决定奖励大禹，大禹说："治好大水之灾多亏了柏翳，治水之功至少一半要归柏翳啊。"虞舜追问缘故，大禹说："我虽三过家门而不入，可柏翳家在西戎之地，从治水伊始，柏翳到哪里治水哪里就是家，不分昼夜啊！"虞舜很感动，决定赏赐给柏翳一面缀有皂游的旗子，赐给柏翳嬴姓，又赐给柏翳姚女成婚，从此柏翳常常跟随虞舜养马、驯鹿、驾驭。这便是嬴姓秦人祖先的由来。

嬴异和赵嫣登上高台，高台上有一古朴的亭子，亭子中间有股商时建的一个石碑，石碑上的古老文字记载了尧帝禅让舜帝之事的盛典。真没想到，这么个地方竟然流传着帝尧、帝舜的功名，留下过他们踏过的足迹。嬴异一下子肃然起敬起来，他和赵嫣拜了三拜，拜后感到有股力量从脚跟往上陡然贯穿全身。离开禅让台，嬴异在一山水相交处遇到一个大洞，人称黑龙洞，此洞深不见底，里边水声阵阵，隐约中似有龙吟之声。

　　嬴异和赵嫣大多时候都居留在巨鹿邑，每换一个住所或驿站，负责监视他们的副都尉摎包总是跑前跑后布置安排。摎包第一次见到赵嫣时，两只眼都直了，世上还有如此美艳之女吗？只见她发如乌云，齿如贝玉，腰如杨柳，面如桃花，星眸流盼，声若莺语。嬴异和赵嫣不知不觉间游历快一个月了，他们每次从一个地方离开，摎包都要进去查看一遍。嬴异初见摎包时并无恶感，后来对这个赵王派来的表面正经实则猥琐的家伙反感透顶，有时见他直勾勾地盯着赵嫣看就来气，更可恨的是这摎包时不时还偷窥赵嫣。嬴异斥责过摎包无数次了，就在前天，嬴异还掌掴了他，就连摎包带领的四个军士也看不起他。赵嫣虽说是屡屡不悦，但又觉得这个摎包放下监视官的架子跑前跑后的，而他又是虽遭到了嬴异的怒斥甚至掌掴也不恼恨，故而未把摎包的行为放在心上。

　　楚国少年范增在赵国都城邯郸转悠了几天，没发现什么奇异之相。这时，正值秦国和赵国开战，范增就一路出城向北来到大陆泽。他看到这里的地势景物和故乡吴越之地相仿，山、林、湖、草、水、泽、丘陵、沼甸，处处孕育着勃勃生机。他转来看去，只见山民、渔夫、农人、走卒、商贩，都没有什么特别，直到见到嬴异和赵嫣，他眼前一亮。这一行人衣饰华美，显得高贵，可除此之外也无大的异常，范增索性蜗居在驿店里翻看老旧的书简。

　　秦昭襄王四十七年三月二十九日，嬴异和赵嫣坐船驶入了黄河、漳河、滏阳河、泜河交汇形成的望不到边岸的河流中。他们远远地看到河流中有一个无人的篷船在水面上停留，船上放着一副破蓑笠。正疑惑间，忽然从远处看到一老儿盘坐在一只巨龟背上，巨龟驮着老儿向停留着的篷船游去，只见老儿临近篷船时"噌"地一下跳了上去。两船靠近了，嬴异看到老儿形容枯槁，篷船上挂着秦国黑色的标志性旗子，船上无钓竿也无渔网，不太明白这老儿做什么营生。老儿眼尖，见到嬴异穿着黑色的衣服，也觉得他不同于赵国人。他热情地邀嬴异到他的船上做客，老儿哑着嗓子说："秦文公三年（前763）三月，也就是五百多年前，秦文公率领七百名士兵在陈仓打猎，狼啊、羊啊、豹子啊没猎到，反倒捕获了一条黑龙，可黑龙又腾云飞走了，最后潜落到了这里。秦文公就派在汧（qiān）水之滨渔猎的我的祖上到这里守护黑龙，这一守已经二十多代了。"嬴异问："你和你的祖辈看见过黑龙吗？"老儿说道："见过，特别是前些日一个大雨天，我亲眼见黑龙顺雨水腾上云空，发着亮光。"老儿语音刚落，只见不远处本来波平浪静的水面起了一道黑浪。老儿说："客官您看，黑龙来了。"还真是的，水面开始隆起，水中有黑色的粼光闪现。嬴异想回到自己和赵嫣的船上去，但晚了，眼见两船的距离一下子拉大了，隐隐约约看见有一条黑色潜游生物围着赵嫣坐的船转圈，大概转了六圈就不见了。这一情景让老儿也惊讶不已。当得知眼前人是秦国在赵国的质子嬴异携新婚妻子来此游历时，老儿马上匍匐在船板上，说："贵人啊，人中龙凤啊，黑龙大晴天现身啦。"老儿喜极而泣，浑身抖个不停。

当嬴异留给老儿一些钱物要离开时，那老儿说："我带贵人到一个好地方去，现在虽说天还不暖和，可那地方温热如春。"老儿划船在前边领路，嬴异和赵嫣的船跟在后面。不到半天工夫来到一个水湾里，老儿说："这里叫暖龙湾，也叫黑龙港，活泉喷涌，能驻颜回春、延年益寿哩。"只见眼前这汪水，水汽蒸腾，滑腻如脂，齐腰深浅，水温宜人。老儿说："贵人啊，我带您船上的随从到湾那边去采些新发芽的野菜，贵人在温泉湾里沐浴一下吧。我等凡夫谁也不配在这儿洗身子的。"

老儿用船载着嬴异的几个随从到湾那边去了。嬴异拥抱了赵嫣一会儿，说道："这里水不深，我们下去沐浴吧。"起初，赵嫣向四周望了一圈，害羞不肯下水，她说："我小肚子边上有些疼，不知道是咋回事。"嬴异先下了水，水里温暖如春，他一下子把赵嫣拽到水里，水一涌一涌的，有的地方脚底下还有泉水往上涌。不一会儿，嬴异和赵嫣就嬉笑开了，相互撩水嬉闹，后来干脆把亵衣甩到了船上，在水里抱作一团久久不肯分开。身上的尘泥都褪干净了，赵嫣脸蛋红扑扑的更显娇艳。等他们沐浴完毕来到船上后，那老儿也用船载着随从和采挖的珍稀野山菇、野菜回来了。老儿就在船上用清水炖煮鱼虾和野菜，真是说不出的美味，等他们吃完回到岸上的住处，天已经黑下来了。

这天晚上就寝时，赵嫣兴奋得不行，嬴异也觉得精力异常充沛，赵嫣又说小腹有些隐疼，嬴异嬉笑着说："我给你按摩按摩就好了。"他们上上下下，缠绕交合，香汗淋漓，折腾到半夜才沉沉睡去。三更时分，赵嫣惊叫一声，身子怎么也动弹不了，嬴异一下子坐起来问道："怎么了？"赵嫣说："我蒙眬中觉得有一条黑龙缠压得我喘不过气来。"嬴异说："这叫日有所见，夜有所梦。"一会儿天亮了，赵嫣梳洗完毕后，用手拍了拍小腹说："这儿一点也不疼了。"嬴异疼爱地拥住了自己的娇妻。

最近几天，嬴异和赵嫣乘车向东南游历，没两日就来到沙丘苑林。这时，跟随而来的那个副都尉摎包，已张罗好了让嬴异和赵嫣一行在沙丘宫住几日。当嬴异和赵嫣走进沙丘宫时，赵嫣猛然觉得浑身难受，不能迈步，嬴异见状连忙扶着赵嫣退出沙丘宫门，又回到巨鹿驿馆休息。

转眼间进入四月了，摎包接到赵王派人送来的指令：赵国和秦国之间的长平之战打响了，责令摎包立即把质子嬴异就地囚禁起来，视战争进展情形再决定是杀是留。得令后，摎包立马变了副嘴脸，亲自指挥四个便衣军士把嬴异单独囚禁在一个又暗又潮的栏舍之内。嬴异知道，两国交战，杀红了眼，人质是难以活着回去的，没办法，只得听天由命了。令他欣慰的是可以向生母夏夫人报喜了，两个来月的时间里赵嫣已怀有身孕，但可恶的是，一想到摎包那副猥琐好色的样子就难以入眠。

摎包并没有囚禁赵嫣，一面好吃好喝地对待赵嫣，另一面私下里给嬴异吃的只是粗饭残羹。摎包心里想，快些接到第二道指令，或者赵王亲自派人来杀了嬴异，那样就有希望霸占赵嫣了。虽然心里是如此念想，但摎包明面上还不时安慰赵嫣说："战争很快就要停了，嬴异会恢复自由的。"他有时倚在门框上大胆地打量赵嫣，赵嫣只好扭过脸去。赵嫣有时忍不住妊娠初期的恶心，哇地一下子吐了一地。煎熬中，赵王赵丹的第二道指令到了，摎包高兴坏了，他急忙打开，一看又泄气了：赵王命令摎包和军士护送嬴异和赵嫣速回邯郸。摎包又看到邯郸来的信使单独交给嬴异一封吕不韦写的信简。摎包听说吕不韦是来自卫国的商人，却名动赵都，出入宫廷，卫兵都不拦。心想：我摎包只是个小吏，怎知赵王和吕不韦葫芦里卖的什么药呢？

嬴异和赵嫣乘坐的车子向南回邯郸而去。谁也没有注意到路边站着一个叫范增的少年。他跟随嬴异的车乘走了很长一段路，远远地看到那乘车的美妇人好像比第一次看到时更圆润更娇艳了。范增踏上了东南方向的一个岔道，他要回楚国去面见他的师尊羊真子去了。唉！倘若师尊问起我找到天子之气没有，该如何回复啊？范增也不知道他是不是观到了天子之气，心想：我范增贱为布衣，庸如匹夫，一介草民，就是看到了那天子之气又能怎样呢？

三 / 长平虐杀复围城，城中正月生皇郎

秦昭襄王四十七年三月，秦国和赵国因一件突发事件而交恶，不可避免地爆发了一场旷日持久、你死我活的大决战。

说起长平这次暴虐的厮杀，它的根子在前年的秋天。秦国推行远交近攻的策略，攻打并强占了近邻韩国的野王城，硬生生地把韩国上党郡与韩国都城新郑的联系一下子截断了。韩王韩然惊恐万分，马上指派阳城君到秦国去求合。韩王的特使阳城君代表韩王拜会了秦国的丞相范雎，以献出上党郡十七城乞求秦国息兵。当时，上党郡守靳黇（tǒu）拒不降秦，韩然得报后马上下令撤换了靳黇，任命冯亭出任上党郡郡守。冯亭到任后，了解到上党郡民不愿归顺秦国的强烈意愿，遂以将在外君命有所不受为由，宁愿把上党郡十七座城池献给赵国，也不愿献给秦国，并且做好了抗击秦军的准备。

韩国上党郡郡守冯亭主动献城，怎么办？赵王赵丹首先召见平阳君赵豹商议。赵豹一听跳了起来，说："冯亭不降秦而予赵，这分明是转嫁祸端，万万不能接受上党郡啊。"

赵王接着召见平原君赵胜商议，赵胜喜出望外地说："冯亭不听韩王之命，不惧狂秦之威而献上党十七座城于赵，这是大利之事，当然要接受啦。"

赵王两手一拍，说道："平原君说得对，咱们赵国不偷不抢，岂能予而不受。"可接受的话，赵王也犯了顾虑，说："接受上党郡的土地，秦国如果派武安君白起来争夺，谁能抵挡啊？"

平原君赵胜随口说："派廉颇啊，廉颇定能胜任，廉颇只要避开与白起野战，固守城池就不会有失。"

赵王派平原君赵胜带着五万赵军奔赴上党接受土地城池，封冯亭为华阳君，封三万户。此后没多久，赵王又派大将廉颇率领二十万大军到长平驻守，以备不测。

秦王嬴稷闻听此事后暴跳不已，召来丞相范雎说道："前些年我秦国以十五座城换赵国一块小小的和氏璧而不成，如今又把韩国献给秦国的十七座城截走，这到嘴边的肥肉、煮熟的鸭子岂能说飞就飞啦，啥也别说了，马上攻打赵国。"

秦昭襄王四十七年三月，秦国左庶长王龁（hé）率军迅速攻占韩国上党郡。带着五万赵军去接收上党十七城的平原君赵胜，在上党郡脚跟还没站稳，被窝还没有暖热就败回赵地。随着，韩国上党郡的百姓也纷纷逃亡到位于上党郡东南方向的地属赵国的长平。

四月底，王龁向驻扎在长平的赵国军队发起进攻。廉颇奉命迎战。由于秦将王龁攻势凌厉，廉颇的第一道防线光狼城壁垒被攻破，抵抗到五月底败退回撤。六月，王龁继续进攻，斩杀赵军四名都尉，逼迫廉颇败退。七月，王龁乘胜进军，又斩杀赵军两名都尉，廉颇被迫退到丹河东岸第三道防线。至此，廉颇把剩余的赵军主力集中在坚固的防御壁垒中坚守，王龁多次进攻难以攻破，两军处于对峙局面。

赵王对于大将廉颇的接连败退恼怒不已，召集百官上朝，说："秦王真是欺人太甚，我要亲自统兵与之决战。"

大臣楼昌和上卿虞信都不赞成赵王御驾亲征。楼昌说："赵王可派遣特使去秦议和。"虞信不以为然，说："秦国的策略是近攻而远交，我赵国必须派使臣从速到楚国、魏国、齐国等国游说，以联合抗秦为上策。"

赵王倾向于议和，当场指派郑朱为特使去往秦国议和。上卿虞信见状，再次谏议说："如果郑朱使秦，我料定秦王和范相定会隆重接待，以此明示天下，让楚国、魏国、齐国等都看到秦赵两国在议和，如此一来，谁还会和赵国合纵，更别说出兵救赵了。到那时，秦国就会毫无顾忌地攻打赵国了，所以，千万不要去秦国议和。"

赵王不听虞信之言。郑朱到达秦国后，果如虞信所料。秦王嬴稷、丞相范雎亲自举行欢迎仪式，这个消息以最快速度传递给列国，同时也麻痹蒙蔽了赵国。而暗地里，秦国却加紧备战，丞相范雎派得力之人带着千金之资到赵国实行反间诡计。秦使到赵国后偷偷地活动朝中大臣，同时到处散布传言说：秦国最怕的赵将是赵括，廉颇屡战屡败，秦军都不愿和他交战了。

外面的舆论传到赵王耳中，赵王召见赵括，问赵括有无把握击退秦军。

赵括表示说："若对付武安君白起得费点劲，可对阵的是王龁，赵军必胜是有把握的。"赵王听后决定授予赵括主将大印，这时，大臣蔺相如和赵括的母亲苦谏赵王收回成命，赵王不听。

七月底，赵括接替廉颇成为赵军的主将，亲自统率二十五万赵军开进长平，这样加上廉颇原来的二十万赵军，共计有四十五万之多。赵括到任后，命令打开营垒，频频攻击秦军。因献城有功被赵王封为华阳君的上党郡守冯亭对赵括说："长平之地，地势复杂，将军不宜深入进军，还是固守以疲秦军为妥。"赵括不假思索地说："秦军跑到赵国的地盘撒野来了，我赵括怎能做缩头乌龟呢。"

秦王嬴稷得知范雎反间计起效了，于是暗中调任武安君白起为攻赵上将，王龁改任副将。赵括不知道秦军主将已换为白起，还是一个劲儿地主动攻击秦军。

白起到达阵地后进行详细侦查，而后布置了一个"大口袋"，即把长平西北一处南北长约五十里，东西宽约二十里的山谷之地，作为最后歼灭赵军的战场，意在把赵括拖出营垒，从东南部"袋口"引入，分段切割。部署完毕，秦军奉白起的命令佯装败退，赵括和冯亭率军突入山谷之中。这时，白起早已安排秦将王龁、司马梗、王陵等穿插奔袭赵军侧翼，包抄到赵军后方分四段切割赵军，同时断绝赵军的退路和粮道。秦军在一个多月后发起反攻和突袭，到了这个时候，赵括方知中计，也知道了秦军已换白起为上将，恐惧立马罩住了赵括，他马上下令停止进攻，并与军中的冯亭商议分头指挥突围。

秦王嬴稷得到赵军主力被包围，并且粮道被阻断的消息后，亲自抵达就近的黄河北岸，下令奖补百姓，征调兵力，统揽战局。

九月，赵军主力断粮已经四十多天了，大批士兵饥饿而死，有的相互残杀而食。赵括和冯亭指挥赵军从四个方向的突围都被挡了回来。实在没招了，赵括纵马亲率赵军强力突击，仍是突围不出，结果是赵括被秦军乱箭射亡，冯亭也被白起麾下的战将司马靳（qí）斩杀。赵军失去主将后没办法再应战，只得向秦军投降。

副将王龁请示白起说："如此众多降兵如何处置？"

主将白起不语。

王龁又说："四十多万降卒如何处置，应火急奏请秦王定夺。""不用了。"白起断然说道，"赵军士兵中有不少上党之民，上党之民反常易变，若不斩尽杀绝，定生叛乱祸端，欲灭赵国，必杀之。"说罢，白起下令秦军斩杀活埋赵国士兵四十五万人，仅把二百四十个十六岁以下的赵军士兵放回赵国。

长平惨败，赵国惊惧。嬴异日夜都能听到哭声传来，吕不韦敲开嬴异紧闭的府门，告诉他说："千万不要出门，外面随时都有人等着杀你，今后零杂日用我派人送来，赵王正考虑与秦国先进行议和，议和不成，就要拿你当挡箭牌了。"嬴异与赵嫣连连称谢，紧闭大门，躲在质子府中，在恐惧中度日。

长平之战刚结束，武安君白起就奏请秦王嬴稷，提议仍由他率军乘胜直捣赵都邯郸。赵王听说后，与韩王韩然在边境紧急会面，商定割城议和。两国派特使带着一千二百镒黄金赶赴秦国咸阳，特使把黄金交给范雎后，开门见山地说："秦军远征大战已兵疲将骄，武安君的战功已盖过了丞相，秦太子继承人被赵国控制，赵国、韩国愿意用七座城池与秦国议和。"

秦相范雎对特使的说辞表示认可，当即建议秦王接受议和。同时下令把参加长平之战的秦军一分为二，一路由白起统帅留在上党郡待命，一路由左庶长工龁率领进逼武安、皮牢，以震慑赵、韩两国履行议和承诺，一路由副将司马梗率领进军太原。

武安君白起闻听范雎说服秦王同意赵国和韩国的议和请求后，飞马赶到咸阳面见秦王。白起对秦王说："我以身家性命担保，乘胜势定能灭赵，此时接受议和，错失良机啊。"秦王说："不动兵卒，赵国割让六城，韩国割让垣雍给秦国，不是挺好吗？我已让范相与赵、韩达成和约，你劳苦得不轻，先休养一下吧。"白起仍长跪不起，像没听到一般。这时丞相范雎过来说："白将军啊，你也功高无限了，咱们再战，质子嬴异性命可就不保了，你担得起吗？"

白起听后沉着脸，起身，一言不发退了出去。

秦昭襄王四十八年（前259）十月，秦国从长平等地撤兵。

赵王召唤大臣上朝商议割城献秦之事。

赵王说道："我赵国本在关东六国中兵强将良，足可与秦抗衡，但都因本王轻率换将致长平一战精锐尽失，现今秦国急催割地让城，怎么办呢？"

上卿虞信听完几个大臣各抒己见后说："臣以为，今割城予秦，秦更强；赵失精锐又割地，赵更弱。不如把六城转赠齐国，再把与楚相春申君黄歇封地相邻的灵丘赠予楚相，再与魏国、韩国、燕国结盟订约，合纵抗秦，方为上策。"

赵王击掌而起，说："上次未听卿言，几使赵国亡国，此事就按卿言而行。"

秦王几次派使臣催促赵国兑现割让六城的议和承诺，赵国不仅背约不给，而且还合纵五国抗秦。秦王嬴稷大为生气，十月底指令五大夫王陵率兵二十万伐赵，兵锋直取赵都邯郸。

时间已进入正月，秦将五大夫王陵和赵将廉颇在赵国都城邯郸展开了数十次攻防激战，双方伤亡惨重。

正月二十九日，位于邯郸城内丛台西南，朱家巷正北的质子府，从清晨起就与往日有些异样。嬴异在短短的走廊里来回走动，如热鼎中的蚂蚁一样，燥乱不安。城外传来一阵阵赵军与秦军激战的呐喊声，门外一直响着赵军士兵把守巡行的脚步声和剑戟碰撞的声音，屋内飘出赵嫣生产前阵痛的呻吟声。嬴异进到屋里，只见赵嫣的母亲、女医官、侍女等都在紧张地忙碌着，嬴异握紧赵嫣湿漉漉的手，用一块柔软的丝绢给赵嫣擦去满脸的汗水，赵嫣咬着嘴唇示意嬴异出去，嬴异有些不忍地走出屋外。这时临近正午，突然间天空黑云翻滚，一道道灵蛇一样的闪电从黑云中刺出一条条口子，随着狂风卷动，一阵暴雨倾盆而下。不一会儿，随着雷声的滚响，暴雨渐消，冰冷的雨水中又夹杂着雪片从天而降。不一会儿，风停雨歇，天空中万道霞光洒将下来，整个邯郸城光亮一片。这时，一声婴儿尖啼把嬴异从惊愕中拉了回来。他狂奔到屋里，只见赵嫣闭着眼睛死一样地躺在那里。女医官把一个男婴递给赵嫣的母亲，外婆抱着掂了掂转身递给嬴异，嬴异接过婴儿刚想说话，外面又隐约传来秦军攻城的战鼓声，嬴异自言自语着："这孩子真是生不逢时，秦王啊我的祖父，快别攻打邯郸了，我倒无所谓，为了这孩子……"

四 / 邯郸四时如寒冬，行走刀尖命未丧

在赵嫣生下孩子的第二天，赵藩就把嬴异和吕不韦叫到赵府商议：秦嬴新添子嗣，事关重大，宜速报秦王和安国君。嬴异赶紧写了两封信简秘密派人送出，一封是写给安国君和华阳夫人的，除了报喜之外还求其给新生子起个名字。另一封是写给生母夏夫人的，以慰其抱孙子的愿望。

褓褓中的婴儿，满月过了，百天过了，有姓无名。一天天一夜夜，这孩子除了吮吸奶水和睡眠外，不哭也不闹，只是睁着晶亮晶亮的眼睛看着屋顶和围在他周遭的父母和侍女。他更多时候好像在侧耳倾听什么，他好像听到了城外大军攻城的声响和战马的嘶鸣，他好像习惯了外面传警的铎铃和喧嚣的声浪。

秦王嬴稷任命五大夫王陵为主将率军攻打邯郸城，大半年都过去了，军士伤亡无数，邯郸城仍固若金汤，秦王于是派阳泉君芈宸为督责使来到邯郸城外督战王陵。

王陵解释说：“长平之役后，赵国获得短暂的喘息之机以固城防备，现在邯郸城内尽皆哀兵，殊死不惧，秦军远来久战，兵疲将乏，短时恐难以破城。”

阳泉君说：“秦国本已息兵，赵王背约无信，此次攻不下邯郸城，秦王是不会就此放过的。”

吕不韦在城中听说阳泉君芈宸已到秦军大营，并传信要见他。吕不韦找了个不显眼的城墙角，伺机给了守城军士一些金钱，悄悄出城来到秦军营帐中见到了阳泉君芈宸。

芈宸对吕不韦说：“吕公，这是安国君和华阳夫人给嬴异的信简，这是夏夫人

给嬴异的信简和婴儿的小衣服、日用麻帛。另外，安国君、华阳夫人，特别是夏夫人叮嘱，让吕公疏通城卡，协助嬴异和其妻赵嫣带着新生子秘潜安全回到秦国。"

吕不韦密会阳泉君后返回城内去见嬴异，他把信简交给了嬴异，嬴异打开安国君和华阳夫人的信简，映入眼帘的是新生儿的命名曰"政"，寓意一统大政之冀托。嬴异和赵嫣十分高兴，忙将信简内容告知赵藩和吕不韦。

五大夫王陵在秦王派阳泉君芈宸前来督战之后，奋力攻城，阵亡累计十万人，秦王随即给其补充增援十万人。

秦昭襄王四十九年（前258）正月，秦王诏令武安君白起替代王陵，白起称病不肯出山。没办法，秦王暂时诏令左庶长王龁替换王陵为主将。王龁接任后，围绕邯郸城转了两圈，制定出新的攻城方案。城中，作为丞相的平原君赵胜把家产都变卖换成金币购买护城的器具兵械，还把家中的妻妾分派到城墙上去送水送饭。老将廉颇吃住都在城墙之上，一百多尺宽的城墙上，时时可见廉颇骑着战马沿城奔走指挥的情景。

守城越来越艰难，秦军和赵军呈胶着状态。秦昭襄王四十九年六月三日，赵王赵丹召集上卿虞信、丞相赵胜、太子赵偃、大将廉颇上朝议事，以应对这即将城破国亡的危局。

廉颇说："赵王啊，今不惜代价固守邯郸城，秦军不退且仍不断增兵，相持已经不短了，臣以为这与两年前长平之战相似，千万不能有什么闪失啊。"

平原君赵胜不仅是丞相，还是赵王的叔叔，他向赵王和廉颇跪下说："我有罪，两年前是我建议并力主接受韩上党郡守冯亭所献十七座城，导致长平之难，我有罪啊，眼下赵国命悬一线，请赵王马上派我出使魏国和楚国去求请援军。"

赵王说："长平之失全是本王听信秦离间之言换将所致，真委屈了廉颇老将军。今邯郸之地赵、秦两军相持拉锯近两年了，施策再误，必将亡国啊。"停了一下，赵王继续说："廉颇老将军，守城拒秦一切全仰赖你来主持，平原君尽速出使魏、楚两国求援，金资和珠宝库中匮乏，太子出面帮着去向吕不韦借用。"

平原君说："我搬不来救兵死不回赵国。赵王啊，在我搬救兵到来前，如紧急之时，可把秦质子嬴异提到城头以要挟秦军后退。"

赵王说："虎毒尚不食子，不过很难预测秦王如今怜惜不怜惜他的子孙啊。"

平原君赵胜从赵宫出来后，准备了一夜，第二天就带上自荐请行的毛遂等二十名门客和珍宝出使魏国和楚国。因离魏国近，那当然先造访魏国。魏国有个信陵君天下闻名，他是魏王魏圉（yǔ）的异母弟，门客三千。赵胜娶了魏圉的妹妹、信陵君的姐姐为妻，一到魏国他自然是先去找信陵君魏无忌说明来意。信陵君魏无忌带领着赵胜进入梁宫见到魏王。赵国危急，亲戚来求，魏王不忍见死不救，答应出兵十万救赵。秦王听说后十分恼怒，魏王顾忌，暗令大将晋鄙到时候把军队停在赵国边境的邺邑。

到魏国搬请救兵有了着落，平原君留下得力门客文修后就急急赶往楚国，在楚国朝堂之上，门客毛遂以救赵国就是救楚国为切入点向楚王陈其相关利害，楚王熊完也答应出兵援赵，平原君赵胜代表赵王对楚王表示感谢，随后留下门客毛遂，自己赶回赵国向赵王复命。

"魏王、楚王真的答应出兵了吗？"赵王赵丹拉着平原君赵胜的手激动地问道。

"答应了。"平原君赵胜说，"我怕不保险，留下文修在魏国盯着，留下毛遂在楚国盯着，担心赵王着急，所以我先回来复命。"

赵王说："待到国安之日，平原君请兵有功，定厚封之。"

听说平原君赵胜回来了，上卿虞信、太子赵偃、大臣鲁仲连、大臣楼昌等都来到宫中打听消息。

楼昌说："赵王啊，秦国在我国长平坑杀赵军几十万，今又久围我赵国都城，城中官兵士民要求处死秦质子的呼声一浪高过一浪，民意不可违啊。"

赵王说："本王正要与众卿商议此事，平原君出使斡旋魏王和楚王，两国应允出兵，援军何时到来尚未可知；今秦国知道我搬请救兵，攻城愈烈，赵人对秦人，尤其对城内的秦质子嬴异怨恨入骨，意欲立杀之而后快，众卿系赵之股肱，可表己意。"

大臣鲁仲连说："秦质子嬴异一家的生死捏在赵国手里，可秦王仍然死攻邯郸，是以为我们不敢杀质子呢，还是真没把质子当回事呢？"

上卿虞信说："秦王嬴稷执政几十年，有称霸之心，岂会因质子一人一家而误弃国事？如何处置还是请赵王衡定。"

赵王咂了一下嘴说："援军到，秦退败，则计放质子出城归秦；若援军不到，城将破，则杀秦质子家小。"众臣都知道赵王深意，均表赞同。

第二天午饭后，大将廉颇正在城头指挥军士和百姓用滚木、砖石、箭弩甚至屎盆尿罐猛击城下攻城的秦军。突然，他手下一个叫杜方的都尉一手舞刀，一手抱着一个两岁大小的男婴站到城墙的垛口之上，只见他向城下秦军左庶长喊道："王龁听着，我手上是你大秦太子安国君的孙子嬴政，你快些退军，再攻城我把他一斩两断！"廉颇见此大惊，令周围弓箭手齐集杜方两侧。此刻，城墙之下和城头之上顿时死一般寂静。停了片刻工夫，城下王龁大声说："咋能判明你手上小儿是我大秦太子之孙，一点声息也无，莫不是拿个死孩子来诈我。"都尉杜方听王龁一说，一想也怪了，这孩子从质子府劫抢出来，就没一点声音，莫非吓死了。这时，廉颇也让杜方从垛口上下来，廉颇和杜方拨拉开襁褓再看这孩子，吃惊不已，男孩小嘴紧闭，两眼黑亮黑亮在和你对视，这小幼儿眼睛里放出来的冷光让杜方浑身一紧，鸡皮疙瘩都出来了，杜方顿感手臂无力，结巴着问："老将军，怎么办？"廉颇说："这事谁让你办的，赵王可知晓？"杜方说："为了赵国，为了报仇，我自作主张办的。"廉颇说："你把孩子给我，你没错，快守城去吧。"原来，秦军攻城不休，杜方的两个弟弟都被秦军射死。他悲愤至极，率百十个军士冲到质子府，撞开门，暴打了质子嬴异，将家什砸了个稀烂，从赵姬怀里抢过刚得到名字的小嬴政狂奔来到城头。

不大一会儿，赵王堂兄赵藩在前，后面跟着小女赵姬边哭边急急赶到城墙上来。廉颇看到赵王的堂兄赵藩，说道："这都是我廉颇所为，与他人无关。"廉颇将了一下凌乱的灰白胡须，接着说道："我老了，怎能伤害这孩婴呢，这孩子天赋异禀，以后灭赵者必此怀中儿矣。"说罢将孩婴递还给赵姬，对赵藩说道："两国交兵，胜败在君王有无正谋、将相可有同心，不敢以孩婴孤注一掷啊。"

赵姬抱紧一动不动、毫无声响的小嬴政回到家中。嬴异和赶来的吕不韦迎了上来，嬴异面如死灰，他没有想到孩子会活着回来。

城外，左庶长王龁发现城头杜都尉不见了，也听不见怒声叫喊了，觉得有诈。刚要开始激烈的进攻，恰恰这时范雎举荐给秦王的大将郑安平来援，王龁遂与之商议怎样尽快破城。

秦将郑安平到来后，整顿组合秦军，大举破城，形势骤然严峻。平原君赵胜使楚留在楚都的门客毛遂天天督促楚王发兵，楚王同意是同意了，但仍犹豫和惧怕秦王。楚王熊完在秦都客居十年，是秦王室姻亲近支，他知道秦灭赵国后会对楚国不利。当年父亲顷襄王病危时自己要归国，秦王嬴稷不放，现如今秦王早已放出口风："我正攻打赵国，一早一晚就拿下了，如你们胆敢出手驰援，待我攻下赵国后，必须给救赵者以痛击！"当前若出兵援赵，秦王定会恼怪，若不出兵，赵亡则唇亡齿寒。那个毛遂天天在宫门口坐等，时间是不能再拖了。毛遂狠下心来再送楚相春申君六百镒金，楚军开始向赵国急进。另一边，平原君赵胜使魏留在魏都的文修，跟随魏大将晋鄙的十万大军到了邺邑。晋鄙驻扎不前，还指使手下副将到邯郸奉劝赵王放弃抵抗。文修见此，火速返往魏都大梁去见信陵君。信陵君魏无忌在看门人侯嬴的计谋下找到魏圉的宠妃如姬，信陵君因为替如姬报过杀父之仇而有恩于如姬，如姬二话没说就帮信陵君从魏王内室拿出调兵虎符。然后，信陵君在侯嬴派出的大力士朱亥击杀魏大将晋鄙后夺得兵权，亲自率领八万魏军精锐急急奔赴赵国。

秦昭襄王四十九年九月，秦大将王龁、郑安平调整战术，集中军力，集中攻打一段城墙，从西门破城，邯郸危在旦夕。当其时，平原君赵胜的门客李同建议平原君散尽剩余家财资助赵军，并召集门客等敢死之士三千人，由李同亲自率领反击秦军，秦军略退，接着又疯狂反扑。

秦昭襄王五十年（前257）十一月，魏国的八万精锐魏军在信陵君魏无忌的亲自指挥下，到达邯郸西北城郊与秦军对阵。十二月，楚国丞相春申君黄歇率领的十万楚军也到达邯郸东南城郊与秦军对垒。

赵王赵丹异常兴奋，马上召来上卿虞信、太子赵偃、堂兄赵藩，说："今援军已到，速速倾聚城内兵力与魏楚联军内外夹击秦军。"

太子赵偃遵赵王旨意，急召巨贾吕不韦，让吕不韦帮秦质子嬴异逃出城去，可是明确指令赵姬和所生男婴要留在邯郸。

十二月二十日，秦军主将王龁率军与魏楚联军展开激战，郑安平指挥秦军日夜攻城。二十日晚，嬴异在夜色掩护下，带着赵姬，抱着嬴政，从新打通的后门出来，兜兜转转来到赵藩的府上。嬴异说："赵王说不准啥时候要杀我，吕不韦可疏通关卡，要陪我一起逃出城去。为防出逃时出现意外，把妻儿托付给外舅外姑。"赵藩夫妇满口应允。嬴异要回到离开多年的秦国去了，他紧紧拥抱着爱妻赵姬，两个人泪眼相望，依依不舍。嬴异抱起嬴政，嬴政盯着他的眼睛，"嘤嘤"两声儿语把头扭了过去，仿佛在说：你要丢下我们吗，以后还回来接我们吗？

把妻儿安置妥当后，嬴异回到质子府邸。吕不韦已准备好应急钱物正在等他，嬴异随吕不韦出了质子府，转过朱家巷来到城边一个防守薄弱的转角处，吕不韦向防守的三个军吏出示赵王颁发的通行铜符，军吏看看左右无人，便挥挥手让他们溜出城去。潜出邯郸城后，不一会儿就进入秦军主将王龁的大营，王龁立刻派快马和一千军士护送嬴异和吕不韦向咸阳飞奔而去。

五 / 三三得九几寒暑，别过姬丹回咸阳

邯郸城被秦军围困攻打已久，城内粮草断绝，人弱马乏，死去的人都被分刮着吃了，接着又出现了活人吃活人的惨烈景象，真是城如纸薄，吹气可破。就在此时，十万楚军在春申君黄歇的指挥下向秦军王龁军阵展开进攻，随后八万魏军在信陵君魏无忌指挥下也向秦军王陵军阵展开围歼。

差不多同时，渭河北岸的咸阳宫，连续几天焦急等待破城灭赵喜报的秦王嬴稷正在激动地阅看王龁、王陵、郑安平用快马报给他的联名战报，战报上就四个字：即日破城！即日破城，这不就一两天的事吗？这可是关东六国中第一个被灭的啊，意义太大了。

秦昭襄王五十年十二月二十五日，嬴异和吕不韦在秦军的护送下回到了咸阳。十二月二十七日，秦王嬴稷又接到了主将王龁用快马送回的急报：魏楚救赵，秦军回撤，放弃围城。

"什么？破不了城，还回撤！"秦王嬴稷一屁股坐在王座上，脸色铁青，他一拍脑袋说，"唉，我太自信了，以为魏国楚国不敢砸这个场子，这怎么可能啊。"嬴稷一面派特使快马赶往邯郸，令王龁、王陵、郑安平挺住，一面让丞相范雎去请武安君白起入宫。

范雎很快就回来向秦王说："白起躺在榻上不动，不愿搭理我，这……"

秦王嬴稷什么也没说，亲自来到白起府第请白起出山。白起见秦王驾临，跪伏在地说："臣杀戮太重，恶鬼日夜缠索，病已不可医治，况且灭赵先机已失，望大

王息战吧。"

嬴稷知道白起和范雎斗气，装病抗旨，但仍客客气气地说："白起啊，本王待你不薄，封君赐爵，尊你为国尉，关键之时老将军还是带病走一趟吧。"

武安君白起给秦王施了一礼说："臣经历大小几十战，杀敌近百万，不是臣不奉命，而是战机已失，臣有重病，实在是动不了身，还是让范相……"

秦王嬴稷不等白起说完，一甩袖子离开白起府第，回到宫里气得下令罢了白起的爵位和俸禄。半日后，还气不过，下令将白起赶出都城。丞相范雎看秦王气不过，又建议赐给白起一把剑让其自裁。白起坐在一匹老马拉的木车上出咸阳西门，往前走了十里路来到杜邮。这时秦王嬴稷派人追来赐剑令白起自尽，白起长叹一声："唉！我固当死……"挥剑倒在木车内，随行的手下大将司马蕲和亲信卫先生也愤而自杀殉主。

十二月底，魏军和楚军向秦军发起最后的围攻。邯郸城内的赵王下令，平原君赵胜和大将廉颇打开城门杀了出去，秦将王龁、王陵溃撤，郑安平所率的两万秦军被联军重重包围，五次突围都失败了，只好向平原君赵胜所率的赵军投降。魏楚赵三国联军乘势穷追猛打，秦军彻底败退。

围攻邯郸终以秦军死伤十八万人，赵军死伤十三万人而收场。此役后，赵国收复了太原郡、皮牢城、武安城，魏国收复了河东郡、新中，韩国收复了上党郡、汝南城，秦军退回了函谷关内。

真乃天不亡赵啊！赵王赵丹携太子赵偃来到郊外魏军大营向信陵君魏无忌行跪谢礼，接着到楚军大营向春申君黄歇行跪谢礼，回到王宫，让太子赵偃向平原君赵胜和大将军廉颇行跪谢礼。

此时，在围城中学会走路、学会说话的小嬴政已经三岁了。这几年来，他都是待在母亲赵姬和管家侍女的身边，几乎是大门不出二门不迈，好像门口悬着一把刀，一出去就会"咔嚓"一下切下来一样。这些天，小小的嬴政总是静静地倾听外面的动静，他好像发现外面变得和以前不一样了。他站到窗台上想往外看，又跑到外门口从门缝中往外看，他时时被外面由远而近、由近而远的哭声吸引。他回到堂屋问母亲："外面什么人在哭啊？怎么人的叫喊声没了呢，刀剑碰击声没了呢？"赵嫣听父亲赵藩说：平原君赵胜请来了救兵，赶走了秦军，现在城里城外，悲哀哭泣的都是葬埋死去亲人的未亡人，有些钱财的还举办个仪式，经过城中街道出殡，无钱无财的穷苦百姓，只能用席片卷起尸首，草草葬埋，悲伤哀怨的气氛弥漫在邯郸城的上空。

赵藩只有赵嫣这么一个女儿，自从嬴异潜回咸阳后，赵嫣大多时候就带着嬴政住在父母府上，故而赵藩和夫人格外喜爱嬴政。前些时候，赵藩曾悄悄对女儿说："我真的害怕啊，这几年间，城外是秦国军队无数次的攻打，城内却偏偏留存着秦国王室的三个人，上天保佑，秦国败走了，你们有命了，如果秦军破城，你们在破城前也是刀下鬼了。秦王真是狼子野心啊，只知道攻城略地，图谋霸主，哪管子孙的生死啊，这就是无情的君王之道啊。"

嬴政听外翁赵藩这么说，好像懂了什么，他问外翁："外面不打仗了吗，您能让我出去吗？"外翁说："现在可不行，在家都有危险，外面更不行。"话音刚落，外面的大门就被砸得"咣咣"直响，赵藩让家丁准备好自卫，保护嬴政这个秦国的小公子，因为外面一天之中不断有人多次前来砸门，都是被秦军害得家破人亡的人来寻仇的。

一年后，赵藩发现寻仇的人还是不断地找上门来，他害怕嬴政这个秦王的血脉如果真的被加害，秦赵两国又会因此开战。所以在嬴政四岁半的时候，赵藩想办法把赵嫣和嬴政转移到南城的一个远房亲戚家里。过了两三个月，府上突然来了一队赵军，里里外外搜查了一遍，之后问赵藩："赵嫣母子去哪里了，是不是秦国派人接走了？"赵藩知道危险来临，哪里肯说。后来，一个都尉又带一队赵军把赵藩府上可能藏匿的角角落落和近支亲朋家里都搜了个遍，没有发现赵嫣母子的影踪。

赵王把堂兄赵藩召去问话："赵嫣带着小儿到底躲在哪里，只要是还在邯郸城，你就把他们接回家去吧。"

赵藩说："我怕秦王的重孙子被害，那样，赵秦两国要再起争战啊！"

赵王说："我要的是他们母子留在赵国。那叫嬴政的小儿虽不是质子，却胜过质子，况赵秦两国现今都无力再战，我已下令，军士等不得伤害他们母子。"

赵藩见赵王这样说，心里一块石头落了地。他当天就把赵嫣母子接回府上，第二天就试探着带小嬴政到街上转了一圈，尽管还不时受到陌生人的侧目甚至叫骂，但并无人上前厮打。赵藩心里放松了一些，有时候放小嬴政自己出去到门口玩耍一番。

时间一天天过去了，秦昭襄王五十四年（前253），嬴政七岁了，他已经在外翁家附近结识了好多小玩伴，几乎天天在一起玩耍。

五月五日这一天，他跟新认识的一个叫赵虎的带着一小帮孩子到丛台那儿去玩。刚到那里，从不高的假山后面出来十多个半大小子，他们一拥而上把嬴政推倒在地，其中一个胖胖的小子骑在嬴政身上把他当马，赵虎一声招呼，呼啦一下子八九个小子全上了，他们把嬴政压在最底下，一个压一个叠罗汉，他们一边压一边叫喊："压扁你龟孙子，压死你害人精。"嬴政一声不吭，在下面喘着粗气，觉得胸脯和脊梁都贴在一起了。不一会儿叠的罗汉散了下来，然后他们围成一圈把嬴政围在中央，赵虎把一个白旗扔给嬴政，大叫着让他举旗磕头投降，嬴政站起来把白旗踩在脚下狠狠地踩了两脚。见嬴政不服，他们又把嬴政按倒在假山底下然后散开，这时只见假山上露出两个小孩的脑袋瓜，只听轰咔咔一阵响，一块石头冲嬴政滚落下来，石头滚落到半路上，突然不知从哪出来另一块石头也快速滚落，在场的一帮小孩子都哇的一声喊跑开了。他们站在远处，有的惊叫，有的闭着眼睛不敢看。这时，另一块快速滚落的石头一下子撞到前一块石头的角上，一眨眼两块石头同时落了地，一块落在嬴政脑袋的左边，另一块落在嬴政脑袋的右侧。嬴政灰头土脸一动不动地躺在假山底下，他始终睁大眼睛毫不害怕的样子。平时和嬴政要好的三个玩伴中的一个飞跑着去嬴政外翁家叫人，其他两个跑过去蹲在嬴政身边看嬴政砸到没有，只见嬴政没被砸伤，便想拉他从地上站起来。刚才那几个发坏的小子在赵虎的带头下又围拢了过来，他们不约而同地秃噜下裤子哗哗地冲嬴政身上撒尿。嬴政咬着牙，瞪着眼，趔趔趄趄地从地上站起来，弯腰去搬那块滚落的石头。赵虎见状，一声口哨带领那帮小子跑走了。这时赵嫣和外婆一前一后赶来了，赵嫣一下子抱住嬴政，边拍打他身上的脏土边心疼得直掉眼泪。

赢政随着母亲回到了外婆家，他问母亲："为什么这里有那么多小伙伴这么恨我？"赵嬛用手抚摸着赢政的头，想着孩子长大了，开始懂事了，该把他的身世告诉他了，于是说："你是生在赵国的秦国人，你的父亲五年前就从邯郸逃回了咸阳，因为他是秦王太子的继承人。"赢政好像还未明白这对他意味着什么，他只知道：这世上最疼爱他的人是母亲。他久久抱住赵嬛的腰不松手，真切地感受母亲的温暖。

秦昭襄王五十五（前252）年年底，赢政跟着外翁和母亲去原来居住的质子府收拾东西。此时燕国在赵国的质子府也开在了旁边，赢政注意到在燕国质子府门口，一个十三岁左右的少年在玩陀螺，边上围了一群小孩观看叫嚷，鞭子"嗒嗒嗒"地抽动着，陀螺快速旋转还发出哨响。赢政好奇地站在边上看，看了半天也不肯离开，只见那少年身高六尺上下，衣着华美，甚是得意。这时那少年走过来说："我叫姬丹，十三岁了，刚从燕国来赵国做质子。这响陀螺是我从燕国带来的，给，你打打试试。"赢政听了这少年叫姬丹，是燕国来赵国做质子的，于是把自己是生在邯郸的秦国人、住外婆家的事告诉姬丹，并接过鞭子抽打还在转的陀螺。

赢政很开心很开心，不知怎么的，他一听到姬丹不是赵国人，他就不用防备躲避了，这是他长到八岁遇到的第一个不是赵国人的少年。他跟着姬丹到质子府玩了一会儿，只见姬丹那里纸鸢、陶笛、响球等什器玩物摆了一大片，他很羡慕姬丹。临离开时，姬丹送给他一个陶笛、一个响陀螺和一个帛鸢。赢政回到外翁家半夜都不睡，一直在摆弄这些奇异的玩物。

姬丹不知不觉来到赵国快一年了，很多时候他感到寂寞了就去找赢政一起游玩，向赢政说道燕国老家好玩的事儿，还特别郑重地说他的先祖燕昭王千金买马骨，修筑黄金台，差点灭掉齐国的故事。

赢政说："你先祖用千金买马骨头，还用黄金建台子，好厉害啊，太有钱了。"

姬丹说："好像是我先祖受一个叫郭隗的人讲述的有个国君重诺千金买马骨的启发而筑黄金台，把魏国的乐毅、赵国的剧辛招引了过去。"

赢政说："那也了不起啊。"

姬丹说："我先祖燕昭王还修了好长的城墙呢。"

姬丹十四岁了，有时晚上和仆从去酒肆喝酒，时间久了认识了一个大他三岁的女孩小青。有一次姬丹叫上嬴政和小青一起到丛台北面的牛首河边游玩，这时一个经常让小青陪酒的地痞哈五追踪而至，他当着姬丹和嬴政的面将小青扑倒在地扒她的衣裳，姬丹怒从心尖起，拔出随身短剑从哈五背后刺去，只一下哈五就流血倒地死了。有人把这事报告官府，姬丹看到官府的人远远走来，早已把带血的短剑扔在地上，脸色苍白。嬴政见状把姬丹右手拉过来将上面的血迹蹭在自己衣摆上，官府的人发现姬丹神色异常要把他带走，嬴政走上前去，用手一指地上死去的地痞哈五说："他欺负女人，是我把他刺死的，把我带走吧。"官府把嬴政带走关在衙署里，四面一打听，这哈五到处欺良霸女，又有赵藩打点，遂把嬴政放了。

嬴异回到秦国后，改名为子楚，也叫嬴楚，安国君和华阳夫人对他很满意。这几年间，虽然生母夏夫人安排他娶了韩国王室之女韩氏，并于秦昭襄王五十一年（前256）生有一子，但他更加想念的是留在赵国邯郸的赵嫣母子。一次，秦王嬴稷问起他在赵国的家室时，嬴楚说有一子，安国君取名政。嬴稷说："我年岁大了，为了我们秦室血脉不出差错，只好与赵国和好息战，已派使者使赵，要求赵王好生对待赵嫣母子。"

赵王赵丹有感于秦王派使言好，召集太子赵偃、上卿虞信、平原君赵胜。赵王赵丹说："无近谋者必有远忧，虽然长平一战三年，邯郸一战三年，我赵国元气大伤，大不如秦国，我赵国国力虽弱了，但仍要谋大谋远，不能放过掌控秦国命运的机会。"

太子赵偃说："都这样了还怎么可能掌控秦国的命运？"

赵王赵丹说："秦质子嬴异和吕不韦到咸阳肯定替我赵国说好话，现在我王族之女赵嫣和秦太子之孙还留在邯郸，明日太子就去赵藩府上慰问他们母子，之后安排车队军士护送他们母子回秦国去吧。"

秦昭襄王五十六年（前251）九月，秦王嬴稷死了，赵王赵丹特地修书一封让上卿虞信带上，亲自护送赵嫣母子回秦国。

作为外翁的赵藩把嬴政亲到心里去了，虽万分舍不得，但也替女儿和嬴政高兴，他含着眼泪对嬴政说："是到了你认祖归宗的时候了，去吧孩子……"

嬴政一大早就跑到姬丹的府上，把姬丹送给他的帛鸢和陀螺还给了姬丹，只留下一只陶笛。姬丹拉着嬴政的手不愿撒开，嬴政眼角也湿润了、模糊了。姬丹随嬴政到赵藩家，只见大队军士还有赵国的上卿在等候，这阵仗惊住了姬丹。嬴政上车了，向姬丹挥着手。

九月十九日，千名军士护卫着六辆马车启程去咸阳了，姬丹站在原地挥着手，看着这大队人马消失在朱家巷的尽头。

六 / 声声婴啼如招魂，嬴政寻声到东房

秦昭襄王五十六年深秋，九岁的嬴政和母亲赵嫣在赵国上卿虞信和千名军士的护送下，走过函谷关，回到了秦都咸阳。

赵王赵丹所痛恨的老对头秦王嬴稷死了，他派上卿虞信前去吊唁，并护送赵嫣母子回到秦国，这是给活着的即将当政的安国君嬴柱看的。还有一件大事，就是让上卿虞信拜访嬴楚和吕不韦。

嬴政回到咸阳后，全城都笼罩在肃穆悲哀的氛围之中，但他最大的感受是身体安全了，心里踏实了。他在父亲嬴楚带领下见过了祖父安国君和养祖母华阳夫人、亲祖母夏夫人，随后穿上孝服一起来到秦王嬴稷的灵前跪拜。只见这个个子高高、俊美如玉的秦王嬴稷的重孙子跪伏在地上痛哭不止，当其他人都停止了哭声站起来后，嬴政仍然匍匐在地上号哭，泪流如注，谁也拉不起来。一个孩子这发自心底的尖嫩的哭声，引动大人们一片悲泣，只见安国君走过去挨着小嬴政重又跪下"呜呜"哭起来，其他兄弟姊妹、后辈晚生又都跪了一地，哭声连成一片。好大一会儿，在安国君、华阳夫人、夏夫人的哄说下，嬴政才停止了泣哭。当华阳夫人听到赵嫣说"快十岁了，第一次见这孩子哭"时，心疼地蹲下身子把嬴政搂在怀中，爱怜地抚摸他挂满泪痕的脸。

嬴政感觉到心里疙疙瘩瘩的块垒随着刚才的痛哭宣泄了出来，还感觉到自己内心从一个过早的沉重变回了孩童的轻快。他的眼睛看向自己面前的秦王嬴稷的棺椁，这个当了五十六年秦王的曾祖父，从他一出生就像影子似的跟着他，使他挨打

受骂，刀架脖颈，东躲西藏，不敢发出一点声响，更别说哭声了。前些年在赵国，他听母亲说起曾祖父时，出奇地不恨他、不怨他，朦朦胧胧地感觉这个曾祖父好高大，好厉害。如今回到了秦宫，却和曾祖父说不上一句话。

韩王韩然身穿丧服前来吊唁，心情杂乱。他是关东六国中唯一一个到咸阳向秦王嬴稷致哀的国君，他希冀以后秦国对韩国好一点。赵国派上卿虞信，魏国派丞相信安君魏信，楚国派丞相春申君黄歇，燕国派丞相栗腹，齐国派丞相后胜，都带着祭礼前来吊唁。

赵国上卿虞信在完成吊唁国事后，择机拜访了已改了名字的质子嬴楚和居住在馆舍中的吕不韦，吕不韦设素宴接待了他。

秦王嬴稷薨（hōng）逝后被尊谥为秦昭襄王。

安国君嬴柱成为秦嬴第三十五代秦王，他立华阳夫人为王后，立嬴楚为太子，追封已故生母唐氏八子为太后，将其与父秦昭襄王合葬在骊山芷阳。安国君是仁孝之人，他决定为父服孝三年。

嬴异，现今称嬴楚，已成为太子，他陪侍在父亲嬴柱身边一同服丧。只有嬴政渐渐从曾祖父卒亡的氛围中走了出来。他在回咸阳的大半年里，结识了十多个同龄的少年，他们都是王族的子弟或者是将相的儿孙，分别在咸阳城里由博学的文官武将督导教育识文学法。

秦孝文王元年（前250）十月四日，安国君嬴柱继位成为秦王，此前他日日沉浸在哀痛之中，重大紧急的国事也被搁置一旁。这怎么行呢，在大臣的苦苦劝谏之下，服丧刚满一年的嬴柱答应即位。即位之后的十月六日，拖着积劳成疾之身的秦王嬴柱来到朝堂之上，他老觉得胸口发闷，肩背隐痛，他走来走去，用手握拳伸到后面在腰部捶了捶，好半天才坐将下来。他说："先王励精强国，今日宽赦罪囚，轻罪的释放，宗族不易，赐给土地；功臣也赏赐土地田宅，即刻颁诏实行。"随后秦王嬴柱对丞相蔡泽说："纲成君，你继续执掌相印吧。"

蔡泽说："臣蒙秦王厚恩，可近日身薄有疾，难当大任，臣闻吕不韦学深智异，可堪相位。"

秦王嬴柱刚要说话，突然满头大汗，他捂住胸口，从王座上跌落下来，一阵痉挛。太子嬴楚、丞相蔡泽、大臣徐诜、大臣杜仓、客卿吕不韦立刻围拢上前，速传御医，等华阳王后和御医赶到时，秦王嬴柱已然薨逝。嬴楚从后面牢牢抱着父王，华阳王后涕泪呼唤，但都无济于事了。

安国君嬴柱凭虚弱之躯在丧父和即位的悲喜交替中正式登基施政，谁知三天后突然亡故，他活在世上五十三岁，还不如父亲秦昭襄王在位时间长。

秦王嬴柱薨逝后被尊谥为秦孝文王。

嬴楚作为太子自然要接替王位，可他表示要给父亲秦孝文王守孝三年，这可急坏了吕不韦。

吕不韦进谏说道："孝心诚然重要，但关东六国蠢蠢欲动，合纵抗秦，以国为大，尽快即位即是孝啊。"

听了吕不韦的劝谏后，嬴楚继而拜见养母华阳太后。悲痛欲绝的华阳太后听到嬴楚要给父王守孝三年时，连连摆手，说："家事国事一样重要，你今日就在灵前即位吧，国不可一日无主啊。"

嬴楚从华阳太后跟前退下后马上与吕不韦商议。吕不韦说："速遵华阳太后懿旨办理，灵前即位，万勿迟疑。"

丞相蔡泽、大臣徐诜、杜仓和客卿吕不韦一起设定了太子嬴楚灵前即位的仪式和秦孝文王丧葬的议程。

秦孝文王元年十月六日，太子嬴楚即位第三十六代秦王，尊华阳王后为华阳太后，尊生母夏氏为夏太后，立赵姬为王后，立嬴政为太子，封吕不韦为相邦。

当华阳太后让相邦吕不韦宣示马上十岁的嬴政上前行礼即位太子时，让人惊诧的事情发生了，嬴政找不到了。嬴楚问王后赵姬，赵姬说："天一亮他就被伙伴找去游玩了，我已派人出去寻找，找的人还没回来，他能去哪里呢？"

原来十月六日一大早，嬴政就出宫和前来找他的王贲、蒙恬去渭河边上看打捞上来带有铭文的铜簋。这时太阳已经从东边升起来了，他们从王宫往南走到王侯将相、宗族聚居的望贤街时，只见几只彩色的凤鸟鸣叫着从头顶飞过。嬴政没走多远，不知怎么的一下子停住脚步站在街边的一块青石板上，隐隐约约听到几声婴儿的啼哭似从空中传来。他问王贲、蒙恬："你俩听到了什么声音吗？"王贲和蒙恬竖起耳朵静听了一会儿，说："什么也听不到啊，是什么声音呢？"

嬴政说："我怎么听得那么清楚啊，你俩前面先走，我随后就到。"

王贲、蒙恬说："我们先走，你听吧。"他们说着向前走去。

嬴政自言自语着："从来没听到过这个，好像是从空中传过来的声音，算了，快追他们去吧。"这时，像比刚才更清晰的声音传来。他四处看了看，不由自主地迈开脚步向偏右方向走去。随着嬴政的脚步，那婴儿的啼声一声接一声地飘传过来，他被那声音牵引着，走啊走啊，最后来到一处高大的府院门前，只见门头上挂有"蒙府"两个大字的匾额。他看见蒙府大门进进出出那么多人在忙碌着，这时，他又听到连续的婴啼，嬴政跟随抬东西的几个人走进府院，满院子的香味让嬴政的呼吸急促起来。这时只听到一个人在问："生了个男丁还是女娃？"另一个人答："是个女娃。"

什么男丁女娃？嬴政正在愣怔，东边房屋里传出他一路找寻的声音，一个婴儿的啼鸣，这几声啼鸣穿透嬴政的心房。他快步走到东房门口，推门迈步要进屋，这时一个人挡住了他，说："你是哪来的小子，生了个女娃，你男丁莫进。"嬴政一下子红了脸，有些结巴地说："她在叫我啊。"那人说："谁在叫你，娃吗？不可能，她才出生两三个时辰。"

正僵持间，蒙武从府门外飞身下马快步走来，几步就到了东房门前，只见家人在阻挡一个小小少年，蒙武上前一看，大惊："这不是太子吗，你怎么在这儿，几百人都在满城找你呢，快跟我走。"

蒙武知道妻子甄氏快要临盆了，可朝里传他速速进宫。因为秦王嬴柱薨逝，他在宫里参与了嬴楚的灵前即位仪式。当开始宣立太子仪式时却找不到嬴政了，这怎么得了。顷刻间，整个秦宫和咸阳城短时之内，从安国君的猝然离世到嬴楚的新立，重心又一下子腾挪到寻找太子嬴政上来了。蒙武也是听命寻找太子顺道路过家门看看妻子生产了没有。

　　赢政不走，蒙武说宫里都等他回去宣立太子呢，即便这样他也不走，非要进屋看一眼。蒙家人听到这个大男孩是新立的太子，商量了一下就同意让赢政进屋看一下。赢政轻轻迈步走进东房，侍女已抱起用襁褓裹着的新出生不到三个时辰的女婴，满屋香气四溢，房屋和窗棂处有凤鸟在翻飞鸣叫。赢政走过去，离襁褓里的婴儿有三步远，刚能看清女婴的小脸儿，这时令人诧异的是，只见襁褓中的女婴右手挣开紧裹的襁褓伸向赢政，赢政不知所措，上前不是，后退也不是。女婴清灵的啼声又响起，赢政上前两步，怕自己手脏，在衣服上擦了擦仍不敢去触碰面前那娇嫩的小手，这时那粉嘟嘟的小手一扬从赢政的脸庞上拂过。这时，蒙武拉起好像还在梦中的赢政走出东房，抱起赢政飞身上马一同往咸阳宫而去。

　　秦宫中，早已哀声连绵。赢政进到大殿后，先跑上前去抱住华阳太后，眼泪哗哗地淌将下来，随后穿上孝服跪拜在秦孝文王赢柱的灵前。相邦吕不韦宣示了秦王赢楚立赢政为太子的诏令。片刻的肃静之后，灵堂里又响起一阵哭声和钟鼓的和鸣。

　　与上次秦昭襄王薨逝不同的是，赢政这次没有那么放声大哭，他只是随着父王默默地流泪。他试图想哭出来却怎么也哭不出声，安国君成了秦孝文王，多么可亲可近的祖父啊，怎么说死就死了呢，有生必有死吗？赢政的心里面不停地闪现那初生婴儿精灵样的小脸，还有那伸向他的小手。那馨香清脆的婴啼又在他耳边响起，盖过了四周呜呜的悲泣……

七 / 十岁太子得来早，十三入朝为秦王

　　"我是太子了。"嬴政一时有些蒙，可他一环顾身边的华阳太后、夏太后、父王嬴楚、母后赵嬺和一班文臣武将，一下子清醒了，一下子长大了。可为什么非得有死亡才能有太子呢？秦昭襄王嬴稷是这样，不，他是越过太子这一档直接当上秦王了。秦王嬴稷故去，父亲嬴楚当上太子。今日祖父安国君嬴柱亡故，我嬴政一眨眼就成太子了，父王一旦……嬴政不敢往下想了。

　　嬴政成为太子了，秦王嬴楚和王后赵嬺商量后决定让他拜相邦吕不韦为师。

　　相邦吕不韦欣然受命，此后将近一年的时间里，他经常把嬴政叫到相邦府，对他说："你身为太子，国之储君，要心存敬畏，志存高远，学之习之，不可懈怠。"

　　嬴政问道："学什么，习什么？"

　　吕不韦答道："春秋以来，学派众多，弱肉强食；你是太子，要文武之艺博学之，帝王之术笃习之。"

　　嬴政连连点头。吕不韦严谨而又亲和地给嬴政讲授了大半天，嬴政只记住了弱肉强食、帝王之术几句话。

　　后来，吕不韦感到自己在相位上太过忙碌，时时无暇顾及求知若渴的太子嬴政。于是，他和秦王嬴楚商定让纲成君蔡泽和大将蒙骜协助自己教授嬴政。

　　蒙骜听说，新立太子那一天，嬴政莽莽撞撞到蒙府要见自己刚出生的孙女，还说是从空中听到孙女的声音叫他，他才一路找来的，这真的很奇怪。当蒙骜见到这

个面色白里透红、鼻梁挺直、眼睛清澈的少年太子时，马上打消了询问他那天如梦似幻一般的事，而是直接给他讲授一些攻伐防守的古今战例。嬴政听得津津有味，他把蒙骜所佩的长剑要过来，玩耍了好一阵，问道："你教我骑马如何？"

蒙骜说："男儿当自强，骑射自如常，定要熟于马术，精于剑术，臣听说秦祖最善御马，不用臣教太子，自然会的。"

蔡泽在秦昭襄王在位时当过丞相，他教授嬴政的方法和吕不韦、蒙骜很不一样。他带着太子在咸阳城里城外到处转悠，后来还带太子去了东边的要塞函谷关。

一天，蔡泽陪着嬴政来到咸阳城西北角的霸宫观看安放的九鼎，这是秦昭襄王灭西周后运回的宝物。蔡泽引领着太子嬴政走进霸宫，只见大殿正中一字排开放着九只铜鼎。嬴政眼睛一亮，纲成君蔡泽给他解说："这是夏朝初年，大禹将天下划分为九州，而后在荆山脚下用青铜铸造的九个大鼎，把九州各自的奇珍异宝、名山大川、贡赋田土镌铸在九鼎之上，鼎足鼎耳饰以龙纹，以一鼎象征一州，这样，九鼎就成为至高无上的王权和一统天下的象征。"蔡泽看到嬴政听得入了迷，接着说："你看这是'冀州鼎'排首位，这是'兖州鼎'，这是'青州鼎'，这是'徐州鼎'，这是……"蔡泽停顿了一下，接着说："这是'雍州鼎'，居中位，它有些不同。"嬴政随着纲成君的解说细细观瞧，哎，哪有什么"雍州鼎"，只是在一块青铜板上用大篆镌刻着"雍州鼎"三个字而已。鼎哪里去了？蔡泽见嬴政疑惑，接着说："这'雍州鼎'象征着我们大秦国所辖州土。当年，也就是秦昭襄王五十一年（前256）西周国公姬延联合关东六国，兵出伊阙攻伐秦国，试图阻断秦国通往韩国的阳城之路，秦昭襄王派大将摎（jiū）攻打西周国公组织的联军，联军中楚国见势不妙带头自保退兵，其余五国也作鸟兽散了。这样，西周国公傻了眼，亲自到秦都咸阳认罪，把所有的三十六邑和三万军民献归秦国。秦昭襄王看不上这些，他看重的是洛邑周太庙里放着的九鼎。一说九鼎的事，西周国公姬延当场猝死。这九鼎，从夏朝传到商朝，商朝又传到周朝，眼看秦国要接手九鼎，西周国公也许是怕对不住先祖，也许是不愿从自己手上失去国器，就一命呜呼了。"蔡泽说到此停住了，嬴政催问道："后来怎样了，快说啊。"

蔡泽缓缓说道："在往秦都咸阳搬运九鼎时，才发现只有八只鼎，唯独少了象征我秦国的'雍州鼎'。西周国公姬延已死，问谁也都不明白'雍州鼎'的去向。唉，昭襄王以此为遗恨。往下看，这是'扬州鼎'，这是'荆州鼎'，这是'梁州鼎'，这是'豫州鼎'。"嬴政来来回回、前前后后地围着这八个六尺高的大铜鼎转个不停，鼎上的纹饰山川秀美，工艺精湛，悠悠千年，宝贵异常。最后嬴政站在那块刻有"雍州鼎"字样的青铜牌前，黯然神伤，久久不说一句话。看到太子这样的举动，纲成君蔡泽轻轻退到霸宫门口等候，自语道："此太子必成大器也。"

转眼已到秦庄襄王元年（前249）的秋天了，真是多事之秋啊。东周国公姬杰本已是苟延残喘，他看见秦国昭襄王亡故，接着孝文王亡故，秦国国运晦暗，感觉机会难得，何不趁秦国无暇应对之时，暗中联络魏国、赵国、韩国、楚国、燕国五国讨伐秦国？

秦王嬴楚听到这个消息，怒气冲天，这不是乘人之危吗？他马上召见相邦吕不韦和左相徐诜上朝，说道："七年前，西周国公合纵攻秦自取灭亡，今东周国公趁火打劫又来这一套，相邦你新任要职，需要拥功服众，可带领十万大军出击，彻底灭掉东周。"

吕不韦说："东周国公早应灭其庙祀，徒有天子空名，不韦明日起兵。"

秦庄襄王元年九月七日，吕不韦在十八通鼓炮声过后，开始誓师仪式。秦王嬴楚亲自到场壮行，他说："这是相邦第一次率兵出征，寡人必亲送出城，待凯旋之日，寡人定亲自相迎。"

吕不韦坐战车驶出咸阳东门，这时只听一声："相邦停车。"随着叫声，一个少年气喘吁吁赶来，这不是太子吗，吕不韦赶紧从车上下来禀问太子何事。

嬴政说："我要随相邦出征，去东周国那里看看。"

吕不韦即刻禀报秦王嬴楚，秦王嬴楚说："难得啊，让太子出去见识一下吧。"

吕不韦率十万秦军迎击六国合纵联军，魏、韩、赵、楚、燕五国国君听说秦国相邦吕不韦第一次率兵出征势在必得，同时，少年太子也随军出征，锐气正旺，所以，没有怎么正面交战，就各自溃退。吕不韦前后不到五日就攻占了东周国公府巩邑。东周国公姬杰举旗投降，愿随吕不韦到咸阳谢罪。

击败了六国合纵联军，相邦吕不韦志得意满，可嬴政一点也不高兴，他目光闪闪，在东周国公府邸四处扫量，然后带着大队兵士到各宫庙查看，之后又回到东周国公府邸。

嬴政对吕不韦说："我要问东周国公一个事。"

吕不韦说："什么事，太子尽管问。"

嬴政打量了一下浑身像筛糠一样的姬杰，朗声问道："西周公献我秦国八只鼎，独缺'雍州鼎'，你可知藏在哪里？快快回答。"

没想到太子嬴政小小年纪会问九鼎之所在，吕不韦心里一震，用异样的目光看向太子嬴政。嬴政没有注意吕不韦的变化，而是死死盯着东周国公姬杰。

东周国公姬杰不敢抬头去看眼前这位英气勃发、声稚面威的秦太子，嗫嚅了半天才听清他反复在说："我父王武公留话说，周赧王姬延于秦昭襄王五十年找到楚考烈王熊完，言明要联合关东赵、齐、韩、魏、燕、楚六国攻伐气盛的秦国。楚考烈王亲自来到西周国都城洛邑，他对赧王姬延说：'我把象征秦国的雍州鼎取走给另五国国君看，表明灭秦之决绝，五国国君看到后必合力灭秦，灭秦后供奉沦落的西周公为实至名归的天子。'周赧王姬延听到楚考烈王的话心里很受用，以为可行，就让楚考烈王把雍州鼎带出洛邑。"

听到此，嬴政惊讶地张大了嘴巴，吕不韦也感到事出所料，匪夷所思。

吕不韦说："太子别问了，把姬杰带回咸阳，向秦王奏报此事，此事非同小可。没想到三百多年前，楚庄王向周定王问九鼎之轻重，如今考烈王非但问鼎而且还取鼎，这……"

嬴政说："相邦回师吧。"

回师路上，看到姬杰蔫头耷脑的样子，嬴政问吕不韦："周天子是天下共主，我们为什么要灭之？"

吕不韦说："势力衰微，诸国不听，故灭之。"

嬴政问："那以后天下是不是还要有共主啊？"

吕不韦抬头看了看这少年太子一眼，说："是，天下还会有共主的。"

秦庄襄王嬴楚对吕不韦和太子干净利落地击败东周国公和联军给予奖赏，但一想起十年前邯郸之战时列国合纵击败秦国的往事，又恼火如今几国还是抱团对付秦国，便决定拿下东周国后对关东闹得欢的魏国、赵国、韩国进行报复性征伐。

秦庄襄王二年（前248）前后，因对韩国参与东周国公合纵攻秦不满，秦王嬴楚派大将蒙骜报复讨伐韩国，一举攻取了韩国的战略重城成皋、荥阳，因其境内有黄河、伊河、洛河流过，所以嬴楚决定在此设立三川郡，郡治设在荥阳。此后，秦国拥有了进击关东六国的先头阵地。

秦庄襄王二年，嬴楚又派大将蒙骜对赵国进行报复性打击，接连攻取了赵国晋阳的三十七座城池。

秦庄襄王三年（前247），嬴楚派大将王龁继续报复韩国，攻占韩国上党郡，攻占太原设太原郡，了却了秦昭襄王的遗恨，得而复失的郡城又失而复得。

同年，为报复魏国图谋组成联军攻击秦国，秦王嬴楚派大将蒙骜伐魏。一开战秦军就攻破了魏国高都等多座城邑，魏军屡战屡败。魏王想起了自己的异母兄弟信陵君魏无忌，他思忖再三，亲自写信派专使去请十年前窃符救赵而居留邯郸的魏无忌回国。信陵君魏无忌以国为重返回魏国，被魏王任命为上将军。信陵君乃战国四君子之首，他出面联合楚国、赵国、燕国、韩国，集结了四十万大军反攻秦国，在黄河以南与秦军展开决战，不到两天就击败了秦军。蒙骜紧急回撤到函谷关内闭关不出。信陵君带领的联合军团攻到函谷关后退兵，把不久前秦军攻占的列国城池大都收了回来。

秦军少有的大败又出现了，前功尽弃。虽如此，但秦王嬴楚还是亲自把大将蒙骜迎回了咸阳。"胜败乃兵家常事"，理是这么个理，可嬴楚却日夜忧思难以接受，这是怎么回事啊？相邦吕不韦受命派大将蒙骜率军去迎击合纵联军是对的呀，因为原定派大将军王龁去的，可王龁听说信陵君魏无忌是统帅就怯战婉拒。大家都知道，十年前的围困邯郸之战，正是信陵君联合楚魏援军大败王龁的秦军的。历史惊人地重演，今日蒙骜敌不过信陵君大败而回，唉，这个信陵君魏无忌果真厉害啊。

嬴楚怎么也管不住自己的胡思乱想：难道列祖列宗的霸主基业要毁在我手上吗？本该当太子当秦王的人是嬴傒，是贵人吕不韦下了血本帮我上位，莫非是我德薄才浅难承王位之重，还是……嬴楚日不喜食，夜难安寐，华阳太后和夏太后时刻惦念，王后赵嫣和嬴楚的表弟昌平君熊启亲侍汤药，嬴政和弟弟成蟜还有成蟜的母亲韩姬也不离左右。看着父王忧国责己，日渐憔悴，嬴政不知道怎样帮父王消解。他悄悄向纲成君蔡泽问计，蔡泽说："急派可信得力之人携重金去往魏国，先找晋鄙的门客，让其进言魏王，离间魏王和信陵君的关系，除掉信陵君。"嬴政在父王精神好的时候把蔡泽的智谋相告，嬴楚想了想说："信陵君是我秦国的大患，不去离间，可能无事，一去游说，万一魏王让位给弟弟信陵君，或者信陵君被将士拥戴夺得王位，那我大秦就只能缩在函谷关内了……"

秦庄襄王三年五月丙午日，心病难医、渐酿重疴的秦王嬴楚哇地喷出一口鲜血，御医慌忙无措，一会儿工夫，嬴楚咳血十数次。他一只手拉着赵嫣，另一只手把嬴政、成蟜揽过来，韩姬在一旁落泪。这时，华阳太后、夏太后怜惜地安抚着儿子。嬴楚用尽力气坐了起来，他挺直身子，然后一下子前伏行跪拜之礼，让相邦吕不韦、左相徐诜、昌平君熊启、昌文君熊美坐立难安。嬴楚半搂着嬴政向在场的亲信之人说道："我无能，不能强国尽孝了，太子天纵英武，但年少命苦，当托母太后、相邦、昌平君辅佐啊……"在众人允诺间秦王嬴楚薨逝了。

秦王嬴楚薨逝后被尊谥为秦庄襄王。

五年间，秦国三位秦王接连薨逝，真是丧事连连，旧泪未干，新泪又添，悲声相继。太子嬴政紧紧抱住弟弟成蟜，任泪水浸湿弟弟的肩头，成蟜也"呜呜"哭个不停。

相邦吕不韦、郎中令昌平君熊启也满怀悲痛，商议秦庄襄王嬴楚的殡葬议程。这时大将王翦上奏太后说："两位太后，国不可一日无主，请太子即王位吧。"这似曾相识的奏请，让众人一下子安静了下来。华阳太后、夏太后、赵嫣王后齐把目光投向才刚十三岁的太子嬴政，然后又把目光转向相邦吕不韦和郎中令昌平君熊启。吕不韦和昌平君熊启相互交换了眼色，而后弯腰低首朝向两个太后。大殿上除去低低地抽泣，谁也没有开口说话。

太子嬴政松开弟弟，走近华阳太后、夏太后跟前跪下行礼，走到母后赵嬢跟前跪下行礼，之后向薨逝的父王嬴楚行礼。之后，他凛然说道："是不是一当上秦王就离死亡不远了，我不怕，鬼门关我嬴政都闯过来了还怕什么，相邦召集百官上朝吧，我即秦王位！"

华阳太后、夏太后、母后、吕不韦、熊启、王翦等所有人的眼睛都被泪水浸湿了，因为顷刻间看到嬴政长大成人了，他毫不犹豫地扛起秦王的担子摞在肩上。

八 / 法情术势自天成，少年酬志拜商鞅

　　嬴政即位秦王第二天，尊华阳太后为祖太后，尊夏太后为祖太后，尊赵姬母后为母太后，尊相邦吕不韦为仲父，将昌平君由郎中令擢任为御史，向全国宣布为庄襄王举行大丧祭典，命相邦吕不韦和御史昌平君加紧修固装饰阳陵以安葬庄襄王。

　　秦国国君接连发生重大变故，关东六国很是茫然。吕不韦派密使将秦庄襄王病亡和嬴政即位秦王的事通报给赵王，赵丹随即起程，由赵姬之父赵藩陪同前往秦国，他这次到秦国主要是吊唁秦庄襄王，慰问太后赵姬，并向新即位的嬴政致意。

　　赵丹一路上心绪起伏，心想：当年谋划撮合赵女赵姬和秦质子嬴异这桩姻缘是何其的英明啊。质子嬴异归国还真的当了太子，当了秦王，起码有十年赵秦两国和睦互尊，没有大的征战。当年强压国内民怨不杀赵姬和嬴政，你看，现在嬴政已成为年轻的秦王，赵姬成为母太后。当年把赵国所有挣大钱的买卖都给了吕不韦，这没白给，吕不韦虽说花了不少钱，但现今成为秦国的相邦、秦王的仲父。我赵丹此去定能巩固赵秦两国邦交，增进赵秦两国宗室情谊，逐渐择机削弱秦国，实现赵国霸主之梦。

　　在相邦吕不韦安排下，赵王赵丹率领使团顺利通过函谷关，不日到达都城咸阳。吕不韦奏报秦王嬴政，嬴政一听说赵王赵丹率赵国使团已到，一团阴影立刻充斥心胸，感到憋气，心里不悦：赵王都入关到了咸阳才向我奏报，这算什么！嬴政面无表情地对吕不韦说出两个字："不见！"

　　嬴政虽拒绝会见赵王，但还是亲自到客馆把外翁赵藩接进宫中。连着三天，嬴

政和母后赵嫣陪着外翁同吃同住。眼见秦王把赵王晾在客馆，吕不韦十分焦急。第四日，吕不韦进宫劝谏道："赵王亲到咸阳吊唁庄襄王以示友善，还是会见一下为好。"吕不韦的进谏再加上外翁赵藩的说情，最后赢政同意会见赵王赵丹。

吕不韦说道："在何宫会见？"

赢政不假思索地说："我想去客馆会见赵王，现在就去，相邦和昌平君陪我走一趟吧。"

到达章台宫南侧的客馆，分主宾坐定。赵王赵丹说："得知贵国有重大国故，寡人特前来慰问，以示秦赵命运相连，邦谊永固。"

赢政说："寡人昔日在赵国如蝼蚁般苟活，赵王可曾料到今日我赢政在此与你会见。"

赵王毕竟老成持重，说道："大王天命注定，我岂敢预料。"心想，当年你赢政还真和蝼蚁差不了多少，一脚踩死都不费吹灰之力。

第五日，吕不韦陪赵丹祭拜了秦庄襄王，之后赵王被告知：赢政已经即位，不再举行即位大典，所以祭拜后第二日赵王就返回邯郸去了。

赵王离开后，赢政召见相邦吕不韦说："马上知会关东五国，告之不要遣使到秦国来了，且命大将蒙骜严守函谷关，令王翦严守武关，没有秦王玺令，各国使节和国君不得入关。"

转眼到了秦始皇元年（前246），十二月二日，秦王赢政把纲成君蔡泽召来，说："先王已逝，大患未除，离间魏王和信陵君的事办得怎么样了？"

蔡泽答道："即日得报，信陵君已经交出了上将兵符，整日沉迷于酒色以自保。"

赢政又问道："听说相邦为了扩充燕国献给他的河间私邑，硬要派你出使燕国三年，可有此事？"

蔡泽说："秦国之内，尽皆王土，何来私邑，相邦让臣出使，臣不得不出使。"说到此，蔡泽凑近赢政耳旁小声说："秦王您尚未亲政，臣出使后，切记隔些时日就要过问一下国事，但尽量不要裁决国事，目的是常存秦王威势。多观察太后、祖太后、相邦和御史如何处理朝政，法术情势自在其中。"

唯一能够私下向其问政的纲成君蔡泽出使燕国了，嬴政一时间有些迷惘。

秦始皇二年（前245）三月的一天，赵国新立的赵王赵偃派私使嫪毐（Lào'ǎi）出使秦国，他遵赵王旨意提出用和氏璧换回晋阳三十七城。吕不韦带着赵使嫪毐求见秦王嬴政，嬴政漫不经心地坐在王座之上，看了一眼身体高大又有些俗裘的赵使。

这时，吕不韦上奏道："和氏璧是我大秦昭襄王心仪之宝，今赵王欲以璧易城，请秦王定夺。"

"决不！"嬴政扫了一眼赵使，腾地一下子站了起来，拂袖走入后殿。

这时，身材硕壮高大的赵使嫪毐"扑通"一下给吕不韦跪了下去，带着哭腔说道："赵王说，城换不回来就不要回赵国，我当如何啊。"

吕不韦在赵国邯郸时曾与嫪毐很熟悉，原来此人原名叫摎包，曾有一段时间专门负责监视嬴政父亲和赵嫣在赵国的生活。他曾在赵王卫队混了个低级都尉，平日里善于奉迎，又做得一手拿手好菜，比如十三扣碗等，赵偃即位赵王后，让他当上了御厨总管。嫪毐对吕不韦说，他与当时在赵国当质子的庄襄王嬴异很熟。赵使嫪毐不敢回赵国，吕不韦就让他暂留在吕府做门客。

过了些日子，吕不韦宴请华阳祖太后和赵嫣母太后。酒席间说起朝中之事："前些日子，赵使来秦欲以和氏璧换回晋阳三十七城，没想到秦王怒而拒之。"

华阳祖太后说："昔日昭襄王喜欢和氏璧，但那终究是个玩物，岂能和秦土相易，我孙拒之有理。"

吕不韦说："是臣下短见，不应引使惹怒秦王。"

华阳祖太后问："听说你引见的楚人李斯深得秦王器重，此人有何过人之处？"

吕不韦答道："李斯曾是楚国上蔡小吏，他为秦王早日成就霸业，献计对付关东六国：先金镒后刀剑，收买暗刺加兵摧，依次递进。也就是从弱国开始，贿以厚利从里边撕开一个口子，再加以利刃从外面撬开一扇门阙。他这一套秦王很感兴趣，并封李斯为长史。"

又过了大半年时间，母太后赵嬅听闻赵国来使留在吕不韦那里做了门客，便把吕不韦招来问话："相邦啊，听说你那里有一个门客做得一手地道的邯郸菜，让他供我这里差使吧，此事你不用禀报秦王，我和他说吧。"

赵嬅自打夫君庄襄王嬴楚故去后，深居简出。吕不韦注意到母太后已哀色褪尽，姿容愈加秀美，可她突然间提出要把壮硕的门客嫪毐要去，他不由得犹豫了一下。

赵嬅见吕不韦有些顾虑，说道："这事你不用禀奏秦王了，我就是想吃个家乡菜食，听个乡音，不是什么大事。"

吕不韦只好应允，心想：母太后新寡寂寥，她贵为太后，别说找一厨子，就是养一男宠寻欢作乐也是她的权力。

秦王嬴政每隔不到三日都要到弟弟成蟜府中看看，或约他一同出游，故常留成蟜在宫里宴食。一次，嬴政去成蟜府中看望弟弟，成蟜母亲韩夫人忧虑地对秦王嬴政说："秦王常临敝府，千万别耽误了朝里大事儿，让他人说成蟜不懂事。"嬴政说："在这个世上，我嬴政只有成蟜这么个弟弟为伴，多亲近只为不孤单，谁敢妄言。"

秦始皇四年（前243），嬴政已经十七岁了。这年的十二月五日，大将蒙骜、王翦、张唐、樊於期突然接诏入宫，这是嬴政即秦王位以来的第八次召见了，每年年中和年尾，都会有两次突然召见。大将们急急来到咸阳宫，秦王嬴政早已坐在那里，在他身后站着蒙恬、王贲、蒙毅、成蟜、甘罗等六位几乎同龄的少年。甘罗是原来秦国分设左右丞相职位后的第一任丞相甘茂的孙子，比嬴政还略小几岁。

嬴政说："又半年过去了，我听闻魏国信陵君魏无忌亡故了，魏国这个中央四战之地不足惧了，信陵君乃真公子，可惜了。"

张唐、王翦几个人还是第一次见秦王以如此阵势召见，他们按惯例依次把相邦布置的攻城略地的战况上奏了一遍。嬴政安静地听着从不插话，听完后，说："召相邦、御史、太尉入宫。"话音刚落，只见等候在宫门外的吕不韦、熊启、蒙骜走进大殿。

嬴政说："我后面站立的都是新晋才俊，我这是想让他们见识一下我朝将相的丰功伟绩。不知为何，这十多年，我大秦和赵国大体上无战事。现在赵丹亡故，赵偃新立为王，廉颇出国，又有李牧了得。什么时候把魏国的酸枣、雍丘、山阳等二十余城拿下，让我大秦自西向东能与齐国相接，设置一个东郡把六国分开，使其不能合纵，然后分而灭之。至于近邻韩国，暂时不要动它，我自有安排。"

吕不韦、蒙骜等都清楚地记得，这几年来，秦王嬴政在多次召见时，每次都是听完相邦、大将的陈述，只说"好好好"，从没说过别的旨意。而这次听完相邦大将们的陈述后，没有说什么"好好好"，却把数日后甚至年后的事布置得一清二楚。秦王这是说给他身后站立的几个少年才俊听的吗？显然同时也是说给相邦和大将们听的，作为一个尚未亲政的"挂牌"秦王来说，这分明是在筹谋国之大事。

几年来，秦王嬴政最愿光顾的地方除了弟弟成蟜那里，还有母后那里。一到母后那里，母后不管他身上有无尘土，都要帮他拍打拍打，嬴政也总是大力拥抱母后，不是他的母后怕冷，而是嬴政需要温暖。母后的事他都是百依百顺，母后想办什么就办什么，谁也别拦着。母后说从相邦府上要了个厨子，嬴政还吃过这个厨子嫪毐做的菜品。另外一个他想去的地方是大将蒙骜府上，每次去蒙府，已经会跑的蒙骜之孙女，也就是蒙恬的妹妹，就好像有预知似的，都要飞一样跑过来，让嬴政把她高高举起，"咯咯"笑个不停，她浑身散发着香气，总让嬴政逗她，用鼻子拱她。

当嬴政把举得高过头顶的囡囡放下后，比自己小几岁的蒙毅问道："秦王，请问秦王大还是秦法大？"

嬴政随口说道："当然是我秦王大啦，我已诏令制定秦法典，奉法公行国必治，废法私行国必乱。酷法，民畏官清；劣法，民猾官贪；法者，国之权衡也。"

蒙毅在简书里找了老半天也没有找到刚才秦王说的法理。

嬴政废寝忘食地研习东周以来列国变法革新的案例，感叹道："变则通，通则胜。"嬴政很兴奋，他召相邦吕不韦、御史昌平君、博士淳于越、客卿李斯在咸阳宫展开一场宏大的朝论。

嬴政问道："东周以来列国有几次变法革新？"

淳于越说："最早的是魏国的李悝（kuī）变法，后来有楚国的吴起变法，韩国的申不害变法，赵国的胡服骑射革新，齐国的邹忌变法，燕国的子之变法，特别是秦国的商鞅变法，都是法家那些人搞的。"

嬴政接着问道："为什么要变法呢？"

客卿李斯说："变法变革根本上是为了富国强兵称霸。"

御史昌平君说："也可以是为了富国富民，强兵自保。"

嬴政又接着问："我大秦商鞅变法与列国变法最大的不同在哪里？"

相邦吕不韦说："商鞅变法发生在秦孝公六年（前356）和秦孝公十二年（前350），依臣见，最管用的是奖励军功的二十等爵制和耕战兴国策。二十等爵制，是指以军功论赏，共分二十级，从低到高有公士、上造、簪袅、不更、大夫、官大夫、公大夫、公乘、五大夫、左庶长、右庶长、左更、中更、右更、少良造、大良造、驷庶长、大庶长、关内侯、彻通侯。秦兵不论出身门第，只要斩获敌方一个首级就可升为公士，给田一顷，宅一处，仆人一个；带回的人头越多，晋升的爵位就越高。另外，商鞅变法中把农耕之民变成了军士，把农耕所得用于征战，民贫国富，内稳外刚，其他的还有轻罪重刑啊，迁都咸阳啊，统一度量衡啊，废除井田啊，设县乡定伍什啊，告奸与杀敌同功啊，都很重要。"

嬴政仍接着问道："商鞅说'国富而贫治，曰重富，重富者强，国贫而富治，曰重贫，重贫者弱'，我以为然，然则商鞅又说'民弱国强，民强国弱'，是何深意啊？"

淳于越说："就是把庶民剥夺光，什么都没有了，国家自然就富强了。"

嬴政摆摆手说："博士说的是哪里话啊，寡人以为，'民弱'是把庶民的愿求、权力限制得少少的，而不是把他们的东西拿光。"

结束这一场朝论后，嬴政让昌平君熊启和他一起来到骊山之阳的商鞅墓地祭扫，细问之下得知商鞅遭夷族已无后人，于是诏令从卫国商鞅远支公孙氏招引十户人家晋爵三级，世代相继为商鞅守墓祭祀。

嬴政对熊启说："秦到今已三十七代了，孝公、惠文王、武王、昭襄王、孝文王、庄襄王，这六世贤明的君王中，独孝公立木为信，劓（yì）刑其兄力推商鞅变法十八年，没有商鞅变法就无今日之强秦，就无以秦一国之力与六国抗衡。虽六世已成过往，但商鞅永为我师啊。"

昌平君熊启叹了口气说："变法者谁也落不了个囹圄身首，商鞅今得秦王祭扫足矣。"

秦王嬴政说："商君说'得天下者，先自得者也；能胜强敌者，先自胜者也'，待寡人一统天下后再来告之。"

是啊，这商鞅，本名卫鞅，是卫国王室后裔，因秦孝公把商於之地封给了他，后来都习惯叫他商鞅。

秦王嬴政在墓地周围采撷了一大束野花恭敬地放置在商鞅墓碑下面，以慰之。

九 / 燕国公子质秦国，今昔有别似天壤

在嬴政继位秦王的第四个年头，燕国太子姬丹以人质的身份来到秦国。

使秦前夕，姬丹对父亲燕王姬喜说："我和秦王早年在邯郸有交情，此去必能增进燕秦友善，使我燕国往南削弱赵国，往东削弱齐国。依傍秦国，强大燕国指日可待了。"

可让燕太子姬丹没有想到的是，来到咸阳快一年了，连见都没有见上秦王嬴政一面。

此时的燕太子姬丹已经二十二岁，算起来和嬴政在邯郸分别也已八年了。现在的姬丹有了很大的变化，他身材略微高了一点，七尺一二的样子；上嘴唇长出一层黑黑的胡须，两个眼珠像是故意都往鼻梁跟上凑似的，上面的两道浓眉又平又直。当年嬴政前脚离开邯郸回秦国，姬丹后脚就和来邯郸为赵丹祝寿的丞相栗腹一起返回了燕国。丞相栗腹回国后一个劲儿撺掇燕王姬喜攻打赵国。

栗腹说："本相亲眼所见，长平之战后赵国青壮之人大多死亡，孤幼儿郎尚未长成，此时不打赵国更待何时。"

燕王姬喜闻听大喜，问政昌国君乐间，乐间以为不可。大夫将渠紧紧扯住燕王姬喜的腰带不让其发不义之兵，燕王非但不听还率军亲征，结果鄗（hào）代之役被赵国大将廉颇打得大败，栗腹被杀。燕国没得到好处，反割让五城给赵国。战败后，将渠成为新一任燕国丞相，他十分不满太子姬丹当时不劝谏燕王。乐间作为乐毅之子不被重用，也投奔到赵国为将了。

燕王姬喜把姬丹找来问道："儿啊，你难道不了解赵国实情吗，为何不阻止为父呢？"

姬丹说："我为什么不阻止，是因为我的想法和丞相栗腹所说的一样，那年秦昭襄王薨，要不是顾及在邯郸结识的嬴政刚刚归秦，我还想让燕国联合赵国、韩国、楚国、魏国、齐国乘机攻秦呢。"

秦孝文王元年，秦孝文王薨，燕王姬喜派太子姬丹前去吊唁，刚到边界就被劝返了。之后秦庄襄王薨，姬丹主动要求代表燕王前往秦国，他的本意是除了吊唁庄襄王外，更主要是见见新立为秦王的嬴政。哪知他一到函谷关就被告知秦王有令，列国使节一律谢绝入关。

前两年，纲成君蔡泽受相邦吕不韦委派出使燕国。燕王姬喜知道蔡泽是燕国人，曾任秦相，善辩深谋，就先拜他为客卿，后为左相。蔡泽也帮着燕王谋略提防齐国、对抗赵国、亲近秦国的大计。

蔡泽对燕王说："燕王啊，我已到燕国两年多了，听说太子姬丹和秦王有结交，何不遣太子质于秦国，让秦国帮我们消灭赵国，两国共分城邑呢。"

秦国是越来越豪横了，历来秦国派到六国当质子的大都是王室的普通公子，而六国派到秦国当质子的则必须是当今太子。燕王听到蔡泽的方略，很合自己的心意，可是太子姬丹多年在赵国当质子，现又让他出使秦国为质子，会不会……

当燕王姬喜把客卿蔡泽的谏言说给姬丹时，姬丹一口应承，说："还有比儿臣再合适的人吗？"就这么简单，姬丹欣然来到了秦都咸阳。

"秦王嬴政不应该这样怠慢冷落于我啊。"姬丹在质子府里坐卧不安，怨气渐生。

秦始皇四年年底，正在质子府喝闷酒的姬丹听到府门前有车马响。"燕国太子快开门，秦王有请。"姬丹"咣"的一声把酒瓿放下，他终于听到了这企盼已久的声音。他起身到门口一看，只见两名宫廷侍从官带着两辆豪华驷马铜驾，很恭敬地来请姬丹前往咸阳宫面见秦王嬴政。

到了咸阳宫，秦王嬴政走下高台，一把拉住姬丹的双手，上下打量起来。赵国一别快九年了，姬丹激动不已，他几乎认不出嬴政了，当年分别时比他个子还低一些的嬴政，现今倒比他高出一头多，面前的嬴政身高八尺有余，面容俊朗白净，特别是挺直的鼻梁和细长的眼睛，更显其英武俊逸。姬丹这么多天的不快甚至怨气一扫而空，他甚至有些自惭形秽起来。

嬴政陪姬丹参观了富丽堂皇、壮观宏大的咸阳宫，宫门前两座十八丈高的冀阙分列左右，过了冀阙慢坡三百六十步便到了咸阳宫下，一百二十级踏阶之上就到了宫门。嬴政示意侍从官随驷车从踏阶两侧的辇道去宫门等候，之后陪姬丹从踏阶拾级而上，上完踏阶到了宫门口往下往东南一看，渭水如带，东西横流，秦阙双植，尽收眼底。身后六驾高车并排待命。

姬丹冷不丁地问嬴政："秦王，为何秦都称咸阳，秦王宫称咸阳宫啊？"

嬴政随口答道："山南曰阳，水北曰阳，秦都、秦宫处渭水之北，九嵕山之南，故称咸阳。"

姬丹说："我燕国都城蓟城，草字盖顶，鱼后立刀，实不如咸阳之吉也。"

走进阔大的咸阳宫，嬴政没有坐到御座之上，而是和姬丹相对而坐，相互说起赵国分别后的想念和变故，姬丹还看到了在旁边的铜器上放着他赠给嬴政的陶笛。晚上，嬴政在宫中设宴盛情款待姬丹，召来蒙恬、李信、王贲和成蟜作陪。姬丹看到陪他的人都和嬴政的年龄差不多，个个雄姿英发，越看越觉得自己矮人一等，越发觉得秦国精英荟萃。至此，他终于明白父王姬喜为什么请求秦王派秦将张唐到燕国做丞相了。

在觥光交错之中，姬丹都快飘起来了，他边痛饮边想：嬴政真是够义气，真是太看重我了，可他又为什么一下子这么看重我姬丹呢？姬丹被送回质子府时已经迷迷糊糊了，耳边好像传来陶笛低沉缭绕的声音。

秦王嬴政亲自给燕国太子姬丹颁发了一块镶金的竹质照身帖和一块竹符，这样姬丹就可以在咸阳城里随意出入四处游玩了。

一晃到了第二年的春天。姬丹和侍从驱车顺着渭河南岸西行，这时从沣水并入渭水处，极其隆重地过来一大队人马，驷马拉的青铜高车有十辆之多，隆隆驶过。

姬丹和侍从坐着单辕木质骈车在后面远远地跟着，心想，这是何人的车队，与秦王出行的仪仗不相上下。前面的车驾在上林苑停了下来，只见一个壮硕无须的男子站在最华美的铜车旁，手扶一个美貌女子缓缓走下车来，只见那女子不经意间往这边看了一眼，只这一眼，姬丹便瘫坐车中不能动弹。那女子身着绣着红边的玄色帛裙，衬出她柔若无骨的婀娜妙姿，黛眉轻描，目似秋水，鹅蛋形的粉面娇艳胜花，身后近百个官宦和侍从陪同踏春。她是谁？姬丹马上想到这就是秦庄襄王的遗孀赵嬿，听说她善舞，不知她曼舞起来会迷倒多少痴男。姬丹"啪啪"往自己脸上打了两耳刮子，唉，癞蛤蟆偷瞄天鹅，想啥呢。他叫侍从驾车返回质子府，一路恍恍惚惚，浑浑噩噩地想：我身为大燕太子，可燕国这边鄙之地何曾有此美艳之女，我枉为太子，恨不能为此女执缰驾车也算不白活一回。姬丹回到质子府一连三天没出门，也没怎么睡觉，一闭上眼就是赵嬿踏青的影子。第四天，他实在熬不住了，又坐着单辕木骈车到太后赵嬿居住的宜春宫附近蹲守，一见太后的车队出行，他就紧随其后。有几次太后车队行进的速度突然慢了下来，姬丹所乘的骈车跟得急，一下子混入了太后的车队，还与太后的车队撞过两次车。

太后赵嬿每隔三五天都要到骊山去洗温汤。秦始皇五年（前242）九月三日，太后赵嬿泡完温汤后燥热得不行，她身着单衣在汤泉边上的苑圃中走动。姬丹远远看见，身不由己地下车去窥望。不一会儿，在赵嬿身边服侍的嫪毐走到姬丹身后，一下子把他打翻在地，怒吼道："你是何人，整天鬼鬼祟祟跟踪偷窥！"姬丹抬头一看，正是那个每次扶赵嬿上下车的壮硕无须的侍官。姬丹自知理亏龌龊，爬起来就跑。嫪毐哪容他跑走，抓住姬丹后衣领，一顿暴打，打着打着看见从姬丹口袋里掉出来秦王颁发的照身帖，才知道这是燕国来秦国的质子姬丹。嫪毐住手后回到苑圃向太后赵嬿禀告，赵嬿一笑置之。

姬丹自从那次在骊山汤泉被嫪毐毒打得鼻青脸肿之后，不敢再去宜春宫附近了，更不敢跟踪偷窥太后赵嬿了，他在质子府窝了好几个月不曾出门。

身为质子，姬丹想到在赵国的经历，他知道自己肩负的使命，特别是这次到秦国为质，燕王姬喜更是千叮咛万嘱托：要结交宾客，拜见将相，传递情报。姬丹盘算了一下，来秦国时带的黄金五千镒也只送出去二千镒，秦王收了他拜见礼一千镒金后转手充了国库，相邦吕不韦拒收，蒙骜拒收，王翦拒收，只有找嫪毐赔罪时带去的五百镒金嫪毐收下了。他去拜访樊於（wū）期（jī）将军，没想到樊於期与姬丹相见恨晚，收下了五百镒金。这也不收那也不收，我姬丹不能再去碰钉子了，樊将军对我好，我再送给他一千镒金，真真正正地结交一个知己也不枉来秦国一场。

樊於期见姬丹又送给自己千金，连忙谢绝："姬公子，礼太重了，我樊於期无以为报啊，无功不受禄啊。"

姬丹说："你是秦国的堂堂大将军，承蒙你看得起我，一点薄礼不成敬意。"

"什么大将军啊，秦王只知道有蒙家将、王家将，我樊於期虽打了些胜仗，攻了些城邑，顶多是个末将罢了。"樊於期说着说着把姬丹送来的金镒收了下来，摆开酒菜款待姬丹，两人对饮无语。

姬丹在樊於期府上饮完酒已是午后，他沿着渭水河岸往回走，刚过沣水，路过蒙骜大将军的府邸，大老远看见门外停着六辆六驾马车，这不是秦王嬴政所乘坐的銮驾吗？姬丹走过蒙府门口拐到后花园墙外时，听到里边传出剑鸣之音、喝彩之声。姬丹下车从花园院墙的菱形窗格往里一看，吓了两大跳，一跳是秦王嬴政在蒙骜老将军和蒙恬的陪同下，正观看一个八九岁的小女孩耍剑，边上还站着一个武将模样的人在说着什么，有两次都是秦王带头喝彩叫好；另一跳是那小女孩短鬟高髻，一身胡服，三绺头发散出，一把金光闪闪的宝剑舞得凌厉如电，上下翻飞，一个点刺好像向这边刺来，姬丹吓得"蹭蹭蹭"倒退好几步。接着好像有磁石一样吸着姬丹再贴近花墙去看，这时，那女孩儿舞剑完毕向那个武将模样的男子施礼，那男子给她指点了几句话，之后那女孩又走到秦王嬴政面前施礼。

嬴政说："真快啊，你都长这么高了，剑舞得这么好，国之有用之才啊。"

那个武将模样的男子叫蒙武，是老将军蒙骜之子，蒙恬之父，他说："女儿家练练玩玩，不必夸她，这孩子女红不上心，一有空就缠着我教她耍剑，还要学骑马，真是献丑了。"

嬴政向蒙武问道："她叫什么名字？"

话音刚落，那女孩子抢着说："秦王阿兄，我叫蒙宠。"

"叫什么，蒙宠？"嬴政询问似的转头看向蒙骜和蒙武，"原来你们家有条龙啊。"

"啊！"霎时间，不知是谁喊了一声，只见蒙骜脸色陡然大变，一下子跪了下去，蒙武拉着蒙恬也随着跪了下去说道："臣有罪，起名不当，即刻废除。"

"好名字，好名字！"嬴政马上扶起蒙骜老将军，说，"我不是在贵府上吗，好名字，不准改。"

蒙骜、蒙武、蒙恬由惊惧转为惊喜，再看那个叫蒙宠的女孩抱住秦王嬴政的腰，"咯咯"笑着撒着娇。

花园里发生的一幕让姬丹一摸脑门子都冒出虚汗了。他赶忙上车，失魂落魄地回到质子府，浑身冷一阵热一阵像生了病一样。

又好长时间没见到秦王嬴政了，几次求见都吃了闭门羹。姬丹唯一上心的是寻找机会去偷看小蒙宠练剑，除了这个，他还隔一段时间到大将樊於期府上拜访一下。一天，姬丹吃过早饭坐上木车去拜访张唐将军，这时一大队车马奔驰而至，前面是驷乘六辆，后面是六乘两辆迎面驰来。见这迅猛的阵势，姬丹的侍从慌了，骈马也惊了，躲闪不及，车子忽悠悠翻到沟里去了，姬丹狼狈地从沟里爬起来，他隐隐看到秦王嬴政英俊威武的身影远去。

十 / 吾欲达处皆可达，放眼万里无界桩

"从秦都咸阳向东出函谷关，再向东是韩国都城新郑，不远处就是魏国都城大梁，再往东偏北方向走，就到了我大秦新设立的东郡郡治濮阳，东郡往东就是齐国了。"相邦吕不韦边说边在嬴政面前摊开一张绘制在羊皮上的新地图，边上还摊放着秦庄襄王三年嬴政刚即位时的地图。很明显，这两张地图有着太大的不同。新地图中原来韩国的上党郡已变成秦郡，原赵国晋阳归秦也新设立了太原郡，大将蒙骜夺取韩国平阳十三城和魏国的畅邑、有诡，再加上魏国的酸枣、雍丘、山阳等二十城一并设置成东郡，这可是从秦国边上向东硬生生撕开了一条通道，把楚国、赵国、魏国从中间分隔开来。秦国边境从西陲令人难以置信地推进到最东边的齐国边境。

秦王嬴政十八岁了，他没有想到自己提出的分化关东六国、把最西面的秦国国土和最东面的齐国国土横向连通的设想，这么快就实现了。

嬴政看着相邦吕不韦绘制的与旧地图形成鲜明对比的地图，内心有些激动。他躬身向吕不韦施了一礼，说："我尚未亲政，仲父操劳国事功高至伟，蒙骜老将军也功业显赫，这是秦国之幸啊。"稍做停顿，嬴政接着说："从地图上看，从西到东有了我嬴政跑马的通道，可顺着通道却仍难以到达海边。再说，从北到南还没有我大秦的通道，我现今可以沿通道穿过韩国、魏国、楚国、赵国，到达东郡，可是我嬴政想绕弯去一下邯郸、临淄、大梁、蓟城游历一遭，可有通道否？"

吕不韦听着秦王开头说的话，感到自己身为相邦，调动文臣武将几年来攻城略地，秦国地图版块快要等同关东六国之和了，功劳和苦劳都是有的，辅政也是大有

成效。可秦王后面的话又让自己紧张起来，好像一下子在头上套了个紧箍咒。

"秦王啊，当前天下未定，关东六国对我大秦深怀敌意，出关游历万万不可。"吕不韦觉得秦王年少喜游，不知凶险，身为仲父必须加以阻止。

嬴政微微一笑，说："相邦莫要担心，我只是轻车简从，不带军队，不打王旗，心向往之，身亦往之。"

原以为秦王嬴政只是戏谈之言，但看样子不像开玩笑的，这事非同小可，得速报华阳祖太后和赵嫣母太后。唉，吕不韦越来越感到这个平时问政不多的少年秦王还真有股子犟劲儿和笃劲儿。

听完吕不韦报告秦王嬴政要出关沿列国边境到东郡去，华阳祖太后让相邦把文武大臣召集到华阳宫商议，没想到大臣们一多半都赞同。

华阳祖太后拉着嬴政的手说："你母后不在都城居住，一定会牵挂于你。男儿志在四方，我赞可你东出函关，但你不可过于张扬，相邦啊，你看谁来护驾前往呢？"

"我是李信，愿护驾前往。"华阳祖太后话音未落，只见一个青年将官站了出来。

这时，老将军蒙骜、王翦、张唐和年轻些的将官蒙武、王贲、蒙恬、杨端和都争着护驾前往。

最后，秦王嬴政决定只由李信挑选三十八名校尉和数十军士随同出关。

过两天就真的要策马出关，穿行在老将军蒙骜开辟的韩、魏、楚、赵、齐之间的通道，到东郡巡察，嬴政心绪起伏不定。自从九岁那年因曾祖父秦昭襄王亡故，从赵国都城邯郸被护送回秦国都城咸阳，又过去九年了，别说没踏出国门一步，就连走出咸阳城也是少之又少。没想到自己这一大胆之举，除相邦有些个阻拦外，华阳祖太后和文武大臣却都赞同。秦王也不能端现成的饭碗，这是国意势在必行啊。

两天后，秦王嬴政在右庶长李信护卫下，百人的队伍走出函谷关。嬴政决定不坐高车，和李信一同骑马前行。这样，嬴政、李信和另外三十八名精武校尉骑马，每人各另带一匹良马备换，又有六十名剽悍军士前后随行，让人觉得不太扎眼又有些异样。

出行第一站到达的是上党郡。嬴政下马徒步在上党壶关、野王城邑察看，心想，这已是秦国的土地城邑了，先祖昭襄王五六十年梦寐以求，数战而得，得而又失，失而复得。这块用将士血肉铺垫的城土，就像是一个起跳的大平台，秦国不就像是一头雄狮吗，现在它已站上这个平台了，站得又高了一些，起身一跃，必将更远。

"这里离长平还有多远？"嬴政问李信。

李信说："快马加鞭一天可到。"

得到嬴政的指令去往长平后，右庶长李信特别兴奋。作为一名少壮战将，他崇拜的人是武安君白起，长平一战彪炳千古，秦强赵弱一锤定音。一路无语，到达长平已是第三天午后。当秦王嬴政和李信站到山谷之上，打量这十八年前的战场时，只见枯木兀立，野草遍地。突然间，山谷中传来人呼马嘶、刀枪碰鸣之声，一阵阴冷的山风从谷底"呜呜"刮起。

嬴政打了个冷战，这时李信向秦王禀告说："下面就是武安君白起坑杀四十五万赵军的谷坑，传来的声响是留在崖壁里的回声，一遇适合的天气就会重现。"

"快准备祭品，我要祭拜。"嬴政挥挥手，退后几步。

李信不解地问："这下面坑埋的是赵国将士，秦王为何祭拜？"

秦王嬴政肃然说道："这底下也有我大秦十八万无名将士埋骨于此。太平年间，杀一人按法偿命，征战时杀几十万人不用偿命。一帅不昭，众将昏昏，众将昏昏，军士命丧，悲哉！"

当祭品摆放好之后，秦王嬴政率随从百人一起跪拜，跪拜完毕，山谷中万人号哭之声、山风呜咽之声消失了。

秦王嬴政对李信和随从校尉说道："当年长平之役我还没有出生，今天我是秦王，既然来到此地，就必须给这些亡魂一个告慰。此后不到万不得已，不可杀戮太重，不战而屈人之兵为上啊。"

队伍离开长平后，继续向东南行进。两天后，一支上千人的队伍迎面而来，只见对方中一将军模样的人飞马过来，用长戟一指，喝问道："这是韩国之地，为何进入？"

右庶长李信上前回道："你说是韩国之地，怎么不见界碑？空口无凭。"

"今日韩王巡察边境，对新勘之界立碑，对损坏的界桩重新栽埋，你等快快退出，否则统统消灭。"那位将官向后一招手，近千人的军士正在逼近。

一眨眼工夫，韩国大队人马将秦王嬴政和右庶长李信等百人围在中间，刀戟箭弩数人对一，冲突一触即发。这时坐在驷马铜车中的韩王韩然见来者百人中的两人面无惧色，气度不凡，他脑子灵光一闪，觉得其中身无佩剑的男子面熟。啊，想起来了，当年秦王嬴稷亡故，韩王亲自到咸阳吊唁，当时正巧见到被赵卿护送回来的小嬴政，好生面熟！可转念一想，当年连太子都不是的嬴政，现今已是堂堂秦王，怎么会不打招呼而贸然到此呢？

韩王下车分开军士问道："阁下不会是秦王吧？"

嬴政刚才听韩国将尉说他们韩王巡察边境，还有些不相信，现在眼前这个头戴王冠、身配长剑的长者问话，怎么也想不起来当时亲自到咸阳吊唁昭襄王的韩王是不是这个模样了，难道他还真认出我嬴政来了吗？

"正是寡人。"嬴政带马上前高声说道："韩王安好！"

韩王证实了真是秦王嬴政到此，惊诧不已，脸色微变，急忙下令军士放下刀戟箭弩，一时不知说什么好了。倒是秦王嬴政走到韩王面前说道："请韩王不要见怪，寡人闲来无聊，随意转悠，不想来到贵地，刚才听贵国将官所言，韩王正在巡察边境，栽桩立碑，怎么没看见呢？"

韩王急忙说："秦王别误会，什么贵地啊，您随便来去，韩国和秦国哪有什么界桩界碑啊，无用的，无用的。"

"听说贵国的强弩天下无双，可否相赠百只。"李信试探着说。

韩王对随行的将官说："快快相送，要多少给多少。"

逗留少时后，嬴政拱手向韩王告辞，他飞身上马，全队向东扬长而去。

告别韩王，嬴政和李信一路东北方向并辔疾行。五日后，到了东郡的治所濮阳。在路上，沿途凡见到栽有界桩界碑的，都尽皆拔出或捣毁，光秦王嬴政就亲手拔掉百十个界桩，手都磨出了血泡，在途中还几次遭到不知哪国军队的追赶。

到了东郡濮阳，嬴政令将士休整三天，三天后演练韩王赠送的韩弩，韩弩可是列国中最精良、最具杀伤力的远程兵器。

嬴政私底下对右庶长李信说自己想单枪匹马去邯郸看一下，然后再穿过齐国去看一下梦中的大海。

李信急忙说："若说单枪匹马，我李信可代秦王前去。秦王您单枪匹马那是万万不可，万一有个闪失，我担待不起，我可不想成为罪人。"

"我意已决，不放心你就暗中随我前去。"嬴政说，"你我的穿戴，到赵国随赵国，到齐国随齐国，隐藏身份，小心谨慎，定然不会惹出是非的。"

常言道：将在外，君命有所不受。现在是将在外，同时君也在外，还有什么说的。李信也是吃了豹子胆，跟随秦王嬴政调转马头向北前去邯郸。不日到达邯郸廓城之外，嬴政突然改变主意放弃进城，掉头回返。邯郸，这座让他又恨又爱的赵都再次出现在他面前的时候，他心里像打碎了一瓶黄连酒一样，不忍再去观看，他也隐隐约约地感觉到了对这座城池有一种莫名的恐惧。尽管嬴政得知新任的赵王赵偃有些昏庸，尽管他得知忠勇年迈的廉颇已亡走他国……

李信问秦王："为何非要来，而来了又掉头而去。"嬴政一言不发，快马加鞭，好像要摆脱后面什么阴影似的。

回到东郡濮阳，嬴政和李信顾不上休息就摸到齐国边境察看。一步迈过去就是齐国了。这齐国和韩国、楚国、魏国不同，其边界大都修筑了城墙，一下子也推不倒，心里怪痒痒的，怎么办？嬴政和李信一明一暗来到齐国都城临淄。

一到临淄城，嬴政就想寻找和感受一下当年齐桓公是怎样从小白到天下诸侯盟主的历程，那势不两立的鲍叔牙和管仲是如何同心辅佐小白挟周天子之名分，尊王攘夷独霸天下的。仲父吕不韦不是让我学之习之吗，我这不是来了吗？

嬴政老早就听说临淄有一个八十岁的当今名士阴阳家邹衍，便早早去拜访，邹衍接过李信送上的见面礼金后，就滔滔不绝地讲起朝代更替的五德终始观。

邹衍说："五行是天定相生相胜的，各朝各代也是相生相胜，循环往复的，土克水，木克土，金克木，火克金，水克火，克克克，不克不生啊。"邹衍端详了嬴政一会儿，会心一笑，说："我掐指一算，公子是从西方来此，西方秦国灭周为什么，因周室是火德，今七国纷争，无论哪国称雄成为天下之主，所建王朝定是水德。"

嬴政心中暗惊又暗暗心服，问道："水德何尚？"

邹衍脱口说道："尚黑，公子这般装束便是。"

拜访了阴阳大家邹衍，正当嬴政和李信准备从临淄去看大海时，在街头被一大帮子人围住，连拖带拽把他俩弄到一府第之中。只见一艳装齐女袅袅婷婷走到嬴政面前上下打量，脸上红晕艳艳，她身后一个年龄稍大些的侍女走上前对嬴政说："这是齐国君王后最小的族妹后颜，她贪玩从不肯择婿而嫁，打从在街上偶遇公子之后，茶饭不思，天天在此等候着你，像着了魔似的。你是何方后生，少见的俊雅，算你有福，快随我们一同去见她的兄长后胜定下亲来，撞日成婚吧。"

嬴政长这么大，十八九岁了，还是第一次有个同龄妙女一见钟情要和他成亲，他蒙了，脸"腾"地红了。这时他一下子竟忘记了自己是秦国秦王。众人许多双眼睛齐刷刷看向他，说得也是，此时的嬴政身高八尺有六，面容棱角分明，眼睛深邃细长，鼻梁挺直，肤色白皙，玉树临风，这近海齐都多年来像邹忌、徐公那等标志人物已不复见，哪曾想眼前又现如此男子。

经过刀枪剑戟，遇过箭弩如雨，哪见过这等阵势，李信急得大汗淋漓，正想动武，这时嬴政冷静了下来。他左手在外右手在内抱拳左右前后打躬施礼说道："承蒙厚爱，今日非是吉日，待我回馆舍换上新衣，择个明白吉日也不迟，不信，可由侍女跟我同去。"

众人见这英俊少年爽快答应了，就派些人送嬴政和李信回到馆舍，等待明日。

一入馆舍，右庶长李信就拉住嬴政的手说："秦王啊，我们快走吧，我已安排把马备好喂饱，天快要亮时出城，谁阻拦我打晕他再说。"

嬴政连忙说道："快走快走，此地不可久留。"

第二天，东边天际刚刚现出鱼肚白，嬴政和李信就悄悄地从驿馆后门牵马出来，看看左右无人，抬腿上马，像飞出的箭一样迅速逃出城，东边不太远的大海也没心思去看了。

十一 / 兄弟情深突生变，两事不明无相商

　　成蟜告别母亲韩夫人和最疼爱她的祖母夏太后，只身从咸阳出发来到函谷关，他要在这里等兄长嬴政从东郡回来。

　　在前往东郡之前，秦王嬴政特别去看望韩夫人和成蟜，成蟜跃跃欲试要求随行。看到弟弟摩拳擦掌的兴奋劲，嬴政心里很高兴，但转念一想，自己此行虽有些冲动，但身为秦王，定要展示胆魄，弟弟哪能跟随自己去涉险呢？

　　嬴政对成蟜说："东郡是新近攻伐韩国、魏国、楚国、赵国而开辟的东西大通道，兄此去路途遥远，关山千重、虎狼窥伺，虽说东郡已是秦国土地，可实际如同出国一样，你万不可随同前去。再说你还要代兄照侍上亲，兄弟岂可同时离开都城啊！"

　　成蟜说："甘罗十二岁都能出使赵国，我都十五岁了，我可以保护你，不会成为累赘的。"

　　啊，真的，一转眼工夫弟弟已经十五岁了，嬴政一直觉得他还小着呢。他重新打量着成蟜，走近他，用两手分别抓住他还略显瘦弱的肩膀，说："你足以承当大任了，少安毋躁，等兄从东郡回来保准委派你出使他国，还要让你率兵出征，让他国君侯也见识一下王弟的风采。"

　　成蟜听罢高兴地蹦了起来，说道："我也可以为国效力了，我一定能为国效力的！"

　　秦王嬴政和右庶长李信出关时，亲定新擢拔的上卿蒙骜镇守函谷关。对于王

弟成蟜的到来，蒙骜不敢怠慢。在共同等待赢政返回的过程中，老将军蒙骜给好学的成蟜传授如何排兵布阵，如何攻坚奇袭，讲一些天时地利人和是决胜之本的事例。成蟜也庆幸自己在函谷关能得到蒙骜老将军的教授启发，自然不觉等待的无聊和漫长。

刚进入九月，蒙骜对成蟜说："已得到快马传信，明日秦王就可抵达函谷关。今晚相邦吕不韦、御史熊启从咸阳过来住关，明日一起恭迎秦王。"

第二天，天刚亮，军士就把关门前的场地打扫干净，还洒上清水。刚到中午，秦王赢政和右庶长李信一队人马好像从天而降般地出现在众人面前，顿时，关隘上鼓乐齐鸣，人声鼎沸，只见这百人的队伍仍像出关时那样威武齐整、精神抖擞。秦王赢政首先看到弟弟成蟜，后面是相邦吕不韦、御史熊启、上卿蒙骜，他飞身下马，成蟜迎了上去，兄弟二人紧紧拥抱在一起，赢政用手拍打着成蟜的脊背，成蟜高兴得直抹眼泪。

蒙骜上前对赢政说："我遵王命在此守关已半年了，成蟜君也在此陪伴，就是为了等候秦王平安归国。"

这时相邦吕不韦、御史熊启也上前问安，随后稍做停留，秦王一行人便驰回咸阳。

回咸阳的第二天，秦王赢政就诏令成蟜出使韩国，由上卿甘罗和大将蒙武陪同前往。咸阳宫里文武大臣鸦雀无声，谁也不知道秦王刚回来就派王弟成蟜出使韩国是所为何事。

赢政把他亲书的一封密信交给成蟜，然后对甘罗说："你前年出使赵国，使我大秦一下子增加了河间五城、上谷十一城，今委派你和蒙武将军随成蟜出使近邻韩国，一定要不虚此行啊！"

甘罗跪谢秦王的重托说："我和蒙将军定会不负使命，再说，只要不是要公鸡下蛋，在我甘罗这儿都不是个事儿。"甘罗的应答引起朝堂一片哄笑，气氛一下子轻松起来。

在韩都新郑，当韩王阅过秦王赢政写给他的密信后，虽有些不愿，但还是决定帮秦王这个忙，所以就亲自把新制的一份地图交给成蟜带回咸阳。十天后，成蟜出使韩国回来了，带回了韩国献秦的百里十城。

嬴政很是高兴，拉着成蟜到华阳祖太后、夏祖太后那里报告消息，到成蟜母亲韩夫人那里夸赞成蟜的贤能。

韩夫人对只顾着高兴的成蟜说："蟜儿，你不是从韩国带回了韩非的几卷书要献给秦王吗？"

"哎呀，一高兴差点忘了。"成蟜忙抱出书来说，"我知道，这几册简书王兄肯定会喜欢的。"

嬴政拿过来一看，是韩非所著的《孤愤》《五蠹（dù）》《说林》《说难》《内储说》五篇，连连拍掌说好。

因母后暂住在雍城，嬴政驱车前往向母后报告了去往东郡和派成蟜出使韩国的事。从母后那儿回到咸阳，嬴政就把封成蟜为长安君的打算和相邦吕不韦商议。六日后，在咸阳宫举行了封君仪式。

嬴政说："昔日甘罗出使赵国，不费一兵一卒使秦国得到河间五城、上谷十一城之疆土，今成蟜出使韩国也是不费一兵一卒，使秦国得到韩国土地百里，城邑十座，现封成蟜为长安君，日后谁能为我大秦争得土地、城邑，尽皆封赏。"

至此，长安君成蟜是嬴政即秦王位以来第一次大的封爵，长安君的封地是以陇西郡为食邑，北地郡为封田。

次年，楚国春申君黄歇私下联络赵国、魏国、燕国、韩国的丞相，秘密到邯郸会盟，决定组成联军伐秦。这次联合行动，以赵国谋略过人的大将庞煖为主帅。联军趁秦军不备，从山谷中绕开函谷关，攻占蒲版城后接着攻击蕞城。蕞城可是距离秦都咸阳几步之遥啊，嬴政闻讯后镇定自若，与相邦吕不韦商议遣长安君成蟜为主帅、蒙武为大将进行反击。成蟜命敞开函谷关，从咸阳城出师由西往东驱伐五国联军。

赵将庞煖听说成蟜熟读兵书，又得蒙骜传教，不敢大意，加上联军鱼龙混杂，十分涣散，庞煖下令紧急东撤，从函谷关溃退而出。庞煖到死也没有弄明白，成蟜用的是什么兵法，为何不关门灭敌，而是开门放敌，出关后一路上也不见伏兵。

相邦吕不韦派心腹送信给赵王赵偃，劝赵偃别在老虎头上挠痒痒，别参加什么合纵联军，还让什么庞煖当主帅，言明自己虽身为秦相，但尽力挡着秦王不主动伐赵，促进秦、赵和好。在吕不韦心中，除赵国外，还有那个不起眼的、都快被人遗忘的故国卫国，能保得保啊。

秦始皇七年（前240）三月，为报复赵将庞煖为主帅伐秦，等来等去见相邦吕不韦迟迟不决，嬴政就亲自诏令长安君成蟜和上卿蒙骜统兵十万攻伐赵国。秦军一口气攻下了赵国的庆都、龙山、汲邑、孤山。正要发起新一轮攻击时，咸阳来使告诉长安君成蟜：夏祖太后病急，让其回咸阳见上一面。长安君给蒙骜交代了一下便随使者回咸阳去了。四月，蒙骜进军赵国尧山，与赵国大将庞煖展开对峙。庞煖得报说长安君不知因何事已回咸阳，又夜观星象发现彗星拖着大尾巴出现在东方，于是连夜在秦军必经的太行山东侧丛林中设下埋伏，经过一天一夜激战，秦军死伤五万人，蒙骜被庞煖射杀。长安君成蟜得报，流着泪找到嬴政要去为蒙骜复仇。五月到了，彗星又拖着尾巴显现在西方，夏祖太后病亡，十七岁的长安君成蟜，第一次感受到了人生的无常和失去夏祖母的哀痛。

长安君成蟜和兄长嬴政在杜东安葬了夏祖太后，之后又一同去吊祭蒙骜上卿，一时间黯然神伤。

秦始皇八年（前239）十一月十日，上党郡传来急报，上党六城兵士反叛，杀死了秦王任命的郡守、郡尉和监御史，六城的县丞等官员也遭杀害。秦王嬴政大怒，责成相邦吕不韦从速领兵前去剿灭。吕不韦派大将樊於期率五万秦军东去征讨，不久败回。长安君成蟜面见秦王嬴政和相邦吕不韦，请求带兵前去讨伐。秦王嬴政注意到近期彗星老是现于秦国，夏祖太后又刚刚病亡，不准成蟜出征。谁知两天后听说相邦让长安君成蟜率领十万大军出关直击上党去了，嬴政有些不悦。

上党郡，本为韩国之郡，后为赵国所得，复为秦国攻占，因其紧邻秦土，畏秦厌秦，祖辈兵民不愿为秦之黔首。二十四年前，韩王惧怕秦昭襄王，决定把上党十七城献给秦国。郡守冯亭尊重民意，抗拒王令，转过头来把十七城送给赵国。秦左庶长王龁攻占上党郡，上党兵民死不归服，宁愿退走赵国长平也不做秦人。由此引发的秦赵两军长平大战双方死亡六十三万人，上党之地，恨比山高，怨似海深。

成蟜如愿以偿接到相邦指派，带领十万秦军征讨上党叛军。不知是相邦吕不韦已五十八岁年纪大了，还是有些疏忽，当听到上党六城反叛，成蟜请缨出征，秦王嬴政当着吕不韦的面没表态后，吕不韦以为秦王赞同此事，故没有再度请示就迫不及待地安排成蟜率师出征了。因上年蒙骜在赵国尧山损兵折将五六万人，吕不韦就临时把已故左庶长王龁旧部五万人补调给成蟜，这五万人大部分是上党郡籍的兵将。

成蟜率军迅速包围了被叛军占领的上党六城。赵国太子赵嘉看到秦军锐利，急忙下令为支持叛乱而进驻的赵军撤回赵国境内。到达上党后，成蟜一边安抚士民，一边奏请秦王和相邦速派郡守、郡尉、县令、县丞等地方官员到位。时日不长，成蟜接到嬴政的诏令：令成蟜返回咸阳，夺回的上党六城每城留足一万军士把守，留守的军队暂由大将壁率领。得到秦王诏令后，成蟜率领四万秦军起身回返咸阳。

十二月十三日，成蟜率军途经太行山谷中的屯留，屯留籍的军卒蒲鹖（hè）向成蟜进献饮食，成蟜食后呕吐不止，身体抽搐。给其送行的秦将壁见状知是长安君中毒，抽出长剑去刺蒲鹖。蒲鹖一声口哨，众多手持刀戟的军士从外面一拥而入，他们疯狂地砍杀了秦将壁。蒲鹖一面派反叛士卒去给赵国太子赵嘉送信，一面传信给留守六城的上党籍士卒、校尉煽动他们反秦归赵。这一下子，上党六城又起反叛并且扩大到十一城，本地籍的校尉、士卒、士民听说赵国大将李牧要统兵前来，大为兴奋，再次反叛，将不是上党籍的秦军校尉、士卒尽皆斩杀。

同样在十二月十三日这一天，在雍城侍奉母太后赵姬的嫪毐说有紧急要事求见秦王，嬴政和相邦吕不韦在咸阳宫接见了他，嫪毐奏报说从赵王身边近臣郭开那里得到信息：长安君此去上党郡平叛，非但平不了叛，反而要叛逃赵国。

秦王嬴政听了嫪毐的奏报，看都没看嫪毐一眼，转身回到内殿，喃喃自语："这个嫪毐真是胡说八道，长安君成蟜怎么可能……"

十二月十八日，从上党逃回的秦军向朝廷报告：上党诸县，特别是屯留一路十一城全面叛乱，不见长安君在何地。

秦王嬴政听报后大为震惊，撇开相邦吕不韦，亲自调度大将王翦、蒙武、杨端和、樊於期急率八万大军开赴上党屯留等地平叛。王翦作为主将率军连夜赶赴上党。此时，赵王赵偃在朝堂上不知是派李牧前去介入，还是派庞煖前去策应，得报秦王以王翦为主帅前来平叛后，李牧和庞煖都恐重蹈长平之覆辙，相互推诿，谁也不愿前往。还未等赵军到上党策应，王翦大军已经荡平了十一城的反叛，特别是在屯留击杀了煽动反叛的蒲鶮，把他的尸身穿了十几个洞示众。找到成蟜时，他早已死去多日。反叛暴乱很快就被扫平了，但始终没有见到赵国军队的影子。

王翦回师咸阳，同时回咸阳的还有长安君成蟜的尸身。嬴政在王翦陪同下走到停放成蟜尸身的芷阳离宫，当王翦要掀开麻帛让嬴政看一眼成蟜时，秦王嬴政突然哽咽着说了一句："这怎可能呢……"眼泪顺着脸颊流了下来，他不忍去看，转身走出离宫。

相邦吕不韦秉承赵嫣母太后的旨意，举荐侍候太后有功，特别是举告长安君成蟜投赵有功的嫪毐，提出为其封王封赏。吕不韦提出封其为长信侯，秦王嬴政未置可否。吕不韦因拥立庄襄王嬴楚而被封为文信侯，官至相邦，自从嬴政即位后，吕不韦又被尊为仲父辅政，辅政期间，凡秦王不置可否的议事最终由相邦裁办。就这样，嫪毐被封为长信侯的事就传开了。长信侯的封地是以山阳为食邑，以河西郡、太原郡为封田。随之，聚到嫪毐门下的家童快速达到千人，门客也超过千人，几乎可以与相邦吕不韦相比了。

明年就要加冠亲政了，可嬴政总感到有块巨石压得自己喘不过气来。一天，他找来大将上卿王翦说："请将军再次秘密调查核实两件事：其一是成蟜出征所率军队士卒户籍是否归属上党郡；其二是成蟜身死屯留有无可疑之物证。"不几日，王翦秘见秦王嬴政说："长安君所统军队大都是上党籍校尉和士卒，在屯留剿杀的叛贼蒲鶮身上发现帛信碎片，其中有一小块上有'毒'字。"

嬴政听罢浑身出了一层冷汗，他的眼前浮现出老将蒙骜葬礼上小蒙宠哭泣的样子，浮现出芷阳离宫冰凉地板上麻帛掩盖的弟弟成蟜蜷缩的身形……

嬴政走进咸阳宫，坐在御座之上，召来相邦吕不韦和御史熊启。嬴政面向吕不韦发问道："相邦啊，你真的也认定长安君成蟜叛乱投赵了吗？"问罢，嬴政又声音很高地自语着："那为什么长安君先死了呢？是怎么死的呢？死了还能投奔赵国吗？为何未见赵军前来策应呢？"

吕不韦一句话也答不上来。

秦王嬴政又问道："为何知道上党兵民历来不服秦，反而让成蟜率领上党籍士卒去平定上党？为何让长安君统兵出征，不征得我的准许？"

吕不韦还是一句话也答不上来。

秦王嬴政又问："嫪毐封长信侯为何不得到我的准许就封了？我不表态就是赞同了吗？"

吕不韦仍是一句话也答不上来。

吕不韦一直想说，可又想说什么呢？眼前的嬴政已不是九年前的嬴政了，自己一直明白又不明白的是，嬴政是秦王，很早以前他就是秦王，无非明年他就是个加冠亲政的秦王了。哎，说起那以往的年头他就不亲政了吗，他若不亲政，我吕不韦为何一直是辅政呢，给哪个辅政呢……

吕不韦走上前去向嬴政献上他主持编纂的《吕氏春秋》一册，说道："是本相我疏忽，未尽到职责，只顾编书了。"说后退出咸阳宫。

十二 / 冠礼亲政集专权，首冲嫪侯和吕相

秦始皇九年（前238）四月二十四日，是秦王嬴政加冠典礼的日子，这一天是嬴政亲自选定的良辰吉日。加冠礼后秦王嬴政就要亲政了。

加冠礼遵祖制照例在秦国故都雍城的宗庙中举行。

雍城坐西朝东，西枕雍山，北依汧山，南濒雍水，雍水绕过雍城的南面和东面流入渭河，雍城之名自然是因雍山雍水而得。咸阳距离雍城不到六百里，往西北方向要走两三天的路程。遥想当年秦穆公就是以雍城为根脉，拓土开疆，东突西扩而雄踞春秋五霸之列。到后来秦孝公十三年（前349），重用商鞅实行变法迁都到咸阳后，雍城变为故都。也正因为雍城曾经是秦国的旧都，嬴政的先祖们在此地经略打造了三百年，故此雍城的建造规模巨大，街道宽敞整齐，集市铺面繁华。在雍城的正中位置是秦嬴的宗庙，由东向西依次是都宫门、中庭、祖庙、昭庙、穆庙等建筑，这些建筑的庙宇全部用棕褐色石材建造，气势宏伟。

在相邦吕不韦和御史昌平君熊启的操持下，除华阳祖太后留在咸阳华阳宫为嬴政祈福外，文武大臣都齐聚雍城，共同见证并庆贺秦王加冠亲政。因母太后赵姬已久在雍城居住，冠礼前一天嬴政就去拜见母后，在母太后居住的大郑宫，秦王嬴政又见到了去年被封为长信侯的嫪毐，嫪毐虽说已有自己的封邑，但仍总管母太后赵姬宫中的大小事宜。嬴政几年前就知道这个嫪毐已是母太后的男宠，母太后赵姬对来自赵国的嫪毐甚为器重和宽纵。这个事，身为秦王的嬴政哪会不知道呢，嬴政想：只要那嫪毐忠心服侍母太后，让母太后欢愉，安分守己，不事张扬，相伴母太

后为她排解孤寂也无不可。为了苦命的生母，我嬴政对嫪毐的卑劣可以视若无睹，充耳不闻，就当尽孝了，别人谁敢多言。在我嬴政出生前六年故去的老祖母宣太后芈八子，当年与义渠王私通共枕，朝中尽知，儿子昭襄王嬴稷不干涉母后所为，并与母后密商引诱义渠王前来，在甘泉宫杀之，趁机攻灭了义渠部落，朝野对宣太后历来也是赞多谤少。嬴政原来见过嫪毐几次，对这个身型壮硕、面目清朗的赵国人，虽无好感却也无厌恶，而这次在大郑宫里见到衣着光鲜、头戴侯冠的嫪毐，嬴政有一种强烈的厌恶和恨意。在来雍城前，嬴政接到王翦密报：长安君成蟜上党平叛返回咸阳途经屯留，系中毒身亡，从杀死的叛卒蒲鹬身上发现有"毒"字的残片可以证明，这嫪毐可能与叛卒有串通。嬴政还接到举告称嫪毐与赵王有私信往来。弟弟成蟜中毒而死，尸身未寒，而这厮竟迷惑不知情的太后，在太后和相邦的执意下封了侯；有了山阳封邑还不算，又让太后说情把河西郡和太原郡更名为毐国，真是贪婪无度，野心昭彰。嬴政还接到甘罗密报并查证：嫪毐大肆结交官吏，网织党羽，已有卫尉竭、内史肆、佐戈竭、中大夫等朝廷命官都投靠到了嫪毐的门下，其门下舍人门客过千，家奴过千。嫪毐还放纵跋扈，为所欲为，其宫室、苑林、驰猎、舆服、排场超过秦王。更不可饶恕的是，魏国、赵国使臣有事务到秦国来不去拜见秦王，不去求见相邦，而是携重金珠宝去找嫪毐，再由嫪毐挟母太后赵嫣之威仪逼迫相邦吕不韦以达其愿。嫪毐从一个废使变为一个厨子，一个厨子又何以变成今日的模样。

这时刻，嬴政回想起来雍城前去华阳宫拜见华阳祖太后的情形。华阳祖太后当着昌平君熊启的面对嬴政说："去吧孩子，去告天祭祖加冠亲政吧，这一天终于到了。你看一个文信侯，一个长信侯摽（biào）着劲闹腾，不守臣道，僭（jiàn）越无度。孩子啊，你防人之心不可无啊，尤其是那个嫪毐。"

嬴政说："水大漫桥，欲亡必狂，只是我不知道怎么保护我母后？"

华阳祖太后说："妇人苦啊，你母后生养了你，在赵国护着你一起逃过鬼门关，要孝待她啊！"

华阳祖太后转脸对昌平君熊启说："你看嬴政有他母后的样貌，又有昭襄王的禀性，秦之福啊。你是自己人，嬴政升任你为御史大夫位列三公，你要陪在嬴政左右，冠礼出了什么幺蛾子我拿你是问。"

昌平君把华阳姑妈的话牢记在心，当嬴政给华阳祖太后跪下施礼时，华阳祖太后用手抚摸着嬴政的头说："你都二十二岁了，你母后也不管你，等冠礼完成后，我给你选个好王后。"

嬴政从回想中回过神来，想到华阳祖太后说的话，今又拜见了母后，他感到特别的温暖。嬴政记不清有多少年没和母后一起住过了，真是太忽视母太后了。他便干脆把母太后赵嬺接到蕲年宫去居住，母太后赵嬺高兴地随嬴政一起住进蕲年宫，等待明天举行的加冠典礼。

四月二十四日，正午吉时已到，宏伟肃穆的宗庙内，隆重的加冠典礼开始了。秦王嬴政在礼赞官昌文君熊美的赞导之下，先跪下祭告天地，后进入殿内祭告列祖列宗，之后又被引领回到宗庙大殿前。礼赞官昌文君熊美到配殿从母太后赵嬺手中接过饰有日、月、星、山龙、华虫等纹饰的玄衣纁（xūn）裳到殿前为嬴政穿上，接着又回到配殿中从赵嬺手中接过冕旒，他手捧冕旒，面对位列两旁的文武百官朗声赞道："以岁之正，吉月吉日，咸加尔服，冠之冕旒，受天之庆，以成厥德！"赞辞毕，他亲手给嬴政戴上綖（yán）板连接、玉簪栓插的冕冠，冠前垂下十二条旒，每旒贯穿玉珠十二颗，冠后垂下十二条旒，每旒贯穿玉珠十二颗。最后，礼赞官昌文君熊美从大将王翦手中接过长剑一柄，交给秦王嬴政在腰间左侧佩戴。加冠齐整完备，秦王嬴政迈步走到配殿中向母太后跪下拜谢，接受母太后的祝福，拜谢了母太后，嬴政快步回到殿前高阶之上。这时礼赞官一声呼号，文武百官，将相君侯齐齐跪倒，高声唱贺！

加冠典礼已成，秦王嬴政传令盛宴群臣。一时间，整个雍城张灯结彩，歌舞升平。

热闹的故都中，唯独秦王嬴政和母太后居住的蕲年宫异常平静，宫门紧闭，内有一千名军士值勤，外有两千名军士围护。在来雍城之前的四月十六日，昌平君熊启就和大将王翦把咸阳的防务安排妥当。咸阳城内外驻有王翦布置的五万军士，昌平君又向王翦借用二万精悍军士沿渭水北岸西行到雍城，在雍水并入渭水离雍城不远的山林中驻扎下来以应不测。

加冠礼的第二天，秦王嬴政在蕲年宫中踱来踱去。只见他左手扶冠，右手抽出玉簪，把象征亲政和王权的冕旒脱了下来，说实在的，嬴政一时还不习惯戴这个冕旒。这冕旒是有讲究的，戴上后，在两耳位置各垂一颗金黄色的玉珠叫充耳，意为充耳不闻，其意是提醒这戴冠之人莫要听信谗言，冠上前后旒冕玉串垂落下来，正好挡住这戴冠之人的双眼，意为视而不见，提醒这戴冠之人对那些不该看的就当没看见。讲究归讲究，可嬴政一想到弟弟长安君成蟜平定叛乱返途中被人毒害，至今尸骨仍未安葬，一想到常在母太后身边可疑而狂悖的嫪毐，一想到自己称为仲父的相邦吕不韦由辅政演为代政……这些难道可以充耳不闻，视而不见吗？临行时华阳祖太后的话又回响在耳旁。

嬴政边踱步边思索，这时突然蕲年宫宫门外传来吵嚷之声，内侍回报说，是一个叫颜泄的官员喝醉了酒跑来要求面见秦王被士兵拦住，秦王嬴政听闻后说道："放他进来，酒后吐真言，听听他要奏报什么。"

这个颜泄是雍城的监御史，他得知秦王同意召见他，酒也醒了大半，当他见到秦王嬴政时当即跪倒在地，"咚咚"叩头。

"有什么话尽管说来，免你无罪。"嬴政打量了一下趴在地上的颜泄说。

颜泄一听秦王说言者无罪，就大着胆子说开了："长信侯这两日狂躁无礼，赌钱赖账，还在众人面前妄称和秦王是亲戚，时不时地恐吓殴打微臣，臣还见到赵国来使多次密见嫪毐，定有阴谋。"颜泄说到这儿，看到秦王脸色阴沉，马上住口。

嬴政面无血色，正听得专注，见颜泄欲言又止，说道："你是雍城官吏，还听到什么看到什么全都说出来。"

颜泄微微抬起头看了秦王一眼说道："还有一事，臣不敢说。"

秦王嬴政走到颜泄跟前，说道："你站起来说话吧，满朝文武还没有一个向寡人告奸报情的。"

颜泄又壮了壮胆子说道："臣和雍城地方官都知道母太后是秦始皇六年（前

241），才到雍城居住，那嫪毐也是秦王六年到雍城侍奉太后的，这才不到三年，眼见得嫪毐把他在赵国生养的五六岁的一儿一女弄来，说成是和太后所生，这有辱太后名声，定有不可告人之目的。小臣所言，秦王可问雍城地方官员，如有一句虚言，夷我三族！"这一口气说完，颜泄好像如释重负，从地上慢慢站立起来。

颜泄站了起来，秦王嬴政却蹲在地上，半天不说话，停了停对颜泄说："你是忠臣，寡人要重赏你，你留在蕲年宫暂时不要出去。"嬴政转头对侍卫说："快传昌平君熊启来蕲年宫。"

没有人注意到秦王嬴政身边有一个内侍溜出蕲年宫，他慌里慌张找到嫪毐，将颜泄对秦王说的话密报嫪毐，原来这名内侍是嫪毐安插在秦王身边的奸细。嫪毐听罢密报心里直打战，他一贯的威风劲儿不知跑到哪儿去了。他急得像烈日下的蚂蚁，团团乱转，怎么办？求助太后，太后被秦王接到蕲年宫里了见不到，再说给他一百个胆也不敢去见。情急之下，他只能和赵偃安排在他身边的两个名义上是商人的赵人商量。商量的结果是孤注一掷，先下手为强，利用一千多个门客舍人拿起私藏的武器，再到太后居住的大郑宫偷出太后的玉玺，用它调动县卒、官骑、乡勇、散民，派人联络投靠嫪府的朝廷卫尉竭、佐戈竭、内史肆、中大夫等有实权的党羽，定于明日最晚后日围攻蕲年宫，杀死秦王嬴政，到时候立偷偷从赵国送来的自己的儿子为王。

四月二十五日，傍晚时分，侍卫官回报秦王嬴政：昌平君、昌文君已启程回楚国奔丧去了。嬴政这才想起自己加冠礼后，从楚国传来了楚王熊完薨亡的报丧书。熊完是昌平君、昌文君的父王，年轻时在咸阳生活十多年，娶秦女为妻生下昌平君熊启、昌文君熊美，自从秦昭襄王四十四年（前263）私潜回楚国继承王位到现在已有二十五年了。其间昌平君、昌文君只回过楚国两次，这次得报父王薨逝，怎能不回去奔丧呢。他们向秦王禀报得到准许后，坐车离开雍城驰向楚国。恰此时也正发生了颜泄独闯蕲年宫的事件，万分危急，嬴政急派蒙恬骑快马追赶，在半路上截回了昌平君熊启和昌文君熊美两兄弟。

二十六日一早，昌平君、昌文君来到蕲年宫，秦王嬴政明示了嫪毐已犯大罪，速速做好击灭嫪毐的准备。熊启、熊美看到这么快就要击灭不可一世的长信侯，异常兴奋，但发生了什么他们并不清楚。嬴政一夜未眠，这件事到底要不要禀告母太后赵嬅呢，嬴政纠结到天色微明，才决定暂不告诉母太后。天色大亮，秦王让内侍传相邦吕不韦，吕不韦来到蕲年宫，他先是看到宫内宫外卫士弓弩上弦，剑戈在手，气势凛然，后一听秦王让他总揽全局，和昌平君熊启、昌文君熊美一起剿灭长信侯嫪毐，吕不韦脸色变得蜡黄，他其实预感秦王嬴政亲政后要出大事，可没想到来得这么快。吕不韦领命退出蕲年宫，心里说不上是什么滋味，既有快感又有隐忧。

四月二十六日午后，嫪毐和他的三个帮手率领门客舍人和用太后玉玺调来的县卒、官骑、乡勇、散民近二万人蜂拥而至包围了蕲年宫，宫外二千名军士寡不敌众全部被杀。蕲年宫宫门紧闭，宫城垛口一千名军士用强弩不停地射杀叛贼。这时昌平君熊启亲自率领驻于雍城北侧山林中的二万名全副武装的强悍军卒，以迅雷不及掩耳之势把叛贼分割包围。嫪毐见势不妙，急忙奔逃，他逃到雍城北门，正好被守在那里的昌文君熊美看到，熊美一声怒喝："嫪毐，哪里走！"众军士一拥而上将其活捉，其他跟随的门客死党除毙命的外都被缉拿。相邦吕不韦派大将王翦指挥驻军捉拿嫪毐在咸阳城的同伙，双方发生对战，最后，王翦歼灭了嫪毐的党徒。

捉拿嫪毐的第二天，秦王嬴政骑马在蒙恬、李信的护卫下回到咸阳，嫪毐一干众犯也被昌平君熊启押回咸阳。临行前，嬴政把母亲安置在贳（shì）阳宫，并让昌文君熊美留在雍城照料母太后，让大将蒙武送妻子甄氏和女儿蒙宠到雍城贳阳宫与母太后做伴。

秦始皇九年四月三十日，秦王嬴政下令搜查嫪毐在雍城、咸阳、太原的府第，搜出巨量私藏的兵器，光青铜剑就有二万把，特别是搜出赵王赵偃给嫪毐的五封私信，另外，秦宫的三十件国宝重器也赫然在目，十分刺眼，如此吃里爬外，视国法如无物，令人难以置信。

九月十七日，秦王嬴政下令车裂嫪毐，夷灭三族。与此同时，对朝廷中投靠嫪毐的卫尉竭、佐戈竭、内史肆、中大夫等二十一名官员和嫪毐在赵国生养、暗中接到雍城的一儿一女，也一律斩首示众。

对于秦王嬴政生母赵嬿，朝中一些坚持法制的大臣上书要求降其为庶民，先后如此进谏的大臣有多人被杀，其中大夫陈忠口背法条，膝跪冰雪而谏，也被棒打而死。沧州人士茅焦游历来到咸阳，闻听此事，求见秦王，嬴政把佩剑抽出放到御座边上，问道："齐人茅焦，你不怕死吗，有何话说？"

茅焦不紧不慢地说："秦王您有一统天下之志，天下人今日敬畏秦国，不全是武力所致，孝亲重情最能征服人心。"茅焦昂起头，发现秦王安静了下来，继续说道："母太后亲授冕旒于大王，从十月怀胎到大王亲政，母太后功德比天还大，大王回到咸阳七个多月了，而母太后独留雍地，自有冒失者以为大王有意惩戒母后，故谏之者多，快些把母后接回咸阳敬侍，谁还敢多言呢。"

秦王嬴政眼睛一热，眼泪在眼眶里打转，他从王座上站起来走过去扶起茅焦，说："前面之人进谏，尽皆让寡人立威，惩戒生母。在此世上，母后年轻寡居，弟弟死于非命，今独存母后是寡人唯一至亲，好事者让寡人违天伦，惩生母，岂有此理，今先生以尊母尽孝利国兴邦谏与寡人，甚合心怀！"

茅焦说："秦王如何处之？"

秦王嬴政说："寡人即刻去雍城接母太后回咸阳，已死谏臣厚葬龙山。"

两日后，秦王嬴政接回母太后赵嬿，让母后居住在甘泉宫，拜茅焦为太傅，享上卿爵禄。

秦始皇十年（前237）十月，嬴政二十三岁了，他罢免了吕不韦的相位，令其迁往封地洛阳居住。母太后赵嬿趁嬴政到甘泉宫问安的时候，叮嘱嬴政看在吕不韦有功于秦的份上，不要再行贬谪。

文信侯吕不韦免相后迁居洛阳，关东六国前来拜访他的宾客络绎不绝。赵国、魏国还有意让吕不韦出任丞相，这是遭贬之人之大忌，吕不韦怎能不知啊，可有什么办法，能躲到哪里去呢。对文信侯吕不韦的状况，秦王嬴政了如指掌，吕不韦的能量实在是太大了，万一吕不韦为关东六国所用，那可顶得上百万大军啊，文信侯如此不知收敛，是不能容许下去了。

秦始皇十二年（前235）十一月，吕不韦迁居洛阳居住一年多了，一天，他接到秦王嬴政的一封信，令其举家迁徙蜀地。吕不韦放下信叹了口气："唉，去什么蜀地呢，还不如去赵国呢。"是啊，在赵国还有吕家正在运转的商贸大业，老父和弟弟打理得更好了，已达财金巨亿，富可敌国，赵王允诺的君侯爵位也全给他留着呢，吕不韦又自言自语道："我吕不韦商人谋国，位极人臣，自然会被议论，甚至为世俗所不容，唉，不管容与不容除了秦国我哪也不去。"他拿起一册《吕氏春秋》翻了翻，自语道："我吕不韦是什么样的人，此书十二纪、八览、六论、二十六卷、一百六十篇足可证明，还用现在去堵他们的嘴吗。"

想到此，吕不韦想喝些酒，让自己放松一下，放松一下这儿年紧绷着的神经。打开青铜柜，他明明第一眼看到的是前两天刚打开过的醇酒，可手伸过去取的时候，不知怎么的就把手偏向了另一侧的那个透明的器皿。他笑了，笑得一点儿声音都没有，他把这晶莹剔透的液体倒进金黄色的酒樽之中，这可是鸩酒啊，吕不韦一饮而尽，他何尝不知呢。

十三 / 楚国有女父考烈，嫁入秦宫生嫡长

雍城加冠礼之后，嬴政重药去疴：车裂了嫪毐，快刀斩麻罢免了吕不韦，在骊山芷阳庄襄王陵的怀抱之中选址，以太子之礼厚葬了弟弟长安君成蟜，成蟜的幼子暂由宗室抚养，之后又接母太后回到议论逐渐平息的咸阳。

国不可一日无君，也不可一日无相，秦王嬴政把母太后在甘泉宫安顿好，随后到华阳宫去拜见华阳祖太后，华阳祖太后上下打量着嬴政，疼爱和赞赏之情溢于言表。

嬴政禀告说："昌平君熊启不再担任御史，改任右丞相，禀报祖太后之后就向天下诏告。"

华阳祖太后说："熊启这孩子从一出生就在咸阳，到现在都三十五岁了，他父亲从秦归楚当了二十五年的楚王，去年薨亡了熊启也未回楚，他知道秦楚是袍衣之亲，报效秦廷就是报效楚廷，此子可堪此任。"

秦王嬴政望着华阳祖太后十多年间由俏美知性到现在满是慈祥的面容，刹那间有些恍惚了：我嬴政不是嬴楚之子吗，我……当嬴政要回咸阳宫时，华阳祖太后说："孩子啊，把你母后安顿甘泉宫不算完，你要常去问安啊，她可是你最亲近的人，改日我要去你母后那儿看看，和她商量一下，把你的婚事定下来。"

嬴政说："感恩祖太后操心，齐王田建已来到咸阳，我去会见一下。"

华阳祖太后目送年轻的秦王嬴政快步走出华阳宫。

齐王田建在去年秦王加冠礼时就派特使送信，要亲自来秦参加冠礼拜见秦王。

当时，关东六国都要由君王或卿相出席秦王的冠礼，吕不韦奏请秦王嬴政，嬴政以冠礼在偏远陇西往来不便而拒之。田建没参加成冠礼，第二年不请自来，他和随从出临淄往西行，沿着秦东郡到咸阳的通道来到了咸阳，他是关东六国中第一个在秦王加冠亲政后赶来拜见秦王的君王。

秦王嬴政在咸阳宫设宴款待齐王田建。在第一天的国宴之上，嬴政让右丞相熊启作陪，主客把酒言欢，秦齐两国相互交换国书，约定永世友好，特别附加一条是齐国不得与其他五国合纵对秦。在第二天的国宴之上，嬴政让右庶长李信作陪，主客又是把酒言欢，宴席间，李信喝得微醺，对齐王田建说："齐王啊，我向您打听个人，此人叫后颜……"齐王田建不等李信说完就"嗞溜"喝了一大口，说："寡人此来除了祝贺秦王之外，还有一事就是为我齐国丞相后胜的妹妹后颜而来。"听到齐王田建说他为后颜而来，嬴政、李信都觉得奇怪，只听田建接着说："秦王您可记得多年前到齐都私游，后颜对您一见倾心，之后，后颜茶饭不思，她兄长后胜多方打听才知道那是您秦王微服访齐，今日我来秦也是恳求秦王纳后颜到后宫，不枉秦王之艳遇，后颜之相思啊。"

右庶长李信听罢哈哈大笑，秦王嬴政一脸歉然，说："李将军别笑了，你明日随齐王启程到齐国临淄，去看望慰问那个痴情的女子。"

右庶长李信随齐王田建返回齐都临淄。一到临淄，李信就兴冲冲地在丞相后胜带领下去看望慰问后颜，只见后颜骨瘦如柴，已不能行动，只听她嘴中喃喃自语着："公子，你去哪里了，你到哪里去了，公子，你别走啊。"

李信多日后回到咸阳回报秦王嬴政，秦王嬴政亦唏嘘不已。

母太后赵嫣从雍城回到咸阳入住甘泉宫没多久，华阳祖太后亲移鸾驾来到甘泉宫。母太后把华阳祖太后接到正堂坐定，然后给华阳祖太后施礼说："母后，我本应前去拜望您，没想到劳驾您来敝宫，真是让我羞愧无地啊。"

华阳祖太后说："一家人岂能争理，我此来一是劝你放宽心，嬴政是个孝顺孩子，只不过他以国事为大，二是想和你商量一下嬴政加冠后的婚事，不能再拖了。"

自从嬴异认华阳夫人为养母，母太后赵嫣就从内心把华阳夫人当成自己的母亲了，而对赵嫣的所为，华阳夫人以女人的同理心表示出包容和宽厚。

赵嫣说："母后，嬴政的婚事您做主。"

华阳祖太后说："如果你从母家赵国选不出佳丽来，那我就从楚国王室中给嬴政选个王后吧。"

当赵嫣听华阳祖太后说，初步选定楚国已故考烈王的小女芈媛时，内心欢喜，一再表示一切由华阳祖太后做主。

华阳祖太后沉吟了一会儿说："做主是做主，只是芈媛是昌平君熊启同父异母的妹妹，昌平君是嬴楚的表弟，芈媛和嬴政隔辈，这……"

母太后赵嫣说："辈分不合不要紧，以王事为大吧。"

就这样秦王嬴政接纳了华阳祖太后给他选定的王后。当丞相熊启把楚王室陪嫁礼品清单呈给嬴政看时，嬴政拿起又放下，放下又拿起。丞相熊启茫然不解，最后只见秦王嬴政拿起笔把所列陪嫁礼品尽皆划去，只是在清单末尾加上三个字："雍州鼎"。

丞相熊启快速将秦王嬴政修改的只有"雍州鼎"三个字的陪嫁礼品清单交与楚使，楚使见到那长长的清单变成区区三个字，即刻返回楚国向楚王熊悍回报。

楚王熊悍即刻遣令尹李园出使秦国面见秦王嬴政，言说早年考烈王把都城从郢陈迁到寿春时，船载"雍州鼎"过彭城泗水时不小心将其滑落水中。嬴政听后不语，当听到自己要迎娶的是考烈王和眼前这个特使楚令尹李园之妹所生之女时，秦王嬴政宴请了李园，不再提"雍州鼎"之事。

秦始皇十年七月，华阳祖太后和赵嫣母太后一起张罗着秦王的大婚内务：派出信赖的女医官两名、老练的谨室女阿两名，一同到渭水之畔的楚馆，对已到此的楚女芈媛履行查验，先是医官把脉，后是女阿验身，发现臂弯内一点红痣格外鲜艳，医官、女阿回咸阳宫复命后，秦宗室选定了大婚时日。

七月六日，秦王嬴政在咸阳六英宫迎娶了楚国考烈王小女芈媛。

迎娶大婚后，秦王嬴政遵照华阳祖太后和赵嫣母太后的旨意，立芈媛为王后。

在秦王嬴政二十三岁的年华里，刻在心里的只有三个女人：一个是与他相依相伴的美丽的母太后赵嫣，一个是他当作亲妹妹一样的蒙家小女蒙宠，再一个是八年前齐国临淄街头回眸一笑向他示爱的后颜。可如今奉太后之命迎娶的却是一个陌生的楚国王室之女芈媛。

新婚大喜，秦王嬴政感到十分新奇，这个被立为王后的芈媛就像一枝蔷薇，不太娇艳，但很秀美，腰如细柳，肤滑如脂。芈媛柔声细语，一到夜晚，娇柔的王后都会黏到嬴政身上，嬴政高大的身躯一次次被她融化。

芈媛虽不是来自赵国，可她深得赵嫣的欢心，她经常做一些楚国的美食送给母太后品尝，隔三岔五地到甘泉宫去陪母太后说说话，给母太后捶捶背、捏捏肩。一次，当芈媛把亲手做好的楚国美食鱼圆汤端呈给母太后时，觉得嗓子有些痒，心膈（gé）处往上一反，忙转身蹲在地上呕吐起来。赵嫣连忙过去给这个有些瘦弱的孝顺王后递水漱口，经仔细观察不见异样，母太后赵嫣明白是怎么回事了。她马上让侍宦官到咸阳宫奏报秦王嬴政，说母太后有急事要见他。嬴政不知何事，随侍宦官赶到甘泉宫，一进宫看到母后步态轻盈，喜上眉梢，转头看到王后芈媛面色微黄，不等秦王嬴政说话，母太后赵嫣说："王后有璋瓦之喜了，快去禀报华阳祖太后去。"

"真的吗，我要当父亲了！"嬴政伸出左胳膊揽住王后芈媛的腰，用右胳膊抄起芈媛的腿把她抱起来转了几圈，高兴得像个孩子似的。

已进入九月，按大秦颛顼历法，这是本年最后一个月了。秦王嬴政端坐在铜案前批阅大臣和郡县的奏报，汗青后的竹简有的用的是大篆，有的是小篆，还有秦隶，奏文短的两三片，奏文长的编联成捆，用锦帛写的奏章稀少。秦王嬴政心情愉悦，毫无倦意。正当嬴政阅审奏章高兴之时，突然一个极短的举告奏章映入他的眼帘：韩国水工郑国乃是奉韩王之命只身进谏秦王修渠，借修渠耗秦财资巨亿，以达疲秦弱秦之目的。

秦王嬴政看到这份举告，马上回想起自己即秦王位的第二年，也就是秦始皇元年四月，一个来自韩国的水工郑国求见，建议秦国开凿一条引泾水至洛水的灌渠，具体是从泾水瓠（hù）口取水，凿开中山引到关中平原，从北部往东穿流与洛水相连，凿成后，渠长六百里，靠水自流灌溉土地五万顷。秦王年少，让吕不韦最终决定是否采纳韩国水工郑国的建议。相邦吕不韦认为，修渠灌溉，富饶关中，可抵消国力之消耗。于是秦国投入金镒巨万，役工十万，由郑国统辖主持，用了近十年的时间，这条取于水、灌于田、又归于水的巧夺天工的国字号工程马上大功告成了。

秦王嬴政看到这一份奏章，回忆起往事，晴空一样的心境霎时被乌云笼罩。他召来丞相、御史、太尉三公，把韩国水工郑国从渠边绑回来。只见郑国一身秦人衣装，皮肤经年累月风吹日晒变得黝黑。

秦王嬴政问道："郑国，寡人问你，举告可属实？"

"完全属实。"郑国伏在地上回答说。

秦王嬴政怒气有些上升，说道："是我大秦官吏无能，还是你郑国隐藏得太深。马上停止修渠，将郑国按死罪处置。"

听到此，郑国站起身不卑不亢地向秦王一揖说道："杀我郑国不要紧，只是请秦王莫停这即将完工的通渠，它可助秦更强，利秦国万年而不利韩国一年，请秦王三思。"

秦王嬴政看到这郑国黝黑脸庞上坚毅的表情，听了他刚才出乎意料的一番话，心里略微一震，来不及细想，说道："先关押起来，改日再议。"

韩国水工郑国遵奉韩王之命，忽悠秦王嬴政动用国力修渠，以此消耗秦国实力，阻止其东扩的步伐，这个大阴谋震惊了朝堂。这让秦人不由得想到了那长信侯嫪毐，想到了屯留叛卒蒲鹢，不知还有多少深藏不露的啊。宗室重臣谏议秦王嬴政：凡六国来秦一代内之客卿皆予驱逐。

秦王嬴政对丞相熊启说："请速颁发《逐客令》，散朝。"

秦始皇十年九月的最后一天，已是客卿的楚国上蔡人李斯惶恐无奈，他轻叹道："我入秦凡十载至今日，眼见秦王已成霸主之势，统一有望，如此逐客绝非明智之举，我虽明日启程离秦，但今日必上书谏之。"他叹罢伏案疾书，《谏逐客书》一气呵成。

秦始皇十一年（前236）十月二日，秦王在咸阳宫召见丞相熊启及其他众官员，他想听一听逐客推进情况。当他随手拿起昨天侍宦官放到王座旁的各方奏章时，《谏逐客书》吸引了他的目光，他拿起来阅看："臣闻吏议逐客，窃以为过矣。昔穆公求士，西取由余于戎，东得百里奚于宛，迎蹇叔于宋，来丕豹、公孙支于晋。此五子者，不产于秦，而穆公用之，并国二十，遂霸西戎。孝公用商鞅之法，移风易俗，民以殷盛，国以富强，百姓乐用，诸侯亲服，获楚、魏之师，举地千里，至今治强。惠王用张仪之计，拔三川之地，西并巴、蜀，北收上郡，南取汉中，包九夷，制鄢、郢，东据成皋之险，割膏腴之壤，遂散六国之从，使之西面事秦，功施到今。昭王得范雎，废穰侯，逐华阳，强公室，杜私门，蚕食诸侯，使秦成帝业。此四君者，皆以客之功。由此观之，客何负于秦哉！向使四君却客而不内，疏士而不用，是使国无富利之实，而秦无强大之名也。……今取人则不然。不问可否，不论曲直，非秦者去，为客者逐。然则是所重者在乎色乐珠玉，而所轻者在乎人民也。此非所以跨海内、制诸侯之术也。臣闻地广者粟多，国大者人众，兵强则士勇。是以泰山不让土壤，故能成其大；河海不择细流，故能就其深；王者不却众庶，故能明其德。是以地无四方，民无异国，四时充美，鬼神降福，此五帝三王之所以无敌也。今乃弃黔首以资敌国，却宾客以业诸侯，使天下之士退而不敢西向，裹足不入秦，此所谓'藉寇兵而赍盗粮'者也。夫物不产于秦，可宝者多；士不产于秦，而愿忠者众。今逐客以资敌国，损民以益仇，内自虚而外树怨于诸侯，求国无危，不可得也。"

"客卿李斯何在？"秦王嬴政头也没抬问了一句。

阶下位列两旁的都是等着奏报逐客实情的大臣，听到秦王发问，皆不知秦王何意。

嬴政见无人回应，抬起头来扬了扬手里的奏简《谏逐客书》，说："李斯给寡人写了《谏逐客书》，他人在哪里，快找他来。"

这时一个与李斯交好的大臣张和说道："李斯已出咸阳城往东去了。"

嬴政从王座上站起来对丞相熊启说："快去追回，快去追回！"

丞相熊启不敢耽误，当场指派张和骑快马追回客卿李斯。

　　嬴政重又坐回王座，他一板一眼地说道："我改变主意了，不逐客卿了。我把李斯《谏逐客书》说给众卿听一下：过去我的先祖穆公求士得五子，都不是秦人，在五子帮助下穆公并国二十，遂霸西戎；孝公用商鞅之法，变法后，民以殷盛，国以富强，商鞅是卫国人；惠王用张仪之计使六国不能合纵，张仪是魏国人；昭王得范雎为相，逐外戚，强公室，蚕食诸侯，使秦渐成帝业，这范雎也是魏国人。如今我把客卿逐出国门，他们就会为六国效力，秦国何时能完成统一大业啊。传我诏令：从今日起，废除《逐客令》！"

　　嬴政说到做到，丞相熊启派出的张和在骊山东边驿道上追回了李斯，郑国仍主持完成了灌渠的开凿，民感其功德，皆称之郑国渠，郑国也永久留在秦国。

　　秦始皇十一年六月三十日，王后芈媛在六英宫诞下了一男婴，男婴除去偶尔哭几声外，大多时候都是安静地躺在襁褓之中。

　　嬴政抱起初生的小王子，他左看看右看看，看着看着联想到自己即王位快十年了，弟弟成蟜死了，除成蟜遗留下一个三岁多的男孩外，秦王室男丁稀落。想到此，嬴政决定在孩子百日时，大宴群臣，给小王子赐名。

　　秦始皇十二年（前233）十月十日，咸阳宫焕然一新，金箔包裹宫柱，宫顶镶嵌明珠，铜玉磨光铺地，金碧辉煌，香气四溢。秦王嬴政登上王座说道："今日是王子百日宴，主要有两宗大事要议定：一是议定王子名字，二是宣布客卿任用。"

　　关于新生儿取个什么名字，这可不是闹着玩的。众人窃窃私语，半天无一人上奏，见无人上奏，博士淳于越上前奏曰："《诗》有云：'山有扶苏，隰有荷华。不见子都，乃见狂且。山有桥松，隰有游龙。不见子充，乃见狡童。'王子名字称扶苏如何？"

　　秦王嬴政听后说道："好，扶苏好，扶苏好，茂盛兴旺之意，百日之期，婴儿得名扶苏，我大秦有继了。"

　　咸阳宫里一片欢腾。

　　"这第二件大事我已思虑多日，今宣之于世。"嬴政说道，"封楚国人李斯为廷尉，主持大秦情法之争；封魏国人缭为太尉，主持大秦兵攻之胜；封楚国人熊启为右丞，主持大秦官民之政；封韩国人郑国为国工，主持大秦百工之行。"

华阳祖太后和赵嫣母太后虽然没有参加十月十日的朝会朝宴，但事后嬴政把朝会朝宴所议定之事予以禀报。华阳祖太后听后有些激动，说道："大秦后继有人，三公各司其职，百官誓死效力，天下可统一了！"

十四 / 燕王求亲蒙家女，秦王闻听心欲狂

秦始皇十二年的八月，身在燕国蓟城的蔡泽听到从秦国传来的吕不韦的死讯，思来想去决定出城去找曾给他相过面的好友唐举。唐举一见蔡泽华贵的装束，围着他转了一圈，说道："我看你这身富贵的衣衫不出半年就要脱掉了。"

蔡泽大惊，问："先生何以见得？"

唐举正色道："二十年前我说你有卿相之貌，你避而问寿命几何，我告诉你还有四十三年的寿限。一晃，你秦相封过了，金印也抱过了，为秦出使燕国居左相之位也十年有余了，一直是锦衣玉食，脑满肥肠，你不觉得你这好日就要到头了吗？"

蔡泽耸了耸肩膀，用手捏了捏自己越发塌陷的朝天鼻，罗圈腿一搭坐在唐举的土炕上，说："先生真说对了，本来秦国大将张唐要来燕国代替我为相，可他惧怕过赵地而不敢来。今秦王又连遣两使催我归秦，我思量吕不韦何等功勋尚且不保，我归秦有好下场吗？故而我已向秦王请辞不归。这边燕王让我出使漠北匈奴和齐国，打算订立盟约以抗秦、赵，我以患病请辞。九年前，我诱说燕王派太子姬丹到秦国为质，质而难回，燕王多次向我要人，你以为我的日子好过吗？"

唐举哈哈大笑，说道："享福享够了吧，你这样到哪儿都有人用的，也算异数了。"

蔡泽说："先生快别讥笑了，快帮我谋个平安之策啊。"

唐举马上收住笑声，戚然说道："如此世道，何处得觅平安啊。"

蔡泽说："我本燕国人，不愿再返秦，我主意已定回老家纲成邑归隐，粗衣简

食度余年了。"

唐举说："去吧，这也算是明智之选了。"

第二年，蔡泽选择纲成邑一处山中谷地，茂林修竹之处，搭舍归隐了。

燕王姬喜见蔡泽指望不上，只能亲自出马到匈奴去。匈奴单于头曼在王庭接待了燕王，当听完燕王姬喜的构想时，拒绝道："因我匈奴与秦有渊源，相约攻秦不可为也，相约攻齐没问题，攻赵也没问题。"燕王又出使齐国，齐王田建还没听燕王说完就打断了他，说："我齐国已和秦国约定互不相攻，合纵之事齐国今后永不参与。"

燕王姬喜两次出使都没有实现预期目的，回到国都蓟城坐在王座之上发呆，缩着脖子倚着一侧扶手，不知是王座过大，还是燕王身材矮小，偌大的王座空出大半，他一会儿自言自语，一会儿又闭目冥想。

"哼，蔡泽枉为燕人，都道他足智多谋，可他在燕国十多年帮过燕国什么啊，只一件事，听了他的话把太子派去秦国做人质，到现在想回回不来。这滑贼拍拍屁股就隐去了，我恨不得杀了他！"燕王姬喜从王座上下来，来回走动，一会儿走到嵌有铜镜的屏风前站住了，他看到铜镜中的自己，不到七尺的身高，本就上窄下宽的脸盘因肌肉松弛，好像整个脸儿直接蹲在肩膀上了，花白的发髻和胡须也该打理一下了。燕王向上翻了翻有些浑浊的眼睛，自语道："德行，我大燕北依燕山，东有莽林，在七国之中本是占尽上风上水之利。可是，除了百年前的秦惠王之女孟嬴嫁给燕文侯外，后来祖辈尽皆聘纳本土望族之女为后，生养如我无轩昂之躯；我亦如此，生太子姬丹样貌如我，昔年太子质于赵国，本欲与赵国王室联姻，后因两国交战而搁浅，今太子……"燕王姬喜想到此，传大臣鞠武进宫议事。

鞠武觐见燕王姬喜之后，于秦始皇十三年（前234），出使秦国去见太子姬丹。

鞠武从燕国都城蓟城来到秦国都城咸阳，哎呀，乖乖不得了，就好比是从郡县来到了一大都市。函谷关像雄狮之口冲着东方六国张开，秦国太大了，咸阳城太繁华了，看那宫殿鳞次栉比，府邸连墙接栋，骊山秀丽，渭水如带，车水马龙，商铺林立。尽管十多年没见到过太子姬丹了，今日见面后觉得他和十年前没太大变化，这孩子继承他父王母后传给他的样貌，面部上窄下宽，五短身材七尺冒头，唯一有些不同的是他的两个眼珠子老往鼻梁跟前凑。太子姬丹十来岁启蒙时，鞠武受燕王之托尽心教授他诸子学说。

姬丹见到尊师如同见到亲人一样高兴。鞠武对姬丹说："燕王让我传话给你，看你在秦国多年，和秦王嬴政又同在赵国相识，可谓患难知己。所以你要优先在秦国王室中选一女子联姻，王室不成，将相之女也行，实在不成，我从秦国转往楚国求取联姻，燕王恒定不再让你娶燕女为妃了。"

姬丹一听父王有如此深虑，心中喜乐，说："秦楚赵韩多美媛，与之联姻益于燕。我遵从王命师教便是了。"

燕国太子姬丹来秦国为人质已经十年了，一开始秦王嬴政念旧情对其优待热络，到后来逐渐冷淡，如今每年连见嬴政一面都困难。姬丹也明白，一个大秦之王和一个弱国质子是不可能成为真正朋友的。可姬丹来到秦国后不久就和秦将樊於期相交甚厚，这是姬丹把金镒和珠宝大都送给樊将军的缘故，当然也有感情交流的缘故。

一天，蒙武相邀王翦、张唐、樊於期几位将军到蒙府为小女蒙宠十七岁成人礼小贺，正好姬丹在樊於期府上拜访，征得蒙武大将的同意后一同前往。

宴席开始前，蒙武让爱女给来宾演示剑术和马术：只见侧厅之中有一矫健身姿"噌噌噌"六个前空翻站到当场，场地上环绕着一圈裹着丝帛的稻草人，蒙宠素颜，玄色胡服，短发无髻，身长七尺有三，一双秀目外宽内窄，眼眸内蓝光闪动。蒙宠毫无怯场，剑随身动，人剑合一，最快时只见一团青光，绝活是剑挑人筋，点刺人脉。一团青光滚过，环绕着场地的那一圈稻草人全都由站立变为半跪，众人齐声叫好称奇。蒙武说："这是蒙家剑独门绝学，点刺筋脉从不穿透，使敌无力但不取人命。"众宾客皆赞蒙家剑法凶中存善，闻所未闻。

蒙宠舞完剑，只见家童从转角处赶出一匹战马，奔马从蒙宠身边跑过，蒙宠飞身跃起稳坐马背，奔马随之奔出府院来到外面，沿廊道"唰唰唰""嘚嘚嘚"眨眼两个来回。之后，蒙宠从马背飘落在宾客面前，一阵淡兰香气随风四溢。

王翦赞曰："奇女，将门虎女啊！"

张唐上前看了看蒙宠手中的剑，把马引开后说："真女将军也，论剑论骑术都在我之上啊。"

樊於期对蒙武说："令爱剑术骑术我平生所见无二，只是此马系秦本土常马，其高骏闪快还配不上令爱啊。"

"献丑献丑。"蒙武拱手一圈说，"小女不爱红装女红，尤喜骑马舞剑，没什么大用，没什么大用啊！"

众宾客齐聚厅室宴饮。姬丹私下对樊於期说："蒙家小女所骑虽是战马，如你所说绝非良品，我父王有两匹从西域交换来的良马，名曰乌骓、汗血，让我尊师鞠武回国告知父王遣人送来赠予蒙府可好？"

樊於期听后连说："好，好，蒙家什么也不缺，可良驹难得，快办，快办！"

回到质子府后，姬丹让鞠武马上赶回燕国，再派人把两匹良驹速速送到咸阳。鞠武想：反正自己已把燕王的旨意交代给太子了，姻缘天定，岂能人为，催我回国就回国吧，怎么又把乌骓、汗血这样的宝马良驹弄来送给蒙家小女，这等良驹为何不送给秦王啊，真糊涂啊。

自从参加了蒙武为爱女成人礼举办的宴请后，姬丹整天满脑子都是蒙宠的身影：矫若游龙，翩若惊鸿，眼若流星，弱中有刚，刚柔并济，美得不可言状。一天，姬丹不知不觉地独自游逛到蒙府后庭院处，从菱形花窗中看到蒙宠在舞剑。他刚趴在墙外看了没几眼，不知怎么的从旁边另一家府院中蹿出一条黑狗"呜呜"地叫着向姬丹扑上来，也许是那狗见姬丹鬼鬼祟祟，唤起它看家护院的本能。姬丹吓得大叫，拔腿就跑，那狗一个跃扑将姬丹扑倒在地，姬丹心想完了，这回还不给这恶狗撕烂。眼睛半睁半闭间，突然间倩影一闪，一股香气袭来，只见蒙宠从蒙家院墙内一个跟头翻出，她提起右脚，脚尖从下往上猛地抵住狗的下巴，然后一个转身，飞起一脚将黑狗踢出五丈开外，那狗"嗷嗷"叫着跑走了。

姬丹连连道谢，并说出了不几日将从燕国弄来良马献给蒙宠。蒙宠对这个燕国质子没啥印象，不知听没听明白姬丹要献乌骓、汗血的事就翻回蒙府院内了。

姬丹一阵激动，脑子闪过一个念头：莫非我和这蒙家小女有缘，要不她怎么出手相救于我呢，我作为燕国太子，要通婚也本应和秦国王室联姻，可我现今是质押在秦国的质子，退而求其次吧，和蒙家结缘也行啊。想到这儿姬丹回到质子府向父王喜写了一封书信，请父王以燕王的名义给秦王嬴政修书提出此事，请秦王成全美事。

太傅鞠武回到燕都蓟城，拜见了燕王姬喜，把姬丹感恩燕王和欲献乌骓、汗血给蒙家的事一一奏报。燕王姬喜伸了伸懒腰，打了个哈欠说道："这乌骓、汗血是西域大宛（yuān）族群首领献给我的礼物，世间稀少，我真的一次也未骑过，齐王田建以万金求换我都回绝了，今太子欲赠予秦国蒙家，哦，也罢，蒙武之父之子了得，乃秦国豪族，将门威武，弄去吧，弄去吧。"

乌骓和汗血在两名御者驾驭下一日千余里，五日之内就来到了咸阳。当太子姬丹在樊於期陪同下把这两匹良驹送到蒙武家时，蒙武非得让姬丹收下两千镒金的酬谢才肯留马，姬丹无奈，让樊於期代为收下。蒙宠何曾见过这等良驹，乌骓通身乌黑，腿长身细，汗血通体淡白，一跑出汗则皮毛变红。听父亲蒙武说这是燕国太子姬丹送来的，蒙宠转过身去看了一眼太子姬丹，哎，这不是前些日子被狗咬的人吗，他是燕国太子？燕国太子怎么老待在咸阳啊？来不及多想，蒙宠高兴地抚摸良驹去了。

"这可是蒙宠第一次正眼看我啊。"姬丹心跳加快，脸微微发烫，"唉，看一眼就够了，满足了，可我姬丹记不清偷瞧蒙宠多少眼了，已经看到自己心里去了。"

燕王姬喜自接到太子来信后，就与宗室和王后进行商议，都觉得燕国太子只有与秦国王室，或者赵国王室，再或者齐国王室之女联姻才门当户对，与秦国众将之一的蒙家联姻岂不是自降身价。燕王姬喜开始也是不想搭理姬丹这没出息的请求，可转念一想，蒙家可算是秦国第一将门了，若与之结亲，对保全燕国也许更有利。唉，百年前秦王之女嫁入燕室是不假，现如今……于是燕王姬喜亲自修书给秦王嬴政，书中对秦王尊崇备至，极尽谀美，诚求秦王促成小儿之事。为稳妥起见，燕王姬喜特遣大夫田光为特使，除书信外，还给秦王带去了黄金两千镒、红山宝玉十斗。

燕国的大夫田光有节侠之称，秦王嬴政亦有所耳闻，听奏报说田光携燕王书信和重礼求见，就在咸阳宫里接见了田光。金镒两千、玉石十斗，令其清点入库；田光呈上书信，嬴政面露喜色，莫不是燕王还有城邑土地要献与秦国么。书信渐渐展开，秦王嬴政脸色也渐渐阴沉。当嬴政看到"请求秦王恩准，欲向蒙武之女蒙宠求亲"时，心头一紧，如同遭到了重击般地愣在那里，随即站了起来，"啪"地一下把书信摔到几案上，脱口而出："石头上摘桃子，痴心妄想！"秦王嬴政环顾了一下丞相熊启、廷尉李斯、郎中令熊美和太尉缭，觉得自己刚才有些失态，于是暗示自己息怒，他做几次深呼吸调整着自己的状态，慢步走到田光面前说："你真是枉称节侠之名，怎能谋此夺人所爱之事呢？"

刚才秦王嬴政的火气冲天和缓和后对燕国大夫田光说的话，让在场所有人都有些莫名其妙，摸不着头脑。这时，秦王嬴政对丞相熊启说："召蒙武将军和他女儿蒙宠入宫，速来！"

一路传诏下去，不一会儿蒙武急急赶到。宫外一匹汗血马踏上通往宫门的辇道箭掣而过，军卒还没反应过来，它已到咸阳宫门，只见马背上一个女子一勒马缰，马前蹄腾空而起，落地时马头已探进咸阳宫中，众人大惊，待定睛观看，只见蒙宠从马背上轻飘而下，三两步来到秦王嬴政身边，秦王不以为怪，反而笑着看向蒙宠。

这是谁家女子，如此大胆闯宫？反应过来的校尉军卒已集聚在咸阳宫门外警戒，除秦王嬴政、丞相熊启外，别人都不认识蒙宠，只是听说过蒙武家有个女儿喜欢骑马和弄剑。这时，秦王传召的燕太子姬丹也已赶到。

秦王嬴政这时又重新回到王座之上，他整了整冕旒，理顺了佩剑，说："该到的当事人都到齐了，今燕王遣大夫田光前来，是求寡人准许燕王太子姬丹向蒙武将军的爱女蒙宠求婚之事。我且问你，小蒙宠，你是否愿意燕国这位住在我大秦做质子的仁兄向你求亲吗？"

啊，这时众人才弄明白是怎么回事，目光一下子集中到俏丽脱俗的蒙宠脸上，蒙宠大大方方地逐一施礼，然后说："不愿意！"

秦王嬴政转头问姬丹："听到了吧，她不愿意，可我不明白你是怎么想到让你父王出面给你求亲的呢？"

姬丹这会儿脸上红一阵白一阵黑一阵，嗫嚅道："赠她宝马，她很喜欢，我以为……"

这时蒙武出列说道："马是买的，我出了黄金千镒给他了。"

这时秦王嬴政又看向蒙宠，说："小蒙宠啊，你也成年了，也该成婚了，燕国的太子你都不愿意，什么样的人才合你心意呢？"

"非让我说吗？"蒙宠扭捏了一下。

"说来听听。"秦王好像故意逗她一样笑着说。

蒙宠扬起脸直直地看着秦王嬴政，轻声说了句："我不知道。"就闪到父亲蒙武身后羞涩地低着头。

刚才蒙宠说了句什么，众人好像没听很明白，你看看我，我看看你，蒙武也一时怔在那里。

这时秦王嬴政站起身，大声说："田光，你都听清楚了吧，请回去向燕王复命吧！"

当天晚上，大夫田光就被驱逐出函谷关。

一直到第二年，太子姬丹败兴地躲在府邸里不曾出门。他连发三封书信给父王，让他做好防范秦军攻伐的准备，同时请父王为自己求情归国。燕王姬喜两次派使臣到秦国面见秦王嬴政，请求让太子归燕。

秦王嬴政也撂下狠话："燕王不死，丹不可归！"

太子姬丹呼天不应，叫地不灵，一夜之间须发皆白，咬碎十牙。转眼到了秦始皇十五年（前232），燕太子姬丹闭门不出，用烧红的铜锥把脸烫出斑斑点点的麻坑，涂上黑蓝料汁，一时间容貌大变。他穿上秦庶民的玄黑服饰，乔扮成奴仆，冒险逃出函谷关，历经千难万险回到了燕国。

十五 / 雄哉一统天下计，全凭能臣和骁将

秦国现行的历法是颛顼历，从秦献公十九年（前366）最终定型，秦昭襄王嬴稷略做调整，到秦王嬴政这一朝已经沿用一百二十多年了。颛顼历法把每年分为十二个月，以十月为每年的第一个月，但不叫正月，仍称为十月，每年的九月是最后一个月，每年的一月仍叫正月，正月初一为立春。全年分为春、夏、秋、冬四季二十四节气。为什么唯独秦国使用这个历法呢，是因秦先祖柏翳是黄帝之孙颛顼的后代，据说颛顼高阳是华夏历史上第一个制定历法的人。

秦王嬴政自五年前亲政到现在，除去批阅又重又多的奏章外，还时常查看颛顼历。好多事已经办过去了，但还有老多事在等着他去办，他知道一口吃不成大胖子，是啊，都吃那么多口了，还需多少口呢？嬴政伸出手指算了算，自语道："还有最后的六大口，这六块大骨头我嬴政何时才能啃下来呢？"他翻着厚厚的历法，何时呢？何年何月呢？随着竹简的响动，上面仿佛浮现出一张张脸孔。

齐人茅焦劝谏秦王嬴政："今天下诸国，民不聊生，生灵涂炭，为天下苍生考量，都不要再兴兵相互征伐了，要以德以义征服诸国。"

儒生博士淳于越进谏秦王嬴政："七国征战不断，世道混乱，民心思安，都各自息兵罢战为好。"

纲成君蔡泽出使燕国一去不回，听说回老家隐居去了，他受燕王之托写给秦王嬴政的最后一封简书也谏言秦王嬴政：秦国开疆拓土，灭周自大，应倡导七国和平共处，与民休息。

这几个人，秦王嬴政都是高看一眼的，可都说的什么话呢？你说不征伐就各不征伐了吗？列国中哪国强了就豪横、就想当老大，列国中有的虽弱但刺头不服劲，这样自然就攻战不休，世道永无安宁。今后谁也别跟我说什么非攻、救守什么的，让天下黎民安心过日子，就只有一条路，七国合而为一。

秦王嬴政又高兴地想到了廷尉李斯，在这个大是大非的事上，李斯显然比丞相熊启还明白，他力谏秦王说："一定趁关东六国疲弱之时，加力加快各个击破。"

秦王嬴政也高兴地想到了尉缭，缭是魏国人，也力谏秦王下决心扫灭六国，以实现天下太平。就连刚到秦都咸阳的韩国公子韩非也赞成秦王嬴政去完成天下统一大业。

秦王嬴政把颛顼历放到案上，眼睛停留在那部吕不韦献给他的《吕氏春秋》上，他探了探身子拿在手上，轻轻地拂去上面的灰尘翻看起来。他翻阅《谨听》篇，读到精彩处轻声读出了声音："今周室既灭，而天子已绝，乱莫大于无天子。无天子，则强者胜弱，众者暴寡，以兵相残，不得休息。"嬴政读了两遍，闭目不语，随后又翻开《执一》篇，里面的几行字，使秦王嬴政两眼放光："一则治，两则乱"，"天下必有天子，所一之也"。

秦王嬴政越读越兴奋，他把读过的篇目放到王座边案几的靠前位置，以便随手翻阅。他自言自语道："虽说相邦吕不韦有他的不是，但说句良心话，他是功高无比的，也封赏到顶了，我嬴政总不能把王位让给他吧，到如今我嬴政才明白，吕不韦这仲父不是白当的，别的不说，只这部《吕氏春秋》，就是专门写给嬴政我看的，这里面的真理可真说到我心坎上了。"

第二天，秦王嬴政令上卿蒙毅把绘制好的最新的秦国地图摆放在咸阳宫中央位置，边上还摆放着秦献公时期的秦国地图，这一切摆置停当后，秦王嬴政传召文武百官上朝观图。

这可是一件稀罕事，满朝文臣武将齐聚咸阳宫观图。秦王下令：观图者有言发声，无言旁听。这样的朝令从未有过，真是别开生面。众臣众将围着一大一小两张地图低声交流，窃窃私语：这大张的是当前秦国的版图，那小张的是献公时期的秦国版图，地域大小相差八倍之多。

仆射周青臣上前向秦王行礼后说："秦王啊，真是不看不知道，一看真骄傲，不比不知道，一比还是大图好！"

嬴政听到周青臣大唱赞歌，心里很高兴，微笑着说："大图好都知道，再大些应更好，如何变大最重要！"

廷尉李斯极为清楚秦王让众臣观图的目的，他本来想等等再说，可又觉得自己有必要马上把秦王的意图阐明一下："此张小图是秦献公在位时的秦地，那时定都雍城，困守陇陕，地比郡小，小如弹丸。此张大图是孝公继位后，迁都咸阳，变法图强，历经惠文王、武王、昭襄王、孝文王、庄襄王六位英主，直到当今秦王连而贯之，耕战兴邦，重用客卿，开疆拓土，这才有了七分天下有其三的版图啊。"

秦王嬴政听罢廷尉李斯所言，觉得他把大小两张版图的不同和变迁阐述清楚了，但引申得还不到位。他环视了一下文臣武将，想看还有哪一位能把自己的心思说个透亮。

"秦王英明，以图示臣。"右庶长李信说道，"出函关，通三川，置东郡，如今我大秦居高临下，大如石磐，关东六国朝不保夕危如蛋卵，秦王心中和下臣心中都想有一张囊括六国在内的全图啊！"

"正是！"秦王嬴政听到右庶长李信所言，"腾"地从王座上站了起来，"正是我意，众卿啊，这就是身在图中图图外啊！"他转身对蒙毅说："这图是你主持绘制的，收将起来吧，过几年再绘就是华夏全域图了！"

大殿内文臣武将终于明白了秦王让众人观图的苦心了，大伙齐声高呼："秦王英明，秦王伟大！"

秦始皇十四年（前233）五月，秦王嬴政率领文臣武将二百三十人来到函谷关。他登上关隘瞭台。台上，上卿大将王翦、蒙武已把关东六国的地形沙盘摆置妥当。嬴政神清气爽，他逐一打量随他巡关的将相客卿，然后走到垛口放眼东方，好大一会儿才转身来到沙盘旁边，用手指了指赵国的位置，问王翦："樊於期征伐赵国多日了，何时得胜回朝啊？"王翦上前禀报："赵国大将李牧率军夺回榆次、甘泉、阙与等失地，樊将军和十万大军正在全力收复，我已派杨端和前去增援樊於期，不日就会有胜报传回。"

秦王嬴政环顾了一下围拢在沙盘边上的文臣武将，而后抽出佩剑，用剑尖指向沙盘上的韩国，说："韩国虽为近邻，却堵我东门，违背盟约，三年内灭之，扫清函谷关外的场地！"

秦王嬴政又用剑尖指向赵国所处位置，说："赵国违背盟约，今又抢回已归我大秦所有的阙与等地，再传诏令给樊於期，寸土必争，五年内灭之！"

秦王嬴政拿剑往上一画，指向燕国所在位置，说："燕国仇视我大秦，又怕又恨，赵国若灭亡，燕国必跳墙，所以灭赵国后燕国也不能久存。"

秦王嬴政略收长剑，用剑尖在魏国所处位置画了个圈，说："魏国违背盟约，国虽小但处天下腹胸之地，出入必见，碍手碍脚，定要灭之！"

这时，秦王嬴政停顿了一下，看了看丞相熊启，然后弯腰用手指指定楚国所处位置，说："楚国大国也，合纵背秦，言而无信，不可不灭！"

丞相熊启走近秦王嬴政身侧小声说："秦楚袍衣之亲，怎能兵戎相见。"

秦王嬴政马上用剑尖指了指楚国国都寿春，又指了指吴越之地，说："楚地有天子之气，岂可不灭！"

丞相熊启看到秦王嬴政不念袍衣之情，姿态决绝，忙改口说："可徐徐图之。"

秦王嬴政没有搭理丞相熊启的"徐徐图之"之说，随手把剑一伸指向齐国之都临淄，说："齐国也曾参与过联合攻秦，虽嘴上说永不犯秦，但近年谩欺于秦，不可留！"

听到此，看到此，众文臣武将终于明白了秦王嬴政的雄心和大志，不知是谁带头，又齐声高呼："秦王英明，扫灭六国，天下归一！"

秦王嬴政赞许地看向众卿，然后问大将王翦："关东六国之中有多少厉害人物？"

"六国君王均非明君。"王翦直视着秦王嬴政的眼睛说，"但大将贤臣还是不可小觑，比如赵国的大将李牧、楚国的大将项燕、燕国的大夫田光，另外，六国的谋士贤能也大有人在啊。"

秦王嬴政哈哈笑了笑说："六国虽有勇将良臣，怎比我泱泱大秦，切不可长他国威风啊。"说罢用手指着众人画了个圈，说："众卿都是让六国闻风丧胆的能臣骁将啊，哈哈哈！"

是啊，要说能臣，文信侯吕不韦虽说已亡故三年了，可在秦王嬴政心里当之无愧地占居首位。嬴政想到自己当太子时就曾随吕不韦出征巩邑，消灭东周国公，后来即秦王位后，相邦吕不韦辅政重击魏国，建立东郡，硬生生地从六国中间撕开一道口子。特别是亦师亦父亦臣的吕不韦常给秦王灌输：齐、楚、燕、韩、赵、魏、秦征伐不休，生灵毁灭，都是因为"乱莫大于无天子"。如何是好呢？吕不韦一贯给秦王说的是，"天下必有天子"，只可惜身居要职的仲父，坐视曾被他收为门客的嫪毐成为暴发户，危害社稷，更让秦王不能接受的是在亲政前后，吕不韦擅权封侯，不当用兵，嫪毐通赵，致死成蟜。功是功，过是过，功过有时候是不能相抵的啊。

若说廷尉李斯，也正是相邦吕不韦推荐给寡人的，寡人对此人打心眼里器重，要不怎么短短十多年，这个楚国厕边小史到寡人身边后，从郎到客卿再到廷尉，位列九卿。李斯很有文才，字写得也好，更重要的是李斯能帮寡人看清天下大势，提出消灭渐显疲弱的六国，还贡献了一个撒手锏，就是把金镒当成戈戟，从六国内离间瓦解。李斯的主张很能合寡人的口味，也很对寡人的路数。

年少的甘罗也是相邦吕不韦推荐给寡人的，他有胆略，有智慧，有奇计，不费一兵一卒，全凭一张嘴就从赵国手里得来十六城。可惜的是，吕不韦死后，他不顾寡人的严禁仍去祭拜，一怒之下把他削职流放房陵，如此可堪大用之臣可惜了。

缭从魏国大梁来到咸阳也十多年了吧。此缭胸有经纬，我嬴政必须把他留在身边，情愿把他封为国尉。因为，天下大势他看得比廷尉李斯还透，别的将尉出兵用兵是一局一阵，而缭用兵出兵布的是全局全阵，他把用三十几万镒金搞垮六国说得那么有把握，稍后寡人就把赵国的事让他去办。

还有一个顿弱，本是楚国人跑到魏国混了几年饭，后来客居咸阳也好几年了。他劝谏寡人对母后要尽孝道，真是儒生啊，寡人是从谁身上掉下来的肉自己还不知道吗。当年让母后在雍地静养而不是马上回咸阳这个舆论旋涡，朝里不少人就以臣下之心度君王之腹，还是茅焦比顿弱了解寡人，不过顿弱让寡人豁然明白了一个至理：为得天下要不惜本钱，再多的金子和天下相比都不足道。你有百万金镒，千万金镒，万万金镒，若是他国得了天下灭了你的国，那金镒还是你的么？只要能统一得天下，花光秦国的金子寡人都舍得。

李斯、尉缭、顿弱都起劲地鼓动寡人出重金离间敌国，这真是吃透、盯准了人性的弱点啊，那关东六国会不会也对我大秦用此计策呢？天下卿相都爱钱么？是不是这一招对谁都管用啊？哎，对了，若有黄灿灿的金子攻不下的，寡人还有强将呢。秦王嬴政想到此，踌躇满怀地在函谷关上举起了双臂。

要说强将，蒙家三代皆秦将，蒙骜上卿老将马不停蹄攻城略地，战死太行，蒙武已担起大将之重任，蒙恬、蒙毅能文能武，将来几年必是我大秦的台柱子。哎，对了，蒙宠都十八岁了吧，寡人已命张唐大将从西域大宛等地征调二十匹宝马良驹，这可是寡人的聘礼，一定要把这别样的蒙宠娶进秦宫。

若说强将不能不说王翦大将，他是频阳东乡人氏，是纯正的秦国本地人啊，寡人亲政时他就保了大驾。三年前，他率兵攻打赵国阏与，连取九座城池，他的儿子王贲也已经率兵征战了，听说他的孙子王离也是可造之才，这王家将靠得住啊！

强将里还有李信，他是咸阳槐里人，也是纯正的秦国本地人，不然的话寡人为何愿意让他跟在身边跑来跑去啊，这李信心里把寡人当兄弟一样亲近，勇猛果敢，是大将的不二之选啊……

秦王嬴政在文武群臣的簇拥下巡视关防，巡视完毕后从关隘之上下来，在官衙大厅里宴请随他前来的文臣武将，这是函谷关开关以来首次由秦王在此兵家必争之地宴请群臣。这是为何？这还用说吗，秦王之想已变成了群臣所想，秦王所欲变成了群臣所必为。一句话，想到一块去了，下一步怎么干都亮堂了。

秦王嬴政坐在高阶石台上接受群臣敬酒，他举起酒觚高声说道："大秦，天之大国，为大秦的卿相不爱钱，将尉不惧死饮之！"

秦王嬴政看到群情激昂，又说："为振我王师，利我戈矛，共兴国昌饮之！"

说罢，他亲自和每位臣僚对觚，尽情宴饮。

正在热闹畅快之时，函谷关外杨端和大将带着数十个军尉"啪啪"扣打关门，秦王在侧厅接见了杨端和，大将杨端和见到秦王"扑通"一下跪将下来，这时王翦也走进侧厅。杨端和气呼呼又沮丧至极地说道："樊於期不听劝阻，把十万秦军分散布阵，违背兵法，兵败甘泉、肥下，十万大军几乎被赵国大将李牧全歼，而他本人却喝得酩酊大醉，害怕秦王怪罪，现已逃往燕国去了。"

秦王嬴政听罢怒气满面，说："樊於期燕国人氏，寡人待他不薄，他却常出不逊之语，今渎职兵败不说，又反叛寡人，灭其父母妻儿！"

在咸阳樊於期的大将府里，郎中令熊美带人对其灭族抄家，从他府里搜出了燕太子姬丹送给他的五千五百镒金和不少的珠宝。

十六 / 亲命九礼迎蒙宠，帷帐之中现胡羌

嬴政独自在偌大的咸阳宫里闷闷不乐，刚才他狠狠地训斥了一顿前年才入宫就职尚书卒吏的赵高，他虽是个货真价实的阉宦，却常用眼角的余光偷窥内宫女眷，还没训斥完赵高又得知燕国太子姬丹已潜逃回国了。姬丹在咸阳当质子，把带来结交宾客的镒金大都送给了樊於期。这樊於期叛逃燕国没多久，姬丹就偷跑回去，难道是他俩约好了？这个太子姬丹在赵国当质子七八年，在秦国当质子十二年，加起来二十年了，也真不容易。也许是他在秦国时间长了，想娶妻生子，要不怎么会又是派使请求和蒙家结亲，又是送宝马给蒙宠，亏得蒙武明白，你送我女宝马，我付金子给你，两不相欠。秦王嬴政想到此，猛然站起来走到宫门口，他仿佛又看到那天蒙宠身骑汗血马的身影，那马几乎都踏进宫门里了。嬴政变得开心起来，在侍卫陪同下向蒙府走去。

听说秦王来了，蒙宠不管他正和父亲蒙武说话，也不顾旁边还站着兄长蒙恬和蒙毅，跑过来拉住嬴政的手说："你可来了，我都梦到你啦。"

嬴政亲切地看着蒙宠说："你看我这不是追着梦就来了吗？"

蒙宠说："那天我在咸阳宫里说的话，你可别当真啊！"

"啊，那天你说什么了，我记不清了。"嬴政故意逗她。

蒙宠脸一下红了，甩开嬴政的手说："记不清拉倒，我练剑去了。"

蒙宠长大了，她都十九岁了，在她还小的时候经常缠着来蒙府的嬴政说这弄那，现今冒出了明显的约束感、距离感和天生的羞涩感。

　　秦王嬴政和蒙武、蒙恬、蒙毅说了会儿话，说到樊於期的叛逃，说到了赵国大将李牧，之后蒙武和蒙恬出府同王翦商议再次攻伐赵国的番吾。

　　嬴政在蒙毅陪同下来到演练场上。蒙家三代之前就从齐国移居秦国，从上卿蒙骜算起到蒙恬已三代为将，故而蒙家和王翦王府一样在府旁配有演练场，以方便将帅平日里演练戟剑和骑射。

　　蒙宠一身短衣，衬出她玲珑身段，高挑身姿，英气掩住了妩媚，她正在演练蒙家剑法：凌剑飞刺、利剑下劈、单剑上撩、垂肘挂剑……一会儿人剑合一，一会儿藏剑空翻，一会儿飘剑旋飞，一把剑舒展开合，优美悠柔。不懂者贪睹其娇姿，懂剑者当为之胆寒。连着演练两遍后，蒙宠停剑走了过来。嬴政马上闻到一股兰香，细密的汗珠儿，白里透红的肌肤，当嬴政和蒙宠对视时，她黑色的眼眸里开出两朵亮花，蒙宠伸出右手，把小指弯了弯放到嘴里一吹，清啸之声，随风入云，随之几声马嘶，乌骓马、汗血马出现在眼前。

　　嬴政很好奇，他也把右手小指弯着放到嘴里，"呼呲呼呲"地怎么也吹不出啸哨之声，只好作罢，问蒙宠："这啸哨之技是怎么学成的？"蒙宠咬了一下嘴唇说："这是蒙恬兄长教我的，他说军中少不了呼哨之声，有时一声呼哨可霎时致敌于倾灭。"蒙宠说完飞身跃上汗血，回首用剑尖一挑，乌骓马的缰绳"啪"地落在嬴政胳膊上。嬴政左手抓住马缰往胸前一带，"噌"地骑上马背，双腿一夹马腹，乌骓马便四蹄轻踏，蒙毅急忙上前阻止，可为时已晚。蒙宠在前，嬴政紧随其后，从演练场跑出，风驰电掣地飞奔在渭河岸边，半个时辰后返回演练场。下马后，嬴政对蒙毅说："侠气、英气、傲气、香气，你妹妹蒙宠真是四气丽女也，我嬴政要娶她回宫。"

　　蒙毅很紧张地说："秦王莫要说笑，她哪配得上您啊！"

　　蒙宠听后急了，说："不是我配不上他，他都有王后了，怎配得上我啊？"说罢转身回府里去了。

　　秦王嬴政从蒙府出来后，没有回六英宫，而是来到母太后赵姬的甘泉宫。他对母太后说："母后，我虽已娶了芈媛王后，生子扶苏，可我的心里都已被蒙宠占满了，我要亲自迎娶她，特来向母后禀报。"

母太后赵嫣慈爱地看着高出自己一头多的儿子嬴政，拉他坐在身边，说："娶楚妇芈媛立为王后，那是秦楚两国传下来的袍衣盟婚，母知她非你挚爱之女，蒙武之女蒙宠和她母亲曾陪伴过我，这孩子尤其英气灵动，择一吉日娶回宫中吧。"

"母后，"嬴政给赵嫣跪下说，"我要以九礼盛典迎娶蒙宠，不能委屈了她。"

"什么九礼？婚嫁之典最高不是六礼吗？"母后赵嫣不解地问。

嬴政说："我要在六礼之上再加三礼，不是因为她是将门之女，而是我觉得蒙宠值得我以九礼迎娶。"

母太后赵嫣收起脸上的喜色说："当年王后从楚国嫁入秦宫，六礼也未用尽，今用九礼迎娶蒙宠给她至高礼遇，你如何跟华阳祖太后交代？"

嬴政说："母后，我正是要请您去游说华阳祖太后，免得惹她老人家误会。"

在秦先祖时期，婚姻之典要求依照：纳采、问名、纳吉、纳征、告期、亲迎六步礼节进行。纳采是男方的家人与女方见面，看一看女方容貌仪态，纳采时一般男方家要携带礼物，礼物中必有大雁，取其雁类情挚意笃、阴阳相合之意。问名是核实女方名字和年龄。纳吉是男方通过占卜把获得的婚配相合吉祥之兆告知女方。纳征是男方迎娶前要先给女方家馈送聘礼。告期是男方告知女方成婚的日期。亲迎是成婚当日男方要亲自到女方家迎娶。富有的人家大多按照六礼操办婚事，贫寒之家能成个家就很困难，顾不上什么六礼，就连君王与邻国通婚，受安全和路途制约，六礼也不能完全照办。

秦始皇十五年（前232）五月十五日，秦王嬴政在咸阳宫召见大儒待诏博士叔孙通，问道："博士啊，寡人想以九礼迎娶蒙宠，合于礼吗？"

叔孙通毫无迟疑地答道："九礼合乎礼。"

"哪九礼，说给寡人听听。"嬴政说。

叔孙通接口说道："命使、纳采、问名、纳吉、纳镒、请期、告庙、亲迎、合卺（jǐn）。"

嬴政一听九礼虽前所未有，但在咸阳城内大都能完成，故而显得格外兴奋。他随即诏令："命左丞相隗状为正使，右庶长李信为副使，待诏博士叔孙通为制书，从十六日开始启动典礼程序。"

十六日一大早，左丞相隗状和右庶长李信带着待诏博士叔孙通来到蒙武府上，按程序告之秦王之命和九礼典序。

秦王嬴政童心大发，竟然和宫中侍卫出宫到河塘边芦苇荡里逮获了一对大雁，亲自到蒙武家把雁交给蒙宠，嘱咐她好生喂养，待成婚后再把大雁放飞。

问名就可省了，我嬴政嬴姓，你蒙宠蒙姓，不犯忌讳。经占卜师纳吉占卜，秦王嬴政和蒙武之女蒙宠的婚配属上上天作之合，正使隗状随之到蒙府相告。纳镒与纳征一样，聘金就不用送了，嫁入秦宫，镒金尽有，再说送镒金一是俗，二是秦王送多少都不合适，嬴政要送给蒙宠的是宝马和金剑。

先说宝马何来，六个月前，大将张唐接秦王诏令带领千名善骑军士到被秦征服的西域大宛小宛一带征选宝马良驹。经过多轮挑选，终于选定二十匹良驹带回咸阳向秦王复命，这二十匹良驹分别是：汗血四匹、乌骓二匹、王追二匹、绝影二匹、超光二匹、赤兔二匹、挟翼二匹、腾雾二匹、的卢二匹。

再说金剑也有来处，巴郡炼丹炼铁世族巴清和蜀郡冶铜锻剑世家尚方接到秦王诏令，锻造一把绝世金剑。历经无数个日夜的冶炼锻造，一把长二十六寸六分、对称分布有八棱的宝剑横空出世，剑锋镀黄铬千年不锈，金剑弯时如弓弹直时无声，剑柄镶五彩宝石。大婚前，巴清和尚方把锻好的金剑盛放在玉匣中送到咸阳。

六月二十四日，秦王嬴政在正使隗状、副使李信、制书叔孙通的陪同下，携带二十匹良驹骏马和玉匣金剑来到蒙府，蒙武、蒙恬、蒙毅和蒙家族人早早已在府门外迎候，当见到秦王嬴政送的聘礼时，蒙宠喜极而泣。

丞相隗状告知大将蒙武，秦宫将于六月二十六日迎娶蒙宠。

嬴政快马来到雍城祖庙中，祭拜列祖列宗，感恩列祖列宗的恩德，禀示第三十七代秦王嬴政将在六月二十六日迎娶蒙宠，祈求祖宗神灵护佑。

六月二十六日，红日高照，和风吹拂，渭水两岸郁郁葱葱。按照旧礼，君王命使奉迎王妻回宫是合礼的，可秦王嬴政定要亲乘六驾龙辇到蒙府迎娶蒙宠。秦王的龙辇出王宫东门绕经雍道、泾道、栎道、渭道向蒙府行进，嬴政坐在辇中心潮起伏，激动不已，十九年前那声声婴儿的啼哭声好像又在他耳边响起，眼前仿佛看到从襁褓中伸向他的小手……在位于渭水北岸王宫西北的蒙府门外，三千侍卫和出行仪仗早已列队齐整，迎候秦王和命使。随着天色渐晚，迎亲的人马辇车到达蒙府，这时随行的文官武将迅速散开，文官稳稳地列队在蒙府东侧，武将齐刷刷列队在蒙府的西侧。

吉时到来，正使隗状、副使李信和制书叔孙通迈步进入蒙府，高声向等候的蒙武夫妇宣读了秦王的制书。接着，秦王嬴政身着盛装进入蒙府，走到蒙武夫妇面前行礼，礼后嬴政来到蒙宠的闺阁之中，蒙宠佳装如晔，把右手搭扶在嬴政抬起的左小臂上，走到装饰有祥云、龙凤、花卉、螭鸟图案的翟车凤辇旁，嬴政正想扶蒙宠登上凤辇，谁知蒙宠自己"噌"地弹跳上去。凤辇中，女官引导蒙宠落座起驾前行，婚亲翟车在文武百官、卫队、仪仗簇拥下从王宫西门进入兰池宫。

天色慢慢黑下来了，迎亲九礼已经完成了八礼。进入专门为迎娶蒙宠而建造的兰池宫，蒙宠是秦后宫中居王后羋媛之后的夫人了。此时的宫中女官、尚宫、侍女显得欢快而又忙碌，因为，最后一礼合卺礼要开始了。女官引导蒙宠从侧厢殿进入正殿，随后秦王嬴政也进入正殿，两人一同进食。进食毕，尚宫引导蒙宠回到东厢殿的帷帐之中，脱去华装，换上常服，这时秦王嬴政也来到东厢殿，在内侍服侍下脱去冕旒华衣，换上常服，合卺礼开始了。此时，兰池宫里灯光通明，嬴政和蒙宠并肩坐在暗红色的沉香条案旁，条案上已放好黄金打制的镶着绿松石的葫芦状卺器各半，柄蒂由黑色丝绳相连，嬴政和蒙宠用右手端起酒卺，眼睛里滚动着泪花对望着，左手不自主地拉在一起，酒卺上举一饮而尽。饮酒后蒙宠把手中的一半金卺放在条案之上，随之牵动嬴政手中的一半金卺扣合上去，合卺礼完成了。

到一更了，尚宫侍女退了出去。嬴政拥紧蒙宠，蒙宠推开嬴政，嬴政又拥紧蒙宠，蒙宠又推开嬴政，如此反复，忙累一天的嬴政瞌睡上来了，昏昏睡去。不一会儿嬴政一惊醒了，又一下惊坐了起来：蒙宠不见了！嬴政穿上便服，披上王袍来到马厩，只见夜色中蒙宠正一匹马一匹马地抚摸，宽敞的马厩里有二十二匹马，二十匹是嬴政作为聘礼送给蒙宠的，另两匹是燕国太子姬丹很早以前送给蒙宠的。嬴政走上前去，把王袍披在蒙宠身上，揽着她回到东厢殿的帷帐之中。这时，蒙宠紧紧抱住嬴政，她如雪藕一样的肌肤散溢出迷人的麝兰异香，迷蒙的光影里，只见蒙宠骑压在嬴政身上，任凭嬴政怎么折腾她都不肯下来，扑鼻沁心的香汗横流黏滑在嬴政的胸腹上。兰池宫东南角马厩里的二十二匹爱马，好像一直在嗅闻着女主人的气息，它们此刻都竖起了耳朵，因为它们隐隐听到了女主人蒙宠的吟呼和娇喘。

天亮了，嬴政携蒙宠来到甘泉宫拜见母后，向坐在东面座席上的母太后行跪拜礼，赵嫣拉起蒙宠，免去剩下的礼法。母太后很喜欢这个新入宫的蒙宠，觉得她就是自己的女儿，好像有一种骨肉相连的亲情。

甜蜜的日子总是过得飞快，一晃七八天过去了。这天，蒙宠趁饲马倌还未到来，照例先去马厩里转转看看，哎，不对啊，蒙宠揉了揉眼睛再看，还是不对，她心里慌乱起来，怎么四匹汗血和两匹绝影不见了？这时马倌到了，都觉得蹊跷，顺着宫墙查看，只是在西北角低矮一些的墙头上看到一点点马踏的痕迹。丢失宝马非同小可，嬴政得报后，从咸阳宫叫上大将张唐一起赶到兰池宫，一千名军卒守在宫外待命。这六匹马是被人盗走还是自己跑走的，谁也不敢断言。大将张唐建议四处寻找，就这样，嬴政骑上一匹王追，蒙宠骑上一匹赤兔出宫随大将张唐沿渭水往西寻找，在快出咸阳城的地方，发现一行马蹄的印痕，蒙宠既紧张又兴奋，一马当先冲到前面。直到出了咸阳城七十多里，才远远看见有六匹马在河滩上悠闲地吃草。走近一看，只见一匹绝影背上骑坐着一个十五六岁的少女，她手里攥着一大把野花在嗅着，这时那女孩也发现了来势汹汹的一大帮人，她两腿一夹，绝影"刷"地飞出，其余五匹马也一同随着向西北方向狂奔。

秦王嬴政向张唐说："这可不像盗马贼啊，别追了，越追跑得越急。"

"禀告秦王，"大将张唐笑了，"这不是个盗马贼，可她比盗马贼厉害多了，我知道她是谁！"

蒙宠好奇地问："她是谁？你看没有马鞍子，她像粘在马背上一样。"

"这女孩我们都叫她胡娃，"张唐禀告说，"这次秦王派我去大宛一带征选良马时，见过她。跑掉的这四匹汗血和两匹绝影是这女孩大父的马，那十四匹在赶回秦国时都顺，唯独这六匹怎么也不肯往东，往东没走几步，响起几声羌笛，这六匹马就犟着劲往回跑，后来一看原来是这女娃儿在捣乱。最后我和这女娃的大父商量，答应这女娃的要求，让她随马帮到东方大秦咸阳城看看。"

大将张唐抽出皮囊喝了口水接着说："到咸阳后，我让校尉把她安置在客馆里，这些天一忙把这事儿给忘了，前两天想起来去客馆看看，那里的人说好几天都不见她了，八成是回去了，没想到……"

"那怎么办啊？"蒙宠焦急地问。

张唐说："我和她熟悉，我去把马追回，你们都别动。"

蒙宠说："我和你一起去。"

张唐转向秦王嬴政说："秦王啊，您可得把您坐下的王追借我一骑，不然追不上啊。"

说时迟那时快，张唐跨上王追和蒙宠一起风一样地向西北方向追去。大半个时辰后，看到那女孩信步徜徉在草地上悠哉悠哉地和马儿玩耍。蒙宠把右手小指弯曲放到嘴里发出连续的啸哨之声，前面那六匹马一怔，张唐和蒙宠已到跟前，那女孩一看是张唐，笑着说："大将军，我饿了。"

张唐把盛水的皮囊和牛肉干抛给她，那女孩狼吞虎咽地吃起来。

女娃的坐骑一无马鞍二无马缰，但好像懂得女孩的心思，那马侧步走到蒙宠的马前。

"好美的姐姐啊。"那女孩上下打量着蒙宠，"刚才你吹的什么啊，那么细长那么响？"

不知怎么的，蒙宠觉得这女孩好可爱，用右手小指比画着放到嘴里发出几声长啸。女孩靠近蒙宠，拿住蒙宠的手翻过来翻过去，看了又看，很惊奇的样子。接下来她从腰间抽出不足三寸的一个骨笛吹了两下，发出幽悠的声音。然后，递给蒙宠看，蒙宠放到嘴边吹了吹，发不出什么大的声响，女娃笑了。这时，张唐用羌语对女孩说了两句，女孩点点头。"卜楞"一下溜下马来到蒙宠的赤兔马前，把蒙宠拽了下来，把赤兔马的马背垫、马笼头、马缰绳都卸了下来丢在草地上，然后一跃上马，用小手一拉把蒙宠拉了上来，她示意蒙宠抱住她的腰。蒙宠还没骑过没有马背垫、没有马缰的马，没容她再想，赤兔马四蹄腾起，领先马队向咸阳而去。

回到兰池宫，胡娃说什么也要和蒙宠在一起，餐食也要和嬴政蒙宠一起。胡娃不肯穿黑乎乎的秦服，蒙宠让侍女把她脏兮兮的胡服浆洗干净，胡娃穿上浆洗干净的胡服，头发也洗干净了，脸上不肯施一丁点脂妆。蒙宠很喜欢这个来自西域的女娃，她不肯走，就留她在宫里吧。把她当侍女吧，但胡娃也学着蒙宠享用侍女的服侍；把她当小妹吧，她时常随着侍女干这干那。有时候秦王嬴政外出巡视或者去王后的六英宫，她又都和蒙宠在一个帷帐里睡。在咸阳城里，在兰池宫里，她无拘无束，什么礼节禁忌都不顾。

中秋到了。晚上，咸阳城头上，月华如水；兰池宫里，花灯如昼。嬴政约母太后、华阳祖太后、芈媛王后聚在一起赏月。这时胡娃非要表演胡跹舞，嬴政原来只觉得这小胡娃不懂大秦的规矩，有些顽皮而又机灵，没有细看过她。胡娃跳起了胡跹舞，旋转个不停，手脚变换优美怡人，穿着家乡鲜艳的麻布蜡染刺绣的衣裳，十分好看。她头上几十根小麻辫随旋飘动，挺直的鼻梁，略微深陷的眼窝，浓细的弯眉，黑蓝的眼睛，厚厚的嘴唇，微黑的肌肤散发出亮亮的光泽，野性中透出些娇媚。

让嬴政既可气又好笑的是，有一次从太原郡回来晚了，胡娃陪蒙宠睡在帷帐里，怎么撵她都撵不走，非要夹在他和蒙宠中间睡。任性而又任性的胡娃啊，让嬴政打又不肯骂又不忍。真正让秦王嬴政生气的是，那次他和蒙宠同房行夫妻之事，都快完事了，却突然发现胡娃在帷帐外傻乎乎地偷看。还有一次，嬴政正和蒙宠情到深处，突然感到有一只小手拽自己的脚脖子，他回头一看是胡娃，顾不上穿衣服上去抓住胡娃，胡娃上来咬了嬴政一口就跑了，嬴政气坏了，嚷着要杀她。蒙宠劝嬴政说："杀了她不如收了她。"

终于有一天，秦王嬴政饮酒后半醉，回到兰池宫躺到帷帐中休息，这时，胡娃蹑手蹑脚地走到帷帐边上，脱去衣服爬到嬴政身上。醉意蒙眬的嬴政以为是蒙宠，顺势搂住了她，老半天过去觉得不对劲，微睁眼睛一看是胡娃。嬴政一个翻身把胡娃压在底下，本想训斥一下把她赶走。这时胡娃紧紧抱住嬴政的腰四肢扭动，像匹小野马一样，她那野性的气息一下子诱起嬴政征服的欲望，嬴政索性一不做二不休，牢牢地制服住胡娃，胡娃想极力挣脱，几次都差点把嬴政从她身上掀翻下来，她一会儿又是咬又是蹬，身子一个劲抖动，一会儿又顺从地一起狂奔起来……

蒙宠从马厩回到东厢殿看到这一幕，悄悄退了出来，从马厩中牵出自己新选中的汗血马骑了上去，已被松开拴绳的二十多匹良马随蒙宠在兰池宫里"嗒嗒嗒"地来回游走。

十七 / 赵高死罪得特赦，李斯无情害同窗

依照《秦六律》之《盗律》，免去赵高中车府令之职，判处死刑，予以弃市。

秦王嬴政把上卿蒙毅呈上的判决书看了看，掂量了几下放在御案之上，说："判得对，判得快，将赵高暂行关押，以观后效。"

如此一来，本应拉出去处死的赵高，遵秦王的指令被临时关押了起来。

什么以观后效啊，蒙毅不知道秦王说的以观后效是什么意思，再说对赵高这种卑劣之人有什么可观的呢？蒙毅回想起足足有十担之多的对赵高审查审理的简书和确凿无误的证据，不住地感叹还没见过这么无耻和品行低下之人呢。

赵高的罪行重大，主要有三条：重罪之一是盗窃宫中机要文档，动机险恶；重罪之二是盗窃宫中嫔妃清洗晾晒的内衣，亵渎宫帷；重罪之三是把宫中秦大篆典帖窃为己有并肆意损毁。

蒙毅刚正忠诚，襟怀坦荡，深得秦王嬴政的信任和器重，他位居上卿，办事谨慎，又重新把赵高的犯罪事实和适用的法条审核了一遍，等待秦王新的诏令。

秦始皇十四年九月三十日，秦王嬴政召蒙毅入宫，说："如今扫灭六国的大幕马上就要拉开了，也正是用人之际，赵高虽身犯重罪，但念他狱法精通，办事干练，可赦免其死罪，观效十二个月，到期有长进可复原职。"

蒙毅领命后前去释放赵高。听到蒙毅宣读完秦王的诏令，赵高痛哭流涕，跪在蒙毅面前如母鸡啄米一样不停地给蒙毅叩头，接着两手抡开"啪啪"地扇自己的脸，嘴里念叨着："叩谢秦王不杀之恩，叩谢上卿高抬贵手。"

蒙毅转身走开，心想对这种人有什么好说的呢。遵照秦王的诏令办事是臣下的天职，既然秦王赦免了赵高的死罪，自己还能说什么呢。可总感觉赵高的现行罪状已审理清楚，赵高的过往还有不少可疑之处。为此，蒙毅不禁陷入忧虑之中。瞅着蒙毅转身走了，赵高一骨碌爬起来，冲着蒙毅远去的背影咬着牙说："叩谢秦王不杀之恩，叩谢秦王不杀之恩。"是啊，赵高为什么咬着牙说这话呢，赵高为何只说叩谢秦王不杀之恩呢？他太熟悉秦律狱法了：我赵高犯的罪，审判完毕，勾字画押，蒙毅马上执行把他处死弃市也是可行的。莫不是上卿蒙毅为显示其功劳向秦王呈报，呈报后再处死也差不了几时。可天不亡高，蒙毅啊蒙毅，你没想到吧，你把我判定死罪，你这一呈报打紧得很，要不秦王怎么赦我赵高不死了呢。

赵高的父亲赵得是赵国王室五服之外的远支，论辈分和赵孝成王赵丹是平辈的。秦昭襄王四十六年长平之战爆发后，刚完婚不久的赵得身为校尉却从前线逃回邯郸，因此被告发被追查，之后被处以宫刑。妻子怀着遗腹子赵高被秦军掳到咸阳，不久生下赵高。赵高五岁时和母亲一同潜回赵国邯郸，母子俩在邯郸艰难度日。没几年，赵母又和混混私通给赵高生下两个弟弟，这样一来一家人连饭都吃不上了。在赵高十四岁时，赵母为了让家里生活有个转机，托一亲戚引荐让赵高进了赵宫从事杂役。杂役又苦又累，收入不了几个钱。赵高想出人头地，想接近赵王，想接近王后和嫔妃，怎么办？赵高知道这必须从根本上下手，在宫廷官吏见证下赵高自宫了。这一年，赵孝成王赵丹去世了。

赵王赵偃继位后很是看重赵高，二人时常共进饮食。八尺有二的赵高，白净无须，相貌也算俊朗。赵偃知道宫里的阉宦众多，可敢于自宫的却只有赵高一人，他是为他自己么，也许是，可他也许能为赵国做些什么。赵偃在做太子时，父王赵丹赞成支持巨贾吕不韦押宝不被看好的秦质子赢异，还把王族之女赵嫣婚配给他。吕不韦放下巨亿资财辅政于秦，赵嫣已成为秦宫太后，接着又密派嫪毐使秦不归侍奉太后，现今赵宫里也不缺一个宦官赵高。赵偃按照自己的盘算，不给赵高任命任何职位，只是每月给他百金拿回家去。但有一条，要求赵高刻苦练习秦国文字大篆和小篆等字体，熟读甚至背诵秦律狱法。这是给秦国培养良才么？想多了，是因为赵偃想道：一个关键人物的作用可抵顶一支大军，关键是秦廷中不能没有赵国的人。

算下来，赵国在吕不韦做了秦国的相邦后，有个十年八年没怎么被攻伐，可和楚国几十年基本不被秦国攻伐相去甚远啊。如今，嫪毐膨胀了，忘记了自己是谁，已被连根拔除，吕不韦被牵连罢相回到封地洛阳。秦始皇十一年，赵偃临咽气时把儿子赵迁叫到跟前说："是时候了，要紧的是把赵高密派到秦国去，他的一身才学秦廷不会不用的。"

赵高不愿永远做一个不为人所知的人，于是从赵国前往洛阳求见已经罢相的吕不韦。吕不韦在洛阳的封邑，天天都有关东六国的宾客造访，络绎不绝于道。吕不韦对年轻的赵高一开始并不怎么感兴趣，经过几天的相处谈论，他对赵高不得不另眼相看，惊讶赵高对秦律狱法的精通和堪称一绝的大篆小篆书写，于是答应了给李斯写封信引荐一下赵高。正当吕不韦提笔要写的时候，秦王嬴政的信使到了洛阳，信中说：让吕不韦举家迁徙到蜀地去。吕不韦放下笔，西望咸阳，长叹一声，说："推荐信我是不能写了，这是李斯在我门下时他自己写上名字的一片竹简，你拿去找他吧。"

当天赵高就从洛阳起程前往咸阳去见李斯。吕不韦在赵高离开后不停地自责起来："我为什么不阻止他，为什么不阻止他……"

赵高到了咸阳，把吕不韦给他的写有李斯名字的竹简拿给李斯看，已是九卿之一廷尉的李斯不冷不热地把他打发了，赵高不甘心。过了十日，赵王派人送来三千镒金，赵高找了机会送给了李斯。直到一年后秦始皇十三年五月，在李斯的安排下，赵高入宫，被选拔为尚书卒史。两三年时间里，赵高极力表现自己，他写的小篆堪称一绝，对狱法的熟悉传到秦王嬴政耳中，秦王当面试探了这个有才的赵高，随之把他调升为中车府令，让他跟随在自己身边鞍前马后的。赵高在赵国是默默无闻，如今在这强大的秦国都城常伴秦王左右，甚是威风，飘飘然起来，潜伏在他骨子里的劣根性"噌噌噌"地冒了出来，不知不觉又自知自觉地犯下了这三项重罪。

蒙毅不理解秦王嬴政为何把一个犯有死罪的赵高赦免，难道真是用人之际，奇才难寻吗？不对啊，因为对大秦来说，赵高不过是蚂蚁一样的存在，有他不多，没他不少，可韩非就不一样了，秦王出动大军兵临韩境，逼着韩王派韩非出使秦国，韩非既然来到了秦国就应该被善待和重用，可为何凭李斯的一句未经确证的话就把他投进牢狱。事不宜迟，我蒙毅这就再谏秦王放出韩非这个当今名士。

蒙毅来到咸阳宫对秦王嬴政说："韩非今世之大法，法术势刑名在商鞅之上，如秦拜他为上卿，国之大幸啊。为此，我蒙毅愿辞去上卿之位让与韩非。"

蒙毅的话还没说完，秦王就"啊呀"一声站了起来，"哗啦"一下把手中正看的奏章扔在地上，说："寡人怎么忘了，寡人有失，真是忙昏了头，乐而怠政啊，快召郎中令熊美陪寡人去云阳牢狱，把韩非请出来。"

秦王嬴政大半年都沉浸在迎娶蒙宠的欢乐之中，大将樊於期的叛逃，燕国太子姬丹的潜逃，尽管令他震怒了一阵子，可别致的蒙宠和那个野马般的胡娃拴住了嬴政的心。秦王在蒙毅的提醒下自责道："我怎么能把找上门来的韩非晾在一边，我怎能这么对待自己的偶像呢，真是迷色忘士啊，怎么还任由李斯把韩非投入狱中，真是太不地道了。"

不一会儿，熊美赶到了，秦王嬴政让蒙毅和自己同乘六驾铜辇跟在熊美的马后向关押韩非的云阳监狱奔去。

秦王嬴政坐在车里，心里十分焦虑，十分懊恼自己的大意。十年前，弟弟成蟜出使韩国，功在从韩国带回了《韩非子》，韩非之说是在教我嬴政怎么治国理政啊，韩非在他的《物权》中说道：事在四方，要在中央，圣人执要，四方来效。我嬴政正是依照韩非所说，逐步把秦国的大事要事的权柄集中到中央。中央之主是谁？是我秦王，那要想安国，必先尊王，那想要尊王也就必须维护中央的绝对权力，实行全方位的君王集权，如今我嬴政要如此做，想想，千年后的君王估计也会同样如此做的。秦王不知怎么的又想到了商鞅，自己在当太子时就立志拜像孝公朝的大良造商鞅一样的人为师，现在法之大家韩非就在眼前，可自己竟然无视、无问、无学、无礼，真的是一旦得到就不知道珍惜了吗？想到此，秦王嬴政连声催促驾驭官给马加鞭速行，他恨不得能飞过去立刻见到韩非。

韩非是韩王韩安的堂兄，韩安看不上韩非的著述和谏言，所以韩非在韩国也只是个默默无闻、郁郁寡欢的士子。

铜辇在飞快地驰行，秦王嬴政的思绪又回到了去年的朝堂之上。那时他拿着都快翻烂的《韩非子》五篇，翻开《五蠹》篇，考问堂下排列两旁的文武众臣说："韩非说危害国家的有五种人：搅扰国之法律的巧辩者，招摇勾连的纵横者，聚散无常的弄剑者，逃避戍役的患御者，囤积豪夺的商工者，他们如木中之蛀虫，寡人观之秦国也有这五种人，你们说说这五种人都藏在哪里，如何铲除啊？"

众臣你看看我我看看你，又都低头看自己的足履，谁也答不出。停了一会，尉缭打破沉闷说："我等只想着如何铲平六国的实务事，陛下所说乃帝王之学，我辈岂能参悟得透。"

秦王嬴政连声轻叹："寡人这一辈子如能见到韩非，并且与他交往交谈，就是死了也没什么遗憾了。"

"陛下见这个人不难，"廷尉李斯说，"韩非是臣以前的同窗，师从宗师荀况，陛下想见他，我写一信邀他来秦不就见到了吗？"

秦王嬴政大喜，忙对廷尉李斯说："快快邀他来秦，寡人以国礼相待之。"

李斯连着写了三封书信邀约韩非使秦，韩非都予以拒绝。久等韩非不至，嬴政寝食难安，情急之下令大将桓齮（yǐ）率五万大军兵临韩境，韩王韩安异常恐惧。当他得知这次秦军压境不是略地拔城，而是要求韩王把韩非交出来让秦军带走，或者安排韩非出使秦国，韩王松了口气，一刻不停地诏令堂兄出使秦国。唉，墙里开花墙外香，反正这位堂兄待在韩国也没什么用。

经过一番折腾，韩非于秦始皇十四年来到秦国，秦王嬴政以国礼迎接款待了韩非。这韩非面色清癯，身形瘦小，目光如炬，须眉稀疏，气度高贵，秦王嬴政亲执韩非之手，连道相见恨晚。

秦王问韩非："寡人如何治国理政？"

韩非答秦王："依法、强势、权术、刑名、集权！"

秦王问韩非："寡人欲拜你为上卿可好？"

韩非对秦王说："我不善言辞，愿为一介布衣客居于秦。"韩非使秦不卑不亢，秦王嬴政多次与韩非策论切磋，总能产生共鸣共振。这韩非想的、写的、说的正是嬴政想的、要的、做的，秦王嬴政三番五次对众臣美赞韩非之资材可为卿相。

廷尉李斯恐怕秦王真的拜相韩非。是啊，我李斯给秦王嬴政献的计策，都是用黄金收买瓦解六国政要或暗杀六国顽固不化的将相，可这个韩非献的都是帝王之道、治国之策，韩非一旦拜相，我李斯岂不是"起了个大早赶了个晚朝"，白忙活了，甚至都有成为弃臣的可能。唉，都说同行是冤家，我看同窗也是冤家。我前些时候不过脑子，给秦王说这韩非是我同窗，还写信邀请韩非入秦，这不是引狼入室是什么，怎么办？李斯心一狠，要么赶走他，要么除掉他。自从打定这个主意，李斯一有机会就给秦王嬴政吹耳边风，说："韩非来秦，暗藏保韩私心，留之不利统一大业。"李斯还联合能言善谋、处事无底线的上卿姚贾上奏秦王说："韩非是死心保韩，有存韩之说散布，有间谍之嫌。"起始秦王根本不理不信，李斯与姚贾多次进言，秦王仍未置与否。之后李斯和姚贾冒死力谏，秦王嬴政渐有疑虑，令其调查。不几时，李斯、姚贾网罗了一堆韩非保韩害秦的间谍罪证，拘捕了韩非，并将其押入云阳牢狱。

这韩非尽管有些口吃，一旦秦王提审，他还是能说得清的，为免节外生枝，干脆……李斯本应把核查结果和拟定罪名报告秦王的，但他非但未上报秦王也未和姚贾商量就串通狱卒，在给韩非的饮食中掺些马钱子粉末，韩非食之而亡。

铜辇到达牢狱门口，郎中令熊美在前，蒙毅在后，秦王嬴政紧随而至来到关押韩非的监房，里面空空如也，不见韩非的身影，一问狱掾得知韩非早已死亡。秦王嬴政不敢相信自己的眼睛，也不相信自己的耳朵，怒问："韩非是怎么死的？怎么死的？"

狱掾哆哆嗦嗦地说是暴病而亡。

蒙毅问狱掾："韩非死前留下什么遗言遗物没有？"

狱掾说好像留下了一册《韩非子》，并无遗言。

蒙毅问狱掾："那册《韩非子》在哪里？"

狱掾说那册《韩非子》上面写着上呈秦王，廷尉大人拿走了。

秦王嬴政怒气未消地回到咸阳宫召李斯和姚贾质问此事，当问韩非上呈秦王的那册《韩非子》一书时，廷尉李斯说："中车府令赵高从我手里拿走说由他呈交秦王。"

人死不能复生，死人不能说话，廷尉李斯以韩非畏罪自杀搪塞了过去。

秦王嬴政愤然说道："昔商鞅变法强秦，利秦六世，而惠文王车裂商鞅而继用其法。为什么？为了讨好宗族豪门。今韩非之法为寡人所用，秦国大治，而尔等虐死韩非而其书不死。为什么？难道不是才大招妒，挡了你们的道吗？韩非君啊，你是为寡人而生却因寡人而亡，寡人对不住你啊。"说罢，秦王掩面落泪。

等了一会儿，赵高把从李斯手里要来的《韩非子》交给蒙毅，蒙毅冷冷地看了他一眼，把那部《韩非子》呈给秦王。蒙毅环视了一下在场的众臣，心里一疼，想要呕吐却强力忍住，心里在狂烈地发问：赵高有罪应死，我严审呈报秦王，秦王活之；韩非本无罪，构陷入监不呈报秦王而使死，这难道不是《五蠹》之蠹虫吗！

在众臣散朝后，秦王嬴政看到韩非死前用最后一口气想要呈给他的那部《韩非子》，心里不解，韩非知道寡人已有此书，可为何还要再呈上此书呢？嬴政拿起来翻看，当翻到《爱臣》篇时，嬴政怔住了，只见有几行字，韩非特意刻了印记："爱臣太亲，必危其身，人臣太贵，必易主位。"在这几行字的下面韩非还新加几句话且附着细简："王要深藏，提防客卿，少用为佳。"嬴政看罢小声问自己："这是韩非在警醒我吗？韩非提醒得很对，可我不用他们用谁啊，不亲近他们，他们怎么会出力啊，只要我嬴政大权在握，他们能闹出什么事啊。"

择日，秦王诏令移出韩非尸骨，选在秦国与韩国交界处厚葬。

秦始皇十七年（前230）正月，秦王派内史腾攻打韩国，韩国献出南阳，秦国设南阳郡，腾为郡守。三月，秦王宣称韩国曾违背秦韩盟约，与赵国、魏国合纵反秦，诏令兼任南阳郡守的内史腾北上渡过黄河攻伐韩国。五月，内史腾包围了韩国都城新郑，没费什么周折就俘虏了韩王韩安，韩国灭亡。

说起来这韩国也有些来头，秦厉公二十四年（前453），韩姓、赵姓、魏姓三大夫一嘀咕把智氏为国君把持的晋国一分为三。秦简公十二年（前403），周威烈王承认韩为诸侯，并建国，与赵、魏一起合称三晋。从韩建国起到这次内史腾攻城也已过去一百七十四年了，韩国就如同一个老人一样没力气了。虽然拥有天下之强弓劲弩，可再也射不出了，因为狸猫不想再和老鼠玩下去了，它动真的了。

就在这一年，华阳祖太后亡故，享年六十岁，与秦孝文王合葬于寿陵。

也是在这一年的亥月，胡娃生子，取名胡亥。

十八 / 赵王空做丛台梦，嬴政亲临算后账

韩国被秦国吞灭了，没有太多抵抗和挣扎。

关东五国大为震惊和恐惧，因为它们知道秦国扫平六国的行动开始了，大刀不知何时就要挥临到自己的头上了。

剩下的五国在魏王魏增联合抗秦的倡议发出后久久没有回应，明眼人都看到，秦国东郡已把五国硬生生地南北分割开来，再搞什么联合已不可能。再说，秦王嬴政胸中明镜一般，多年来，尉缭、李斯、顿弱、姚贾从国库中拿出去的金镒少说也有百万了，这些大都用在关东六国除国君以外的权贵身上了，他知道钱从来都不会是白使的。

赵王赵迁在听到韩国被秦国灭亡的消息后，除了霎时惊惧之外还有一丝丝快感，他以为秦国下一个要灭的肯定是韩国的北邻魏国，要不然魏王魏增猴急猴急地张罗五国联合抗秦做什么。再说，最近两年秦国和赵国的两次大战，都是赵军大胜，秦军死伤十多万，挫了秦军的狂气，把秦军打怵了头也说不准。想到这里，赵王赵迁沉浸到上两次赵秦大战的回忆中：一次是秦始皇十三年，秦将桓齮和秦将樊於期率十万大军从太原郡出发向东攻赵，在平阳重创扈辄所率赵军之后，于十四年又北上进攻榆次和甘泉，穿过井陉攻占宜阳、肥下。赵王赵迁速从代地回调大将李牧为主帅御秦，李牧命令将士坚守城池、修筑堡垒，避敌锋芒，在秦军疲惫松懈时突然袭击，夺回了宜安、赤丽和下曲阳，而后北上肥下围歼秦军，十万秦军全军覆灭。秦将桓齮战死，大将樊於期畏罪逃燕。另一次是秦始皇十五年，秦军十万兵分

两路再次攻伐赵国。一路进攻北部的播吾、灵寿和宁葭，赵王赵迁又令大将李牧为主帅对敌，李牧集中赵军主力预先设伏，在太行山谷中击败秦军。南路秦军得知北路溃败后退回关内。

韩国作为三晋之一的诸侯国，怎么说亡国就亡国了呢？赵韩两国历史上就是好兄弟，赵国也曾因韩国上党郡守冯亭献十七城，在长平与秦国开战。那一战赵国损失四十五万军队，元气大伤。不过这次韩国之亡朝野都为之震动，为什么？因为秦国几十年上百年都是像蚕啃桑叶一样一片一片来，现今可是要灭国了。对此，赵王赵迁还是十分敏感的，在韩国被灭的第八天就召集文武大臣到邯郸宫议事。

赵迁说："上两次赵秦大战，我赵军完胜，李牧作为主帅功不可没，现封李牧为武安君，封地为尧山、平山三万户。"

李牧谢恩后说："听说魏王又派使者来邯郸商议两国联合御秦之事，恳请赵王权衡利弊得失，与魏国合纵御秦为好。"

这时国相郭开上前说："赵王啊，与魏国合纵就是开罪秦国，虽说李牧将军前两次大战击败了秦军，也不能说明第三次一准能击败秦军，不久前秦国使臣对本相说，秦国不再攻打赵国，所以赵王不必忧心。"

听了国相郭开的分析，赵王赵迁环顾了一下众臣，然后说道："国相说得有理，秦国下一个要灭的准是魏国。我已写信给秦王了，向秦王表明赵国支持秦国灭掉韩国、灭掉魏国、灭掉燕国、灭掉齐国，余下的秦国、赵国、楚国三分天下。"

"秦、赵、楚三分天下"，这话像根针，把众大臣都扎精神了，这事能成吗，众大臣眼睛里闪动着疑虑和不安。

赵王赵迁接着解释说："七百年前，秦先人造父救驾有功，周穆王遂分封赵城给造父，这支以后就以赵为氏。赵城就是邯郸城，所以赵国和秦国同祖同宗，现如今秦王嬴政之母赵嫣太后是我王族之女，赵国和秦国的姻亲相连也几十年了，打断骨头还连着筋呢，但愿秦王能念及亲情同意我的建议。"

为了安抚民众，赵王赵迁在秦始皇十八年（前229）正月，进行了一次大阅兵。正月十五日，赵王赵迁召集文武百官齐聚邯郸宫，众大臣从西往东穿过高高的阙台楼观，五百步的御道过去是六十级台阶，大臣们走得很慢，他们都想好好看一看这和秦国的咸阳宫一般大小的王宫。邯郸宫由八个宫殿组成，王宫主殿坐落在龙台之上，南北长八十八丈，东西宽八十丈，高六丈。主殿以北连着两座宫殿，都在同一轴线之上。赵王赵迁率文武百官出王宫主殿北门沿御道往东北廓城行进，一个多时辰到达丛台天桥之上检阅军队。刚开始，列队的将士和围观的民众都还秩序井然，中途不知是哪个发出一声呐喊，被检阅的军队和民众出现骚动，吼声震天："赵武灵王，抗击强秦；保卫家园，讨还血债。"这声音一浪高过一浪。

看到丛台下人潮滚滚，群情激昂，赵王赵迁猛地打了一个激灵：我赵迁对秦王能抱有幻想吗？不能，不能，不能！秦赵同族同宗还不是照样拼得你死我活，长平之战、邯郸之战不说了，那是血海深仇啊，只说赢政亲政后就对赵国攻伐了四次。一开始，赵国寄予厚望的吕不韦、嫪毐已经灰飞烟灭；赵高又去了，听说已成为秦王的近臣，可这起多大的作用呢？赵迁振作了一下精神，对身边的国相郭开和武安君李牧说："武灵王赵雍在此筑台称雄距今已百年了，当年赵国强大于秦国，今日我赵国虽弱，但也不能屈服于秦国啊。"

就在赵王丛台阅兵三个月后，秦王赢政传檄天下，以赵国违背盟约、不守信用为名而下达了灭亡赵国的命令。

这次伐灭赵国，秦王以王翦为主帅，杨端和为大将，羌瘣（huì）为副将，兵分三路从西北、东南和西南三个方向夹击赵国。王翦率十万秦军从上党、太原两地出兵往东，出井陉关后向东南挺进，前锋抢占漳、邺；杨端和率领十万秦军从东郡向西直扑邯郸；副将羌瘣率领五万秦军从武安南面的滏口陉和河内方向出击赵国。三路秦军对赵国都城邯郸形成合围之势。

赵迁没有收到秦王赢政的回信，等来的是虎狼之师的合围。惊慌之际庆幸赵国还有大将李牧、赵葱、颜聚和副将司马尚，还庆幸前一阵子搞了一次阅兵。"兵来将挡，水来土掩。"赵迁要听取武安君李牧的应对之策。武安君李牧随即从身上取出地图说："我要在邯郸西北抗击秦将王翦的大军，司马尚在邯郸东面阻击杨端和率领的秦军，赵葱在邯郸西南迎击羌瘣率领的秦军，总的战略还是秦军远来欲求速决，赵军本土迎敌以固守为上策，拖得秦军日久疲惫、军心浮躁时再雷霆出击，必能歼灭来犯秦军。"

赵迁也不懂战术兵法，看到武安君李牧胸有成竹，就大加勉励，予以托付。

狂风一样呼啸而来的三路秦军，没想到撞上了如铜墙石壁一样的赵军营垒。李牧所率的主力军团在邯郸的西部和北部阵地全力顶住了王翦十万大军的碾轧和副将羌瘣的猛攻。司马尚率领的赵军在邯郸以东阵地与秦将杨端和的大军僵持不下，嬴政令李信领兵出太原，抵云中牵制赵军。但转眼间一年快过去了，王翦大军再也难以向前一步。

秦王嬴政坐不住了，他记得自己小时候在邯郸，当时几十万秦军围困邯郸一年多，最后非但没破城，反而被赵国、楚国、魏国联军击溃。最近两次伐赵，也都被赵国大将军李牧挫败。赵迁把李牧封为武安君，什么意思？不就是表明赵国也有像秦国白起一样的厉害角色吗？从出击韩国开始就一直陪伴在秦王嬴政身边的太尉缭，看到秦王的眉头一天比一天紧蹙，他知道秦王心里在想什么。终于有一天，秦王嬴政拉住尉缭说："秦赵虽说是同宗同族，但一山难容二虎，历经百年缠斗，今天到了彻底了断的时刻，战局你比寡人看得更明白，只有你才能替寡人破此僵局啊。"

尉缭向秦王躬身一揖，说："下臣早已准备好了，这就即刻动身前往赵国，三个月后我在邯郸城里迎接秦王您吧！"他说完也没看秦王什么反应就转身出了咸阳宫，只带了两个随从快马赶往王翦大营。王翦见秦王亲遣太尉缭前来，知道事关重大，马上封锁消息。

尉缭见到王翦后说道："李牧被赵王封为武安君的意思你我都明白？"

王翦说："请太尉明示。"

尉缭说："目前两军对峙，秦军已处于不利，将军只听我一言，只办好一件事，即可扭转战局。"

王翦说："愿听其详，定当照办。"

尉缭说："从明天开始向李牧率领的赵军示好，主动派使者前去李牧军中讲和，直到李牧也派使者与秦军往来，如此反复，不出三个月就能破城灭赵了。"

王翦按照尉缭计谋行事，多次派副将辛胜和前锋王照作为使者轮流到李牧大营议和，李牧全然不知这是兵法大家尉缭的离间计，他犹豫再三也派出使者与之和谈。

十日后，尉缭易服而行，只身潜入邯郸城秘密会见赵相郭开。这郭开从赵偃时期任国相到赵王赵迁时期已经十七年了，他当国相不久就恶意排挤身为上卿的廉颇，使其流亡魏国。当时，秦王嬴政亲政后派王翦伐赵，赵偃眼见得要兵败，只有请回廉颇才能转败为胜，速派大夫唐玖到魏国去请廉颇。郭开了唐玖不少好处，让他以谎报赵王赵偃说："廉颇饭量倒是很大，问题是一顿饭工夫去了三趟茅房。"这误导欺骗赵王弃用廉颇致使赵军惨败，一战被王翦和桓齮夺取安阳、阏与、邺邑等十一城，漳河以南城地尽失，赵王赵偃生气着急怨怒而亡。

这次尉缭亲自冒险入城，他的底气来自郭开。见到郭开后尉缭说："国相啊，你快去向赵王举告武安君李牧私自与秦将议和，图谋代王之位，务必让赵王从速撤换李牧主帅之职，事成之后，我尉缭向秦王保荐封你为上卿。从今日始，我就住在你府上，不到破城之日我不离开。"

郭开身为国相，在情势如此危急之时，几乎天天和赵王在一起发愁，这也正好时时给赵王吹耳边风："赵王不知耳闻否，武安君李牧私自与秦将王翦通络。两军对峙不战，人员往来频繁，恐将生变啊。"

赵迁本来对李牧深信不疑，可经不住郭开老在耳边进言，于是派心腹之人前去赵秦两军阵前访查，果然见赵秦两军之间你来我往，似有信函交换。赵迁得报后愕然，连忙问计郭开，郭开说："赵王啊，兹事体大，您把兵符交给我，我去李牧营中传达您的命令，封赵葱为主将，让武安君回朝任上卿，司马尚革职待用，定然稳妥。"

正当李牧上马回朝要把两军议和条款向赵王奏报时，猛然见到国相郭开手持赵王兵符来到军中，郭开传达了赵王的命令，李牧诧异地愣在当场，但看到郭相持符节前来也无可奈何，慨然说道："此时换将与长平之战时换将同出一辙，赵葱将军在南线御敌，请国相先回朝把我与秦军议和的条款报与赵王，传赵葱将军来我营交印后明日回朝。"

郭开本欲当面监督印信交接，又怕盯得太紧引起李牧怀疑，于是留下随行副使成名督办，叮嘱成名几句就打道回府了。

郭开回邯郸城，留下的副使成名实在看不惯郭开卖国求荣、吃里爬外的嘴脸，也被大将李牧对赵国的忠诚深深感动。心想眼下这不单是武安君李牧生死存亡的大事，更是赵国生死存亡的关键，难道就让这个秦王眼中钉的李牧，这个没打过败仗的武安君李牧在天真和阴谋中毁灭吗？良心不允许啊。于是成名私下对李牧说："李将军千万不可回朝，秦军使计与赵军往来议和，郭相被秦买通诬将军谋反，重演长平赵括换廉颇故事，请将军速作打算。"

李牧这才想起郭开十几年前害廉颇客死他国，赵国损兵失地。如今故伎重演，李牧恨得牙根疼，说道："我这就带兵回城以清君侧！"

副使成名劝道："大厦将倾，独木难支，昏王不保也罢，大胆提醒将军两条路：一路是马上引领王翦秦军南下包围邯郸，除郭开，灭赵国；一路是像廉颇一样离开赵国投奔明主。"

唉！可叹李牧一代名将，面如死灰，神失气泄，将大印"咣当"一下掷于地上，换去将服，单骑出营。去哪里呢？他勒住了马缰往西北望了望，是啊，往西北没多远，一出壁垒就是秦营，到那里马上就能得到高官厚爵，可也必然留下赵灭于己的骂名，再说我李牧与秦有血战之仇，决不可投秦。于是李牧往西南魏国方向而去。副将赵葱得到讯息赶到李牧大营，他从地上捧起大印，急派心腹精骑连夜追赶李牧，在魏国边境线上将李牧杀害。

李牧被无端杀害，校尉军卒哗然，长期跟随李牧的亲兵哗变。

王翦得报赵将武安君李牧已死，尉缭策谋成功，飞马知会杨端和和羌瘣，以迅雷不及掩耳之势击杀赵葱，吓退颜聚，合围邯郸。

赵迁到城头一看，秦军将邯郸围得如铁桶一般，吓得尿水顺大腿直流，而陪同的国相郭开却微笑着往城外瞭望。郭开转头对赵王说："赵王啊，魏国、楚国、燕国是不会派援兵来的，使者都派不出去，都不愿白跑一趟。"

赵王急得都哭了，浑身抖个不停。

这时，赵迁同父异母的兄长公子赵嘉来见赵王，眼见国之将破，家之将亡，兄弟俩相拥而泣。公子赵嘉按剑说："天未言亡赵而赵自亡，昔长平之战时，秦国用离间之计，撤换廉颇起用赵括，险些亡国。如今秦又用反间计，逼死李牧，赵葱得将，又临亡国。我们赵国潜伏在秦国的那些人都干什么去了，怎么一点儿也帮不上赵国呢？"

赵迁低声说："肯定能帮上赵国的，只是还不到时候。"

公子赵嘉说："秦国反间计屡屡奏效，是因为我赵国有内奸，这个内奸就是当朝国相郭开。"说罢，公子赵嘉抽出青铜剑指着郭开说："我要杀了你个狗娘养的！"

赵迁见状拦住说："这都是本王昏了头，轻信谣言，国难当头杀国相不吉啊。"

公子赵嘉愤然离去。

躲在赵迁身后的郭开也被吓得不轻，他知道公子赵嘉是记仇于他的。他给赵偃当国相时，作为长子的赵嘉被立为太子。后来赵偃看上一个绝色的寡妇倡后，并将其娶回了王宫，这倡后几经折腾夺得王后之位，又一撒娇，所生儿子赵迁又夺得太子之位。当时大将李牧极力反对，但反对无效。如此，公子赵嘉和母亲被欺负得抬不起头来，倡后和郭开也与大将李牧结下了梁子。倡后闲来无事常与大伯兄春平君厮混，郭开常打掩护。父王赵偃死亡，赵迁继位，公子赵嘉始终压着一口气，这马上就亡国了，赵嘉真的发飙了。

秦王嬴政得报武安君李牧已死，诏令丞相昌平君熊启、廷尉李斯留守咸阳，亲率三万精兵在左丞相隗状陪同下御临邯郸。

尉缭对郭开说："我知道赵王现在是惶惶不可终日，入夜后你带我去见赵王，劝其投降。"

夜深了，邯郸城内外死一般的静谧，夜色盖住了这危在旦夕的孤城。赵王团缩在巨大的王宫里，宫灯明明暗暗，似有人影晃动，这时国相郭开引着尉缭来见赵迁。

尉缭对赵迁说："赵王啊，你这内无良将，外无援兵，困坐危城，此时不降更待何时呢？三日内降秦，我奏请秦王保赵王你不死，享用如常，保邯郸城庶民性命无羔。"

郭开趁机说："快降吧，不然就来不及了。"

当赵迁知晓尉缭的身份后，倒是显得平静了许多，说："我知道公子赵嘉和大将颜聚已准备避走代地了，可我不能走，为了邯郸城的子民免遭屠城，明日就降吧。"

秦始皇十九年（前228）九月三日，邯郸城头上竖起了白旗。邯郸城底下大门洞开，西门外，王翦在前，秦王嬴政在后，骑在马上走进城来。西门里，尉缭在前，郭开在后迎接秦王入城。

秦王嬴政入城后来到武灵丛台之上，郑重地接受了赵迁的降书和和氏璧。赵王随后被流放到房陵。

从九岁离开邯郸到今日回到邯郸城，已经二十八年了，秦王嬴政登临楼榭相通、台阁聚连的丛台之上，长长地舒了口气，这口气他憋了二十八年了。原来没有细看过这个都城，现在看吧，西南面是王城王宫，西北面曲水环绕湖光山色。嬴政下令在丛台之上搭建辕营，召集随行文武大臣议定：设立邯郸郡、巨鹿郡，并令文官载明巨鹿郡为各郡之首。因为鹿，喻指天下，得鹿者得天下。诏令拨付库金在巨鹿郡城修建大麓宫。

秦王嬴政这次来赵国邯郸前去看望母太后。赵嫣言说：近日常常梦到父母，梦到邯郸。她叮嘱嬴政若能破城，一定要去看看她父母家的府宅还在不在，到她父母的埋葬之地跪扫祭拜。因为赵嫣一年前就已得知，赵将扈辄与十万赵军在平阳之战中被秦军击杀，扈辄在邯郸的门客和家臣为报复，杀害了赵嫣父母一家老小九十多口。

秦王嬴政在左丞相隗状、太尉缭、大将王翦、大将杨端和的陪同下，绕过丛台西南边的质子府，向南穿过朱家巷，凭记忆找到他小时候随母亲赵嫣避难的外翁赵藩的府第，府院早已破败不堪，荒草丛生。当嬴政路过丛台乱石山的时候，想起了上面滚落的石头……他回到辕营，亲手写下一个名单：夷灭杀害外翁一家的扈辄的门客家臣一百一十人；夷灭嫪毐留在邯郸的族人七十人；处死在乱石山滚石加害嬴政的当年贵族之后十一人；处死将襁褓中的嬴政抢出到城头欲将其杀害的校尉和士卒四人；处死当年把嬴政骑在胯下，人压人叠罗汉的纨绔浪子八人。刚办完这些事，从咸阳传来急报：母太后病重。

秦王嬴政闻听母太后病急，决定即刻返回咸阳。嬴政急急赶到甘泉宫，当母太后得知邯郸城已破，赵王已流放，除了夷灭当年的仇家并未滥杀无辜时，她依然娇美的面容和眼睛流露出欣慰的表情。不多时，嬴政感到母太后的手越来越凉，眼睛慢慢地闭上，最后一下斜倚在嬴政的怀中，嬴政没有呼喊，他紧紧抱住母太后，豆大的泪珠儿顺着脸颊簌簌淌下。

秦始皇十九年九月，母太后赵嫣薨，享年五十二岁，与秦庄襄王合葬于阳陵。

韩国灭了，华阳祖太后薨，赵国灭了，母太后赵嫣薨。这是怎么回事，她们怎么就不能多活些年等着共享天下一统的盛世呢？秦王嬴政想念母太后，环顾着空荡荡的咸阳宫苦苦思索着，这时蒙毅奏报说："吕不韦之父、之弟在邯郸囤积的数万镒金已经运回咸阳清点入库了。"

秦王嬴政点了点头。

接着尉缭奏报说："已被秦王封为秦国上卿的郭开回邯郸，想把十几年私存的数不清的黄金珠宝运来咸阳自己享用。"

秦王嬴政说："郭开的黄金珠宝必须回归到咸阳国库，他人就不要回咸阳了吧。"

尉缭秘密使人告知已逃到代地的赵公子赵嘉：郭开是不被秦国保护的人。

秦王嬴政罕见地用剑鞘敲打着地面说："吕不韦也好，郭开也罢，还有嫪毐，弄这么多金子做啥。没怎么吃没怎么花也带不走，只是替寡人保管了几年而已，迷糊啊！"

郭开在邯郸城外，被公子赵嘉杀死了，数十车黄金珠宝已运抵咸阳。

十九 / 易水寒波相思恨，荆轲使秦胆气壮

秦国大军占领了邯郸，俘虏了赵王，公子赵嘉逃往代地，建立代国，称代王，燕国、魏国、楚国和齐国都认定赵国已经灭亡了。

谁都知道唇亡齿寒，赵国被灭后，魏国和燕国，楚国和齐国都成为秦国的邻国，尤其离得最近的魏国和燕国骤然觉得喘气都有些费劲。秦国的大军整天从魏国边境经过，王翦的大军也已经部署到了秦燕边境、易水西岸，魏王魏假晚上时常睡不着觉，燕王姬喜也时常晚上睡不着觉。

燕国太子姬丹好像早就等待这一天的到来似的，他显得很淡定，自语道："人生何时能轻松，人生何处不相逢啊，我姬丹二十六年前和嬴政在赵国的邯郸相识，我姬丹和嬴政十六年前又在秦国的咸阳相见，好像我姬丹来到这个世界上就专为见嬴政一个人似的，不！"姬丹一下子血往上涌，脸色通红："不是的，我姬丹来到这个世界上，作为一国太子还见到了刻骨铭心的另一个人，她叫蒙宠，她从恶狗嘴下救了我姬丹，我姬丹送给她乌骓、汗血马，我一国太子难道配不上她吗？我父王特遣使臣到秦国求亲，没想到被秦王嬴政给搅了，可恨的是他还当众羞辱我，可恨的是我姬丹潜回燕国的当年他就用九礼迎娶了蒙宠，是不是我父王不遣使臣去秦国求亲，你嬴政也想不到要娶蒙宠啊？是不是我姬丹喜欢的你嬴政都要夺去啊，量小非君子，无毒不丈夫，这次我姬丹不等你来见我，我要派人替燕王、替燕国去见你，这次要去夺你的命，要把我喜欢的蒙宠夺回来。"

姬丹想到此，马上走出太子府去见父王，他要把自己的谋划禀告父王并取得父

王的支持。

燕王姬喜在蓟阳宫听了太子姬丹的刺秦方略，没有马上表态，他凝视着太子那张为了逃离秦国而变得麻麻点点的面容，感到很欣慰，太子终于要振作起来了。想起儿子从秦国跑回来那两三年，整天嘴里念叨着蒙宠，睡梦里说梦话都在叫着蒙宠的名字。燕王姬喜本以为亲派使臣向秦王请求与大将蒙武的女儿结亲能成功，谁知秦王作梗翻脸不认人，我堂堂燕国的太子难道就不能娶一个将门之女吗，还没说要与你秦王宗族结亲呢。眼看着姬丹整天借酒浇愁不能自拔，燕王很是揪心，于是给他挑选了燕国丞相之女与之婚配，姬丹理都不理。实在不行了，燕王姬喜广选燕国都城美娇者让姬丹挑选，一个长相气质很像蒙宠的叫其格的女子被姬丹看中，就此，姬丹日夜不离太子府让其格陪他饮酒作乐，但一到晚上他都是叫着蒙宠的名字把其格压在身下，其格扭动着身体说："太子啊，你弄错了，我不是蒙宠。"可过了一段时日，姬丹觉得不对劲，问其格会不会骑马，其格说不会；问其格会不会舞剑，其格说不会；问其格身上怎么没有香气，其格说不知道。姬丹让其格学骑马，其格挨了两次摔再也不敢骑了，姬丹找来剑师教其格学舞剑，其格学了没几天倒把自己划伤得不轻。一次醉酒后，姬丹指着其格说："你不是蒙宠，蒙宠被嬴政霸占去了……"说罢他啊啊呜哇地哭起来，其格上前劝他，姬丹发疯一样一剑把其格当场刺死……

姬丹看见父王郑重地凝视着自己，他就知道父王是会同意他的主张的。果然不出姬丹所料，燕王姬喜右手往大腿上一拍说："儿子有血性，好样的，秦王已经欺负到咱门前了，不干一票是不行了，用什么人，用什么物，只要咱燕国有的都行！"

得到燕王的许可，姬丹马不停蹄地去找自己的老师太傅鞠武。鞠武对姬丹说："这样做太难太冒险，不如南联魏国、楚国，北联匈奴，共同对抗强秦！"

太子姬丹说："太晚了，剩下的诸侯国都在自保，咱燕国和齐国有梁子，匈奴人一说攻秦就摇头，靠人不如靠己啊！"

鞠武看到姬丹主意已决，说："大夫田光平时常替燕王办事，有勇有谋，你去找他帮你成就大事吧！"

闲散大夫田光虽无官职在身，但在燕国颇有名望，燕王时常委他以重任。田光无事时，结交了众多争强斗狠之人，卫国人荆轲来到燕国后，田光经常与之往来，很是投机投缘。所以当姬丹向他说起刺杀秦王之事时，田光马上想到了荆轲。

田光说："太子啊，冒死一搏是好的，只是我田光年老力衰，不能胜此大任，你另请高人吧。"

姬丹马上给田光双膝跪下行大礼说："燕国除了您我已找不到第二个人了，再说这是极为机密之事，怎能张扬啊！"

田光见太子给自己行如此大礼，如此信任自己，如此心诚，他扶起姬丹说："刚才我想了一圈，能担此大任的只有荆卿荆轲了！"

姬丹忙问："荆轲是谁，他在哪里？"

田光说："荆轲就在蓟城，容我先去找他探探底再说。"

姬丹说："那我静候您的好消息吧。"

田光来到荆轲住处，将燕国面临的危机和太子姬丹的谋划向荆轲和盘托出，说："秦国的军队已屯驻燕境，燕国危在旦夕之间，太子大半生都在赵国、秦国做质子，受尽屈辱，我曾作为燕王特使使秦，亲眼所见秦王在咸阳宫羞辱太子，夺去太子心爱的女人，今太子让老朽拜托荆卿共襄此事，不知荆卿可愿前往否？"

荆轲说："人称我剑侠，侠之大者义也，既然我身在燕国，燕国有难，我岂能袖手旁观！"

田光见荆轲爽快答应此事，遂拔出剑说："我之所言，入卿之耳，止于我口，我之魂魄随荆卿前往，请荆卿早做打算。"说毕自刎而死。

荆轲心头一热，赞曰："真国士也！"转而一想，田光是燕国人为国而死，名留千古；我荆轲，卫国人，卫王轻看于我，卫王狗屁不懂，我来到了燕国，这燕王并无恩于我，我为何为燕国出手？又转而一想，侠客乃天下之侠客，可天下人皆知雄主秦王嬴政而不知我荆轲，再说受人之托，忠人之事。想到此，荆轲迈步出门去见太子姬丹。

见到姬丹后荆轲说的第一句话是："田光已死，请以国士之礼厚葬！"

姬丹痛苦不止，应诺厚葬田光。

荆轲说的第二句话是："今秦国如日中天，刺秦王如以卵击石，太子你疯了吗？"

姬丹又双膝跪在荆轲脚下，抹去眼角的泪水，说："我的前半生都在和秦王打交道，此人爱土地如命，视叛者如仇，我思量两年多了，我要用这两样东西去换他的命！"

荆轲扶起太子姬丹，悠然说道："人最喜爱的东西也正是他最致命的东西，善水者多溺于水，登高者多坠于崖，爱金者多死于财，好女者多亡于色，我是痴剑之人，难不成我要死于剑下吗？"

姬丹说："荆卿义薄云天，救燕于水火，必然会千秋留名。事成之后，燕国必裂土封疆给荆卿，我刻玉符为信。"

田光的凛然和姬丹的至诚感动了荆轲，荆轲说："太子，你现在就去准备好能打动秦王的重礼，以让我荆轲能面见秦王，至于我荆轲，也要去找一个得力的副手相助，告辞！"

荆轲辞别姬丹后去联络能与自己珠联璧合的副手。

姬丹把自己的思路理了理，原来感觉很清晰的东西，事到临头又有些纷乱。是啊，如今燕国能打动嬴政的除了土地城邑，就是他最痛恨的叛将樊於期了，土地好说，把燕国最富饶的城邑给他，可樊於期怎么办？前些年我姬丹在秦国做人质，樊将军看得起我，时时护持着我，他兵败投奔燕国，除了他是燕国人外，也是因为信得过燕国，是冲着我姬丹来的，如今我却打起他的主意，是不是有点……唉，非常时刻，交情为大还是国事为大？我明日就去拜会樊於期将军。

姬丹让蓟阳宫的御厨备好上等的菜肴和羊羔美酒，然后他亲自送到樊於期府上。

樊於期见到太子来访很是高兴，而且还带这么好的上等酒菜，他更感到自己投奔燕国是投对了，结交姬丹这个朋友是有眼光的。席间连饮了几爵，气氛仍是沉闷压抑，樊於期知道秦王已灭了韩国，灭了赵国，兵锋已达燕境，姬丹作为太子自然会忧国忧民忧己的。

这时姬丹端起满满一爵美酒一饮而尽，说："樊将军一定很痛恨秦王吧？"

"恨恨恨，我最恨了！"樊於期欲饮还休，把酒爵一放，牙齿咬得"嘎嘣嘎嘣"直响，眼泪"哗"地流了下来。他说："我是为秦国立过大功的，六年前兵败李牧，秦王杀我父母妻儿，还悬千金封万户以索我项上人头，他是我最恨之人！"

姬丹看到樊於期激动愤恨的样子，问道："樊将军想不想报仇雪恨啊？"

"想，想啊，我做梦都在想！"樊於期说，"太子，秦军犯境，我不能空挂大将军的虚衔了，你替我奏请燕王，明日我就操练军卒，率军守边，打到咸阳去，活捉嬴政竖子！"

姬丹未置可否，苦笑了一下。

送走了太子姬丹，樊於期有些纳闷，今天太子几次欲言又止，几次环顾左右，几次避开对视，真是有些反常啊。他心想：姬丹啊姬丹，大兵压境如泰山压顶，你恐惧了吧，可处境最危险的人是我樊於期啊，我是秦之叛将，秦王必欲除我而后快呢。

把有恩于自己的朋友献给他的敌人，怎么能这么做，怎么能说出口呢？姬丹灰心丧气地回到太子府。空落落的府院，孤身只影的冷清，让姬丹又想到本应是我姬丹和蒙宠在这里过神仙般的日子，可是这本应该的事都因秦王嬴政的抢夺而化为泡影。

秦始皇二十年（前227）十月一日，秦国大将王翦和副将辛胜在易水以西打败燕国和新立的代国联军，形势更加紧迫。

姬丹得到燕王准许后，备好了刺杀秦王的第一块敲门砖：督亢（gāng）地图。这可是燕国中南部最富庶的地方，这督亢之地秦国垂涎已久了。

姬丹还必须备齐刺杀秦王的第二块敲门砖：樊於期的人头。他是秦王嬴政恨之入骨的叛将。

姬丹再次去拜访樊於期，不同的是，这次他邀请荆轲陪同他前往，姬丹给荆轲说好了：如果樊於期不同意，荆轲就当场予以斩首。

酒过三巡，荆轲站起来向樊於期躬身施礼说："樊将军有所不知，燕王和太子托付我去咸阳刺杀秦王嬴政，燕国只有督亢之地和将军之首才能引起秦王嬴政的兴趣, 也才能敲开面见秦王的大门, 太子仁义, 不忍明示将军, 现在督亢地图已准备好了, 将军你打算如何随我荆轲赴咸阳呢? ”

“明白了, 如此最好! ”樊於期站起身向姬丹和荆轲施礼说, “恕我愚钝, 跪谢荆侠能替我报得血海深仇, 别让我之肉身随剑侠去咸阳再受嬴政污辱, 项上人头拿去吧! ”他话音未落, 右手握剑向脖颈抹去。

姬丹松了口气。燕国督亢地图已做成卷轴装在一只木匣子里, 在卷轴里裹着一把不足一尺的涂沾断肠草剧毒的匕首; 樊於期的头颅清洗干净也装在一只洒有白石灰的木匣子里。

姬丹在准备好两只木匣后, 已经催促荆轲三次了, 除了催促, 还给荆轲推荐了燕国的剑客秦舞阳。可荆轲一直在莲花池苑林中的清幽别馆等他当年游历楚国时结交的壮士仓海山。荆轲说: “仓海山真壮士也, 他力大无比, 一只手抓一个人如抓小鸡一般, 等仓海山来了做我的副手刺杀秦王可保万无一失, 所以我要等几日。”

姬丹心焦不耐烦地说: “荆卿啊, 还是快快起程吧, 等秦将王翦大军打过来就没有去的必要了。”

荆轲说: “秦舞阳虽说十三岁就杀过人, 蓟城的人都害怕他, 但因为这是在燕国, 因为他是燕将秦开的孙子。我试过他的功力, 还是欠些火候。”

姬丹说: “秦舞阳也好, 仓海山也罢, 都是你的副手, 刺秦王这么大的事儿, 还能指望副手吗? ”

“罢罢罢! ”荆轲说, “明日我就动身去咸阳! ”

十一月十七日, 在距离蓟城二百八十里的易水北岸古老的秋风亭下, 太子姬丹、太傅鞠武和二十个宾客都身穿白衣, 头戴白冠为荆轲送行。

姬丹让人在亭中摆下酒食, 他端起酒觚向荆轲敬酒, 二十个宾客也向荆轲敬酒, 荆轲连饮三大觚, 之后放下酒觚, 拔剑起舞, 挚友高渐离盘腿而坐开始击筑, 只见他左手高高扬起, 随之猛然落下按动十三筑弦的根部, 右手抄起竹尺击打筑弦发出阵阵悲亢激越之声, 荆轲应和筑音而歌曰: “风萧萧兮易水寒, 壮士一去兮不复还……”姬丹和二十宾客无不脸色悲切, 涕泣不止。

姬丹和二十个宾客跟在荆轲后面走出秋风亭，走下秋风台，来到易水之畔。萧萧瑟瑟的初冬之风拂过，吹起易水阵阵寒波。荆轲别过众人，和秦舞阳登船过河，之后头也不回地远去。

二十 / 图穷匕见秦王惊，影击荆轲身跟跄

荆轲和秦舞阳在易水南岸登上骈车绝尘而去。

由于他们携带的是燕王献给秦王的非常之礼，所以姬丹提前打造了两辆能轮替驱驰的单辕双马骈车，骈车一前一后沿驿道向南疾行，一路上他们越太行、渡黄河，昼夜不停，食宿于车，因为必须赶在秦燕两国开战之前见到秦王。

荆轲看了看车中平放的两个木匣，又扫了一眼发出鼾声的秦舞阳，长长地吐了一口气，微微地闭上双目养神。他不能确定前面等待着他们的是什么，尽管此次前去唯一之事是刺杀秦王嬴政，但从未到过秦国的荆轲心中一片茫然。他想到了挚友高渐离，想到太子姬丹和那二十个身着白衣的送行宾客，还有那古朴苍凉的秋风亭。壮士一去兮不复还，过易水，登骈车，头也不回，荆轲心里明白：这一去不但头不回，身子也回不了。春秋至今，真正的刺客寥若晨星，聂政刺韩傀，专诸刺吴王僚，豫让刺赵襄子，要离刺庆忌，皆玉石俱碎无一生还。临行前，燕王姬喜还在蓟阳宫给荆轲说："必先制服秦王加以挟持，逼其退还六国城池土地，逼其从燕境退兵，逼其订立永不攻伐燕国的盟约，如若挟持不住再行刺杀。"荆轲想：韩国和赵国都灭了，逼秦王退还六国城池土地，退哪里去，难道还让韩国、赵国复国不成？燕王啊，真是尽往好的方面想了。刺杀秦王可不是探囊取物那么容易，再说了，让秦王退归城池、订立盟约是我一个剑客干的事么？反正，我荆轲此去抱定必死之心，要么刺杀了秦王然后被秦兵杀死，要么刺杀了秦王然后我荆轲自杀而死。秦王是什么人，是一代雄主，他和我荆轲无冤无仇，而我荆轲杀了他，我只有把自

己的命还给他，才能真正成为一名侠客……

日夜兼程，终于来到函谷关前。守关校尉验看了他们的使秦文牒，检查了荆轲所乘骈车之上插有三根羽翎的竹橦旌节，之后给秦舞阳颁发一枚通关竹符。荆轲和秦舞阳顾不上吃饭，驾车穿过华山华舒道直奔咸阳城。

到达咸阳后，荆轲和秦舞阳整日闷在驿馆里不和任何人接触。十多天过去了，仍然没有等到秦王的召见。秦舞阳坐卧不安，他想起临行前一晚太子姬丹对他说的话。姬丹说：荆轲乃当世第一剑客，他若能接近秦王，秦王必死无疑，此去秦都咸阳，你舞阳先是疏通关节让秦王亲自召见，更要紧的是要监视荆轲不能让他临阵退缩，还有一事就是：把刻有"丹"字的一把剑鞘想办法找时机送给蒙宠。

秦舞阳得到荆轲的许可去找秦王嬴政的宠臣蒙嘉斡旋此事。蒙嘉任中庶子之职，凡各诸侯国使臣来秦国想要拜见秦王，都必须先得过蒙嘉这一关。秦舞阳见到蒙嘉后，赠送金镒八百，玉璧一双，请求蒙嘉尽快安排秦王召见。

韩国、赵国相继灭亡，剩下的四国谁也顾不上谁，都争先恐后地出访秦国示好。荆轲和秦舞阳来到咸阳的时候，楚国的令尹任倪、魏国的魏王魏假、齐国的齐王田建早就携带重礼等待秦王嬴政的召见。

蒙嘉收到使臣的礼品后前去奏报秦王，秦王嬴政有些不悦地说："寡人事务繁忙，哪有闲工夫听他们的甜言蜜语，告诉他们，想要称臣的可见，不打算称臣的不见！"

楚国的令尹任倪自忖：我只是个令尹，称臣的事可做不得主，再说楚王负刍杀了他同父异母的兄长熊犹刚继位，还没过一把楚王瘾呢，哪能丧国称臣呢。魏王魏假也是在其父魏增亡故后刚继位，心想：哪能一上台就卖国的。齐王田建觉得齐国和秦国走得最近，你们近邻都不愿意，我齐国那么远等等说吧。就这样，面对秦王嬴政的豪横霸道，三国只好放下礼品，留下国书，打道回国。

蒙嘉觉得燕国使臣的来意挺符合秦王的口味，他向秦王奏报说："燕王害怕秦国接下来灭亡燕国，心甘情愿俯首称臣，退出诸侯国之列，只求留其宗庙，存其祭祀，燕王姬喜惧怕秦王斥责不敢亲自来秦，先把督亢地图和樊於期首级让使臣荆轲等送达秦廷，敬听秦王之命！"

秦王嬴政本来正在和大将王贲商议灭亡魏国的大事，一听蒙嘉奏报燕王派使臣把叛将樊於期的首级和督亢地图送来了，异常高兴，当即决定第二天接见燕国使臣，亲自验看樊於期的首级和督亢地图。不战而屈人之兵，不请而送来大礼，秦王嬴政有些陶醉了。

中庶子蒙嘉把秦王第二天接见的消息告诉秦舞阳，秦舞阳趁机把那镶有宝石的剑鞘递给蒙嘉，并说明这是燕太子姬丹送给蒙宠的礼物，求其转交。

蒙嘉当日就把刻有"丹"字的宝石剑鞘送到蒙宠手上。

姬丹为何送这么贵重的剑鞘给我呢，剑鞘正中还刻有一个"丹"字，这分明是燕国太子姬丹在自作多情。这把剑鞘可不能让嬴政看到，他看到肯定会大发雷霆弃之毁之的。是啊，只有剑侠之间才互赠宝剑的，可为何只有剑鞘而空无宝剑呢，是燕国没有上等的好剑吗？只赠送一个剑鞘，什么意思呢？蒙宠睁圆一双秀目，她仿佛看到了什么，她仿佛预感到了什么，她让心腹侍女飒儿把刚出兰池宫门的蒙嘉叫了回来……

第二天，也就是秦始皇二十年十二月二十五日，按照秦王的诏令：文武大臣皆身穿朝服，按公、侯、伯、子、男、孤、卿、大夫、士九宾之礼，在咸阳宫召见燕国使臣。

荆轲和秦舞阳在礼宾官的陪同下乘车从冀阙进入，驶过三百六十步宫下御道，来到高高的台阶前，只见从第一道台阶往上都排列站立着迎宾官员和士兵，士兵在外、官员在内，只听站在第一台阶的少府章邯高喊道："燕使到！"这时站在第十台阶上的王贲接着上传："燕使到！"一直自下及上九个宾仪将信息传给咸阳宫里的秦王嬴政，紧接着王贲高声喊道："燕使请！"王贲上面的仪宾逐个高声喊道："燕使请！"随着一声"燕使请"，荆轲和秦舞阳各自双手托捧木匣登上了台阶，一百二十级台阶，每上一级都能听到宾仪官之声，一百二十级台阶登完来到咸阳宫门前，只听第九个宾仪昌文君熊美高声喊道："燕使请进殿！"

荆轲和秦舞阳身上微微发热，此时，秦舞阳捧着盛有督亢地图的匣子，荆轲捧着盛有樊於期首级的匣子。突然间，荆轲担心秦王分开来查验这两样东西，秦舞阳手捧那藏有利匕的督亢地图，卷轴打开后，秦舞阳敢抓起匕首刺秦王吗？难不成我荆轲还得蹿过去抢过匕首刺秦王吗？想到此，荆轲马上和秦舞阳交换了匣子，随着"燕使请进殿"的声音一落，荆轲在前秦舞阳在后依此进入咸阳宫内。

此时此刻咸阳宫里，仪仗齐整，钟鼓齐鸣，秦王嬴政身穿黑色镶有金边的宽大朝服，头戴冕旒，威踞于王座之上，文臣武将神情肃然，排列于大殿两侧。

秦舞阳随着荆轲亦步亦趋往前走，当进入文武百官中间的通道时，他脸色变得蜡黄，手有些发抖。又往前迈了几步，抬头看见秦王嬴政就坐在不远的殿台之上注视着他和荆轲，秦舞阳的腿有些打软。他又往前看了一眼，好像觉得秦王身后黑色的帷幕飘动了一下，他的心开始"突突"乱跳起来，这绣有黑红色腾龙和燕隼的玄色帷幕之后难道有伏兵？秦舞阳满脸的虚汗流了下来，想到往前再有十步就要猛然发生刺秦王的惨烈景象了，他的脸色由蜡黄变得灰白，手抖得更厉害了。秦舞阳这个十三岁就杀过人，被燕国太子姬丹特别看重的猛士，一到咸阳城，看到辉煌的宫殿连成片，车水马龙繁华无边，今日幸得秦王召见，感受到秦宫的戒备森严，九宾之礼，声声传唤，宫内钟鼓鸣奏，庄重威严，他不敢再往前看了，也不敢往两边看了，他感到手里托捧的盛有樊於期首级的匣子越来越重了。他眼睛往下盯住匣子看，一惊，隔着木板他看到了那首级在冲着他笑，秦舞阳再也走不动了，他一下子圪蹴（gē·jiu）在地上不动了。

肃立两侧的文武百官感到很奇怪，所有人的目光都聚焦在秦舞阳身上，走在前面的荆轲觉得不对劲，因为所有人都往他身后看。荆轲一回头，见秦舞阳已经秃噜在地上了，心里暗骂：还十三岁杀过人呢，原来是个怂包，窝里横。

荆轲冲左右大臣笑了笑，然后向正前方注视这一切的秦王嬴政说道："舞阳乃朔方鄙陋之人，哪见过秦宫秦王这等威仪，是故胆战心惊，恳请秦王原谅。"

秦王嬴政说道："燕国真是没人了，换作姬丹太子也不至于此吧。"

荆轲无法答话。

秦王嬴政问道："那晕地上的使者手里可是樊於期的首级？"

荆轲答道："那正是樊於期的首级。"

秦王嬴政说道："捧不到前面就别动了，王翦与樊於期熟识，请王翦替寡人去勘验一下吧。"

王翦听到秦王让他代替验看樊於期的首级，他缓步出列走到秦舞阳身旁，蹲下身去打开匣子，只见樊於期的头颅端放在匣子正中，眼睛微张，双唇紧闭，栩然如生。对于樊於期，王翦真是太熟悉了，只可惜结交投奔姬丹了这等无情无义之人。

王翦验看完毕，上前禀报秦王说："禀秦王，这千真万确是樊於期的首级。"

王翦退回班列，想起所看到的樊於期那好像还带有笑意的表情，突然有种心惊肉跳的感觉。

秦王嬴政对站在殿台下七步之远的荆轲说："你拿督亢地图上来给寡人看吧。"

荆轲手捧着盛有督亢地图的匣子登阶来到殿台上，然后取出地图，他把卷轴正面冲着秦王放在宫案之上。荆轲不紧不慢、不慌不忙地隔着宫案帮秦王打开卷轴以便观看督亢地图，就在卷轴末尾赫然露出一把匕首。

荆轲右手欻（chuā）地一下抓过匕首，左手闪电般伸出，抓住秦王嬴政的右侧衣袖，右手随即直刺过去。由于隔着宫案，匕首刚要沾身，秦王嬴政大惊，本能地往后一躲，"噌"地站起身来，袖子"刺啦"一声被荆轲扯断。嬴政迅速离开王座拔剑，但佩剑太长，仓促间难以拔出，这时荆轲翻过宫案再刺秦王嬴政，秦王绕宫柱而奔，荆轲紧追，追出半圈不到就追上了秦王。正当荆轲伸出利匕刺向秦王左肩时，一个黑影倏然闪过，在众臣惊愕惊呼声中，荆轲一个踉跄单膝跪地。这时御医夏无且把手中药囊砸向荆轲，荆轲头一偏避开了，他下意识站立起来，还没站稳，一个趔趄又侧（zhāi）歪在地。这当口，丞相熊启冲秦王高喊："秦王快翻到背后拔剑，翻到背后拔剑！"秦王嬴政正绕柱狂奔，刚绕过柱子，呀，这小子怎么在我前面等着我？嬴政一个急刹车，抓剑的手向上一扬把剑撩到肩后，他顺势拔出剑来，直刺那半蹲在地上的荆轲，断其左腿，荆轲血流不止，想都没想把手中的匕首向秦王投掷过去，匕首"啪"地扎在殿柱之上。秦王持剑再刺荆轲，荆轲并不躲闪，他用右手一指帷幕，对正在刺他的秦王说道："若不是你藏有高人，你命早已休矣！"说罢瘫坐于地，叉开双腿大笑不止，这时昌平君熊启指挥殿外军士进殿杀死荆轲，接着杀死了秦舞阳。

荆轲和秦舞阳的遗体被清理到殿外，由廷尉李斯监督戮尸。

惊魂未定的秦王嬴政，没有回到王座之上，而是在众臣中间来回走动。有的说真是有惊无险，有的说秦王真是神勇，大臣们能说什么呢？刚才突发的这一幕过去了，侍立在大殿两侧的文臣武将都原地未动，一是这一幕发生得太突然太快，众臣刚反应过来还未来得及上前就已经结束了；再一个是按照秦国法制，大臣、侍者上殿不能携带任何兵器，侍卫持兵器立于殿外，没有命令也是不准进殿的。

郎中令熊美拷问荆轲的随从兼车夫后奏报秦王说："刺客身份现已查明。荆轲，卫国人，客居燕国，号称当今第一剑客，刺杀从未失过手。此次刺杀秦王您是燕国太子姬丹一手策划，目的是阻止秦军灭燕，恢复六国失地，报秦王羞辱夺爱之仇。"

"荆轲，当今第一剑客，"秦王说，"寡人怎么没有听说过啊？"

蒙武说："臣倒是听说过荆轲，今日一见徒有虚名耳！"

"刺杀从未失过手，"秦王说，"这次不是失手了吗？"说到这里，秦王忽然记起，自己拔剑刺击荆轲时，荆轲并不闪避，而是用手指着王座后面的帷幕说：若不是藏有高人出手，他才不会功亏一篑。想到此，秦王走上殿台，在熊启、王翦、李信、蒙恬陪同下转到帷幕后面查看，黑咕隆咚什么也看不清，再定睛一瞧，哎，怎么就地坐着一个人，扯开帷幕一看，只见中庶子蒙嘉面色苍白，手握一个镶满宝石的空剑鞘。秦王嬴政这才想起，半天没看到这个平时不离左右的中庶子，原来躲在这里，难不成他是那高人？

郎中令昌文君熊美上前便问："中庶子你怎么躲在此处，手中剑鞘是什么意思，不知道朝臣上殿不让带兵器的吗？"

蒙嘉什么话也没有应答，他走到殿柱旁，把荆轲投掷扎在柱子上的匕首拔了下来，往剑鞘里一插，"咔嗒"一声合上了。他走到秦王嬴政身边小声对秦王说："蒙宠在千钧一发之时闪身而出，用您聘礼时送给她的铬质金剑挑断了荆轲左腿筋脉，之后她就从殿后出去骑马走了，她让臣把这空剑鞘交给秦王。"

嬴政眼睛湿润了，他这才想起昨天晚上蒙宠劝谏说："燕国两个无名使者，丞相接见规格已很高了，秦王千万不要放低身段去见他们。"

秦王嬴政没有采纳蒙宠的建议。

今日清晨，蒙宠又说："用九宾之最高国礼去迎接燕国两个不明身份的使者的拜访，犯得着吗？"

秦王嬴政说："这是做给楚国、魏国、齐国看的，犯得着！"

蒙宠说："那请秦王准许我去观礼可否？"

嬴政奇怪蒙宠从来没有提过这样的请求，随口说道："没什么好看的，这又不是凑热闹。"

…………

现在这一切都清楚了，秦王嬴政把右庶长李信叫到身边说："此匕首给你，你定要持此匕首去斩杀姬丹，不得有误！"

右庶长李信领命。

二十一 / 自古多情能亡国，锋镝响处丹血凉

人在谋事遇事时，大多时候都往好处想，结果却出乎预料，自作多情就是这个结果。

姬丹指派荆轲和秦舞阳带着督亢地图和樊於期的首级走官道，过关隘，光明正大，堂而皇之地出使秦国。同时，姬丹又派出一队易服乔扮的精干人马作为眼线，有的在咸阳潜伏，有的在函谷关外策应。姬丹坐镇在易水北岸秋风亭，激动而又焦急地等待从咸阳传来刺杀秦王嬴政的密报。

秦始皇二十年正月三十日，从咸阳接力而来的快马涉过变浅的易水出现在秋风亭前，姬丹出亭相迎，眼前这个在秦国跟随自己十多年的侍从从马背滚落下来说："太子，快快离开此地，荆轲、秦舞阳刺杀秦王失败，被戮尸而死，秦王已下令灭燕，王翦大军不日就要杀过来了！"

太子姬丹闻听此说，有些不太相信，但被随之而来的另一路密报线人报告证实。姬丹身着单薄的衣裳，但仍是汗流不止。怎么可能呢，荆轲可是六国一等一的剑客，三步之内取人性命不在话下。既然面对面见到了秦王，那当是嬴政命绝之时，怎么可能剑断人亡，有违初衷呢？这真是邪了门了，荆轲坏了我姬丹的大事啊！姬丹心里仍想着蒙宠，蒙宠收到剑鞘了吗，剑应该归鞘了啊。

姬丹得到刺杀嬴政失败的消息后，快速回到蓟城面见父王，说："刺秦未果，王翦大军很快就要过易水踏燕地，父王速去东北辽郡暂避，留我在此地抵抗秦军。"

燕王姬喜说："秦王灭燕之心久矣。今无以再避，拼死一搏，不成再奔走辽东不迟。"

大将王翦率领灭燕大军出征多日了，但嬴政依然怒气未消，越想越恨，他把督亢地图踩在脚下，几下子踩踏得面目全非，随之飞起一脚踢得它滚落到墙根。秦王召来蒙恬、王贲，让他俩陪自己率领三万京师精兵去追赶王翦的大军，他觉得只有自己亲率大军攻破燕都斩首姬丹才能解恨。秦王在蒙恬、王贲左右护卫下由卫尉、中尉打头，风驰电掣地来到函谷关，略做停留刚要出关，却被骑追风宝马赶来的蒙毅拦住。蒙毅说："听蒙宠说秦王您夜不安枕、愤怒难消，不经廷议就亲率京师精锐去灭燕，朝廷大臣都不知道秦王突然御驾亲征，私议不断。为秦国之安计，请速回咸阳。"

秦王嬴政说："有丞相、廷尉和上卿留守京师，寡人放心。不杀燕贼难解我心头之恨！"

蒙毅说："君王不离位，韩赵虽灭，魏楚窥秦。再说王翦、李信灭燕足矣，杀鸡焉用牛刀。"蒙毅又说："魏王魏假新继位，招揽人才，强化边防，有信陵君之风，其志远大。楚王负刍亦是新当政，把防秦抗秦作为第一要务，暗中不断遣人到咸阳打探消息，在此关键时候秦王怎能离京去国呢？"

嬴政听蒙毅如此一说，颔首称是，马上命令回师咸阳。归途中秦王和蒙毅骑马并行，心里很是佩服蒙毅虑事周到，而自己身负天命，欲扫灭六国，天下一统，为何还这么冲动呢？天子报仇，早不为早，晚不为晚。这才刚扫灭韩国、赵国，燕王姬喜和太子姬丹就派荆轲刺杀寡人，多亏蒙宠暗中救护，要不早已命丧黄泉。按原计划本应先扫灭魏国，没想到燕国飞蛾扑火，再说魏国魏王魏假、楚国楚王负刍都是一年前新登基称王，并无归秦称臣之意，定是不甘束手就擒。现在王翦、李信率大军伐燕，秦王我再出关远征，国内空虚，咸阳无主，这不是给魏国、楚国可乘之机吗，真是大意了。

王翦作为主帅率领秦军伐燕，既来势凶猛又步步稳扎。虽然去年也曾屯兵一时在秦燕边界进行过震慑，王翦心里很清楚眼前这是一场灭国之战，也是展现我王翦大将之才的绝佳时机。

右庶长李信作为大将和王翦合力伐燕，在进入燕国中部后，进军的速度明显放慢，李信多次催促，但大军首先听命主帅王翦，李信实在忍不住了，对王翦说："秦王在咸阳城里日夜等待我们扫灭燕国的消息，我们秦军应一鼓作气冲杀过去，老这么慢腾腾咋行啊！"

王翦说："燕王既然派荆轲逆贼到咸阳宫里惊天一刺，此非他国之敢为。今燕国已是亡命之国，军卒已是亡命之徒，你我受秦王重用，定要稳扎稳打扫灭燕贼，以报秦王！"

李信说："我看燕王已成惊弓之鸟，不堪一击，我可率前锋直插蓟都，活捉燕王！"

王翦说："我知道李将军年轻气盛非等闲之辈，可眼前必须按我的部署围歼燕代联军，听说燕王已派使节携重金向匈奴求援，万万不可轻敌啊！"

主帅王翦行事谨慎，说得有理，李信只好按捺住性子，等待更有利的时机。

易水发源于太行山北麓，蜿蜒向东南流入滹沱，汇入大湖淀。王翦自西北方向兵临易水，燕王姬喜自知燕军不是秦军的对手，派使到代地联络代王赵嘉出兵联合抗秦。代王赵嘉一开始就把自己所占有的代地和燕国的命运拴在了一起，荆轲刺秦虽然失败了，可燕王和太子敢作敢为、胆气可嘉。现如今燕王派使节前来求援，代王赵嘉不但一口答应，还亲率家臣也加入代军之中与燕军会合。

同时燕王姬喜派去匈奴的使臣，越过燕山，翻过燕国原来修建的城墙来到胡地向匈奴求援，头曼单于收下黄金后答应出兵，很快头曼带兵屯扎在燕山脚下不再南下，毫不掩饰坐山观虎斗的意图。

燕国派荆轲拿着匕首去刺杀秦王没刺成，秦国反过来把剑戟伸到燕国的脖子上来了，燕王姬喜和太子姬丹自然难以置身事外，只好硬着头皮，缩着脖子迎上前去了。既然捅了这个马蜂窝，就得准备遭蜂蜇，燕王姬喜和太子姬丹谁也没有埋怨谁，命燕军在易水东岸和北岸部署工事，安排兵力，西边凭借着太行山余脉伸延的丘陵，北面依托燕山倾斜的山地，利用地形和本土御敌的优势稍微弥补了一下兵力薄弱的劣势。

　　王翦全方位打探掌握了燕军的防御部署后，于秦始皇二十年第一个月的十月十日向燕军发起总攻。王翦率主力渡过易水，从西向东北燕国都城推进，右庶长李信率领两万骑兵从南面包抄过去。

　　燕王姬喜登基为燕王已经三十年了，受先祖燕昭王的影响，也多少搞了些北修城垣以拒匈奴、胡服骑射强化军备的工程，但今日面对的秦国军队是以强弓劲弩正面推进、攻城略地爵位封赏的虎狼之师。只两天多时日，燕国军队和代国军队全线溃退，王翦率大军一举攻占燕都蓟城。王翦遵秦王指令不许屠城，但一人做事一人当，就找那姬丹算账。军士搜遍都城，没有找到燕王姬喜和太子姬丹。都城里人们恐惧屠城，争相逃命，很快蓟城就成了一座空城。屯扎在燕山脚下的匈奴军不愿蹚这路浑水，翻过燕山从城墙缺口处往北退走。

　　王翦率大军在燕国都城停住了脚步，攻破都城，王翦以为这基本上就算是灭亡了燕国。他和李信商议向秦王报捷。李信说：“大帅，先别忙报捷，我已打听到燕王、代王和太子姬丹带领残兵败将退逃辽东，俘虏不到燕王，杀不了姬丹，燕国就没有灭亡，我要带兵前往辽东方向去追杀他们！”

　　王翦说：“国都已破，宗庙无存，燕实已亡，穷寇莫追！”

　　李信从皮囊中取出秦王交给他的被宝石剑鞘包裹的匕首，说：“我受秦王之命，要用此匕首割下姬丹的头颅，不然绝不收兵！”

　　王翦心里明白，说：“这样最好，兵贵神速，燕兵走的中路，你带两万精兵从北路去堵截追赶败寇吧，我在蓟城镇守以待将军佳音！”

　　李信不敢停留，带领两万精兵从北路去堵截追赶燕王姬喜和太子姬丹。

　　燕王姬喜、代王赵嘉和太子姬丹带着三万兵将从蓟城往东而退，他们退逃的目的地是燕昭王在位时设立的辽东郡，这辽东郡管辖着新昌、武闪、平郭、无虑、望平、辽阳、居就等十八县，郡治襄平。李信率军沿燕昭王在位时修筑的东西方向城垣前行，这些时有断续的城墙是防止漠北的胡戎和匈奴南侵的，它是一道屏障，守护着耕田、打猎和捕鱼的燕地百姓。燕王姬喜继位三十年，大多城墙都没有被加固和修缮过，有些墙段已经坍塌。

李信率精锐出渔阳，经阳安、酉城、白庚一路往东穷追不舍。经过十五六天的跋涉奔行，终于在无虑追上了燕军和代军，接战后燕代两军又是败走，李信率军咬住不放。此时代王赵嘉密语燕王说："秦将李信之所以长途追杀不止，是因为秦王必欲得到太子姬丹的首级，请燕王弃子保车，快做决断，不然我们到不了郡治襄平就被李信消灭了！"

燕王姬喜愧恨交加地对代王赵嘉说："太子姬丹常年在赵国和秦国为质，一天燕王也没做过，至今未娶，他派人刺杀秦王也是征得我的支持的，本王独此一子，杀之无后，我代他死如何？"

代王赵嘉气急地说："燕王啊你别糊涂了，秦王和李信要的是太子的首级，你代死何用，快些吧，不然就来不及了！"

燕王姬喜万般无奈，只好点了点头并安排两个杀手站在自己身后，然后让侍卫去叫太子姬丹，他担心地对代王赵嘉说："别是我们杀了太子，李信仍不放过我等。你快派使者先与那李信说好了再行事吧。"

代王赵嘉速派家臣到李信军中拜见李信言明此事，李信思量了一下：自己带兵长途追袭一千六百余里，不是山高林密就是恶水拦路，豺狼虎豹猝不及防，且军中断粮，好多军士疲病伤亡，所以，示意不再追杀燕王姬喜和代王赵嘉。李信说："我派使者随你前去监斩，让燕王用此匕首杀死太子姬丹，割下首级装匣，让我所派使者带回。传我之言，燕王姬喜和代王赵嘉暂时一起居留在辽东十八县之内，燕王姬喜不得再称燕王，依言行事，我且退兵！"

代王赵嘉的家臣从李信军中回到燕王姬喜和代王赵嘉身边，他把李信的话复述了一遍，并把李信让他带回的匕首递给燕王姬喜。燕王姬喜仰天长叹一声，老泪横流满面，说："早知如今，何必当初啊。秦王嬴政你真狠啊，让我生不如死啊！"

这时太子姬丹从燕军和秦军对峙的衍水来到燕王身边，代王赵嘉使了一个眼色，站在燕王身后的两名军士上前一把将姬丹按倒在地。疲惫至极的姬丹抬头看向父王，这一看让他心里一紧，脸色大变，因为他看到父王手里拿的正是自己托赵国一个制剑名家精心打造的、专门用来刺杀秦王嬴政的匕首；并且这匕首还静静地卧在那镶满宝石的剑鞘里。一切都明白了，姬丹不再挣扎，闭上双眼，唉了一声："这都是我自作多情的结果。"

燕王姬喜抽出匕首向儿子姬丹脖子上刺去，刺下去他就转身不敢再看，这时代王赵嘉上前拿住匕首又连刺两下，并割下了首级，让人找了个简易匣子连同那匕首和剑鞘一同装了进去，赵嘉还是让自己的家臣前往李信军中交差。李信亲自验看后确定是姬丹的首级，下令退兵。他询问向导得知，前面不远有一条大河，河的那边是积翠山，那里奇峰争翠，岩松竞秀。到此为止吧，李信命令万名持弓军卒一齐张弓望东齐射，锋利的箭镝带着鸣响向东边天空飞去。

李信率军退后，代王赵嘉随之潜回到代地上谷。

二十二 / 故国无罪怎可灭，王后之位亦相让

攻破燕都蓟城的战报传回咸阳，秦王嬴政分外高兴，他令蒙毅把战报抄录后传递给镇守东郡的大将杨端和，传递给镇守西戎的大将张唐。

担负拱卫关中和秦都咸阳的大将王贲找到蒙恬说："关东六国已灭三国，你我正值壮年，勇武不让李信，余下的魏国、楚国、齐国，你我当领衔击而灭之，时不我待，今日同去拜见秦王面陈方略。"

蒙恬说："我也正有此意，听说秦王正运筹帷幄，你我定有用武之地！"

秦王嬴政在咸阳宫听完王贲、蒙恬的请战要求，嘉许连连，说道："楚国熊犹登基称王才两个月就被其弟负刍派门客杀死，此事距今已经快两年了。王后芈媛很忧心楚国兄弟不睦，朝政混乱，王贲将军速率六万秦军前去讨伐以示惩戒，关中和咸阳的防务由蒙恬接替。"

王贲集结军队于秦始皇二十一年（前226）正月初三征伐楚国。这是自秦昭襄王二十八年（前278）秦王嬴稷派白起征伐楚国后，五十二年来第一次攻伐楚国。王贲知道秦王借不满楚国宫廷政变而惩戒性伐楚，实际上是在灭掉韩国、赵国、燕国之后对楚国的一次试探。临出征时秦王嬴政郑重交代：这次伐楚只许胜不许败。

王贲兵分两路，一路从秦国和楚国边境进攻，另一路从秦国、魏国、楚国三国交界处往东进攻，开出的这条通道为日后灭亡魏国做好准备。王贲采取突然开战的战术。五十多年秦、楚没有战事，亲盟友善的局面一下子被打破了，楚国只好被动应战。不到一个月，楚北部的郾阳、西部的丹阳等十二座城邑土地尽被王贲军攻

占。预期目标已经实现，王贲见好就收停止攻伐，班师回到咸阳。

对于这次攻伐楚国的结果，在咸阳城里，秦王嬴政、王后芈媛、丞相熊启最先产生了反响：秦王嬴政十分满意这次短暂的伐楚之战，因为此战印证了楚国大而虚弱的判断。王后芈媛没想到自己几句担忧楚国内乱的话，秦王竟如此在意，马上派兵去惩戒了一番。丞相熊启对此却感到如芒刺在背，因为熊启太了解嬴政了，自己作为右丞相，是秦王最信任最倚重的股肱，亲自参与谋划了灭亡韩国、赵国、燕国的重大国事，每灭掉一国都是秦王嬴政最兴奋的时候，而自己作为右丞相辅弼秦王伐灭敌国也倍感荣耀。此次秦王没和丞相商议而突然令王贲攻占楚国十二城，这表明了什么？熊启明白，在秦王的心里楚国已经是敌国了。

丞相熊启心急火燎地见到了王后芈媛，对这个同父异母的妹妹，熊启很是疼爱。华阳姑母故去了，自己在华阳姑母养育下已身为秦国一人之下万人之上的右丞相。弟弟昌文君熊美也身为郎中令，但他生性平和。熊启觉得自己负有保护妹妹的责任，因为妹妹芈媛身为王后，生育嫡长子扶苏已经十年了，自己作为丞相给嬴政奏谏过三次：嫡长子已渐成人，可立为太子。秦王嬴政三次都说：等扶苏长大一些再立。熊启心里想到但口未言出：秦王你不就是十岁被立为太子的吗。熊启让妹妹芈媛给嬴政进言，王后说："立太子是国家大事，秦王自有安排。"这个老实的妹妹啊，秦王嬴政长久不立扶苏为太子，她无怨言也不争，秦王行九礼迎娶蒙武之女蒙宠，她无排斥也无嫉妒，还把蒙宠当姊妹亲近。

熊启对王后芈媛说："楚国负刍取代熊犹自立为王，这是楚国内政，再说这也是已经过去近两年的事了，今秦王令王贲攻楚，意在灭楚啊！"

王后芈媛说："不会吧，秦国、楚国姻亲之久之厚不同于关东五国，秦王嬴政也是重亲重情之君王，怎能灭亡自家人呢？"

熊启说："秦王重亲重情是不假，可他还是以国事为大啊！"

王后芈媛显得焦虑起来："丞相意欲如何？"

熊启说："你身为王后，我身为丞相，务多方劝谏秦王打消灭楚的计划。"

王后芈媛说："你我兄妹来自楚国王室，兄长行走秦廷中枢，我亦执掌秦之后宫，有责有情延续秦楚邦邻友善，但愿秦王无灭楚之意，这哪能说翻脸就翻脸的呢？"

右丞相熊启从六英宫出来后来到咸阳宫，他知道自从灭亡韩国开始，秦王每天都要在咸阳宫里忙到深夜，有时赶着批阅奏章，有时召见大臣议事。但是，熊启明显感到近些日子一遇到楚国的事情，秦王嬴政好像有意回避自己。

熊启正犹豫是进宫面见秦王还是打道回府时，中车府令赵高正好从里面出来。赵高说："丞相快进宫去，秦王召见。"熊启进宫叩见秦王，秦王嬴政从王座上站起来伸了伸腰对尉缭和廷尉李斯说："齐国、魏国就不要再花费金子了，省点吧，楚国的事寡人和昌平君商议一下，你们退去吧。"

尉缭、李斯退出后，秦王嬴政示意熊启和他面对面坐定，说："丞相啊，打开窗户说亮话吧，燕国已基本荡灭，秦国下一个要灭的就轮到楚国和魏国了，寡人知道丞相虽是生在秦国长在秦国，可对楚国一往情深，今先与丞相通告此事，冀望丞相：身为秦相，当为秦谋，继续辅佐寡人扫平楚、魏、齐三国，共襄一统天下之盛世，岂不伟哉！"

昌平君熊启预感秦王肯定对楚国存亡之事要和自己摊牌，没想到来得这么快，说得这么重。是啊，秦王说的没错，我与楚国虽出一家，但各为其主。我熊启出生在咸阳，生长在咸阳，今年四十六岁了，从秦庄襄王起就任秦廷大臣，已经二十四年了，现已官至右丞相。父王熊完作为楚国太子被楚顷襄王派到秦国为质，娶的是秦王室之女，秦昭襄王四十五年（前262），父王偷潜归楚继位，留下我们母子三人在咸阳，和熊美兄弟俩四十多年了也只回到楚国两次。就这样，远在楚国的兄弟相继做了楚王，自己在秦国被封为昌平君，官至右丞相。弟弟熊美被封为昌文君，官至郎中令。自己和弟弟也倾尽心血为秦王除叛扫逆，忠心耿耿。在夜深人静时，熊启常想到，自己身上流淌着楚人的血，却干着富秦强秦的事，突然秦王说要灭亡楚国，熊启从情感和心理上无论如何也难以接受。

秦王嬴政看丞相熊启半天不语，也不催促他说话，君臣两人相对缄默了许久。熊启说："臣听说楚王负刍派使臣允诺割让青阳以西城池给秦国，以换取秦楚两国和平共处，秦王是否考虑接纳楚王之诚意？"秦王嬴政缓慢又决绝地说："丞相不是不知道秦国的方略是谋全域而非一地，寡人已告诉楚国使臣回国让负刍早做准备。"

丞相熊启说："三百多年前，秦穆公与楚成王共定斋盟，秦国和楚国两邦若一，绊以婚姻，告诫后世子孙，不做不利于对方的事情。五十多年前，秦昭襄王和楚顷襄王也定下互为姻亲的盟约，五十多年来秦国、楚国如同一家亲密和好，难道这袍衣之情说舍弃就舍弃了吗？"

秦王嬴政说："袍衣之情固然要念，但如今受命于天，谁人能抗！"

丞相熊启说："楚国本无罪，怎能无罪而灭！"

秦王嬴政有些不悦，说道："何言无罪，阻挡一统天下就是罪！"

丞相熊启看到秦王意志如此坚决，措辞如此严厉，起身欲走，而后又给秦王跪下说："臣下有罪！"说着眼泪流淌了下来。

秦王嬴政见丞相熊启跪在自己面前流泪，心头一热，眼睛也潮湿了：哎，这个跪在自己面前的楚国公子，从辅佐先父庄襄王到辅佐我嬴政已经二十四年了，中间历经了多少次生死搏杀，经历了无数次开疆拓土。熊启这个辈分高于自己、和先父庄襄王同辈的楚国王室公子，赤胆忠心，一心一意，从不谋私，从无过错，现今绝望地跪在自己面前为他的母国求生、求情。是啊，没有华阳祖太后认养先父嬴异为嗣子，就没有我嬴政的今天。不过，要是来自楚国的宣太后和华阳太后还活着的话，应该是赞可她们的子孙成就一统大业的。想到此，秦王嬴政弯腰扶起丞相熊启说："丞相可派使臣告诉楚王负刍，如若向秦称臣，楚地为郡县，可免兵戎相见！"

丞相熊启听后，感到头昏脑涨，他告辞回到丞相府。熊启茶饭难咽，始终有一股愤懑之气充斥于心。近百年来，秦国和楚国的和平除了姻亲的纽带之外，还有就是楚国的屈辱。秦惠文王更元十二年（前313），也就是楚怀王十六年，张仪替秦王忽悠楚王熊槐说："如果楚国断绝与齐国的邦交，可以得到秦国给予的六百里商於之地。"楚怀王为了与秦国交好，真的断绝了与齐国的邦交。结果只得到秦国给予的六里地，这使楚国饱受列国耻笑。秦昭襄王八年，即楚怀王三十年（前

299），秦王嬴稷约楚怀王熊槐在秦国武关会面，结果楚怀王遭到无理扣押，直到三年后楚怀王熊槐病死在秦国，秦王才让人把遗体送回楚国。楚国人为楚王熊槐宁死也不割让一寸土地的骨气而感佩，更多的是为楚王客死异国而愤恨和怜惜。楚怀王遗体归国当日，举国哀哭。十八年后，秦王嬴稷派大将白起率军攻入楚国腹地，水淹鄢城，随之攻占了楚国都城郢（yǐng）陈，迫使楚王熊横迁都巨阳，三闾大夫屈原一片保国忠言受到谗诬和南后郑袖排斥，报国无望，于五月初五投入汨罗江而死。一桩桩一幕幕，全浮现在熊启脑海中。楚国的王室之女嫁入秦廷，楚国的王室子弟为秦国出力，时不时地楚国还要被算计一把，到现在了，强大的秦国要灭亡楚国，楚国无罪又冤枉……丞相熊启实在想不下去了。

燕国基本被扫灭，秦王在燕地沿袭旧治设立了渔阳郡、右北平郡、辽西郡、辽东郡。之后，王翦和李信班师回到咸阳。

秦始皇二十一年四月四日，秦王嬴政在咸阳宫摆下盛宴迎接伐燕大将。遵照秦王旨令，在咸阳的王公大臣都要参加，盛宴开始前，秦王命令将燕太子姬丹的首级、叛将樊於期的首级，还有荆轲和秦舞阳被戮过的尸体，一块儿弄到云阳牢狱旁边，浇上狗粪之后用火焚烧。割下姬丹首级的那把匕首，也就是荆轲刺杀秦王嬴政的那把匕首，由秦王亲手赐给李信，并封李信为陇西侯。

围坐在盛宴主案两侧的是秦王嬴政、王后芈媛、蒙宠、右丞相熊启、左丞相隗状、太尉缭、廷尉李斯、大将王翦、内史蒙武、右庶长李信。主案摆放的酒器全用黄金打制，饰以龙纹和年号，箸筷和汤匙全用纯银精制。酒宴开始后，众臣先行向秦王礼拜敬酒，恭祝秦王受命于天，邪恶难侵，王师必胜！秦王嬴政站起身，手擎金爵走到蒙宠身边给蒙宠敬酒，蒙宠起身迎酒，这时人们不禁想到一年前，也是这咸阳宫里，蒙宠惊鸿无痕的剑影和荆轲左膝跪地的愕兀。秦王嬴政又走到右庶长身边给李信敬酒，李信起身迎酒，先饮为敬，这时人们仿佛看到李信千里追敌，以姬丹之匕首斩姬丹之首级的奇勇。酒宴之上，秦王还给抚养长子扶苏的王后芈媛敬了酒，盛赞了右丞相昌平君熊启辅佐灭韩国、赵国、燕国之功，盛赞了王翦统帅大军灭赵国继而亡燕国的大功。

　　酒宴进行到一半，王后芈媛言称身体不舒，退席，蒙宠也退席亲自护送王后芈媛回到六英宫，王后拉着蒙宠的手久久不愿放开，欲言又止。

　　右丞相昌平君熊启少有地左右相迎，饮得酩酊大醉。只有秦王嬴政虽接受群臣敬酒，豪饮不停，但始终清醒如初。盛宴到尾声了，秦王嬴政让蒙毅把李信、王贲、蒙恬召到一起，说："寡人和你们四人同饮一爵，扫灭楚、魏、齐，尽在这爵酒中，少壮须效力，任重而道艰！"蒙毅、李信、王贲、蒙恬和秦王一起一饮而尽。

　　秦王很快就要召集文武大臣廷议伐灭楚国了，丞相熊启失眠了。他微胖的圆圆的脸庞瘦出了腮坑，挺直的腰板显些微驼的疲态，原本乌黑的发髻中冒出花白的银丝。他深知三十四岁的嬴政雄姿英发，要大展宏图，他深知自己存楚的请求秦王不会答应。一个声音一直在他耳旁响着：熊启啊，你是楚国王族王亲，男儿走四方，不忘是故乡。四十多年了，你看起来是个秦人，可骨子里却是个楚人。这次秦国要灭亡楚国，就是灭了熊氏芈姓的宗庙和祭祀。之前灭亡韩国、赵国、燕国时的廷议，都是我右丞相熊启主持，最后由秦王决断。可我熊启是楚国楚王负刍之兄，我不能帮助母国也就算了，还要主持廷议把母国给灭了，我熊启真的做不到。辗转反侧一整晚，第二天熊启早早来到咸阳宫向秦王嬴政递呈了辞去右丞相之职的呈状。

　　秦王嬴政接过右丞相熊启递交的呈状，半日无语，神色凝重，最后走过去拍了拍熊启的肩膀，破天荒地拥抱了一下这个给他当了十一年右丞相的楚国王室公子。

　　伐灭楚国的廷议照常举行，与以往不同的是，本次主持廷议的人换成了左丞相隗状。

　　秦王嬴政问右庶长李信："扫灭楚国需要多少兵马？"

　　右庶长李信答道："二十万军队足矣！"

　　秦王嬴政转头问大将王翦："你以为伐灭楚国需要多少兵马？"

　　王翦答道："没有六十万兵马不能灭亡楚国！"

　　秦王嬴政又问大将王贲："王将军你看扫灭楚国需要多少兵马？"

王贲答道："三十万军队可矣！"

秦王嬴政听完文武大臣的廷议后说："两个月前，寡人派王贲攻伐楚国，一个月连拔十二城，除了我秦军刚猛之外，也证明了楚国的孱弱。王翦老将军六十万大军之说，是以多胜少，胜之不武，李信将军的二十万军队，方显少壮果勇。今令李信为大将，蒙武为副将，速做战备，明年伐楚灭楚！"

王后芈媛亲自到熊启府上看望了她的庶兄，辞去右丞相之职的庶兄熊启显得异常憔悴。昌平君熊启辞去右丞相之职后，咸阳宫里灭楚的廷议照常举行，熊启的忧虑更加深重了。

王后芈媛对庶兄昌平君熊启说："我已向嬴政求情了，嬴政就是不应，还反问于我：你嫁到秦国来就是秦国人，你希望扶苏将来接继秦国之主还是天下之主啊？庶兄啊，小妹我想过了，嬴政甚爱蒙宠，蒙宠妹子和我私交甚厚，过几日，我欲对嬴政要求将王后之位让与蒙宠，不知可否换来不再灭楚。"

昌平君熊启抬头看了看芈媛，说："王后千万不要这样做，秦王是不会因此而改变的！"

王后芈媛说："庶兄明知秦王不会改变，不是也辞去右丞相了吗？"

昌平君熊启说："扶苏还没有行立太子之礼，为了孩子，你千万不能让出王后之位！"熊启的忧虑更深了。

王后芈媛告别庶兄熊启来到兰池宫去见蒙宠，当她说出要把王后之位让出时，蒙宠花容失色，不知所措。她边流泪边对芈媛说："姐姐别做傻事，你贤良淑德，妹子我万不可及，为此事让后，折煞蒙宠了，你就是让了，我蒙宠也不会接的。"

晚上，秦王嬴政来到兰池宫，蒙宠把王后芈媛的话告知嬴政，说出了自己的态度和忧心。嬴政当晚就起驾到六英宫去陪伴和开导王后芈媛。

三天后，芈媛梳洗后穿上盛装，然后静静地躺在床榻之上，把一撮粉红色的信石粉末倒入金盏，一仰脖颈喝了下去。没多时，她的面容变得更加娇艳，从她紧锁的双眉中间透出无尽的不舍和忧虑。

扶苏的哭声惊来了宦官，宦官见状速报秦王。嬴政赶到六英宫，他紧紧地抱住扶苏默默不语，之后停朝三日。

　　年底将近，昌平君熊启被秦王嬴政指派到原是楚都今是秦地的郢陈。熊启没有一个门客，他多年来收养的二十个阵亡军校的孤儿誓愿以死相随前往，这得到了秦王嬴政的许可。

　　九月的咸阳城已是秦历的年底，秋日的和风徐徐吹来，给人一种清爽之感，昌平君熊启这个楚国王室公子内心悲凉，他要到原来是楚国故都的郢陈去了。

二十三 / 汗血金剑啸声远，倾国之兵出东方

秦始皇二十二年（前225）十月底，李信被秦王任命为大将，蒙武被任命为副将，他们承载着嬴政的厚望，统率二十万大军从东南出武关，开始了攻取楚国的战争。

大将李信统兵离开咸阳的第二天，王翦拜见秦王嬴政，称病辞官告老归家，回到了咸阳东北一百四十里的频阳东乡。

秦军几乎没有受到任何阻碍就进入了楚国境内，这时大将李信兵分两路，一路十五万军士由自己率领攻取郢陈以南的平舆城，一路五万军士由蒙武率领攻取平舆东南的寝丘城。秦军发起攻击，势如破竹，平舆和寝丘被轻松攻下，这时李信大笑说："怪不得王贲一月之间攻下楚国十二城，如此不堪一击，一月之间可在楚都迎接秦王共饮了！"

有校尉向李信报告：诸多迹象表明平舆和寝丘两城双地的楚兵望风而撤，两军几无交锋，城中百姓甚少，粮草更无半两。李信听后说了句：这必是国弱兵衰的原因。李信引兵急行，向楚国腹地挺进，很快越过颍水攻下新郪（qī），这时他发现副将蒙武放慢了进军的步伐，于是急派军前校尉督促蒙武北上，并约定在城父会师，之后合力攻取楚都寿春。

楚王负刍在秦军一进入楚境后就依令尹任倪之策，让平舆、寝丘之地楚军后撤，坚壁清野，然后在巨阳一线做好迎敌决战的准备。去年楚王负刍派使臣到咸阳，向秦王奏明以献出青阳以西之地换取和平，被秦王拒绝。据此，楚王负刍知道

楚秦这五十余年的和平日子到头了，秦王的胃口不是一个青阳能填上的。

楚王负刍在寿春楚宫大殿举行隆重仪式拜项燕为大将，统兵二十五万迎战李信，另派令尹兼大将任倪率兵四万穿插到郢陈以北驻扎，并交代任倪与刚到郢陈不久的昌平君熊启取得联系。说起昌平君熊启，负刍很是感念这位心系母国的庶兄，他四十多年只回过楚国两次，凭他之才学贤能足以成为大有作为的一代楚王，现今熊启以辞相的举动拒绝参加攻伐楚国的廷议，并因此被秦王贬徙到郢陈。郢陈是楚之故都，尽管被秦国占领，但仍是楚人心中的圣地。楚王负刍这次派任倪带兵从李信和蒙武两路军的空隙中穿过到郢陈城附近，藏有三个意图：一是便于保护昌平君熊启，二是寻机把熊启接回楚国，三是在李信大军以郢陈为根据地和依托，大举攻楚之时，策反昌平君熊启抄李信军的后路。

这个谋划需要大将项燕的支持和配合，当项燕听完楚王负刍的谋划后，击掌叫好，暗想：常听人私下说负刍是亡国之君，非也，照此下去，有我项燕的辅佐，定能抗衡强秦，偏安东南的。

项燕率楚军主力在巨阳布阵迎战李信大军，同时让副将屈定领兵在距巨阳西三十里的隐蔽丘陵处设下埋伏。李信率军开到巨阳北，迎面与项燕军展开激战。项燕军以逸待劳，将劳师远来的李信大军逼得步步后退，当退到巨阳西部河川丘陵一带时，埋伏在那里的副将屈定带兵杀出。李信大军猝不及防，死伤无数，引兵急退。项燕乘胜追击，不几日收复了新郪。李信继续向郢陈方面撤退。

蒙武到达城父后，连等数日不见李信率军来会师，派兵一打探，得到急报，李信军在巨阳被项燕击败，已来不及到城父会师了。城父现正处于楚军的合围之中，如不紧急后撤就走不了了。蒙武率领的虽不是秦军主力，按兵家常识，危中有机，胜进败退，蒙武当机立断率部退转到平阳接应李信。

击退李信大军后，项燕营造出回师楚都寿春的声势，但暗中令副将屈定率领八万人马悄悄尾随后撤的秦军。经过三天三夜的尾随，已看到前面秦军兵马扬起的尘烟和尚有热度的马粪。此时，屈定得到楚将任倪派人送来的密报：被秦王贬徙到郢陈的昌平君熊启，亲率跟随他到郢城的二十个贴身卫士打开城门引楚将任倪入城。这个被秦国武安君白起攻取的楚国故都在五十三年后的今天又回到了楚军手中。

这次伐楚，李信一直把郢陈当成桥头堡，所以才敢放心进攻。但军中有传言说昌平君到郢陈后已被楚王策反，李信有些不信，可李信又自忖：若真的是昌平君熊启反秦，正好自己顺路剿灭，这也是秦王乐见的一大军功。李信在距郢陈二十里处修筑营垒并亲自带领小队人马到郢陈侦探，刚到城边上，隐隐望见城头上站立一人，此人正是昌平君熊启。对昌平君熊启，李信真是再熟悉不过了。昌平君熊启二十多年来在秦廷中枢任过御史大夫、右丞相，李信见之都是毕恭毕敬的，今天看到他还有一些亲切感。他正想喊话之际，城门打开，楚军杀出，到此时李信方信昌平君熊启真的背秦反秦了。李信估摸此地楚军不会是主力，定能一举歼灭。李信正要开始调动秦军，与从郢陈出来的楚军决战，没承想，跟随他三天三夜的楚军在屈定的指挥下突然现身掩杀过来，前后夹击，秦军大乱。不到一日工夫，楚军就攻破了秦军所有的营垒，七个都尉被杀，李信在乱战中带着五百多骑兵左冲右突，落荒而逃，两天后到达平阳与蒙武所带领的五万秦军汇合。随之，征伐之初攻取的平舆、寝丘等城地都被楚军夺回。

李信战败，二十万秦军损失大半，灰头土脸的大将李信向秦王请罪，嬴政开始时震怒，继而又自责，罢免了李信大将之职，收回李信陇西侯的封地，令其戴罪反省。

去年以来，王后芈媛之死，熊启辞相东徙，李信兵败，这些事蒙宠都没有想到会发生，可这些都确确实实发生了。世事难料，蒙宠能做的头一件事就是把扶苏接到兰池宫，她有时带扶苏到父兄府上小住几日，有时带扶苏练练剑，教他骑骑马，还把那匹白雪送给十二岁的扶苏。另外，蒙宠还每日带着二十一匹宝马良驹在从咸阳到雍城的御道上奔驰一个来回，沿途百姓和官吏每日都能看见这道靓丽的风景。蒙宠把马分成前后七组，每组三匹，蒙宠骑在领头一组中间，始终跨骑的是汗血宝马，沿途之人有时看到一女子骑在飞驰的马背之上，有时坐得挺直，有时前倾，有时伏在马背之上，二十一匹宝马如同四蹄腾空一般，霎时从眼前消失远去，有耳福的还能时不时听到蒙宠悠长的啸哨之声。

　　秦始皇二十二年末，秦王嬴政比往日早了一些离开咸阳宫，这时蒙宠引领的群马也回到了兰池宫，她看到嬴政在马厩外踱步，下马后朝嬴政跑过来，嬴政感到呼地一阵香气扑面而来，看到蒙宠挺拔的身姿，多日来罩在嬴政脸上的阴霾消散了。

　　"寡人是亲征楚国还是请出王翦，想来想去难以决断，也落不下脸来和大臣们廷议，如何是好啊？"嬴政诚恳地征询蒙宠的意见。

　　蒙宠掰了掰手指头说："楚地五千里，战车三千乘，粮可食十年，兵源多于秦，毕其功于一役难成，实需老成持重之人。"

　　秦王嬴政搓了搓手说："明白了，寡人马上去频阳东乡请王翦出山！"

　　蒙宠笑着说："快去，快去，去了说些好听的。"

　　嬴政抓起蒙宠的手，望着她那魅幻的眼睛说："你对扶苏视同己出，择吉日寡人要立你为王后！"

　　蒙宠倒退一步，抽出手来说："不可，不可，你还是先立扶苏为太子吧！"

　　嬴政若有所思地说："太子立王必伤，孝文王、庄襄王莫不如是。今立太子，寡人若有伤，六国靠年少太子必难扫灭。寡人有意在扫灭六国、天下一统之后再议立扶苏为太子。先不立太子，减其骄气，历练有成再得太子之位岂不更好！"

　　蒙宠终于知晓秦王迟迟不立扶苏为太子，不是因为嬴政国事繁忙顾不上，而是另有深虑和考量，她心里很是感动，说："立王后的事也到扫灭六国以后再议吧，再说我说过我不想当王后的！"

　　嬴政说："芈媛王后已故去一年多了，后宫不能连年无后啊！"

　　蒙宠说："心领您的好意，快去请王翦老将军去吧！"

　　秦始皇二十三年（前224）的第一个月十月到了，秋意渐浓，嬴政亲乘六驾銮舆前往频阳东乡去请王翦出山。

　　正在饮茶听乐的王翦闻听秦王到访，马上让琴师撤去琴台，快步走到石砌的炕榻，躺了上去，随手盖上薄被。这时，秦王嬴政已走进了王翦的老宅，只见宅内树木繁茂，叶黄果垂，县、乡、里的小吏听说秦王驾到，为一睹王颜，小心翼翼地在宅门外观看。王宅一老仆把秦王迎进堂屋，王翦在炕榻上翻了个身半坐着给秦王施礼，嬴政走过去坐在炕沿上说："一年多了，贵体无恙啊。"

王翦回答说："承蒙秦王大老远来慰问老朽，禀秦王，老朽是半天卧炕、半天服药啊。"

听到王翦中气充盈，看到王翦印堂明亮，嬴政伸手把王翦身上的薄被揭开说："寡人扫六国平天下老多事哩，哪有工夫来探病慰劳，你是不是料到寡人迟早要来请你出山啊？"

王翦索性从炕榻下来，说："料到是真的料到了，不过，末将是真的体弱多病啊！"

秦王嬴政说："寡人未听将军之言而重用李信，损失巨大，难以弥补。如今，寡人手足无措，秦国危难当头，将军何忍袖手不管，弃寡人于不顾啊。"

这时，王翦的眼前仿佛掠过三十三年前秦昭襄王嬴稷三请武安君白起的情景，白起是怎么死的？王命不可违啊。王翦略一沉思，说："末将虽有病，一统大业责无旁贷。楚国非同韩国，攻楚是灭国而非拔城，如果没有六十万大军，末将决不出山！"

秦王嬴政说："六十万，这基本上就是举国之兵了。不过，寡人就给你六十万，快快随寡人回咸阳去吧！"

秦王嬴政和王翦同乘六驾銮舆回到咸阳。

回到咸阳后，秦王嬴政马上诏令左丞相隗状、御史王绾、廷尉李斯筹办两件事。第一件是在咸阳宫举行封王翦为大将的仪式，第二件事是在咸阳宫举行册立蒙宠为王后的典仪。

拜将仪式选在六天后的黄道吉日，秦王嬴政、左丞相隗状、廷尉李斯、大将王翦从即日起同在咸阳宫斋戒六日，宫中役工要在六日内在咸阳宫中筑起高六尺的拜将台。

十月三十日吉日已到，咸阳宫里文臣武将身着盛装分列两旁，秦王嬴政更是头戴十五年前在雍城冠礼时的冕旒，身穿一套崭新的玄黑朝服，他端坐在朝堂正中的王座之上，正对着大殿中央设置的拜将台。

拜将仪式开始，秦王率群臣祭告上天，保佑秦国战无不胜，齐声诵誓：王于兴师，修我戈矛，与子同仇。之后，秦王嬴政将大将印信亲自交与王翦手中，王翦跪接大将印信。接下来由左丞相隗状宣告两件事，一件是秦王三日内把六十万秦军集结起来交由王翦统率，另一件是选派一个副将辅助王翦。隗状拿起秦王三天前早已拟好的诏令，只见名单上写有三日内集结六十万大军由王翦大将统率伐楚，封蒙武为副将辅助伐楚。在隗状宣布前，秦王嬴政把诏令要过来又看了看，提起笔，把副将蒙武改为副将冯去疾。

拜将最后一个程序是宣布军队移交和副将人选。当隗状宣布三日后秦王将六十万大军交由王翦统领时，王翦微微露出笑容。当宣布副将由冯去疾担任时，王翦脸色立变，连忙上前重新跪伏在秦王王座之下说："臣请求封蒙武为副将方能出征，不然臣伏地不起。"这时咸阳宫里鸦雀无声，刚拜完主将，副将也王命已宣，王翦怎么敢当廷抗议。满殿文武大臣从未见过这个场面，都替王翦捏了一把汗。

秦王嬴政嘴角略收，让人不易察觉地点了点头走下王座，扶起王翦说："你是主将统率全军，寡人就依你之意，更蒙武为副将吧。"

王翦听到秦王同意更换蒙武为副将后，一下站立起来，转忧为喜，接着与同僚共饮。王翦暗想：真是好险，秦王嬴政把几乎是倾国的兵力全交给我王翦，不知下了多大的决心。但也不知有多不放心，不把妻父蒙武派为副将而是另派冯将军，这说不通啊，这定是秦王试探于我，我王翦绝无反心，岂能懵然招祸，好险，好险啊！

三日后，六十万大军交付给大将王翦，王翦临行之际奏请秦王："臣看中渭水南，上林苑西侧三处宅地，求秦王恩赏。"

嬴政立刻说："准奏，即刻办好宅照地契予你！"

王翦率军到达咸阳城外东南的灞上停了下来，遣蒙武返回咸阳面见秦王，提出在咸阳西南关中富庶之地求赐良田千顷，秦王马上令丞相隗状办好地契让蒙武带给王翦。王翦收起契书率大军浩浩荡荡出武关抵楚界，进入楚界境内后，秦王嬴政又接连两次恩准了王翦请求赏赐的信函。

秦王嬴政对丞相隗状叹曰："君王不易，将相亦不易，君臣互不猜疑更不易。王翦屡次求赏无非要证明他没有野心，打消寡人的戒心，寡人岂不知他意，寡人用人不疑而已！"

送走王翦大军后，十一月六日，秦王嬴政在咸阳宫里举行册立蒙宠为王后的典仪。本来按古礼，夫人转为王后不再举行典仪，而是由君王给其颁发册立的金册、金印即可。可秦王嬴政决定打破古礼，举行盛大典仪册立蒙宠为王后。临近巳时，文武大臣早已齐聚咸阳宫，像前几日王翦拜将时那样身穿盛装朝服分列两旁，册立的金册、金印也已备好。

典仪开始了，可让人惊愕的一幕发生了：蒙宠夫人不见了。中庶子蒙嘉交给秦王嬴政一封蒙宠留下的帛书，帛书说："妾父蒙武为上将，兄蒙恬掌关中，兄蒙毅为上卿，妾为夫人，今复立后，势大招风，虚福实祸，蒙宠拒后已言之于君，今妾带扶苏，仗金剑，御宝驹，走邯郸，达巨鹿，闲游四方，勿念！"

秦王嬴政手拿帛书看了半天，自语道："这才是真性情的蒙宠啊。"

满朝文武也是第一次见此尴尬场景，都为蒙宠和蒙家悬着半颗心。当看到秦王嬴政满脸带笑很开心的样子时，皆是惶惑不解，这时只听秦王说道："王后蒙宠出游大陆泽，代替寡人验察大麓宫，册立之仪已礼成，散朝！"

随着声声辽远清亮的啸哨响过，蒙宠的马队东出函谷关向东、向北而去。

随着六十万人马扬起的尘烟，王翦率领秦军出武关向东、向北攻伐。

二十四 / 昌平君死荆楚地，身死无愧泪两行

王翦和蒙武指挥着六十万秦军声势浩大地向楚国进发，大军过蓝田出武关，过丹阳、宛城、武阳，再往前就是郢陈了。

秦王嬴政孤注一掷，倾全国之兵攻伐楚国，这个军情很快就从前方传到了楚都寿春。楚王负刍在大将项燕的建议下实行全国总动员，增加兵力四十万，其中十万增加到项燕军中，十万快速增派到郢陈，二十万由副将景骐率领到西部和南部抵御秦军。

郢陈是楚之故都，秦始皇二十二年，即楚王负刍三年，李信被项燕和昌平君熊启前后夹击，击败后，郢陈由秦地易为楚地，由昌平君熊启和大将任倪驻守。

秦楚大战一触即发，因为郢陈地处秦楚交界，王翦大军已经集结在郢陈的西侧和北侧。王翦得知熊启贬徒郢陈后被楚王负刍策反，熊启与楚将任倪带领十四万楚军在最前沿的郢陈阻击秦军。如何拔下郢陈，突破楚军的第一道防链，这让王翦绞尽脑汁。王翦与蒙武商议后，决定用四十万兵力围困攻打郢陈，其他兵力分布到西线和东线，以防项燕大军增援郢陈。

三十多日的攻城，秦楚两军互有伤亡，没想到郢陈的防守十分紧密，再加上楚人是铁了心与郢陈共存亡。久攻不下使王翦急躁难耐，此时副将蒙武来到王翦大营，说："你我与昌平君在秦廷共事二十多年，这郢陈防守缜密如同丞相心思，六十万大军都耗在郢陈一线，是为不智，攻城日久，秦军必疲，项燕军自东而来，昌平君从城中出兵，自然形成里外夹击秦军的局面，我们务必防止重蹈李信之败的覆辙啊！"

王翦说："蒙将军所言极是，这几日我亦是感到危机重重，依将军之见，应如何应对？"

蒙武说："听闻楚王负刍举国征集兵力，力图在楚西部形成防线抵住我军。趁楚军防线尚未形成之机，我率二十万秦军从郢陈向南攻伐，攻占平舆、寝丘等地后择机向东突击楚国腹地，你身为主帅对垒昌平君和项燕，进行决战，这样三个月左右可形成两个战场、东西南北呼应的格局。"

王翦听毕蒙武的应对之策后深表赞同，当即调整部署，由副将蒙武率精兵二十万离开郢陈，快速向南开进。

楚王负刍接到战报，得知王翦率四十万秦军继续围攻郢陈，副将蒙武率二十万秦军南下围攻平舆、寝丘和繁阳等地，负刍心里慌得没了底，他急召大将项燕和副将景骐商议。

项燕出自楚将世家，自从上次楚王负刍安排任倪到郢陈策反昌平君，前后夹击李信大军，从那时起，他就对这个二十九岁的年轻楚王刮目相看。项燕来到楚宫拜见楚王，只见楚王头戴王冠，却身穿战袍，腰挂佩剑，项燕到来后，楚王就让景骐展开一幅楚国地图，这是打败李信军后绘制的，这张图比楚哀王时的楚国地域大了许多，最主要的是将郢陈之地也绘入其中，重新纳入楚国版图。

楚王问项燕："秦国发兵六十万侵犯楚国，我大楚有多少兵力可用啊？"

项燕说："原有军队加上新动员征调的，也不下六十万！"

楚王说："好，六十万对六十万，秦军入侵我楚国是不义，楚军抗击驱逐秦军是正义，这么多年我们也受够秦国了，拼了拼了，只能拼了！"

看到楚王很激动，项燕热血上涌附和着说："我楚军不惧秦军，上次不是几乎把不可一世的李信打得差点全军覆没吗！"

楚王抓住项燕的手说："项将军，本王不会打仗，你看我也穿上了战袍，这次本王定要让王翦这老儿有来无回！"

不等项燕答话，楚王指着地图说："首先重要的是项将军速率大军驰援郢陈，王翦亲率大军围困郢陈很久了，郢陈不能有失，熊启不能有失啊！"

项燕看着地图问楚王，说：“救郢陈援熊启固然急迫，可这次是楚秦生死之战，楚王您有何总体战略布局啊？”

楚王指着地图，手指由西向东、由东向西移动着说：“项将军你看，秦国把我楚国欺负成什么样子了，五十五年间，国都一次又一次东迁回缩，从西南边陲的鄢郢迁到郢陈，从郢陈迁到巨阳，从巨阳再到寿春，这四次迁都，每一次都是躲避秦国，每一次都是屈辱啊，如今都城寿春是距离秦国远了，不是照样躲不过吗？”

项燕听楚王历数楚国无罪无过而屡受屈辱，自己作为楚国的将门世家，惭愧之感上涌，脸上有些挂不住，说：“楚国曾是七国之首，战车万乘，甲兵百万，地大物博，一味退缩仍只能招打，如今楚王您雄才大略，复兴有望啊！”

楚王觉得项燕说到自己心里去了，声音激昂地说：“现今郢陈终于回到楚国的怀抱，楚国的大战略是自东向西战略：国都要从寿春迁回巨阳，再迁回郢陈，也就是说最后还是要定都郢陈，现如今楚军必须压到西边去！”

项燕听到楚王雄心勃勃的陈词，不禁热血偾张，恨不能立刻回到军中阵前。

蒙武率二十万秦军渡过颍水，经过九次激战夺取了平舆、寝丘和繁阳等七座城邑，除留下三万秦军留守外，准备向东移动攻打巨阳。这时蒙武得到军情急报：楚军主力近日在巨阳集结，然后由项燕带领前往郢陈。蒙武随之调整部署，率领十七万秦军继续往南渡过汝水，接着又渡过淮水，而后转而向东占领期思城。淮水南面楚军防守薄弱，秦军经过十几日的急行军攻占了居鄛。从居鄛往北过楚平就是楚都寿春了，蒙武知道此处已是楚国的胸腹之地了，尽管前面攻城略地大多是城小兵寡，没有遇到强烈抵抗，但不知楚都周边有无重兵拱卫，蒙武一面令军队在居鄛休整三日，一面派前锋北上探明实情。三日后，蒙武得知楚都周边并无重兵，随即下达北上的命令，秦军一举攻破楚平直扑寿春城。当秦军兵临城下时，寿春简直就像一个不设防的城邑一样，半日不到就门开城破。当蒙武的战马踏进楚宫时，楚王惊在原地，以为看花了眼，这个身穿秦军将服的人怎么竟敢闯宫，他揉了揉眼睛再看，宫门内外已被秦军围了个水泄不通，只见这个将军下马提剑来到自己跟前，说：“阁下可是楚王负刍？”

楚王说："正是本王。"而后又反问道："你是怎么进来的，你是谁？"

蒙武说："我是秦军副将蒙武，没想到这么快就见到楚王了，你把楚军都打发去哪里了，这寿春城好清静啊。"

楚王傻了眼，怯声问道："将军想怎么样？"

蒙武说："我不杀你，暂行软禁，之后听从秦王发落吧。"

蒙武攻破楚国都城寿春，俘虏楚王，这个捷报传到王翦辕营，王翦派出快马飞报秦王嬴政。

嬴政也没想到王翦、蒙武挥师东南荆楚之地还不到一年的时日，就已获取如此大的战果。嬴政抑制不住，激动地放声大笑，他笑了没几声戛然收住，唉，昌平君怎么样了，还有那雍州鼎的下落呢？前时战报上说楚国已集结了六十万大军，而战报上歼灭的却只有六七万楚军，楚军的主力在哪里？楚大将项燕在哪里？这些怎么都没有奏报上来呢。

嬴政这些日子经常做梦，奇怪的是连日梦到的都是同样的人和事，他有时怀疑这似梦非梦莫非就是日有所思夜有所梦。嬴政时时惦念着蒙宠，她现在到哪里了？她路过丛台了吗？她三月初六去女娲台求子了吗？秦王嬴政还连日梦到昌平君，梦到自己年少即位秦王，昌平君一次次地护持和辅佐，他没养一个门客，就连去年把他贬徙郢陈，他也没从咸阳带走半金，想啊想啊，秦王嬴政反过来一想，这哪是梦啊，这都是眼前的事啊！

嬴政令丞相隗状、廷尉李斯留守咸阳，让御史王绾和郎中令昌文君熊美陪同前往郢陈、邯郸郡、巨鹿郡巡察。

嬴政到达郢陈西面的王翦大营。来的路上秦王一直在琢磨，蒙武作为副将出奇兵一举攻破寿春，俘获楚王，而作为主将的王翦统率四十万大军都大半年了却连郢陈也拿不下来，昌平君已占据郢陈反秦归楚，还有什么情面可留呢？

经过和王翦简短的会面后，嬴政意识到形势异常严峻。楚都寿春城破，楚王被俘，远不是楚国的灭亡。楚之令尹任倪、大将项燕、副将景骐、副将屈定和他们统率的六十万楚军，都按照楚王的命令集结到郢陈、蕲城、巨阳一带，鹿死谁手还很难评说呢。

嬴政看了看随行而来的昌文君熊美，蛰伏在心底的念头再次冒了出来：昌文君是昌平君之弟，昌文君拥护秦王灭楚；虽然政见不同，但昌平君、昌文君兄弟情深，这次来郢陈就是想通过昌文君把昌平君再感召回来。当秦王嬴政把约见昌平君晤面的想法告诉王翦时，王翦坚决反对，说："秦王这可使不得，这真是太危险了！"

嬴政说："王老将军，你提出的赏田求宅的请求寡人都答应了，怎么寡人有个想法就不行呢？"

"秦王，危险，危险啊，两军阵前，这可不是闹着玩的！"王翦跪在地上予以劝阻。

嬴政说："王老将军，你下令马上解除对郢陈城的包围，退兵三十里，之后寡人令昌文君作为使者进城约昌平君熊启在郢陈城北门会面，能不战而和平解决的希望是存在的！"

昌平君看到弟弟昌文君作为秦王的使者进入郢陈城中，两人相见恍如隔世，不禁执手泪流，昌文君告之蒙武已攻破寿春城，俘虏了楚王之事。

熊启说："此事我已知道了，秦王来到此地和谈要谈什么？"

熊美说："我不知，兄长您说谈还是不谈？"

熊启略一沉思说："容我和令尹任倪商议一下。"

停了半个时辰，昌平君把弟弟昌文君送出城并答应明日日出之时与秦王相见。

第二天日出后，昌平君独自一人走出郢陈北门，迈着沉重的脚步向前面不远处的嬴政走去，这对君臣从前是在咸阳朝堂上相见，今日却是在两军阵前相见，真是别有一番滋味翻腾在各自的心头。

嬴政诚挚地对昌平君说："昌平君啊，和寡人回咸阳去吧，还做你的右丞相，两年了，右丞相之位仍期望你的回归！"

昌平君听到两年来秦国朝堂右丞相之位虚位以待，颇感意外，说："多谢秦王，我回不去了，那个昌平君已经死了！"

赢政说："楚王被俘，你不回咸阳留在荆地也行，楚国改为秦之楚郡，楚军解甲归田，留存熊氏庙祀如何？"

昌平君说："楚国占据中华半壁江山，岂能降为郡县，若为了避免秦楚争战，生灵涂炭，楚国可以割让郢、陈、蕲等地给秦国，然后秦军退回秦国为最好！"

赢政说："我已仁至义尽，那就疆场上见吧！"

昌平君说："秦王从咸阳来此见我，原谅我实难从命，我初来此地时，郢陈是秦南郡，今秦王来郢陈且撤去围城，我明日也从城中撤出，郢陈归还秦王，秦王多保重！"

秦王赢政说："昌平君多保重！"

第二天，昌平君果然撤出了被王翦大军围困多半年的郢陈城，退守到蕲城。因为昌平君以为，秦王莅临以解除围城示好，我昌平君则以弃城报还，此乃君子所为。不然，受到秦王责备的王翦定会疯狂攻城，若城破屠城也说不定。再说，楚国都城已破，楚王被俘，楚国虽有六十万大军尚在，但仍处于风雨飘摇之中，适当退却亦是为了自保。

秦王一来楚地，不费一兵一卒昌平君就让出了郢陈，这是怎么回事呢？王翦有些弄不明白，不管明白不明白，接下来就该我王翦和项燕较劲了。这时从楚地传来讯息，昌平君熊启已被任倪、项燕、景骐等楚尹楚将拥为新一代楚王。

王翦向赢政陈述了下一步作战方略，把大军集结到郢陈东北，蕲城以西，在那里修筑营垒，连营二十余里，采用疲楚策略。

赢政对王翦说："楚都已破，楚王负刍被俘，楚国已现败象，但楚军主力仍在，万不可疏忽。楚王负刍弑哀王而自立，是弑君之罪，传令贬为庶人，另要严密查找雍州鼎的下落。寡人明日起要到邯郸郡、巨鹿郡巡察，从那里回咸阳，寡人在都城等着老将军凯旋吧！"

王翦说："请秦王放心前去，这里我来料理，王翦不荡平楚地誓不回师！"

楚之大将项燕懊悔自己一代名将世家，竟然完全听从一个不怎么熟悉兵法的楚王负刍的指令，几乎把所有的军队都压到西部，从而造成内部空虚，给蒙武以可乘之机，现在拥立昌平君熊启为楚王，誓要击退王翦军，让熊启坐稳楚国的江山，也让自己成为拥立新君和击退强秦的首功之臣。

项燕注意到王翦军筑牢营垒，连营二十余里，既无西撤之意，也无东进打算。令尹任倪召集项燕、屈定、景骐等将尉到楚王熊启辕营，共商退敌之策。

熊启采纳了项燕的策略，处处攻击王翦军，寻找与王翦军决战的机会。因为王翦率领四十万秦军在楚国赖着不走，还一点也不主动进攻，即如此，楚军就要把它赶出去。

一次又一次挑衅，一次又一次叫骂，王翦就像一个聋人一样听不见营垒外的呐喊，就像一个盲子一样看不见营垒外楚旗舞动。这时，距秦王离开郢陈又三个月过去了，王翦惊喜地看到秦军将校士卒吃好的、喝好的，吃饱喝足了在营中反复练习铜枪投掷、马术、强弓弩射，将士们时不时向王翦请战，每次王翦都说："别急躁，时未到！"军营到处都能看到校尉军卒在摩拳擦掌，憋得"吽吽"的。

项燕率楚军在王翦阵前久激不起，挑战不应，有一种惶恐和不祥的预感。

熊启召集任倪和项燕，说："项将军，我熟知王翦，他老谋深算，看来他不是惧怕楚军，也不是拖延时间，而是以静制动，以逸待劳，请速调整战术，以防不测！"

项燕听熊启这么一说，顿感脊梁骨冒凉气。哎，王翦什么人物啊，赵国是他带兵灭亡的，燕国也是他带兵灭亡的，听说这次征伐楚国，秦王答应了他所有的条件，他何以为报，只有以战绩回报秦王，给秦王一个交代，千万别不仅未能搏杀对方，反而掉入对方设下的陷阱。

项燕马上下令楚军后撤五十里，撤到苦邑、谯邑、新郪一线，昼夜不停地构筑壁垒、挖掘壕堑，凭借涡水，以期与秦军长期对峙，阻止秦军东进。前几个月无效的进攻试探，使楚军校尉开始厌战，军卒疲惫不堪，加上天气寒冷无比，工事构筑异常缓慢。

王翦审时度势下达了攻击楚军的命令，闸门一打开，秦军如下山的猛虎，突破涡水防线扑向楚军。楚军抵挡不住秦军排山倒海般的攻击，步步后撤。就这样在涡水以北，睢水以南，自西向东宽阔的地带，秦楚百万大军展开决战，楚军退到铚邑、符离一线，秦军追击而至。项燕指挥楚军再向东南撤至大泽乡蕲邑以南，秦军如影随形，紧盯到大泽乡蕲邑南。屈定率领的二十万楚军三日内便被王翦歼灭，屈定战死。副将景骐率部向东败走，大将项燕和令尹任倪共同卫护着熊启边战边退。突然三支弩镞射中熊启，熊启挥剑斩断弩镞，然后对项燕和任倪说："我命将休，你等不要硬挤在这儿了，快分散向东南撤退，保存实力，楚人有言：三户存，可灭秦！"

熊启说罢，用尽最后的力气把剑横到自己的脖颈之上，血红的眼睛猛然闭合，两道清泪顺眼角潸然而下。

楚王熊启的遗体被迅速移走。项燕大吼数声，率楚军不退反进，冲着王翦的战车猛攻猛打，连排的箭弩从王翦战车两侧射来，楚军顿时倒了一片。只见项燕因激愤而口齿含混地大叫着："我乃荆楚大将，没保护好楚王负刍，使其被秦军俘虏；继任楚王熊启也未能保护好，使其中箭，我……"项燕的心中愧恨交加，在无限的混浊混乱中，一代名将项燕倒下了……

王翦捋了捋花白的长髯，长长地呼出一口气。他指挥大军继续东进，七日后与占领寿春的蒙武会师。秦军在寿春休整五日后又挥师江南，所到之处都未遇到多少阻碍，到秦始皇二十四年（前223），已占领楚国全境。

楚国灭亡，秦王嬴政诏令在楚地设置九江郡、会稽郡、长沙郡，领辖二十六个县。

地处山阴于越之地的越国，在王翦、蒙武大军压境时，越君驺（zōu）无诸当即降秦，秦王嬴政诏令在其地设置闽中郡，以驺无诸为郡守，实行自治。

二十五 ／ 倩影香风大麓宫，蒙宠生子天日光

　　秦始皇二十三年十一月六日，蒙宠没有出席秦王在咸阳宫册立她为王后的典仪，带着十二岁的扶苏、兰池宫的六百侍卫、十一个马倌和她的二十二匹宝驹离开咸阳出游。说是出游，其实蒙宠还是想借此完成几件事。两年前王后芈媛亡故，蒙宠便把十岁的扶苏接到兰池宫，本想给予扶苏一些母爱，结果培养出来的却是姐姐对弟弟的感情，蒙宠答应过扶苏，要带他去远方看一看，这次她是真的要兑现对扶苏的承诺。

　　蒙宠一行到达函谷关，这时扶苏才知道蒙宠是以出游来逃避父王专门给她举行的封后典仪，扶苏说什么也不往前走了，他抱住蒙宠的腰，求她回咸阳，扶苏用他稚嫩的声音反复念叨着："王命怎么能违抗呢，扶苏的母后已然亡故，您继位为王后是怕扶苏恨您吗？"蒙宠给扶苏解释了半天也解释不清，最后蒙宠柳眉竖立，说："现在回去已经晚了，秦王说不准正要惩罚我呢，你这孩子，快随我出关！"

　　蒙宠自从被秦王以九礼迎进兰池宫，快八年了，仍无身孕。而那个西域大宛来的胡娃只那一夜就怀了孕，生了个胡亥。为此，父亲蒙武和妻子几经打探，得知了一个灵验之地：邯郸郡西北有座山，山腰上有个女娲台，拜求子嗣者无不灵验。蒙宠此行也是要去女娲台祈拜祈拜。还有就是，巨鹿郡守甘罗已向秦王奏报：大麓宫也已竣工落成，随时迎候秦王和王后巡幸察看。接到甘罗的奏章后，秦王下诏把大麓宫赏赐给蒙宠，作为蒙宠骑行远游的行宫使用。这几件事其实什么时候都能去办，这次远游目的主要还是特立独行的蒙宠刻意躲避册立王后的典仪。

人勤马快，蒙宠一行人十几日便到了邯郸郡。这里曾经是赵国的都城，这里传说着那么多的故事。蒙宠来到学步桥，她在桥面上由东到西、由西到东走了两趟，觉得挺有趣。来到回车巷，她由衷地赞赏廉颇和蔺相如的品德。她还来到母太后赵嫣父母的故居，这里已经修葺一新了。蒙宠来到赵王宫东北的大廓城，在丛台南面的朱家巷和廯城之间找到了嬴政出生的质子府，这府第虽然显得破旧，但仍保留着原来的模样，蒙宠拉着扶苏的手登上武灵丛台，放眼四望，这周遭虽不如咸阳城宫殿如林、巍峨壮观，但也都错落古朴，与山水相映生辉。

蒙宠带着扶苏在邯郸城里，好玩的地方去玩过了，好吃的美食去吃过了。接下来，蒙宠在随行女官女侍和邯郸郡守高行的陪同下前往中皇山的女娲台祭拜。

穿过中皇山谷地，缓缓来到半山腰，前面不远就是女娲台了。女娲台坐东朝西，两旁苍松翠柏环绕，鬼斧神工、自然天成的石台中央凸出一女婴、一男婴模样的石脉，肌理如生。台子南北两侧的边沿各有一只风雕雨蚀出来的手掌。人一到台前，马上肃然起敬，邯郸郡守高行对蒙宠说："先祖女娲抟土以造人，送子以继嗣，功与天齐，常有豪富、官宦和黎民前来拜求，非常灵验啊！"

蒙宠在女娲台前跪拜下去，她仿佛感觉到女娲正在俯视着她，蒙宠沉浸在肃穆的女娲台前，不知怎么的她心里溢满了和嬴政在一起时的甜蜜。

从中皇半山腰下到山脚下，天气虽有些寒意，可蒙宠却感到浑身发热，喉咙里向上反酸，但也没有太放在心上。

蒙宠跨上汗血宝马，这次她没有策马奔腾，而是让扶苏和她同骑一匹马。扶苏骑坐在她前面信马而行离开邯郸，从邯郸往北沿着太行山东麓慢悠悠进入到大陆泽一带，在途中有县邑可供饮食和歇息，五日后到达巨鹿郡信都城。

巨鹿郡守甘罗和夫人张氏早已等候在信都迎接蒙宠一行。接到蒙宠后，甘罗让蒙宠和扶苏与他夫人同坐一辆驷车直接前往巨鹿郡大麓宫。路上车子有些颠簸，蒙宠真切地感到腹中有个东西动了一下，她忍不住哇哇地呕吐起来，甘罗夫人张氏忙叫停车，问道："怎么啦，骑马没事坐车晕车吗？"蒙宠用甘罗妻递过来的帛巾捂住口说："没事，就是有些心胃灼热。"甘罗夫人张氏拿住蒙宠右手腕，按住脉搏，稍事停留后随即对着蒙宠耳朵小声说："王后您有喜了！"这时甘罗从另一辆车下来问什么状况，夫人张氏说："王后有喜了，刚好到了巨鹿郡，我们一定好生伺候，报答恩人！"

说到甘罗，他一开始是相邦吕不韦门下的少庶子，后经吕不韦推荐，在秦始皇三年（前244），十二岁的甘罗游说赵悼襄王而名冠诸侯，秦王因其伶俐功大而封他为上卿。甘罗被秦王封为上卿的时候，李斯在吕不韦门下刚满两年，默默无闻。

让人没想到的是六年后一切都发生了变化。秦始皇九年，嬴政冠礼亲政，第二年，相邦吕不韦因为嫪毐封侯和长安君成蟜之死而被罢免了相邦，徙之洛阳。甘罗眼见得像参天大树一样的相邦吕不韦轰然倒地，很是痛惜。甘罗身为上卿得益于吕不韦的惜才举荐，他几次想奏请秦王对吕不韦网开一面，可又找不到恰当的说辞。正当此时，秦王发现了韩王派到秦国的郑国原来是个间谍，怒签《逐客令》。李斯属被逐之列，他思前想后决定临离开时要上书《谏逐客书》，上书后他很迷惘，他鼓了鼓勇气来到甘罗府与甘罗告别，因为他和甘罗曾同为吕不韦的门生，尽管甘罗比李斯年小二十四岁，可他早进吕府早成上卿。

甘罗见李斯来道别，说："我正想私下去洛阳看望文信侯吕不韦，你打道回上蔡老家正好顺路，陪我一同前去拜访如何？"

李斯看到甘罗身为上卿要和自己搭伙去看望文信侯吕不韦，马上应允下来。当甘罗和李斯刚到华山华舒道时，秦王因看到李斯留下的《谏逐客书》而派使者追回李斯。李斯半路折回，甘罗只好独自前往洛阳。当秦王召见李斯时，李斯把自己在半路上碰到甘罗去洛阳看望吕不韦的事捎带着奏报给秦王，秦王不悦。

又过了一年，吕不韦在洛阳饮鸩而亡。这时，李斯已被秦王提升为廷尉进入九卿之列，与甘罗同朝为僚。甘罗寻机对李斯说："你我昔日皆为吕相门下，死者为大，明日一同前去吊唁文信侯吧。"

李斯略一沉吟答应了，到了约定去洛阳吊唁吕不韦的时候，李斯说："我颈首疼痛去不了了，甘卿代表我去吧。"

甘罗没有多想，前去洛阳吊唁吕不韦。甘罗是吕不韦死后前来吊唁的最高爵级的官员，不仅吊唁，甘罗还出资和吕不韦其他门生一起把吕不韦葬在洛阳北面的邙山。

秦王嬴政得知消息后，怒气升腾，诏令凡是到过吕不韦府第吊唁且享受六百石米以上的官员一律革除爵禄，迁徙房陵。就这样，上卿甘罗被迁徙到房陵，降为庶民。

秦始皇十九年，灭亡赵国后，设立巨鹿郡。秦王早年听父王嬴楚说过：大陆泽一带是秦之黑龙潜渊之所，必择一个忠诚忠厚之人为郡守才能放心。秦王让蒙毅举荐，蒙毅举荐启用甘罗任巨鹿郡守。蒙毅说："吕相被免，甘罗是何等聪明机智之人，他难道不知道此时去接近一个被罢贬的相邦会有什么后果，但他毅然决然地去看望、去吊唁、去葬埋他的恩师，就是被削爵免禄也毫无怨言，如此忠诚忠厚之人少矣，用之无误！"

秦王点头赞可，派使者手持玺令前去房陵。

已经习惯了粗衣淡饭的甘罗和夫人，认定此生定是要老衰病死在房陵了。没想到八年后一道王命急宣，就携夫人来到巨鹿郡，后来他才知道这是蒙毅对他的举荐。

甘罗到任后，遵秦王诏令修建大麓宫，大麓宫选址在巨鹿郡城的坤位西南面。修建大麓宫期间，丞相熊启、御史大夫王绾（wān）曾都来此督工，为什么在巨鹿郡城东北方向七十里有个沙丘宫，还要再修建大麓宫呢？商纣王帝辛从那里走向灭亡，赵武灵王赵雍也在那里灭亡，不用说，沙丘宫是困龙之宫不吉利。

经过四年的精心修造，大麓宫完美落成，王后蒙宠就要入住大麓宫了。

蒙宠在甘罗和他夫人的陪同下走进大麓宫。大麓宫占地三百亩，宫墙内古木林立，亭台曲廊相连，主殿六十六间，外看一层、内里实有二层的飞檐斗拱气势恢宏。整个宫殿卯榫相连，木楔代钉，殿外廊柱均是楠木，宫内圆柱均是沉香木，地面铺的均是绿檀间隔白玉，整个宫内香气绕梁，散出宫外；再看，宫内案几、榻卧、坐墩均是紫檀打制黄金包边。

郡守甘罗对蒙宠说："据臣下所知，此宫是秦宫中佼佼者，冬暖夏凉，蚊虫远离，点火不着，地动不倒，王后可放心安居。"

蒙宠到过咸阳宫，常居兰池宫，咸阳宫彰显的是大气，兰池宫体现的是温馨。而如今将要入住的大麓宫内含外露均是富丽和华贵，真是精美绝伦，令人惊叹，怪不得嬴政要把这远在大陆泽畔、郡城之中的大麓宫作为礼物送给蒙宠，真的令人喜欢。蒙宠在大麓宫安顿下来，她用手轻抚腹部，会心一笑，柔声说："我也有礼物送给嬴政了。哎，糊涂了，这礼物是嬴政先送给我的，啊，不对，是他和我一起持造，又经女娲先皇准许才有的。总之，是我蒙宠孕育祈盼八年的一个礼物。"

从官道驿站中，蒙宠已得知：嬴政已经从咸阳前往秦国南郡郢陈，然后到邯郸郡、巨鹿郡巡察，驻跸大麓宫。

秦王在郢陈和昌平君没有谈拢，等大将王翦按既定战术部署完毕后，开始起驾北行。嬴政知道，几个月后的厮杀是残酷的，他不愿看到一根筋的昌平君被俘或者被杀，决定北去巡察邯郸郡、巨鹿郡。他要去游历一下大陆泽，到魂牵梦绕的大麓宫去看看，到日夜思念的爱妻蒙宠身边停下脚步。

刚到邯郸，从咸阳送来急报：胡娃抛下六岁的胡亥出走了。嬴政顿足轻叹：怎么没想到呢？这几年全凭我秦王唬着她，蒙宠哄着她，不然她早跑了，她实在不习惯这宫里的拘束和压抑。这次我出巡离开咸阳，蒙宠也离开咸阳到大麓宫，没人管她了，胡娃乘机出走了。秦王想：胡娃一定是想家了。嬴政传令给驻守西域的大将张唐，让他密切关注胡娃的信息。

秦王巡察邯郸郡后要到大陆泽和巨鹿郡去巡察游历，巨鹿郡守甘罗亲到郡界边上迎接。嬴政到达巨鹿郡见到蒙宠有说不出的欣悦，特别是看到蒙宠即将临盆生子更是高兴，他对甘罗夫妇对蒙宠的照料很满意，对甘罗修造的大麓宫很满意，对甘罗治理的巨鹿郡很满意。

巨鹿郡下辖二十个县：巨鹿、广阿、象氏、廮（yǐng）陶、临平、下曲阳、富平、新市、堂阳、安定、敬武、乐信、柏乡、武陶、安乡、南銮（luán）、侯国、历乡、宋子、东垣（yuán）；还设置了六个分郡：常山、汤城、广平、清河、信都、渤海。巨鹿郡距离沙丘宫七十里，郡内有虖（hū）水、泜（zhī）水、漳水、洨水、恒水、渚水、济水、沮水、滋水、大陆泽、衡水等流经，尤其是大陆泽无限汪洋，山陵丘野起伏，参天古松巨柏，白日里隐约可见象群徜徉，麋（mí）鹿腾跃，夜晚可闻松涛阵阵，虎啸龙吟，着实物华天宝，风水胜境之地。

秦始皇二十四年九月十八日，一阵急雨过后，大麓宫被九道虹霓穹护，紫气升腾，香气四溢，女医官、侍女和甘罗之妻围护在蒙宠身旁，蒙宠就要生产了。

秦王和长子扶苏、郡守甘罗在殿内一侧等候，不一会儿，随着一声婴啼，蒙宠晕厥了过去。女医宫和侍女一阵忙碌，秦王不停地在殿内走来走去，大半天后，蒙宠清醒了，婴儿也用绢衣褓褓裹好了。甘罗夫人张氏出来请秦王过去慰问，嬴政拉着扶苏的小手一起走进里殿，他看到蒙宠脸上还有汗渍未干，嘴唇咬过的牙痕还未褪去，他弯身轻轻地拥抱了一下蒙宠，扶苏也依偎到蒙宠肩膀的一侧。这时女医官把褓褓抱过来，跪奏说王后生了个男婴，健全无恙。男婴哇哇哭了两声，两只黑眼睛晶亮晶亮的，当嬴政和扶苏看他时，他也目不转睛地看过来，两只小手伸了出来，秦王忙让女医官把这个娇嫩的小手掖回褓褓中去。这小手不是蒙宠二十多年前的小手，是蒙宠和我嬴政的儿子的小手，这激起了嬴政真切的怜爱和心动。

嬴政抚摸着扶苏的头说："你又添了个弟弟。"扶苏高兴地说："我好喜欢他，我要保护他！"

嬴政把扶苏往自己身边揽了揽，说："是啊，你有责任保护弟弟，可更要保护好自己啊！"这时，天光大亮，九道彩虹仍时隐时现。

蒙宠轻声对嬴政说："请秦王给小儿取个名字吧。"秦王嬴政说："娲皇天赐，雨过虹现，天光响亮，异于常日，就叫昊吧。"

两个月后，秦王得到军报，王翦已击溃楚军主力，楚王熊启中弩后自杀，项燕战死，王翦和蒙武已开始进军江南和于越之地。秦王嬴政决定马上起驾回咸阳，他要在咸阳等待王翦的班师凯旋。临行前，秦王嬴政观察到甘罗这个比自己小三岁的天才少年，经过风云的沉淀，变得持重敦厚了，虑事格外细密，务实不图虚名。嬴政决定嘉奖巨鹿郡守甘罗：诏令恢复甘罗的上卿爵禄，嘉奖甘罗夫人张氏，封为郡夫人，并叮嘱甘罗夫妻尽心照料、保护王后蒙宠。

秦王在临行前还和蒙宠商议让扶苏随驾回咸阳，由御史大夫王绾教授扶苏秦法律令和策论。

甘罗又奏请秦王，说："巨鹿郡郡尉上年因年老有病向朝廷请辞归家，郡尉之职至今空缺，郡御史一职一直空置未配，特奏请秦王派员到职。"

秦王嬴政时常会想到郡县官员大量缺额是很严重的，配齐补缺也是很迫切的，可是战争时期征战还是第一位，巨鹿郡是秦之重郡，派谁补缺还是要慎重。秦王嬴政向随行的御史大夫王绾、昌文君征求主意，二人奏答不出。秦王嬴政决定让随行的中庶子蒙嘉留在巨鹿郡任郡尉并兼任郡御史之职。

秦王嬴政说："王绾啊，你回咸阳后要和丞相隗状多多商议，秦国原有的郡县官员缺额较少，但是近些年统一后的韩地、赵地、燕地，当然还有王翦刚收服的荆楚之地，官员令吏也要补齐，不然统一了也是不能长久的。"

蒙宠在秦王向她辞别时突然说："郡守甘罗已复享上卿爵禄，但甘罗是卿相大才，久在此地任郡守实属大材小用，可让甘罗随君一起回咸阳为国担起栋梁之职。"

秦王因蒙宠还要留在巨鹿郡一段时日，心里还是愿意甘罗在这里，可蒙宠也是为国着想，便把甘罗召来探探他的意愿。

甘罗奏请秦王说："臣已习惯了这里的山川沃野，甘水厚土，不愿再回都城咸阳，请秦王恩准臣留在此地效力！"

秦王准奏甘罗继续留任巨鹿郡郡守。

二十六 / 自古用兵多奇谋，刀不血刃魏齐降

兼并关东六国的战争如火如荼进行着，战争是残酷的，是要死人的，特别是推行二十等军功爵位制的秦国军队，是按斩获敌军首级的多少来封赏爵位的，只要一开战，秦军就像剃头刀一样剃将过去，如虎狼般吞噬无数鲜活的生命。

兼并之战过半，秦王忽然想到一个命题：如果能从滥杀到少杀再到不杀那才是本事，前面兼并韩国基本没杀人，兼并赵国也基本没杀人，兼并燕国除了杀太子姬丹外也没杀什么人，那么接下来兼并楚国、魏国、齐国也要做到少杀或者不杀。嬴政深知，兼并完成后，百废待兴，还有很多事哩，都得用人啊，离开人行吗？

秦始皇二十二年，秦王召集众臣廷议，商讨此事。秦王说："黍粟之种，开渠筑城，有赖苍生。"停了停，秦王加重语气说："杀敌一千，自损八百，自今日始二十等军功爵制暂停使用！"

尉缭频频颔首，笑而不语。

王翦、李信、蒙武、王贲不约而同地露出不解的神情。

廷尉李斯说："秦王啊，二十级军功爵位制从孝公朝商鞅变法开始到如今，一直是我秦军制胜的法宝，一旦停用，难保战绩啊。"

秦王说："昭襄王时武安君白起率军共杀敌国之兵百万之多，何曾兼灭一国，今尉缭一出离间之计胜过雄兵数十万，众卿啊，难道我们除了杀人和离间之外就无其他奇计了吗？"

尉缭环顾左右无人奏答，便说："秦王啊，耳闻昌平君已归国，扫灭楚国，臣

暂无良计，可是应对魏国和齐国，我与蒙恬、王贲已谋出了妙策。"

秦王听了尉缭的奏答很是欣悦，说："楚国的事比较麻烦，寡人我亲自走一趟，至于魏国、齐国，缭卿啊，你要和王贲、蒙恬详加谋划，上兵伐谋，一定要活用兵法，用活兵法啊！"

五月，秦王嬴政任命王贲为大将，统领八万秦军开始了歼灭魏国的战争。此时的魏国，内无良相，外无悍将，秦进魏退，不到三个月时间，未损一兵未折一将，王贲就率军逼近魏都大梁。

魏王魏假自从三年前接任魏王以来，就食不知味，寐难安枕，派使臣出使秦国遭冷遇，自己亲自到咸阳求见秦王也未见到，唉，弱国无外交，国弱无尊严啊，如此下去，可是要出大事的啊。求生之欲让魏王魏假派使臣到齐国、楚国、燕国寻求联合抗秦，但皆无回音。眼看着秦王这张巨狮之口就要吞向它脚下这瑟瑟发抖的魏国时，燕国出手了，还真多亏了燕太子姬丹派荆轲用匕首刺激了秦王这头雄狮一下，不然的话……然而也就隔了两年，秦军还是来了。

魏王魏假曾听到好多人议论他相貌长得像信陵君魏无忌，他不喜欢别人这样说，因为说不清这是对他的称赞还是讽刺。信陵君是谁？是祖父魏圉的弟弟啊，他是赵国的救星，也是让秦王害怕的人，说我外貌像信陵君，可谁把我当回子事啊。不过，我魏假是不会向秦王称臣的，我不能把魏国葬送在自己手里，不然我百年后有何脸面去见先祖，去见信陵君啊！

魏军大部分退缩到都城大梁城内，一部分退守在魏国东南边境。

王贲派使者来到大梁城下，城头军士要放箭，魏王魏假忙予制止，令打开城门让秦使进城。秦使见到魏王魏假，把大将王贲的帛信交给他，魏假看到信中让他投降，免得费事，伤亡无辜。魏王魏假也不生气，也不复信，也不言语，示意送秦使出城。

王贲骑着高头大马远远地绕着大梁城连转三圈，最后停在大梁城的东北角。早已在此等候的水工郑国走上前来，说："王将军，经我勘测，此地东北有鸿沟、黄河，这沟河之底亦高于大梁城地面数尺，若挖开沟河之堤由此处行洪往大梁，可保顺畅。"

王贲和郑国上马来到沟河堤坎之上，对手持铜铲的二千名军卒一挥手说："魏王不降，水灌大梁，开挖！"

鸿沟之水过来了，黄河之水过来了，它们在大梁城北五里处汇合了，然后一齐汩汩流进了大梁城。

大梁城坐落于中间低洼、四周高起的小盆地之中。鼎盛之时，享尽沟河运输之利，河水曾带来过无尽的财富，可如今……一个月过去了，城里沟渠湖汊水满了，两个月过去了，水已没膝，引起全城骚动。

魏王魏假没想到王贲会来这一招，这不是灭顶之灾吗？魏王魏假从城墙上观察到：在大梁城东南方向，秦军留出一个通道，凡平民和不持军械的士卒皆可由此出逃。魏王魏假下令城中老弱病残妇幼可放行出城四散，将校军卒不可出城。

魏王魏假只带着两名侍从来到南护城金钟堤的信陵君墓地查看，大水离墓地越来越近了。他蹲下去和侍从用手一个劲扒土，在水来的方向堆出一道土埝，他心里知道这道土埝挡不住漫过来的洪水，可他还是一个劲地扒土想护住信陵君的墓地，然后浑身沾满了泥土跪倒在墓碑前。他记得小时候去信陵君家玩耍，每次看到信陵君怀抱美姬，手端酒爵。一次信陵君看到了公子魏假，招手唤他到跟前，连饮三大爵，不停地流眼泪。小小的公子魏假问信陵君为何流泪，信陵君说："吴起流着泪离开了魏国去了楚国，楚国厉害了；卫鞅流着泪提着小命逃到秦国，秦国厉害了。孙膑在魏国被打断了腿，流着泪潜回齐国，齐国胜了魏国；范雎装死含泪偷跑到秦国为相十年，秦国更厉害了。魏国难为啊，秦国留给魏国的时间不多了，你生在君王之家，不知还能不能轮到你当魏王啊。"后来公子魏假才知道信陵君是因秦王施离间计而遭到兄长魏圉的猜忌，故意沉迷酒色的。

大水漫过了魏假的脚面，侍从提醒他该回宫了，有宦官来报，王宫都进水了。唉，秦孝公四年（前358）楚国曾水攻大梁，秦昭襄王二十六年（前281）赵国曾水攻大梁，今日秦国又水攻大梁，怎么就不长长记性迁都呢？

三个月过去了，大梁城里开始出现淹死人的事。王贲率领秦军就驻守在城正门对面的高岗之上，魏假心想不能再这样下去了，再下去会死更多的人啊。这时，"轰轰轰"连续几声闷响，大梁城的几段城墙坍塌了，魏王魏假连忙找人做了面白旗，打开快要倒塌的城门，带领着一班大臣蹚着水打出白旗走向对面的高岗。

六个多月时间，秦军未损一兵一卒就把魏国给灭了。秦王嘉奖了大将王贲，封他为通武侯。令王贲此后两年里留下三万军队镇守魏地，在魏国东部与楚国交界之地设置砀郡。同时，彻底清除了三晋之国韩国、赵国、魏国一百八十年来栽置在边境边界的城垣、界桩。

经过三年攻伐，秦始皇二十五年（前222），王翦和蒙武率领的六十万大军歼灭了楚国，平定了楚之附庸南越。班师回朝时，秦王嬴政亲自到咸阳城外御风亭迎接。回朝后，王翦被封为武成侯，但他退回了秦王赏赐的田宅，奏请秦王恩准其回到频阳东乡养老。

秦始皇二十五年，秦王令王贲为主将，李信为副将，率兵六万扫荡辽东和代地。到辽东郡后，俘获了逃到此地一直不敢称王的姬喜，收回了辽东十八县。随后，遵照秦王诏令，李信镇守辽东之地，王贲率领军队攻伐代地上谷，代王赵嘉乖乖受缚。

这个插曲过后的第二年，秦王又令王贲统兵十万进入齐国的北部，令蒙恬统兵十万从南面北上兵临齐国南部。齐王田建虽说心中打鼓，但也不怎么害怕。他这个齐王到底是怎样一个人呢？

田建自从秦昭襄王四十三年（前264）接替齐襄王继位，已经四十四年了，这期间，田建这个齐王宝座坐得还是挺稳当的。开始的十五年里，齐国的大事小事都是母亲君王后说了算。说起君王后，还真是好多人都喜欢她。秦昭襄王二十三年（前284），燕国上卿乐毅联合赵、秦、韩、魏五国，攻破齐国国都，杀死了齐王田地。田地的儿子田法章改名易姓，跑到莒地太史后敫的家里做仆人。太史的女儿后娇娇美玲珑，觉得这个仆人绝非等闲之辈，于是便私下给他些好吃好穿的，还择机以身相许，时常约其夜晚到她闺房欢会，结果珠胎暗结。复国后，田法章成了齐王，后娇成了王后，田法章死得早，儿子田建十几岁就被立为齐王，由太后后娇把持朝政。秦国和赵国长平之战时，赵国向齐国求援，齐国不出兵，秦国围困邯郸城，赵国缺粮向齐国借粮，齐国有粮也不借与赵国，这是君王后定下的国策：与秦国连横交好，凡是招惹秦国不高兴的事绝对不干。后娇临终前做的一件事让后人诟病不已，那就是她临终前对守在榻前的儿子齐王田建说："我死后，大臣中有一人可堪大用！"齐王田建也真是的，一个大臣的名字，母后一说还记不住吗？他又是去拿简板，又是去拿刀笔，都拿齐了再问母后时，后娇幽幽地说了声："我刚才给忘了。"说完咽气闭眼了。其实有个叫周子的大臣在她嗓子眼呼噜了好几遍也没吐出来，因为周子的本领比她弟弟后胜的本事大得多，她怕齐王用周子而不用后胜。唉，她一个富家千金小姐亲手把爱情给揪住了，享受了爱情的甜蜜，一直到贵为王后、贵为太后，真也算是人生赢家了，到终了还留点小心眼儿护着娘家人。

还有，齐王田建在秦王冠礼亲政的第二年亲自到咸阳祝贺，秦王在咸阳宫里盛情款待了他。齐王田建很赞赏秦王远交近攻的国策，一直表态说：无论秦国攻伐谁，齐国绝对旁而观之。现在好啦，关东六国已经兼灭五个了，没得商量，秦王派大将王贲从北路、派大将蒙恬从南路找上门来了。

王贲统军十万从北边往南不紧不慢地向齐国都城临淄推进，蒙恬统军十万从南往北也是不紧不慢向齐国都城临淄推进。在距离临淄大约还有一百里的时候，蒙恬令大军停了下来，派使者陈驰进入临淄去见齐王。

齐王对丞相后胜说："你看秦王要是真打齐国还派使臣来临淄干啥，快点盛宴相待。"酒足肉饱后，秦国使臣陈驰对齐王说："秦王说了，齐国降秦，不动刀兵，还专门给齐王划出一块叫'共'的长满松柏的封地。"

后胜早已被秦国金子喂饱了，他对齐王说："齐王啊，我们齐国已经几十年没有用兵打仗了，原来一直都是对秦国好，到这最后一哆嗦了，降了吧，降了好！"

事已至此，齐王田建一声叹息，说："降而有封地，还能享荣华，降就降了！"

秦始皇二十六年（前221）五月，秦将王贲、蒙恬被齐国丞相后胜请进临淄城，代表秦王嬴政接受齐王田建的降书。

降书交接仪式完成以后，蒙恬对齐王田建说："我祖上三代之前是齐国乐安人，乐安出了个兵家之师孙武，你知道吗？"

齐王田建忙说："知道，知道，他还著了本兵法呢。"

"孙武在兵法《谋攻》篇中说'不战而屈人之兵'，你可知是何意啊？"蒙恬故意问齐王田建。

"这……这……我知道，这好比说，秦国和齐国不用交战，我就面西称臣了，还委屈两位将军带兵远来。"

齐王边说两眼边往齐国大臣中看，他突然上前一把抓住临淄雍门司马田刚，说："都怨你，去年我要出西门往咸阳面见秦王称臣，是你把我挡了回来，早些儿我去了，还有今日这么麻烦吗？我要杀了你。"说着，田建拔剑将田刚刺倒在地。

即墨大夫见此情景，上前一脚把田建蹬出二丈开外，说："秦兵都不杀齐国一人，你倒对自己人开杀戒了，什么玩意儿！"

丞相后胜连忙打圆场，说："委屈了两位将军劳兵远来，这一切花费我后胜全包了！"

王贲和蒙恬哭笑不得，按照秦王嬴政的诏令把齐王迁往那个偏僻的共地。共地松柏参天，针叶铺地。秦王本意是让齐王在共地颐养天年的，当听说齐王杀死当年拦他的雍门司马时，说："这种人饿饿就清醒了！"

不到半年，吃不下松子的齐王田建饿死在共地一颗千年柏树之下。

二十七 / 皇帝伟哉始皇帝，唯朕独在当中央

六国被兼灭，城土、庶民、财宝尽归于秦国，那秦国还能再称秦国吗？

六国君王被废黜，或流放，或死亡，那秦王还能再称秦王吗？

秦始皇二十六年七月，关东六国最后一国齐国被拿下，秦王狂喜之余，感到百废待兴，这么老些个事，哪一件也不能耽搁，可最急迫的就是顺势正名。嬴政在批阅奏章的间隙，翻阅研究古今圣贤之论、儒法大家之言，心中揣摩再三，腹里酝酿千遍。嬴政明白：如今六国已灭，天下归一，群臣欢欣，举国同庆，都在企盼着一个革旧布新的新时代。但常言说："家有千口，主事一人。"如何顺势正名，众臣定会进言献智，我作为领袖，必预先有个腹案，以便在廷议时最终定夺。

秦王在王贲、蒙恬从齐国故地回到咸阳后的第三天，就在咸阳宫中召集文武大臣、博士、客卿举行盛大宴会。秦王心花怒放，志得意满。他从王座之上走到群臣之间，与众臣举爵共庆，拜蒙恬为内史。在宴会进行到高潮之时，突然宫中正殿一下子安静下来。这时秦王已经站立到王座高台之上，群臣翘首仰视，在如此重大时刻都渴望聆听秦王能说点什么。

"自孝公从雍城东迁至今，已经一百二十八年了，如今六国灭，六王废，四海一，实属是上承昊天之命，下合黎民之意。"秦王开始了他慷慨激昂的致辞："韩国说好了献出土地和玉玺做秦国的藩臣，结果却违背诺言，与赵国、魏国合起伙来攻击秦国，所以，寡人只能兴兵诛灭，俘虏了韩王；赵国派相邦到秦国来订立盟约，秦国二话没说把质子春平君放归赵国，谁料赵国却在太原郡挑起叛乱，所以寡

人兴兵诛灭，俘虏赵王，赵公子赵嘉奔逃代地，虽不敢称赵王，可实为赵之余孽，也已击灭；燕王昏聩迷乱，纵其子姬丹令荆轲为刺贼，所以寡人兴兵灭其国，俘燕王；楚王欲献青阳而不定，而且还攻击秦国南郡，寡人亲到楚地议和，楚王固执不服，秦国只好出重兵伐之，俘虏楚王，安定楚地；魏王声称不与秦国为敌，实际上与韩国、赵国联合对秦国搞突然袭击，所以王贲指挥秦军水淹魏都，魏王降秦；齐王不明事理，在秦齐边界设置障碍，收留三晋反秦大夫和荆郢反秦大夫，轻蔑我秦国，所以寡人发兵至齐，俘齐王，平齐地。至此，除燕国、楚国顽抗，有所死伤外，计收赵国，威降韩国，水灌魏国，齐国请降，大都是兵不血刃，戒免杀生，剑下积德。寡人以单薄身躯，用十年之功兴兵诛伐暴乱，到近日关东六王都为他们的过错付出了丧国的代价，天下统一的局势已定！"说到此处，秦王举起酒爵与台下众臣畅饮，大殿内一片欢腾，"秦国必胜""秦王英武"的叫喊声此起彼伏。

秦王放下酒爵，接着说："当下四海一统大势已定，如若国名不更换，王号不改变，怎么能宣称大功告成呢？又怎么能世代传承下去呢？春秋时孔丘有言：'名不正，则言不顺；言不顺，则事不成。'基于此，寡人特令满朝文武、博士、客卿献国名帝号，三日后廷议公决！"

三日后，咸阳宫里布置一新，文臣武将分列两旁，博士、客卿均已到场，秦王端坐在王座之上目视群臣。这次公决廷议由左丞相隗状主持。大臣王绾、冯去疾、李斯研究归纳了众臣和博士、客卿的论见，奏报秦王说："六国皆灭并归秦国，六国皆输秦国独赢，秦赢吉祥无比，国名仍称秦国抑或称赢国为好！"

秦王赢政听罢，"扑哧"一声笑了，说："你们可知秦国是怎么来的吗？"

见众臣无人应答，主持廷议的左丞相隗状出班说道："臣知一二，容臣详述。秦王先祖，赢姓第十九世孙赢非子因养马驯马有功，于周孝王六年（前896）被周孝王封给西犬丘一块叫秦邑的地皮，从那时起，赢姓之非子就以秦为氏，周幽王十一年（前771），秦襄公赢开保周平王东迁有功被封诸侯立国，所立之国始称秦国。"

秦王和众臣一样侧耳倾听隗状的讲述，隗状刚说完，秦王就站起来郑重说道：

"丞相说的极是。除此之外，秦国之所以称秦国，是因为相对于关东六国的存在而存在。今六国不存，秦国一家天下，纵横无垠，家国一体，从今以后，秦为天下之中称为国家，中国国家之内号为秦朝，岂能再称秦国，更别说什么嬴国了。"

众臣皆称善，深以为是，口呼万岁！

国名已更，王号必变。大臣王绾出班奏道："古时候黄帝、颛顼、帝喾（kù）、尧、舜五帝所占有的疆土超不过千里，诸侯和外夷想来朝就来朝，想不来朝就不来朝，天子都控制不住。如今陛下兴举义兵，诛灭残贼，平定了天下。臣王绾、冯去疾、李斯、冯劫和朝臣、博士反复研讨，认为古时候有天皇、地皇、泰皇，三皇之中泰皇最为尊贵。因此，冒死向秦王献上尊号为'泰皇'，称呼为天子，天子行的命为制，下的令为诏，天子自称为朕。"

秦王听罢王绾的陈述并无马上回应，只听下面有大臣说："秦王德比三皇厚，功比五帝高，上的尊号太小了。"

秦王嬴政问王绾："古往今来，何者称过帝号？"

王绾略一停顿，说："昭襄王十九年（前288）十月昭襄王嬴稷宣称自己为西帝，并让相邦魏冉出使齐国，邀请齐谙（huà）王田地称东帝，田地称东帝两天后，听苏代之言放弃东帝复称齐王，昭襄王嬴稷十一月也自撤帝号，复称秦王了。"

这时，博士淳于越上前奏曰："帝乃上天之神也，不可称用。"

秦王问淳于越说："你知不知道，鲁之孔丘曾言：'天子之德，感天地，动八方，是以功合神者称皇，德合天地称帝。'"

淳于越说："我知道，孔子说的极是！"

秦王嬴政说："王绾所上尊号，去'泰'留'皇'，另外采用上古五帝之'帝'号，名号合称为'皇帝'！"

众臣皆称善，深以为妙，口呼万岁！

嬴政一言九鼎，创而造之这"皇帝"二字，自此始，"皇帝"这个从未有过的称谓用语诞生了，它替代了"王"的称号而成为最高君权拥有者的称谓。

又过了一天，嬴政继续召集众臣在咸阳宫里议事。嬴政说："今秦有天下，寡人为天子，号为'皇帝'，'皇帝'行的命为'制'，下的令为'诏'，皇帝自称'朕'，这很合朕意，马上颁布施行。特别是'朕'字，朕即是我，至高无他，朕最看重，自此始，朕乃秦朝这个国家初始的第一个皇帝，全称为秦始皇帝，后世以计数，传之无穷无尽！"

嬴政刚说完，待诏博士叔孙通就向秦始皇帝奏问，这是嬴政上朝前特意交代他提问的。叔孙通说："朝代的更替必循金、木、水、火、土五行相生相克，循环往复，自先古始，尧舜为土德、夏朝为木德、商朝为金德、周朝为火德，如今陛下受命于天，贵为天子，拥有天下，占的可是水德？"

皇帝嬴政说："秦取代周，即是水灭火，自然是水德取代火德了。五百年前，先王文公出猎捕获黑龙，黑龙潜隐大陆泽中，这就是水德显现的祥瑞啊！"

由此，秦始皇帝亲手创始的统一国家的时代开启了，他亲口宣称的"皇帝"这个最高当政者的称谓嵌入人之灵魂，千年沿用，无论你怎么想怎么说，国家和皇帝已真正成为华夏民族战而能和、散而能聚的总把手。

接着，嬴政令上卿蒙毅负责刻制"皇帝玉玺"，蒙毅责成宫廷玉工孙寿从内府取出和氏璧，仔细雕琢研磨，最后落成为玺，方四寸，玺首透雕六龙盘绕。蒙毅拟文"受命昊天，皇帝寿昌"八个字。随后蒙毅将打磨好的玺料和初拟的八字玺文奏呈皇帝阅批，嬴政过手过目后很是满意，当即令廷尉李斯书写大篆玺文，立行刻毕，钦定为"传国玉玺"。这皇帝玉玺及制、诏都是天子的专用，臣民不许僭越使用。嬴政把皇帝的名号和权位确定之后，对至亲也封立尊号：父亲称"太上皇"，母亲称"皇太后"，追尊庄襄王为太上皇；追封赵嫣为皇太后，儿子称"皇太子，"正妻称"皇后"。同时，又下达避讳的诏令：秦始皇帝名"政"，故"正月"改为"端月"，秦始皇帝的父亲曾认华阳夫人为养母，后更名为子楚，故把已灭的楚国改称为"荆国"。

嬴政还令叔孙通和淳于越制定了一套朝仪：皇帝居高而坐，众臣按照传令官吏之令，双脚不抬，趋步而前礼拜皇帝……

嬴政觉得照此除旧创新，自己已处于高高在上之尊位，可一旦死了，还可能遭人妄加非议，于是又在咸阳宫里召集群臣廷议此事。嬴政说："从今日始，朕下令废除'谥法'，臣议君，子议父，朕认为不可取，是非功过自有上天神灵来评判，后人怎可妄议啊！"

人亡罪归，这人一死，或是众人都一味地说好，通过歌功颂德而误导后人，或是众人都一味地贬低、讥讽、嘲笑，大失公允。众臣一听皇帝说得有理，都齐声拥赞皇帝取消谥法的决定，这样，嬴政一生的功与过，子孙后人不能有所评说。

另外，因水秦取代火周，所以循照先祖传统秦朝崇尚黑色，凡事以黑为美，比如旌旗、服饰都是黑色，平民的头巾都是黑色，因此还下达皇帝制命，把庶民皆称为"黔首"，不过仍称庶民也不犯法。因五行之中的水与数字中的"六"相对应，所以，秦朝建立的诸项规定皆与六这个数目相符合，比如：虎符、冠帽都是长六寸，一步为六尺，皇帝乘的车称六驾；还有嬴政东巡，碣石刻石就是一百零八个字，是六的一十八倍；始皇帝制发给阳陵守将的虎符上面刻的铭文"甲兵之符，右才黄帝、左才阳陵"，合计十二个字，是六的二倍；还有统一之初设立的三十六郡，通用的十六两量器等。凡事凡物无不与六相合，真是有六则顺，无六则不顺。

皇帝的名号高居三皇五帝之上，由嬴政独创独尊，位居始皇，"朕"为自称，独用独享，命令下行有"制"有"诏"。天下之玉只做皇玺，臣下朝拜低头趋步，臣不议君谥法废除。无限大的权势，无限大的尊崇，无限大的自由，皇帝都已抓在了手上，收入了囊中。

规矩条框已经定好，由什么人来遵照执行呢？秦始皇帝嬴政接着设立任命三公九卿，选定百官千吏，这么大的统一的国家没有人来治理和支撑是不行的。

首定三公：丞相、御史大夫、太尉。

丞相：定位是文官之首，百官之长，掌丞天子，助理万机，一人之下，万人之上。丞相分为右丞相和左丞相，右为上，掌管金印，身佩紫绶，主要职责是协助皇帝办理国家政务。秦始皇二十六年，兼灭六国之后，皇帝嬴政任命隗状为统一大帝国的第一任右丞相，任命王绾为左丞相。

秦始皇帝当廷问王绾："王绾啊，你初为丞相，应该明白你的使命担当了吧？"

王绾答道："臣不食猪肉，可还是见过猪行走的，丞相自然是承上率下，辅佐好皇帝，治理好国家的。"

御史大夫：定位是监官之首，掌管律令、文书，监察文臣武将是否称职，还负责把皇帝的指令、国家的律法交由丞相去颁布施行。将军出身的冯劫被秦始皇帝任命为大秦帝国的第一任御史大夫。

太尉：定位是武官之首，掌武事，主五兵，协理帮助皇帝掌控全国的军队。如果太尉想要调兵遣将，出兵征伐，还必须由皇帝授以兵符。太尉的规格也是身佩紫绶，掌管金印。将军出身的蒙武被秦始皇帝任命为大秦帝国的第一任太尉。

以上这三公不但功高而且深受皇帝信任，他们是皇帝处理国家行政政务、军事国防、监督监察的得力助手和最高长官，对皇帝负有直接责任，其权力和地位居始皇帝一人之下，百官之上。

三公之下要设立九卿，这九卿分别管理朝廷中的不同职司，分管不同事务，虽是受丞相、御史大夫、太尉三公的节制，但还是要直接听命于皇帝。

皇帝嬴政对右丞相隗状说："九卿的任命、职司你代朕宣布吧。"

右丞相隗状清了清嗓子，双手抻（chēn）展简折宣布道："郎中令，由昌文君熊美担任，职责是护卫皇帝和传达皇帝的命令。廷尉，由李斯担任，职责是掌管秦帝国的刑法和司法。奉常，是秦帝国的礼仪官，由颜泄担任，职责是负责皇家陵墓、宗庙管理，主持内政和外交礼仪。卫尉，是皇家卫士，由王密担任，职责是保卫皇宫。太仆，由上卿乇戊担任，主要管理皇帝的仆从和乘舆。典客，由任嚣担任，负责对外的交往和接待。宗正，由赵婴担任，负责皇室宗族的名册和杂务。少府，由章邯担任，职责是担负皇家财库收支和皇室的供应。治粟内史，由嬴婴担任，负责大秦帝国全部的赋税和开支。"

嬴政听隗状宣读完，看着九卿各自领取由右丞相代为颁发的任命执照，转过脸望着廷尉李斯，说："李斯啊，如若朕做了不当的事，你当怎样处置啊？"

"这个……这个，陛下不会做不当的事的。"李斯没想到始皇帝会问他这么难回答的话。

这时博士淳于越出班奏道："廷尉掌刑事司法，岂能顾左右而言他，礼书说得明白'礼不下庶人，刑不上大夫'，连大夫都不上，何况陛下乎！"

嬴政笑了笑说："朕不怀疑三公九卿的忠心，朕的主张是'礼应下庶人，刑必上大夫'，若朕做出不当之事，不用廷尉出手，朕自会反省罪己的。"

把兼灭的六国和秦国糅合在一起重塑了一个宏大的帝国，并且在这短短的三个月时间里完成了这个帝国中央集权的重大革新：皇帝横空出世，三公九卿到位，办事规则严谨。名已正，言已顺，秦始皇帝下决心把这个天下之中秦帝国打造成太平盛世。三公九卿都有了，可是嬴政并没有稍有懈怠，他每天都在阅看处理一百二十斤的竹简奏章，很多时候整晚都不睡觉。朝中丞相虽说是总理政务，但不能决定和下达任何的指令；太尉平时统军掌兵，但不能决定和任命三军的将帅；御史大夫虽说是监督百官，但不能不经皇帝的批准而罢免任何一个官员。至于九卿司职行权也是如此，凡断狱、行政、军兵、税赋、监察、民事、外交等有章有法可循的，就正常例行办理，凡遇到订立新法、决策国事等，都得由皇帝来定。

经过多次的廷议和公决，文武众臣都感到这新的帝国就如同一个家，这朝堂之上被百官朝拜的永远都是同一个人。朝廷的事，无论是大还是小，都要上奏朝廷，由皇帝来决断，这真是底下千条线，上面一人牵，辐条上百根，中央把轴连。

二十八 / 定于一后万年事，分封退居郡县旁

"'定于一'，这句话是谁说的？"皇帝嬴政问左丞相王绾。

王绾回答说："这句话是孟子孟轲在惠文王更元十二年说给魏襄王魏嗣的。"

皇帝嬴政又问道："这句话是何意？"

王绾回答说："只有实现统一，社会才能安定。"

皇帝嬴政接着问："如何才能实现社会安定，天下太平？"

"这……，臣一时说不出来。"王绾没想到皇帝突然问到这么宏大的问题。

皇帝嬴政铿然说道："既要把上面的事情办好，也要把下面的事情办好。这样，庶民众生才能安居安宁，乐享太平！"

王绾身为左丞相，听到皇帝简而言之这么一说，马上知晓了皇帝这是要亟须开启地方治理体制的变革，也就是如何管治除咸阳中央以外的地方。右丞相隗状忙拉着王绾说："陛下三问，启臣茅塞，臣虽愚钝，已知道上面就是中央，下边就是郡县，统而不管，等于未统，请陛下决断！"

嬴政说："领悟极是，'定于一'只是万里之行的第一步，不是万事大吉，还有老些事哩，可以说悠悠万事没完没了，可眼前这悠悠万事之中，唯地方政权如何设置管辖为最重大之事啊。众臣思之，明日廷议公决。"

右丞相隗状遵皇帝旨意召集文武百官上朝齐聚咸阳宫。文臣面西，武将面东，排列大殿两旁，共商统一后全国各地用什么形式来管理的大事。

嬴政在高台王座之上对下面的大臣说道："朕仰赖祖宗护佑，众卿出力，邦民

拥赞，实现了中国的统一。前些日子中央朝廷三公九卿已经就位，这是国家大事，泱泱帝国，万里疆土，施何策用何制管好地方，乃千年大计，众卿议之。"

王绾出班启奏说："关东六国刚刚被夷灭，其故地多由驻军和旧吏管治。尤其是齐地、燕地地处僻远，如若不封王的话就不能统治，为此，奏请陛下将皇族各公子封到齐地、燕地、荆地、赵地、韩地、魏地为王，方可保江山稳固！"

隗状、淳于越、冯劫、叔孙通等众臣一一启奏，请求皇帝分封诸公子到六国故地为王。

嬴政顾左右而不语，脸上掠过一丝忧虑。是王绾等大臣奏请的不妥吗？也不能说不妥。想当年，嬴姓先祖系养马驯马出身，以替周朝天子驾驭为业。直到秦襄公被封为诸侯，到现在已经过去五百五十一年了，这五六百年的砥砺前行，接力拼搏，不就是为了称霸于世，让子孙有个封侯封王的福荫吗，这过分吗？自己的儿子都信不过靠不住，还有谁能信得过靠得住呢？可是，周朝文王、武王分封同姓子弟到各封国为王，五代不到都已疏远，越往后越各自为政，同室操戈相互征伐，不服周天子的管束，结果导致周室的湮灭。

"臣李斯启奏陛下。"廷尉李斯看到皇帝对丞相等几个大臣、博士的奏请没有表态，他出班陈述自己的见解，"臣昧死直言，分封害国，郡县利国！"

嬴政听到廷尉李斯请奏，眼前一亮，说了句："朕闻姜公语曰：'利天下者，天下启之；害天下者，天下闭之。'还有什么话尽管说来。"

李斯得到皇帝的鼓励，当机进而阐明自己的观点："周朝天子分封众子弟为诸侯，一口之利你争我夺，寸土之地干戈相向，天子制止不住，名号形同虚设。今日四海之内在陛下引领之下实现了统一，秦故地都是按郡县推行的，兼灭的六国，当时也在当地设置了郡治，没听说出现什么问题。至于诸公子和年龄比较大的功臣可以用赋税供其享用，再加上一些赏赐就够了。如此，天下无异志，同心向朝廷，这才是宁平安国之术啊。如果分封诸王，等于分割皇权，难保不重蹈周朝之故事。"

李斯刚停口，王绾出口说道："廷尉之说，不敢苟同，诸子乃陛下至亲，血脉相通，天然藩屏，避亲而用外人，更是难测难料。"

李斯正要张口辩说，淳于越站出来扯住李斯说："天下是陛下之天下，诸子是陛下之继嗣，分封诸子为王，可保陛下之天下，设郡县不是把陛下天下瓜而分之了吗？"

看到众大臣争议不休，嬴政略加梳理，说道："天下共苦战斗不休，以有侯王，赖宗庙，今天下初定，又复立国，是树兵也，而求其安息，岂不难哉！"

嬴政说后，众大臣都在眨巴着眼睛，好像没听明白皇帝急促刚直的话。皇帝顿了顿，之后语气坚定而缓慢地说："以往各诸侯国厮杀征战，无止无休，其原因就是分封诸侯，中央失去了节制。现如今国家刚刚安定下来，又去分封诸王立国，这无异于相互树敌。在这等情形下寻求国家安宁，岂不是难上加难吗？再说，天下也不是朕一个人的天下，而是天下所有人的天下，实行郡县制，让天下贤能者任而治之，胜过由诸公子分而治之。朕意已决，郡县制，天下安，按廷尉李斯所奏颁令全国施行。"

叔孙通朗声说道："陛下所言极是，郡者，君在前发君声。县者，朝廷之悬挂，郡县制天下之大公，一旦实行定会政明吏良，生民无怨啊！"

皇帝一锤定音，在全国推行郡县制，将全国共分为三十六个郡。这样一来，朝廷有皇帝和三公九卿，地方设置郡县，二者合为完整的中央集权的统一的国家机器。

说起郡县制，主要是朝廷根据各地原有区划大小设置三十六个郡，郡下设置若干个县，县下设置若干个乡、亭，乡、亭下设置若干个里，里下设五什，层层设置，形同织网。

郡是朝廷中央下设的地方行政机构，郡有郡守、郡尉和监御史。郡守是本郡的首长，总揽本郡政务；郡尉是郡守的副手，主管本郡的军队；监御史是朝廷派出的监察官员，负责监督本郡的官员。

统一之初设置的三十六郡是：巨鹿郡、三川郡、河东郡、南阳郡、南郡、九江郡、鄣郡、会稽郡、颍川郡、砀郡、泗水郡、薛郡、东郡、琅琊郡、齐郡、上谷郡、渔阳郡、右北平郡、辽西郡、辽东郡、代郡、邯郸郡、上党郡、太原郡、雁门郡、云中郡、上郡、陇西郡、北地郡、汉中郡、巴郡、蜀郡、黔中郡、洞庭郡、长沙郡、内史郡。法定以郡监县，郡县官员由皇帝直接任免，直接向皇帝负责，官员按年领养俸禄，不得世袭。

县是郡下属的行政机构，县有县令、县丞、县尉，万户以上设县令，万户以下设县长，县丞是县令或县长的助理，县尉主管一县的军队。

乡是县下属的行政机构，一县可分多个乡，每个乡设置配有啬夫、三老、游徼，啬夫负责收赋税和农耕，三老负责本乡庶民的教化，游徼负责捕禁盗贼和本乡的治安。

亭和乡平级，直属于县管，只是在水陆要冲才设亭，设亭的地方不再设乡，每亭设有亭长。

里是乡和亭的下属，一般一乡或一亭设十里，一里管百家，每里设有里正。

在里之下还设有什和伍，一什管十家，有什长，一伍管伍家，有伍长。

这样一来，通过郡县制，秦始皇帝把帝国最下边的权力都收集到自己手中。这样的国家政体基本完备，历代在此基础上不断修正改良，千年不衰。

在嬴政诏令全国推行郡县制的同时，他看到了蒙毅和叔孙通联合呈上的奏章，奏章中建言：在帝国初期以分封诸子为主，实行郡县制为辅，两代后逐步改变为以郡县制为主，分封为辅的政体。这样分两条腿走路才平稳，自家的江山，毕竟父子兵、亲兄弟才信得过、靠得住。嬴政对蒙毅和孙叔通呈上的奏章很重视，他也觉得先分封肯定是稳，分封和郡县并行也肯定靠得住，不过看过太多历代往事，嬴政深知制度体制比人更可靠，要打就打个好底子，故此，他毫不犹豫地毅然下令推行郡县制。

秦始皇二十七年（前220），这是嬴政称帝的第二年。十月三十日，右丞相隗状和主管陵墓建设的奉常颜泄一起拜见皇帝嬴政，目的是请皇帝去视察一下修了二十六年的骊山陵地。

隗状说："启奏陛下，陵地乃万年大计，先人都视死如视生，今请陛下视察骊山陵寝建造情况。"

嬴政说："都造了二十六年了，是应该去看一下了。"

骊山陵是秦王嬴政元年（前246）嬴政即位秦王后，由宗族和大臣们依旧例提议兴建的。它南面依傍骊山，北面濒临渭水，处群山环抱之中，坐西朝东。嬴政在隗状、李斯、章邯、奉常颜泄引领下，来到骊山陵地察看。察看一圈后，嬴政说："此陵初选时，秦国正与关东六国争胜，如今天下一统，再看此陵真是太小了。朕，皇帝也，生有几何？造陵等死，岂有此理，况朕百年后定存天地间，怎能居此一堆黄土之下。自今后，此陵改为骊山府库，建成后专储天下国之重器和宝物可矣！"

皇帝的话，令丞相、廷尉、少府、奉常惊诧，惊诧之余，连呼伟大，遵皇帝之意，记录备案。

从骊山陵地回到咸阳宫后，左丞相王绾奏谏皇帝说："国家一统，皇后、太子当诏告天下，以固国本。"

嬴政半天没说话，神情有些疲惫地说："二十三年已册立蒙宠为王后，今立国改制，王后自然就是皇后，按例无须重新册立。太子无疑当立嫡长子扶苏，只是国家初始，百废待兴，立太子必招人攀附，早立贻害。再说朕有意让扶苏多加历练，增益贤德，待朕把根基打牢了再立不迟。"

丞相听后，觉得皇帝说得有理，就不再多言。

秦始皇二十七年十一月，嬴政视察原六国兵器收缴销毁现场。早在消灭韩国的时候，嬴政就下令随战争进程收缴战败国的兵器，然后运回咸阳。如若不收集，兵器散落民间，日后必定引发暴乱。所以，当时的秦王嬴政一边令秦军大加收集，一边严禁私人私藏兵器，对私藏者予以重罪处之。如此一来，随着六国军队的解甲归田，六国军卒使用的兵器也化整为零。没有兵器怎么打仗，嬴政想按他的构想彻底消灭战争。

经过一年的收缴集中，在咸阳广场上，利用青铜兵器熔炼浇铸了十二个铜人，每个铜人重一千石，身高五丈，脚长六尺，铜人身上铸纹秦先祖服饰，铜人摆置在冀阙至咸阳宫门台阶之下广场通道两侧，每侧六个，威严而立。

收缴销毁六国兵器后，嬴政仍不能安然入睡。因为六国的富有贵族、豪商巨贾财力雄厚，他们在六国故地的势力和影响不容小觑，若不把他们迁徙到远处，他们大有可能成为乱世复国的罪魁祸首。为此，嬴政从二十六年起，将六国故地的富有贵族、豪商巨贾十二万户迁到咸阳，九年后又迁三万户到丽邑，五万户到云阳。

还有一件事多年来让嬴政举棋不定，那就是如何处置六国王族遗老遗少。嬴政心里很清楚，这些人最仇视统一的秦帝国，最嫉恨我嬴政。廷尉李斯和少府章邯都曾上奏要皇帝果断处置这些人，如何处置呢？一是处死，二是关押，三是流放。嬴政觉得这些人故国一灭，爵位无存，权势尽失，如再杀之、囚之、流之，实在于心不忍。所以，从一开始，秦王对他们不但没有严加处置，而且还保留了六国王族大户的田产、财富、仆人。

国家定于一了，千头万绪，事务繁杂。尽管如此，嬴政时刻都没有忘记一件事：那就是统一后的帝国的边界在哪里，这个隆隆运转的帝国要到哪里去，到底是我大秦一国独立于世，还是仍有别国共存？

嬴政召来隗状、王绾、蒙武、李斯，他把一摞简书归拢了一下说："朕偶观《山海经》，志怪之说暂且不论，单就山海河川好多从未听说过，这必是我华夏之土早已有大能者踏勘过了，所以才有了这录述的《山海经》，我们大秦万不能等闲视之，不要以秦与六国之故地为牢，像个井底之蛙，贻笑于天地。"

太尉蒙武说："臣已老矣，只知我朝广有天下，《诗》曰：'普天之下，莫非王土；率土之滨，莫非王臣。'依《山海经》之说，难道大海之外还有海吗，中土之外还有土吗？臣愿一探究竟！"

嬴政站起来伸了伸胳膊说："勘探为善，请太尉署之。"

为此，皇帝诏令太尉蒙武，分东南西北四路，各派精干军士千人，由两名校尉带领，各朝一个方向一直走不停步。三年为期，大秦帝国有疆而又无疆，凡无人无主之地，凡有族群、无国号之地皆并为吾土。皇帝并未责怪大臣们虑事短暂、参谋不利，常自语："真是老些个事哩，朕不操心谁操心啊。"

二十九 / 一统诸事皆统一，文币度量衡轨纲

　　皇帝嬴政决定在帝国辽阔的疆域内推行郡县制，按每郡三名主要官吏配置，那么三十六郡就需要一百零八名官吏；九百三十六个县按每县三名主要官吏配置就需要二千八百零八名官吏，除去在兼灭六国时期就已任命到位的郡县官员外，还需要新选配郡县缺额官吏一千八百六十六名。

　　尽管空额较多，但嬴政胸有成竹，他诏令隗状牵总，王绾任主官，蒙毅和李斯为副官，仆射周青臣和巨鹿郡郡守上卿甘罗为评审的郡县官选司，给从全国初选出来的生员发放《秦律》、商鞅的《商君书》、韩非的《五蠹》进行预习。之后，嬴政亲自命题对生员进行测试，依据测试结果从中遴选出一千八百六十六人。遴选出的初选生员连同他们的出身、经历、政见等列明清册呈奏皇帝，皇帝除亲自选定郡守、郡尉、监御史外，对九百三十六个县的县令也予以亲定，对由李斯呈上的其他入选的县级官吏名册逐一审查，之后除一百三十个被否定需重新选拔外，其余均予入仕并诏令快速到任。

　　秦始皇二十七年，派到各郡县的官员，路途近的已经到治所上任，路途远的还在赴任的路上。

　　十二月二十五日，嬴政在咸阳宫召集文武百官上朝，他说："国家定于一统，三公九卿、百官千吏也已备齐，然则各官司其职，谋其政，还是难乎其难啊！"

　　众臣看见皇帝面露忧烦，又说出难乎其难的话，都有些不解。王绾奏请道："臣冒昧奏请，陛下受天命而一统天下，今又派遣官员到治所履职，官员何其幸

运，有何难哉？"

嬴政说："国家统一了，朝廷的政令统一了，可言语异于声，文字异于形，加上各地的货币、度、量、衡、道轨五花八门，特别是六国故地还是各行其道，互为隔阂，统一的政令看不懂、下不去、弄不明，又有何用，故而说难乎其难啊！"

这时，博士淳于越出列奏道："陛下啊，原六国故地之民，祖辈累年就是如此说话、书字、交换、度其长短、量其大小、衡其轻重，已成习惯，常言说，江山易改，本性难移啊！"

淳于越的话让大殿里气氛一下子活跃起来，大臣都相互议论，关东六国一二百年来养成的书字、用钱、度、量、衡诸多习惯可是根深蒂固啊，国家统一了，可皇帝的政令却难以通达于下，还真不是一统了之。皇帝看重的、急于操办的事都不是小事啊，怨不得皇帝常常说老些事哩。

嬴政等群臣不再议论了，说："《周易》有语曰：'变则通，通则久。'天下一统，诸事统一势在必行，现今"变"和"统"已是磨盘压手的事了，变且统，统则通，通则久啊！"

"奏报陛下。"这时九卿之一的卫尉王密出列启奏，"陛下请速诏令全国统一货币和文字吧，不然七国虽合一，你来我往又寸步难行。前两日关押了一个从荆地来咸阳的人，说话勉强能听懂，可他欠客店的酒钱和买皮衣的钱都是荆币，咸阳商户都不认不收。他要书写欠条，写的欠条，也大都认不清。店家告到官府，故将其关押，此人不服，直呼冤枉。臣以为不统一货币文字谁还敢来都城，秦地之人又怎到六国故地为官做事啊！"

嬴政听到卫尉王密用一个具体的事例把诸事统一的必行性、紧迫性说得透彻极了，很是高兴，急忙问道："此人因何事来咸阳？"

卫尉王密答道："记得来人是荆地泗水亭长，是沛县公派他为押送三百夫役和从民间收缴的残余兵器而来到咸阳的。"

"荆地泗水亭长？"嬴政小声重复了一句，然后说，"此人无罪，解除关押，朕要见一见他。"

卫尉王密仍躬身不动，不知他是不相信自己的耳朵，还是真的没听清楚皇帝刚才说的话，王密旁边的大臣用臂肘碰了碰他，小声说："皇帝要见你说的那个人，还不快去弄来。"

卫尉王密直起身小声嘀咕说："啊，皇帝真的要见这个人，见他干啥？"

王密晕晕乎乎地出宫去找那个前几日被关押的泗水亭长刘季。

刘季此时正向看守他的狱卒要酒喝，他还真没把关押当回事。我刘季又不是不付钱，你大秦都统一了，在咸阳铸的钱又没运到荆地，我携带的荆币郢爰、蚁鼻到了咸阳既不能兑换，又不予承认，我这当差之人，好赖也是大秦的一个小官吧，不偷不抢，能把我咋的。这个刘季，是荆地沛县丰邑人，秦昭襄王五十一年生人，此次入关第一站是到骊山押送三百名夫役，第二站是把沛县县令从民间零星收缴的兵器送到咸阳城里统一销毁。可当他来到咸阳城后，还是被都城的气派和繁华惊到了，酒肆里的美酒让刘季流连忘返，初来咸阳时沛县主吏萧何和狱掾曹参赠给他的几百圆钱很快就花光了。更让他兴奋和难忘的是，当他第一天来到咸阳在街道上观光闲逛时，突然过来一队清街的士兵，随后大批卫士开始清街，一问，才知道是皇帝嬴政出行要路过此地。刘季站到街边上想瞻仰一下皇帝，不一会儿，皇帝的车马仪仗过来了，只见皇帝头戴冕旒，身穿黑色朝服，仪表堂堂、威风八面地坐在六驾銮舆之中，舆前是全身铠甲的六百骑兵卫士，中间六驾四周是六百全副武装的校尉，后面殿后的是六百全身铠甲的骑兵卫士，来不及回避的路人站到街道边屏住呼吸，只听到车轮声、马蹄声和脚步声响成一片。当仪仗过去后，刘季的兴奋劲儿还没过去，尽管他已经三十七岁了，可原来在泗水，在小酒肆里，哪见过这等排场，他"咕咚"咽了一口口水，不由自主地说："人生于世，作为一个大丈夫就应该是这样的啊！"

想到此，刘季不由得意气风发起来，对看守他的狱卒说："怎么还不上酒啊？"

狱卒"呸"了一口说："真是个无赖，欠了这么多钱，还要上酒，上尿吧你……"

刘季正与狱卒理论不清，卫尉王密带着人急匆匆地进来说："刘季，快跟我去见皇帝！"

刘季一下子愣住了："什么？去见皇帝，欠这么点钱都惊动皇帝了，哎呀，皇帝帮着酒肆要账，我这小命休矣。"

刘季蹲在地上不动，卫尉王密一个劲儿催，刘季还是不动；卫尉王密急了拉刘季起来，刘季说："我不去，我服役还钱还不行吗？"

卫尉王密让随从军卒架把起刘季，说："陛下要见你，不是说让你还钱的事，至于什么事，我也不清楚，你到咸阳宫里就知道了。"

就这样跟头咕噜地来到咸阳宫前，军卒放开刘季，卫尉王密陪刘季进殿。一进大殿，看到正面堂上嬴政皇帝正襟危坐，两旁文武百官分列，刘季亦步亦趋地从中间往前走。前几日在咸阳街上远远见到的威风八面的皇帝就在眼前，万万没想到今日进了咸阳宫要面见皇帝，我刘季在泗水做个小亭长，平日里见个县令都见不到，此次算是奇遇了，估计我这条小命不保了。可又一想，我刘季除了欠点钱，又没犯别的律条，大不了一死或者被关押，豁出去了。想到这里，刘季放开了脚步，没想到后腿刚使上劲，前腿还在发软，一个侧棱倒将下去。这时他正走到叔孙通面前，叔孙通见状不由自主地上前一把扶住。这一扶，叔孙通大吃一惊，只觉得刘季又软又凉又重，浑身像遭了电击一般，他和刘季一个照面，更觉此人有些异相，顿觉自己腿脚也有些软麻。刘季被扶了一把没有倒地，他深呼吸几口，稳了稳精神又大步走到堂陛之下礼拜皇帝。

嬴政开口问道："朕问你姓甚名谁，因何欠钱？"

"回陛下，小吏姓刘字季，荆地泗水亭长，来咸阳押送干活的夫役和上缴收集的兵器，到咸阳后一高兴饮了不少酒，天寒向店家购得羊皮袄一件，好友送的秦圆钱花光了，本人身上只剩了荆币郢爰和一些蚁鼻钱，他们就告我赖账。"

嬴政说："字季，你的名呢？"

刘季答道："家里穷，没有名。"

嬴政说："你的郢爰和蚁鼻可以和店家兑换圆钱，公平买卖啊！"

刘季委屈地说："店家不懂如何兑换，非收秦圆钱不可，小吏不是不给钱赖账。再说有什么公平可言啊，在荆地我喝一斤酒给足一十六两三钱，而在咸阳酒肆里一斤酒给足只有十六两，这可是缺斤短两啊。"

嬴政接过呈上来的欠条，上面书写的是荆地字体：赊酒十斤，合钱郢爰两枚，折圆钱一百铢。赊皮衣一件，合郢爰一枚，折圆钱五十铢。欠钱人：泗水刘季。

这里面有好几个字嬴政也认不出是什么字，嬴政让刘季念白了一遍，让李斯按秦文字写了一遍：

两个欠条内容完全一致，可因秦、荆两地文字的写法不同，尽管有的文字相似，但仍让人有些道不明认不清。

嬴政说道："都是秦的国土，泗水一斤是十六两三钱，而咸阳一斤是十六两，所谓的半斤八两。这些东西在荆地二枚郢爰就清账了，在咸阳秦圆钱则需百铢才能清账，这两地文字各异，衡器有别，货币不一，由此演化纠葛不断，看起来统一是势在必行了。"嬴政转问右丞相隗状说："圆钱不是铸印了一批分发到各地去了吗？"

隗状说："启奏陛下，从去年就开始加紧铸印并分运各地，但一是不够用，二是各地还在用旧钱。"

这时刘季不知该不该他说话，一张嘴就接着隗状的话尾说了起来："小吏以为，现今是旧币不好使，新币又没有，诚者反为赖；换算拎不清，智者反为愚；文字各不同，学者反为盲。恳请陛下在全国统一币种，除都城外在各郡也可铸造就快了，唯有全国统一才能利国利民啊！"

嬴政说："这刘季说得很对！"随后对大臣中的嬴婴说："用你的俸禄给这亭长六百铢，让他还账和花费。马上下发统一货币的诏令，并在各郡设置铸币的馆室。"他说着话从皇座上站起来，走到刘季身边问："你叫什么来着？"

刘季回答："小臣叫刘季。"

嬴政有些不解，又问："你这季字何意？"

刘季回答："就是排行老三的意思。"

嬴政问："你手下有几个人？"

刘季回答："主要有两个人，一个是亭父，主管开闭扫除；一个求盗，主管追捕盗贼。另外，教化的事，收税的事，徭役的事，诉讼的事都得干。"

嬴政说："众卿请看，这是朕见到的大秦帝国倒数第二小的地方官吏了，这倒数第二小的地方官吏都这般人才，朕放心了！"

嬴政说着话向刘季身边移动了一步，对着他耳朵小声说："荆王从西周公借走雍州鼎不还，朕多次查找都无下落，后来听说滑落泗水之中，你身为泗水亭长，回去好生打捞一下，一年内如捞到雍州鼎，朕让你做郡守，三年内捞到雍州鼎，朕让你做县令。"

刘季拜谢退出，走路时他两腿"噔噔"地也有劲儿了，很有气度的样子。众臣谁也没听清皇帝对这个泗水亭长说了什么，都特别纳闷。

刘季走了，嬴政又回到御座之上，说："朕算过了，在全国马上实行'七统一'，一是文字要统一，二是货币要统一，三是长短要统一，四是大小要统一，五是轻重要统一，六是车轨要统一，七是律法要统一。另外说话也要统一，得有一个共同语言，方能达其志，通其欲。总而言之，统一的事毋庸置疑，关键是如何统一，大家都各抒己见吧。"

李斯出列启奏说："臣昧死上奏，文字统一可用秦小篆，六国文字同时废止。"

嬴政说："朕同意秦小篆为统一书体，六国各种文体废止。朕知道多年来底下皂隶黔首广为使用的一种平直宽扁的字体很实用很便捷，可名为秦隶作为统一字体推行。国家大事必以小篆书之，郡县以下和皂隶黔首可用隶书，这都不存障碍，朕想知道的是文字统一的关键是什么？"

蒙恬出列上奏说："臣以为统一全国文字的关键，一是颁行小篆和秦隶样本，二是确定每个字的偏旁和形体一致，即每个字的偏旁固定不变，偏旁的位置固定不变，每个字的笔画多少也固定不变。"

嬴政眉毛一扬，说："三不变很关键，朕以为必如此。朕深知，文可化民，民思化一，家国永续。至于样本，廷尉李斯书一范本，博士胡毋敬书一范本，隶书的样本也找个人书之，统一文字的诏令和范本一同颁行全国。"

隗状启奏说："臣以为货币统一用秦半两圆钱最好，过去齐国和燕国的刀形币，魏国、韩国、赵国的铲形布币，荆国的郢爰币和海贝形蚁鼻钱同时废止，老的方孔圆钱，大小轻重与新半两钱不符的要重铸，黄金以镒为计量，一镒为二十两。"

嬴政说："镒金和天圆地方的秦半两方孔圆钱作为金上币和铜下币可为统一货币，朕要知道的是货币统一的关键点在哪里？"

少府章邯出列启奏："臣以为统一货币的关键是国家铸造。这里面包括中央授权各郡铸造，特别是半两圆钱，铸模统重为十二铢，径寸二分，并铸有半两两字。郡县按国家规定标准铸造时，要铸印郡县的名字。"

嬴政说："很好，朕准奏。"

王绾上奏说："臣以为度即长短量值的统一，度为寸、尺、丈、引，十寸为一尺，十尺为一丈，十丈为一引。量的统一即大小的统一，量为合、升、斗、斛，十合为一升，十升为一斗，十斗为一斛。衡的统一即为轻重的统一，衡有铢、两、斤、钧、石，十钱为一两，十六两为一斤，三十斤为一钧，一百二十斤为一石。"

嬴政说："度、量、衡的统一，一刻也不能等了，全国除官吏外的人丁都向郡县登记田亩数量，每年按田亩缴纳赋税。衡量统一，方能公平。再说国家官宦有二十个爵级，每月都要发放粮禄，统一方能显示区别。朕想知道统一度量衡的关键在哪里？"

上卿巨鹿郡守甘罗上奏说："启禀陛下，度量衡统一的关键，一个是度和量按十进位，二是度量衡的标准器由国家统一制作并颁发全国，三是每年二月定期检校，杜绝误差。"

嬴政问道："有无实物器让朕看看？"

王绾先是递上秦孝公十八年（前344）大良造商鞅监制的青铜方升，嬴政皇帝拿在手上仔细观看，只见方升除手柄外三面升壁上都篆刻了铭文，说："此升已使用一百二十五年了，可为宝升了，存之秦宫。"王绾又转身从身后取出一椭圆形的青铜衡量器，半敞口带短柄，是秦半斗衡量器，王绾趋步走到阶下让宦官交与皇帝观之。

嬴政细细观摩后，用手指着左侧器壁说："此器与大良造商鞅监制的方升相同，可定为标准器物，需刻诏明之。"说罢，提起笔在左侧器壁上写道："廿六年，皇帝尽并兼天下诸侯，黔首大安，立号为皇帝，乃诏丞相状、绾，法度量则不壹、歉疑者，皆明壹之。"写罢让宦官交予左丞相王绾。

王绾没想到皇帝这么器重此事，当场亲自在器壁上写下诏令。王绾马上找来秦刻工在宫门外按皇帝亲书字迹予以镌刻，同时在大良造商鞅监制的方升底部也刻上了皇帝诏令，散朝前已镌刻完毕呈皇帝御览。

上卿蒙毅启奏说："臣以为国家统一了，应该按《秦律》和《法律答问》来量刑施法，原六国法令一律废止。"

嬴政面色严肃，一板一眼地说道："大秦之律有盗、囚、贼、捕、杂、具旧六律和田、戍、刑、金市、均工等新二十九律，《秦律》虽有严苛的条款，但也有宽泛的条款，对官严、对民宽一定要体现。抓紧修订后尽快颁行各地。朕以为，律条要明白易知，为吏之道必按律行事，为民之要是遵守律条，一切以法律衡断。"

太仆王戊出班启奏："国家统一了，但各地道路宽窄不一，车轨宽窄不一，长途运输物料阻滞不通，车轨亦必统一标准。大车两轮之间宽六尺为统一的车轨，凡超过或达不到的都不能上路行驶。"

嬴政说道："六六大顺，九九归一，王戊所奏极好，驰道上修建的轨辙要留有宽余以便车辆通行。不同轨就难以殊途同归，运输不畅，国家各郡县的保障就会受阻。车同轨宜先行！"

从秦始皇统一全国的第二年，秦始皇二十七年三月到七月，嬴政就以诏令的形式把急需统一的七宗事项颁行全国各郡县、乡亭里。三月六日颁行全国统一文字的诏令，四月十日颁行全国统一货币的诏令，六月三十日颁行统一度、量、衡的诏令，七月六日颁行统一法律的诏令，七月二十日颁行统一车轨的诏令。颁行的诏令除竹板诏外，大都是刻铸的高三十厘米，宽六十五厘米的金版诏，可永久悬挂传扬教化。

廷尉李斯用小篆书写的《仓吉篇》，太史令博士胡毋敬用小篆书写的《博学篇》，随诏令颁行全国各郡县。中车府令赵高打从在赵国时就苦练秦大篆小篆，他专心写出《爱历篇》后，瞅准皇帝高兴时献给皇帝审阅，嬴政看赵高写得不错，也诏令颁行全国作为范本。在统一文字诏令和范本颁行两个月后，从郡县反馈的实情是小篆因其笔画繁多，文字线条呈弧形，写得慢，难掌握。此时，皇帝早已令蒙毅查找到一个狱中小吏程邈，并将其提升为郡御史，令程邈扬其所长，用规整的隶书书写了《商君书》《诗》《韩非子》和《吕氏春秋》之《大乐》、之《执一》、之《不二》颁行全国。

眼看范本就要随诏令颁行下去了，博士淳于越在秦始皇二十七年九月十一日的朝会上启奏说："《尔雅》流行于今世，什么意思？即是雅言、通语、正音也。关西秦地之声言圆润悦耳，是周朝时通用之正音，孔子给来自列国的三千弟子讲学用的就是雅言，所谓的'夫子诵诗、读书、执礼必正言其音'，臣谏请陛下在全国郡县先从官衙始统一使用秦声雅言。"

皇帝嬴政对淳于越的奏谏很是赞可,指令李斯安排博士大量训练培养使用雅语正音的学子,之后随范本一同散布到三十六郡,再由郡守训练培养学子分布到各县。

统一的结果如何呢?天圆地方的钱币的形式沿用了两千多年,十六两秤和斗、升也用了两千多年,隶书也把古字演化为今字通用了两千多年。

从帝都咸阳回到泗水的刘季,对沛县主吏萧何说了一番被皇帝召见的荣耀,萧何以为他是自我吹嘘,刘季又向同县的狱掾曹参和玩伴樊哙绘声绘色地描述了嬴政皇帝在咸阳宫召见他的情景,曹参和樊哙都半信半疑。刘季发现他们不是不信就是不全信,他索性找来一伙渔夫泡在泗水里捞来捞去。三个月过去了一无所获,刘季叹曰:"本亭长如能打捞出雍州鼎,弄不成郡守,起码也能弄个县令当当,到时候还怕你们不信吗。"唉,三个月了,通用的半两圆钱可以买酒了,好写好看的隶书也学会了,半斤八两的度量衡也好算账了,车轱辘从彭城到临淄也没挡坷了,可捞鼎的事怕是没戏了。刘季把缚贼的索绳又系在腰间,把亭长劾贼专用的二尺板重新捡起来抡了两下,叹了口气:唉,这难道都是命么,人家皇帝今儿四十岁了,可人家当了二十五年的秦王和两年的皇帝,我呢,今儿三十七岁了,才当了一年多的小亭长,人家是王族出身,我不过是平民出身,莫非皇帝是有种的吗?

三十 / 游访途中遇弃女，会稽虞家乐收养

蒙宠生下嬴昊三年后，离开巨鹿郡大麓宫回到咸阳兰池宫。

一眨眼工夫，嬴昊快八岁了。蒙宠除去教嬴昊识字诵书外，还开始教他学蒙家剑法和骑马。嬴昊特别喜欢那匹赤兔马，赤兔马仿佛也很喜欢这个小主人，嬴昊骑上去，它跑得又快又稳。多年前，蒙宠每天都要亲率这些宝马良驹从咸阳跑到雍城再返回，一天一个来回，可以时刻让宝马保持旺盛的奔跑能力，如今带着嬴昊把过去每天一个来回改成隔一天跑一个来回。

遥远的东方，蔚蓝的大海，还有巍峨庄严的琅琊台都在深深吸引着蒙宠。嬴政带领大臣已经三次巡察全国了，每一次外出巡察蒙宠都有心随行，但终因嬴昊太小需要照顾难以脱身而作罢，现今嬴昊八岁了，长高了，会骑马了，蒙宠出游的欲望也越来越强烈了。她给嬴政一说，不许；过了两日，她给嬴政再说，还是不许。蒙宠知道嬴政担心她和皇子的安全。蒙宠索性不给嬴政唠叨此事，悄悄地开始做着出游前的准备。

嬴政知道拗不过蒙宠，但还是试图打消蒙宠出游的想法，说："国家统一没几年，西南、岭南还在进行开疆拓土的征剿，六国残存的反秦势力还没有彻底铲除，一些个危险分子还在阴暗的角落里蛰伏，你一个女子带着孩子出游，朕极为担忧啊！"

蒙宠搂住嬴政的脖子撒娇说："陛下啊，我蒙宠骑的马可是天底下最快的马，佩戴的剑可是天底下最锋利的剑，这天下可是咱秦朝的一统天下，难道我就该憋在宫里不能出去走动走动么，别小看我蒙宠，没事的！"

　　嬴政听蒙宠说的有些道理，想了想说："朕准许你出游，但前提是朕要给你派两千名精兵护卫，你要帮朕了解了解沿途各郡县的民情民意，朕已经出巡三次了，到哪里都听不到真话，看不到实情啊！"

　　蒙宠一听嬴政答应她出游了，欣喜地说："派兵护卫可以，但要在我后边保持十里的距离，我不愿兴师动众，惊俗扰民。"

　　第二天，嬴政交给蒙宠一个金镶玉的小盒子。蒙宠打开一看，里面放着一枚玉玺，蒙宠拿出来再看，半寸见方的玉玺上刻着八个篆字："皇后之玺，玺至朕至。"

　　嬴政说："在宫事事好，出宫万事难，皇后如遇到紧急之事、危难之事，可行用玉玺，各郡县官员定然听命。"

　　蒙宠接过玉玺看了看又还给嬴政，说："我不是皇后，不能拿此玉玺在外招摇。"嬴政说："夫人也好皇后也好，在我眼里没什么区别，你为何这么犟啊。"蒙宠抬头看了看嬴政没有吱声，然后挑选了六名马倌和六名女侍卫随行。特别是这六名女侍卫，在蒙宠多年的调教下，个个身轻如燕、身怀绝技，三步之内可置敌于死地，黑衣靓颜自不必说。

　　秦始皇三十一年（前216）春，正当南方油菜花和迎春花开的时节，蒙宠的马队沿着驰道出发了。出咸阳向南向东过武关，沿着四年以来修筑的国家驰道向东南方向行进。

　　说起驰道，这可真是个大事。全国统一了，疆土扩大了，车轨统一了，但从帝都咸阳通往各郡县的道路，各郡县相互间交通的路径，有的简陋难行，有的狭窄断头，军队劳役的调动，粮草物资的转运，费时费力，困难重重。皇帝看在眼里急在心里，在统一六国的第二年，就诏令按区域属地征发徭役一百三十万修筑驰道。经过五年的艰辛，以咸阳为中心向四周辐射的九条驰道已基本建成，往北的先修到北地郡，后来又修直道连接到九原郡，向东通到琅琊郡，东南通到荆吴之地会稽郡，向东北通到右北平郡，还有通到巴蜀之地的栈道，以及从会稽郡通到辽东郡的滨海道。所修驰道除奇险山地外，大都宽六十尺，每隔三十尺种植松柏两棵，双向六车道，最中间是皇帝御车车道。这些驰道基本实现了郡郡相通、县县相连，长度共一万五千里，工程浩大，举世无双。

出武关后，蒙宠仍旧把马队分成前后七组，每组三马并行，前面一组由三名马倌领头，随后一组中间是蒙宠和嬴昊，两侧各三名佩剑侍卫，后面又是三名马倌。平坦之道，嬴昊单独骑赤兔奔驰，崎岖之道，蒙宠让嬴昊骑坐在自己前面同驾汗血宝马。蒙宠一行，晓行夜宿。自出武关后，过丹阳、涉丹水、沔水，到夷陵，一路南下途经汉中郡、南阳郡。所到之处，蒙宠尽量不惊动郡县，可谁知蒙宠游访的讯息像长了翅膀一样，沿途郡县大都提前安排好接待补给。

前面就是南郡了，蒙宠的马队放慢了速度。南郡的郡治是郢陈，郢陈曾是楚国的都城。十年前，昌平君熊启辞去秦国右丞相后，令人意外地突然未带任何家眷，在二十个青年护卫下徙居郢陈。秦始皇二十二年和二十三年，昌平君熊启被楚王负刍策反，郢陈又重回楚国的怀抱。二十四年，王翦和蒙武击败楚军，负刍被俘，熊启战死，项燕战死，郢陈再次归入秦国版图，仍是南郡的治所。

快到城北门时，随着路边众人一片惊呼，蒙宠骑的汗血宝马前蹄腾空扬起，发出一声嘶鸣。这时，身后骑在赤兔马上的嬴昊急声叫喊道："母后，汗血蹄下有人！"

蒙宠飞身下马，只见汗血宝马两只后蹄蹬地，前蹄扬起，前蹄下，一个七八岁的女孩蓬头垢面，蜷缩成一团，瑟瑟发抖。蒙宠见状一把将女孩拉起来，女孩顺势一下子扑到蒙宠怀里，紧紧抱住她。

住进郢陈驿馆后，蒙宠亲自用温水给女孩擦洗干净身体，让驿馆主人找来一套干净的衣服让女孩换上。一问方知，女孩的父亲在她出生那年战死了，母亲前年也病死了，病死前将她托付给寄居的人家，现今那人家将她赶出家门，她刚才是被乞丐追打横穿道路时跌倒在马蹄底下的。

蒙宠一行在郢陈安顿下来后，她带着嬴昊和那个小女孩到大街上访游，一路来到河南之地，当驿馆里、街铺里的人，甚至巷口搭话的人，一听说蒙宠从咸阳那边过来，脸上马上露出戒备的表情。蒙宠登上郢陈城的城头，北望青山如黛，鸿沟之水西来，南郡美景尽收眼中。可蒙宠感觉到这里对秦人的抵触，空气中仿佛仍弥漫着怨恨的气息。蒙宠想，一定要让赢政知道这里的状况。如有可能，她要陪赢政再来郢陈巡察。城土已归秦，人心仍在荆，这统一不是虚假的吗，这郡县官吏的教化宣示远远不够啊。

当蒙宠和六名侍卫带着赢昊和那个小女孩从城墙上走下来，一妇人上前扯住那小女孩的衣服，嚷着让女孩跟她回家，女孩死死地抱住蒙宠不撒手。侍卫扯开那妇人的手，那妇人立马耍泼哭闹。

蒙宠一行不再理会那耍泼哭闹的妇人回到驿馆。这时南郡的郡守李瑶和郡尉早已等候在门口，见到蒙宠后行礼，郡尉一面斥退那妇人，一面调来郡兵将驿馆围护起来，遵蒙宠懿令：在城外安顿随后到来的两千兵士食宿。

为解开心中的疑窦，蒙宠派办事牢靠的一个马倌拿着几十枚半两钱去找那个妇人，叮嘱他找到妇人后，先是问明白女孩父母有无遗物，如有遗物定要取回，然后问清楚女孩来历，最后用这些半两钱一清百清。

一顿饭工夫，马倌回来了，手里提着一竹笥包裹严实的东西，说："那妇人见钱后告诉他：那是八年前的一个夜晚，一个很气派的圆脸的人在一大堆人陪同下，来到她位于城外二十里的家里，给了她三十枚郢爰楚币，还留下两个女佣，让一个快要生产的女人暂住进她家里，言明等郢陈战事结束后再把人接走。谁知那女人生下女孩后，好久没人来问来接。过了两三年，那女孩的母亲病亡了，钱也花完了，她养不起一个张嘴货，到城里送人也无人要，只好将她弃在大街上，自生自灭吧。"

蒙宠支走了马倌，轻轻打开女孩父母的那包遗物，一件东西进入蒙宠的眼帘，她心头一震，不敢相信自己的眼睛，她看到的是秦国丞相的紫色绶带，上面织绣着昌平君熊启的名字。这个名字，这个人，对蒙宠来说是如雷贯耳，她出生那会儿，这个人就被封为昌平君，他几十年在秦廷为大臣为丞相，怎么？难道这小女孩是昌平君熊启的女儿？蒙宠又翻看其他遗物，看到书简和衣物中还夹着这孩子的出生日期，蒙宠详细查看，这女孩生于秦始皇二十四年三月十八日，和赢昊同年同日出生，在标注女孩出生日期的简牍边上还标明孩子是熊氏芈姓，只是没有名字。蒙宠把女孩找来端详了一番，觉得这孩子的眉眼确似昌平君。

秦始皇二十一年，昌平君熊启按照秦王嬴政的安排，在平时收养的二十名孤儿的陪护下离开咸阳来到秦楚两国交界的郢陈。他未带家眷，几年中在此地与一个从楚都寿春来的女子同居。后因战事急，城将破，熊启将已身怀六甲的内妾送出城去也是迫不得已。

蒙宠慢慢从刚才的惊异中平静下来：这女孩是不是昌平君的女儿又如何呢，她姓什么又有什么要紧呢？如今楚国已不复存在，熊氏芈姓也已灰飞烟灭，这孩子从小就失去父母，她甚至不知道她是谁，蒙宠感到郢陈的气氛越来越压抑，她随即决定马上带女孩离开这里。说走就走，出了郢陈城，郡守李瑶听说后赶忙追出城来，揉了揉昏花的老眼，只看到远处那隐隐的尘烟。

从南郡出来转向东行穿过安陆，不几日到达云梦泽。云梦泽有大江贯通，是真正的泽国水乡，到处是云蒸霞蔚，鱼米丰饶。蒙宠一行在此饮马休整两日后继续东行，九日后到达会稽郡治所吴县。在途中，蒙宠发现不离她身边的女孩喜欢把一条帛巾缠在脖子上，于是就给她取了个名字叫芈巾。

会稽郡郡守殷通早已在城门口迎接，殷通是秦始皇帝在灭楚后派出的郡守，为人随和圆通，善于通过结交当地士大夫、富商豪强来推动秦法和政务的落实，特别是近两年，殷通和一个叫项梁的人过从甚密。这个项梁并不是吴县人，是从泗水郡下相县因杀人躲避仇家的追杀而留在吴县的。项梁很会来事儿，几年工夫下来，吴县大小官员、士大夫有事情都让项梁主持办理，比如征调徭役、婚丧嫁娶等，都离不了项梁。为何说郡守殷通比较圆通呢，自然是说他晓得项梁是楚国大将项燕之子，也不避讳顾忌。

蒙宠仍然像在郢陈一样，她和儿子嬴昊、女孩芈巾、侍卫、马倌住在城里，远远跟随的两千精兵驻扎在城外。蒙宠很喜欢会稽的山水，虽说会稽原来也是楚地，但这里的人依声轻语，大都和蔼友善。蒙宠在城里到处游访，她看到集市交易、店铺买卖都在使用半两钱，书信文稿都是小篆或隶书，度、量、衡也是统一的长短、大小、轻重，车轨均是六尺，秦朝律法也在实行，蒙宠把在这里见到的听到的写成帛书让郡守派快马沿驰道速报皇帝。

　　送走帛书的第二天，郡守殷通和夫人陪蒙宠到城中虎丘山观游。蒙宠知道这里原是春秋时期吴国的都城，公子光阖闾遣刺客专诸刺杀吴王僚，夺回了本应属于自己的王位。阖闾的两个手下也是赫赫有名，一个是伍子胥，一个是孙武，一个是楚国人在吴为相，一个是齐国人在吴为将，这两个人帮着公子光一举攻下了楚国都城郢陈，赶跑了楚昭王。了不起啊，让蒙宠特别感兴趣的是一举成功的刺客专诸，更有那闻名于世的刺杀吴王僚的利刃鱼肠剑。闻听吴王死后，其子夫差将其葬在虎丘深池之下，随葬有珍贵的鱼肠剑。

　　蒙宠举目一望，只见不远处有一石山，石山高不过数十丈，状如虎蹲。走近一看，山体凹陷处有一深池，传说吴王阖闾死后葬在此丘池之内。其子吴王夫差葬其父用了一年零两个月时间，把人葬进主墓穴，又在侧室陪葬多把欧冶子后人锻造的鱼肠剑。蒙宠一看这吴王阖闾之墓，心里陡生疑问：这虎状山丘和丘下之池分明是天然形成，无半分人工凿挖痕迹，何能葬人，何来藏剑？

　　此时日当正午，蒙宠身佩金剑伫立深池南沿向山丘凝望，她的身影正好投射到深池水面之上，这时，郡守夫人惊叫一声："皇后掉水里了，快救啊！"众人没顾得旁边的蒙宠，一齐往池水里看去，只见蒙宠佩剑的身姿倩影正好投照在深池正中，宛若真人出现在水中。众人正惊奇间，只见深池里的水瞬间退去。这时，蒙宠不由自主地像被一种魔力吸引着，她一个侧空翻飘落到池中，蒙宠单脚点地后池底东侧现出一洞口，蒙宠也不惧怕，沿洞府台阶走了进去，侧室不大，正面整齐地摆放着寒气逼人的宝剑，只见剑台上有两行字写道："此室只启一次，有缘者入，再启之时，剑石俱碎。"

　　蒙宠不敢久留，从剑台上取出三把宝剑而后退出侧室，她一个弹跳，蹬住凹凸不平的池壁回到上面，这时池底侧室洞口猛然关闭，半池深的水又冒了出来，郡守殷通倒头便给蒙宠叩头，连呼："皇后，神人啊！皇后，神人啊！"

　　刚才的一幕，没见到的还真的不信，见到的也未回过神来。蒙宠取出的剑正是传说中的鱼肠剑，蒙宠知道，里面剑台上层层排放的都是宝剑，但不能贪，贪者亡身。蒙宠当即将一把鱼肠剑送给郡守殷通，说："郡守啊，别皇后皇后地叫我，叫我夫人就行了。"殷通谢恩后说："当地有传说此墓是一个奇人设计建造，开启钥匙为'丽人剑影'，只有一佩剑丽人日光之影映射到池中与启点纤毫不差时，墓室方能开启。"

回到郡馆，蒙宠连续几天都没有外出欢游，而是耐心地教芈巾练剑，有时嬴昊也陪着芈巾练剑。芈巾这么多天像做梦一样，她感受到了蒙宠母亲一样的疼爱，她的小脸时常露出笑容，美得像小天使一样。

天有不测风云，尽管有马倌的细心饲喂和看护，还是有一匹乌骓马不见了，是走丢了吗？不可能。是被人盗去的吗？没有看见人影。蒙宠心疼不已，召来郡守殷通，限他三日之内找回乌骓马，殷通吓得脸色苍白，忙不迭退出查寻。

第二天，蒙宠还在为丢失乌骓马的事生气，它能跑那里去呢？她让嬴昊陪芈巾练习学过的几式剑法，嬴昊说他浑身没劲不想练，蒙宠走过去用手一摸嬴昊的额头，烫烫的。怪不得孩子说没力气呢，这不是病了吗，蒙宠即刻派人召来郡守殷通延请医者，殷通连忙找来一个老中医过来诊脉，然后开药方，取药煎药，连服两天，可嬴昊仍是浑身滚烫，并开始说胡话。蒙宠心急如焚，爱子心切，让殷通暂停追查乌骓马的下落，急切地在全郡内发榜找寻良医。榜单发出后，不到一天，有上虞县中医世家掌门人虞合拿着他揭下来的榜单求见蒙宠。蒙宠让其给昏迷中的嬴昊诊视，虞合只用手摸了摸嬴昊的额头，从随身的药箱中取出四味草药交给蒙宠，蒙宠让人熬制，等煎制好汤剂，蒙宠亲自用汤匙慢慢喂进嬴昊嘴里。一剂汤药用过两个时辰后，嬴昊睁开了眼睛，待第二剂汤药用过后，嬴昊能进食了，第三剂汤药用过后，嬴昊身体烫热退去。蒙宠很是感谢，取出五十镒金给虞合，虞合不收，虞合说："医者仁心，治病救人，恰是本分，何敢收金。"

蒙宠没见过这等手到病除的良医，说话时问了虞合一些家事，虞合说："我有两子，八年前参加最后一个楚王熊启的军队都战死了，如今只剩下我和拙妻二人。现在好啦，天下太平，不再征战，也显示出我的医术有用了，只是膝下无人，这点本领恐要带到地底下去啦。"这时芈巾跑进厅堂，她在蒙宠身边腻歪了一会，毫不怯生地走过去依偎在虞合身边。见此情景，蒙宠心中一动，可能这孩子和虞合有缘吧，我蒙宠过不了几天就要往北去琅琊台了，总不能一直带着芈巾吧，蒙宠不想将此女孩的身世告诉嬴政，眼前虞合家境优裕，如他愿意收养芈巾的话是再好不过了。

当蒙宠将此意说给虞合时，虞合老泪纵横，十分乐意收养这个女孩，表示定会视同己出。

当蒙宠说给芈巾时，女孩芈巾也很乐意。芈巾在心里愿意跟从蒙宠，但又愿意听她的话，她知道这个救她的人是不会把她往火坑里推的。

追查乌骓马的事还是没有头绪，郡守殷通说："先杀几个嫌疑人，找不到再杀几个，一直到找到为止。"

蒙宠一听，心中厌恶不已，说："罢了，乌骓马不找了，你还当你的郡守吧，岂能为一匹马而枉杀非罪之人呢！"

在会稽郡的三十多天里，蒙宠经历了这么多事，意外得剑，意外失马，嬴昊热病，虞家收养芈巾。临行前，蒙宠在郡守殷通引导下，带着那女孩芈巾来到上虞县虞合家里，只见虞合家高门大院，资财厚实，按照说好的将女孩芈巾托付给虞家收养，蒙宠给女孩留下一把鱼肠剑，给虞家留下黄金百镒，之后没有再回郡馆，直接策马北行。

快要走出会稽郡了，蒙宠勒住汗血马回首远望，如此秀美的会稽郡隐约暗含着些许强悍的气息，蒙宠左手小指入口，尽情地打了几个啸哨，之后继续北行。不知是虚是幻，身后断续传来那丢失乌骓马的若有若无的嘶鸣。

三十一 / 太平盛世藏杀机，自家门前无安康

天色转暗，咸阳宫里华灯初上，嬴政在蒙毅和侍卫赵佗的陪同下走出宫来。他们明白皇帝天天都是从天不亮起来一直到宫里掌灯结束，几乎都是在咸阳宫批阅堆积如山的竹简奏章，有时连着召开朝会，皇帝劳累一天了，唯一的休息和放松就是出宫走走。

他们走着走着又来到兰池宫，因为蒙宠出宫去访游了，宫里只有三五个宦官和侍女留守。自从蒙宠出游之后，皇帝大都是居住在咸阳宫中，这样更便于处理朝政，但只要他略有闲暇，就开始想念蒙宠和他最小的儿子嬴昊，身不由己地步出咸阳宫径直回到兰池宫。

皇帝嬴政对蒙宠游访途中传递回来的奏报很是看重。蒙宠途经南郡，奏回的消息说：南郡之地，蕲淮之乡，对秦法、秦吏、秦人仍存怨恨。嬴政知道，南郡郢陈之地，尽管归秦十多年了，可一直暗流涌动，局势动荡，就像当年上党民众一样避秦而就赵，如今天下一统，亟须实行安定化民之策。嬴政由此想到了施仁政，施仁政就要与民休息，减免徭役。可是，现今帝国百废待兴，四方疆域拓展，没有物力、人力的支撑必将前功尽弃。嬴政心里开始盘桓如何施仁政，他一直在想：是不是勤朝政转向施仁政，施仁政转向行民政，就会天下安宁了。

嬴政把蒙宠从会稽郡用快马传递回来的帛书，连着看了好几遍，很是欣喜。会稽郡离帝都咸阳几千里远，而秦政令都施行如常。嬴政推算蒙宠已经离开会稽郡北上琅琊了，嬴政想，蒙宠除了奏明会稽郡监御史形同虚设外，为何没有提到会稽郡

的其他弊处呢？尽传东南有天子气，会稽郡那地方不正处于东南吗？

近些日子以来，嬴政用了大量时间和精力处置来自岭南的政务，令嬴政扼腕暴躁的是：统一的第二年派出的征服岭南、西南的大将屠睢阵亡了，跟随他出征的五十万大军，除了十万士兵稳驻西南外，其余四十来万大军几乎覆没于岭南的山涧沟壑和丛林野草中了……

统一后的第二年，也就是秦始皇二十八年（前219）十月，嬴政派出的探边校尉回报：西南、岭南历来归属秦国和荆地，秦人荆人易货采药常往来之，那里地广山高，林密人稀，土生土长的部族众多，只是因各诸侯国都盘踞繁盛之地，并且连年争战不休而无暇顾及而已。嬴政召集文武大臣商议此事，众臣皆曰：天下统一了，岂能存法外之地，化外之民？嬴政即刻诏令屠睢任大将，统兵五十万，兵分五路前去收服西南和岭南。

西南云、贵、川方面较为顺利，巴蜀是西南富庶之地，天府之国，早在一百年前，秦惠文王听取大将司马错之策，将巴蜀纳入秦属。屠睢遵皇帝诏令，派出十万大军从巴蜀向西南之地拓进，开山辟林，穿江过河，用了三年时间修通了五尺宽的官商共用道路，十万大军分地进驻，由巴郡辖属西南三十县，除十县由朝廷遣派官吏治理外，其余二十县由当地部族实行自治管理。

另外征服岭南的四路大军却时进时退，斩获甚微。大将屠睢兵分四路向南推进，自西而东，一路占据镡（tán）城岭，控制湘桂北部，且派小股军队侦探西瓯部族聚居之地。二路把住九嶷山要塞，派先头军队翻过都庞岭伸延到贺江沿岸。三路翻越骑田岭，顺北江、武水而下占据番禺。四路控制余干水道，东击闽越，西击南越。

让屠睢想不到的是，岭南天气潮湿酷热，山势险绝，林密蔽日，蛇蝎乱爬，这已经让来自中原之地的士兵发怵。可更令人胆寒的是，越人游而击之，你进我退，你停我扰，你疲我打，这两三年的时间里，四路大军一直在山林中打转转，将士们天天是戟茅不离手，铠甲不离身，粮草早断供，军衣粘体肤，体臭不可闻，虱虫生满身。在秦军身心俱溃之时，越人猛烈袭击，大将屠睢被杀，二十多万大军覆灭，另外十几万大军在副将指挥下固守在已攻占的领地。

嬴政闻讯后痛心不已，夜不成寐，这岭南怎么这么难闹呢，他拳一攥牙一咬，说了一句："岭南吾土，再难也要收回！"

咸阳宫里庄严肃静，皇帝向百官如实通报了岭南军情，然后展开廷议，最后廷议议定再次征伐岭南，诏令任嚣为大将，调集三十万军队速去增援岭南。

派往西部的边探校尉回报：大将张唐和其子率六万大军随同皇帝派往西部探查的校尉，骑骆驼跋涉穿过沙漠，到达那曾给秦国输送汗血宝马的大宛之地。大宛周围大小三十余国，几百年来对秦并无敌视，他们共同的敌人是常来劫掠他们的漠北胡狄匈奴。张唐父子威抚并用，大宛、小宛、月氏（Yuèzhī）、疏勒、龟兹、乌代、楼兰、且末、康居、浩罕、焉耆（qí）、乌孙、安息、车师等皆愿和顺大秦。在大宛，张唐见到了胡娃，这时离张唐接到皇帝令其拦截劝返胡娃的诏令已经过去七八年了。胡娃回到西域大宛后又生了两个孩子，她向张唐打听她留在咸阳的儿子胡亥的情况，张唐为断其念头，对胡娃说："那孩子已经不在了。"胡娃信以为真，骑马离去。

嬴政诏令张唐镇抚西域诸国，和顺的三十余国实行自治。

前往东方探访的校尉回报说：齐地、楚地、燕地都已归秦，再往东尽是海天空旷，无边无垠。

前往北方的校尉和军士，大部分被匈奴截回，报告说：匈奴来去如风，凶悍无比。

嬴政在兼灭六国五年之际，把四方回报的军情民情捋了又捋，终于捋清楚了：秦始皇二十六年灭六国后的统一，远不是大秦帝国最后的统一。春秋后的七国只是占据富庶便利之地，对穷僻险远之地弃之不顾；七国之外还有相当七国甚至十国的土地。嬴政觉得自己身为皇帝，必须广有天下，富有四海啊，开疆拓土责无旁贷啊！

不知不觉夜已深沉，嬴政总揽全局，策略已明，感到喜大于忧，毫无倦意，他在蒙毅、赵佗和另外五名侍卫的跟随下走出咸阳宫。他们沿雍道向西行走，不知不觉又来到兰池宫。这次皇帝没有进兰池宫，他知道蒙宠已快到琅琊郡了。皇帝一行从兰池宫折回，没走几步，突然被一伙黑衣人挡住去路，紧接着大刀"呼呼"砍来，嬴政冕旒被砍了下来。这时，赵佗喊了声："有刺客，快，保卫陛下！"

赵佗和蒙毅各自持剑紧紧护住皇帝嬴政，侍卫和黑衣人拼杀在一起。经过一阵拼杀，赵佗看清黑衣刺客共有十人，且都身手矫健，刀法凌厉。情形十分危急，黑衣人如影随形，步步进逼，赵佗护住皇帝，嬴政背靠墙壁。经过一个时辰的拼杀，黑衣人一死二伤，侍卫也一死一伤，这时，早已拔出佩剑的嬴政对赵佗说："朕且自卫，你速去制敌！"

赵佗马上意识到皇帝的指令紧急而正确：趁现在双方匹敌，难分胜败之际，让高手快速出手，不然就会被动。皇帝的话音刚落，赵佗一个就地打滚，剑随身动，一下子削伤三名黑衣人的脚踝，十名黑衣刺客一死五伤。又一阵激烈的拼杀，又有两个黑衣人被杀死，剩下的两名黑衣人见无机可乘，挥刀割断受伤倒地的黑衣人的喉管，随后飞身一跃，消失在夜幕中。

有惊无险，皇帝在蒙毅、赵佗和侍卫的护卫下迅速回到咸阳宫。嬴政心有余悸，心里一直在想：有蒙宠在就好了，有蒙宠在朕的身边，就什么也不惧怕了。

赵佗护驾有功，刺客惧怕蒙宠，这些都不重要，重要的是在帝国都城里，兰池宫门外，怎么会有刺客？刺客从何处来？嬴政即刻命令赵佗连夜传诏卫尉王密、郎中令熊美，下令立即封城，以二十日为限搜捕黑衣刺客。

嬴政一夜未眠，有人刺杀皇帝意外吗？他认为毫不意外，扫灭六国也罢，灭人宗族也罢，开疆拓土也罢，革旧布新也罢，一切的一切都是朕的旨意，都是朕在主导，朕不被刺杀谁被刺杀？嬴政回想了一下，从当秦王到现在，砖头瓦块的不算，动静大点的被刺就超过八次了，其中有四次真是要命的：比如今晚的十个黑衣人，还比如秦始皇二十年燕太子姬丹派荆轲就在这大殿上借献督亢地图之机行刺。更值一提的是秦始皇二十八年第一次东巡，皇帝在泰山顶上设坛对天祷告，完成封礼，随后从泰山北坡到梁父山下设坛对地祭祀，完成禅礼，封禅之典完毕后皇帝高高兴兴地沿海岸往北来到成山之罘（fú）观海，嬴政身后一个鲁地的博士居高临下突然向皇帝冲过来，当时嬴政因猛然看到海面上现出仙山楼阁，惊奇之际快速向右移步，冲到身后的那个博士扑了个空，擦碰了一下嬴政衣摆，跃身跌入大海顷刻不见。随行的大臣还说此博士从高处滑下失足落海了呢，可嬴政心里再清楚不过，心想：不知这博士要报什么仇，竟然想与朕同归于尽。

还有一次也很严重，那是秦始皇二十九年（前218）第二次到东方郡县巡察，当皇家车队经过三川郡阳武县北面的博浪沙时，突然一大铁锤从天而降，击烂了车队正中的一辆安车，嬴政亲眼看见安车中的两个官员身首异处，这分明是光天化日之下赤裸裸的刺杀。当时，嬴政下令在全国范围内追查搜捕十日，结果也没有抓住行刺之人。直到前几日，负责后期暗中追查此事的陇西侯李信奏报：前年的铁锤行刺案，系韩国公子张良所为。张良的祖父、父亲担任过韩国五朝的丞相，要不是秦始皇十七年灭亡韩国，这个张良也必然成为韩相。因此张良深怀亡国之恨，只身携重金到齐地临淄拜见愤世嫉俗的大刺客仓海君，并躲到乡下和仓海君一起训练一个力大无穷的刺客，这个受训的大力士原不是刺客，只是个常年在海里用铁锤准确地击杀大鱼的渔夫，他最成功的一次击鱼是，六年前用铁锤击杀了一条抹香鲸，当时齐王田建和国相后胜听说后给了他两个小钱将抹香鲸收归朝廷制作香料了。

张良以重金赠予力士，力士激动地说："给我这么多钱啊，你让我砸谁就砸谁，皇帝老子也不怕！"

他没想到，张良也没有告诉他，这次还真的是要砸皇帝！

张良探听到皇帝东巡的车队要通过三川郡阳武县，便和仓海君带着大力士到必经之路博浪沙踩点，做好伏击的准备。秦始皇二十九年八月十八日中午时分，三十六驾驷马安车向博浪沙而来。博浪沙自古为强盗出没之地，芦苇、丛林、沟、渠交杂，中间一条道路东西通达。按皇家规制，皇帝出乘六驾，六驾銮舆前后为侍卫乘坐的驷车，周围由精兵围护。张良仔细观察发现三十六驾车都是驷驾安车，侍卫军士也均匀分布，仪仗只出现在前后两端，这完全出乎张良意料，张良虽慌了神可又来不及多想，既来之则砸之，放手赌他一把，他当即指挥埋伏在青纱帐里的大力士，抡开一百二十斤重的铁锤瞄准正数第十八辆安车砸去，张良想：皇帝命大不大，是不是真龙天子就看……只听远处"咣当"一声响，张良来不及再想领着那大力士快速向丛林深处逃窜。

遭锤击后，全国范围搜捕十日没有抓到刺客。巡察回咸阳后，嬴政一想起博浪沙遇砸之事就来气，多亏自己多了个心眼，坐在一模一样的三十六驾车队中的最后一辆，如果大张旗鼓地乘六驾銮舆那不就没命了吗？皇帝密令陇西侯李信暗中访查此案，现已基本查清：仓海君和其家人被官府收监，可那幕后策划、现场指挥者张良却杳无影踪，估计是隐姓埋名了也未可知。

不想这些了，想这些有什么用啊，嬴政揉了一下眼睛，挥了一下手，对赵佗说："统一六国后兵器不是都收缴上来销毁了吗，怎么还有兵器用来伤朕？"

赵佗说："陛下，荆轲作乱时还未收缴兵器，这博浪沙大铁锤不在兵器之列。昨晚黑衣刺客所用刀具，臣断定不是六国旧兵器，从黑衣人面貌判断，人是越人，刀具是越人所用的岭南兵器，臣找到屠睢部下一都尉鉴认，这个从岭南刚回到咸阳的都尉已证实此案系越人所为。"

嬴政沉默了一会儿，说："在自家门前屡次被刺，用兵器能行刺，不用兵器也能行刺，太平盛世不太平，不在兵器在人心啊！"

赵佗说："陛下明察，刺客罪该万死！"

皇帝说："岭南本是吾土，久悬在外，这次越人作乱，杀朕大将屠睢，灭朕三十万大军，这还不算，竟然还差人刺杀朕，其用心何其毒也，这无非是要阻止朕再次征服，真是可恶，看起来若是自己的领土就千万不能久悬在外啊！"

赵佗说："恳请陛下让臣下征战岭南，抓捕刺客，剿服岭南各部！"

二日后，隗状奉皇帝之命在咸阳宫召开朝会，嬴政说："前几日廷议已封任嚣为征剿岭南大将，现朕命赵佗为征剿副将，佐助任嚣征剿岭南。从今日始，任嚣率三十万大军，带足两年的粮草先南下增援屠睢残军，赵佗筹划开辟粮草军需运输通道。此役不求速胜，要步步为营，每荡平一地，务必设置郡县就地驻守，没有朕的亲令不得班师回归中原！"

赵佗说："臣定不负陛下之命，只是臣使岭南，担心陛下安危啊！"

嬴政笑了笑，说："朕，天子之命，建千秋伟业，岂惧跳梁小丑，公道自在民心，安危亦在民心，朕命在天不由人！"

　　西方已定，西南已定，岭南又已发兵，咸阳显得有些冷清，嬴政又开始想念远游的蒙宠和小儿嬴昊了。他记得自己答应蒙宠要在琅琊台会合的，会合后再北上碣石，还有那片海，海上的仙山。海的这边有岸，海的那边有岸吗？嬴政对这个事还真想弄个明白。

三十二 / 仙山仙界海上花，原是秦宫旧模样

皇帝嬴政第四次巡游全国开始了。

秦始皇三十二年（前215）六月，嬴政在左丞相王绾、廷尉李斯、上卿王戊、建成侯赵亥、五大夫赵婴、通武侯王贲、上卿蒙毅随从下，出函谷关东行，过上党郡，翻越太行山后到达邯郸郡。在邯郸郡短暂停留之后，起驾前往巨鹿郡，在巨鹿郡嬴政驻跸大麓宫，他心里很踏实，好像还能闻到蒙宠的气息，感受到家室的温馨。大前年出巡时在博浪沙遇刺，去年在咸阳夜行遇刺，这些嬴政并不惧怕，他的警觉提升了，他深感六国虽灭，但旧的恶的残渣余孽还需清除，天下并不太平，皇帝还要巡行。在大麓宫留宿两晚后，皇帝一行出巨鹿郡东行经过清河邑，经过高唐进入齐郡。

说起皇帝的巡游，可不是一般的巡游。嬴政的本意可不是游山玩水，每一次他都挑选朝中重臣跟随，在途中接见郡县官员，批阅奏章，他想要在十年内走遍三十六郡，每到一郡一地，皇帝首先想办必办的事就是体察民情民意，展示皇帝威仪，宣扬秦政秦律，施赐浩荡皇恩。第一次巡游是在统一后的第二年，嬴政把称帝后的首次出巡定在西戎北地，他头戴冕旒，身着衮袍，登乘六驾安舆，十万大军在前，沿渭水西行，过栎阳、径阳到雍城，从雍城再往西北过平阳、汧邑到西垂，从陇西郡到北地郡，越鸡头山，巡察回中宫。嬴政之所以穿戴齐整，隆重出行，是因为到的地方是秦嬴发祥之地，他要告慰六百年前的列祖列宗：秦嬴已经雄霸天下，终成一统了，我嬴政已经从先祖的称公、称王改称皇帝了！第二次巡游是在统一后

的第三年，这次出游仍然隆重，皇帝乘坐的还是六驾安车，随行属车多达八十一辆，不过属车均是双轮单辕，四马驾拉，皇帝的安车有椭圆形伞盖，车上有侍卫持长戈弩盾，公卿御史坐在安舆的前后高车上，丞相、将军轮流与皇帝同乘一车。这次巡游出函谷关到洛阳，接着来到曲阜南面的峄（yì）山观游刻石，然后向北到泰山、梁父山，以皇帝之名举行封禅大典，祭告天地：赢政已承天运，统一天下。在泰山封禅刻石后继续北行，多日后到达成山之角登临之罘。这一路先后巡察了河东郡、颍川郡、三川郡、砀郡、东郡、薛郡、齐郡、琅琊郡、泗水郡、九江郡、南郡、南阳郡，从武关回到咸阳。值得一说的是赢政登上之罘观览大海，亲眼看到海上有神山显现，那神山上有楼阁殿宇，人来人往，摩肩接踵如都市一般，赢政大为兴奋：原来听人传说海上有神仙居住，现在看来这传闻是真的。神山隐去后，齐地一个叫徐福的方士上书求见，皇帝召见了他，徐福奏报说："这海上有蓬莱、方丈、瀛洲三座神山，山上有神仙居住，那里有让人长生不死的仙药。"

皇帝问徐福说："那仙药可能求得？"

徐福说："求得不易，必送童男童女等重礼给神仙。"

赢政从成山南行到琅琊山麓，令李斯、赵亥在越王勾践二百四十六年前修筑的旧台之上建造琅琊台，琅琊台建成后，皇帝令方士徐福带着三千个童男童女乘船出海去求取仙药。徐福出海好几个月了没有半点音讯，皇帝只好回到咸阳。不知是皇帝还惦记着没巡察到的郡县，还是迷恋大海，想念着那找寻仙药的徐福，他在咸阳停了不到一年就又开始了第二次向东方的巡游，尽管在阳武博浪沙遇刺也没有停下车轮。秦始皇二十九年，皇帝又到达了海边的东观，又登上了之罘，不过这次徘徊留恋了多日也没有看到海上出现神山，皇帝刻石颂功后怏怏而归。

时隔两年之后，赢政又开启了他当上皇帝后的第四次巡游，方向仍是东方，这一次东巡的落脚点便是琅琊台，因为蒙宠已经在那里等着他了。

秦始皇三十二年七月二十五日，赢政来到四年前修造的琅琊台，这里高台层叠，富丽堂皇，人烟繁旺。到达琅琊台后，赢政卸下皇帝的华服，暂时放下永远处理不完的政务国事，在这远离国都的东方，拥偎着蒙宠，足不出台，和自己深爱的女人尽情地缠绵，沉醉在安宁馨香的琅琊台中。让嬴政没想到的是，蒙宠能把四年前琅琊台落成刻石上的词句倒背如流，每次蒙宠背诵时都沐浴更衣，一脸庄严："维廿八年，皇帝作始。端平法度，万物之纪。以明人事，合同父子。圣智仁义，显白道理。东抚东土，以省卒士。事已大毕，乃临于海。皇帝之功，勤劳本事。"当背诵到"举错必当，莫不如画"时，蒙宠停顿了一下说："皇帝之功，忧恤黔首，朝夕不懈，皇帝是做到了。"她接着背诵："皇帝之明，临察四方。"当背诵到"端直敦忠，事业有常"时，说："皇帝要亲临视察四方，除恶扬善，安抚黎民，不易做到啊。"嬴政微笑着示意她接着背诵。蒙宠说："下一段是表皇帝之德，提出黔首安宁，不用兵革，真是太好了，这是要得民心的，最后一段说的是六合之内，皇帝之土，不知流沙、北户是何意？北过大夏，过到了哪里？"嬴政收起了笑容想了想说："据边报，流沙是在九原城西北一千八百里之处，北户说的是岭南往北开窗户的地方，北过大夏当然是大夏以北都是了。"蒙宠说："人迹所至，无不臣者，还泽及牛马，这个李斯啊尽说好听的大话了，还刻在石头上。"

蒙宠从会稽郡早早来到琅琊台，她把等待皇帝的时间用作背诵刻辞了，每当嬴政学着蒙宠一脸庄严地边背诵边评说的样子时，两人都会"嘎嘎"大笑一场。

一天，一个人的到来结束了这段安静的时光。这个自称徐谱的人，是从泗水徐城来到琅琊台拜见皇帝的。

嬴政在琅琊殿召见了这个突至求见的人。

嬴政坐在御座之上，打量了一下阶下的庶民，觉得有些眼熟，问道："你是何人，有何事见朕？"

"小民名为徐谱，是徐福的兄长，小民受弟徐福的托付向陛下献雍州鼎。"立在阶下的徐谱头也不敢抬。

嬴政乍听此人要献雍州鼎，猛然从御座上站了起来，问道："雍州鼎？在哪里？快让朕看看！"

徐谱奏报说："宝鼎在小民家隐藏，请陛下派信得过的人随小民去取。"

嬴政又问道："此鼎何时何处得来？"

徐谱奏报说："小民之弟徐福上年从海上回来，听说一渔人从泗水中捞取一鼎，遂以重金购得，他嘱托小民择机献给陛下。"

嬴政厉声问道："徐福从海上回来，为何不来见朕？"

徐谱颤声说道："弟徐福未获取仙药不敢见陛下，半途登岸置办了麻帛、种子、机具、粮食，招募些人手，带了几个祖人，又下海寻仙去了。"

嬴政当即下令王绾和蒙毅带领两千名军卒随徐谱前往徐城取雍州鼎。

嬴政想到徐福虽未寻得长生不死之仙药，不敢见朕，但他替朕寻得雍州鼎，也是可赞可嘉。嬴政登台远眺，他眼前仿佛看到海上出现了神山仙境，仿佛看到徐福乘船在海上向神山驶去，嬴政决定取到宝鼎后带蒙宠去成山之罘观看海上神山。

十日后，嬴政携蒙宠和众大臣来到成山之罘，他们登上伸入海中的之罘成山头，等了大半天，始终不见神山仙人出现在海上。傍晚时分，随着山体的剧烈摇动，嬴政和蒙宠眼看那海水降落下去，不一会工夫，海水越退越远，山下露出海底，海底上鱼蹦鳖爬，还有十数条带爪的长鲛在海底滚动，这是什么情景？难道是神仙发怒了吗？

皇帝问五大夫赵婴："下面海底滚动的是龙否？"

五大夫赵婴说："那是鲛，非龙，这天底下只有陛下您才是龙啊，鲛见了龙，以身滚动表示臣服于您啊！"

半个多时辰后，随着山体一阵又一阵颤动，退出去几十里远的海水，突然咆哮着像墙一样涌了回来，最后漫了上来，几与山平。

皇帝传当地官吏询问此现象，当地官吏也说不清楚是怎么回事，只说："这是海神见到真龙顶礼参拜狂喜所至。"

当皇帝和众臣从之罘回到平地，只见房倒屋塌，黔首、牲畜死于水祸者众多，嬴政意识到这地震山摇已经殃及子民，定是海鬼作祟，不知怎么的，嬴政对当地官吏所说并不相信，他觉得此地不可久留，亦不可再来，传令起跸先西行然后向东北，沿海湾去碣石再观沧海。

多日后，巡行的车队沿海岸北行至一海湾处，湾处有平缓半岛伸入海中。一日，嬴政和蒙宠站在一个叫金山嘴的地方向海中望去，中午时分，海上不知什么时候升浮出宫殿台榭，有山有树，有人行走，这种类似的仙景嬴政见过好几次了，可蒙宠是第一次看见，蒙宠惊喜惊奇之余看得很是仔细，生怕它跑了，蒙宠看着看着，觉得有些奇怪，她指给嬴政说："这海里的大宫不正是咱咸阳城里的咸阳宫吗，不远的那个不正是兰池宫吗，那靠里头的好像是蕲年宫啊。"

什么？秦宫？嬴政和众大臣听蒙宠这么一说，都瞪大眼睛细细观望，哎，是啊，蒙宠夫人说得真对啊，远处海里显现的在海面之上、悬浮于半空之中、错落参差的正是秦宫模样，特别是咸阳宫，真就像是从咸阳搬到这里的一样。

嬴政让随行大臣逐一辨认，都说并无差误，啧啧称奇。

嬴政凝思半天，说："朕不解此象，不明此理，莫不是神仙也看中我大秦之宫殿仿而造之？该不会真的把咸阳宫腾挪到海上的吧！"

这时，齐地一博士奏报说："陛下啊，莫要迷信神仙，此等均是幻象，一会儿就消退去了。"

皇帝正要斥退这大胆之齐士，一抬头再望时，果然海上宫殿、楼宇、城阙渐渐淡去，又一会儿，海天一色，空无一物。

嬴政又听闻离金山嘴行辕西南不远处有一碣石山，山上有两个仙人居住，故而择吉日起驾前往碣石山。到了山脚下仰望，只见山腰云雾缭绕，翠柏葱郁，皇帝召来燕地方士卢生，还有韩人方士韩终、石生、侯生，令他们把成仙得道居住于此山的羡门、高誓两位神仙找来，继而求取长生不死之药。

卢生对嬴政说："心诚则灵，请求陛下随小生前往。"

嬴政说："朕正有此意，海里去不了，这山上的神仙朕倒是很想见上一见！"

于是卢生和韩终引领着嬴政皇帝从碣石山的南侧开始攀登而上，山上无路无阶，因是仙山又不能断藤斩木、除草开道，只能沿着窄陡的羊肠小道顺势而上。约莫四个时辰到达半山腰一个平台歇息，往东一望，只见大海波涛连天，偶有彩虹出现，最后卢生引领着皇帝爬到陡峭高峻的碣石山仙台顶上，也没有见到羡门和高誓两位仙人，皇帝又令卢生乘舟到海上去寻找。

两个月过去了，卢生从海上回来了，他在金山嘴行辕中求见皇帝，说："羡门和高誓出游未归，故未觅得仙药，却从神山抄录一图书呈献给陛下。"

嬴政翻看着卢生献上来的抄录图书，只见里面赫然写着"灭秦者胡也"五个隶书文字，嬴政心里不由得一紧，他问卢生："此书何处所得，何人所写？"

卢生眼珠儿一转，说："此书神山所见，许是神仙所写，我只是看到抄录回来而已。"

皇帝看到此书后，不再追问卢生寻仙问药之事，满心在想"灭秦者胡也"这几个字。这几个字搅得嬴政一连几夜合不上眼。他半夜召来随行的通武侯王贲，王贲说："胡虏虽逐水草而居，然居无定所，抢掠扰边危害巨大，必驱逐之，臣以为新晋内史蒙恬足以当此大任！"

第二日，皇帝召王绾、李斯、王贲和上卿王戊议事。嬴政说："天下一统至今已六年了，上农除末，黔首是富，休养生息，朕本不想再用兵革了，可北胡匈奴扰边害民不可忍啊！"王绾沉默不语，李斯、王贲激愤地说："不可忍必击之！"议事毕，皇帝口述诏书，令李斯书写：诏令内史蒙恬为大将，以扶苏为监军，以杨翁子为副将，率领三十万大军北击胡虏。

丞相王绾没等廷尉李斯书毕就急忙启奏皇帝："陛下啊，蒙恬可为将，然扶苏不可为监军，自古太子都不领兵在外，让他监军，可否有废黜之意？"

王绾的话让众人一下子僵在原地，是啊，嬴扶苏是嫡长子，今年都二十二岁了，也该立太子了，怎么反而派出监军呢？

嬴政倒不以为然，说："朕都能御驾亲征，太子怎么就不能外出监军了，况且扶苏还未立太子，外出监军正可多建功德啊！"

皇帝这一说，众臣释然，但给扶苏当过几年太傅的王绾还是耿耿于怀。

身为内史的蒙恬又身兼大将，他和监军扶苏奉皇帝诏令迅速出兵，带领二十万大军先行到达上郡郡治肤施，之后北行榆林越过内长城抵达河套北端，杨翁子率领十万大军从萧关北上抵达河套南部，一南一北夹击匈奴，匈奴败退，皇帝看到战报后才得以安枕。

随后几日，嬴政把原来身上佩挂的长剑取下，换上了蒙宠送给他的削铜如泥的鱼肠剑。

王贲找到蒙毅，说："秦始皇二十六年，我和你兄蒙恬攻齐国，未伤一兵一卒，齐地尽归于秦。齐国历代面临大海，如若真有神仙，神仙佑之不至于亡，就是亡国了，齐王亦可避难仙山，不至于饿毙松柏树下。今天下归一，陛下如此迷恋求仙恐误国家大事，谁可劝谏陛下呢。"

蒙毅说："王侯深虑的是。今朝中丞相和臣僚无人敢直面劝谏陛下，只有吾妹蒙宠的话他还能听得进去，你和我一起去见她吧。"

蒙宠听完王贲和兄长蒙毅的忧虑后，说："兄长不必过虑，陛下虽着迷仙事，但也未误国事，前几日不是把求仙之事抛到脑后，专心议定北击匈奴之事吗？"

王贲和蒙毅想想也是，皇帝也是人，是人谁不想长生不死啊，可皇帝并未抛下国事不管啊。

蒙宠送通武侯王贲和兄长蒙毅离开时说："陛下近日可能提及昔时燕昭王、齐威王、齐宣王派人入海求仙之事，兄长可先找些燕地、齐地旧臣和史官，以备陛下咨询。"

果然没几日，嬴政皇帝让左丞相王绾召集随行大臣，在金山嘴临时搭筑的平台上议事。

嬴政说："朕虽不是第一个求仙的国君，但却是第一个求仙的皇帝，二十八年和今年随朕来此地的将相卿臣都已亲眼看见了神山神仙，如若不然，昔燕昭王、齐威王、齐宣王也不会派人入海求仙了，如能找到燕齐旧臣问话就好了。"

这时通武侯王贲奏报说："臣早已听闻此事，已寻到几个齐燕之地的旧臣和史官问过，也无甚特别。"

嬴政说："朕想听听齐王、燕王寻仙之事，以供鉴考。"

事已至此，王贲和蒙毅只好把燕地一个九十多岁的司姓老臣和齐地两个八十多岁的段姓和武姓旧臣召到台上，同时还找到两个回归民间的史官。

嬴政问："燕昭王寻到神仙神药了吗？"

司姓燕国旧臣颤巍巍地说："燕昭王在海边留观三年也没见到真神仙，他活了五十六岁就死了，真有神仙的话，燕昭王不会死，燕国也不会灭了。"

嬴政有些不悦，问齐地段姓老臣："齐威王、齐宣王寻到仙药了吗？"

段姓老臣也是颤巍巍地奏报说："陛下啊，微臣先父曾受齐宣王指派亲往仙山显现的海上寻找，结果到了那里什么也没有，只是水汽水光，后报齐宣王，得出个镜花水月的结果。后来齐王只要看见海上有影儿就令军士到海边放箭射之。"

嬴政面无表情，说了句："怪不得燕、齐亡国，对神不敬啊！"

这时齐国另一葛姓史官朗声说道："据史官记载，往昔海上也曾显现燕都宫阁和齐都楼台，依臣妄断：上天犹如一面铜镜，映照宇内万物。镜面照秦都，转过来又照海，则海面上呈现秦都宫阙，正如过去镜面照齐都，转过来再照海，则海面上呈现齐都宫阙。神山自在其中也。"

嬴政听到此老臣说得很有意思，又让他说了一遍，然后让蒙毅给了他些半两钱，遣其离台，没想到那葛姓旧史官竟然问嬴政皇帝："陛下啊，您可知道这天为什么是蔚蓝的吗？"

嬴政一时答不出，那葛姓旧史官悠悠地说："因为那是海的颜色啊，宇中有三镜，上以天为镜，下以海为镜，中以人为镜。三镜互照，万事皆明。"

"说的好，说的好！"嬴政说，"不过朕有些糊涂了，要说有神仙有仙药的话，那么国君得先吃啊，国君之中与神仙为邻的齐王、燕王更得先吃啊，怎么谁也没吃到？听说羡门、高誓两个食药成仙的，也是遍寻不见。且罢，留待以后再议吧，真是，朕还有老多事哩。蒙毅啊，倒是齐地老史官所言'三镜互照，万事皆明'，不谬也！"

三十三 / 万里龙城入大海，金山嘴上起宫梁

皇帝一行从金山嘴起驾向北巡游到达渔阳郡。

刚到渔阳郡，便接到内史蒙恬用快马送来的奏章。奏章开首是向皇帝报捷：蒙恬和扶苏率三十万大军征伐匈奴，把大军编为三股力量攻击匈奴：两千辆战车作为前锋向前突进，战车后紧随劲弩军阵密集射杀，两翼以骑兵快速包抄。匈奴军难以抵挡向北败逃。蒙恬收复黄河以南大片区域，紧接着又收复黄河以北，高阙、北假、阳山和阴山以南大片区域，然后继续向北驱赶匈奴一千二百里，方才收兵。奏章中间是奏请皇帝从速在黄河南北设置郡县，派遣官员。奏章最后谏言皇帝准许把原来秦国、燕国和赵国所修筑的外长城连接起来，形成南北分界线，以更有效地防御胡夷南侵。

嬴政看过奏章后，喜悦无比，拍手称快，他当即与左丞相王绾、上卿蒙毅、廷尉李斯、通武侯王贲商议，诏令在黄河之阳设立九原郡，郡辖三十四县，派遣一百名官员管辖，推行《垦草令》，同时谪徙轻罪者六万人，从他处迁移十一万人并提升一级爵位，共迁徙十七万人，按每县五千人落户屯边。

皇帝诏令大将蒙恬在征服的土地上设置郡县的同时，又诏令他迅速组织军卒和迁民连接修筑长城，也就是自西向东，自南往北，把原来历史上秦国、赵国、燕国三国各自修筑的一段一段的长城连接成一个整体。之后又诏令蒙恬从速赶到右北平郡，陪同皇帝一起巡察东段长城和辽东郡。

嬴政听说离右北平郡不远处就是原来燕国修筑的长城，很想在等待蒙恬的这些

时日里出去走走看看。这天嬴政和蒙宠、嬴昊骑着马，左丞相王绾率其他随行大臣乘车跟从前往右北平郡，到达郡治无终后略事休息，然后就艰难地向长城的方向行进。

燕昭王当年命令燕将秦开率部修筑的防胡边城，西起蔡泽的家乡纲成，东到辽东郡的襄平东南，东西长四千五百七十里。这道北界边墙距南部燕都蓟城近千里，到了燕王姬喜时，几无修缮，有些城段出现损毁。

当嬴政和蒙宠远远地看到燕长城的影子时，忽然前方传来一阵阵哭声，在这荒凉的坡地和山沟之中，在这林密草深的边墙底下，怎么会有人在哀哭？皇帝派中车府令赵高带着两个军士前去探究，半天时间赵高等三人回报说："前面长城日久崩塌露当年出修城亡人的骨骸，家人赶来迁骨入坟祭奠，故哀哭。"

皇帝问道："人死化为骸骨，家人怎能辨认？"

赵高回答说："据说燕将秦开修城时，每亡一人，顾不上入坟，均将亡者砌筑在城墙之内，而后在对应的外墙石上刻上亡者的乡贯和名姓，故其家人来此可寻见亡者之所在。"

皇帝听后亲自到城墙边验查，只见有墙塌倒的地方，偶见白骨与土石相混杂。顺着大段完好的城墙走了一段，果见墙石之上刻有人的乡贯和姓名。走出二十里远，数了数，墙石上刻有十一个亡者姓名，乡贯以燕地、齐地居多，还有赵地、代地的。皇帝回到右北平郡无终郡馆后，把左丞相王绾和郡守曹成召来，令王绾起草诏书，令郡守曹成招募役工，在郡内沿边防长城仔细寻找亡者所在位置。边墙倒塌露出尸骨的，找到刻有乡贯姓名的石块，然后在身亡墙段的附近择地筑坟葬之，葬后，将刻有亡者乡贯姓名的墙石竖于坟前。对墙未倒塌而寻见有亡者刻名的，按乡贯姓名造册登统，传告祖籍地的家人，家人来后，郡县官吏帮其破墙取骨，可就地筑坟而葬，也可起迁回原籍葬之，刻名之墙石准予带走。

嬴政皇帝给右北平郡下达诏令后，随即召王绾，让他通告各段边墙所经郡县，传达皇帝的诏令，一视同仁。多日后，寻亲迁骨的人群由少到多，络绎不绝。当蒙恬从九原郡赶到右北平郡的那天，郡守曹成拜见嬴政皇帝，说："今日郡内沿城几百里捡骨和破墙取骨而葬者众多，奏请陛下切莫出行。"

蒙宠对嬴政说："亡者大多为原燕地之人，而今收拾遗骨埋葬吊哭者已是陛下的子民了，陛下应该出去吊唁慰藉亡者为好。"

嬴政认为蒙宠说得很对，他穿戴齐整皇帝的衣冠，带领随从文武大臣出郡城向北面的边墙而去。右北平郡附近的防胡边墙修在山岭的北坡，山体陡峭，当时伤亡役工最多。皇帝在乱石荒草之中行进，天色过午，已听到了此起彼伏的吊哭之声，郡守曹成已在前面平整好了一块略微平坦的坡地，让人清理了地上的杂草枯木和石块，奏请皇帝在此地吊祭亡者，嬴政走到这块坡地上停了下来。

这时蒙宠对嬴政说："陛下应该继续往上往前走，走到众多祭奠的人群那里进行吊唁，而不应停在此地。"

这时，廷尉李斯说："陛下乃九五之尊，在此地吊唁亦属恩赐，不必近前。"

李斯这么一说，众随从都觉得是对的，但无一人附和，好像都在等待皇帝的决定。

嬴政转脸看着蒙宠，意为征询蒙宠的意见。

蒙宠看了一眼李斯，转过来看向嬴政说："廷尉不会没听闻过三百多年前齐庄公吊唁阵亡将军范杞梁的故事吧。"

李斯回答道："臣熟知此故事。"

蒙宠说："廷尉可奏闻陛下听一听啊。"

嬴政皇帝说："不必了，朕知道。"

蒙宠说的是秦景公二十八年（前549），齐庄公带领正在修筑齐长城的将领范杞梁出征，结果范杞梁战死，杞梁妻孟女闻之大哭，在临淄郊外齐长城脚下跪接丈夫的尸体。这时，齐庄公派人过去吊唁，杞梁妻孟女拒绝了，她觉得杞梁于国有功，而齐庄公派人在郊外吊唁缺少诚意，之后齐庄公亲自到孟女家中吊唁。

嬴政听到蒙宠提到齐庄公吊唁范杞梁的故事，什么也没说就徒步和大臣爬坡过坎、穿林过溪来到城墙脚下。一眼望去，有众多身穿白衣的男男女女、老老少少在筑坟哀哭，他们是在葬埋祭奠自己的亲人，而我嬴政来此是吊唁于国有功的亡灵。嬴政走过去，他面前有一个八十多岁的老姬是亡者之妻，一个六十多岁者是亡者之女，当她们见到皇帝亲来吊唁，畏怯地垂着头不敢仰视，蒙恬搀扶起老妪和亡者之女，帮着她们给坟头添了些土，又给了她们些半两钱，然后庄重地对着蜿蜒起伏的边墙，对着亡者进行了吊唁。一时间，皇帝亲自到长城吊唁筑墙亡魂的消息沿着边墙传了下去，众未亡人的哭声渐渐微弱了下来。

大将蒙恬的到来，更加坚定了皇帝连接北部长城的决心。原赵国修筑的长城，起自阴山西端的高阙，往东到云中郡的原阳，东北延伸到代郡，有两千四百九十里，中间因年久失修有断缺处。原燕国修筑的长城，西起纲成邑往东，到造阳再到右北平，一直延伸到辽东郡的郡治襄平东南，中间也因年久失修有断塌处。大将蒙恬接皇帝诏令后从九原郡一路东来，沿途在羊皮上绘制了一张长城走向图呈献给皇帝。从这张长城图可以看出，秦长城最短，只是从高阙以西到狄道，有七百七十里，燕长城最长，有四千五百七十里，赵长城其次，有两千四百九十里，中间不相连贯的缺口很多，这就给了漠北胡夷可乘之隙。

嬴政皇帝在蒙恬的陪同下，带领随从大臣离开右北平郡，沿着时有断续的燕长城，实地踏勘，走走停停。当进入辽西郡的时候，参照蒙恬绘制的秦、赵、燕防胡边墙实景图，已对连接旧城和修筑新城设定了式样：长城由城墙、关障、城台和烽火台组成。城墙作为长城的主体，依随地势而建，构筑原料为土石，平川之地用夯土筑墙，山地用石块石条砌筑。墙高随地势而造，陡立的山上的墙段高二十五尺，平坦之地城墙高达三十三尺，墙基宽二十八尺，墙顶部宽二十尺到十尺不等。墙身中间每隔一百尺建有一券门，士兵沿石梯可到城墙顶上。城墙上每隔半里建一个突出城墙外的敌楼，在敌楼顶上置烽火台，燃放狼烟以传递军情。按照这一式样图形，皇帝诏令蒙恬连接完善加固原有的边墙，在两端加长修筑新的长城。

当嬴政进入辽东郡时，先期到达那里的陇西侯李信早已做好了准备。他带领着嬴政从十二年前追杀燕太子姬丹的洐（xíng）水经过，之后到达郡治襄平。燕长城修到襄平东南二百里处便到头了，皇帝在李信带领下从襄平往东南巡察，不几日巡察到了满潘汗，这是辽东郡辖的县邑，在满潘汗有浿（bèi）水自东向西流入大海。皇帝又往西南穿行，过同水，过川水，眼前出现大海，只见山海相连，山绿水清，皇帝大赞其河山壮美,陇西侯李信说:"燕昭王曾派大将秦开收归此地,至今仍有老燕人在使用刀币。"

嬴政皇帝问道:"辽东之地钟灵毓秀,可知何时属我所有?"

陇西侯李信答道:"据周史记载,周武王立国,释放被纣王囚禁的商纣王的叔父箕子胥余,并将他封迁到此明夷之地,箕子胥余每年都从此地到镐京朝见武王姬发。"

嬴政皇帝又问道:"往南辽远吗?"

陇西侯李信答道:"此处南部是箕子后人聚居之地,再有八九百里就到海了,此地三面临海,呈半岛状态。"

蒙宠策马飞奔兜了一大圈回到嬴政身边。

嬴政皇帝问蒙宠:"夫人啊,在远处看到些什么景物?"

蒙宠说:"往西南五十里便是浿水入海处了,听兄长蒙恬说,长城自西至东万里之遥,状若游龙,古以东为上,秦以水为德,陛下,若将此龙头从襄平东南往西南修筑到浿水,从浿水入海处的东碣石山下直接筑入海中,岂不更美!"

嬴政听蒙宠这么一说,连声称是,马上和大臣们来到满潘汗浿水入海处观看,此处有一山,俗称东碣石山,此处正是长城入海最佳之所在。

王绾躬身对蒙宠揖拜,转而对皇帝说:"臣虽为丞相,才思之敏捷,虑事之极端,皆不如蒙夫人。陛下即龙,此万里长城即万里长龙,仰秦之为水德,龙头入海方能汲水而润,旱龙难以游动亦难以飞升,若不是夫人筹谋及时,险些误了大事啊!"

嬴政异常高兴,当即令大将蒙恬取出羊皮绘图,将长城的最东端标注到满潘汗东碣石山下浿水入海处。之后,皇帝和大臣回到襄平休整,蒙恬和李信亲自督工开始修筑这段几百里的长城,最后长城入海六百尺,入海用石为花岗岩,在浸入海水中的基石上均凿出梯形石槽,石石相扣相连,在衔接的燕尾槽里注入松香、铁粉、糯米汁而使之凝固,坚不可摧。

整个连接长城的工程如此浩大,远远超出蒙恬的预料,可想到如此壮美的长城修筑好了可造福万代时,蒙恬便心胸震荡。他回到九原郡把监军扶苏和副将杨翁子叫到一起详细勘察，风餐露宿，动员组织五十万军民，克服千难万险，付出巨大伤亡，从东到西，从西到东，全线启动修筑。首先蒙恬按照皇帝指令，把原长城东首、西尾共加长一千一百里，除东首从襄平东南到淇水加筑五百里外，西尾也从九原西边的狄道往南沿洮水东岸用夯土修筑长城六百里，一直修到羌地临洮。这样在西戎之地就有了洮水和长城这两道南北屏障和天险。

经过五年的紧张修筑连接，东西走向达万里的长城连为一体，原燕国修筑四千五百七十里，原赵国修筑二千四百九十里，原秦修筑七百七十里，连接新修的长城一千零七十里，首尾加长一千一百里。它西起陇西临洮城北，一路向北到达狄道后向东到达修水、高阙、阴山、雁门山，到达纲成邑、右北平郡，再往东到达辽西郡、辽东郡，从辽东襄平东南再往西南从满潘汗的淇水入海。长城修筑完成，皇帝宏图得展，帝国随即在长城沿线设置和强化郡县和驻军，自西向东设置陇西郡、北地郡、上郡、九原郡、云中郡、雁门郡、代郡、上谷郡、渔阳郡、右北平郡、辽西郡、辽东郡十二个郡，以此巩固管辖长城内外广袤土地，之后又修通与长城连接的道路，增加迁徙人口。千年的长城，万里的长龙拥有了高阙关、楼烦关、居庸关、狼山关等九大如铁雄关，每关戒备森严，插翅难过；还拥有了九原、固阳、纲城、无终、襄平、晋阳、肤施等九大如钢重镇，每镇有将军驻守，护国安民。民谣曰："秦皇长城万里长，千年万载卧北方。长城外面牧牛马，长城里面种麻桑。"

离开襄平时，皇帝诏令陇西侯李信留下镇守辽西和辽东。安排妥当后，皇帝和随行大臣又返回到金山嘴行辕。皇帝觉得在金山嘴好几次观望到海上奇观，海面上呈现出秦都的宫阙楼台，这可是吉祥之兆啊，嬴政令王绾、王戊、赵亥在金山嘴上兴建皇帝行宫，王绾和王戊、赵亥不敢怠慢，召集工匠役夫按秦都宫殿规制和金山嘴地形，绘制图样加紧营造。

一日，建成侯赵亥拜见嬴政，说："陛下伟哉，自陛下到达此地，此地百业兴旺，海上频现仙境，行宫按秦宫模式营造，占地百亩。周边郡县都在往这里运输木石、陶鉴、金缸、铜器、玉璧，各种蟠螭纹、卷云纹、夔纹、云纹、凤尾纹的瓦当和空心砖、回纹方砖、太阳纹方砖、素面砖等，但此地无名极为不便，请陛下给此地赐个名字。"

赢政皇帝说："朕观此地依山入海，时气宜人，是朕巡游各方唯一要建超大行宫之宝地，就称'秦皇岛'吧！"

赵亥闻听，连忙叫人拿过来刀笔，铺好锦帛。赢政皇帝挥笔写下"▨ 皇 ▨（秦皇岛）"三个篆字。

赢政皇帝这第四次巡游，巡察了十多个郡县，出游时间也横跨两年，从秦始皇三十二年到秦始皇三十三年（前214）。这一次巡游，用时六个多月，决策的国事最多，疑惑不清的事也不少。这帝国的朝堂不能老在外漂着，皇帝决定结束这次巡游。就要离开金山嘴了，赢政下诏随行文武大臣，除留下王戊、赵亥在金山嘴督建行宫外，其余一同扈跸起程，途经上谷郡，之后南行到达巨鹿郡。郡守甘罗、郡尉蒙嘉早已安排妥当，皇帝赢政和蒙宠带着赢昊入住大麓宫。三日后，诏令起驾回銮，并决定将一直随行的雍州鼎留在大麓宫，皇帝往西北过井陉、恒邑到达太原郡，北行巡视代郡、雁门郡、云中郡之后转达上郡，赢政听完郡守赵趑的边务述职后，从上郡沿驰道返回咸阳。

三十四 / 蒙宠伴君天下游，天下之大天下广

秦始皇三十二年底，嬴政任命监御史史禄为帅开凿灵渠。

嬴政发兵五十万征剿岭南百越之地，其实主要是指西瓯（ōu）、南越和骆越三地，已过五年了，还是没有什么进展。先期大将屠睢战死，继任大将任嚣因粮饷不济而告急。只有打通被五岭隔开的长江水系和珠江水系，才能把所需粮饷转运过去。侍卫总管赵佗被皇帝任命为征剿岭南的副将后，他就和史禄登上越城岭零陵县，在县界一座山上发现了湘江和漓江的发源地，向南流淌的漓江和向北流动的湘江正好代表了两大水系，他们找到了两条河流源头最靠近的位置，看起来相隔千山万水，其实只差三十里两条江各自的上游就连通了。史禄用了不到半年时间，于秦始皇三十三年十一月，就凿通了灵渠。赵佗统领水师搭乘楼船，循崖过岭，通达岭南。任嚣大军得到军需物资的充足供应后，三个月就击败了百越各部族。赵佗率兵击杀了最顽强的西瓯部族首领译吁宋，整个岭南、南海诸岛纳入秦朝版图。

秦始皇三十三年四月，嬴政回到咸阳，第一件国事就是诏令在岭南设立桂林郡、象郡、南海郡，设郡后选派官员管辖属地行政事务。

大将任嚣和副将赵佗回到咸阳述职，嬴政皇帝在咸阳宫设宴庆功，说："岭南百越古来属华夏，但系蛮荒之地，黔首亦是蛮夷之民，多变易反。朕命任嚣为南海尉，赵佗为龙川令，五十万大军永驻岭南，无朕亲令，不得返回中原！"

南海尉任嚣和龙川令赵佗领命谢恩。

几爵美酒落肚，皇帝为帝国新增国土而高兴，他微微有些醉意地对南海尉任嚣

说："朕连日老做一梦，梦到曾子求朕替他寻母，说他母亲从鲁国来到岭南教越人纺织，教会岭南的越人，又漂流南海教岛上的越人，越往南走，岛倒是不少但都是无人荒岛，偶有渔人也都是越人或者秦人，再往南行尽皆无主列岛。曾母执着，乘舟乃向南航行寻找，每遇一岛，必登岛将一张写有篆字'华夏'的手织丝帛束于椰树之上。众卿来商议一下，朕替曾子寻母怎么样？"

李斯一脸迷惑，说："陛下啊，曾子又叫曾参，是一位儒者，已经故去二百年，他母亲多大年龄了呢？怎么寻找呢？"

博士淳于越说："陛下啊，曾子托梦是为孝，以孝事君则为忠，就是蹚遍南海也要帮其寻母！"

任嚣说："陛下放心，臣回岭南后即派六万将士乘舟往南逐岛寻之，臣敬事尽忠，永守华夏之域！"

嬴政说："朕来年还要巡游各郡，尤其是岭南之地之海，朕心向往之啊！你所奏那象郡之地东面临海，处日南，开北户，朕定去巡察感受一番。"

任嚣说："象郡乃华夏骆越族群散聚之地，开化晚，启蒙迟，犷顽甚，陛下若能亲临驯教是再好不过了。"

秦始皇三十四年（前213），皇帝诏令：五十万身穿红色囚服的犯人以戍守五岭之需而迁往岭南，与越人混杂而居，婚配融合。

秦始皇统一六国用了将近十年，这统一后开疆拓土也用了将近十年，嬴政虽说是宏图得展，可他仍觉得还有不少事没有办完。隗状、王绾年纪大了干不动了，嬴政命冯去疾担任右丞相，命李斯为左丞相。不能等啊，得马上谋划开启下一个十年啊。

嬴政看过冯去疾和上卿蒙毅重新绘制的秦帝国全域图后，说："这叫地图，不要叫全域图，朕感觉还不全，还有本是中华之地、之海仍未纳入！"

李斯说："陛下建立统一的秦帝国后，陆海较之前倍增，凡能见到人的地方皆为皇帝之民，过几日正值皇帝四十七岁寿诞，众文武大臣、博士、客卿等盼望好好庆贺庆贺！"

得到嬴政准许后，冯去疾、李斯遂于秦始皇三十四年正月二十九日在咸阳宫里摆下盛宴为皇帝庆贺寿辰。

宴庆开始后，七十个博士在首席待诏博士叔孙通带领下，上前给皇帝祝寿。祝寿词由仆射周青臣诵读："以前秦国地小不过千里，如今凡明月所照到的地方，没有不服从陛下命令的。能够把割裂的诸侯国变成郡县，天下黎民安居乐业，再无战争之忧，这样的功业传之万世，从古至今没有一个人能比得上陛下的威德！"

嬴政听罢仆射周青臣的歌颂，很是高兴。没想到博士淳于越鄙视周青臣的祝词，他径直上前向皇帝进谏说："刚才周青臣把陛下的过失当成功德来颂扬，他不是忠臣。众所周知，商周两朝的王位传了一千多年，原因就是把城邑土地分封给了子弟和功臣，秦朝统一到现在八九年了，可陛下的儿子和普通的庶民一样无寸土之封，如若突然出现变故，谁来补救？这国家大事不遵照古法的将难以长久。"

这是指斥周青臣吗，谁都听得出来这是指斥皇帝。咸阳宫中的空气一下子紧张起来，嬴政怒而不语，他在想：经过这几次巡察郡县，除巡察到郡县官员大量缺额外，总是感觉不到朝廷、皇帝、郡县之间紧固勾连的情感纽带，这淳于越说的不是没有一点道理。

刚擢任左丞相的李斯心里清楚皇帝反对分封师古，他强硬地说："厚古薄今惑乱黔首，是因为有六国书文、杂史百家，请陛下下令除秦纪之书外，余皆焚毁。"

皇帝也是在气头上，当听到李斯把一个简单的争辩转移到焚烧诗书上来了，他果断说道："文字是统一了，如文书教化不统一，国人精神难以凝聚，国家也就难以安定，为长远计，该牺牲掉的东西就让它牺牲吧。"于是嬴政颁布了《焚书令》。《焚书令》规定：《秦纪》《诗》《书》国家各收藏百套不焚，医药之书、卜筮之书、种树苑林之书不焚；除此之外凡杂书邪说、六国文史都要焚毁，对私藏书者治罪。

信了这么多年神仙，费了巨万资财求仙寻药，可一样也没得到。秦始皇三十五年（前212）初，把卢生、侯生、石生、韩终等召到咸阳讨个说法。卢生、侯生、石生、韩终知道再献不上仙药笃定是欺君之罪，死路一条。于是他们一商量，连夜外逃，口中还诽谤皇帝贪生怕死。嬴政终于发觉被骗，大怒，命令御史把在咸阳城混饭吃的诸生四百六十人统统抓了起来。卢生、侯生、石生、韩终也没跑成。嬴政让蒙毅、叔孙通、周青臣和两名御史审查这些人的身份，凡大体能说出孔子修订的六经有多少篇目的归到一起认定为诸生，共二百人，说不上来且怀揣卜易之书的归到一起认定为方士共二百六十人。

博士淳于越说："这些人没读过儒师孔子的书篇，绝非儒者，吾不齿与之为伍。"

众臣皆曰杀之，以正世风。

皇帝诏令将二百六十个方士予以收监，明日以妖言惑众和诽谤皇帝之罪名予以处死。

蒙宠听闻此事后，当着冯去疾、李斯和众博士的面对嬴政说："这类方士术徒虽招摇撞骗，但最好不要击杀，况且去年焚诗、焚史、焚书，今年又要杀方士，恐此招人误传陛下枉杀儒生之污名而毁誉遗祸于后世！"

左丞相李斯说："早年武安君白起一次坑杀赵军四十五万人，世人虽扼腕但言责者少，今竟有方士敢蒙骗起哄诽谤陛下，引起混乱，为以儆效尤，将这些人除掉十分必要。"

皇帝虽在气头上，但又觉得蒙宠劝谏的有道理，于是诏令御史以弃市之刑处死二百六十个方士，其余之人另行审查处置。当李斯听闻御史将处死的方士埋于骊山浅谷后大惊，骊山西麓乃庄襄王和赵太后陵寝之地，把鄙俗的术士坑埋于此招致秽气，定惹怒皇帝，遂暗中安排将其移至云阳乱葬岗。

秦始皇三十六年（前211）春天，夜空中有荧惑星停在大火星附近，此为天体异象。接着在东郡又天降一块陨石，陨石上刻有"始皇帝死而地分"，这一定是有恶人诅咒。这年的秋天，皇帝的使者从关东回咸阳，夜行华舒道时遇到一个持璧之人，此人让使者将玉璧交给皇帝，说了句"今年祖龙死"，之后就突然不见了。嬴政对这三个怪异事件半信半疑，心中忐忑，令朝中太卜吴差卜卦，卦象显示：出游和迁徙可趋吉避凶。

蒙宠看皇帝脸色晦暗，闷闷不乐，知道他还没有摆脱那三件怪异之事的困扰，于是陪嬴政和儿子嬴昊快马简从来到雍城散心。

几日后，蒙宠看到嬴政开朗起来，说："听闻西域沙海中也有仙境出现，可否起驾一游？"

嬴政说："西域沙海就暂且不去了，朕欲再行出游巡察郡县，你可愿陪朕同往？"

蒙宠说："宠最愿陪君出游了，可天下之大，巡察何方呢？"

嬴政想了想，说："朕自统一至今，帝国疆域九州四海相连，西达流沙之西域，南达岭南和海中诸岛，北达阴山以北大漠，东达长城入海处，泱泱皇土已达四十七郡，比统一初年多了十一郡，自南往北，有南海、东海、渤海紧紧环绕，朕哪里都想去看看啊！"

蒙宠嘻嘻笑了笑说："夫君出游观赏求仙倒在其次，为主的是稳固六国故地，震慑潜藏逆流，开拓新的疆土，祈求民生福寿，除此之外，别无他物！"

嬴政听罢像个孩子似的得意地笑了，说："知朕者宠也！朕已深悟：国之宝，山川也，朕之宝，蒙宠也！"

秦始皇三十七年（前210）十月，皇帝决定出巡，命冯去疾、王贲、冯劫留守帝都咸阳，命李斯、蒙宠、蒙毅、嬴昊和中车府令赵高等陪同巡察。

临行前，中车府令赵高私下找到跟他学习律法的胡亥，说："你的长兄扶苏几年前已去上郡任监军，你的弟弟嬴昊又要随陛下出游，你不要无动于衷了，还不去面见陛下恳请随行出游。"

胡亥平时对父皇很面生、很胆怯，这次在赵高的鼓动下，壮了壮胆子去见父皇，请求随行。嬴政念及胡亥六岁失母，自己平时又无暇顾及，于是同意胡亥随行。

嬴政令使者先行出发，告知南海尉任嚣：皇帝要巡察灵渠，巡察岭南三郡，巡察海南诸岛。当皇帝出行仪仗从武关来到南郡安陆时，随行太仆吴差告知皇帝：夜观天象，东南天子气重，但未成型，镇之则灭。皇帝听后决定改变巡行路线，由巡察岭南改为巡察东南。

十一月，皇帝仪仗过云梦到丹阳至钱塘，从钱塘赫山与龛山之间狭窄处过江来到会稽郡。到会稽郡后，殷通忙前忙后，引导皇帝到禹陵北侧的禹庙祭祀大禹。之后，皇帝的仪仗从会稽郡前街缓缓向东行进。

皇帝巡游会稽郡的事，在大街小巷引起轰动，男女老少里三层外三层地聚集在街道两侧观看，都想争睹皇帝的风采。嬴政看到这远离咸阳的荆之腹地，治理得井然有序，黔首如此敬仰崇拜皇帝，心情愉悦，令巡行仪仗走走停停，让庶民一睹皇家荣光。

殷通和吴县县令郑昌徒步跟随在皇帝的六驾安舆旁边，他无意中看见项梁和侄子项羽也在人群中观礼，很是得意，不觉有些趾高气扬起来。当他的目光刚要从项梁那里移开时，只见项羽左手猛地向前伸出比画了一下，郡守殷通会心地一笑，心想：不看什么场合，还打什么招呼啊。当时项梁正在看郡守神气活现地跟在皇帝的车驾旁，猛然见侄子项羽伸出手指指着正从眼前经过的皇帝嬴政，说："神气什么啊，我可以取代你！"项梁大惊，一下子把项羽的手打落下来，项羽又要张嘴说话，项梁伸手捂住他的嘴，拉着他迅速离开人群跑到旁边巷子里躲了起来。项羽不解地说："叔父，你为何捂侄子的嘴啊？"

项梁说："你这是要惹大祸啊，你说的话，要是让皇帝听到或者旁人举告给皇帝或郡守，这可是灭族的大罪啊！"

刚才的一幕恰巧被站在皇帝身侧的蒙宠看到了。当车驾缓缓经过时，她看到人群中的项梁、项羽有些与众不同，不但衣衫华贵，面相也有异于旁人。特别是身高九尺的项羽，长方白脸，立眉鼓目，肩宽颈长。蒙宠用手拽了一下嬴政，嬴政不知何意，蒙宠指给他说："陛下你看，那两个人气度不凡，有些不合群！"

嬴政皇帝看了一眼，又转向正前，说了句："不过一猛儿而已！"

蒙宠正要转脸时，突然见那高个子长脸立眉的年轻男子伸手朝这边比画了一下，她虽然没有听清那人嘴里说了什么，但感觉不是善意。

皇帝舆驾缓缓前行，蒙宠悄悄下车，来到刚才那两人站立的人群中寻找，却里里外外不见那两人的踪影。蒙宠正要离开时，一个女孩拉住她的胳膊，蒙宠一看，这不是芈巾吗?六七年不见,芈巾出落得亭亭玉立,蒙宠问:"芈巾,你刚才看到有两个高个子男子去哪个方向了吗?"

芈巾微微一怔:项梁、项羽常到她城里的家中做客,有时也寻医问药,因此对二人很熟悉。她刚才看见项梁、项羽慌慌张张从人群出来躲到她身后的巷子里去了。芈巾见蒙宠手握剑柄,面若冰霜,她向远处一指,说:"好像朝那个方向去了。"

蒙宠拉着芈巾追了几步,看不到人,就停了下来,问道:"你怎么在这里?你养父母呢?"

这时芈巾的养父虞合从人群中挤了出来,他给蒙宠施礼后说:"上次贵人给了小民那么多镒金,老朽就从上虞搬到吴县城里来了,芈巾已改名虞巾了。"

蒙宠看到虞巾出落得美丽达礼,嘱咐了两句就告辞回到了皇帝的车驾之上。晚上回到行馆,她就把那个可疑之人画成像给皇帝看,嬴政看了一眼,不以为意地说:"此人面貌虽异于常人,也不见有人告其触犯秦法,搜捕此人恐引起黔首骚动。"

蒙宠听皇帝说得有理,把画像收了起来,不再提及此事。

嬴政和蒙宠一起游历了虎丘剑池、会稽山、山阴。嬴政还特别到山阴之南的原越国之地的闽中郡巡视,闽中郡守驺无诸战战兢兢地拜见了皇帝,皇帝巡视到海边,问驺无诸:"朕想知道,东南方向海水有多远?"

无诸奏曰:"臣启奏陛下,臣曾亲自乘船出海,数月也到不了边岸。"

嬴政又问:"海中可见到仙山?"

无诸答道:"启奏陛下,海中并无仙山,只有岛屿成列,闽中郡渔民常居住往来。"

嬴政皇帝令驺无诸守好海疆,之后北上。

当皇帝巡行仪仗到达彭城泗水一带时,嬴政让车驾停了下来,随口问泗水郡郡守壮:"那个泗水亭长还当着了吗?"

泗水郡郡守壮说:"回禀皇帝陛下,那个泗水亭长叫刘季,他前些日子押送两百名刑徒去骊山了,至今未回。"他说完,小声嘟囔了一句:"也该回来了,都多长时间了。"郡守壮有所不知的是,当时亭长刘季押着两百多名刑徒去咸阳骊山修陵墓，刚过芒砀山，就发现有五十多个刑徒逃到山林中去了，押送人数缺额，按秦律要治罪。刘季心想，十年前到咸阳时，皇帝交代如找到雍州鼎，提升官位，我刘季怎么运气这么不济，那雍州鼎没寻到，十年了还是个小亭长。如今刑徒走失不少，到了骊山还要被治罪，索性散伙了罢，刘季泄气地说："你们都四散去吧！"刑徒们闻言一哄而散，只有后边赶来的连襟樊哙和十几个无处可去的混世小子，追随刘季隐藏到芒砀山中，不再回泗水郡了。

皇帝巡行车驾继续北上，到达琅琊郡后，驻跸在琅琊宫中，在琅琊宫休整两天后，皇帝正要起驾沿海岸北行，这时徐福求见。

嬴政见到徐福后，看了徐福好一会儿，说道："朕问你，仙药可否寻到？当年的童男童女何在？"

徐福伏在地上磕头如捣蒜，说："回禀陛下，小民一心寻仙药，只因海中有大鲛鱼阻挡取不到手，因仙药未得，当年的童男童女暂时被安置在海岛上了。"

嬴政说："念你主动到此见朕，还有五年前徐谱献雍州鼎之事，你虽花费巨万而未得仙药，朕亦不治你的罪了！"

徐福听到皇帝不治他的罪，又大着胆子说："小民有一大事向陛下奏报，小民在海中数年寻览，仙药虽未到手，可是发现多个无主大长岛，岛上除见到一些原齐国、燕国、荆国迷航漂流到那里的渔夫外，还有燕国人留下的残币，除此尽是空旷无主之地，奏请陛下让小民再带些童男童女放置在那里，繁衍生息，纳为华夏之土。"

对徐福之言，嬴政让李斯、蒙毅等陈述意见。

李斯看了看方士徐福，明摆着，前两年蒙骗皇帝的方士术士都已被处死了，心想，这个徐福十年了没有找到仙药，皇帝不治你的罪真是烧高香了，现在还向皇帝再求童男童女、百工之人、农具、种子，真是不知死活的东西。李斯说："臣昧死上奏，皇帝万不可听信徐福之言，此人先说能找到仙人仙药，今又说海里有岛有地，是真是假谁能说得清。"

嬴政对徐福说："徐福啊，十年前，你带走的三千童男童女，你说将其安置在了海中岛上，朕怀疑他们是否葬身鱼腹也未可知，你帮朕寻不到仙药，说别的朕都不能全信。"

　　嬴政思量再三，诏令琅琊郡守抓紧为徐福再次出海做准备，之后皇帝巡行仪仗离开琅琊台北上秦皇岛行宫。

三十五 / 妻儿代君寻仙药，田园山川美无双

离开琅琊台行宫，皇帝的仪仗在徐福的引领下，一路沿着海岸向北寻找大鲛鱼。到达成山之罘后，嬴政皇帝在侍卫和军卒的保护下，亲自乘船到海里追杀大鲛鱼。顺洋流向北追寻一阵后，发现有大鲛鱼出现，结果有两条大的鲛鱼被皇帝用连弩杀死了。皇帝于是让侍卫陪徐福去找神仙求仙药，几天后，徐福两手空空回见皇帝。

徐福说："我和侍卫到蓬莱仙岛没见到神仙，一打听，神仙到瀛洲和檀夷云游去了，担心陛下等得心急，故回来禀告。"

嬴政说："徐福啊，你说找不到仙药是因为有大鱼阻拦，今朕亲杀大鱼，而你还是找不到仙药，朕不想看到你了，你还是回琅琊去吧。"

徐福退下。嬴政继续沿海岸线西行北进，十日后来到秦皇岛金山嘴行宫。

金山嘴行宫在建成侯赵亥和上卿王戊的督建下，已于一年前落成。行宫背依山峰，三面临海，方圆百亩，夯土墙厚八尺六寸，台高四十八尺，秦始皇帝把四座主要寝宫命名为：瀛洲宫、碣石宫、蓬莱宫、方丈宫。四座宫室都是坐西朝东，高低错落，在每个寝宫中都能把大海尽收眼底。行宫中还设有执事厅，随从常寝堂、府库，在东侧设有庖厨院、宴乐轩。

蒙宠选择了她非常喜欢的碣石宫和嬴政同住。三月三日午后，暖阳高悬，正在宫中正殿读书的嬴昊抬头一看，只见前面海水之中冉冉升起一座都市，亭台楼阁，车马人影，城墙堞垛，一应俱有。嬴昊拉着父皇嬴政和母后蒙宠从宫中出来，来到宫前高台上观看海中的仙境，嬴昊兴高采烈，问这问那，嬴政一直盯着那海中的景

象，一个时辰后那景象消失了，可嬴政还站在那儿一动不动地出神。

蒙宠走过去推了一下嬴政，说："这海景看过那么多次了还没看够吗？"

皇帝揽住蒙宠的肩头，望着前面浩渺的大海说："朕不知道这海里到底有没有神山，到底有没有神仙，还有十年前去海里的童男童女怎样了？"

蒙宠和嬴政对视了一下说："从陛下您第一次巡游这里到今日快十年了，徐福、卢生、石生、韩终等为皇帝寻仙求药至今不得，这足以明证海上的只是幻象，并无什么神仙，无神仙哪来仙药啊！"

嬴政随着说了句："那瀛洲、蓬莱、方丈三座神山也是幻象吗？"

蒙宠说："那三个神山说不定就是海中之岛，被人误以为神山罢了。"

嬴政叹了口气，说："是啊，朕先祖称公称王达三十六代，穆公、献公、孝公自不必说，强势如昭襄王，如世上有此长生不死之药岂能不食，食之不死，哪还有朕的存在！"

蒙宠听皇帝想的、说的那么明白，很是高兴，说："人生自古谁无死，自古谁都不愿死。今陛下和宠不就是住在瀛洲宫、碣石宫、蓬莱宫、方丈宫里吗，天天在这里看世间美景，尝世间美食，受万人朝拜，还不用漂浮于海空，这不是胜过神仙了吗？"

嬴政说："朕亦知长生不死难之又难，可朕退而求其福寿多一些、长一些而已。"

蒙宠听到嬴政说出他的心里话，很是欣慰地说："陛下功业早已盖过三皇五帝，造福华夏，经天纬地，福寿定然既多且长。"

嬴政说："朕说过等朕五十岁诏立太子，到明年朕就五十岁了，待回咸阳预备此事，是立扶苏乎，是立天下肖者乎？"

蒙宠听到嬴政说起立太子之事，坚定地说："陛下立嫡长为太子天经地义，天下宾服，况扶苏仁德，在军中历练六年，颇有功勋，速立为佳！"

嬴政频频颔首，若有所思。

又过一日，右丞相冯去疾的奏章从咸阳送到行宫，奏章中说：骊山陵年内难以落成，原因是七个郡增派来修陵的刑徒误期，还有的郡派出的刑徒半路逃散。嬴政看后把奏章丢在一边，自语道："逃散吧，逃散吧，修陵何用。"

回到碣石宫蒙宠的身边，嬴政仍闷闷不乐，蒙宠问清原委后说："陛下福寿绵长，修陵何用，若盼陵有用，何求长生。"

嬴政听蒙宠说到自己心里去了，郁气烟消云散，说："夫人说的极是，国尚可破，况一陵乎，修再坚固，终毁人手，徒费物工而已！"

蒙宠说："长安不如长寿，长寿不如长乐。"

嬴政忽然面露戚戚之色，说："若朕真有亡故的一天，朕想安安生生、清清静静地不被打扰，高大的骊陵是贼人的目标，不是朕的归宿。"

蒙宠说："陛下真是既智慧又伟大！留名者刻石纪功，安息者不树不封。"

嬴政认为蒙宠说得很对。

远处的海上又浮现出隐约的仙境楼台，李斯、蒙毅、赵亥、王戊、赵高都在驻足观赏。这时赵高说了句话引起了皇帝的注意："自陛下入住行宫以来，神山数次出现于海上，应是神仙欲拜见陛下，只是我等人多嘴杂，神仙不愿下凡。"

听完赵高的话，李斯随口驳斥道："莫要乱语惑上，神仙想来拜见陛下早来拜见了，定然不会惧怕我等凡夫俗子。"

嬴政说："朕令徐福、卢生等寻仙问药十余年一无所获，朕只是令人代寻，从未亲往，莫非神仙怪罪而不给神药？"

赵亥说："臣在此建筑行宫，常与当地人谈论，从未听说过燕昭王、齐威王亲自去海中登山求仙之事。"

嬴政对赵亥说："朕知道你已建造多艘楼船，即刻将其停靠到蓬莱宫下的泊船处，朕要亲自去海上寻览一番。"

嬴政不相信方士所言所见，要亲自坐船到海里探仙求药的事传到正在碣石宫中陪嬴昊、胡亥两个公子玩耍的蒙宠耳中。蒙宠急忙从宫中赶来，坚决阻止嬴政出海的行动。

蒙宠说："陛下乃天下黎民之陛下，怎能涉险赴海，贸然离陆！"

李斯起初不敢劝，当看到蒙宠断然阻止皇帝时，他率蒙毅、赵亥、王戊、赵高等臣士一起向嬴政力谏："眼前片海，身后万土，陛下三思！"

嬴政说："朕是不再相信方士的话了，欲亲往一探究竟，也好了却仙人仙药给朕的牵挂，同时察访一下那些久离父母的童男童女是否如徐福所说，居住在岛屿之上！"

蒙宠见状说："方士忽而悠之，陛下不再轻信也是好的。陛下真有此意，那就让我蒙宠代陛下前去探访一下，定会将仙山和童男童女的真相探明。"

皇帝见蒙宠自告奋勇要代替自己去海中，大为不舍，说："夫人母仪天下，虽有绝世剑术，朕也不舍夫人去赴不测之海！"

正僵持间，从来不怎么说话的公子胡亥说："我愿跟随母后前往，替父皇解谜寻药！"

让外人去寻访，皇帝难以信服，皇帝亲身涉险又万万不能，蒙宠是皇帝最信赖之人，舍宠其谁啊。

在蒙宠的坚持下，嬴政最后准许了蒙宠和胡亥的请求。于是，赵亥调集三十艘楼船和三十艘战船，由王戊率两千名军士护卫，另择海上出现仙境时前去探访。

赵高听到胡亥贸然提出要随蒙宠出海，心中嘀咕，趁夜晚胡亥向他请教狱律时，说："你是皇室贵公子，前途无可限量，大海风急浪高，滚如沸汤，深不可测，你不知厉害，万不可前往！"

胡亥说："我已向父皇请求，且父皇已准许，怎能食言贪生怕死呢。"

赵高说："嬴昊系皇帝和蒙宠亲生嗣子，要去也是嬴昊陪着去，怎么能轮到你抢着去呢。"

胡亥说："那怎么办才好呢？"

赵高凑到胡亥耳际说了句话，胡亥勉强点了点头。

四天后，海上又出现了那般景象，早已准备好的三十艘楼船和三十艘战船已经在行宫下泊靠等候，王戊率领校尉军士迅速登船，等待蒙宠和胡亥的到来。

嬴政、李斯、蒙毅、赵亥、赵高走在前面，后面是蒙宠一手拉着嬴昊一手拉着胡亥来到港口之上，最后是两个马倌一人手牵一匹宝马。蒙宠踏上扶舷走进豪华的楼船之中，这时年仅二十岁的胡亥紧随其后，胡亥前脚刚踏上扶舷，突然双手捂住小腹蹲了下去，赵高忙上前询问，胡亥呈现出痛苦表情，说自己肚子疼。这突发的状况让皇帝始料未及，他正要说话，只见十三岁的嬴昊一个箭步冲到扶舷之上，转过身给父皇嬴政行礼说："兄胡亥突然有疾，我陪母后前去吧！"

众人已登船，船队庞大，况且有上卿王戊率两千军士护卫，皇帝稍微放心一些，只是他疼爱嬴昊这个小儿子，内心里不愿让他赴海。

船已缓缓地向海中那片现出仙山楼阁的区域驶去，半天后什么也看不到了。

蒙宠和嬴昊平生第一次坐这么豪华、这么大的楼船在大海里航行，蒙宠早已有此好奇之心，她想亲自看一看，这海里到底藏着什么神秘的东西让皇帝如此痴迷。她知道皇帝也在纳闷，这海的那边到底还有什么，是否如方士徐福所说，里边有岛，并且把十年前带走的童男童女留在那里居住。

在海里行驶快三天了，除了时而平静如镜、时而翻滚如沸的海水外，什么也没有看到。

船队向东南方向航行，出渤海海峡没多久，突然海面上从南面吹起大风，船只不由自主地偏北而去。第十天，船队来到一个海湾中，蒙宠抬头一看，见此处有长城延伸入海，她惊喜地对嬴昊和王戊说："这就是蒙恬修的长城！"王戊、嬴昊和众船员军士无不惊叹和自豪！

说来奇怪，刮了几天的南风，不知怎么的又转变为北风了，船队沿着长城入海的满潘汗西海岸向南航行。王戊向蒙宠介绍说：船队是从渤海而来，现在船队的左侧是秦帝国长城入海的辽东半岛，是行驶在东海之中。五日后船队左侧的半岛到头了，又向前航行了三天，见到一个独立海中的岛屿，船队登岛补给淡水时发现岛上山洞中有人居住过的痕迹，此岛叫什么名字呢？蒙宠说："此岛甚美，就叫小瀛洲岛吧。"王戊马上让工匠刻字于石置放在岛的中央。

船队从小瀛洲岛离开后偏东北靠右侧航行，穿过海峡五日后前面出现陆岸，蒙宠让王戊选择一个避风港，把船泊好，随后安排上岛寻找淡水予以补给，同时用简易的司南定位秦皇岛金山嘴行宫的方位，心中打算休整数日后归航。这时王戊已经令船工和军士把所有船泊好后登岛支釜煮饭。

蒙宠把带到楼船上的两匹马牵出船舱，她骑上汗血马，嬴昊骑上他素爱的赤兔马，在岛上向北驰骋。

跑着跑着，嬴昊突然喊道："母后，前面树林中好像有人！"

蒙宠急忙勒住缰绳，定眼一看，右前方树林边上有许多茅草覆顶、石块砌墙的坡顶屋舍。看到两匹快马过来，有的人躲到树林里，有的人躲到屋舍里。蒙宠很是奇怪，这里不是荒蛮之岛吗，怎么会有人呢，这些人是从哪里来的呢？带着这些疑问蒙宠牵马在前，嬴昊牵马跟在后面。二人走到屋舍边上，屋舍里悄无声息，树林里有人在偷偷向这边张望，不一会儿，屋舍里传出婴儿的啼哭声和放低的说话声，蒙宠贴近屋舍听了一会儿，更让她惊诧的是屋舍里的人说的竟是秦语乡音，大意是说："别让孩子啼哭，有不速之客忽至，凶多吉少。"蒙宠听罢，把身上的佩剑取下来放在屋舍前的草地上，匀了匀呼吸，轻轻走进屋舍，透过昏暗的光线，她看到里面有两男两女和两个两岁多的幼儿，还有一个像是刚出生不久的婴儿，地上铺着厚厚的干草和一些破烂的麻片。

看见有陌生人进屋舍，他们缩作一团，瞪着戒备和敌视的眼眸。

蒙宠示意嬴昊进来一同席地坐在他们面前，她见四个年龄稍大的男女中有一个比嬴昊大不了几岁，蒙宠柔声柔气地和他们说话，告诉他们自己旁边比他们小些的嬴昊是自己的儿子，自己乘船从华夏秦帝国而来。屋舍里的人见蒙宠和蔼可亲，从不敢说话到抢着说话。

从说话中蒙宠得知，这就是十年前徐福向皇帝夸下海口寻仙求药带出来的童男童女，当时的五六岁、六七岁，到现今已经十六七岁了，大点的都十七八岁了。他们来到这荒无人烟的岛上相依为命，长大后，都遵徐福之命结合在一起生儿育女。蒙宠没有也没必要向他们亮出自己的身份。她退出屋舍，和嬴昊一起回到船队休整的崖洞下。

第二日，蒙宠和嬴昊骑马在前，王戊带着两百军士在后，向北摸索，路过昨日的屋舍时，给了他们一些船上的食物。蒙宠一行人一路向北，路过山峰、森林、江河、草地、丘陵，他们往东北方向走了四天看到了大海，又转而向北。十天后眼前一亮，无边无际的平原呈现在眼前，走过去，平原上有不少湖泊、沼泽、鲜花遍地，人头攒动。走近一看，除几十个年岁大的人外，大都是十六七、十七八岁的少年，他们大都同居生子，边照看孩子边收割稻谷。蒙宠询问年龄大的百工得知：徐福求仙不成，携三千童男童女以及工匠、射手、农具、谷物种子来到大如齐国故地的岛上。工匠还告诉蒙宠说："徐福半路上已经回秦帝国两三次了，还挑选了面貌娇好的三个女孩同居，已生育七个孩子了。前几个月徐福又回秦帝国，到现在还没有回来。"这里的文字是秦篆和秦隶，习俗也是秦地、齐地的风俗。蒙宠亲耳所闻，亲眼所见，她当然知道徐福还在琅琊，但有一点，徐福给皇帝说海中有岛是真的，说把童男童女放置在海岛上也是真的，唯独他霸占三个女孩的事，没有向皇帝奏明。这可是重大的事情，这岛上也是大秦之土。蒙宠写好奏章，加盖上皇后的玉玺交给王戊，让他速派五艘战船，带上司南，把这个信息禀奏到皇帝手中。虽说此行没有寻到仙人仙药，但也证实了海上真的没有神仙，而且这里的平原广泽、山川江河更加宝贵。

王戊接过蒙宠亲笔写的奏章后，立马挑选出两个校尉，带领十五个熟练的水工舵手，还让齐地的两个老渔夫为向导，以司南定位，速回皇帝的行宫。如果顺风顺水的话，二十多天就可以把蒙宠亲手写的奏章送到皇帝的行宫。

蒙宠打算继续在岛上再四下探寻一下，争取五月底前返回金山嘴行宫与嬴政团聚。

三十六 / 徐福再次出海去，蒙宠何时归良乡

蒙宠夫人一行杳无音讯，吉凶难料，嬴政在金山上嘴行宫里坐立不安，他连各郡县、各大臣报送的奏章也无心翻阅。

蒙宠携嬴昊出海已经四十多天了，六十艘船一艘也不见返回，他们去了哪里？是否找到仙药都无所谓，是否找到了岛上的童男童女也不打紧，快些平安回来啊……嬴政白日里在碣石宫向海上瞭望，有时风和日丽，海天一色，有时乌云翻卷，海浪咆哮。皇帝夜晚难以成寐，有时披衣在黑暗中枯坐，行宫外潮起潮落，涛声阵阵。宫里四个侍者都是几年来的贴身近侍，他们毫无声响地陪在皇帝的身旁，面无表情地望着皇帝，尽心娴熟地服侍着心神不定的皇帝，有时皇帝和他们说话，他们也只是手脚麻利地用行动予以回应，因为他们都是哑巴。

说来有些反常，自从蒙宠携子嬴昊代皇帝出海后，嬴政和李斯等大臣再也没有看到海上出现神山和殿台宇榭了，沉郁的气氛笼罩着行宫。在不安而漫长的等待中又开始了新的一天，临近午后时分，正在打瞌睡的皇帝嬴政被一阵脚步声惊醒，只见一个侍者双手比画着指向宫外的海面，嬴政赶忙随侍者来到碣石宫外的观海亭，只见远处的海面上出现了城郭、宫殿和山峰的景象，更引人注意的是从那景象里好似有两艘船正向这边驶来。

船越来越近，远处的景象渐渐消失，皇帝和大臣赶到海边迎接，他们都以为是蒙宠和勇敢的嬴昊回来了。当两艘船靠近岸边，船上下来的是两个校尉和十几个军士还有渔夫模样的一队人，全然看不见蒙宠的影子。嬴政沮丧至极，屏退了李斯等

大臣的跟随，在侍者的搀扶下回到碣石宫。他没注意到那两名校尉手捧油脂麻花的布包跟到宫外求见。

他们呈上蒙宠亲笔写给嬴政的帛书奏章，校尉简略向皇帝讲述了这次出海的经历，特别讲述了回来时的凶险航程。原来刚出发时有五艘急行战船给皇帝报送信息，途经蒙宠命名的小瀛洲岛时，狂野的洋流，滔天的巨浪，倾翻了两艘战船，剩下的三艘战船放慢速度向西北航行，一天后，又一艘船受损漏水而沉没了。

嬴政小心翼翼打开裹了九层的绢布包，取出蒙宠写回来的奏章，奏章中说：在海里航行了一个多月没有碰到神仙；海外有海；徐福带走的三千童男童女在一个大如齐国的长条状岛上安家了；徐福从十年前带去的童女中挑出三个作他的妻妾，已经生育七个孩子；这个如齐国故地大小的岛上有平原广泽，山川秀美，岛上的东面西面还是大海，岛的西北面是辽东郡所处之半岛，可能这长岛的东面还会有岛；接下来她和嬴昊要把整个岛从北到南各处游历一遍；想把随行的王戊和两千军士永远留在岛上；从速派徐福赶回岛上，还可以答应他以求仙之名再带五千童男、五千童女出海，还要带各种工匠千人，手工机具千件；让徐福出海时带百石半两钱和百石秦书竹简，她已和王戊商定，等徐福到达后，把半两钱和竹简分三十六份，分散到东西南北中三十六个地方深埋地下，埋藏的洞坑自上而下以白色石灰粉末灌注，作为华夏之土标记；她和嬴昊计划在五月底六月初回到金山嘴行宫，若未如期赶回，请陛下以国事为重返回咸阳；或者回到巨鹿郡大麓宫等待，如七月底还赶不到就永远不要等了。

嬴政看完蒙宠用娟秀的笔迹书写的奏章，已是泪流满面。嬴政多少年都没有流过眼泪了，他手有些抖，没有去管眼泪的流淌。两个校尉和四个侍者都呆立一旁，不知道奏章说了些什么，让这个冷面威严的皇帝如此动情。

嬴政没有在奏章上批一个字，他觉得这不是奏章是家书，这家书里藏着新的疆土，不禁感叹一个女子胜过六十万大军啊！嬴政把这奏章小心折好，还是用原来被油脂浸过的绢布包裹起来，然后交给身边最面善的一个叫莫言的侍者保管。

嬴政把李斯召到碣石宫，令他传召方士徐福。

五天后，徐福来到秦皇岛金山嘴行宫面见嬴政皇帝。徐福恭敬地立在碣石宫嬴政皇帝的御座下。皇帝坐在御座上不说话，死亡的恐惧紧紧攫住了徐福，自己曾骗皇帝说：上不了神山取药，是海里有大鲛鱼阻挡，没想到，皇帝亲自持连发劲弩射杀了大鲛鱼，这下你徐福应该能到达神山取回仙药了吧，没有，还是没有，这是闹着玩的吗，前些年那二百多个方士是怎么死的，除去诽谤之罪主要是欺君啊。

嬴政看着站在下面一动不动的方士徐福，心想：这个徐福啊，在琅琊台行宫说的话并无多大虚言，那海里还真的有大片岛土存在啊，这徐福在海里闹腾半天没有找到仙药，却找到新的疆土，并让大秦帝国的童男童女占据在那里，这也算是没白费资财和工夫啊，他新求增派童男童女应该是那里地域广大的缘故吧。五年前，这徐福让其兄献出雍州鼎，今次现身又献地，此方士虽不是官吏但可是个良民啊。

嬴政对李斯说："昨日从海里回来的两个校尉，每人赏镒金三百，爵升二级。"

嬴政对昨日蒙宠写来的奏章只字未提，因此，当令李斯对两个落汤鸡似的校尉如此厚赏时，李斯有些不解，他虽然心里不解，但还是马上派人去办。

嬴政接着令徐福抬起头来说话。

"徐福啊，你告诉朕，你几个妻室啊？"皇帝问。

"回禀陛下，小民只一个妻室。"徐福答。

"什么，一个妻室，你不是有四个妻室吗？"皇帝不凉不热地问。

"小民该死！"徐福"咚"地一下跪在地上。

"徐福啊，你告诉朕，你几个儿女啊？"皇帝又问。

"回禀陛下，小民只一男一女两个孩子在徐城。"

"什么，两个儿女，你不是有九个儿女吗？"皇帝依然不凉不热地说。

"小民该死。"跪在地上的徐福满头大汗，腾腾冒着热气。徐福眼前一片恍惚，心里一片混沌，混沌恍惚中似有一根尖刺在扎他：我徐福还找什么神仙啊，眼前这皇帝不就是神仙吗，皇帝怎么什么都知道得一清二楚，我命将休矣。

嬴政转向李斯，说："丞相啊，朕限你十日内征招五千童男、五千童女、五百个工匠、三百名射手、工具三千、半两钱百石、秦竹简书百石，备好后移交给徐福出海之用。"

"啊……这……"正处于惊恐之中的徐福分明听清了皇帝刚刚说的话，可他还是伸手在自己大腿上拧了一把，有些不相信自己的耳朵。

听到皇帝的话，李斯愣了一下，瞅了一眼跪在地上的方士徐福，说："臣昧死启奏陛下，徐福蒙蔽陛下应予腰斩……"

嬴政不等李斯说完就打断了他的话，说："丞相不要禀奏了，快去通告周边各郡县准备吧。"

李斯退下时，顺便踢了徐福一脚，心想皇帝这是中邪了还是咋的，这可恶的方士徐福使的什么鬼，哎，筹集这么大量的人、财、物，十日弄齐备太难了。

嬴政又召见赵亥，说："赵侯建造行宫有功，朕还未顾得上赏赐你啊。"

赵亥说："此是臣应尽职责，陛下不必奖赏。"

嬴政说："赏是一定要赏的，眼下你要在二十日内调集百艘船只，速持朕之诏令从琅琊郡、齐郡、泗水郡、闽中郡调用。齐备后装载李斯筹集的人、财、物等，而后交徐福出海使用，到时一并重赏于你！"

十日后，李斯奏报皇帝，童男童女各五千人、农用手工用具三千件、工匠五百、射手三百、半两钱百石、秦书竹简百石已备好。皇帝予以嘉奖。

二十日后，建成侯赵亥奏报皇帝：船舶百艘和船工已集结泊靠在码头。皇帝赏赵亥田宅两处。

在徐福出海的前一天，嬴政在碣石宫召见徐福，李斯、蒙毅、赵亥和徐福分列两旁。

嬴政说："明日徐福就要出海了，他要去他十年前安置童男童女的大岛。海上有三神山，瀛洲、蓬莱和方丈，那么朕就把徐福所说的大岛之地命名为瀛洲岛吧，瀛洲岛上设置瀛洲郡，朕命徐福为瀛洲郡之郡守，统辖瀛洲岛和瀛海。"皇帝停了停接着说："至于瀛洲郡的郡尉和监御史，朕命王戊属任，若徐福海上遇到他即传朕之任命。"

徐福快速趋步来到皇帝的御座前，谢恩领命。

这时，赵高和胡亥带着七个人来到宫中，赵高说："微臣启奏皇帝陛下，这七个人分别是徐福之父徐猛和妻田氏，徐福的妻子刘氏和两个儿女，那边上的是徐福的兄长徐谱和兄嫂王氏。"

嬴政说："徐福啊，你此次给朕出海，驻守荒岛，海路天涯，茫茫千里，朕令中车府令把你的至亲家人带回咸阳好好安顿，省得你放心不下！"

徐福突见老家徐城的家人出现在碣石宫中，他马上明白了皇帝的良苦用心，说是好好安顿，实际上是抵作人质啊。千里万里之外，你徐福也莫做非分之事，天高皇帝也不远啊。

徐福接过李斯书写的任命书和郡守铜印后，招呼七位至亲家人一起给皇帝施礼谢恩。

徐福说："禀皇帝陛下，臣福此去即是肝脑涂地也要不辱使命，除却瀛洲承载皇泽皇恩外，不才臣福定要寻到那蓬莱和方丈以报皇帝知遇之恩啊！"

第二日，临行前，皇帝亲手把写给蒙宠的帛信交给徐福，到最后这个时候嬴政才把蒙宠出海已到达瀛洲岛的事告诉徐福，徐福暗暗心惊：自己从岛上回到琅琊郡快一年了，那岛上有何变故没有啊。徐福最不放心的是十年前带去的工匠中有两个狡诈之人，心狠手毒，平时欺凌那些孩子们，虽已惩戒，但劣性难改啊。

皇帝在给蒙宠的帛书中说：五月底到六月初等不到的话，皇帝的仪仗就移驾到巨鹿郡大麓宫去等，等到后一同回帝都咸阳。嬴政也知道，蒙宠很可能等不到徐福回岛就开始返航了，如若徐福快些回岛，蒙宠耽误几天返航，就能在那瀛洲岛上会面。在嬴政皇帝的催促下，徐福率领帝国最庞大的船队从秦皇岛向东南方向出发了。

就在徐福到达瀛洲岛之前的三天，蒙宠和嬴昊在由王戊精心挑选的一百名军士和十几年前漂流到岛上的齐地渔民的护卫下，乘坐三艘楼船、三艘战船驶离岛岸穿过海峡向西北航行。近两千名军士和近五十艘船只留给王戊。

茫茫海天，音讯隔绝，蒙宠不知派出送帛书的五艘战船是否安全到达秦皇岛，嬴政可否看到了她写的帛书；如果嬴政看到了帛书，那么徐福起航了没有？

在返航前的时日里，蒙宠和嬴昊骑着马在岛上奔跑游历，他们有时忘记了这是在一个长长的岛上，众多的河流流淌，众多的湖泊清亮，森林一片连一片，平原山地望不到边，还有那喷火冒烟的坟堌堆山……王戊和二千名军士也在按蒙宠交代，查寻十年前来到这里的童男童女还有工匠都分散到了哪里，帮他们修补屋舍和存稻谷的仓房。

一天，一个满头满脸长满像野草一样须发的工匠，抱着一个奄奄一息的两岁左右的男孩，后面跟着一个蓬头垢面的十六七岁的女孩，跌跌撞撞向蒙宠投奔过来，那个上了年纪的工匠说："岛上有两个倭姓工匠，一个叫倭三，一个叫倭木，他俩在徐福回海那边的一年多时间里，一会儿宣称徐福死在海里了，一会儿宣称徐福回琅琊后被皇帝杀死了，他们分别霸占了徐福的三个妻子，殴打他尚年幼的孩子，徐福七个儿女已被折磨死了三个。"这个老工匠控诉说："那两个倭姓恶人同时还霸占着十多个女孩子，天天做出下流的举动让女孩们就范，并扬言要当这岛上的皇帝。"

蒙宠闻言先抱了抱那奄奄一息的男孩，让随行的医官快快救治，随后让老者带她去找那两个变态的恶人。刚到一个有着山洞的崖下，就看到那两个恶工匠每人搂着一个女孩半躺在乱草丛中，头还枕在另一个女孩的肚子上。他们发现蒙宠现身，狂叫着仙女下凡了，"嘻嘻"迎了上来。蒙宠身影一闪，剑已出鞘，那两个倭姓工匠的筋脉全被挑断，成为废人。跟在那老人家后面的徐福之妻，眼见恶人已除，自己那奄奄一息的孩子也缓过了气来，她哇的一声哭了起来，随着她用双手在脸上抹去泪水，那姣丽的容颜露了出来。

蒙宠安抚她说："不要怕，这里虽然远离咸阳，可皇帝还是要管的，还是要惩处恶人的，不要怕，徐福很快就会回来的！"

嬴昊指着跑散的五六孩子童说："他们都是倭姓工匠之子，我速去除之，以免此等劣种遗祸于华夏后世！"

蒙宠看了一眼那几个孩童的背影，说："罢了……"

随着船舶的起伏，蒙宠理了理鬓发，不再想身后岛上的那些个事了。王戊虽然担心她的安全，但在她的命令下还是留在了岛上。蒙宠觉得自己这个出生在都城里的女子，经过这几十天的旅程，真是爱上了这大海。她记得自己在从咸阳到雍城的路上策马飞驰，时时见前面道路上出现粼粼的水光，马跑到跟前就不见了，可往前面看又有了。

蒙宠有些困倦了，她回到船舱里，斜倚在船的舷窗旁迷迷瞪瞪进入梦乡，她梦到自己回到了金山嘴行宫，宫殿里空空荡荡，嬴政已起跸西行，她追啊追啊，往北路追了一程，追过渔阳郡想起了嬴政肯定是走中路到大麓宫和她会合，于是勒转马头又往南追去。她梦到嬴政病倒了，在呼唤自己的名字，她快马星夜兼程赶到大麓宫，啊，大麓宫仍不见嬴政的影子，忽然有人对她说："皇帝停留在沙丘宫了。"蒙宠叫了声："不可！"一下子从梦中惊醒，这时舷窗外一群肚尾洁白如雪的海鸟鸣叫着，正在绕船盘旋。

三十七 / 灭秦者胡胡者谁，让朕真是费思量

在秦皇岛金山嘴行宫西南不远就是碣石山，也叫西碣石山。五年前皇帝曾登临此山，登到半山腰东观沧海，然后还和燕地方士卢生、韩地方士韩终等爬到仙台顶去寻找居住在那里的仙人羡门和高誓……

嬴政从居住的碣石宫里走出来，他伫立在观海亭上，朝眼前的大海深处看了半天，大海是蓝的，天空也是蓝的，他急切想要看到的玄黑色船影始终没有出现。他往右转头看去，碣石山挺拔俊美，云雾罩顶，仙气昭彰，嬴政想起前几日李斯说：山上已筑好观海会仙长廊。皇帝传令起驾碣石山，他在李斯、蒙毅、赵高、胡亥陪同下登上了位于半山腰的观海会仙长廊，皇帝站在长廊上使劲地儿往前面的海面上搜寻，眼睛都看疼了仍然没有看到蒙宠回航的船影。这时，他想到了上次随方士卢生登此山寻仙，结果仙未寻到却寻到一部抄录的图书，如今，山还在，海还在，而方士卢生却已埋身黄土了。唉，卢生虽已亡去，可他献给皇帝的图书中的一句话，却牢牢地镌刻在皇帝的心底，那句话就是"灭秦者胡也！"五个字。值得欣慰的是，五年来大将蒙恬、监军扶苏威震胡人匈奴，先是在黄河南北，主要是河南之地设置了三十四个县，去年又在阴山阳山一带设置了十个县，四五年了，胡人不但不敢南下牧马，连往南看一眼都不敢，这怎么说能灭秦呢？

从碣石山回到秦皇岛金山嘴行宫后，嬴政的心思依然游荡在宫前那无边无际的海上。蒙宠和小儿子嬴昊出海这么久了，欣慰的是那些童男童女都还活着，可十有八九是寻不到仙药，从蒙宠以往委婉的规劝中，就知道她不相信这世上有什

么神仙。先古周王和秦国历代先王有谁食过长生不老之药呢，再说这徐福以求仙之名要这么多童男童女，难道仙人稀罕这些尘世的凡童去服侍吗？我嬴政怎么就不明白呢。

皇帝有些明白了，说真的，他心里一直都是明白的，无非就是心存侥幸，万一有呢。皇帝自从看过蒙宠的帛书后，如同服了仙药一样神清气爽，浑身舒坦。蒙宠不正是自己的仙药么，马上就到五月底了，蒙宠三月出的海，也该回来了，蒙宠啊，快回来吧。

重登碣石山的第三天，碣石宫前来了一个面黄肌瘦的方士何生，要求见皇帝。

方士何生见到皇帝后作揖说："仙人羡门、高誓云游归山，听说前日陛下登山观海，今特派小徒前来敬献仙丹和图书。"

嬴政对求仙已经兴奋不起来了，他看了一眼方士何生放到陶盘中的三颗仙丹，闻着有一股子腥臊味，他捂了捂鼻子，令侍者端了下去。他翻开所谓的图书一看，这书和五年前卢生献的图书一模一样，仍在书中醒目位置写着"灭秦者胡也！"五个字。看到此，皇帝一下子把书摔在地上，气得脸色红涨，说："'灭秦者胡也！'，真是胡说八道，几年了，谁还能见到一个胡人的影子！"

方士何生好像没有听到皇帝说的话，好像也没有看到皇帝有些扭曲的脸，他说："仙丹食之，延年益寿百年。'灭秦者胡也'千真万确。"

"真是狂生，妖言惑朕，羡门、高誓归山，近在咫尺怎么不来见朕，快拉出去腰斩！"嬴政大声说。

腰斩了自称何生的方士，嬴政仍是余怒未消。自从秦始皇二十六年灭六国华夏统一至今已十一年了，说不顺吧，还是挺顺的，岭南、南海百越归顺，西域三十余国和顺，西南巴、滇、苗、藏、羌归顺，阴山阳山内外南北收归秦土，辽东满潘汗石城入海，海中瀛洲从传说变成郡县，万里长城纵贯东西，文字、货币、度、量、衡、律法、车轨都已统一。说顺吧，也不怎么顺，好几次险些被刺杀，皇帝贵为天子拥有四海九州，求取长生不死之药十年竟一无所获，唉，这也算了，如果自己真能长生不老，那何谈二世、三世啊，更让朕感到不快的是：屡屡冒出来胡虏灭秦的言辞，难道六国还有可能复国？皇帝思绪十分纷乱，他不时地望向大海，海面近海偶尔可见几条打鱼的小船，他是多么盼望蒙宠能平安归来啊。

五月二十日，坐镇上郡的内史大将蒙恬派裨将王离携带长城以北的地形图和奏章前往秦皇岛面见皇帝。

王离袭封武成侯，和扶苏同年出生，在蒙恬北击匈奴的第二年被皇帝派往蒙恬军中任裨将。当年王离出生不久，一个相士找到王贲说："王翦老将军和你征战杀戮无数，生子认一贵戚为亲，方能成人。"王贲告诉父亲王翦，王翦老来得孙，视如己命，他把相士的话说给伐楚时的副将蒙武，蒙武让蒙宠私下里收王离为义子。

王离和随行军士从上郡出发沿长城东行，穿过雁门，经过代郡，从上谷郡再东行到达渔阳郡，之后转向东南海湾进入秦皇岛，从连绵的几个山峰谷地穿过，建造于临海高台之上的金山嘴行宫出现在他面前。

嬴政皇帝在碣石宫接受了远道而来的裨将王离的拜见。

王离先是向皇帝呈上大将蒙恬亲手绘制的长城南北疆域图：陇西郡、北地郡、九原郡、上郡、云中郡、雁门郡、代郡、上谷郡、渔阳郡、右北平郡、辽西郡、辽东郡共十二郡沿长城自西向东一字排开。让皇帝眼前一亮的是，统一后新设置的十二郡以北乃至更往北，都已绘入秦朝版图，图上还标示着狼居胥山和燕然山一南一北两条山脉，再往北有一条西南、东北走向，形状狭长的内湖，图上标名为北冥。

皇帝打开大将蒙恬和监军扶苏联名上的奏章，奏章开头的一句话说："匈奴已臣服于大秦，今已探明秦人与匈奴原来是一家人。"

这是怎么回事呢，这可是件大事啊！

秦始皇三十二年，蒙恬和扶苏受命北击匈奴，一鼓作气把匈奴从黄河以南驱赶到黄河以北，又从黄河以北驱赶到阴山以北。皇帝诏令蒙恬在黄河以南等地设置三十四县，屯兵驻防，从北河、榆中迁徙三万户，赏赐爵位一级到这里落户耕耘。第二年，监军扶苏和裨将王离往北突破，收复阴山和高阙之地。皇帝又诏令蒙恬设置十县进行管辖。秦始皇三十六年，裨将王离留守九原郡，蒙恬和扶苏率十万大军出高阙翻阴山向北开进，意在找寻匈奴退守之地，灭其巢穴，拔其根脉，永绝秦朝北部边患。大军行进了一千五百里到达狼居胥山，发现匈奴以山石垒砌的营盘和几百个未曾撤走的毡包，却没有见到匈奴的军队。匈奴大军去哪里了呢？到半山腰往四下里瞭望，除去起伏的山峦和丘陵草地外，西面是碎石翻滚、寸草不生的戈壁；东面是劲草肥美、鲜花遍地的草原。蒙恬和扶苏商议了一下，决定既然劳师北进，定要查明匈奴的老窝在哪里。蒙恬令三路校尉分北、西、东三个方向快马打探，以防匈奴埋伏，当确定并无匈奴埋伏后，蒙恬和扶苏循着匈奴军队留下的马粪和车辙继续向北追寻。大军转向西北行进八百里，前面出现连绵的山峰，当蒙恬和扶苏率大军推进到山脚时，猛然发现整个大山的南面和东面半坡上居高临下地布满了匈奴大军。蒙恬大惊失色，倒吸一口凉气，心想，坏了，自己犯了兵家大忌：一是疲师远征，不熟地形；二是匈奴居高，以逸待劳。蒙恬刚要命令秦军迅速后撤，只听扶苏说："蒙将军，对面匈奴阵前怎么遍是秦军的旗子飘动？"

蒙恬定眼一看，果然匈奴军中一面面黑色的军旗正迎风猎猎招展，远远看去正和秦军阵中一面面黑色的军旗遥相呼应。

蒙恬说："这不对头，必定有诈，还是后撤布阵为妥！"

扶苏说："蒙将军，前几年击退匈奴军，还记得他们有无黑色的军旗吗？"

蒙恬想了想说："匈奴军败走，丢刀弃甲，但军旗决不遗弃，几次大战，虽见过几面破烂的匈奴军旗，当时并未在意，今日所见，匪夷所思啊！"

蒙恬刚下达后撤的命令，只见远远地从匈奴军阵驰来两匹快马，秦军来不及放箭和拦截，他们已冲到了中军阵前，两个军校"噌"地跳下马来，自报称是匈奴头曼单于的使者，唱说："孪鞮头曼久候蒙将军、嬴监军的到来，王庭中已摆下宴席，尊请二位前往！"

这大大出乎蒙恬和扶苏的意料，但两军对峙不容犹豫误判，扶苏对蒙恬说："蒙将军，你率大军后撤二十里，我带两个随从前去照会单于，探明真相再行定夺。"扶苏说罢打马扬蹄随单于的所谓使者向匈奴王庭而去。

来到山前，只见北山敦厚，并无奇峰怪岩，天然山崖下筑有王庭。扶苏下马后听匈奴军校说此山是燕然山，匈奴的后都。

匈奴单于头曼和儿子冒顿走下高台迎接扶苏的到来，在宽敞的半露天王庭中分东西落座，正中石桌之上已摆好荤素菜肴，旁边大铜镬里炖着羊肉，香气四溢。头曼单于没有和扶苏多说什么，他从一旧皮匣中取出一面旧旗子，旗子褐黑色，飘带是黢黑色的，褐黑色旗子左上角绣以腾龙，中间用红丝线绣有一只玄黑色的燕隼。头曼让儿子冒顿小心翼翼地捧着旗子给扶苏看。

头曼单于说："嬴将军，你见到过这样的旗子吗？"

扶苏说："见过，这是秦先祖遗传之物，单于怎么有此旗子？"

头曼单于说："这也是我先祖遗传之物，上面缀有皂游，几百年来代代相传，丢命不能丢旗啊！"

扶苏半信半疑，他在雍城秦宗庙中见到过这个上面缀有皂游的旗子，在咸阳宫后内殿里也见过这种绣有燕隼的旗子，这是秦先祖的荣耀和祥瑞，没听说过丢失和被窃啊，怎么跑到匈奴这儿了。

头曼单于从扶苏手里接过缀有皂游龙旗，虔诚地叠好放入皮匣之中，说："本单于知道秦后人嬴政扫灭六国，统一华夏，我本欲前往咸阳觐见秦皇以表祝贺和归服，因有大臣掣肘拖延了时日，后来蒙恬蒙将军率军北上，匈奴军北撤，几次交战，实为秦驱赶之，匈奴急撤之，并无重创，今我内庭议定：认祖归宗，同为华夏，永息兵戈！"

扶苏万万没有想到在这远离长城几千里外的漠北之地，亦然存有同宗之人，扶苏相信了单于的话，头曼单于骑马来到秦军阵中迎接蒙恬，然后一起到燕然山匈奴王庭之上宴饮，头曼令儿子冒顿给秦军提供大量粮草……

嬴政入迷地阅读着这引人入胜的奏章，这是真的吗？当他看到匈奴头曼单于和蒙恬联合署名的归顺盟书时，他站了起来，来来回回走个不停，这是大事，重大国事啊！嬴政安排李斯、蒙毅还有赵亥陪同王离饮酒，在嬴政做秦王和皇帝的几十年里，皇帝和卿相陪一个裨将一连三日饮酒还是头一遭。嬴政当即决定：下一次巡察郡县时，一定前往漠北之地看看。

嬴政对李斯说："丞相啊，峄山、泰山、会稽山、琅琊台、碣石山等都刻石纪功明法，朕明年巡察狼居胥山、燕然山，一样要刻石扬秦法、明秦政、惠黎民，勿革之，顺承之！"

宴饮之后，蒙毅把皇帝送回寝宫歇息，嬴政意犹未尽，说："朕没看错扶苏，他任蒙恬的监军五年多了，已经建功立业，朕对夫人说过，早立扶苏为太子必被人非议，不若离开都城到偏远之地历练，待朕五十岁时立扶苏为皇嗣，众公子、众大臣定会钦服！"

蒙毅说："陛下这么做，秦朝万世帝国定会稳如泰山，这也了却了蒙宠的心愿。"

嬴政说："朕向来遵奉法家来治理天下，这就难免打打杀杀，甚至严刑峻法。朕想，咱们秦帝国如此之大，必定要办成几件大事才行！皇帝之称由朕肇始，华夏版图也必由朕来奠定，此后，疆土已定，天下和平，黎民总是要休养生息，正好扶苏儒和、仁德，可抚民心！"

王离要离开秦皇岛金山嘴这联峰压水、三面清漾的形胜之地回归上郡了，他向皇帝辞行，皇帝交给王离一封帛书，说："这是给你父亲通武侯王贲的书信，你父亲回频阳东乡为王翦老将军居丧守孝，朕甚想念他，王家三代为将，有大功于秦，不居功反而告老归乡，朕书中邀你父亲明年参与朕五十寿宴，并观扶苏承立太子仪式。"

王离代父谢恩，询问皇帝还有什么吩咐。嬴政取出蒙恬绘制的长城南北疆域图，凝视良久，右手伸到耳边扯下两根鬓发，一左一右把图上的北冥与长城连了起来，说："庄周的北冥之鲲鹏已展翼到了南海，九原以南的直道已通达云阳，长城以北应从流沙往上开挖过去，把漠北高原丁灵北冥之水引流到长城脚下，如此，长城以北万万亩荒寒沙砾之地可变鱼米之乡，岂不佳哉！"

蒙毅附和说："长城实为土石，五行之中水能润土，有水方能久安。"

嬴政挥了挥手说："有朕在，水土相克也无妨！"

王离听皇帝这么一说，怔怔地不知如何作答。

始皇嬴政说："不急，你回去传我旨意让蒙恬将军先行勘测，待黔首休养生息十年后再行扩挖，此千年大计马虎不得。"

王离领命谢恩，皇帝又问了王离一句："胡人匈奴真的归服我大秦帝国了吗？"

王离回答说："这是千真万确的事，请陛下放心！"

皇帝自语道："那抄录的图书怎说……"

王离见皇帝小声说了半截话就打住了，他没有注意到一种异样的怪怪的表情从皇帝脸上掠过。

五月底已经过去了，蒙宠还没有回来。六月五日，皇帝率领李斯、蒙毅、赵亥、赵高、公子胡亥从高台行宫下到海边，摆上五牲玉帛一同拜祭海神，祈求蒙宠平安归来。拜祭完毕刚要回宫，胡亥说："看，那边有船过来了。"一会儿，载有三个渔夫的打鱼船过来了，渔夫见是皇家众人，欲掉转船头，这时赵亥高声问道："你们从何处来，是否见到官船？"

渔夫见问，说："十多天前在东边远海里有几艘官船被巨浪打翻了，这是漂到我船上的物件。"渔夫说着从船舱里取出黑色的帛麻片和装钱币的木质宫匣。皇帝听之看之，面如土色，一言不发回到宫中：夫人约定五月底前要回来的，难道真的在海里遇到大浪了吗？

看到父皇情绪很低落，公子胡亥跟在皇帝后面，他想安慰和陪陪处于焦虑中的父皇。嬴政因为整天担心蒙宠和嬴昊几乎忘记了胡亥的存在，他不能多看胡亥，多看一会儿眼睛就想流泪，再说胡亥本是自告奋勇陪夫人出海的，临行前的变化让皇帝心里很不高兴。

嬴政在前面走，胡亥跟在后面走，当胡亥从弯腰侍立在宫门外的太仆吴差面前走过时，太仆吴差突然抬起腿猛踢了胡亥两脚，这两脚把胡亥踢得"嗷嗷"乱叫，尾随其后的赵高上前揪住太仆吴差就打。这时，皇帝听到动静回过头来，见这三人扭打在一起，于是气急地呵斥道："干什么，打什么架？"

赵高说："陛下，刚才这太仆吴差无故用脚猛踢公子胡亥，下臣气愤才打他的。"

皇帝觉得奇怪，问太仆吴差说："你为何脚踢公子？"

太仆吴差说："当时明明看见一头猪跟在陛下身后，小臣便踢了，小臣有罪。"

皇帝没好气地斥道："海神瞎了眼，你这太仆也瞎了眼不成，都滚下去吧，朕烦着呢！"

那天渔夫的话在金山嘴行宫里传开了，住在蓬莱宫、瀛洲宫、方丈宫里的随行大臣和太医太仆、马倌役工都在往碣石宫这边张望：看来蒙宠是在海里罹难了，夫人回不来了，小公子嬴昊也回不来了，皇帝还要派人去海里寻找吗？

天气渐渐炎热起来，海涛声声让嬴政心烦，海风阵阵吹得他火气升腾。皇帝决定起驾离开秦皇岛金山嘴行宫回到大麓宫去。

临行前，太仆吴差独自去求见始皇帝，吴差匍匐在地不敢抬头。

皇帝说："吴差啊，朕近日心烦意乱，你精通六壬五行，快帮朕卜一下是什么山鬼海怪害朕？"

太仆吴差说："小臣不敢说。"

皇帝说："有何不敢说，言之无罪！"

太仆吴差下了下决心说："小臣夜观天象，日精卜算，得知公子胡亥不久将祸害于秦，危及皇帝，请速除之！"

皇帝听后先是如晴天霹雳，接着又感到那么熟悉，他一下子拔出佩剑，把剑锋架在太仆吴差的脖子上，说："卢生、何生胡说，你也胡说，朕之子岂会危害于朕？"

太仆吴差置剑在颈项而不惧，继而说道："陛下，不除胡亥，六国必反，宫陵遭焚啊！"

嬴政把剑收回，赶走了太仆吴差，他一夜未眠，心想：这太仆疯了吗，可看着不像疯痴啊，朝廷凡有大事都是由吴差卦卜，也大都应验，如今竟胆敢说公子胡亥祸秦害朕，真是乱人心智，朕的儿子胡亥在众公子中属于年龄较小者，他时而愣儿八丢，时而唯唯诺诺，朕有文臣参谋，武将捍卫，他岂敢害朕，岂能害朕？朕回咸阳后就要立扶苏为太子，害朕何用？皇帝在反反复复思来想去中睡着了。

三日后，嬴政最后望了一眼东面的大海，马上就要起驾离开金山嘴行宫了。皇帝密令处死太仆吴差，太仆吴差平静而怜悯地看着皇帝，他把占卜用的牛肩胛骨揣进怀里，他没有申辩，没有喊冤，紧闭双唇，皇帝说过言之无罪的，杀吧，杀了就放心了，太仆吴差想说：陛下您杀不杀我吴差都一样，我是不会乱说的。

有什么用呢，晚了。

三十八 / 秦祖原本是夷狄，先后东徙和北上

扶苏在蒙恬军中担任监军五年多了，虽说是皇帝的临时任命，但扶苏却放下身段，任劳任怨，因为他明白：蒙恬祖孙三代为秦将孝忠皇帝，从不跋扈张扬，这样的主帅还用监督么，自己身为嫡长子能走出深宫来到军中行走，这绝非父皇的贬谪，而是用心良苦。

蒙恬身为朝廷内史重臣又身兼镇边大将军之职，驱逐匈奴，连筑长城，从未受到过皇帝的责备和猜忌。蒙恬很清楚，蒙家恪守本分，忠心为国，什么也不争：妹妹不争王后之位，外甥不谋太子之位，自己和弟弟蒙毅不图封侯之惠，皇帝令扶苏监军，这不是怕我蒙恬手握重兵失去管制而监视、督察，而是基于对自己的最大信赖，自己身为扶苏的长辈，有职责帮助扶苏增长才能、建立功业。

这次北征，关键时刻扶苏只带了两名随从面见单于，足见其增长了胆魂。单于自认族宗，归服言和，扶苏当机立断举爵相认，并见证匈奴归服大秦盟书的签订。尤其是蒙恬要在燕然山刻石纪念此事时，扶苏劝止他说："父皇如闻速邪乌之燕然及北冥归为秦土，定会巡游到此，留到那时让父皇刻石记功吧！"蒙恬听此一说，更加看重这个小自己二十四岁的监军。在秦帝国，刻石是皇帝的专属，这个常识扶苏比蒙恬清楚很多。

蒙恬和匈奴头曼单于签订好归顺盟书后，就带领十万大军撤回到三千八百里以南的阳山高阙一带，自己和扶苏坐镇上郡肤施，派裨将王离去秦皇岛金山嘴行宫向皇帝上呈奏章报喜。王离离开后，蒙恬才想起奏章中虽列明了几个从单于口中听说

的地名，如燕然山、狼居胥山、北冥等，还有丁灵、鬲昆、姑衍等也应该列上，好让皇帝决断以何名称设置郡县。

真的像做梦一样。原来秦国、燕国、赵国修筑长城其用意只有一个：防御胡夷匈奴南下劫掠。皇帝雄才大略连接万里长城，首要的也是为防御胡夷匈奴，当然也是要在帝国的北部筑起代表皇帝的一道龙脉。如今匈奴认族归宗，更显得这条巨龙的昂扬腾跃。蒙恬想：秦军军旗虽是黑色，但均未绣龙图，下一次回咸阳面见皇帝述职时，一定请求到咸阳宫内殿中看一看那面绣有红丝黑龙和燕隼的秦人祖旗。秦的先人是因何迁徙到北天边这么远的地方，扶苏也没能弄得太清楚，这可是很久远以前的事了，久远到距离扶苏这代秦人至少一千四百四十年以前……

秦的先祖生活在西戎之地，那里历来是胡人蛮夷的家园。那时秦人最早的先祖是柏翳，生活在费地。他是夏朝开国君王大禹的得力助手，他们一同治水，把天下滔滔洪水，经过疏通九条大河引向大海。大禹是颛顼帝的孙子，黄帝的重孙子，而柏翳的曾外祖父是伏羲，曾外祖母是女娲。柏翳协助大禹治水有功，舜帝奖励给他一面缀有黑色飘带的皂游旗子，同时又对柏翳驯养马匹、大象、长臂猿、金雕的高超技艺予以嘉奖，赐给他"嬴"姓。后来，又赐给他一个姚姓女子，从此，秦人的祖先有了属于自己的姓，他们的子子孙孙仍大都生活在夷狄聚居的西戎之地。柏翳有两个儿子叫大廉和若木，大廉有两个玄孙孟戏和中衍，若木有一个玄孙叫费昌，在夏朝后期，费昌以他熟练绝佳的驾驭和驯马之能被商国的商侯成汤看中，成汤非常器重费昌。商国当时是夏朝的附属国，成汤憎恨夏王履癸的暴政，决心灭掉夏朝取而代之，在关键时刻，费昌亲自驾车拉着成汤指挥少于夏王两倍的精锐军队，与履癸在鸣条展开决战，此战一举俘虏了夏王履癸，灭亡了夏朝，后来履癸死于亭山，谥号称桀。成汤顺天应人成为殷商的开国君王，费昌立了战功为嬴姓争得了荣光。

大廉的玄孙孟戏自小与桀的儿子淳维要好，长大后也是整日混在一起。当费昌协助成汤灭掉桀时，淳维慌了，怕了，国已灭，父已亡，覆巢之下那有完卵。淳维找到孟戏一合计，一拍即合：走人。淳维是怕被清算、怕被处死，决定走人，孟戏因为平日与淳维交好常被堂兄费昌斥责，也决定走人，惹不起还躲不起吗？就这样，淳维不忍桀的妻妾落入成汤之手，他挟带着父亲的宠姬琬女、琰女和喜妹，以及后宫五百多美女出逃了。孟戏也从自家宗庙里偷拿了那面缀有皂游的旗子随淳维一起出逃。他们从夏都斟鄩（Zhēnxún）出发往西北而去。在占据西地和阴山南北的日子里，淳维先是把父王桀的宠姬琬和琰许给了孟戏，孟戏又向淳维索要了五十多个后宫里出来的美女。过了不到半年，淳维后悔把绝色的琬女和琰女让与孟戏，这可是父王最宠幸的女人啊，于是淳维从孟戏毡包里要回了琬女和琰女，并与之同居。孟戏一气之下杀死了淳维，并把所有的女人、牲畜据为己有，并沿用獯鬻的称号为部族名。孟戏知道嬴姓世系已继承给自己的弟弟中衍，自己被排除在外，难以再回中原，他只好向西向北发展，一直延展到在西边见了海，在北边也见了海为止。他们常年在马背之上，混杂而居，为了有利于人口繁育增加，父死子可娶后母，兄死弟可娶嫂，反之也是一样。

孟戏随桀之子淳维避难北野，弟弟中衍为商朝的第七代君王太戊赶马驾车，中衍的玄孙中谲（jué）被商王派往西戎与孟戏的玄孙争夺地盘，因中谲的儿子蜚廉和孙子恶来勇猛无比，又为了给商王立功，寸土必争。孟戏的几个玄孙念其同族不忍自相残杀，于是退出西戎之地，远去狼居胥山、丁灵、北冥一带游牧，后来被人叫作獯鬻（Xūnyù）、胡人、猃狁（Xiǎnyǔn）等。

商朝末年，中谲的儿子蜚廉官至西戎镇守使，孙子恶来也被商王封为武威大臣，他们父子率军队从西戎回到黄河中下游贴身保卫商王的安全。

姬昌当时被商王封为西伯侯，他管辖的地盘和蜚廉的地盘相邻，姬昌时不时地带领军队侵占蜚廉的地盘，蜚廉向商王状告西伯侯扩城占地有野心，于是商王就把姬昌囚禁在羑（yǒu）里。姬昌在囚禁那段时日里推演出了周易，推演的结果是周必代商。从羑里出来后，姬昌回到了他的封地周原，他对儿子姬发说："我经过推演周易，已知周必取代殷商，可惜我已衰老，周的大业就靠儿子你了！"

商王帝辛携宠妃妲己，在大臣崇侯虎和宠臣恶来跟随下，从都城殷城向北游历了大陆泽。大陆泽西依连绵起伏的太行山，东连古柏翠松、河湖纵横的无边平原，白日里可见无数的奇珍异兽悠然徜徉。商王每次到这里都是流连忘返，他特别在大陆泽东南选中一块宝地兴建御苑行宫，这个地方中间是下雨不湿脚的沙丘，周围是古木参天，河湖环绕，鸟语花香。和其他行宫不同的是：他在宫中用玉石砌出一个方圆九百尺的大池子，池子里贮上酒，酒香飘散在大陆泽上空。他还在酒池的四周栽上一圈木桩木架，上面挂上烤熟的牛羊肉，命名为酒池肉林。酒池肉林弄停当了，商王下令宫中两千男女脱光衣服在酒池里狂饮，在肉林之中穿行大吃特吃，纵情欢娱，通宵达旦。嬴恶来陪着商王也光着身子混在其中，时不时地搂住貌美女子猥亵苟合一番。

商王如此行为，遭到朝中大臣比干、箕子等反对。箕子是商王的叔叔，他教训助纣为虐的恶来，这恶来非但不收敛而越发起劲。

姬发在暗中做好了起兵伐商的准备，终于在周武王元年（前1046）一月二十日与商军决战于牧野，之后攻入朝歌，在朝歌击败商军。商王帝辛和妲己登上鹿台，恶来用蛮力抵抗武王姬发的进攻，武王骑马过来挽弓搭箭射向恶来，一箭穿透了恶来的腮帮子，恶来倒地而亡，商王和妲己被烧死在鹿台之上。蜚廉看到商王已灭，以头触棺殉祭商王。商王帝辛死后谥号纣。

周武王把纣王的叔叔箕子从囚牢中放了出来，让他带领五千族人到辽东浿水以南朝鲜之域建立封地。

三年后，周武王驾崩，其子周成王继位，成王年幼，纣王之子武庚发动反叛，嬴恶来的后人参与其中，成王的叔叔周公姬旦辅助侄子用了不到三年的时间就平定了逆叛。周公姬旦摄政三年，周成王姬诵亲政，他把蜚廉和恶来嬴姓家族之人分为三部分予以惩处：罪重的迁徙到阴山以北三千里以外的荒漠，略轻的迁到西戎以西邽陇之地，罪行一般的迁徙到黄河中游之地。

离别的时刻到了，嬴姓的族人头领嬴朔、嬴狄和嬴中聚集到一起，没有眼泪，没有拥抱，有的只是摆在众人面前的三面缀有皂游的旗子，他们都知道这是五帝之一的舜帝赏赐给他们的。从那时起，这群生活在蛮夷之地的夷狄聚拢在一面黑色大旗之下。因为他们都是嬴姓的夷狄，他们周边其他的夷狄都无缘获得赏赐，还照常被称为胡人、戎狄、胡番和夷人。

嬴姓宗族三个长者嬴朔、嬴狄、嬴中歃血为誓，十年会嬴，约定每隔十年的六月六日在阴山脚下黄河北岸的九原举行嬴姓宗亲聚会，被分开的嬴姓族人到时候互通境遇，允许互为帮助，允许互相投靠，盟誓共赴苦难，共享荣光。嬴朔信誓旦旦地言说要把北亚荒漠之地辟为嬴族之人最后的家园，嬴朔之所以这样说，是因为嬴姓宗族之人都知道五百六十年前嬴姓一支的孟戏在桀灭亡之时避难北野，演化为北胡獯鬻，虽嬴姓都不再承认孟戏一支，但远在北天边的那群人仍是嬴姓的根脉延续。

嬴朔收起一面旗子，带领一万五千人在周军的监视下越过黄河而去，他们翻越阴山，穿过敕勒川，一路向北向西在流沙之地休整半年而后过鞬汗山。当嬴朔看到苍茫的草原，低垂的天穹时，他流泪了。草原上不断有野狼在追逐狂奔的羊群，野马、野驴、野牛、野猪随处可见，丘陵山坡的树丛中时不时有豹子出没。这才是自己的家园，这才是自己自由的天地啊！见一群野马从远处奔来，嬴朔低头伏腰"噜噜噜"靠将过去，两个就地前滚飞身跃到领头的野马背上，野马一声嘶鸣前仰后踢，嬴朔像贴在马背上一样，片刻不到就把野马驯服了，野马群只好跟着头马随迁徙的队伍向北而去，嬴姓之人遗传下来的驯马驯兽技能，到了这荒野莽原之中愈显灵便。

此行一去五千里，身安心安是故乡。嬴朔率队边往北行边依据地域特征给所到之处命名，以便南来北往之人能摸清路径。在一要塞之地，嬴朔看到常有野鹿山鸡聚集，便将此要塞命名为鸡鹿寨。又往北过了五百里，有一山谷是必经之地，他便将山谷命名为蛮夷谷。蛮夷谷以北四百里有一山脉，他便命名为涿涂山。过了涿涂山往东北三百里有两山对峙，中间显然是一要塞，还没到山前，就看到要塞两侧有大约五万兵马拦住去路。嬴朔眼尖，发现对面军阵中有黑色军旗招展，嬴朔心想，前面大军不可能是周军，说不准是传说中早年走避北野的嬴姓孟戏的后人。想到此，嬴朔取出皂游之旗冒着被射杀的危险纵马上前，对面大军前锋骑兵万人正要放箭时，猛然看到来者只一人，且手挥黑色旗帜，头人模样的一个胖子喊了声："不要放箭！"喊声刚落，嬴朔已到军前，双方互通情报，果然是自己人。孟戏的后人已多达十万之众，带着牲畜逐水草而居，在大漠草原上游荡，自由而又强悍。胖子对嬴朔说："可称我为贝加尔，请放马过来。"

嬴朔说："这两山叫什么山？"

贝加尔说："此为东西浚稽山，中间是稠阳要塞。"

过了东西浚稽山往北五百里又有一山横在面前，只见空中金雕振翅，秃鹫独立，乌鸦满树，群燕翻飞，嬴朔问道："这是什么山，有王者之势？"

贝加尔答道："这叫速邪乌，也称燕然山。"

这燕然山下有一条寒河叫郅居水，往北流去。

嬴朔带领的一万五千人跟随贝加尔率领的五万人涉过同样往北流的寒冷之河鞍侯河和育吾水后，偏向东北而行。八百里后又见一山挡住去路，只见山林中狼群出没，嗥声悠长，嬴朔问道："这是何山？"

贝加尔答道："此山为狼居胥山，獯鬻的前都，山的西面就是先祖孟戏獯鬻的王庭。"

到达狼居胥山西边一小山姑衍山王庭后，獯鬻王召见了嬴朔，给嬴朔讲了自孟戏至今五六百年獯鬻的独特习俗。若接受就是一家人，不接受就要被驱逐，嬴朔本有些抵触，但听到那獯鬻王说了句："五百年前是一家，中原周室迁斥，獯鬻王庭接纳。"一切顾虑全打消了，入乡随俗吧，在哪不是过一辈子呢。

在王庭待了快一年了。一天，獯鬻王让嬴朔陪他沿鞍侯河和郅居水一直往北走啊走，走了五天五夜，终于到了被孟戏命名为北冥的湖边。嬴朔算了算，从中原出发到今日站在这浩瀚无边的北冥边上，已经过去六年了，自己带来的一万五千人也已安置妥当，与獯鬻族群杂混而居，这里有山有林有水有草有马有兽，这是真的家了。

獯鬻王看到嬴朔喜欢北冥，就封他为北冥王，并选定嬴朔为自己的继承人。到达北冥后的四年时间里，嬴朔挑选三千名驯马驯兽的壮猛少年，驯服繁殖良马九千匹，驯服北冥白熊六百只、黑狼四百只、梅花鹿二千只；成人每天打猎骑射，采集收获粮果，孩童从五岁起就被父母撂到马背上练习胆量和骑术、箭术。

十年之期到了，嬴朔带领三百名善骑壮士腰挎长刀、马挂箭囊，按约定时日到达九原。西北的嬴狄和中原的嬴中也都按期到达，他们都相互通报各自十年的境况，三方交换了各自独有的特产物品。

十年又十年，十年到百年，嬴姓三部族都在约定的时日聚首。渐渐的，中原一支被黄河水洗黄了皮肤，头发卷曲得不那么厉害了；西北嬴狄一支和北方嬴朔一支，一点也没有改变，他们生活在马背之上，哪里水草丰美哪里就有他们的影子，他们被黄河两岸的王朝称为夷狄、胡人、蛮夷、匈奴。

时间又过了一百三十六年。周孝王六年，周孝王对帮他驯养马匹的嬴姓非子很是满意，于是把位于西犬丘的一块叫秦邑的地方封给了非子，从此嬴姓之人以秦为氏。时间又过了一百六十四年，西北一支的嬴姓秦人嬴开接过父亲秦庄公嬴其手中的长剑和马鞭，率夷狄军团护送周平王，东迁都城到洛邑，周平王以嬴开护驾有功之名，允许其建立秦国，封为诸侯，并将一块西陲之地全部划归秦嬴占有。嬴开死后被谥为秦襄公，襄公之子嬴德修建几座秦嬴宫殿，居住在西垂宫里，一天，他率领七百军士到汧水和渭水交汇之地打猎，猎获到一条黑龙，秦人视为祥瑞，视为飞黄腾达的征兆，猎获黑龙正是嬴姓秦人被周迁徙三百年之际。嬴姓秦人的第三十次九原聚首，秦文公嬴德亲自赶到九原，嬴姓宗族宣布有了秦的氏称，已立国列于诸侯，被驱逐的历史翻过去了。秦文公命匠人绣制三面中间绣有燕隼、左上角绣有腾龙的旗帜，分别换回三部族那保存持有了三百年的皂游黑旗。

自从那次秦文公将秦人旗帜绣上腾龙之后，又五百年过去了，这期间嬴姓秦氏的族人又聚首了五次。随着周天子权威的削弱，各诸侯国都在自立门户，春秋乱乱纷纷，到后来，齐、楚、燕、韩、赵、魏、秦群雄争霸，有两次处于北冥之地的嬴姓秦夷南下九原，他们按祖上约定的时日来聚首，但都没有见到已在关中立国的嬴姓秦王。后来得知，当时秦国正和楚国、齐国发生战争。

从四五千里外的北亚荒漠南来，没有见到聚首之人，还时时遭到燕国、赵国军队的围歼，后来，迁徙北亚的嬴姓秦人内部又出现争斗分裂，这个千年来的约定便被人渐渐忘记了。江山不改，本性难移，这祖传之信物，承载着北迁秦人多少血泪、多少误解、多少仓皇啊……

三十九 / 六驾离岛西南行，皇帝有恙侍医忙

赵高早早就安排好了皇帝的车驾。

秦始皇三十七年六月十九日，皇帝赢政决定启跸回銮。正午时分，赢政端坐在四轮双辕六马的御辇之上，临行前，李斯准许了中车府令的请求，让公子胡亥和蒙毅一起乘坐皇帝的御辇陪伴。当时从帝都咸阳出发时，和皇帝同乘御辇的是蒙宠和赢昊，眼前母子出海未归，赵高就想到这是胡亥难得的和皇帝亲近的机会。当胡亥登上御辇时，皇帝闭上眼睛，向外摆了摆手说："朕不想看到你！"

胡亥看了看站立在车下的李斯和赵高，不知如何是好，这时，赵高一把把胡亥从车上拽了下来，然后送到自己乘坐的车上。遵奉皇帝旨意，上卿蒙毅和两个机灵的内侍莫言、钟心陪伴皇帝同车而行。

皇帝的仪仗离开金山嘴行宫，车队行驶得很缓慢，当中有几次停了下来，每一次停下来，赢政都让蒙毅安排快马回到行宫那里看一看、转一转，生怕这边仪仗刚离开，那边蒙宠回来了。

前几日当听渔夫说海里有官船被巨浪掀翻沉没后，赢政就令赵亥率三百军士乘十艘敞篷船，由两个渔夫做引领，在大海里搜寻了多日，结果什么也没见到。这次随皇帝出巡的大臣和随员，都觉得夫人和赢昊是凶多吉少，但最牵肠挂肚的人是皇帝和蒙毅，他们在煎熬中等候，在等候中失望。这是皇帝第五次巡察全国，也是耗时最长的一次巡游。一想到本次巡游能把三神山中的瀛洲设置为秦帝国的一个郡，赢政皇帝极为喜悦；一想到漠北北冥之地的头曼单于归服，消弭心腹大患，赢政皇

帝极为喜悦。据今为止，统一后的秦朝帝国，真正算是实现了普天之下尽皆皇土，人迹所至尽皆臣民。嬴政理了理心绪，决定一边回銮一边等待。帝国这边那么多的事，哪件也不能扔下不管啊。

"启禀陛下，前面快到渔阳郡和上谷郡的地界，两郡的郡守和郡尉都在郡界边上迎接，停还是不停？"左丞相李斯传过话来。

皇帝一下子睁开眼睛说："怎么到这里了，朕要走的是中道去巨鹿郡，这是北道，何以至此？"

李斯连忙回奏："陛下，按原定巡察路线，不是经九原郡之后南返都城咸阳吗？"

皇帝淡淡地回了句："朕要的是经巨鹿郡、邯郸郡回咸阳！"说完又闭上眼睛。

李斯听罢忙着让赵高重新调整车队仪仗，改由西北转向西南行进。

李斯和赵高感到皇帝有些反常：前几日那太仆吴差踹了公子胡亥两脚，第二天就被处死了。陛下这么护着胡亥，为何断然拒绝公子陪他呢？另外，说好的去九原郡，怎么一下子变成要去巨鹿郡了呢，唉，陛下的心思怎么猜得透呢。

嬴政有些累了，他斜靠在车厢的软垫上，闭目不语。嬴政的心思到了东边的大海之上：徐福到东瀛了吗，他会不会在海上遇到蒙宠呢？徐福的家人这次随行到咸阳，一定要安顿好，是不是再给徐福的兄长徐谱封个一官半职呢？

十几日过去了，出巡的仪仗过饶邑、淳于到达了琅琊郡，这并非必经之地而是走过了头，左丞相李斯安排在此休息三日。皇帝一到琅琊行宫，映入眼帘的一切如旧，只是空空旷旷不见蒙宠的倩影，燕雀鸣闹不闻嬴昊的稚声；凭栏远眺，更添无限相思。皇帝有些伤感，离开这琅琊台帝王宫转跸到郡府中暂住。

郡守在时隔几个月后又见到了皇帝，显得格外激动和兴奋，他安排了丰盛的菜肴和舒适的行辕来款待皇帝一行。宴席上，郡守不胜酒力，但郡尉酒量大，他连饮三大爵向皇帝敬酒。嬴政这些年前后三次巡察琅琊郡都是由郡守陪同，对郡尉没有什么接触，今日见到郡尉文文静静、精精瘦瘦的，话虽不多，但两只眼睛却闪动着精光。皇帝记不起当时是怎么选定这个人任琅琊郡郡尉的了，也记不清这个人姓甚名谁了。皇帝事多，忘记点事很正常，国家那么大，哪能是个官员都记得清清楚楚呢。

郡守说："陛下不记得了吗？您第一次来到琅琊郡时，原来的郡尉在任上病亡，陛下亲自选任昭王时中更胡伤之子胡兴来琅琊郡当郡尉的啊。"

"啊，啊，是这样啊，朕记起来了。"皇帝好像是回想起来了。他又看了看郡尉，然后放下酒爵不饮了，直到他入睡前嘴里还念叨了两遍："胡兴，胡兴……"第四天，皇帝的仪仗离开琅琊郡，仪仗没走多远，郡尉胡兴就被免职下狱了，当天半夜，那郡尉胡兴就暴病身亡了。

皇帝的巡游仪仗先是折回到临淄，然后不紧不慢地向西行进，上卿蒙毅陪在皇帝身边，蒙毅一直保持目不闭、口不语的状态。蒙毅一直待在皇帝左右，他看得出来，这第五次出巡，皇帝实现了他的宏大意图，虽没有见到什么神仙，没寻到什么仙药，可嬴政得到了他更想得到的，得到了他要开好华夏帝国这个好头想要的。这次出巡已经历时九个多月了，皇帝累了，真的需要休息休息，蒙毅作为近臣，他心疼皇帝，他这样嘴不张，目不闭，神不慌，多留意，皇帝才能安心啊。

仪仗进入齐郡后，前面是黄河之水入海之地，海水河水交融远接天际，齐郡郡守早已备好楼船在码头等候。皇帝仪仗连人带舆辇马匹一同登船西行。

在密闭的船舱里，皇帝让内侍莫言取出蒙宠初到瀛洲岛后写的帛书给蒙毅看，蒙毅仔细看过后，更加感佩妹妹蒙宠，她就是一条玉娇龙。蒙毅明白了，皇帝为何突然封方士徐福为一个传说中的神山瀛洲郡的郡守，并且又让他带着五千名童男、五千名童女再次出海，还明白了皇帝原定经九原郡返咸阳怎么突然改为走中道返咸阳了。

皇帝对蒙毅说："头曼单于议和归秦，是帝国一大幸事，同为华夏，本是一家，岂能再同室操戈啊！"

蒙毅说："陛下，头曼单于既然归秦，应当快些在极北之地设置郡县，以显中央之集权。"

"朕明年要亲巡北地，见一见这个头曼，当然还有他的儿子冒顿，看一看他皮匣中的皂游黑旗，然后设立燕然郡和丁灵郡，由单于父子自治统辖。"皇帝一说起明年的第六次出巡，显得格外精神。

蒙毅正要接话，只见皇帝脸色忽然黯淡下来，蒙毅不再说话，他没弄明白是什么又勾起了皇帝的烦心事。

"匈奴对大秦来说本是最大的胡人，头曼识时务归顺大秦，东胡也蹦跶不了几下，这世上最强大的胡人都摆平了，难道那些小胡、毛胡还能灭秦吗？"皇帝像是对蒙毅说，又像是自言自语。

蒙毅劝解皇帝说："自夏、商、周到春秋、战国，陛下始称皇帝，天下一统，疆域空前广大，陛下积下这万世基业，绝无秦灭胡兴之事！"

"胡兴，唉！"皇帝叹了口气说，"琅琊台那个郡尉为何叫胡兴呢？"

蒙毅不知道那个善饮者琅琊郡郡尉已经暴毙，他没有接话，他知道皇帝对卢生、何生呈献图书之事留有心结。

嬴政让蒙毅靠近自己身边，低声问道："上卿可窥见公子胡亥有何异常？"

蒙毅未假思索接口说："禀陛下，昔日赵高犯罪应处死，皇帝赦免了他，臣深知赵高官职虽小但终非善类，公子胡亥跟他学不了什么好！"

嬴政想了想，说："赵高也是有长处的，他任中车府令二十年了，这只相当于一个县丞罢了，朕不会再重用他的！"

蒙毅坚定地说道："臣力谏皇帝撤换赵高，若无替代之人，臣可代之！"

"朕观赵高确系深藏不露之人，有心机，有心计。"嬴政说，"朕喜欢挑战，连这个小小的阉宦都驾驭不了，何言治国理政！"

蒙毅不再言语。

嬴政本想把太仆吴差力谏诛杀公子胡亥的事说给蒙毅，话到嘴边又咽了回去。太仆的话，不可不信，不可全信。本次出巡让胡亥跟随，观察来观察去，看不出这孩子有何禀异之处，只是不如公子嬴昊正气外露，天然本色。虽说历经太仆这一疑案，皇帝越看胡亥越觉不顺眼，总感到他身上有些不太地道的地方，可这孩子从几岁就失去了母亲，令人疼怜，怎忍心杀之啊。

巡行的皇家仪仗被楼船载过西海，登岸后往西而行。这中道从秦始皇二十六年就开始修筑，历时五年也没有完全修筑完工，它和其他九条驰道一起构成秦帝国的东西南北通行输送网络。当仪仗行到平原津东部的犁丘邑时，驾主辕的两匹服马突然前蹄失力栽倒，两侧的四匹骖马乱了阵脚，车驾前倾，此时，蒙毅条件反射地蹲趴在皇帝脚下，皇帝没有任何防备一下趴伏到蒙毅背上，旁边的侍者也同时扶住了皇帝，这时仪仗车队停了下来。蒙毅下车查看，前前后后的路面没有坑洼，也没有凸起，没有石块，再看驾主辕的黑色服马挣扎着重新站立起来，这时李斯跑了过来，先登车问候皇帝，当确认皇帝没有受伤后，下车训斥赵高。

赵高脸色苍白，说：“听齐鲁之地人言，此地段狐狸多且胆大，刚才应是狐狸横穿驰道而惊绊了服马，微臣这就给陛下换两匹主驾主拉的服马去！”

说起驾车拉车的马匹，凡是在中间的马称作服马，它主要是起向前拉动的作用，两边的马称作骖马，它除了拉车，还主要起稳定方向的作用。只有善驾驭者才能调动好这服马和骖马的合力。

嬴政问李斯：“前面离津期河还有多远？”

李斯回禀：“此处离平原津还有大约三个时辰路程。”

鉴于刚才发生的事故，蒙毅让赵高和两千军士分两列徒步护行在皇帝的车驾两侧，随时驱赶以防胆大的狐狸和其他野兽从道上蹿行。

蒙毅更加细心地观察和照顾着皇帝嬴政，皇帝抬起头想和蒙毅说什么，他看了看旁边的侍者，欲言又止。蒙毅刚想把侍者撵到后面的车上去，皇帝一只手抵住右边的胸肋，一只手做出制止的手势，蒙毅看到痛苦的表情出现在皇帝的脸上，豆大的汗珠儿从皇帝额角流了下来。

蒙毅扶住皇帝，问：“陛下，哪里不舒服？臣愿分担。”

嬴政握住蒙毅的手，蒙毅发现皇帝的手软软的湿漉漉的，像水洗过的一样。这时嬴政把右手从胸肋处腾出来往胸口捶了两下，急促地喘着气。蒙毅见状，马上下令停车，从后面车上把侍医夏安召来，这夏安师承老御医夏无且，深得真传，皇帝五次巡游全国郡县，前四次都是夏无且随驾出行，这第五次夏无且把夏安推荐给皇帝。皇帝这次出巡过去的八个多月，都是精神旺盛，健壮无恙，登山涉海，批阅奏章，接见臣将，人虽在外如在朝堂。

夏安伸手搭在皇帝左手腕诊脉，"突突突"的脉搏，让夏安的额头也沁出了汗珠。随后，他快速地望了眼皇帝的面色，看了看皇帝的舌苔，说："无甚大碍，是陛下心劳体劳，肝火上扰所致。"

围守在皇帝身边的李斯、蒙毅、赵亥、胡亥闻听夏安所言，都不知如何是好。

蒙毅拉住夏安说："夏侍医，如何去疾除恙？"

夏安说："待我煎一汤剂给皇帝服之，三日之内可保药到恙去，陛下安泰如昨。"

夏安回到医车上开始给皇帝煎药，此是首剂，他选定莲子、绿豆、夏枯草、黄连、菊花、桑叶六味药，清肝泻火补益。煎好后，公子胡亥执意亲奉汤药侍候父皇饮服，当胡亥手捧铜觚登上御辇服侍父皇时，皇帝仍半倚在御座之上闭着双目，胡亥叫了两声"父皇"，嬴政听而不闻。蒙毅接过盛药汤的铜觚放在嬴政左侧车壁台帮上，没想到皇帝一个趔趄站了起来，袖子不知是无意还是有意地一拂，铜觚滚落到舆车底板上。蒙毅见状忙唤夏安把煎药的铜鬲搬到御车上来，亲自重新煎好药侍奉皇帝趁温热服下。

皇帝巡行的仪仗又要开始行进了，这时胡亥跪在御辇前，坚持要乘上去侍候父皇。李斯、赵高都觉得皇帝有疾，胡亥请求不离左右亲奉汤药是人之常情，蒙毅有感胡亥一片孝心，遂让胡亥上到御辇之上。这时，皇帝凝视着从小就怜惜的儿子胡亥，阴沉的脸色开始柔和，可刹那间，皇帝脸上又布满严霜，他有气无力地，冷冷地说道："你上来，朕下去，别烦朕！"

胡亥听父皇这么一说，立马从御辇上跳将下来，满脸通红，眼含泪水回到后面车上。

胡亥从小就害怕父皇，父皇在他心里永远都是严肃的。近些日子，父皇好像很厌烦自己，难道是夫人蒙宠出海时，自己临阵说肚子疼被父皇识破了？唉，还多亏了赵高暗中点拨没有出海去，要不就也回不来了。父皇让我胡亥认赵高为师，赵高是真心地庇护我胡亥。唉，父皇说烦自己，可还是挺护我胡亥的，要不在金山嘴行宫那狗太仆吴差说我是猪，还无端踹了我胡亥两脚，第二天父皇就把那太仆处死了。

天气开始炎热起来了，嬴政出巡的仪仗继续西行，前面不远就到平原津了。

四十 / 皇家车过平原津，沙丘宫里摆龙床

皇帝巡游的仪仗远远地从临淄西行来到津期河渡口，仪仗过了津期桥后停了下来，因为嬴政想看一看这个地处齐地西部的关卡要冲。此时平原津城邑沉浸在一片暮色之中，这是嬴政第一次途经平原津，径直往西就能到达巨鹿郡。嬴政被蒙毅扶下御辇，看着津期河水滚滚东流，他抚摸了一下津期桥头的栏杆望柱，久久不语。津期桥，南北通衢，商旅云集，熙熙攘攘，桥南就有商贾驿站张灯纳客，桥西有白龙潭，白龙潭边上有一处泰岳驿馆。当晚，皇帝就驻跸在由泰岳驿馆临时改成的行宫里。

侍医夏安在原来方剂中加了一味栀子，把药煎好让皇帝服下。半夜里，皇帝难以安寐，翻过来掉过去就是睡不着，特别是后半夜里呻吟不止，直冒虚汗。夏安始终守在皇帝身边，他一边用凉水浸泡的绢布拧干后给皇帝擦拭，一边给皇帝按揉少府穴和劳宫穴。夏安告诉蒙毅："皇家药匣里可泻中焦之火的黄连已经用上，须在当地找到黄芩去上焦之火，找到黄檗去下焦之火，这两味药材药匣里没有。"黎明前，蒙毅按照夏安开的单子派人去敲当地多家药铺的门。

天亮了，一夜没怎么合眼的皇帝猛然间虚弱了许多。说来也怪，侍医夏安的药方好像火上浇油一样，非但没有把病苗压下去，反而一个劲儿地往上蹿。中午时分，皇帝好像睡着了，蒙毅不放心，叫了十多声没有反应。侍医夏安的手一直搭在皇帝的手腕上，吓得脸色蜡黄。死一般的静寂之后，皇帝才缓缓睁开眼睛。

李斯在泰岳驿馆的前厅召集蒙毅、赵亥、赵高、公子胡亥紧急商议，平原津县

吏县尉都候在外面。

李斯问夏安："你据实说，皇帝到底是怎么啦？"

夏安说："皇帝这是急火攻心之症，比较凶险。"

"急火攻心之症要用去火安心之药。"李斯盯着夏安说，"为何两剂汤药下去，皇帝的症状倒加重起来了？"

夏安说："病来如山倒，病去如抽丝，皇帝这是积劳积忧所致，实难药到疾除。"

蒙毅忧心忡忡地说："夏御医啊，皇帝贵为天子，你一定要竭尽全力，务保皇帝安宁！"

夏安说："皇帝表火之疾已变为攻心之病，卑医定当竭尽所能医好皇帝，有卑医的命在，就有皇帝的命在！"

当听到侍医夏安保证能医好皇帝的病患，众臣那高高吊起的心稍稍放下了一些。

到达平原津的第二天，皇帝嬴政的病情稳定了下来。嬴政把李斯、蒙毅、赵高召到身边，言明要连发三道诏令：一道是天下大定，十年兴建，黔首疲苦，自下半年起减免一半徭役，与民休息；一道是诏令西域镇守使张唐推迟告老归乡，并与蒙恬、扶苏、头曼单于会首融合；一道是诏令辽东镇守使李信，知会辽东郡郡守一起从长城入海处往南、往东搜寻蒙宠、嬴昊所乘官船的下落。

诏书钤上皇帝之玺，马上诏告全国，给张唐和李信的诏书也都当日发出。

皇帝嬴政这次出巡，和以往相比戒备进一步加强，一般所到郡县，沿途二十里之内都会由当地郡县郡尉、县尉在巡行先头军队督导参与下，安排沿途的清查和设防。此次出巡历时八九个月的时日，皇帝觉得巡察安抚帝国东方疆土的目的已经达到，虽说是戒备森严，但也并未直接遇到刺杀啊拦车啊等突发事件。皇帝回味本次巡游察访，感触最大的就是黎民徭役太过繁重，不减免难以聊生，故此次第一个发出去的诏令就是要减免全国黔首一半的徭役。

嬴政舒了一口气，他仍感觉有些头晕，李斯、蒙毅都安慰劝谏皇帝休息。这时，赵高冷不丁地冒出一句话说："给岭南南海尉和上郡内史蒙恬的诏令也要用玉玺吧？"

"你怎么知道要给南海尉和内史下发诏书的？"蒙毅冷冷地盯了赵高一眼，言外之意是说，你倒挺操心的。

赵高忙不迭地说："卑职好像听皇帝说过的，多言了。"

皇帝嬴政虽然在闭目调理，但仍急促喘息得厉害，当听到他们的对话后，说："朕曾谋划在明年巡察南北，诏书以后再发，今日到此，你们退下吧。"皇帝说罢，在侍医夏安和侍者侍奉下躺下歇息。

皇帝歇息片刻后，让蒙毅摒去侍者、侍医，说："蒙毅啊，朕这是怎么啦，从来没有这样无力过。按虚年朕刚满五十岁，按周年还不到五十呢，难道朕做了什么损伤天下黎民、山川、神灵之事吗？"

蒙毅连忙安慰皇帝说："陛下不辞辛劳，巡察四方，安抚黔首，震慑叛逆，开疆拓土，事事利华夏，处处为帝国。徭役确实繁重，陛下这不是已下诏令减免了吗？"

嬴政说："朕知道朝堂上下均惧怕于朕，说真话实话的将臣有所顾忌而对朕畏而远之，逢迎阿谀之臣渐渐对朕誉而近之，你以为朕接下来需要对天下臣民做些什么？"

蒙毅不假思索地说："陛下回到咸阳后，可令臣协同丞相对秦律做一个调整，废除过于严苛的律条！"

皇帝嬴政叹了口气，说："是啊，天下黎民真是善良实诚，往昔每战而伤亡军卒，少则成千上万，多则十几二十万，他们为帝国捐躯在荒野沟壑，未闻有喊冤叫苦之声，今帝国统领天下，又苦民久矣，着实不该，朕之过啊！"

蒙毅第一次听到嬴政皇帝说出这样的肺腑之言，很是感动，说道："统一后百废待兴，有些国之大事绕不过拖不得，陛下所做的每一件事都是关乎帝国长治久安，都是功在当代利在千秋之事，黎民苦几年也是值得的啊！"

"今日朕要离开这平原津，过不了几日就能到巨鹿郡了，朕要在大麓宫等蒙宠回归，这是蒙宠给朕的帛书上约定的，也是朕令徐福带书信给蒙宠说定的。"皇帝对蒙毅说。

蒙毅听皇帝说要在大麓宫等待蒙宠回归，说道："陛下此次离开京师时日过久，宜早回咸阳为好。"

皇帝嬴政说："朕要在大麓宫等待夫人和嬴昊一个月，天佑蒙宠，朕冥冥中知道会等到夫人的，蒙宠不会抛弃朕不管而漂滞海上的！"

皇帝气息又急促起来，蒙毅示意停歇休息，两人半天相对无言。

停了半天后，皇帝又对蒙毅说："朕给蒙宠说过，五十岁立太子，朕言必行，回到咸阳第一件事就是封立太子。"

皇帝调整了一下呼吸又接着说："蒙宠仁德，不争不贪，朕嫡子有两个，除扶苏外，朕与蒙宠所生嬴昊为嫡次子，立扶苏为太子，立嬴昊为太子继承人，这样公平。"

蒙毅首次听到皇帝做出这样的安排，一时不知如何应答，但不答又不好，便说："皇帝春秋正盛，福寿齐天，帝国久长，立太子事大，应回咸阳后廷议一下。"

皇帝嬴政摆了摆手说："今已七月，回到咸阳将近年末九月了，朕要明年首月即立太子。朕有疾，回程缓慢，又要在大麓宫等蒙宠，卿可先行一步回咸阳准备，代朕告知右丞相冯去疾，并去频阳东乡王贲那里通报一下。"

蒙毅说："臣不想先行回咸阳，臣忧虑陛下尚未康复，臣不能离开陛下左右啊！"

嬴政说："国事要紧，你只管先行，朕近侧有内侍，咫尺有李斯，巨鹿有甘罗，无须多虑。"

蒙毅问道："那臣何时启程？"

皇帝说道："今日启程吧。"

正说话间，听到外面李斯在说话，蒙毅出门相迎，只见李斯前来求见皇帝，李斯身后是赵高慌张离去的背影。

李斯拜见皇帝说："臣听说：天子有疾，着重臣去祈拜名山大川，有利于天子康复。臣李斯愿即日起程前往周边的名山大川去祭拜祈祷，以求陛下早日康复，以报陛下知遇重用之恩！"

嬴政说："丞相所言甚好，只是丞相还要代朕沿途回应郡县官员迎送奏请，代朕接收奏章，祈祷山川之事就让蒙毅去办吧。"

李斯所奏祈拜山川的事，得到皇帝的准许，虽不是让自己前去，但说明对自己这个丞相还是器重的。李斯想，平日里，蒙毅与皇帝同舆而行，同殿而卧，蒙毅这一离开，谁来近身照顾皇帝呢？哎，刚才赵高贴着门缝站在台阶之上，不发诏书，肯定不会用到玉玺，也许是让赵高在门外待命吧。

蒙毅听命皇帝之令，起身速回咸阳准备明年封立太子的典仪，这可是三十七年以来，秦嬴间隔时间最长的立太子事件，是大一统后第一次封立太子。到时候，朝中三公九卿、全国四十八郡郡守都要齐聚咸阳宫。届时，皇帝要与众臣共商帝国千年大计，重赏功高大臣，大赦天下，再减徭役。正好李斯奏请祈拜名山大川，蒙毅只能遵皇帝的意思顺路祈拜。皇帝把李斯视为近臣、可信任之臣，蒙毅离开，李斯决不可离开，不然皇帝染疾谁管事，就是皇帝不染疾，身边也不能没有丞相跟随啊。

皇帝对蒙毅说："你此行不要到偏远的地方去了，可对沿途经过的黄河、嵩山、太行山、华山等祈拜就行了。"

送走蒙毅后，皇帝出巡的仪仗也离开了平原津进入巨鹿郡地界。李斯陡然觉得身上的压力大了，他让赵高代行蒙毅之职，就近照料侍奉皇帝。

离开平原津百里左右，皇帝再次呼吸急促，一口痰憋住，险些晕厥过去。李斯见状，手足无措，感到事态严重，马上派人快马去追蒙毅。快马一路追去，始终未见到蒙毅的身影。

赵高严厉地责骂侍医夏安："亏你还是太医夏无且之子，无能，真是无能！"

李斯看到赵高恶狠狠地斥骂侍医，差一点就上手打了，他制止住赵高，说："夏医官也不是不尽力，上卿蒙毅没追回来，是不是调整一下药方会好些？"

李斯、赵高让侍医夏安拿出药方，一味药一味药地念叨了一遍，李斯和赵高听后，觉得无论哪一味都不是可有可无。这时，公子胡亥问道："这药剂之中哪两味药是君药，药量能否加大些？"

听胡亥之言，侍医夏安用手指着说："这方剂是医圣扁鹊所创药方，名为'去火安心汤'，君药为礞石、牛黄，至于剂量亦可适量加大一些。"

皇帝的仪仗傍晚行进到清河邑，由于皇帝病情不稳，只能暂时驻跸在此邑。侍医夏安把新配量后的药剂拿来后，赵高煞有介事地拨拉了一遍，然后告诉夏安："今后皇帝用药每次都要由我过目检查。"赵高把药包里的药放在案上，然后又一味药一味药地数着，数了两遍后，趁夏安不注意，他把礞石和牛黄两味君药拣出，隐入袖筒，然后亲自把药倒入铜鬲之中，让侍医夏安煎好之后给皇帝服下。

皇帝患病后，从平原津以东到平原津以西，一直没有大的起色，尤其是到了清河邑多半天了，服了两剂汤药，按侍医夏安的说法这两剂汤药服后定会大有好转，再服两剂就会基本痊愈。可是，皇帝服药半日后仍无好转。李斯感到皇帝的病情又加重了，找当地乡医吧又不妥，当即决定往西快点到巨鹿郡城，找当地名医看诊，然后尽速回到咸阳再说。一般人都怕出门在外患病，更何况皇帝。

七月十八日，李斯让赵高掌管仪仗车队离开清河邑西行，下一个驻跸之地是巨鹿郡治所巨鹿县。蒙毅临行前给李斯交代：皇帝决意停留在大麓宫等候夫人蒙宠。

李斯深感责任巨大，他让赵亥的高车在仪仗最后面压阵。皇帝病情反复不稳，车队行进得很缓慢。李斯知道，此时千万不能出现什么岔子。至于皇帝身边，有胡亥和赵高侍奉照看，李斯也还放心。对于赵高其人，李斯打心底瞧不起，他至今也不明白，当时赵高触犯秦法后蒙毅判他死罪，皇帝为何赦免了他，这可是再造之恩啊，二十多年了，一直让这个阉宦掌管着皇帝的玉玺和车辇仪仗。李斯又想道：赵高当初从邯郸来到咸阳，我李斯多少还是帮助过他的，可能这小子并不打情。他二十年任中车府令，县丞级的小官，说皇帝重用了，说丞相帮助过，鬼才信呢。不过，这个赵高也不像等闲之辈，他还真写得一手好字。另外，赵高自从被皇帝赦免后，苦学秦法，整整一部秦律，他都能逐条逐款倒背如流。更令人想不到的是，赵高这家伙虽说是阉宦，竟充全圜（huán）之人，收养了一个儿子和一个女儿。

李斯乘坐的属车紧随在皇帝的安车后面，他心里一直默念平安无事，一直祈祷一路顺利。多日以来的操心尽力，使他这个七十四岁的老人倍感疲惫，他在日光熏照之下，满头大汗，频频打盹，昏昏欲睡。

七月十九日午后，车驾仪仗骤然停了下来，李斯一个前栽，额头撞上了车壁，他揉了揉眼睛，揉了揉腿下车查看，看到这一大队车驾仪仗停在一处行宫跟前。

李斯抬头一看，老旧的宫殿正门上方题着"沙丘行宫"四个大字，李斯大为光火，劈头盖脸地质问中车府令赵高："不是说好的驻跸巨鹿郡大麓宫吗，如何兜兜转转到这沙丘宫来了？"

赵高面对李斯的厉声质问，说："听侍医夏安说皇帝的病情时有发作，臣觉着在途中医治不便，就拐到这顺路的沙丘宫来了。"

李斯看到行进路线并没有太大的绕弯，在这沙丘宫南面不远就是去往巨鹿郡城大麓宫的道路，心想罢了，还是赶紧把皇帝安顿下来治病要紧。

公子胡亥背着皇帝，在两个侍者的扶助下，把皇帝安置到正殿的床榻之上。皇帝任凭摆布，始终不睁眼不说话。侍医夏安又忙着给皇帝支鬲煎药，赵高依然像前两次一样借故支开夏安，打开药包，把药剂中两味君药礜石和牛黄拣出，藏入袖筒，偏偏这一次赵高的举动被皇帝的内侍钟心看到了，钟心走过去扯住赵高的袖子不放，赵高把侍者钟心叫到殿外训斥了一番。

李斯很清楚这沙丘宫是商朝最后一位君主纣王所建，到赵国时，赵武灵王又加以增建和修缮。虽说是名宫，可宫声不佳。秦昭襄王十二年（前295），因两个儿子争夺王位引起政变，赵武灵王被活活饿死在沙丘宫里，这事距今才不过八十五年。虽然沙丘宫不是什么吉祥之地，可一时也无法搬离，只好等待皇帝病情略有好转后再转赴大麓宫，而后尽快回到咸阳去。

四十一 / 三更内侍轻声语，唤醒魂游秦始皇

沙丘宫，坐北朝南，主殿耸立于高台之上，阙楼双植，飞檐斗拱，青瓦参差，四角凌空，廊带环绕，画梁雕栋，六百间宫室屋宇拱围于主殿之下，倚连的砌台逐层外延，高低错落，入则如置大宅，出则如遇迷宫，深邃内不可测，和风穿堂而过。

赵高和李斯把嬴政皇帝安置在主殿，随行军队把沙丘宫围得像铁桶一般，李斯、赵亥、赵高、胡亥、侍医夏安和四名内侍守护在皇帝床榻两侧。

一连两日，嬴政仍然昏沉沉地睡去，偶尔挥动一下手臂，嘴里几声喃喃呓语。沙丘宫宫殿内部年久失修，墙壁泥皮脱坠，七月的热气中掺杂着一股尘酸的霉味，铜鬲中药材的煎熬也弥漫出苦兮兮的气味。

日已过午，嬴政慢慢睁开了眼睛，他打量了一下侍立在他身旁的几个人，又四下打量这陌生破败的宫殿，想坐起来又有些吃力，最后在侍者的帮扶下坐了起来。

"这是何宫？"嬴政问。

不知是皇帝声音微弱还是周围人装作没听清，谁也没有回应。

嬴政看着李斯又问："这是何宫？"

"禀陛下，这是沙丘宫。"李斯沙哑着嗓子说。

"为何是沙丘宫，不是说好的驻跸大麓宫吗？"嬴政声音略微大了一些，语气里透出固有的严厉。

赵高挪步到侍医夏安身边，他蹲下身去，帮着搅和铜鬲中"咕嘟咕嘟"煮沸了

的药汤，不敢抬头看皇帝。

李斯没有把事情推诿给赵高的擅作主张，他硬着头皮说："陛下火疾加重，只是暂停此宫服用汤药，稍缓即往大麓宫。"

"朕患的是何疾，如此凶险？"嬴政问侍医夏安。

夏安说："陛下患的是急火攻心之症，卑医无能，未能缓解陛下疾痛，卑医该死！"

听到侍医说到死字，皇帝脸上掠过一丝不快和抽动。

七月二十一日，未时刚过，嬴政让侍者扶他坐了起来，他双目温和中透着严厉，脸色微微发着红光，他转头对侍立榻侧的李斯说："朕臂无力，丞相捉笔代朕赐书上郡扶苏吧。"

李斯取出上好的锦帛，拿起笔来按皇帝的口谕书写起来："朕子扶苏：蒙恬掌兵，你为监军已六年矣，郡县得固，单于来归，有大功矣。朕年五十，继嗣当立，朕染微恙，途中将息，兵属蒙恬，速回咸阳。"

李斯将写好的书信给皇帝读了一遍之后，接着又呈给皇帝嬴政过目。皇帝嬴政突然双目如电，尽管双手有些抖动，还是一字一字地看了两遍。

当着皇帝的面，李斯让赵高在书信上加盖了皇帝的玉玺，然后装入信匣中封好，由赵高手持信匣指派使者前往上郡。正当赵高要踏出宫门时，听到背后的侍医夏安说："陛下怎么啦，陛下醒醒，陛下醒醒！"话语中带着哭腔，声音虽然不大，但摄人心魄，震动宫堂。

赵高转身回到嬴政的床榻边上，只见皇帝斜躺在床榻之上，双臂下垂，似乎已无气息。

李斯见此情景，抓着侍医夏安问道："皇帝刚才还好好的，怎么突然又……"

侍医夏安声音颤抖着说："皇帝昏死……不，皇帝昏厥过去了，卑医无能，卑医该死！"

李斯揉了揉有些昏花的眼睛，俯下身子细细地看着皇帝，这是他进入秦宫三十七年以来，第一次这么近、这么放肆地盯着皇帝看。李斯心里好像明白，刚才皇帝坐起来，清晰地交代给长子扶苏的书信，皇帝还一字一字地过目，过目后还紧盯着赵高钤完玉玺，看来皇帝是用尽了最后的力气。皇帝到了最后，还是忌讳疾病、死亡、丧葬这些字眼，皇帝许是认定他不可能死，不死怎么能会和丧葬挨上边呢。

左丞相李斯的眼角沁出黄浊的老泪，他握住皇帝虚弱无力的手，恍如梦中。他仿佛回到四十多年前，身为楚地小吏的他，身边厕鼠乱窜。他到秦国来了，嬴政恩大如天，再造于他，让他位极人臣，如今怎么搞的，陪伴皇帝跑到沙丘宫这么个大不吉的困龙之地来了。当李斯听到侍医夏安说卑医无能、卑医该死的时候，觉得是在讽刺他这个左丞相无能、该死，唉，皇帝要不是信任自己，怎么让自己陪他巡游，要不是信任自己，怎么会让蒙毅提前离去，秦朝正值水德，皇帝祖龙亦是水命，怎么能停驻在这沙丘荒宫之中。

连续几日，嬴政一会儿清醒一会迷糊，时常下意识地向前伸出手去，胡亥和赵高轮流端上来的汤药每次都被嬴政打落在地。

七月二十五日，鸡鸣时分嬴政长长地吐了口气。又过了两个时辰，天气渐亮，侍医夏安松开了把在皇帝嬴政腕脉上的手，他又侧耳靠近皇帝口鼻听了一会，说："丞相，陛下驾崩了！"说罢，夏安跪倒在皇帝榻旁呜呜痛哭了起来。他边哭边说："丞相，卑医说过，有卑医的命在就有陛下的命在，今陛下驾崩，卑医无颜苟活。"说罢从药匣中取出一个红色药丸吞下，不一会倒地而亡，这一日是秦始皇三十七年七月二十五日，时刻是寅时平旦。

这一切来得那么突兀，让人喘不过气来，七月的沙丘宫热浪蒸腾，皇帝驾崩，让在场群臣内心不寒而栗，脊梁上却汗流浃背。

李斯马上下令关闭大殿宫门，厉声对赵亥、赵高、胡亥和四个内侍说："今陛下巡游在外，卒然驾崩，远离都城，如公之于世，恐咸阳诸公子讧闹，恐朝中文武异动，恐六国遗族反叛，我意秘不发丧，速回咸阳，理旧布新，廷议而决！"

赵亥、赵高、胡亥都认为丞相李斯虑事深刻，事关利害，都声言只能如此。四个内侍呆立于旁，哑口无声。

李斯看到群臣无异议，流着泪说了声："皇帝崩逝了，以后可改称始皇或者始皇帝了。"

七月二十六日，夜半三更，黑暗深重，宫闱中魅影憧憧，宫脊上鹰隼瘆鸣，李斯、赵高、胡亥都已到侧殿中和衣暂卧，四个侍者也在大殿宫门后卧地歇息，建成侯赵亥在宫外掌管随行的军队。三更刚过不久，值夜的两个哑巴侍者莫言和钟心警觉地四下望望，除去皇帝床榻边上几盏昏黄的松脂灯外，四周都是黑黢黢的什么也看不到。

"陛下，陛下！"钟心凑近皇帝耳旁，低声呼唤。

"陛下，陛下，陛下睁睁眼啊！"莫言随后也在低声呼唤。

嬴政觉得自己在温乎乎的水中半浮半沉，慢慢地一沉一沉向无底的深壑沉去，什么也不知道了，不知过了多久，他听到有人在呼唤他，声音很低很远又很急，随着这呼唤声，嬴政又觉得自己从水底一点一点地浮了上来。

嬴政用力睁开眼，透过昏暗的松脂灯光，他看到那两个哑巴侍者的嘴巴一张一张的，啊，呼唤自己的竟然是五年多没有说过一句话的两个哑巴侍者。

那个年龄稍大的侍者钟心说："我们四个都是蒙宠夫人的人，卑下想帮帮皇帝。丞相、中车府令、公子都以为皇帝陛下驾崩了。"

嬴政听到的声音是那么遥远，他的手想抬又抬不起来，他在模模糊糊中意识到这两个哑巴侍者是蒙宠的人，他们在最危急关头问皇帝还有什么话要说。嬴政微微张开干裂的嘴唇，对凑到自己嘴边的钟心说："朕要回大麓宫去。"

停了一会儿，嬴政又极微弱地说："此宫有贼，快去告诉蒙宠来救朕。"

又停了一会儿，嬴政又从微闭的嘴唇中吐出微弱的断断续续的几个字："朕不崩，朕不会崩的，就是崩了，给蒙宠说不树不封，让贼找不到朕。"

侍者莫言和钟心牢牢地把皇帝说的话记在心中，钟心正想喂皇帝一点水时，只见皇帝眼睛直瞪瞪地睁着，嘴唇紧紧闭着，不一会儿，皇帝的眼睛闭了起来，嘴唇微微张开，只听到皇帝喉头"咕咕"地两声低响，又昏死过去了。莫言和钟心淌着泪，轮流低声呼唤皇帝，这时，在门后瞌睡的另两个侍者也围了过来。到五更了，皇帝嬴政再也没有了动静。

五更刚过，赵高蹑手蹑脚地来到皇帝床榻前看了看，他不再像从前那样谨小慎微、毕恭毕敬甚至战战兢兢了，原来哈着的腰也挺直了不少。他注意到有两个侍者的眼睛有点红肿，赵高不知道怎么地忽然同情起这四个跟随皇帝五六年的侍者，他们没有跟皇帝说过一句话，以后也更不可能了。说起来这可是六年前的旧事了：当年自己作为中车府令随始皇游历处于高岗上的梁山宫，皇帝凭栏往下里观看，进入他视线的是一队盛大豪华的出行车骑仪仗，皇帝问道："这是何人出行？"有人回答说是廷尉李斯，皇帝说："这么隆重，都快超越朕了。"当时皇帝身边有个侍从将此话秘密报告了李斯，等下一次皇帝看到李斯出行时，仪仗全无，只有区区数骑。皇帝很生气，他对蒙毅和赵高说："朕的身边肯定有人泄露机密。"调查了大半天，无人承认，于是皇帝下令杀了在场的几个侍者，并让丞相隗状再找四个不会说话的侍者。不会说话的人肯定是哑巴了，先天的哑巴大都是又聋又哑，找四个聋哑的侍者给始皇帝，就分不清是谁伺候谁了。丞相隗状当时给廷尉李斯和中车府令说："找四个耳聪目明、手脚麻利而又不会出声的给陛下服务。"

去哪里找？怎么找？隗状没有交代。

蒙宠得知此事，感觉此事关乎皇帝的诸多机密和安危，她把前不久兰池宫新添的四个年轻的阉宦找来，说："你们代替我近身侍奉始皇帝，至于你们的家人我蒙宠出钱供养，你们一切听夏无且御医的安排。"

蒙宠把御医夏无且召来，秘密交代了自己的意图，夏无且心领神会，守口如瓶。

过了一日，廷尉李斯和赵高也找到御医夏无且，责成夏无且帮助解决这个难题。夏无且给李斯、赵高推荐了四个年轻的侍者，李斯和赵高对这四个侍者的年龄、面貌、形体进行面试，然后对他们的身世进行审查，李斯和赵高都予以认可。夏无且和蒙宠商定等李斯和赵高在场时，让他们喝下配好的一种药，破坏他们的声带，将他们变成哑巴。

等了几天，夏御医准备好了，请李斯和赵高来到御医馆中，夏无且用木盘端出八颗药丸，当着李斯和赵高的面，随意取出四颗，交给四个年轻的侍者每人一颗，剩下的四颗夏无且端回里面。当四个年轻侍者在夏御医的指导下正要吞服时，赵高说："等等，等等！"他边说边快步走到里面把夏无且放回去的四颗药丸又端了出来，逐人换下原来手中马上要吞服的药丸，四人将药丸吞服入喉。片刻不到，四人"呜呜啊啊"地一阵乱叫，脸面和身体呈现痛苦之状，眼见得只能张嘴而发不出声音，没有停留，赵高就把四人带走了。从此，这四个侍者成了皇帝最贴身的侍者，每当皇帝出巡、上朝时，他们四个人都细心地侍奉，每当皇帝和蒙宠在一起时，他们见到蒙宠就如同和亲人相处一样高兴，不说一句话，一切用眼神交流，一切尽在不言之中。蒙宠时常给他们赏赐，有时给布帛，有时给金镒，有时给半两钱。五年中，皇帝真的以为这四个近侍者都是哑巴。平时，好像皇帝心里想什么他们都知道一样，细致入微，体贴周到，皇帝再也不用担心左右之人泄露他的话了。这四名侍者，一般在外侍奉皇帝，在夜间就寝时都是两人值守，另两人就近睡卧，值守的两人时时还得监视入睡的两人不可以说梦语。

他们作为皇帝的侍者，年年月月日日时时都牢记着蒙宠的嘱咐："不到万分危急之时不能开口说话，说话也只能对蒙宠和陛下。"前几日，侍者钟心看见赵高从给皇帝煎熬的药包中拣出两种药材，他很是疑心赵高的行为会不利于皇帝。后来赵高都是背着他们，他们什么也见不到了。从皇帝一天不如一天的身体、时时都在加重的病情中，侍者钟心和莫言已经嗅出一种吊诡的气息，他们每次眼光的交流都透出不安和疑虑，每次眼神的对视都有企盼蒙宠快点回来的焦急。他们无法将怀疑对处于病情反复中的皇帝说，也不能对看着他们变成哑巴的李斯说。特别是这个赵高，皇帝咋就信任他呢。这些时日，这家伙呈现出一种贼眉鼠眼的状态，侍者吴声暗中跟踪过他，没有看到他把皇帝给上郡扶苏的书信交给使者，侍者仝（tóng）行还敏锐地看到赵高偷听皇帝和蒙毅的对话。

赵高观察到这四个侍者一动不动地守着皇帝，于是他就转到主殿旁门，出门口后顺台阶来到下面低处的宫室中，前后左右都是曲廊通幽，廊榭回转，通道交互，梁柱勾连。赵高心中忽然间闪现一个影像，当年赵武灵王一定在这里转悠了无数遍吧，没有东西吃饿得饥肠辘辘一定很难受的，到后来不知还有哪位赵王来过这里，赵惠文王赵何是来过的，他同父异母的兄长就被杀死在这沙丘宫，他和他母后吴娃眼看着手下的大臣把父王围在沙丘宫三个月活活饿死，还真令人心寒。赵孝成王赵丹也来过这里，他只是在宫门外看了看就回邯郸了，后来赵偃、赵迁就没来过了。赵高边走边时时听到有老鼠在暗角处"吱吱吱"的叫声，一只狐狸"刺溜"一下从他脚旁跑过，跑到廊角处停住，回头打量着他。在狐狸的上方横梁上蹲着三只头脸似猫的仓鸮，小铃铛似的眼睛半睁半闭发着绿光，镰刀似的喙"咔咔"扣响。赵高打了个寒战，他环顾一下四周，然后从怀中拿出那封没有交付给使者的书信，他明明知道书信的内容，但他还是借着晨光又细细地看了一遍。

赵高倚在廊道柱子上，把书信收了起来，合上眼睛努力地调匀呼吸。他想到了在平原津，他轻手轻脚踏上台阶，把耳朵贴在门缝处偷听皇帝和蒙毅说的话："回咸阳后要立扶苏为太子，同时还把嬴昊立为太子继承人。"这封未交给使者的书信，也正是通知在上郡监军的扶苏速回咸阳。这每句话，每一步，都让赵高心惊；每句话，每一步都好像要把赵高送上断头台。那次偷听虽然被左丞相李斯撞到了，多亏李斯以为赵高在门外等候皇帝召见。还有，自以为神不知鬼不觉地把药包中的两味君药拣出，不知怎么被那个叫钟心的侍者发现了，也多亏这个侍者胆小又是个哑巴。现在好了，皇帝驾崩了，蒙毅远走了，书信在自己手里，这胡亥和我赵高有师徒之情，索性为了胡亥这个徒儿，也为了自己赌一把，这个念头像魔鬼一样缠住了赵高。赵高伸出手"啪啪"抽了自己两个嘴巴，他觉得格外舒服；他接着又在自己脖子上拧了一把，血印都拧出来了，他觉得格外舒服。他"呵呵呵"地狂叫起来："我赵高不也是个人吗……"拐角处的狐狸一跳不见了，横梁上的仓鸮爪子"嚓拉"一声划响也低低飞了出去。

"不敬了，不敬了！"赵高嘴里嘟囔着往回走，他用手摸了摸揣在怀里的书信，嘟囔着说，"我赵高真的要大不敬了，躺在床榻上的皇帝啊，实在对不住了，您非但不能制止我赵高，反而还能帮着我赵高的！"

赵高又回想起当年赵王遣派他入秦，令他择机抑秦惠赵，现今都什么时候了，赵国早已灭了，赵王赵迁也早已被流放房陵不见江山只叹山水，郁郁而终了。

"哎，真有你的沙丘宫，我赵高谁也不为，就为了我自己！"

赵高两只眼睛通红通红的，都充血了。

四十二 / 矫诏一出如刀箭，扶苏遗恨事无常

七月二十七日天刚亮，赵高把公子胡亥叫到侧殿隐秘处说："太子，臣赵高有急事要事相商。"

胡亥听到赵高叫自己太子，心中一颤，忙说："尊师万莫谬称亥为太子，实不敢当！"

赵高见胡亥神情紧张，话到嘴边又咽了下去，他盯着胡亥上下打量，好像在掂量一个东西的轻重，又好像在估摸一件物品的价值。

胡亥见赵高欲言又止，引而不发，心里发毛，说："尊师不是说有事相商么，我没别的主意，可否叫上丞相。"

赵高看到胡亥懵懵懂懂的样子，说："叫丞相干什么，只要公子点个头，我赵高就让公子你变太子，登基做皇帝。"

"尊师快莫乱说。"胡亥心头一阵暗喜，随即走到侧殿门口，伸出头往两边看了看又快速回到赵高跟前，说，"这岂不是折杀胡亥吗，有大显不到小，有长轮不到幼，尊师快莫戏耍胡亥了。"

赵高从怀里掏出那封未送出去的书信，说："公子看，皇帝给扶苏的书信还在我手里，皇帝已驾崩，此信发不发，发个什么信，是我赵高说了算的。"

胡亥还没弄明白赵高的意思，说："尊师说了算，胡亥不信。"

赵高说："公子啊，都到什么时候了，我还有工夫和你开玩笑不成，老夫想废了这封书信！"

"什么，废了父皇给扶苏的书信，这可是父皇口授，丞相亲笔写就且盖上玉玺的啊，这……"胡亥吃惊得张大嘴。

赵高叹了口气，说："哎，老夫给皇帝驾车、跟车二十多年了，一直就这么个芝麻大的官，这不是机会来了么，想把公子你扶持上去，成不成的老夫也无十成的把握，关键是看公子的意思了。"

胡亥这些年来一直是遵从父皇的安排，跟赵高学习秦律和狱法，胡亥知道法不容情，可有时也出现过情大过法的情形啊，比如尊师赵高被免死就是一例，法再严，法再大，父皇一句话就赦免了尊师赵高。胡亥不解，父皇给了赵高第二次生命，而尊师为何还要忤逆父皇呢？胡亥知道赵高这是为他好，可尊师的所为是多么的大胆和无法啊，可是一说到当太子、做皇帝，胡亥心里还是痒痒的。转念一想，自己从六岁失去母亲，父皇对他的疼怜还是比其他皇子多些的，眼下父皇刚刚驾崩，尸骨余温尚存，并且就在隔壁的床榻上躺着，而尊师却鼓动自己抢班夺权，这也太……

赵高有些不耐烦地对胡亥说："患得患失干不成大事，到底想不想，别光闷着头不说话。"

胡亥合计了又合计说："胡亥何德何能谋此大位，破长幼之序是为不义，篡父皇遗命是为不孝，无功窃重器是为误国。天下之人悠悠众口，朝廷之臣灼灼众目，尊师说了又无十分把握，还是算了吧，太冒险了。"

赵高听罢胡亥的一番话，有些不悦，说："老夫亲耳听到皇帝给蒙毅交代，一回到咸阳就立扶苏为太子，嬴昊比胡亥你还年少，但也是太子继承人，哪有你胡亥半点事呢，你这个父不亲母不爱的，少给老夫说什么不孝不义误国的废话。"

胡亥说："胡亥真的没有那本事，只想平安享乐过一生。"

赵高冷笑一声说："你想平安享乐，没见到皇帝杀胡兴吗，老夫早就听到'灭秦者胡也'的说法，这分明已怀疑到你的头上了。从金山嘴行宫出来后，没看到皇帝不待见你吗，回到咸阳哪还你的活路呢！"

胡亥一听，吓出一身冷汗，他对赵高说："尊师说怎么办才好呢？"

赵高狡黠地一转眼珠子，说："重新以皇帝的名义发一道诏书，诏令扶苏自裁，然后新拟一道皇帝遗诏，诏令立你为太子不就行了。"

胡亥说："这可是极其难办之事啊！"

赵高拍了拍挎在他腰间的一个挂包说："哎，皇帝二十多年虽然没升我赵高的官，却让老夫做了你胡亥的师者，皇帝虽然令我赵高管了二十多年的车驾出行，却也让老夫掌管着玉玺和兵符，这真是老天在帮老夫，也是帮公子胡亥你啊！"

胡亥疑虑未消地说："这事丞相李斯不配合、不同意也是白搭啊。"

赵高叉着腰说："公子有意，玉玺在手，老夫操办，这就成功了一大半，丞相那里嘛，老夫去找他。"

赵高也怕夜长梦多，从胡亥那里离开后急急地来到李斯暂住的侧殿之中，他开门见山地说："丞相啊，赵高无能，办事不力，看看，皇帝给扶苏的书信还没有送出去呢。"赵高说着把那封书信递给了李斯。

李斯一听一看，大为光火，说："你这不是无能，不力，是误国啊！不过现在送出也不会太迟，快传使者过来。"

赵高闻听忙说："慢，慢，丞相莫急，赵高觉得这封书函就不要送出去了。"

李斯听赵高话里有话，问道："是何用心？"

赵高说："将相在外，君命有所不受，何况皇帝已经驾崩，再说皇帝给扶苏的书函只说让他速回咸阳，也没说立他为太子啊，如今你和我共同拥立胡亥公子为太子，继而登基为帝是为上策。"

李斯听明白了赵高的用心，说："赵高，你真是大逆不道。今皇帝驾崩，秘不发丧，我们应精诚合作，扶柩速回咸阳，召回长子扶苏，让皇帝入陵为安，岂能背叛皇帝，生出变故啊！"

赵高说："玉玺和兵符我都交到胡亥手里了，胡亥虽不是嫡长子，但也是有仁义之心的人，谁拥立他，他就会对谁好的！"

李斯很是生气，怒声斥道："真是反了，这可是死罪啊！"

正当李斯和赵高激辩时，有一个校尉跑过来报告说巨鹿郡郡守拜见陛下。

甘罗的到来，让李斯和赵高立刻停止了争吵，李斯问赵高怎么办，赵高问李斯怎么办，你看看我，我看看你，一时傻了眼。

原来，蒙毅受始皇之命先行一步回咸阳并沿途祈拜山川，他途经巨鹿郡时，告诉郡守甘罗，陛下不几日就会从平原津来大麓宫。巨鹿郡城和大麓宫在原来保持洁净的基础上又重新净洁了一遍，一切准备就绪，只剩等候皇帝和夫人的入驻。怎么一等不来，二等不来，后来得报皇帝和仪仗停留在沙丘宫了。沙丘宫也是归巨鹿郡管辖，距大麓宫不到半日的距离。甘罗让郡尉蒙嘉留守，自己亲自来到沙丘宫拜见皇帝，并有意迎接皇帝到大麓宫去驻跸。

李斯和甘罗昔年同在吕不韦府中当门客，对甘罗的绝顶聪明是深有领教的，甘罗年龄虽小但早于自己在朝中位居上卿，只是后来世事变异，多年没有谋面交集，如今在此地相遇定是天意，难以回避。李斯想，自己和甘罗政见为人虽不是一路，如果给甘罗亮明皇帝突然驾崩的真相，因发生在巨鹿郡地界，甘罗作为郡守定会帮助掩护，日后以正视听；再说和甘罗一起联手粉碎赵高这邪恶的政变企图，二人也定会同心协力的。想到此，李斯决定让甘罗进沙丘宫，挑明真相。

赵高一直在盯着李斯的表情变化，他猜到了李斯在想什么，当李斯要随校尉出宫去面见甘罗时，急忙拦住了他并支走了校尉，赵高阴狠地对李斯说："丞相的如意算法打错了，你不想活了吗？"

李斯不搭理赵高，迈步往宫门口走去。

赵高说："去吧，我不拦你。你作为丞相没保护好皇帝，致皇帝客死荒宫，这第一罪也；皇帝驾崩，擅决秘不发丧，欺瞒上下，这第二罪也；皇帝给长子扶苏的信函滞留不发，这第三罪也……"

李斯一听赵高的激将之语，又一看自己手中那一封给扶苏的信函，腿开始打战。对，赵高说得对，千万不能让甘罗进入沙丘宫，这个秘密不能揭开，真还不是揭开的时候。

李斯停下脚步问赵高："如何应付甘罗？"

赵高好像早已想好了，说："我出宫去，几句话就能打发走甘罗。"

赵高在那个校尉陪同下向沙丘宫门走去，他身后是蒙宠那十九匹宝马和四个马倌。

宫门开了，赵高扯开那尖细的嗓子对甘罗说："陛下正忙于处理国务，批阅奏章，无暇召见，令郡守甘罗回巨鹿郡大麓宫迎驾，因沙丘宫无上好的马厩，令郡守先行把蒙宠夫人的宝马放到大麓宫饲养。"

甘罗看到沙丘宫戒备森严，宫门一开涌出阵阵热浪和腐酸怪味，心想：陛下说好的驻跸大麓宫，为何停留在这个破败凶诡的沙丘宫呢？甘罗正觉得蹊跷，这时听到赵高扬着脖子传谕皇帝之令，同时又见夫人的宝马一溜被牵出来。甘罗不再多想，回到巨鹿郡城继续准备迎驾。

赵高从宫门回到正殿，他看到李斯正拉着胡亥跪在始皇的床榻前捂着嘴痛哭流涕，等哭得没劲儿了，赵高才走了过去。这时李斯已站立不起来了，赵高和胡亥把李斯架到侧殿，李斯用袖子擦去胡子上的鼻涕，抬起昏花的眼睛注视着正殿的门楣。

赵高蹲下去帮李斯拍打着裤腿上的尘土，然后站起来用平和的语气对李斯说："丞相啊，此地是巨鹿郡的地盘，郡守甘罗是个厉害的角色，他来过了，说不定明日还要来，此地不可久留，帛里快包不住火了。"

李斯低声又坚定地冲赵高说："你想做什么，不可胡为。"

赵高依然语音平和地对李斯说："丞相啊，蒙恬和扶苏的交情比你深不深？"

李斯不语。

赵高又说："蒙恬身为内史又兼大将，修长城，驱匈奴，定郡县，将士无伤亡，这和你相比，谁功劳更大？"

李斯不语。

赵高又凑近李斯说："蒙恬家三代为秦将，建有不世之功，今蒙毅为上卿，蒙恬为大将，蒙宠虽船沉大海，原来也是皇帝之宠爱，如果扶苏登上大位，还有丞相你的好日子过吗？"

李斯微微点了点头。

赵高语气亲密地说："唯有你我联手拥立胡亥继承皇位，才能保证你我永续的荣华富贵！"

李斯听着赵高游说，他的眼前仿佛呈现出他的家族像船一样，上面装满了金钱、高屋、华裳，正在水上沉浮不定。

经过赵高这么软硬兼施，连唬带吓，李斯前思后想，盘算权衡，最后服从了自己的内心，三个人终于尿到一个壶里去了。实际上李斯和胡亥心里明镜似的，是赵高害怕扶苏登基做皇帝。扶苏登基后，重用蒙恬、蒙毅两兄弟是木板上钉钉的事，到那时，第一个被清算的人非赵高莫属，明明是他没好果子吃，他硬说是胡亥、李斯没好果子吃。

胡亥得知赵高已经说服左丞相李斯共谋政变大计，心里的小鼓敲得咚咚响，一张小脸兴奋得红红的。他在大殿父皇床榻旁坐下来，一声喊把李斯、赵高召来，说："丞相、尊师，接下来该怎么办啊，父皇都有味了！"

七月末的沙丘宫闷热无比，汗水顺着胡亥的脸和脖子一个劲儿往下流，好几天未洗脸的胡亥，汗水如河水冲刷河床一样流过后，脸上黑一道白一道地成了花狗脸。

面对胡亥的话，丞相李斯和赵高又是你看看我，我看看你，都没有吱声，心想：胡亥你端坐在大殿，坐在始皇帝的床榻旁边，难道是想借始皇帝的余威吗，难道是想郑重其事吗，真是个雏崽儿啊。守着始皇帝能说激怒他老人家的话吗，不看那四个侍者的眼睛很亮吗。

赵高发现四个侍者眼睛一眨不眨地看着他们三个人，他用手扯了一下李斯，然后从正殿来到侧殿，李斯心领神会，跟在胡亥后面来到侧殿。赵高从李斯袖筒里抽出那封未送出去的信函，当着李斯和胡亥的面撕毁了，李斯看到面前案几上摆好的黄帛和刀笔，二话没说坐下来和赵高耳语几句后一挥而就，一份新的诏书这么快就写好了，好像早已打好腹稿似的："朕巡察天下，安抚六国之故地，监察郡县之行政，余时祭祀山海诸神以延寿。今扶苏与内史蒙恬将兵三十万以戍边，虽有寸功，然以不能回咸阳立为太子，日夜都在怨恨。扶苏为人子不孝，六年不朝拜皇帝，特赐剑以自裁！将军蒙恬与扶苏在军中共事，不加以匡正且助长其谋，是为人臣不忠，赐死，把兵权移交给裨将王离。"

诏书写好后加盖上始皇帝的玉玺，赵高选定两个亲信作为使者，带着始皇帝的诏书，手持少府所制的尚方宝剑骑快马星夜驰往上郡蒙恬军中。

扶苏跪下承接父皇的诏书，这是六年来父皇第一次专门给扶苏的诏书，也是给扶苏、蒙恬和王离共同的诏书。六年来，扶苏遵父皇之命到蒙恬军中任监军，将士皆服其能，特别是裨将王离从秦皇岛行宫回到肤施后，透露了父皇打算在他五十大寿时立自己为太子，这诏书一定是让自己回咸阳的。使者一字一句地宣读诏书，扶苏越听越不对劲，直到"扶苏为人子不孝，特赐剑以自裁"，这简直是朗日响雷，震得扶苏跌坐于地。使者的尚方宝剑是怎么接过来的，谢恩没谢恩啊，这些扶苏都不记得了，他迷迷糊糊回到中军帐中，晃晃悠悠几乎站立不住，蒙恬上前扶住扶苏。何来这惊天巨变呢，蒙恬也震惊不已，但他毕竟比扶苏年长许多，很快就冷静了下来。

蒙恬说："公子千万不能自裁。陛下六年前让臣和公子率三十万大军戍边修城，若不是陛下信赖之人，是不会令其担当帝国如此重任的。不久前，王离去秦皇岛行宫拜见陛下，陛下还对你大加赏赞，怎么会突然要你我的命呢？再者听说陛下明年五十大寿时立太子，公子没有过失，千万不要只见使者一面，仅凭一封诏书就自裁而死，这其中也许有诈。公子应该请命于陛下，或者亲见陛下一面，如若属实再自裁也不晚，望公子好好思量一下，再做决定。"

蒙恬为人正直宽厚，平时像兄长一样关爱扶苏，扶苏知道蒙恬说得有理，可一想到马上要立太子了，自己十四岁前是嫡长子，可如今的嫡长子是嬴昊，父皇又是那么宠爱蒙宠，爱屋及乌，反正立哪个嫡子也对，可能是父皇为立嬴昊为太子而扫除我扶苏这个障碍吧。再说嬴昊是蒙恬妹妹的儿子，这真是大水遇到了龙王庙啊。但又想到父皇若立嬴昊为太子有必要赐我扶苏自裁吗？扶苏百思不得其解。使者再三催促，扶苏心灰意冷地对蒙恬说："父皇要儿臣死，自有父皇的道理，我为儿为臣只有遵命而行！"话毕挥剑自刎，葬身上郡。

接着蒙恬被使者囚禁于上郡阳周。

刚到九原郡访游的冒顿探听到蒙恬和扶苏突遭祸难，急忙返回狼居胥山王庭向父王头曼禀告此事。

四十三 / 车停井陉夜深沉，抱回夫君痛断肠

开弓没有回头箭，骑上虎背落地难。使者已经前往上郡去了，公子胡亥、李斯、赵高望着使者远去的背影，心中既兴奋又不安，三个人相对无语，都咧着嘴龇着牙，这不由得让人想到三人成虎这句话。谁也没招呼谁，三人不约而同地回到正殿，因为那里躺着一个曾经给过他们无限恩惠的人。李斯七十余岁了，胡亥二十岁了，还有赵高，年长的年少的都还活着，可始皇帝这个曾对他们仨、对所有人拥有生杀予夺大权的人却死了。他们仨来到始皇帝床榻前行大跪之礼，胡亥居中下跪以头抵住榻摆，"嗷"的一声不动了，小声说："儿子不孝了！"李斯居右下跪后眼泪鼻涕俱下，喃声道："老臣不忠了！"赵高居左下跪后觉得裤裆里奇痒难耐，嘿声说："赵高又不好了！"

李斯被始皇帝信任重用三十来年了，终还是良心未泯，他张罗着给始皇帝嬴政擦拭身体，除四个侍者搬来翻去外，李斯也亲自换水倒水。这么多天来，始皇帝还没有沐浴过身子，身上汗臭味、汤药味都呛鼻子。擦洗完身体后，在侍者的帮助下，李斯又亲自给始皇帝嬴政换上了干净的黑色夏服上衣下裳，戴上通天冠，然后把换下来的玄衣缥裳叠好包裹起来。天黑之时，赵高亲自把始皇帝乘坐的安辇退靠在正殿大门前的台阶之下，趁天黑无人看见，李斯、胡亥、赵高让四个侍者把始皇帝嬴政抬进御辇之内安放妥当。

李斯把赵高、胡亥和四个侍者叫到一起，说："皇帝驾崩了，给扶苏和蒙恬的诏书已经在路上了，因为是秘不发丧，明日一早离开沙丘宫。"

赵高说："离开是离开，可接下来有几个事说不好、办不妥不行啊。"

胡亥说："父皇都驾崩多时了，还要办妥何事啊？"

赵高说："始皇帝虽然驾崩了，可他老人家还得为我等办成三件事才算到头啊。"

李斯虽然心里明白赵高屁股一抬要放什么屁，还是问了一句："哪三件事？"

"第一件事那会儿已经办妥了，皇帝躺着不动，不言不语，诏书已经上路了。"赵高有些得意地接着说，"仪仗启程后，皇帝仍要在安辇中接受沿途官员奏事，还要照常餐饮，这是第二件。那第三件就是皇帝还要和我等前往九原郡兜一圈。"

胡亥一听急了，说："不行，不行，天气如此炎热，须走近路返回咸阳啊。"

赵高往上抬了抬眉毛，他没有回应胡亥而是把目光投向李斯。

李斯咳了两声说："这三件事办不妥还真的不可回咸阳，再者说头一件办成啥样还不知道呢，连做做样子都不做怎么成大事，三环相扣假成真啊。"

胡亥只得听从赵高的安排，小声说了句："这不明摆着狐假虎威吗。"

秦始皇三十七年七月二十八日，始皇帝巡游的仪仗悄悄离开沙丘宫按原定巡游路线向西北九原郡方向而去。

仪仗车驾开拔了，随行众臣和军士发现和以前不同的是：胡亥坐进了始皇帝的御辇，赵高亲自坐进御辇车轼内跽坐驾车。和以前相同的是：一日三用膳，奏报如平常。车队仪仗往西北到达封龙邑后，胡亥实在忍受不了四个侍者数十天不洗浴而散发出来的异味，也忍受不了父皇尸身散发出的异味，他转乘到李斯的车上去了。中车府令赵高假借始皇帝令，让封龙邑县史弄来一石鲍鱼，其中大半石放置到始皇帝御辇内，少半石放到御辇后面的属车内，用意自然是以鲍鱼之臭来掩尸身之臭。看见胡亥忍不得异臭而转乘丞相高车，赵高也让原驾驭者替下自己，他单独乘坐一辆高车。

停车期间，始皇御辇内一侍者钟心称腹痛如厕，仪仗启动仍未归，另三侍者心知肚明掩而未报，车队从封龙邑启行向石邑方向而去。

离开瀛洲岛后，蒙宠和嬴昊的六艘楼船向西偏南方向航行，刚过小瀛洲岛不久，海上的风越来越大，海浪越来越高，六艘楼船挤连在一起抗拒巨浪，没想到很快就有两艘损毁沉没，剩下的四艘楼船在东南大风卷起的滔天巨浪中迷失了方向。有时，船夫按日月星辰调整了方位，但拧不过风浪的推搡和拖拽，要么在茫茫大海中打转，要么漂向相反的方向。十几天过去了，终于风缓浪低了，四艘楼船上的顶篷大都破烂了，历经摸索调整好了方位并趁风向转变驶向西北秦皇岛方向，七月十七日回到了金山嘴行宫。

碣石宫内摆设铺陈依旧如昨，眼前的行宫飞檐翘角，风摇铜铃。嬴政离去了，蒙宠虽说有些伤感失落，可她在快靠岸边的那一刻就预想到了，等待她的将是人去宫空，因为她知道嬴政已经收到她派校尉送回来的奏章了。她已看到校尉驶回来的战船就泊在金山嘴行宫高台下的海边。她和始皇帝约定在六月初回到这里来，到时候回不来就不要等了，要等也要去大麓宫等。可大海不是平地，岂能自主来去，六月底了还漂泊在海里，七月初了也还在海里，也许皇帝以为返航的楼船沉没在大海里了。

留守的宫卫告诉蒙宠，皇帝的仪仗向西北方向去了，西北方向那是去九原郡的啊，怎么会呢？蒙宠走进和皇帝同寝的内室，第一眼就看到了她送给皇帝嬴政的那把鱼肠剑，走近一看，鱼肠剑平放在榻旁铜几上奔鹿图案的正中，剑锋指向巨鹿郡和咸阳的西南方向。蒙宠的眼睛顿时模糊了，眼泪也顿时滴落下来，她拿起鱼肠剑走出内室，把剑交给儿子嬴昊，蒙宠挂满泪珠的脸颊上露出娇美的笑靥。

七月，秦皇岛的白天，热气蒸腾。蒙宠和两名侍女飒儿和浅儿来到金山嘴行宫下面的海边，柔细绵白的沙滩，深蓝的海水，蒙宠下到海里褪去衣裳，肆意地浸泡在温热的海水中。蒙宠在出海的四个多月时日里，有无数次被海浪浇湿淋透，可从来没有像今日这样泡在海水中的惬意和舒展。蒙宠凝脂一样的肌肤，柔荑般的手臂，飘散在水面上的体香，引来鱼儿绕身环游。她回首一望，夕阳中的碣石宫掩映在高大的青松翠柏之中。夜晚降临，暑气顿消，蒙宠换上镶着红边的胡式短衣长裤，安排四十个军士将四艘楼船沿海岸往南驶向琅琊台，另外六十名军士随她和嬴昊赶往巨鹿郡。

日夜兼程，蒙宠和嬴昊八月五日回到了巨鹿郡大麓宫。

甘罗得知夫人蒙宠和皇子嬴昊来到大麓宫，他和蒙嘉前来拜见，当他看到只有蒙宠和嬴昊两人时，疑惑地问道："蒙毅回咸阳时说皇帝过几日要驻跸大麓宫，我和郡尉等了多日不见皇帝仪仗，后来得知驻跸在沙丘宫了。四日前闻报皇帝出巡仪仗已往北去了，难道夫人不是和皇帝同行的吗？还是夫人拐回来要带走宝马？"

蒙宠听甘罗之言，惊在当地，急问道："什么？皇帝没来大麓宫而驻跸沙丘宫？怎么还悄然往北而去？"蒙宠觉得嬴政就算是有紧急之事回咸阳，也应该召见一下甘罗，也应该往南经邯郸而西，如此这般停驻沙丘宫并且行色匆匆，实在是令人费解和诡异。

蒙宠没想到皇帝没来大麓宫，没想到甘罗没见到皇帝；甘罗没想到蒙宠夫人没有和始皇帝同行，二人此时都意识到这是出岔子了，可岔子出在哪里了呢！

这时，宫门外传来一阵嚷嚷声，宫门"咣"地一下被推开了，只见一个人跌跌撞撞地闯了进来，蒙宠扭头一看，啊，这不是嬴政身边的侍者钟心吗？侍者钟心如同从泥坑里爬出来的一样，满脸恐慌。皇帝的内侍不侍奉在皇帝身边怎么独自出现在这里啊？郡守甘罗立感事态严重，即刻命军士关闭宫门，严密警戒，接着把侍者钟心带到内堂。

侍者钟心"咕咚"给蒙宠跪下，哭诉道："皇后，出大事啦，出大事啦，皇帝驾崩，秘不发丧。"

"皇帝驾崩"如一记闷棍，蒙宠一下晕倒在地，甘罗让嬴昊紧紧掐住蒙宠的人中，好一会儿蒙宠才缓过气来。

蒙宠缓过气来了，她盯着侍者钟心问道："蒙毅呢，他怎么……"

甘罗让侍者钟心细细讲述，从皇帝巡行的仪仗离开秦皇岛金山嘴行宫到平原津，从平原津皇帝染疾到派蒙毅祈拜山川先回咸阳，从清河邑到停留沙丘宫，从皇帝驾崩沙丘宫到前往九原郡，钟心把看到的赵高在侍医药剂中做手脚，扣押皇帝给上郡扶苏的书函，李斯、赵高、胡亥几次在侧殿密谋，决定秘不发丧，后来又派使者快马前往上郡等等，一一道来。侍者钟心讲述的每一个事、每一句话都在重重击打着蒙宠、嬴昊、甘罗的心胸。这狗娘养的赵高扣押的信函哪里去了？他们三人密谋了什么？是否让使者送出的是伪造的诏书？尤其是当侍者钟心报告说：李斯、赵高、胡亥为了掩盖秘不发丧的真相和另有图谋的舍近求远，为了对安辇发出异味有个合理的说辞，竟然弄来一石臭鲍鱼塞进安辇与皇帝相伴，气得蒙宠和嬴昊咬牙切齿，难以置信。

郡守甘罗说："事已至此，我深受皇恩，绝不允许皇帝驾崩后受此奇耻大辱和颠簸之苦。"

蒙宠说不出话来，眼泪直流。

蒙嘉说："巨鹿郡离咸阳有一千八百里远，走半个月也不见得能达，今仪仗绕道九原再折返咸阳路程有三千六百里远，虽有一段直道也需个把月之多，况天气酷热难耐，皇帝置身鲍鱼之中，腐……"

侍者钟心听蒙嘉说到腐字打住了，他便接着说："这一圈走不到头，皇帝必是腐烂变臭，骨肉分离，面目全非，不是面目全非而是面目皆无啊！"

"大胆，休要胡说八道！"甘罗止住侍者。

蒙宠使劲擦了擦涌出的泪水，说："陛下乃天之骄子，统一四海，开疆拓土，无休无息，亲力亲为，到头来怎么受这么大的磨难啊，我要找陛下去，我要把他找回来！"

甘罗说："按时日推算，李斯、赵高派出的使者应该快到上郡了，出巡的仪仗走得慢大概快到石邑了，我快些安排力大善骑者随夫人去追，随后安排车驾接应。"

蒙宠对甘罗说："虽然有些迟，我还是要写一封短信给扶苏和蒙恬，上面盖上我的玉玺，让郡尉蒙嘉骑宝马超光连夜赶往上郡面见扶苏和蒙恬，以防他们两个遭受蒙蔽和迫害。"

圈养在大麓宫马厩中的十九匹宝马加上蒙宠和嬴昊的汗血和赤兔共二十一匹已备好，其中一匹超光交给蒙嘉前往上郡，甘罗从军士中挑选三十个力壮者，加上蒙宠的侍女二人，加上始皇帝的内侍钟心，三十三人在蒙宠的带领下驰出巨鹿城，向西北追去。

甘罗陪着嬴昊在大麓宫中等候，甘罗心潮起伏，他强压着胸中的怒火做着最坏的准备，他把郡里军队分布到郡城的四周和巨鹿郡界八个要害卡口。

蒙宠在侍者钟心的带领下追到石邑，不见始皇帝巡游的仪仗。钟心带领马队沿崎岖的山路进入太行山脉，天色渐渐暗下来，马队也慢了下来，前面不远处就是井陉了。井陉原是赵国的要塞，统一后成为秦帝国的关口隘道。蒙宠想起离开大麓宫时甘罗说的话："让侍者配合，暗中把皇帝请回来，尽量不要与李斯、赵高发生照面和冲突，因为在没弄清他们真正意图前，毕竟李斯、赵高还有赵亥手握皇帝玉玺和尚方宝剑，掌握皇帝仪仗，仍代表着皇帝、代表着国家。"蒙宠心中有一个念头，就是让嬴政重回大麓宫，不能让他在这大热天里烂在车里与鲍鱼混为一团。

顺着井陉隘道行进三十里，前面灯火明灭处便是井陉关塞了。蒙宠和众人都下马停在一片松树林里，他们把马拴好后，侍者钟心在前引领，蒙宠和六个军士随后跟进。八月初十的夜晚，四更时分，伸手不见五指，凭侍者对仪仗车队排列的熟知，他们悄无声息地来到离安辇不远的一个拐角。侍者钟心学斑鸠"咕咕"低沉地叫了两声，停了一会，前面除了马匹偶尔的喷鼻声外没有什么动静，钟心又发出"咕咕咕"的斑鸠叫声，对面传来"咕咕"低微的回应。

侍者钟心在前，蒙宠和六个壮汉轻手轻脚地来到安辇跟前，两个侍者莫言和全行已经守在车旁，一个侍者吴声守在车中，莫言和全行轻轻地给蒙宠跪下，蒙宠弯腰扶起他们，莫言说："安辇味大不好闻，仪仗的人都躲得远远的歇息去了。"

蒙宠坚定而轻轻地说："我要把皇帝带走，你们三人暂留在安辇中装做什么也不曾发生，一切照旧，到雁门莫言下来，到上郡全行下来，到北地吴声下来，我都会派人接应，然后回大麓宫。"

侍者莫言说："我们虽不太明了，但知赵高他们在做不好的事，皇帝要落个全整身子就得快点移走，不然过不了几天就……"

安辇之门轻轻打开了，嬴政的身体被轻轻移出，一个军士背着，另一个军士后面扶着，不一会回到拴马的松林里。蒙宠在汗血宝马的背上又垫厚一层丝麻，然后把嬴政脸朝下搭放上去，她牵着马走在前，顺着来时的隘道走了出去。离石邑不远，接应的车驾也到了，蒙宠把嬴政从马背上抱下来，不知怎的，抱下马背的嬴政在蒙宠的环抱之下，竟然和她贴身站立着，仍然像往日那样高出蒙宠多半头。蒙宠流着泪在侍者和军士的帮助下，把嬴政安放到车驾里。这一切进行得是那么自然，好像是把一个睡着的人或是醉酒的人接走一样，马队跟着驷车急促而又有序地向东南大陆泽巨鹿郡方向行进，这时刚升起的日光已经斜射下来。

四十四 / 胡亥言父升仙去，重铸金身好安放

赵高派往上郡的使者还没有传递回来任何信息，事情办得怎么样了也无从知道。始皇帝第五次巡游的仪仗盛况依旧，在井陉停了一晚上之后继续向太原郡行进。在太原郡稍做停留便北上到雁门郡，在雁门郡停留增加补给，侍者莫言钻了个天热马疲人乱的空隙溜出了仪仗车队。

巡游的车驾仪仗行进在去九原郡的路途中，这是故意从上郡的东北面绕过前往西北角的九原郡，这时赵高派去的使者回来了，使者向李斯、赵高和胡亥报告了扶苏自杀、蒙恬被囚禁的消息。赵高听到这个消息"呵呵"笑了两声，他左脸蛋子下扯右脸蛋子上提，拧歪着，眼泪差点儿冲出眼眶。赵高钻进李斯的驷马高车里，李斯、赵高和胡亥三人拉起手共同举起碰到了车顶然后落下来，以此来表示祝贺。李斯都七十多岁了，他咧着缺了三颗门牙的嘴呵呵笑着像个老孩子似的，上唇和下颌上那灰白的胡须抖动着。胡亥自从车停封龙邑就转乘到了丞相的车上，始皇帝车上的味儿太冲了，他害怕到不了上郡，回不到咸阳就被熏死了。胡亥也还是有心眼儿的，这不已是太子了吗，马上就是二世皇帝了，跟丞相一路唠唠嗑多少也有个长进什么的。

李斯尽管嘴有些漏风跑气，但还是斩钉截铁地说："马上停止去往九原郡，速回咸阳！"

这一切都是按沙丘宫里划的道道往前走的，只是没想到会这么顺利。李斯、赵高、胡亥三颗悬着的心落了地。

本来要装装样子去九原郡的，现在掉头来到上郡，因为上郡是必经之路，又有才修没几年的直道。刚到上郡郡治肤施，车驾仪仗还没有停稳，"呼啦"一下子被五千多名军卒围了个严严实实，一个叫方刚的校尉对李斯说："我等舍命也要见陛下，为何逼迫扶苏自裁，为何囚禁蒙恬，陛下要给我等一个明白！"

李斯没见过这等状况，说："你等如此大胆包围陛下仪仗车舆，要挟陛下解释诏令，你等这是兵变吗？"

副将方刚说："我等这是兵谏不是兵变，蒙恬将军、扶苏监军爱兵如子，同甘共苦，戍边卫国，陛下如此对待功臣，我等戍边众军不服！"

胡亥听说一个校尉方刚带领五千多名军卒发动兵谏，要见皇帝。他吓得不敢下来，倒是赵高干咳了两声，清了清嗓子，说："陛下诏令兵权属王离，王离将军在哪里？"

方刚冷冷地回道："王离将军不在这里，他正从关押蒙恬将军的阳周往这儿赶路。"

赵高在车旁迈了几步，语气蛮横地说："你等兵谏有何要求，我来转告陛下。"

方刚强硬地说："立即释放蒙恬将军，只此一个要求！"

"这个么，容我想想。"赵高故意拖延时间等王离回来，可拖延让军卒情绪越发激愤，只是始皇帝銮驾散发出的臭味和大秦的律法，使这群躁动的军卒还有所顾忌，一时不敢忘乎所以。

正僵持间王离赶回来了，王离喝退方刚，驱散兵谏的军卒。李斯只和王离客套了几句，就令巡行的仪仗车骑快速离开上郡肤施。谁也没注意到的是，始皇帝的第三个侍者仝行趁慌乱混入人群之中，之后溜出肤施前往雁门郡的郡治善无与莫言会合，然后与接应的人马一起潜回大麓宫。

自从离开上郡后，始皇的安辇就不再接受官员的奏折，出巡的仪仗车骑快速地向南向咸阳奔去，路过云中郡没有停下来，路过北地郡时仪仗仍然没有停下来的迹象。侍者吴声一时难以脱身，他坐在皇帝专用的銮舆内，守着大半石腐烂的鲍鱼，呛人的气味已经麻木了他的口鼻。从封龙邑守到井陉城塞，从井陉守到了这北地义渠，吴声好像已经习惯了这种异味，令他心安的是驾崩了的始皇帝在井陉就被解救走了，莫言安全地下车了，全行也安全地下车了，因为应对得当，到如今还无人知晓这次巡游的下半场是没有始皇帝随驾的。仪仗车骑已经过了云中郡，侍者吴声本来要在云中伺机脱身的，可仪仗车急行没办法下车，只能走一程说一程了。

马上就要到都城咸阳了，这时赵高高声叫喊着让仪仗车骑紧急停下，他叫上李斯、胡亥一起来到始皇帝銮驾的车门处，他们仨要干什么呢？他们仨要看看这个赐给他们这么多机会的始皇帝吗，给始皇帝请个安并禀报说到家了吗？

车门打开了，一股恶臭熏得胡亥、李斯和赵高连忙捂住口鼻，他们往车里一看，又一看，睁了一下眼睛又细细一看，大惊，我的天！始皇帝不见了！里面只有半车鲍鱼已烂得没有了模样，四个侍者也只剩下了一个，并且仅存的一个侍者抱着嬴政皇帝在沙丘宫换下来的衣冠，坐在车里一动不动淡然地看着他们仨。

李斯、赵高、胡亥在这酷暑炎夏之日，身上骤然地起了一层鸡皮疙瘩，这是什么烟锅头子。胡亥大哭，哭了几声停住，刚停住又哭。李斯吓得瘫痪在地，他在想这是怎么回事，心乱了，怎么也想不清楚。赵高也心里发毛，脸色土灰，他气急败坏地比画着，声音有些发抖地说："这是怎么回事，始皇帝哪儿去啦？"

侍者吴声依旧一动不动地坐在御辇中淡定不语，赵高突然想起这个侍者是哑巴，尽管如此，他仍再次颤声发问道："快说，始皇帝哪儿去啦？"

"你们三人听好了，皇帝升仙去了！"侍者吴声一字一句地说。

"皇帝升仙去了！"从御辇里传出的这句话使李斯、赵高、胡亥又是一惊，何时升仙去的？升到哪里去了？真是如坠十里雾中。

这侍者吴声刚才说话了，这又使李斯、赵高、胡亥惊上加惊。没听错吧，这多年的哑巴居然开口说话了，莫非这侍者也成仙了吗？

赵高壮着胆子发问道："那三个侍者怎么不见了？莫非……"

侍者吴声停了一会儿，然后幽幽地说："他们仨都随始皇帝升仙去了，享福去了！"

这突然中的突然、变故中的变故着实地把胡亥弄傻了。李斯这经贯了无数大事变故的、七十多岁的丞相也大大地发蒙，关键时刻还是赵高惊慌中还能有些主意。要说这人啊，这方面缺了那方面补，比如眼瞎的人耳必聪，耳聋的人目必明，这身残的人心必灵，心灵手能也可称雄，赵高没了根就格外能闹腾，以至后世各朝的阉宦都能出点动静。

赵高安排一名校尉带着五个军卒，牢牢地把侍者吴声控制起来。他从牙缝里挤出几个字，说："进城，进城，进了就成了！"赵高说罢亲自驾驭始皇帝曾坐过的安辇随仪仗车骑进了咸阳城。

秦始皇三十七年九月一日，文武百官分列咸阳宫中，众大臣神态肃整地等待着皇帝的召见。皇帝巡察东方郡县大半年了，大臣们也十个月没有上过朝了。一个时辰过去了，皇帝嬴政还没有在御座上出现，大臣们开始窃窃私语。

正当大家交头接耳时，殿堂内传来一阵争吵声，众臣静了下来，大体能听清是右丞相冯去疾与李斯在争执什么，停了一会儿，冯去疾、李斯、胡亥从殿堂内来到御座旁边站定。皇帝呢，怎么皇帝还不出来呢？难道他们三个站在御座旁边是等皇帝出场吗？这时，李斯清了清嗓子，无比沉重地宣告："始皇帝在巡察途中驾崩了！"

李斯的宣告如晴天炸响霹雳，上朝的文臣武将不约而同地"啊"了一声，随之又归于死一般的寂静。

"臣李斯接奉始皇帝遗诏，着公子胡亥为太子继承皇位，是为二世。"左丞相李斯又接着说，"明年为二世元年，举行登基大典！"

咸阳宫内仍是死一般的寂静，在这异样的静寂中，在众目睽睽之中，胡亥怯生生地坐到了御座之上。

胡亥身子前倾，半个屁股坐在御座边上，他声音颤抖着说："右丞相冯去疾、左丞相李斯、上卿蒙毅、奉常颜泄接诏，从即日起普天举哀，盛葬始皇！"

就这么个回合，胡亥继位成了二世皇帝。当天胡亥就封赵高为郎中令，掌管皇帝的安全和机要。

惊闻父皇驾崩，以将间为带领的众公子和以阳滋为带领的众公主齐聚咸阳宫，他们强烈而急切地要求哭祭和瞻仰父皇遗容，然而被挡在了宫门外。九个月了，留在咸阳城里的皇子皇女没有见过自己的父皇，还有的快两年了都没有见过父皇一面，如今父皇突然驾崩并且马上就要大葬了，怎能不见父皇最后一面呢？在皇子公主聚集在咸阳宫外强烈要求瞻仰父皇遗容的当口，朝中的重臣宿将也要求瞻仰始皇帝遗容，以此致以崇高的祭奠和敬拜！

怎么办？这儿女和大臣要见死去的父皇和皇帝最后一面，乃人伦之常，君臣之义，可偏偏就这么简单正常的事，对新帝胡亥、李斯、赵高来说成了比登天还难的事。等候多时，被军卒阻挡的皇子公主们哭声震天，怨声连连，甚至听到有声音高喊："胡亥，你出来！"

胡亥、李斯和赵高急得团团转转，他们让校尉把侍者吴声押到后堂，几个军卒把他毒打得死去活来，吴声一言不发，血肉模糊的吴声被拖到胡亥和赵高面前，胡亥从赵高腰间抽出佩剑架到侍者脖梗上，说："快说皇帝在哪里，不说就砍下你的头！"

侍者吴声看都不看胡亥一眼，把淌着鲜血的脸扭到一边。

这时赵高走过去把胡亥手里的剑推开，说："短短的三十来天竟把始皇帝陪丢了，你们究竟干了什么事？"

侍者吴声开口了，说："你们嫌臭躲得远远的，还伪装始皇帝活着糊弄臣工，始皇帝忙惯了，这一个来月怎肯闲着，任人摆布啊！"

李斯心惊肉跳地说："你说始皇帝没闲着，复活了吗，去哪里啦？"

侍者吴声说："始皇帝带着侍者升仙去了！"

外面的呼叫声一浪高过一浪，胡亥不知如何向自己的兄长、姐妹交代。这时，郎中令赵高说："陛下，看来只能对公子公主大臣宣布始皇帝留下遗诏升仙去了……"

胡亥说："信不信的只能这么宣布了，可没有遗体如何大葬啊？"

赵高说："始皇帝升仙时留下玄衣纁裳和冕旒，让铸工仿始皇帝原貌铸一金身也是好的。"

商议好了，新帝胡亥在李斯、赵高陪同下，押着侍者吴声来到咸阳宫门外，胡亥对兄弟和公主、众大臣说："始皇帝虔诚求仙终获正果，多日前携三个侍者升仙而去，留下这个吴姓侍者看守衣冠。"胡亥说到此，用手指了指吴声说："此侍者可以作证，他是亲眼所见啊。"

众人目光转向遍体鳞伤的吴声，吴声笑了笑说："是始皇帝升仙了，是始皇帝胜了！"

将闾、阳滋等众皇子、公主崩溃了，他们哇哇地放声大哭起来。

这看起来就像是演戏，可这场戏乱乱哄哄弄不清哪个是主角，看到已成为新帝的胡亥也在流着眼泪圆说此事，将闾、阳滋众皇子、公主和众大臣还在怀疑，还在质疑，但也只得散去，暂不再难为胡亥了。

始皇帝尽管奇奇怪怪地驾崩了，胡亥尽管稀里糊涂地当上皇帝了，可死者为大，朝廷上上下下都在为升仙的始皇帝的葬礼忙活着。参照始皇帝生前画像和实际身高胖瘦，开始由巴清推荐的铸工用黄金重铸金身，不几天，始皇帝的金身铸成了。

秦始皇三十七年九月九日，始皇帝嬴政的葬礼在咸阳骊山陵举行。

这座修造了三十七年之久的陵墓，嬴政只视察过一次，在视察时好像对丞相隗状、少府章邯、奉常颜泄说过：皇帝广有九州六海，岂能葬身这如此之小的陵丘之中，修造好后作为府库也是好的，如今始皇帝升仙不知何处去了，只能用金身来代替。

骊山陵，修造于骊山北麓，陵前渭水如带。陵高五十一丈，深达泉水之下，内城周遭长一千七百二十丈，每边长四百三十丈，四面开有城门，城门上筑有门楼，陵冢建在内城的南半部，陵内仿地面建有楼榭宫殿、朝堂，用奇石仿建名山，用水银仿建江河，长明灯千年不灭。墓道门闸设有暗道机关，陵墓外建有内城和外城，在东城门外六百六十丈、地下八丈九尺的深处排列着陶制兵马俑一万二千个，在西城门外六百六十丈、地下九丈八尺深的地方也排列着陶制兵马俑一万二千个，这些个陶俑都是按兵士生前的模样制成的，有的还刻着他们的名字。

秦始皇帝嬴政的葬礼开始了,青铜棺椁饰以铭文、腾龙、祥云、海纹,棺椁西高东低斜放在墓里的西端。棺椁中,黄金铸成的始皇帝嬴政身着他生前穿过的玄衣纁裳,他背西向东,注视着眼底的江山。在青铜棺椁的旁边,站立着侍者吴声,他已被赵高灌入水银而亡。

在陵墓南面的侧室,呈半圆形摆放着熔炼六国兵器铸造的十二个铜人,每个铜人身穿胡服,高五丈,重千石。在十二个铜人的中间,排列着从西周公那里搬回来的八鼎,依次是冀州鼎、兖州鼎、青州鼎、徐州鼎、扬州鼎、荆州鼎、梁州鼎、豫州鼎。在陵墓的北面侧室,排列放置着昆山蓝玉、隋侯之珠、纤离之马、太阿之剑、青玉五枝灯、秦乐府编钟……

第一道陵墓内门关闭了。在第一道墓门和第二道墓门之间是被强制押进来的一千二百个未曾生育子女的后宫嫔妃,她们是被胡亥诏令殉葬的。在第二道墓门和第三道墓门之间是被强行押进来的修陵的能工巧匠,胡亥和赵高说这可以防止他们盗挖陵墓。第三道墓门和第四道墓门之间是暗道机关,是为盗墓贼安排的墓坑。

高陵大墓关闭了,葬礼结束了。

众公子、众公主心中的疑团没有消散。

二世皇帝胡亥心中的疑团也没有消散。

四十五 / 始皇驾崩谁人葬，不封不树梦正香

秦始皇三十七年九月十二日，天刚蒙蒙亮，巨鹿郡城的正南门缓缓开启，一支出殡的队伍从里面走出，安静地向西北方向行进。

六百六十六名军士铠甲裹身，手持铜戈，威猛整肃地在前面开路；六百六十六匹漆黑的高头骏马，衔枚屏息，在六百六十名黑衣军士的牵引下紧随其后。长方形的队阵中间是两辆崭新的青铜马车，前面一辆是由四匹马拉动的四轮单辕高车，车前头站立着两名手握铜戟的军士，车后头站立着两名横端铜盾的军士，车中间靠左站立着巨鹿郡郡守甘罗，靠右站立着巨鹿郡郡尉蒙嘉。后面一辆是由六匹马拉动的四轮双辕青铜辒车，车身长十二尺，高六尺，龟甲形状的篷盖稳覆于上，盖檐之下的车壁绘有日月星辰图案，正中间有两个窗户，车舆内的前室和后室已被打通，中间平放着一口金棺，里面躺着已经驾崩的始皇帝嬴政，在金棺的左侧站立着始皇夫人蒙宠，在金棺的右侧跪坐着始皇帝嬴政的幺子嬴昊。

在送殡队伍的最后面，有六匹马拉着厚厚的蒲草编片，把队伍走过去的痕迹抹擦得什么也看不清了。

随着辒车的微微颠簸，看着始皇帝刚毅安详的面容，泪水慢慢模糊了蒙宠的双眼……

三十多天前，蒙宠在三十名巨鹿郡兵的护卫下夜奔井陉，在始皇帝内侍钟心的引领和其他三个内侍的策应下，在夜黑风高的三更时分从臭鱼堆里抱回了相别六个月的夫君嬴政。回到巨鹿郡大麓宫，蒙宠先是用洁净的湖泽之水仔细地给夫君擦洗

着身子，之后用菖蒲、兰草、艾叶、辛夷煮水轻柔地擦洗，最后用黍酒沐涂。她的泪水不停地滴落下来。清洁涂擦完毕，蒙宠把嬴政平放到他们曾经一起安睡过的铺着金缕寒玉的铜榻之上。蒙宠稍微整理了一下衣裙和发丝，拭去脸上交织的泪水和汗水，把等候在宫门外多时的甘罗和蒙嘉唤了进来。

甘罗和蒙嘉向始皇帝嬴政行过跪拜礼后，甘罗躬身对蒙宠说："夫人节哀，容臣和夫人一同谋定这眼下和身后之事。"蒙宠抬头看着甘罗，甘罗瘦削的脸颊透着哀伤、坚定和果敢。甘罗接着说道："郡城已戒严，消息已封锁，已派人去郡府的冰窖中取回冻冰，以保护陛下的身体，除派得力的十人跟踪李斯、赵高车队去九原郡外，另派六个亲信之人前往咸阳打探消息，恳请夫人节哀静待。"

甘罗和蒙嘉虽然难以相信眼前的事实，但作为始皇帝最依赖看重的郡守和郡尉，怎能不明白这是惊天之变。他们是经历过大风大浪的人物，是死保大麓宫的老臣，经过对时局的短暂研判推测后，断定事态诡谲叵测。经和蒙宠密商，一面派人打探监视咸阳的动静，一面夜以继日地准备始皇帝安葬的大事。派去上郡的人把扶苏自杀、蒙恬被囚的消息传回大麓宫，接着派去咸阳的心腹回报说：胡亥登基，已于九月九日举行始皇帝的金身盛大葬礼。到了此时，蒙宠决定赶在十二日安葬真正的始皇帝嬴政。

在接下来的时间里，蒙宠每日用手抚摸嬴政那刚毅俊朗的脸庞，同时声声呼唤着他，甚至有时晚上蒙宠也拥抱着他。她多么祈望这是一个梦，多么祈望他能醒过来。一天天，一夜夜，蒙宠常常紧抱着懂事的儿子嬴昊，用哀怜的双眸凝视着他，口中不由自主地喃喃细语："陛下啊，您为何当时不拦下好奇好玩的我去海上寻仙药，您为何不在秦皇岛行宫等着我，您不是说回咸阳后立扶苏为太子吗？您为什么不等我亲口告诉您海那边有我们的大好河山，您为什么这么不明不白地与我天人永隔，李斯、赵高看起来好好的人怎么一下子变成奸人了呢，我两个兄长蒙恬、蒙毅会渡过劫难吗？……"

行进的队伍突然停了下来，疲惫的蒙宠也猛然从回忆中缓过神来。蒙嘉报告说："前面有大群黑蛇拦路，驱赶不走，四周水泽中蛙声齐鸣，镇之不歇。"蒙宠说："不要伤害它们。"

这时一群梅花鹿凑近辒车，发出"呦呦"的叫声。蒙宠见状从车上下来，她抚摸着梅花鹿的脖颈说道："灵蛇啊，灵蛙啊，仙鹿啊，今日国之大丧，同哀顺便吧。"甘罗接着大声说道："都散去吧。"话音刚落，黑蛇隐去，蛙声骤停，梅花鹿散立两旁。

出殡的队伍继续前行，行走的是无路的路，蛮荒原始的四野人迹罕至。队伍一会儿之字行进，一会儿迂回行进，一会儿往复，一会儿急直。每段荒路两旁不是丛林就是丘陵，不是河汉就是湖泊，看似一样而又异样，走过去再难找寻回去的路。这是郡守甘罗访问山野高人而设定的迷踪路径，以防有心人易记往返。

中午时分，到达安葬地界。漫山遍野的野草疯长，树丛茂盛，遍地都是凋谢的野花，眼前地势起伏蜿蜒，泜水东流，诸水东流，槐水东流，湡水东流，蓼水北流，济水南流，漉（sī）水北流，寙（jìn）水北流，漳水北流，九水交汇，水势浩荡。东北面半圆形丘陵边上是一望无际的大陆泽，水波涌流不息。西面是连片的松柏，苍翠的松柏延伸到雄奇的太行山下。

甘罗把一个叫老相的堪舆师召唤到蒙宠面前说："经过堪天舆地之后定得此处，此处是藏龙之地。"

那名叫老相的堪舆师七尺身材，长脸细目，容貌清奇，须长及胸。他对蒙宠说："此地系既景乃冈，吾相其阴阳，势佳形胜，既是藏龙之地也是出龙之脉，启用之时，感景应物，天人相合，上善吉地啊！"

蒙宠额首允可。这时甘罗却扒住始皇帝嬴政的棺沿呜呜地哭了起来，嬴昊也跪伏在棺下痛哭不止，蒙宠用衣袖擦去眼角溢出的泪水，让蒙嘉扶起甘罗和儿子嬴昊。甘罗走过来跪在蒙宠面前颤声说道："此地虽佳，但始皇帝难以归葬骊陵，臣感到辱没了陛下，臣心不安。"

蒙宠叹了口气，说道："始皇帝十三岁即位，当时不知谁做主就开始为他修陵，始皇帝不屑骊陵，哪有尚未体味生之乐趣，却天天看到死的去处。始皇帝亲口说过：'天下君王岂能明标显靶入一小陵。'此次天作被，地作铺，天覆地盖，始皇帝定是欣慰的。"

甘罗站立起来说："始皇帝不以秦嬴为天下，不以天下为秦嬴，是以公为天下，夙兴夜寐，特异之处真是胜过三皇五帝，是天地之子，当存天地之间啊。"

天色已过正午，军士和战马将坐西朝东的玄宫之穴围在中央，蒙宠和甘罗、蒙嘉展开竹简遣策，逐一查看随葬物品。时辰已到，二十名军士在郡守甘罗和堪舆师老相的指挥下，先是让载乘始皇帝嬴政的六驾辒车，从墓道缓慢进入墓穴正中。只见一百八十尺长的墓道，斜斜地深入地下，离地面五十四尺深的墓穴，土质坚硬细密，白中泛红，虽然咫尺之外是河泽，可此处却是干燥异常。

军士将盛殓始皇帝的金棺安稳地固定在青铜辒车之上，六匹青铜驾马的脚下向前延伸的是六尺六寸长的一段直道，这一小段直道是用炒熟的杂土和碎石黏合夯实后铺成。在椁内金棺的右侧摆放着九鼎之首的雍州鼎，在雍州鼎的旁边是始皇帝第四次东巡时新命名的"瀛洲郡鼎"。除此之外，环绕金椁还摆放着四十七个铜鼎。每个铜鼎的鼎足处都摆置着两个金凫，共一百个围椁排开。椁的北面紧贴墓壁的是设有六个垛口的青铜长城，每一个垛口靠里侧都铸有一个手持长戟的青铜兵俑。

军士和役工从墓底开起，用烧成碎粒状的木炭一层一层地填实。始皇帝嬴政静静地躺在金棺之中，身着镶有红边的黑色龙袍，头上戴着冕旒。始皇帝的面庞在地气的升腾下，由苍白变得红润。这时，甘罗把一块锻铸的金板地图放置在始皇帝棺内右手内侧。这块金板地图，凹凸有致，山川城海起伏错落，按秦朝疆土面积区位，分别标刻着巨鹿郡、巴郡、蜀郡、陇西郡、北地郡、太原郡、云中郡、邯郸郡、雁门郡、代郡、上郡、河东郡、东郡、砀（dàng）郡、河内郡、上党郡、颍川郡、汉中郡、南郡、洞庭郡、南阳郡、陈郡、薛郡、泗水郡、九江郡、苍梧郡、会稽郡、衡山郡、东海郡、齐郡、琅琊郡、广阳郡、上谷郡、右北平郡、辽西郡、辽东郡、闽中郡、南海郡、桂林郡、象郡、九原郡、长沙郡、渔阳郡、三川郡、黔中郡、瀛洲郡、郭郡、内史郡四十八郡。

看着甘罗放置完毕后，夫人蒙宠把兄长蒙恬亲笔书写的奏章和发明制作的六枝狼毫毛笔放置在始皇帝嬴政的左手内侧，奏章写在羊皮上，写的是与匈奴等和谈的内容。这时，郡尉蒙嘉轻轻递给夫人一个玉匣。蒙宠打开后仔细观看，玉匣中是昆仑玉刻制的方玺，方玺上刻着"秦始皇帝嬴政"六个篆字，蒙宠小心翼翼地把玉匣放置在始皇帝嬴政的颈右边，接着伸手拉起嬴政的左手放在自己的脸上。儿子嬴昊不停地低声哭泣着，甘罗和蒙嘉垂首肃立，蒙宠凝视着棺中的夫君，他微闭着双目，挺直的鼻梁仿佛发出均匀的气息，微闭的双唇仿佛还有话要说。蒙宠曾经无数次看着忙碌劳累的夫君沉沉睡去，这一次……蒙宠环顾四周，不由得悲从中来，眼泪"扑簌扑簌"地滴落，口中发出"嘤嘤"的悲泣。猛然间，她从腰际"呛啷"一声抽出宝剑，抓住自己一大绺秀发，剑一挥，削了下来。蒙宠把这一大绺秀发，轻轻地掖进始皇帝胸前冕服之内，然后捂住胸口从辒车上下来蹲在一旁，秀发披散下来遮住她的脸颊。

"闭宫了。"随着甘罗的话声落下，所有在场之人和战马一下子都屏住了呼吸，只听到山脚下阵阵的松涛和河泽之水的咆哮和鸣咽。

金棺封盖了，在金棺的顶盖和四周，覆盖和包裹着六层黑红相间的绢绫荒帷，荒帷上缀满了珠玉、晶球、龙形玉佩、金蚕，绣着硕大的凤鸟和腾龙的图案。

随着墓中军士和役工的撤出，四周青铜墓壁第六层卯隼严丝合缝对接，墓顶是用万年不腐的阴沉木，内饰蓝天白云的穹隆，穹隆分六节与下面的青铜墓壁对接，紧密严实。至此，始皇帝嬴政的玄宫闭合了。此穹顶离地面还有三十尺。随后，厚厚的青膏白泥将墓室密封，然后用烧好的木炭碎粒填实四周，接着用碎石砂子层层填充，最后的十尺用原土填平，上面覆上和周边一样的青草和刺柏。四周的涛声和野鹿的呦鸣声平息了，西边太行山上那一轮迟迟不愿隐去的红日，现在也落到山那边去了，天际只留下一抹红晕。

甘罗有些不解地对夫人蒙宠说："夫人，始皇帝千古首帝，不能不起封土吧。"

"始皇帝灭六国，开疆拓土，一统中华，六国贵族能不记恨他吗？"蒙宠停了停接着说，"如今胡亥能撑得起这无限的江山吗？还是让后世记住始皇帝的人，找不到他的坟为好啊！"

堪舆师老相不知哪来的底气，大声说道："古之葬者，葬之中野，不封不树，今始皇帝墓而不坟，可睡千年的安稳觉了。"

役工们在提前准备好的一匹老马的引领下撤走了，军士和战马来到湖泽边上休整。这时，堪舆师老相凑到蒙宠和赢昊跟前，往南一指，说道："正南方一百九十里是邯郸丛台的正中。"老相又往西一指，说道："正西太行山两峰之间是一个叫敦与的豁口，这丛台正中往北与敦与豁口往东的交汇之处就是这里，始皇帝的万年吉地，切记切记。"堪舆师老相说完后，转身径直走向旁边的灌木林边，他麻利地往嘴里塞进一个小药丸，不一会儿就倒地而亡。蒙宠见状，嘱咐甘罗将其厚葬。

天黑了，甘罗、蒙嘉和那些军士、战马也在夜色里跟随在一匹老马和一条老狗后面向郡城方向回撤。

蒙宠和儿子赢昊在四个贴身侍从的跟随下留在原地，蒙宠不忍丢下始皇帝一个人居此，她想陪伴夫君一阵子。一晃三十六天过去了，这天蒙宠对儿子说："昊儿啊，你看这里一派葱绿，地平如毡，和周围浑然一体，你要记住你父皇安睡的宝地，任谁在这片茫无边际的地方也认不出、找不到，昊儿定要记在心里，日后常来看望祭奠你的父皇啊。"

赢昊拉着母后的手说："我栽棵树吧，让它时刻陪伴着父皇。"

蒙宠郑重地对儿子说："栽树就是留痕，古商周王者皆无封树，就是秦先祖襄公、穆公也无封树，你父皇伟大的是名而不是陵啊。"

赢昊听懂了母后的话，他开始懂得这个变幻而又复杂的世道了。

四十六 / 子妹重臣本无罪，莫须有之莫名亡

胡亥继位了，始皇入土了。别管胡亥是不是嫡长子，也别管始皇金身穿衣戴冠，事情就是这样，生米做成了熟饭，再怎么吵吵嚷嚷、哭哭泣泣、纷纷扰扰也都无济于事。秦始皇三十七年，这个一会儿让人喘不过气来，一会儿又让人大喘气的庚寅与辛卯交混的虎兔之年就这么过去了。

秦二世胡亥元年（前209），新年第一天，李斯就抢先拜见二世胡亥，说："新年伊始，陛下应以国事为重，停止服孝，择吉日登基。"

胡亥高兴地说："很好，丞相虑事真乃敏捷周到。"李斯的提议正中胡亥下怀，他特别嘉赞了李斯一番。要说拥立胡亥何人功劳最大，李斯和赵高还真有一比。赵高是始作俑者，他不生这个心就没这个果，可李斯若不胁从的话，这事办成的希望也就渺茫了。再说，回到咸阳殿堂官面上，还是李斯宣称自己作为丞相在沙丘宫承接始皇帝的遗诏，比来比去，这二人旗鼓相当，缺谁也弄不成。但姜还是老的辣，不加冠登基还不算拥立成功，李斯就赶在这新年的第一天，也就是十月一日，特地拜见胡亥奏请此事。

十月二十四日，胡亥选择了父皇嬴政登基的日子，文武百官齐聚雍城，李斯和赵高一唱一合，圆满完成了胡亥的登基典礼。

登基礼成回到咸阳，李斯觉得自己拥立新帝有功而显得有些倚老卖老，风头甚至压过了右丞相冯去疾了，他很是得意。赵高从一个县丞级的中车府令一跃成为九卿之一的郎中令，并且是新帝最器重的实权人物，阉宦能到这一层的，秦朝前推几

百年还没有过，他自然也是得意扬扬。

登基礼后，胡亥也真的变了个人似的，张口朕这闭口朕那。他思来想去，觉得自己虽说从众皇子中脱颖而出，但毕竟年纪轻，根基浅，出身低，如若不能在父皇创立的基业上有一番作为，岂不成了废物恐包，可要想有所作为，必须有能臣和良将保驾啊。想到这里，胡亥便在登基后的首次朝会上说："事都过去了，可以解除对蒙恬的囚禁了。"胡亥第一个想到的就是威名远扬的内史兼大将蒙恬。

冯去疾说："皇帝明鉴，蒙恬将军国之柱石，理应从速释放！"

二世胡亥的话，令李斯和赵高心惊肉跳，那点得意劲儿一下子化为乌有。赵高急忙说道："莫急莫急，陛下可派使者前去考察考察，看其改过与否。"

李斯也接着说："郎中令说得有道理，请陛下三思。"

散朝后，赵高又独自拜见二世胡亥，说："蒙恬素与扶苏交好，解除囚禁如同纵虎归山，使不得啊！"

二世胡亥问道："如何使得？"

"杀了他！"赵高说，"杀了他以除后患！"

过了一日，赵高在咸阳宫东侧行走，他看到蒙毅迎面走了过来，正想如何打照面时，发现蒙毅转身去了。赵高心想，这不是明摆着不与我赵高同道吗，说了声："嗨，别清高，不是始皇帝时代了。"赵高随着就去见二世胡亥。

赵高说："陛下啊，昔日臣听说蒙毅反对立陛下为太子，主张立扶苏为太子，今陛下已登大位，仍听说蒙毅暗中与众皇子有来往，这恐对陛下不利啊！"

胡亥分明听得出赵高这是在告御状，话里话外都是挤兑蒙毅的。胡亥也知道始皇帝统一六国前，赵高犯罪交蒙毅审理，蒙毅按照秦律定了赵高死罪，始皇帝惜赵高之才而赦免，应该是赵高还记着这个老仇旧恨吧，然而此事已经过去那么久了，如真的像赵高所说，蒙毅私下里联络其他皇子觊觎皇位那可不得了。

赵高看到胡亥没有马上说话而是在想什么，于是趁机说："陛下啊，我赵高不是心胸狭隘之人，常言说一朝天子一朝臣，今朝不用前朝人。蒙毅自恃其才心存异志，这可不是我污蔑他，蒙毅反对陛下是为不忠，这也不是我陷害他啊！这和蒙毅以前判过我死罪没有关系，我可不是公报私仇。"

赵高的话打乱了胡亥起初的想法，蒙毅和蒙恬是始皇帝重用的人，他们和我胡亥不是一条心啊，胡亥于是下诏将蒙毅外囚于代郡。

又过了几日，咸阳城里传扬着新帝胡亥要马上处死蒙毅和蒙恬的消息。这个传闻像风一样在朝廷内外不胫而走。赢婴在上朝时劝谏二世胡亥说："臣闻陛下欲除蒙毅、蒙恬，此事要谨慎，莫轻率，误杀重臣良将，国本必动摇，甚至亡国啊。赵国罢廉颇，杀李牧，赵国随之灭亡。齐国弃良臣，用后胜，齐国也不战而亡。前车之鉴啊！"

新帝胡亥刚登基正在树威之时，是何人竟敢这样尖锐大胆地责谏皇帝？众臣一看是子婴，都舒了一口气。原来子婴，也叫赢婴，是始皇帝赢政之弟成蟜的儿子，是胡亥的从兄。赢婴素以仗义执言、秉公好义而著称，胡亥平日里也对这位没有权力欲的从兄尊而敬之。

胡亥没想到赢婴会在大臣上朝的时候提及此事，他略显尴尬，缓了口气镇静地说："尊兄只知其一不知其二，朕意已决，众卿勿再议之！"

朝会散后，胡亥旋即令御史曲宫马不停蹄驱车赶到代郡。曲宫此行不是释放蒙毅，而是奉诏赐死蒙毅。

蒙毅面对御史曲宫，说道："我向来遵奉始皇帝之意，昔日赵高有死罪，始皇帝赦免，我亦无疑义。我没听说始皇帝想立胡亥为太子，何来阻难？凡用道治者不杀无罪，而罚亦不加于无辜啊！"

御史曲宫说："今李斯按不忠定了你的罪，这个罪啊，是灭宗族的罪，二世不忍，乃赐你一人死罪，这已经是够宽宥的了，你还申诉什么呢！"

蒙毅徘徊在囚室之中，蒙毅是始皇帝的能臣、直臣、宠臣，他出则参乘入则御前。始皇帝的思想，蒙毅深以为知，赢政灭亡六国后称始皇帝，他不是不立太子，是想立天下贤肖者为太子，始皇帝曾亲口对蒙毅说过："后世以计数，二世三世至于万世，传之无穷，是以择贤肖者而立，无贤肖者不立，贤肖者为上，后世有位者，并非独赢姓长子以继世，必择其有德、有能、有孝，秉法之人而传之立之。"

始皇帝这个有别于商周的传嗣观念植根于心，只是未对天下公告而已，所以，始皇帝三十六年来未立太子，他一直在众皇子中，在三公九卿中，在巡察郡县中留意出类拔萃之贤肖者。扶苏这多年的历练正式被始皇帝认定为继嗣，只等他五十大寿时册立了。万万没有预料到那么壮实的始皇帝嬴政会驾崩，也未预料到自己预先离开而导致如此结局，更未想到的是胡亥会称帝。这短短的五个月，从平原津到沙丘宫，从沙丘宫到上郡，从上郡到咸阳，到底发生了什么不测之事？蒙毅忘不了赵高，忘不了赵高平日里那张隐忍的脸，还有赵高那并非本心本能的卑躬屈膝。

御史曲宫催问道："蒙上卿快些自己了断吧，莫瞎寻思了。"

蒙毅好像没有听到曲宫的话，他神情凝重而投入。御史曲宫手持利剑进入囚室，一剑刺死了蒙毅，蒙毅一声未吭，直挺挺倒在地上。

得知蒙毅已死，赵高撺掇二世胡亥派使者去阳周赐死蒙恬。派去赐死蒙恬的使者是赵高的季弟赵成，这赵成在赵高的运作下刚由监御史晋升为廷尉。赵成对蒙恬说："蒙将军的功名真是太大啦，先前像我这样的人连摸一下你脚趾的资格都没有，现在蒙毅犯下大罪，已牵连到将军你，再加上你原来的不忠之罪，陛下故而赐死与你。"

蒙恬申辩说："蒙氏三代为秦尽忠效力，我身兼内史十二年又常年在外统兵三十多万，今虽说身在囚牢，但也足以反叛，我知已无生路，但我蒙恬是无罪的，此时能克制我蒙恬的是我不能辱没先人，不能背叛始皇帝罢了！"蒙恬长叹三声，饮毒自尽。

胡亥召集文武大臣来咸阳宫，他要廷议大事：确定秦二世元年，拟建造祖庙帝庙对先人进行祭祀。胡亥说："朕得先皇真传，时刻感念先人之恩德，特建祖庙以示尊孝！"胡亥命奉常颜泄和少府章邯在雍城开建两座大庙。颜泄负责督建的是以秦襄公嬴开为始祖的宗庙，这是秦人从奴仆到诸侯的祖庙，里面供奉的是秦襄公、秦孝公、秦惠文王、秦悼武王、秦昭襄王、秦孝文王、秦庄襄王。章邯负责督建的是以始皇帝嬴政为始祖的帝庙，帝庙里当然供奉的是秦始皇帝嬴政了。

"父皇传位朕当皇帝，朕为父皇建帝庙！"胡亥廷议时说，"祭祀完毕，朕欲踏父皇之足迹，效法父皇之壮举，出巡东方，再抚民心，再镇反叛！"大臣们都表示赞成。

秦二世胡亥元年春三月，二世胡亥的銮驾起行了。

他出行的仪仗完全仿照始皇帝出巡的规格打造，除皇帝的安车銮驾外，属车八十一乘，四千军卒一半前面清场开道，一半后边戒备殿后，出巡的车骑出函谷关经邯郸郡沿驰道到东郡，从东郡到齐郡临淄，然后往北到达碣石山。胡亥顾虑再三放弃驻跸秦皇岛金山嘴行宫，并把赵高召来说："卿家，去年也是在这里，朕听从尊师之言未涉海赴汤，今日想来是尊师有先见之明啊，朕一定要用尊师做丞相啊！"

赵高听胡亥承诺让他当丞相，当即给胡亥施礼："臣赵高就是陛下的马前卒，谁挡陛下的道，臣就灭了谁！"

听赵高如此一说，胡亥朝秦皇岛金山嘴行宫的方向看了一会儿，他想起了从小就把他视为己出的从母蒙宠，想起了比他还小几岁的弟弟嬴昊，他还想起了蒙恬和蒙毅。记得是上年这个时节，海上仙山频现，从母蒙宠下海寻仙问药到如今一年刚碰头，如今都不在人世了，人生是多么无常和短暂啊。想到这里，胡亥命李斯撰文，赵高书写，然后刻石。完事后折向南行，多日后来到会稽郡，第一件事仍然是命李斯撰文，赵高书写，在原始皇帝刻石的留白处刻上二世胡亥到此巡游且缅怀始皇功德的刻石。

会稽郡是江南繁华富庶之地，胡亥刻石完毕后东张西望不知接下来做些什么，赵高见状启奏胡亥说："此地多美女，陛下可选些个带回都城。"胡亥大喜，立刻召见郡守殷通，令其选二十名良家女子进献。不几日，二十名良家女子选好了，胡亥亲自验看，他看了大半天说："江南出美女名有虚传，这一多半的女子从后面看苗条婀娜，从前面看缺少颜色，是真稀少还是郡守舍不得啊？"

殷通连忙说："臣已尽力了，容臣再选些来。"

赵高说："郡守省省吧，明日我陪陛下到街巷上走一遭，看到底有无绝色之女。"

胡亥转怒为喜，说："赵卿之言正合朕意。"

第二天，胡亥在李斯、赵高和郡守殷通的拥簇下走街串巷。当走到一大户人家的后花园时，听到有人的喝彩声传出，胡亥和赵高从花墙空隙中往里一看，只见一少女正在舞剑，剑随人走，人柔剑柔，少女明眸皓齿，面如桃花，身姿袅婷。胡亥看得痴迷了，赵高马上绕过去拍这家的门，拍了半天无人开门，抬头一看，门楣上写着"虞府"两个字。

殷通心中暗暗叫苦，但也不得不叫开了门。见到是二世皇帝御临，虞府全家齐齐站好听命，独有刚才传教那少女练剑的大个子仍站在一旁，赵高喝问："你是何人？"

那个大个子瞪着重瞳双目，不予搭理。

殷通打圆场说："此人是武夫项羽，惯了的不懂礼数，莫和他一般见识。"

胡亥当即要将虞家少女虞巾带回行宫，虞家好说歹说，答应明日送过去才作罢。

第二日，胡亥茶饭不香，相思愈浓，他站在行宫阁楼上往街上看，看看自己选中的虞家女何时到来。不多时，只见从街角虞府方向驰出一匹黑马，马上一少女挎剑，身略前倾。啊，这不是乌骓马吗？恍惚间，胡亥仿佛看到当年蒙宠骑马飞驰的情景。胡亥正高兴地要下楼去迎，突然看见昨日那高个子叫项羽的男子，不知从哪儿冒了出来，他飞身跃上乌骓马揽着那少女飞一样地出城去了。

胡亥大怒，声嘶力竭地咆哮起来："父皇太仁慈了，郡守、御史太失职了，竟容这项燕之后养得膘肥体壮，今儿敢和我抢女子，明儿还不反了！"遂令赵高和殷通速去虞府索人，不多时，回报说：虞府已人去府空。胡亥马上令殷通去四处搜捕那骑马逃走的大个子项羽，殷通心里明白：二世皇帝惹不得，这项羽也惹不得，项羽和项梁是虞家的常客，这项羽和这虞家女有了私情也说不准，但搜捕的样子还是要大做特做的。

看到二世胡亥暴跳如雷，随从中有一个马姓校尉奏请胡亥说："陛下何不去辽东郡，那里的中等少女也比这里的姣美百倍。"

胡亥不信，问道："你一个小小校尉怎知辽东有顶级美女？"

马姓校尉说："小臣系辽东人氏，那里的少女肤如凝脂，貌若天仙，其肤夏日凉爽如冰丝，冬日温热如暖席，又滑又光又白，没得说。"

胡亥一听辽东郡一带盛产如此尤物，大为欢喜，又一想，这路途也实在遥远。正当他犹豫时，赵高奏报说："陛下，臣接报说在辽东郡附近水域发现几艘大船，疑似是上年夫人蒙宠所乘之船，怎么办？"

这两个由头马上提升了胡亥的好疑之心，还等什么，出行的仪仗从会稽一直往北，到达辽东郡后，胡亥先是诏令李信次子调任陇西郡郡守，尽管如此，镇守使李信仍是不冷不热地迎驾，一提起始皇帝嬴政就涕泪交流。最让胡亥放心不下的所谓疑似蒙宠之船没有找到，胡亥舒了一口气，车载辽东十位女子急急回返咸阳。

回到咸阳后，胡亥召见赵高，说："先帝的律条，还不够严苛，由此关东频繁出现逆叛和盗贼，朕听闻朝中仍有大臣心口不服，诸公子也疑心不减，如此，朕之帝位不稳啊，为之奈何？"

赵高哈了一下腰，眼珠子转了两转，他没有直接回应胡亥问的话，而是把大臣如何不服，公子如何疑心，帝位如何不稳又添油加醋地描述了一番。胡亥越听越害怕，赵高趁机提议对秦律进行更改，提议更改十条，增加十条，主要体现在四方面：一是对有罪者实行连坐连诛，二是对异己者全部用刑暴快速处置，三是凡是群臣与诸公子，判定有罪或无罪一律由郎中令赵高来审讯和裁定，四是大力培植贫者贱者到各个职级爵位为陛下使用，因为他们仇恨富贵的人。总而言之，就是要杀大臣灭骨肉，用新人换旧人。

郎中令的一番谋划谋到了胡亥的心里，胡亥顾不上夸赞赵高，紧急地将更改和增加的条款立为法律，予以公布，诏令下行。

五日后，先帝的十二个公子被拉到咸阳街头斩首了。同一天，先帝的爱女阳滋等十个公主也被拉到杜陵肢解身体，草草葬埋。同时，和诸公子、公主相连坐之人也接连被诛杀。杀了多少呢，连临时登记用的竹简都不够用了。

第七日，公子嬴将闾兄弟三人因株连被囚于内宫，赵高故意奏请胡亥给他们兄弟仨定罪名，胡亥说："朕言先帝升仙了，他们不信，不信即是不臣，不臣当死！"

胡亥派使者随赵高到内宫见到了将闾三兄弟，说："平时就知道你们三兄弟遵礼守法，忠厚老实，可是陛下探听到你们在私下怀疑他害帝篡位，让你们见不到父皇真面，前几日已让十二个公子、十个公主去找始皇帝问明白去了，今你兄弟三人也以不臣之罪死而去见始皇帝吧。"

嬴将闾平静地说："我要亲自见胡亥，为何平白无故加罪于兄弟？"

使者面若铜铁，说："作为使者我是奉令行事，别废话了！"

嬴将闾和两个弟弟绝望至极，仰天长呼："苍天啊，苍天啊，苍天啊，你在哪里啊！"他们抱成一团痛哭失声，用哭哑的声音轻轻地弱弱地仰首问道："天啊，你还是天么，我们无罪啊，父皇啊，为何让这畜生不如的胡亥当权啊，我们死后做厉鬼，也要找胡亥算账！"最后兄弟三人拔剑自刎而死。

嬴高是最后一个没有被捕入狱的公子，他是李斯的三女婿。起初嬴高一直躲在李斯府上，眼见李斯家人恐慌不安怕被株连，嬴高又回到自己府上。他一度想逃走避难，但一想，逃走后家眷难以保全，还说不定要连累妻父李斯。万般无奈之际，嬴高想出了一个舍弃自身保全家人的办法，他主动向二世胡亥上书："始皇帝在世时对儿臣有求必应，宝马珠玉，锦衣玉食，受赐无数。然而先帝过世后，儿臣当时竟然没有随先帝而去，真是不忠不孝，今高请从帝死，陪葬在骊山脚下，恳请陛下可怜高的请求而恩准吧。"

胡亥接到兄长嬴高的上书后又惊又喜，惊的是嬴高是当朝左丞相李斯的快婿，他主动求死是否有诈？喜的是正愁找不到嬴高的罪名呢，他倒是主动前来请死，真省事了。当胡亥确认无诈后，高兴地批准了嬴高的上书请求，并赐十万枚半两钱给嬴高的家眷作为丧葬费用。

当时，左丞相李斯在三女儿的哭求下，正想办法来保护嬴高，谁知嬴高在走投无路又不愿拖累家人和李斯的绝境之下，走了这一步人伦绝杀之棋，李斯的老泪和女儿的眼泪一块儿流下。

至此，始皇帝亲生和收养的阵亡将军的子女一共三十四人，除二世胡亥在位，除幺子嬴昊随母出海生死不明之外，其余均被处死。

血色的秦二世元年过去了。秦二世二年（前208），二世胡亥绕开右丞相冯去疾直接责备左丞相李斯失职，于是李斯给二世胡亥上了一道《劝行督责书》，胡亥看到后很高兴，看看，按李斯的上书，赵高对群臣的监控还差得远呢，下令赵高施法再严些，量刑再残酷些。

　　已当上郎中令的赵高还记得二世允诺过让他当丞相的事，可朝中有右左两个丞相，哪有空缺啊，这怎么办？赵高第一个就想到要把左丞相李斯拉下马。朝野纷乱，帝国飘摇，李斯不安，他多次想劝谏二世，但二世胡亥把大权都交给赵高了，他不上朝听政了，专心地在后宫淫乐。这时赵高鼓动李斯三次都赶在胡亥光着身子正和宫女玩乐之时堵着门子求见，二世忍不住火冒三丈。李斯事后知道上了赵高的大当，他便利用上书指责赵高弄权误国，胡亥根本不信李斯所奏，反而把李斯上书的话说给赵高听，李斯于是又联合冯去疾和冯劫冒死求见二世胡亥，请求二世警惕赵高弄权，减轻庶民徭役，但胡亥对他们上奏之事听不进去。

　　二世胡亥让赵高三次调查闲居频阳东乡的通武侯王贲。上一年，王贲确实私下里谒见过二世，他声泪俱下地替蒙恬免死求情，胡亥琢磨着王贲曾和蒙恬一起灭过齐国，莫非他们结成了死党，本来要把王贲迁徙到南越之地的，后来又恐他与任嚣、赵佗勾连，且碍于其子大将王离的情面，最终决定将王贲迁徙至琅琊郡。

四十七 / 关东六国皆复国，首起陈胜和吴广

二世胡亥从正在修建的阿房宫回到咸阳宫，气恼不已。我胡亥作为新帝，从第一次廷议就议定一年内移到阿房宫去临朝听政，如今阿房宫只在渭水南面夯筑了个高台，不知何年何月才能完工。咸阳宫虽说宏大威严，可也太老旧了，况且胡亥一进到宫内，老觉得有始皇帝的影子晃来晃去，有时候宫里半点风也没有，偏偏御座背后的帷幄晃动个不停，胡亥头皮发紧，心里"扑腾扑腾"的，这时候，胡亥要做的就是传召大臣前来议事，以此增加阳气壮壮胆。

大臣们都到齐了，胡亥问道："阿房宫何时才能完工？"

少府章邯回奏道："各郡县征募的役工三十万人，只到了一万多人，徭役增加了五倍，郡县普遍说虱子多了不咬，反正完不成凑不够，听说近期郡县来服役的也逃得差不多了。"

胡亥正要发怒，赵高说："陛下莫急，骊山陵马上收尾竣工了，现有的七十万刑徒和贱役可挪过去十万人修阿房宫。"

胡亥说："朕不能久等而宫不成，从即日起从骊山陵转移十万役工到阿房宫，要连明彻夜地加紧修造。"

这时，出使齐郡的使者滑中上奏说："陛下，关东陈郡、砀郡、东郡近年只顾征粮和徭役，武备废弛，已爆出雇农陈胜起义，攻城略地，起义军已经夺取了陈郡。江东项氏、泗水刘氏闻风而动。陛下宜从速廷议，将叛逆剿杀于萌芽之始为好！"

使者滑中的陈奏引起大臣们的一阵骚动，这时年老的大臣顿弱上奏说："自始

皇帝至今未闻有反叛者，突现叛贼且已成军，陛下最好御驾亲征，一举歼灭之！"

胡亥看都没看弱顿一眼，说："听风就是雨，朕令你到宫外凉快凉快去，真是大惊小怪的！"

"启禀陛下。"这时叔孙通上前奏道，"始皇帝扫灭六国，兵器收集到咸阳销毁铸为金人，天下太平，法律完备，断不会有人敢造反，使者所说的那些人，只不过是偷鸡摸狗的小蟊（máo）贼罢了，郡县自当捕拿问罪，何劳陛下操心啊。"

胡亥一听马上转忧为喜，说："卿之说甚慰朕意，赏丝二十匹，玄色衣裳一套，并由待诏博士升级为内廷博士。"

赵高接着上奏说："陛下，臣以为若欲攘其外必先安其内，诸公子中不臣者已除，朝臣中不臣者为害甚于关东郡县盗贼，不除不快啊。"

胡亥说："朕知道好物都是从里头先烂的，赵卿按着新更之法严治严处，切勿多虑。"

陈胜、吴广起义了，这说起来会令人难以置信。什么起义啊、造反啊，在始皇帝时候，人们想都不敢想，这是要灭族的。如今好啦，二世当政，起个义啊、造个反啊，还真是件相对容易的事。陈胜父母早亡，他十八岁时只身一人从砀郡来到泗水郡的阳城，在陈胜饥寒无助之时，阳城张村的张伯出手救济了他。张伯平民之家，育有一女，刚满十六岁，名叫张楚，张楚姣美之名传之远矣。当时，泗水郡有官宦世家求婚未许，阳城有富豪之家求婚也未许。张楚喜欢陈胜虽贫贱但不自卑，有大志，所以就以身相许。陈胜给张伯和张楚跪下说："胜，屋无一间，地无一垄，今娶张楚为妻而不改姓，这大恩必当报偿，待陈胜有朝一日发达了必效齐襄王与后娇故事，所获皆归妻张楚。"

一日，陈胜为接济妻家生活，受雇去大户家耕田，当坐到田垄上歇息时，他怅恨了老半天，对一块受雇来耕田的莫羊说："苟富贵，勿相忘。"莫羊不敢苟同，说："狗富贵那羊怎么办，再说狗啊羊啊不被宰杀就不错了，咋会富贵呢。"陈胜哭笑不得，解释说："假如有一天富贵了，可不能相互忘记彼此啊。"

莫羊"嘿嘿"笑着说了一句："你不过是一个给人家耕田的，哪里有什么富贵啊。"

陈胜仰首看了看天空，叹了口气说："燕雀怎么会知道天鹅的志向呢。"

秦二世元年七月，朝廷征调阳城闾巷左边的庶民九百人去戍守渔阳，陈胜和吴广两人都担任屯长，各管着五十个人。当戍边的队伍走到蕲县大泽乡时遇到大雨，一耽误就是四天，按照二世新更改的秦法，误期要被斩首。这时，阳夏人吴广找到陈胜商议，陈胜说："如今前去渔阳是死，逃走是死，举行起义大不了也是死，同样是死，为复国大事而死不是更好吗？"

吴广说："死倒不怕，可怎样办复国的大事呢？"

陈胜说："秦二世的暴政给天下黎民带来的痛苦太多太久了，我听说这二世胡亥不是嫡长子，不应该当皇帝。嫡长子是我们楚国的外甥扶苏，他应该即皇帝位，始皇帝本来也是要立扶苏为太子的，可李斯假传始皇帝遗诏害死了扶苏。天下的庶民听说过扶苏的贤能，但并不知道他已死了。还有项燕是楚国的大将，楚国庶民都很爱戴他，我们打起扶苏和项燕的名号来倡导反秦，一定会有很多的人来响应！"

吴广认为陈胜说得很对，于是私下里又占卜问卜得知，要想举事必先造势树威。

吴广于是用丹砂在帛巾上写上"陈胜王"，写好后放入鱼肚子里，当戍卒煮鱼吃时，发现鱼肚子里的帛书，大家都觉得不可思议。到了晚上，陈胜又让吴广前去戍卒驻地附近的神庙里点着了几堆篝火，装成狐狸，叫着说："大楚兴，陈胜王！"戍卒听到后很惊恐，到了第二天早上，戍卒还在议论此事，有人用手指着说："看，那个人就是陈胜！"于是那些不认识陈胜的人都好奇地转过头看着陈胜。吴广平时热衷助人，戍卒中不少人都愿意听他的话。暴雨仍下个不停，戍卒们都躲在漏雨的茅屋里，而带队的县尉却在不漏雨的净室里喝酒。吴广找到已喝醉酒的县尉，再三说自己不当这个屯长了，要回老家去了，县尉被激怒了，拿起竹板子就拍打吴广，打了几下不解气，挺着剑要刺吴广，吴广起身夺剑杀了县尉。一不做二不休，陈胜协助吴广把喝得半醉的县尉也杀死了。

陈胜马上召集起这九百戍卒宣告说："我们路遇大雨，已经错过了到达渔阳的期限，过了期限，按二世的法律就得斩首，诸位都是壮士，壮士不死则已，如果死也必要弄出个大名堂来，那些王侯将相难道天生就是好命、贵种吗？"

众戍卒群起响应说："我们都敬佩你，愿意接受你的命令！"

陈胜、吴广随即率领九百戍卒斩木为兵，揭竿为旗，举行起义，对外宣称：公子扶苏和楚将项燕顺从黎民的愿望举行反秦起义。戍卒们都袒露出右边的胳膊，打起了"大楚"的旗号，在高坛之上进行盟誓，用县尉的首级祭告天地。陈胜自立为将军，吴广自立为都尉，义军迅速攻下了大泽乡邑，众庶民纷纷参与，九百人壮大成了三千人，又随之攻下了蕲县。接着令前来投奔的符离人葛婴率领军队攻打蕲县东边的铚邑、酂邑、苦邑、谯邑，全都攻下了。陈胜、吴广和葛婴在率军奔袭陈县的途中又招收了大量士兵，等到达陈县境内时，起义军已拥有战车六七百辆，骑兵一千八百人，步兵四万人。攻打陈县开始了，陈郡的郡治在陈县，这时，郡守和县令都外出未归，陈县只有县丞率军在谯门中迎战起义军，县丞战败被杀，起义军占领了陈县城。几天后，陈胜让属下召集当地的五十岁以上管教化、民事和税收的人和富豪前来谋划大事，三老和富豪都说："陈将军身上披挂着战甲，手中握着锐利的兵器，征伐诛杀残暴的秦军，光复楚国的社稷，功劳如此之大应该立为楚王。"陈胜就顺坡下驴，顺从众意被拥为王，定立国号为"张楚"。

陈胜立国后，快速派吴广为主帅围攻荥阳，目的是打破秦东大门函谷关进而攻占咸阳。陈胜另派宋留为大将围攻南阳，目的是打破秦南大门武关进而攻占咸阳。他还派陈县人武臣为将军，带领张耳、陈馀北上渡白马津过黄河攻占赵地。派原魏国人周市攻占魏地，攻占魏地后，周市经陈胜批准立魏咎为魏王。

八月，武臣到达邯郸后，他在张耳的鼓动下自立为赵王，封张耳为左丞相，召骚为右丞相，陈馀为大将军。陈胜闻报后特别生气，决定杀死武臣、张耳、陈馀留在陈县的家眷。上柱国蔡赐劝谏说："杀其家眷等于又树了敌人，不如封赏，使其西进攻秦。"陈胜只好忍气吞声并且派使者前去承认武臣的赵王之位。武臣派部下韩广领军北攻燕地，韩广到燕地后自立为燕王，武臣仿效陈胜派使者前去承认并送回了韩广的母亲。

吴广久攻荥阳不下，陈胜拜周文为大将，周文绕过荥阳直攻函谷关。周文这个人曾经跟随楚相春申君黄歇，后来又在楚将项燕军中任占卜时日吉凶的官员。周文一边向西进攻一边扩充兵源，结果一举攻破函谷关，破关后沿渭水西进到达了骊山东侧的戏水东岸驻扎下来，此时周文拥有兵力三十六万，兵车一千三百乘。

秦二世元年九月三日，刘季随樊哙从芒砀山回到沛县，刘季写好一封帛书用箭射入城中，帛书告知城中父老说："二世暴政已经到头了，父老们为县令守城，起义军破城后父老必遭殃，不如一起诛杀县令，推选当立之人，迎接起义军以保全身家，不然的话一个也活不成。"城中父老看到帛书，群起杀死了县令迎接刘季进城，并让刘季担任沛县县令，刘季推辞不过被封举为沛公。刘季是沛县丰邑中阳里人，在家排行老三，他鼻梁很是挺拔，额头很是丰满，胡须不长不短很是漂亮，特别是他的左大腿内侧长着七十二颗黑痣，像星阵一样排列着，据说人有三十二颗痣就贵不可言了。刘季不喜欢干农活，喜欢饮酒和女人，喜欢给人一些施舍，他三十五六岁时当上了泗水亭长，在第二次押送刑徒去咸阳时放跑了刑徒，他不敢回家，隐匿在芒砀山中。

沛公刘季听说陈胜派大将周文率军进攻函谷关，他马上决定出击秦军以应大势。沛公先是击败泗水郡御史平的军队，之后令左司马曹无伤击杀泗水郡郡守壮。沛公的军事行动和兵力补充得到了项梁的支持。

会稽郡郡守殷通在陈胜大泽乡起义两个月后把项梁找过来说："六国故地大都反了，这是天要灭秦啊，本郡思量再三决定起兵叛秦，我打算请项梁你和桓楚做统领，你意下如何？"

项梁说："桓楚逃亡到水泽之中，极少有人知道他的下落，只有项羽知道他的落脚之地，可以叫项羽过来问问他。"

听项梁说找项羽过来问话，殷通犹豫了一下。殷通对项羽有种说不出的恐惧感，他看到项羽身高九尺力大无比不说，单就项羽那张大长脸上两只眼睛各有两个瞳孔来看，殷通只觉得这项羽很异类，不是善茬。可如今事态紧急正在用人之时，殷通说道："那就快找项羽过来问个清楚。"

项梁从郡府里出来找到项羽，低声告诉项羽如何行事。殷通召见项羽问话，项羽看到叔父项梁向他使了个眼色，他猛然出剑刺死殷通并割下其头颅。接下来，项梁手提郡守的头颅，身上佩挂郡守的官印，让项羽击杀郡府不服者上百人，项梁在吴中豪强和县令郑昌的拥护下出任郡守，项羽任裨将，从郡下各县中选出精锐士卒八千人，并从中委任能者为司马、军候、校尉。秦二世元年九月五日，项梁和项羽率领这八千精锐反秦起义，因为项梁知道，陈胜军已经攻入函谷关，若再不起事就晚了。

函谷关被攻破，陈胜手下大将周文率大军正向咸阳逼近。秦二世元年八月二十七日，百官上朝，十万火急。二世胡亥在朝堂之上，首先下令将函谷关守将黄韬在宫门外斩首。胡亥坐也不是，立也不是，身体抖个不停，嘴里一个劲儿地说着："完了，完了，怎么办？完了，完了，怎么办？"

嬴婴说："我大秦精锐之师三十多万在上郡、九原，五十多万在岭南，远水解不了近渴啊。"

"叔孙通呢？他在那里？"二世胡亥突然问道，"他不是让朕高枕无忧吗，他不是说那些都是小蟊贼吗？"

仆射周青臣说："听说叔孙通已投奔叛军去了。"

"为之奈何！为之奈何啊？"胡亥急得都快给大臣跪下来了。

老将军冯劫奏报说："急难之际见忠臣，少府章邯可堪此大任。"

胡亥好像没听清冯劫的话，他问道："谁，章邯？"他转着头在大臣中巡睃（suō）了两遍终于看到了缩在后面的少府章邯，问道："少府有何退敌之策啊？"

少府章邯身高七尺，五短身材，两眼溜圆外凸，"噔噔噔"走路带风，他快步走到陛台下，说："臣以为唯一之途径，是请陛下即刻赦免骊山服役的刑徒和贱役的罪名，从七十万中挑出二十万死刑犯和十万重罪犯，加上十万贱役，共四十万强壮者配备铠甲，给予兵器，由臣章邯亲自率领对敌，斩敌首级者按二十级军功爵制晋爵受赏。"

二世胡亥如同抓住救命稻草一般，当廷准许少府章邯的奏请，并任命章邯为大将军，赵贲为副将，释放刑徒、贱役四十多万人，赦免他们的罪名，五日内全部武装了劲弩、戟铍，配穿了铠甲。当章邯和副将赵贲刚在骊山脚下戏水西岸布好阵，大楚周文的军队就杀到了戏水的东岸。

周文指挥大军强渡戏水进攻秦军，章邯指挥秦军进行反击，不到半天就击溃了周文的大军。周文又组织大军进行第二次进攻，仍被章邯大军击溃。章邯乘胜率军掩杀过去，周文只好从哪里进来还从哪里出去，一溜劲儿地退出函谷关。

吴广两三个月没有攻下荥阳，手下的大将田藏和李归，想起了出发时陈胜交给他俩的密信，嘱咐其在关键时照密信行事。密信被拆开了，信中说：若主帅吴广无功而骄横，有称王之图谋的迹象，可除之。田藏杀死了吴广并将吴广的首级派人献给陈胜，陈胜马上派使者前去任命田藏为上将军，授赐楚国令尹官印。

周文率大军撤退到曹阳驻扎，两个半月后，章邯率秦军围攻，周文率军败逃到渑（miǎn）池。十五日后，章邯又率军攻打，楚军大败，周文自杀。明明知道秦帝国精锐在外，这是哪来的虎狼之师啊，周文至死也没弄明白。唉，这些刑徒大都是身负重罪的亡命徒，斗狠玩命是他们的拿手活，这时突然宣布说，不用搬石挖土砌墙干重活了，全没罪了，快、快、快，拿着戟剑去杀人吧，杀了人还能奖赏爵位、田宅和钱财，这搁谁都会发疯的。

陈胜称王建国，以陈县为都城，一晃快半年了。昔日那个曾和他一起替人耕田的莫羊听说了陈胜的事，找到陈县使劲拍打着宫门，说："我要见陈胜。"宫门看守的军士将莫羊捆绑起来，莫羊反复替自己辩解，军士后来看他不讲胡话了就放了他，这时正好陈胜从宫里出来，莫羊挡住陈胜的王驾并呼喊着陈胜的名字。陈胜召见了莫羊并让他上车一起回宫。进入宫殿后，莫羊看到殿堂富丽堂皇，珍宝闪光，感叹道："这是多么富贵啊！"每次见到陈胜，莫羊都会说两遍："同富贵都一样！"陈胜说："苟富贵，勿相忘。我不食言，我让你住进王宫，对我妻父都没这么好过。"一日，莫羊窥见陈胜妻张楚艳美无比，面露不悦找到陈胜说："同富贵，勿两样。你有娇妻楚楚动人，我无妻妾鳏（guān）独一人，快予我一妻同享快乐。"不久，陈胜派人杀了莫羊。

章邯灭掉周文军后，胡亥令长史司马欣和校尉董翳到军中增援。随之解除了荥阳之围，杀死了田藏和李归。章邯与三川郡郡守李由喝了庆功酒后，紧接着挥师攻打陈县，陈胜放弃陈县撤退汝阴。十二月，陈胜从汝阴返回下城父时，给他驾车的车夫庄贾，扛不住章邯的步步紧逼和诱惑杀死了陈胜，陈胜死后被葬在砀县。

陈胜和吴广从大泽乡首举义旗、建立张楚政权，六个月过去了。秦帝国大将章邯屡屡出击，在重压之下，陈胜被自己的车夫杀死了，吴广也被自己的部下杀死了。人死不能复生，大泽乡的头把火还在燃烧，岭南平静，上郡九原诸郡平静，西南诸郡平静，西域各附属国平静，海里的瀛洲郡也平静，唯荆地滚开了锅。

秦二世元年九月，齐人田儋（dàn）复国，立为齐王，都城临淄。秦二世二年十二月魏咎被周市拥立为魏王，复建魏国。秦二世二年二月，张耳、陈馀拥立赵歇为赵王，都城信都，恢复赵国。三月，齐王田儋率军从济北南下救援魏国时，被章邯军杀死。四月，田市立为齐王。五月，章邯兵围魏都临济，魏咎自焚而亡，他的弟弟魏豹自立为魏王。六月，项梁拥熊心为楚王，都城盱眙（Xūyí），恢复楚国。

迫切想当丞相的郎中令赵高举告李斯与陈胜勾结有谋反嫌疑，冯去疾、冯劫胁从。二世胡亥想都没想，便把李斯投入大牢，冯去疾、将军冯劫知道被赵高算计，高呼一声：将相不可辱！自杀而死。不知是报应还是赶巧了，李斯被关在云阳十五年前他关押韩非的那间牢房中，在狱中赵高玩起了猫戏老鼠的残酷游戏，李斯万万没想到：自己琢磨了一辈子老鼠的人，到最后落了个即不是厕鼠也不是仓鼠而成了狱鼠，他在狱中还想用自己那曾经化腐朽为神奇的刀笔上书，通过上书来摆摆自己的功绩，但晚了，赵高说："白写，写了也不上递，还丞相呢，早点给二世表表从沙丘宫到雍城的拥立之功比啥不强呢，净写那些无用的。"

秦二世二年七月，也就是沙丘宫秦始皇帝嬴政驾崩两周年之时，二世胡亥诏令用五种酷刑处死李斯和他的三族，李斯被官兵从云阳狱中押回咸阳，李斯对二儿子说："儿啊，我想与你还像过去几十年前那样牵着黄狗一起出老家上蔡东门去追逐野兔，还能成吗？"儿子流着泪说："父亲啊，追不追兔子还有意思吗，二世不该这样对你啊。"李斯垂头哀叹："对扶苏我昧了良心，对始皇帝我丢了忠心，对富贵我太多贪心，心歪了才致今日之结局，该，我活该啊！只是……"

七月二十五日，午时已到，在咸阳闹市，行刑的刽子手挥起利斧向李斯腰身正中砍去，一下将其断为两截，随后刽子手又在李斯面部刺字、割鼻，断其双腿，割下头颅，诛灭三族。

同年八月在外作战的三川郡守李斯之子李由被项羽、刘邦杀死。

同年九月，张良拥立横阳君韩成为韩王，王政复建韩国。

同年九月，燕人韩广自立为燕王，复建燕国。

四十八 / 始皇施政苛中柔，公心仁肠把己伤

　　蒙嘉手持蒙宠写给扶苏和蒙恬的书信骑快马超光前往上郡。当他快到上郡时，得知扶苏自杀，蒙恬被囚禁。当他赶到上郡时，胡亥、赵高和李斯把持的仪仗车骑已往咸阳而去。当蒙宠又派人从巨鹿郡赶到咸阳见到蒙毅时，胡亥已被李斯和赵高扶上帝位。常言说：一步赶不上步步赶不上，这一步之差改变了多少人的命运啊。

　　安葬了夫君嬴政没多久，蒙宠就听到了兄长蒙恬和蒙毅被二世胡亥赐死的音讯。蒙宠两天两夜不吃不睡，足不出宫，悲痛欲绝，泣血不止。

　　甘罗自从埋葬了始皇帝嬴政那天起，他就让妻子张氏吃住在大麓宫陪伴蒙宠。

　　甘罗找来蒙嘉说："帝国惊天遽（jù）变，肇（zhào）端于巨鹿郡，我郡定难独善其身，宜速作防备！"

　　蒙嘉沉思良久，说："不知沙丘宫出了什么鬼，自古有始必有终，此地是始皇帝龙身隐埋之地，日后想必也是刀光剑影之场，我只一念一心，誓死掩护好夫人和皇子平安！"

　　甘罗一字一句地说："朝廷里定是出了巨蠹，日后不知还会发生什么大事，我们这就去大麓宫拜见夫人。"

　　蒙宠素颜接见了甘罗和蒙嘉，看到夫人清瘦苍白的脸上还有泪痕未干，郡守甘罗和蒙嘉一句安慰的话也说不出口。

　　当听到甘罗和蒙嘉在巨鹿郡城实行戒严，在郡界周边布防巡查后，蒙宠说："多亏你等鼎力护持，始皇帝才免遭与鱼同臭、骨肉腐败之灾，我们母子才有一安

身之所。如天之帝国，如天之始皇，如失梦中，如坠深渊，悲哉哀哉！"

甘罗流泪说："始皇帝不封之葬，我和蒙嘉本应随帝而去，然深知国奸不除，国无宁日，权苟活于世，为夫人和公子效犬马之劳！"

"真是风狂知木坚，世乱知臣忠啊！"蒙宠示意甘罗和蒙嘉坐下说话。

蒙嘉激愤地说："始皇帝对李斯、赵高优厚有加，他们为何却畜生不如，里面定有阴谋。"

蒙宠说："我决定前往咸阳调查此事真相，如若胡亥真的是弑君上位，李斯、赵高助亥为虐，协同作恶，我必亲取他们狗命！"

甘罗说："夫人先不要去咸阳抛头露面，我原在李斯身边和朝廷宦官中安插有内线，派去接头的使者不日就要回来了，等获知咸阳和朝廷内的情况再做下一步决定为好。"

蒙宠说："始皇帝身边的内侍钟心和莫言逃回大麓宫后说：李斯、赵高、胡亥等人全以为我蒙宠已葬身大海了，只有嬴政知道我会回来，故巡游回咸阳不走北路而奔大麓宫而来，我一定要出其不意，查明真相，铲灭佞臣！"

甘罗说："夫人近日千万不要露面，他们以为夫人回不来了，所以才猖狂不羁，如果知道您和皇子嬴昊活着回到大麓宫，他们一定会更加丧心病狂，不知会干出什么事来呢。"

这时，甘罗派往咸阳打探实情的使者回来了，说有紧急情况，找到大麓宫来了。

甘罗让使者进到宫中，使者说："李斯假传始皇帝遗诏拥立胡亥为新帝。诸公子、公主、大臣要瞻仰始皇帝遗容，胡亥竟然煞有介事地说始皇帝已升仙去了，众人皆疑惑，随后胡亥令铸金身葬之。葬帝后，胡亥本欲释放蒙恬，赵高却污蔑诋毁，胡亥昏聩不听子婴劝阻，接连杀了蒙毅和蒙恬。"

蒙宠转过脸去潸然泪下。

甘罗问："近时还有什么动向？"

使者说："胡亥春时要巡游东方。"

蒙宠说："我曾两次到东方巡游，胡亥应是沿始皇帝巡游道路，到时我去故地追杀赵高！"

甘罗还是建议说："夫人不可冒险啊！"

蒙宠说："夫君不明不白崩逝了，我的两个兄长无罪亦被戕害，不除此鄙陋之人，宠岂能独存于世！"

甘罗拗不过蒙宠的执着，亲自挑选十二名铁血卫士随蒙宠出行，蒙宠也选定两名常随身边的侍女飒儿和浅儿相随，还有两名马倌，此行共十七人，一律黑衣黑裳，另随带十七匹快马备骑。临行前，甘罗对其中两名校尉下达严苛指令：确保蒙宠平安归来。

蒙宠一行马队从巨鹿郡往东，过临淄到达琅琊郡，因为胡亥巡游关东六国故地，琅琊郡琅琊台是必经之地。在琅琊郡等了十几日没有等到胡亥的出游仪仗，后来有从北方碣石山回来的人说："二世的车驾仪仗停在碣石一带。"于是蒙宠一行赶往碣石，到达碣石后仍不见胡亥的仪仗，多日后遇到从南方来的人说，二世车驾仪仗到达会稽郡了。蒙宠一行又匆匆赶往会稽郡，到了会稽时，随行校尉探访到，前两天胡亥的车驾仪仗已匆忙离开了，有人指点说去了北方，有人指点说回了咸阳。怎么前脚后脚老赶不上呢？莫不是胡亥、赵高获知蒙宠在追踪他们而故意捉迷藏吗？蒙宠经仔细留心观察发现，胡亥巡游到达的地方，大都是始皇帝刻石的几个地方，胡亥这是沽名钓誉还是蹭个光亮不得而知。但这胡亥来来回回并不都是走的驰道，大都是另辟新路，是胡亥不愿意走老路呢，还是害怕在原路上出现意外？反正胡亥这次巡游显得格外警惕和仓促。

到了会稽郡，蒙宠感到有种说不出的感情。记得第一次游历到这里时，一切都是那么如诗如画，送芈巾到虞合家抚养，阖闾虎丘临池取剑，一转眼工夫六年过去了。蒙宠凭记忆找到了虞合的家，可看到虞宅已上锁，蒙宠有些伤感，她很想再见虞巾一面。

两三个月过去了，蒙宠要想找到胡亥出游的仪仗本不是天大的难事，可不知怎么前赶后错就是不能碰个正着。蒙宠感到当下会稽郡的空气有些令人不安，她没有惊动郡府，特别是她在一小巷里听到一群孩童在唱着"项家非官比官大，郡守殷通难通达，楚人三户非三户，咸阳东来是垓下……"后，就更不想再去见郡县官吏了。更让蒙宠震惊的是：会稽郡刚进入八月，大街小巷都传扬着大泽乡陈胜举事，在陈县称王的消息。蒙宠决定不再折腾着找胡亥出游的仪仗了，马上去陈县看看是怎么回事。当蒙宠离开会稽郡到达东海郡东阳县时，听到东阳县县令被杀，一个叫陈婴的县令史被拥举为反秦首领，聚集了二万多人，一时间各路豪强士族并起游走。蒙宠在一张绸帛上，以随行校尉的名字写好名帖，派人传递给陈婴，陈婴以为又有豪杰前来投奔，马上与蒙宠相见。

蒙宠见到陈婴后问道："陈令史不是大秦的官吏吗，为何背秦而起义呢？"

陈婴见到蒙宠虽是易装，从仪态声音和淡淡的香气立刻断出，这是个女子无疑。陈婴见来者气质秀雅，绝非俗流，开口说道："此事本令史本不想说的，但不吐不快，我等反秦反的是二世，并非背叛始皇帝！"

蒙宠接着问："有何不同？"

陈婴说："始皇帝郡县治天下，嬴姓诸公子皆为平民，这才有我等外姓在郡县为官，服务黔首。始皇帝从无滥杀功臣良将，赏罚分明，秦法是苛了点，但治的是违法之徒，秦律是严了点，但护的是守法庶民，且繁重的徭役渐趋减免，一切所为皆是为公为天下啊！"

听到陈婴如此述说，蒙宠眼底浸泪，她尽量压制着自己的情绪，没想到在这远离咸阳的僻地东阳，一个小小的县令史如此评说始皇帝。

陈婴接着说："本来郡县官吏和庶民看到了始皇帝减免徭役的诏令，眼看要过上和平安宁的日子了，天变了，二世胡亥登基了，徭役非但没减而是成倍地上提，郡县官吏完不成徭役征集要治罪，黎民捆住脖子不吃不喝也凑不够，只能反了。"陈婴停了停说："要是始皇帝还活着，或者长公子扶苏即位当皇帝，我等是不反的。"

陈婴是大秦的官吏，自言反秦反的是二世，蒙宠反倒不觉得这个县令史有多可恨。不然的话，如此面对面，蒙宠出剑，陈婴必丧命。

蒙宠离开东阳县，陈婴目送着十七个黑衣人渐渐远去，一人双马，并且其中还有十多匹罕见的宝马。这拨访客看来有点来头，又有些神秘，陈婴思忖：还是要听老母的话，称王的事是贵贱不干的。

蒙宠一行辗转来到陈郡的郡治陈县，如法炮制给大楚王陈胜递一名帖。陈胜称王快五个月了，不是谁说见就能见的，第二天，陈胜在一大队侍卫的护卫下来到蒙宠暂住的传舍，这出乎蒙宠的意料。

陈胜走过来伸出手摸了摸蒙宠的汗血马，赞道："好马，可这是什么马呢？"

随行的马倌说："这是汗血马。"

"你们这是从官府那里掳来的吧。"陈胜双目盯住蒙宠说，"是投奔'张楚'国来的吧？"

"我们是从东阳陈婴那里过来的。"蒙宠说，"有一事不明，想请教陈王。"

陈胜还在盯着蒙宠看，点了点头。

蒙宠于是问道："按秦法，戍卒遇到大雨误期而到不了驻防之地，应受到何种处置？"

陈胜对蒙宠的问话感到意外，还以为要说投奔的事呢，陈胜说："按始皇帝律条十八，遇雨误期免于处罚。"

蒙宠接着问道："听闻陈王在大泽乡是以戍卒遇雨误期当斩而起事的？"

陈胜哈哈大笑起来，说："二世诈立，杀害扶苏，加重徭役，随便一个都是我陈胜反秦的理由，只不过凑巧遇到大雨罢了！"

蒙宠的手不自觉地握了一下剑柄，随后又松开。首起反秦建立国号，陈胜该杀，始皇帝驾崩才一年多，怎么民间都知道二世诈立呢，怎么感觉陈胜反的大秦帝国不是自己的一样，心中隐隐还闪过一丝快意：反吧，反吧，胡亥啊，你父皇曾扫平六国，如今因你而起的这等小小反贼，你平平试试。

陈胜对马队中的十几匹宝马十分喜欢，连着抚摸了好几匹，临离开传舍时，一再叮嘱蒙宠明日到王宫去，设宴接风。陈胜走后，为防不测，蒙宠一行迅速离开陈县返回巨鹿郡大麓宫。

蒙宠回到巨鹿郡不到一个月，十三年前覆灭的关东六国全都复国了。

甘罗派去的使者和安插在咸阳的内线不断传回新的讯息：胡亥巡游回咸阳后，凭空降罪杀光了诸公子和诸公主，到了二世二年，又把始皇帝在位时的股肱之臣进行清洗；右丞相冯去疾自杀，左丞相李斯被杀，大将军冯劫自杀，通武侯王贲被流放……

嬴昊已经十六岁了，已经长成翩翩少年了。秦二世二年九月九日，他来到郡府，彬彬有礼地拜见了甘罗和蒙嘉。

嬴昊说："我年少，只知父皇是始皇帝，只知道父皇把天下当家，把家当天下，可我和母后到今日不知何处是家，我的兄妹无官无爵，怎么全都被杀，秦以法治国，怎么变成了一团乱麻？"

甘罗和蒙嘉未曾想嬴昊一连串抛出这么多的疑问，一时不知从哪里回答。

嬴昊问："我父皇是暴君吗？"

甘罗说："我从未听到有谁说先帝是暴君的，这可不能睁着眼睛说瞎话，先帝不但是中华第一位皇帝，而且是一位伟大贤明的皇帝！"

甘罗的话不禁让天下之人想到始皇帝伟大贤明的地方：始皇帝灭六国，为了少死人，用计谋兵威降服了韩国、魏国和齐国，尽量减少伤亡；赵国最后也是用计谋智取的，伤亡屈指可数；降服荆国和燕国，伤亡不及之前一个局部小战役，也没有屠城。如此这般，免得百姓流离失所，田园荒芜。始皇帝从继位到驾崩的三十七年间，从无杀害一个大臣，就连大将李信夸下海口攻荆，二十万秦兵几乎全军覆没，始皇帝还是给了李信再次攻敌立功的机会，把失败的责任全扛了。建立大秦帝国后，对有功之臣不但不卸磨杀驴，而且封了二十九个侯，大量赏赐钱财和田宅。博士淳于越在始皇帝寿宴上，说秦的江山会因实行郡县制而难以长久，鲍白令斥责始皇帝行的是桀纣之道，始皇帝都不予计较。如今六国贵族一声喊都复国了，这还不是始皇帝伟大贤明的结果吗？

"自古是：胜者堂上坐，败者为鬼魂。"郡尉蒙嘉说，"始皇帝忌讳六国之地富豪再与王族勾结，势大不掉，故统一后只把豪富之家迁往异地，而王族都没动一根汗毛。例如荆国王族熊心，大将世家项梁，齐国王族田儋，魏国王族魏咎、魏豹，赵国王族赵歇，特别是韩国王族张良。秦灭韩国后，张良家是韩国第一大户，光用人就有三百六十人之多，当时李斯、王翦和章邯把六国贵族、王族列名册报始皇帝，建议全部杀掉，但始皇帝仁慈为怀，不但没有杀害他们，没有流放他们，还保有他们原有的财产和尊严。这倒好，张良不感恩也就罢了，他还顾人用大铁锤谋杀始皇帝。这次听说项燕之子项梁也起事了。当初始皇帝早些狠狠心把他们全杀光或者囚禁起来，人们还得称赞说：此为巩固政权干得好，因为胜利者怎么做都是对的。如今观之，始皇帝仁慈留下王族之命，正是埋下了祸乱的根苗啊。"

嬴昊问："父皇做了很多错事吗？"

甘罗不假思索地说："始皇帝所为皆为国事、大事、美事，大都是名垂千古、利在千秋的长久之事啊！"

甘罗的话不禁让天下人想到了始皇帝所做的事：建立统一国家，接连修筑万里长城，统一文字、货币、度、量、衡，修郑国渠、灵渠，收复岭南、瀛洲，设郡县制，修驰道，拥有比后世诸多朝代都还长的海岸线，拥有比后世诸多朝代都辽阔的国土……

蒙嘉说："始皇帝的郡县制定会千古延续，富有南海、东海、渤海、北冥、瀛海，这成方连片的大地和大海，是华夏之所，给后世打下这么好这么厚的家底，谁能为之啊！"

嬴昊又问："父皇是不是很独断啊？"

"是独断，真正的独断！"蒙嘉说，"臣曾是始皇帝的近臣，深知始皇帝的独断是很痛苦的。统一的大秦帝国，不能十八口子乱当家，帝国要集中人力物力办几件大事，不独断能办成大事么，在众口毁誉中当断则断，这非始皇帝莫属啊！"

"始皇帝不光是独断，更是能听进去逆耳谏言的。"甘罗说，"始皇帝从善如流：李斯谏留六国客卿，郑国谏修良渠富关中，尉缭谏从内瓦解六国之策，王翦谏灭荆倾国之兵之请，徐福海外求仙拓土之物需等……"

嬴昊连着问："我父皇自私吗？"

"中华皇帝自始皇帝开端，公天下也是自始皇帝开端，余敢断言，先古君王不如，后世君王亦不可再有。"甘罗有些激动地说，"废分封，推郡县，天下为公，从朝廷到郡县嬴姓只始皇帝一人，秦嬴诸公子不封王授爵实同庶民，三公九卿，郡县诸吏，皆为异姓，就连太子也必择天下贤肖者继之，颁《使黔首自实田》，用秦法保护黎民田地自有，天底下最大的公莫过于此也。"

嬴昊还问："我父皇之法之治严酷至极吗？"

怎么回事，怎么平时不怎么爱说话的嬴昊今日问起来没完没了，但看到嬴昊认真的样子又不能搪塞他，于是蒙嘉说："始皇《治狱篇》规定刑事审讯，必以口供为审断，不许刑讯逼供，刑讯逼供的证词无效。被定罪服刑之人，只要不是死罪的，在每年的农忙时节允许回到家中帮助家中耕种和收获。始皇帝对巴郡蜀郡蛮族族群、首领平民犯罪，都准其赎免，可用金钱赎、劳役赎、爵位赎，听说秦始皇三十三年，巴蜀之地'不更'以爵抵罪者达数十人之多，对蜀巨商巴清建怀清台予以嘉赞……"

甘罗插话说："赵高犯法被上卿蒙毅审判为死罪，始皇帝惜其有些才学赦免了赵高死罪，哪知这阉贼咸鱼翻身，本相毕露，成为祸秦之魁首。"

嬴昊说："我父皇……"

"不要再问了，"不知什么时候蒙宠已侧立在门厅之中，蒙宠说，"嬴政就是那样的人，嬴政没有做错什么，他身居皇帝之尊还遭奸人算计，嘴长在他人脸上，笔拿在他人手上，不用理会就是了！"

甘罗和蒙嘉连忙起身拜见蒙宠。

四十九 / 项梁战死群王散，章邯挥师歇落荒

项梁是项燕的儿子。

十六年前，楚国大将项燕在和王翦的蕲南之战中战死。那年，项梁身为军中校尉，身为项燕的儿子，并没有被嬴政和王翦株连追究，而是和几十万楚军一起被解甲归田，回到了故乡下相。在下相，项家是将门大户，宗族繁盛，田宅众多，回到下相的项梁挑起了项家的重担。项梁告诫宗族各门要谨言慎行，韬光养晦，这并不是感激嬴政不迁徙、不铲除项家的恩德，而是楚国亡国后的遗老遗少、旧朝官宦时不时地咒骂项家是亡国的罪人：项燕身为护国大将，项梁为校尉，眼睁睁地看着一个楚王负刍被秦军所俘，一个新楚王熊启被秦军射伤自杀。尽管项燕阵亡了，可项氏后人竟然还过着优裕的日子，这让人看不下去。楚亡四年后的一天，项梁实在强忍不下去了，一连杀了三个经常败坏项家名声的乡绅。乡绅的子弟磨刀霍霍决心报仇，下相是待不下去了，项梁带着十一岁的侄子项羽逃匿到吴中落脚。

在吴中，项梁仗义执言，疏财济弱，没几年就深得当地豪强和官府的推崇和敬重，凡有徭役征派、婚丧嫁娶、年庆月贺等大事都是由项梁主持。在这远离家乡的吴中之地，项羽豪横傲霸的天性毫无遮掩地显露出来，身高差不多九尺的大个子，力大无穷。项梁越来越看重项羽，感到项羽将来是个有大用的材料，平时一有空就传授兵法给侄儿。

二世胡亥登基后的第二年，胡亥巡游来到会稽郡，他除了在始皇帝刻石的边隙，加上几句二世承诏继位和几个大臣的名字外，就是在赵高的张罗下选征良家女

子。这胡亥选谁不行，偏偏看中了虞合的养女虞巾。这虞巾按照项梁和虞合的商定是和项羽定了亲的，这不要出大事么。项梁只好硬着头皮安排项羽和虞巾出城躲避，又让虞合搬到自己府上躲起来，好在有郡守帮着打掩护，奇怪的是，二世没有追查虞巾的下落就离去了。二世胡亥巡游会稽郡三个月后，阳城人陈胜和阳夏人吴广在大泽乡起义了，这无疑给项梁灌了一剂兴奋药，项梁想：自己平日里主持办理郡里那些政事民事时，都是暗中用兵法的路数进行排演的，这不快要派上用场了。

九月，项梁看到时机成熟，果断杀死殷通。项梁当了郡守，还委任侄儿项羽为裨将，控制全郡的军队。

项梁和侄儿项羽在会稽郡组织了八千名精兵，之后连续三个月不停地训练和打磨。秦二世二年十二月底，项梁率领八千精兵西出和北上，在北上占领东海郡后，东阳县令史陈婴带领二万苍头军归属项梁。此时，陈胜和吴广已被秦将章邯剿灭。项梁率军继续北上来到故乡下相，到下相后他把宗族中强壮者项庄、项伯、项它等纳入军中，接着还在荆之故地彭城、下坏一带消灭和兼并了东海郡守庆、景驹、秦嘉所统领的义军。二世二年四月，项梁得到陈胜死亡的讯息后，北上薛地鲁县召集四方反秦义军议事。此时，荆地大将世家出身的项梁俨然如一面大旗，陈婴、桓楚、韩信、范增、吕臣、英布、蒲将军陈武、刘季、张良、宋义、叔孙通等英雄豪杰尽数投奔而来，军队已有十万之众。

议事在鲁县小城进行了五天，五天中决定了四件事：一件事是称赞了吕臣斩杀庄贾为陈胜报仇的事，并率众英雄南下穿过彭城前往芒砀山陈胜墓地祭奠。另一件事是采纳谋士范增的计策，找来荆王室后人熊心，把他立为新的楚怀王。再一件事是张良向项梁提出韩国复国的请求，经项梁同意后，以韩国王族之后韩成复立为韩王。最后一件事是出手救援刚复国才六七个月就面临灭国的魏国和齐国。

秦将章邯以雷霆之势包围了魏国新都临济，击杀了前来救援的齐王田儋和魏国丞相周市，逼迫魏王魏咎自焚而亡。魏亡后，章邯转过头挥师东北包围了齐都临淄，田儋之子田市和齐相田荣从临淄城逃出后来到东阿城中，章邯如影随形赶来包围了东阿城。

在这个节骨眼上，二世胡亥放心不下关东的战况，派赵高的侄子监御史赵常作为使者前来慰军和打探战果。

章邯对赵常说："荆人首举事，从者一哄而起，然识兵法者唯周文与项梁二人而已，实不足虑。请转禀陛下，无须百日即可荡平叛逆，凯还帝师！"

赵常说："陛下闻周文、陈胜、吴广已被剿灭，甚是慰藉，陛下知项梁乃项燕之子，在朝堂上还怨始皇帝仁慈未斩草除根呢！"

章邯说："拜请陛下勿虑，臣章邯定如昔日王翦灭项燕一样击杀项梁，以保大秦帝国江山永固！"

赵常留下二世胡亥赏赐给章邯的田契、珠宝等后回咸阳去了。

熊心被拥立为楚怀王后，将盱眙设定为都城，封陈婴为上柱国，项梁自立为武信君。三个月后，项梁让陈婴留守盱眙，自己亲率十万大军北上解东阿之围。

章邯部署秦军团团围困东阿城，奇怪的是围而不攻，二世胡亥派来辅助章邯的长史司马欣来到章邯帐内，只见章邯清水一卮，闭目养神。司马欣说："将军，荆项梁亲率十万大军已到秦军的东侧，如何应对？"

章邯仍闭目养神，说："围城打援，效临济之战可矣！"

项梁率军驻扎在东阿城东四十里处，张良见项梁问道："武信君何计解东阿之围？"

项梁说："两军相遇勇者胜，我和章邯只能硬碰硬了！"

张良说："如果硬碰硬，伤亡必惨重，不若知会城中齐相田荣，让其明日清晨从城北门佯装突围，扰乱章邯围城打援，以守株待兔之谋，趁章邯应对突围齐军之际，楚军尽其精锐掩杀过去，定败章邯！"

秦二世二年八月，项梁依张良之策，派人潜入城中将亲笔信交与田荣。次日凌晨，田荣命他的弟弟田横率齐军从北城门突围而出，秦军一时无措，章邯令赵贲、董翳合力堵截。半个多时辰后，项梁指使楚军直冲章邯大营而来，章邯刚调度董翳去北门围堵田横，未想到项梁军从天而至。两军混战在东阿城下，不到一天工夫，章邯军败下阵来，赵贲战死，司马欣骑马在前，章邯随后向西败走，没走几步便与项梁撞个正着。项梁远远看到了司马欣，他令楚军闪向一侧，司马欣护着章邯策马而去。

章邯向西退到濮阳城东停了下来，重新集结军队，他百思不得其解地问司马欣说："我出咸阳，下骊山，过函关，所向披靡，不知败仗为何物，今之败为何？"

司马欣说："项梁去年九月起兵，收集江东各郡县精良军械兵器装备叛军，日夜加以操练，扩充兵力三百多天，养精蓄锐，到今日厚积薄发，闪电一击，况项梁是荆国已故大将项燕之子，聚拢不少当今能人异士。"

章邯在濮阳以东五十里列开阵势等待项梁军决战，本以为项梁战胜后会休整补给一下，没想到，秦军还未站稳脚跟，项梁大军就冲杀过来。秦军仓皇应战，边战边退，直到退入濮阳城里紧闭城门，由攻转守。

刘季和项羽奉项梁之令攻破了城阳，屠杀了城阳的秦军和庶民，之后往西南攻下了雍（yōng）丘，截杀了三川郡郡守李斯之子李由。

项梁率军猛攻濮阳城，因濮阳是东郡的郡治，城池坚固一时难以攻下，项梁马上改变策略决定带兵南下攻打定陶，定陶的秦军战败，退入定陶城里坚守不出。

章邯一边命令士兵加固濮阳的城墙，一边在城墙二十尺外挖了一圈深险的壕堑，并从北面的黄河引水灌满。项梁前来视察后以为章邯三连败后，龟缩畏战，故而把濮阳搁在一边，一心围攻定陶。

说实在的，章邯也没想到项梁军如此锐气好战，怎么办？只好避其锋芒，等待时机。不几日，荥阳的三万援军悄悄进了濮阳城，济阳的两万援军也集结在濮阳北侧，这时，咸阳方面又一批获得赦免死罪的刑徒经洛阳北边东行到达濮阳。

项梁率主力军三战三胜秦军，沛公刘季、项羽也连战连胜，这都应该庆贺庆贺，于是，项梁在大营里连摆三场庆功酒宴，裨将宋义劝谏项梁说："初胜二三，将领显现骄傲轻敌，士卒显现惰怠散乱，这是兵家大忌啊！"

项梁喷着酒气打着饱嗝看都不看宋义一眼，他觉得宋义的话有些危言耸听，说道："什么虎狼之师，狗臭屁！龟缩不出算啥本事！"

秦二世二年九月，天刚黑，饭毕，章邯安排全军将士，皆口衔筷箸，以免喧哗，战马皆嘴衔木枚，避免声响，利用暮色掩护悄悄向定陶开进。深夜，章邯指挥秦军向定陶城南的项梁发起突袭，定陶城内的秦军也汹涌而出。项梁的楚军猝不及防，丢盔弃甲，项梁刚骑上马背还没坐稳，就被秦军校尉董翳的副手斩下马来。经此一役，项梁军的主力伤亡十之八九。历经两年的征战，章邯四十万大军仍有二十余万精锐。

项梁战死定陶，六国王室大为惊恐，被项梁拥立的楚怀王熊心把都城由盱眙向西北迁到彭城。此时，沛公刘季和项羽商议道："没想到项梁的主力军被秦军歼灭，士兵们都很害怕，我们还是听怀王的指令向彭城集结吧。"沛公刘季率一部在彭城以西的砀郡驻扎，项羽率一部在砀郡以东驻扎，吕臣率一部在彭城以东驻扎，呈三足之势拱卫彭城。

江东江西、江南江北的厮杀声戛然而止了，鸡鸣狗吠之声又隐约相闻。

章邯派使者快马回咸阳向二世胡亥报捷：今已杀死六国反秦的首领项梁，关东六国反秦主力军已被歼灭！

长史司马欣对章邯说："项梁战死而余孽犹存，死灰亦可复燃啊！"

章邯说："当今陛下非同于始皇帝，今派使者去报平叛大捷，不知陛下对有功之将如何待之？"

司马欣说："六国之乱，根在荆地，平定叛乱绝非一役而功成。我等宜除乱务尽啊！"

"听说新韩王韩成把新都从阳翟搬到了阳城，楚怀王熊心把新都搬到了彭城。"章邯说，"魏王咎已死，齐王儋已死，韩王不足虑，燕王韩广非燕王室后人根基不牢亦不足虑，听说新立的赵王赵歇系王室后裔复国，现势小易灭，早击之。"

司马欣说："荆地一片寂寥，非无声也。项梁虽死，众将无伤，今聚之彭城必谋大事，宜尽速击之！"

章邯说："长史所言极是，灭了陈胜出来个项梁，灭了项梁出来个怀王。三日后，兵发彭城，必俘获怀王西行，顺路过黄河消灭赵王歇再回咸阳。"

三日后，大将章邯准备发兵东南剿灭盘踞在彭城的怀王，这时二世胡亥的使者到了，二世诏令章邯尽速统军入关拱卫京师，不得有误。

章邯和长史司马欣站在定陶城头，向东南彭城方向望了又望，不得已放弃了攻彭城擒怀王的战略，遵二世胡亥的诏令回师咸阳。

章邯对司马欣说："岭南大军不得回，上郡之师不得回，我们这平叛大军远足荆齐腹地，此时咸阳空虚，外重内轻此乃帝王大忌，今帝诏回师，可顺路绕行邯郸灭掉新赵，省得他人上山摘果子。"

司马欣说："好，这不费什么事！"

这次攻打邯郸的前锋是副将李良。李良本是秦将，眼见六国反秦复国，遂投降了赵国，为复国后第一代赵王武臣所重用，后因武臣姐姐酒醉未及还李良的跪让之礼，李良领兵趁武臣不备血洗赵王府，杀死武臣和右丞相邵骚，占据邯郸。陈馀得信，拉着左丞相张耳跑出城外躲过一劫，随后他们找到赵国王室后人赵歇立为赵王，定都信都，赵王赵歇以张耳为相，陈馀为大将军，陈馀联合齐将田间率军击败李良，李良投奔章邯为副将。

章邯亲率二十余万大军在李良的引领下，过黄河，下番吾，直扑邯郸而来。赵王赵歇从王城王宫里来到丛台，问大将陈馀："可敌章邯否？"

陈馀说："章邯兵二十多万，赵兵加上齐将田间所带齐兵不过三万有余，悬殊太大难以迎敌，速弃邯郸走回信都去吧。"

不等章邯大军到来，丞相张耳、大将陈馀就保护着赵王转移到了信都。

没想到如此容易就占领了邯郸城，章邯下令把邯郸的城郭大部分拆除，把城中庶民商贾大部分迁到河内郡，大部分宫殿都付之一炬。章邯住进了仅剩下的赵王宫里，阔大奢华的王宫大殿吸引了章邯，他决定在这里歇息数日。副将李良找回散失在民间的王宫御厨给章邯烹饪赵地美食，又从民间挑选百名十八岁以下窈窕身段、走路轻曼的少女侍奉章邯。过了数日，李良私下向章邯进言说："将军离开京师一年有余，整日征战不休，不知陛下是否给将军封侯晋爵？"

章邯说："陛下派郎中令前来赏赐了些田宅、珠宝而已，未有封侯。"

李良说："陛下诛杀了右左丞相，内史大将蒙恬、将军冯劫，大不如始皇帝爱惜有功之将相，今将军功高震主，无以加封，故不封侯，福兮祸兮望将军察之。"

章邯听李良之言，心中惊恐不已，自己只顾着拥兵在外，未想到天下正乱，长久拥兵自重，陛下必然起疑，怪不得老将军王翦兵未动先求赏赐，功成后告老归乡，这是以此除却陛下之疑心。想到这里，章邯有些惶恐不安，他说："我告退归乡还不够老，做样子求赏有些虚，也恐招致此地无钱三百两之猜忌，为之奈何？"

李良欲言又止。

章邯说："莫要等不来封侯等来个赐死吧。"

李良把嘴凑到章邯耳边说："将军何不称王呢！"

章邯说："称王，称什么王？"

李良说："帝国大厦将倾，将军独木强支，天下大乱此起彼伏，恐一时难以平复，看着六国这些是人不是人的都敢称王，将军手握重兵果断称王，就是做不了皇帝至少也会坐拥半壁江山啊！"

章邯这些天只顾着摸爬滚打在温柔窝里了，何曾想过这等要命的事啊。李良密语直白明了，他心里如有雄鹿乱撞，但又顾虑重重，章邯取出二世赏赐的珠宝赠给李良说："刚才的话烂在心里，莫对人言，容我思量思量再做定夺，如称王，李将军必为首功。"

李良说："赵王赵歇已逃到巨鹿郡信都去了，他才三万军队，且如惊弓之鸟，杀鸡焉用牛刀，择日末将愿率五万兵马前去招降，招降不成便击灭之！"

章邯说："如此甚好！"

此时，赵王赵歇在信都信宫里衣不解带，车不卸马，他已派大将陈馀探好退路，一旦秦军来攻，要么转移到恒山城，要么转移到巨鹿城。

五十 / 不护京师围巨鹿，二世密诏又内戕

胡亥得到一个不好的消息，令其心惊肉颤，如坐针毡。原来是胡亥派往关东的使者，在向他禀报了六国王政复兴的严重情况后，又禀报说：在东郡东阳县和陈县看到了蒙宠夫人的身影。从邯郸郡回来的使者也禀报说："看到了蒙宠骑马掠过，往巨鹿郡方向而去。"

蒙宠和嬴昊还活着？蒙宠和嬴昊回来了？胡亥满脑子都是蒙宠和嬴昊的容颜，说不清是亲切还是狰狞。胡亥的手不由自主地抖动起来，他陷入了比六国反叛更深重的恐惧之中。六国复国，已派大将章邯率领刑徒军东去逐个铲除，而蒙宠和嬴昊，本以为他们早葬身大海了，却在如此乱境中现身。唉，说不定明日就找上门来了，蒙宠若问夫君始皇帝何以壮年驾崩，身在何处，嬴昊若问父皇遗诏何在，兄妹因何尽亡，该如何作答？胡亥心里乱乱糟糟。他想起有人说在辽东海面上看到了蒙宠所乘的楼船了，有来人说在秦皇岛海滨上看到了蒙宠所乘的楼船了，还有来人说在琅琊台东面的海角见到了蒙宠所乘的楼船停泊。当时，除了趁自己巡游去辽东郡察看一无所见外，也派使者前去秦皇岛和琅琊台一探究竟，结果都回报说没见楼船的影子。这当口，六国反叛烽烟又起，特别是那什么陈胜振臂一呼，乱了，全乱了，没三个月叛军就打到了骊山脚下，这咋弄的，胡亥感到屁股底下的御座有些晃悠，他想：有人说什么见到蒙宠乘坐的楼船了，许是他们看花了眼，抑或是别有用心之人编造的瞎话。这么一想，胡亥稍稍有些心安，是啊，关东不断传来好的消息，先是章邯击溃周文大军，将其逐出函谷关并予歼灭，接着首起者陈胜、吴广战亡。这正高兴呢，使者却爆出了这

一惊心的事，怪不得老祖宗说，凡事别高兴得太早。

自从埋葬了始皇帝的金身后，三把火一烧，怀疑自己继位正当性、威胁自己帝位的诸公子没有了，一帮老臣老将没有了，胡亥本以为这江山可以坐稳了，谁曾料到陈胜反了，还立国了，其他五国也一起复国了，复国也罢，还要西来灭大秦。这不，蒙宠和嬴昊也回来了。胡亥从小到大心里忌惮三个人，一个是父皇嬴政，一个是蒙宠夫人，一个是中车府令赵高。胡亥心里很怕，很怕蒙宠助着儿子嬴昊来抢夺他的皇帝宝座，唉，怕也不是办法，还得硬着脖颈往前走啊。当胡亥得知巨鹿郡没有投降复兴的赵国时，他马上派心腹郭果为使者持密诏出函谷关前往巨鹿郡。

秦二世二年九月七日，胡亥的使者郭果进入巨鹿郡，在郡界边上遇到巡逻的军士盘查，当来到巨鹿郡城，到处可见农忙的田夫和修造的工匠，一派祥和安静。

陈胜起义后，派部将武臣占领邯郸，之后称王，赵国故地大都臣服新王，独巨鹿郡孤傲不驯。武臣率兵亲征，甘罗和蒙嘉统郡兵与之对阵，交战之始就斩杀武臣两个都尉，武臣令陈馀和李良合力进攻，这时，甘罗令郡兵前列的战车和步兵迅速闪退，露出万名单膝跪地的劲弩兵阵，蒙嘉高声说："武臣叛逆，快令属军撤走，不然即刻将你等射杀！"武臣一看，自己和陈馀全在射程之内，如不下令撤退，这一拨弩镞下来，自己和大将陈馀等五千多将士定会无处闪避而丧命。郡守甘罗对武臣说："巨鹿郡既不帮秦平叛，也不降叛背秦，居中而立！"

赵王武臣和大将陈馀嘀咕了几句，勒转马头撤回邯郸。

没过多久，武臣又派范阳人蒯（kuǎi）通为使来巨鹿做说客，最终也无功而返。

甘罗在郡守府大堂接见了二世胡亥派来的特使郭果，郭果说明来意后，把二世的第一道密诏递给甘罗。

甘罗展开书写在锦缎上的密诏，诏书前头和尾端都加盖有皇帝玉玺，诏书上说："蒙宠和嬴昊以寻药为名居海上不归，欺骗始皇帝，今归国土，暗与荆地陈贼私会，图谋不轨，大罪难恕，特令巨鹿郡守甘罗将其腰斩，亲捧首级与特使同回咸阳复命。"

甘罗看罢，将特使郭果带来的第一道密诏折起来放到座位旁的长几之上。

特使郭果见甘罗看完第一道密诏没有言语，便又递上第二道密诏，诏书上说："留匿蒙宠和嬴昊而不举告，按律死罪，今特赦甘罗无罪，奉诏事毕至咸阳，拟擢甘罗为左丞相。"

甘罗将这第二道密诏看完后折起来与第一道诏书放到一起，然后起身踱来踱去，面色惨淡，一言不发。

特使郭果说："久闻郡守少年成名，聪睿机敏，如今国难当头，陛下委以重任，许以丞相之诺，你为何还忧心忡忡不高兴呢？"

甘罗还是一言不发，接连三声长叹。

特使郭果催促说："请郡守速速带兵前往大麓宫，将蒙宠和嬴昊腰斩，割下首级，随我一同回咸阳复命可好。"

郡守甘罗瞪了特使郭果一眼说："我远离京师久矣，与陛下未曾谋面，不懂陛下得知夫人和嬴昊大难不死，不是喜悦反是仇恨，为何非要赶尽杀绝呢？"

特使郭果见甘罗反问于他，便说："郡守当然不会不明了，若叛军拥立嬴昊与二世作对，就有大麻烦了！"

甘罗没想到郭果说出了二世的心里话，是啊，扶苏都死了，陈胜、吴广还打着他的旗号起义呢。这里有一个活的始皇帝的亲儿子，如果叛军知道了，还真有可能争先恐后找上门来呢，更何况还有蒙宠这个将门之女，始皇帝之妻，蒙恬、蒙毅之妹撑腰呢。

甘罗收回思绪，咽了一口唾沫，对郭果说："话说回来，若无六国叛乱，陛下怕也容不下他们母子吧，诸公子之殇如在昨日，特使不会忘记吧。"

"这……这……"特使郭果听出甘罗是不想奉诏，便厉声说，"陛下还授命于臣，若郡守不奉诏行事，即刻夺其郡守之职，异地囚禁等同叛逆定罪！"

"拿下此走狗！"甘罗话音刚落，从堂外冲进来六个勇士将郭果捆绑起来，甘罗说，"欲施囚禁蒙恬之故技么，可惜不是那个时候，亦不是那个人了！"

没想到甘罗不仅不奉诏，还把自己捆绑起来要押入大牢，特使郭果的横劲儿不见了，蔫唧唧地说："放我回咸阳复命吧，陛下还急等着回音呢。"

甘罗说："等什么回音，若六国平息，陛下好好治理国家也就罢了，若不然，本郡守还真说不定要拥立嬴昊杀到咸阳，废了他这猪皇帝！"

二世胡亥的特使郭果被押入大牢关押。

蒙嘉问甘罗："郡守真有拥立嬴昊反攻咸阳之意吗？"

甘罗说："眼前天下大乱，暂且保持中立，静观其变吧，郡兵量少势弱，拥立嬴昊反攻咸阳还不是时候。"

蒙嘉说："陛下见特使被扣押定然会更加心焦、恼怒，也绝不会善罢甘休。"甘罗也不答话，拿着二世特使郭果带来的两道诏书，快步向大麓宫走去。

特使郭果出使巨鹿郡久无回返，二世胡亥猜测，郭果要么被杀，要么被押。此时，从齐郡故地传来大将章邯在东阿战败的消息，胡亥心情坏到了极点。刚刚获封为安武侯的赵高，看出二世心焦不耐烦，像无头的苍蝇一样，惶恐而乱撞。

赵高对二世胡亥说："陛下啊，听臣一言，别光害怕啊，怕有何用啊。"

胡亥强作镇定说："怎么这么多事呢，六国闹腾复国，嬴昊神神秘秘，朕都不知道该先顾哪头了。"

"先灭蒙宠和嬴昊，六国大不了都复国还回到战国七雄并存的时代，而嬴昊可是直接冲着您屁股底下这皇帝宝座来的！"赵高看到胡亥脸色煞黄地在听他说话，遂进一步说，"对于巨鹿郡那边，软的不行就来硬的，派军队过去统统消灭，以绝后患！"

胡亥说："派军队，哪有军队啊，打陈胜、周文不是把刑徒都派去了吗，难道动用上郡王离军吗？"

赵高说："还省着干吗，速战速决啊。"

二世胡亥于是派特使持密诏前往上郡见王离，王离打开密诏，诏书说："朕令大将王离亲率二十万大军从速南下巨鹿郡，宁玉石俱焚，不放过一人，直到斩获蒙宠和嬴昊为止。"王离看着这盖有皇帝玉玺的密诏，心里阵阵悲凉，三年来，九原、上郡这天高皇帝远的边郡之地，王离亲眼所见接连上演着帝国生死存亡的场场戏码，扶苏自刎而死，蒙恬被囚身亡，冒顿惊回漠北，王离接任大将，二世胡亥登基还不满一年，荆地起义了，之后反秦暴乱如野火一般在六国故地蔓延，两年时间，被始皇帝兼并的六国大都复国了。王离虽在北疆，也已感到秦帝国之风雨飘摇。

可为何让我王离统率大军远道去杀蒙宠和嬴昊呢，这蒙宠和嬴昊是有什么罪呢，为何不令巨鹿郡守来执行诏令呢，为何不令攻占邯郸的大将章邯就近围剿巨鹿郡呢？帝命难违，王离除留下十万大军让副将杨硕暂统镇守边塞外，自己带着满腹的疑虑，统领二十万大军分成前后两路迅速南下。

章邯遵从二世胡亥的诏令，放弃彭城，挥师北上，如今停留在邯郸城王宫之中尽享美食美色，甚是快意，把李良去信都劝降赵王赵歇的事早忘到云霄里去了。

赵王赵歇为避章邯兵锋从邯郸撤回信都，信都两面环山，地处太行山怀抱之中，东望泽川浩渺，原平地宽。虽然信都极尽险要，易守难攻，可赵王赵歇如惊弓之鸟，忘了这是正都还是陪都了。正彷徨无主之际，探兵来报，上郡王离率二十万大军自北而来，已经到达东垣。

赵王赵歇刚刚召来丞相张耳、大将陈馀想要商议应对之策，探兵又报，章邯副将李良率一部人马从邯郸出发向信都而来。这可如何是好，南北夹击，形同危卵。张耳和陈馀把赵王歇撇在一旁，自顾自地研商对策。

赵王赵歇急了，忙喝一声："别念叨了，走为上计！"

陈馀说："好，好，打不赢就跑，还没打呢就跑，走去哪里呢？"

赵王没好气地说："不是说过了吗，去恒山城或巨鹿城。"

丞相张耳咳嗽两声，说："我和巨鹿郡守甘罗有交，还是去巨鹿城吧！"

真是北不等王离，南不等李良，赵王在张耳和陈馀的拥护下撒丫子朝信都东边的巨鹿郡城而去。

巨鹿郡界的军士没有阻拦住陈馀所率领的两万赵军和一万多田间齐军。甘罗得报后大惊，连忙和蒙嘉集结两万名郡兵严阵以待。

丞相张耳先递上名帖，经通报征得郡守同意，他带两名随从进入巨鹿县城。这时，安插在咸阳的内线也传递回来新的讯息，这个讯息就是二世胡亥给王离下达密诏，令王离率军以剿灭伪赵王为名，实为铲平巨鹿，杀掉蒙宠和嬴昊。

张耳和甘罗各怀心事，顾不上寒暄就说明来意。

张耳说："北有王离，南有李良，赵王已无处可去，只能入巨鹿城暂避，望甘罗上卿容留。"

甘罗说："巨鹿城小，容不下什么赵王！"

张耳说："本相听说巨鹿郡宣称中立，巨鹿之地原本是赵国领土，容许赵王入城并非不合情理。再说，中立亦是与陛下作对，必然也在王离大军摧毁之列，只有双方勠力同心才有共存之生机啊。"

甘罗说："巨鹿城情事特殊，不想卷入旋涡，还是请张相携主子到别处歇脚去吧！"

"哪里也不去了！"张耳见甘罗左推右诿，脸色沉了下来，说，"能留人处且留人，我有三万多大军在城外，你看着办吧！"

是啊，郡里有两万郡兵，虽是精良能战，但与张耳三万多末路穷寇展开夺城之战，定会两败俱伤，还不如让其进城增加合力一起抗击王离军划算。想到此，甘罗说："我甘罗也不是见死不救之人，只是张相要答应三个条件方可进城。"

张耳说："只要能让赵王进城，什么条件都可以答应。"

甘罗说："郡城内有一万三千名郡兵，赵王也只能带一万三千名军士入城，其余在城北找地方驻扎，这是其一。其二是我把郡府之地让于张相，我和郡尉转移到大麓宫，也就是张相和赵王居郡府，担当郡城的东面和北面防御，我和郡尉居大麓宫，担当郡城的西面和南面防御。其三是为免赵王入城后生变，把齐国国相田角交给蒙嘉为质。"

张耳拱手说道："如此甚好，照此办理，我代赵王深表谢意！"

张耳出城将与郡守甘罗商定之事向赵王禀报，赵王赵歇本是赵王赵迁远族的侄子，也无甚本事，到此危急关头，也只能张耳说如何便如何了。可赵王赵歇问张耳："田角曾在齐国复国后任国相，他的弟弟田间为大将，虽因田家内斗被田荣逐到赵地，助赵抗秦，今以田角为质恐不妥吧？"

张耳说："田角政变被齐王田儋之弟田荣追杀，田荣现在齐国主政，质田角，不会伤齐的。"

就这样，张耳和赵王赵歇在副将李齐护卫下进入了巨鹿城，居城东北部，甘罗和蒙嘉居城内西南部，中间设置壁垒，平时各不相扰，紧急时有门相通。

大将陈馀和齐将田间按约定只好到巨鹿城北十五里驻扎。在赵王赵歇和张耳入城的同时，张耳对赵王赵歇谏言说："赵齐联军三万多人，就是加上郡守甘罗所率的郡兵总共也不过五万人，听说秦将王离有二十万之众，章邯、李良也只多不少，今儿进了巨鹿城，最终恐怕是寡不敌众啊。"

赵王赵歇好像还没想到这一层，以为一入城就安全了，他说："丞相拿主意吧，如何办才能保全呢？"

张耳说："请以赵王名义，派特使持信函速去楚燕等国求援，请求他们出兵巨鹿共抗秦军！"

赵王赵歇连连点头，把赵王玉玺交给丞相张耳，张耳首先派出三路使者奔赴楚国、燕国、齐国求援。

王离统领的二十万大军南下执行二世密诏，分成前后两军，前军十二万由副将苏角率领，后军八万由王离自己率领，副将涉间跟随。前路军从云中郡南部往东穿过雁门郡到达代郡南端，之后转向南到达恒山、野台，过东垣，在宜安稍做停留后继续向南越过高邑、柏人，沿大陆泽畔南行。

秦二世二年九月二十九日，王离的前军十二万由苏角率领到达了巨鹿城。到达后，随即分里外两层包围了巨鹿城，完成围城后，副将苏角吩咐各校尉严密监视，等待大将王离的到来。

五十一 / 首郡之地有潜龙，王离率军相守望

王离和涉间率领八万后路军离开肤施一路东南而行，先是翻越上申山，之后翻越少阳山，继续往东南翻越悬雍山到达太原郡治所晋阳，在晋阳王离停了下来。

郡守白山把王离带到晋阳城里一处温暖如春的雅舍，在雅舍里，王离拜见了自己的父亲王贲。

父子相见，恍如幻梦，王离跪拜在父亲面前，思念和牵挂的眼泪流在脸上，王贲扶起王离，说："我儿离开上郡重地来此做什么？"

王离说："不肖子奉陛下密诏前去巨鹿郡平叛，太原郡郡守白山素与儿交好，他送信给儿，告知父亲被陛下迁徙去琅琊，途经晋阳病倒在此调养，儿子怎能不来拜见啊。"

王贲说："琅琊属齐地，听说齐国王室反秦复国，昔日为父率兵灭齐，此去定是凶多吉少，故滞留晋阳调养。"

郡守白山见王贲父子有话要说，便知趣地退出回到郡府。

王贲说："我儿有所不知，赵高要让为父迁徙岭南，二世顾虑为父到岭南后和赵佗等结伙，同时又碍于儿子你为大将戍边，故而改为迁往琅琊了。"

王离感到气愤，说："我们王家三代为秦将，忠心耿耿，二世怎能强令父亲从东乡迁出呢？"

王贲说："为父虽在老家东乡为你祖父守制，但距京师太近，二世不放心啊，朝里老臣老将大都凋零，左丞相李斯被腰斩也才不过三个多月……"王贲说到这

里，神情凝重又悲伤，他继续说道："蒙家也是三代为将，蒙骜战死，蒙武伤病而死，蒙恬和蒙毅无罪而亡。我们王家同样是三代为将，你祖父事事谨慎算是得了善终，为父虽被迁出东乡，活着已是万幸，不好里找好吧。"

王离说："秦之天下，是我们王蒙两家十几年征战打下的，今二世继位，原来兼灭的关东六国全都反了，真是成业不足败业有余啊！"

王贲听到儿子王离抱恨的话，回想到王家三代、蒙家三代浴血征战，辅佐秦王嬴政赢得帝国统一，这些转眼间就被胡亥败掉了，他不禁老泪纵横，饮泣着说："始皇先帝啊，您怎么会有这么个不肖子啊，上天啊，良臣良将尽失，如今楚国王室、赵国王室要报仇复国。这一天都不愿看到，但终于还是来了……"

王离知道父亲为帝国惋惜，也是为自己担忧。王离想到自己三年前，去秦皇岛金山嘴行宫拜见始皇帝的情形，始皇帝听到匈奴与蒙恬签署归顺大秦帝国的盟书时，他是那样的欣悦，对蒙恬和扶苏也是嘉赞连连。始皇帝还让自己带给父亲王贲信函，王离回到上郡后派人把始皇帝的信送给父亲，但不知是父亲出于谨慎还是别的不便，最终没有收到父亲的回信。

王贲当时接到始皇帝给他的信函，信的开始，夸赞说王家又培养了一个帝国良将，然后说巡行回咸阳，五十岁准备立扶苏为帝嗣，到时邀其参襄盛典。始皇帝经过这么多年的洞察和筛选，终于选定扶苏为帝嗣，这是帝国之本，万民之幸啊。王贲高兴得好几天都睡不好觉，可高兴了没多久，想也想不到胡亥当了皇帝。扶苏自杀了，蒙恬、蒙毅赐死了，接着诸公子、丞相……一切竟是那么匪夷所思，咸阳城一时成了人间炼狱，成了屠戮场了，而且还专门杀自己人，专门杀有功之人，这咋回事呢？一个没了把儿的人竟然权势滔天……接着，大泽乡起事了。

王离看着虽满面病容还为帝国扼腕泣泪的父亲，他觉着有必要把自己此去巨鹿郡的真正目的告诉父亲。当王离把二世的密诏让父亲看过后，王贲惊呆了，他心惊的是胡亥竟畜生不如，人性全无，当自己的同胞和母后九死一生回归后，竟从几千里外的边防调大军南下灭身灭口，真是下死手啊。同时令王贲惊喜的是蒙宠夫人、嬴昊还在人世，二世胡亥无德不肖，如六国灭了二世，当可拥立嬴昊取而代之。

王贲抓住儿子王离的手说道:"我儿听令,千万不要反秦叛秦,要保全王家先人的名声,千万不可杀害蒙宠和嬴昊,要保全王家的德行和良心!"

王离也紧紧抓住父亲王贲的手说:"儿谨遵父命,誓死保护蒙宠夫人和皇子嬴昊,今之天下,不光六国王室反秦,不少郡县也都已叛秦,儿日后之所为,恐与叛秦无异。"

王贲说:"只能如此了,就算是叛秦,也只是对胡亥而已。蒙宠嬴昊也是秦,秦就是中国。唯如此,才能对得起天地人心、列祖列宗,生亦为人景仰,死亦万世流芳,你去吧。"

王离在晋阳陪了父亲一天一夜,临行前,他把妻子和一个五岁、一个三岁的儿子留在晋阳陪伴父亲王贲。王离与父亲告别,离开了晋阳城,在晋阳城外,王离嘱托前来送行的好友白山说:"好生照顾好父亲和家眷。"白山说:"如巨鹿战事速决,等你回上郡路过晋阳时接走家眷,如巨鹿战事漫长,我白山择机把老将军和你的家眷护送到琅琊世交处落脚。"

王离再三拜托后,统军离开晋阳,先是向东到达仇由,再由仇由到达井陉关,在井陉停留半日,然后出关转向南行,兵过石邑、上原,沿着太行山东麓和大陆泽边畔到达信都。秦二世三年(前207)十月二日,王离率军从信都往东直抵百里外的巨鹿县城。

巨鹿县是巨鹿郡的郡治所在,西望赫然有巍巍太行如屏侧立,北望大陆泽如嵌镶在乾坎之位的明镜,古松古柏遮天蔽日,云蒸雾绕,如龙在渊。黄黄的河水从宿胥口至堩(guǐ)津处分流而来,从郡境正中贯穿而过,然后经河间往东北在郡界北端流入渤海。在河水的西边三十里便是巨鹿城,在巨鹿城东南七十里处,由葛蘖北流的漳河并入黄河。巨鹿城东北七十里便是紧邻黄河的沙丘宫。

王离来到巨鹿城外,他在副将苏角、涉间的陪同下绕城两遭。根据掌握的城内情报,将军队重新进行了部署,粮草仓舍设置城西北面,副将苏角负责从城东面和城北面的围攻,重兵主要集中在这里,城南和城西由涉间率军围困。

在大将王离达到巨鹿城的第三天,秦军在城北和城东发起猛攻,王离采取的战术是：前头步兵手持盾牌，架木过壕，过河壕后搭云梯上攻，步兵后面是排兵劲弩，赵兵从城墙一露头，十有八九非死即伤，半天的攻城，秦军伤亡甚微，赵军死伤二千。赵王赵歇为鼓舞士气稳定军心，来到城墙之上，眼见得赵军"咕噜"一个倒在眼前，又"扑腾"一个仰面而亡，突然一支弩镞从赵歇耳边飞过，他止不住尿湿了裤腿，赵歇慌忙从横七竖八的尸体上迈过去，由副将李齐架着胳膊下了城墙。赵歇令张耳派赵将张黡（yǎn）和陈泽冲出重围来到陈馀军中，说："丞相张耳与你同为魏国大梁人，同样娶了富户之女为妻，同被秦廷悬赏捉拿，一起同行匿逃陈县，一同投靠陈胜，又同到邯郸辅助和拥立武臣为复国后的赵王，可以说是世上少有的刎颈之交，今赵王和丞相危在旦夕，你做大将军统军三万，本可以从秦军背后捅刀子，为何却坐而观之像无事人一样。"

陈馀抗辩说："我也想从秦军背后袭击，但肯定是找死，根本解不了巨鹿之围。我之所以不出兵，是想保存实力以后为赵王和丞相报仇，现在进攻，无疑是以鲜肉投饿虎啊！"

张黡和陈泽不听不信陈馀的说辞，陈馀无奈之下，分出五千兵马交给张黡和陈泽带领攻打秦军。苏角早已张网以待，只两三个时辰，便将张黡和陈泽及五千赵军全部杀死。

赵王和丞相张耳开始怎么也弄不懂，王离大军老是攻打北城东城而很少攻打南城和西城，而且每次攻打时候将士都高喊："赵歇、张耳快快投降，有种的快出来。"每当此时，赵歇和丞相张耳就一个劲儿地念叨着："援军怎么还不到呢，陈馀真是个小人啊！"

又过了几天，张耳站在城里头往城墙上看，他害怕被射伤而不敢再到城头上去了，他看着看着，突然看到城墙上头有一伙人在游走，城外边也没有了喊杀喊打的声音了。张耳定眼一看，看清楚了，那是甘罗、蒙嘉，两人一左一右，中间是一个黑衣佩剑的女子和一个高个子少年，后面跟着四五十名全副武装的军士。张耳不解，这些人怎么敢大摇大摆地在城头游走呢，还不慌不忙，如在自家庭院中信步而行。更令张耳不解的是，从此以后秦军基本停止了攻城。

张耳给赵王描述了这个奇怪的事。赵歇说："这恐怕是猛攻前短暂的平静吧，丞相啊，这事没那么简单。"

张耳说："如果王离军真要破城，我估算了一下，顶多十天半月的就破了，城周围秦军已堆土如山，五日内可以填平护城的壕沟，再有五日可凿破城墙，二十万秦军只一半入城就满城皆秦军了。"

在遥远的东南方位的楚国彭城，怀王熊心接见了赵王赵歇派来的使者。秦二世二年十月，怀王和大臣上柱国陈婴、司徒吕臣、令尹吕青商定派出两路军队去救援赵国和攻打秦军，一路由沛公刘季统领的西路军不到二万人，部将有萧何、樊哙等，出兵后在下坯又把张良招入麾下。刘季出砀县一路向西，目的是破关攻占咸阳，假如一时攻不下咸阳，也可迫使秦军因京师危机而退出围赵主力。另一路是由宋义为上将军，项羽为副将，范增为末将的北路军，部将有英布、陈武、桓楚等，宋义统兵出彭城一路往西北行进，经沛县西行至单父、楚丘到安阳，宋义在此地安营扎寨不走了。

王离大军围困了巨鹿城，不知不觉大半个月过去了，滞留邯郸的章邯纳闷：王离二十万大军为何攻不下孤岛一样的巨鹿城呢？反正我章邯已把大批粮草给你王离军送过去了，说什么也不能带着二十万刑徒军闲在一边陪着丢人，陛下的诏书是令我率军回护京师，也没有令我灭赵，我章邯还是走吧。章邯于是率领大军焚烧了王宫，离开了邯郸，撤出了河内，大军不缺吃不缺喝地，慢慢悠悠，走走停停，过武安后直达上党郡屯留，在屯留停留数日，然后转向西南到达新田，穿过安邑，都尉董翳作为前锋已经接近函谷关了。

章邯离京师咸阳越近，心里越是不安。两年多前临危受命，带领刑徒军一路东出函谷关，斩周文、除陈胜、灭田儋、杀项梁、破楚军，这个时候陛下诏令回师咸阳，我章邯在归途中还逐赵王破邯郸，灭新赵已指日可待，那么，陛下为何舍近求远又从几千里外的上郡调王离过来灭赵，这可是我章邯把赵王吓跑的，吓得他落荒而逃到了巨鹿城，赵歇不过区区三万乌合之众，这不是明摆着让王离跑这么远来摘桃子吗，而且还是现成的都熟透的桃子，我若再出兵巨鹿城，那真成了瞎凑热闹了，一准是六个手指挠痒痒——多一道子。再说了，人家王离是武成侯，我章邯虽说为帝国挽住了狂澜，打了几个胜仗，那也只是个大将，怎么和王离比呢？陛下难道对我起了疑心吗，唉，什么也不想了，打了一圈又回到关前了。

秦二世三年十一月，咸阳宫里百官上朝，胡亥坐在御座之上，大殿之中文臣武将分列两旁，胡亥心情大悦：上朝的文臣武将一半多是自己挑选的，剩下的就是中丞相赵高推选上来的，逗人的是，武将中有一个叫王发的是杀猪的屠夫，还有一个叫崔命的是宰牛的屠夫，上朝的老臣老将只有三五个人了。

朝堂之上，从关东回来的使者向二世上奏说："楚怀王已向天下公布约定：谁先入函谷关占领咸阳者谁为关中王，项梁的侄子项羽和宋义已率五万军队开始进军巨鹿郡，在那里要决战王离军，救援被围困在城里的赵歇。刘季率两万军队冲咸阳而来，赵军一部在大将司马卬（áng）率领下也冲函谷关而来，形势万分紧急！"

二世胡亥听到，刘季带领楚军、司马卬带领赵军直冲咸阳而来，很快就到东大门函谷关或者南大门武关外了，他的心一下子提到嗓子眼上，这不是又要上演周文破关到骊山的险变吗？

二世胡亥说："反贼又想破关入咸阳，何人可以拒敌？"

二世发话后，半天无人出列应答。

中丞相赵高说："陛下莫要惊惧，臣已得报，大将章邯班师快到函谷关了，犹记当年章将军就是在骊山下戏水旁领着一伙刑徒击溃周文反贼的，不是吗？"

二世胡亥听说章邯马上要入关了，旋即转忧为喜，说："丞相啊，快些派人催催章邯入关拱卫京师，这么着朕就放心了。"

这时，来自巨鹿郡的使者上奏道："大将王离已经包围巨鹿城三个多月了，可始终未能破城擒贼，奏请陛下速派监军到巨鹿督察。"

二世胡亥心里迷惑，说："王离可是有二十万大军的啊，巨鹿城里也不过两三万人，怎么就攻不下来呢？"

使者张了张嘴，什么也没说出来。

"启奏陛下。"中丞相赵高说，"高有家臣从巨鹿回来说，亲眼所见王离围而不攻，真要攻城的话用不了一个月，王离莫不是因为陛下迁徙其父而心存怨恨，反而被逆贼收买同化了吧。"

二世胡亥闻赵高之言，不由得打了一个哆嗦，心想：如果王离拥立嬴昊另立皇帝那可就糟了。想到此，胡亥急急巴巴地说："快快传朕诏令给大将章邯，令其先别入关了，从速率军去巨鹿郡行使监军之职，总揽协助王离破城！"

二世胡亥此令一出，朝堂上下炸开了锅，议论纷纷。

中丞相赵高摆摆手，说："别乱吵吵了，陛下何等英明果断，陛下说咋办就咋办！"

老将军襄侯王陵本不想说话，当听到二世胡亥刚才这亡国的诏令要下达，丞相赵高不加阻止也就罢了，还这么起劲儿地附和，王陵实在忍不住了，说："陛下万万不能啊，章邯已杀项梁，荆、齐、赵、魏之地不足忧，今巨鹿城只不过三几万乌合乱贼，调王离二十万大军已是以大搏小，今京师危机，岂可置国本宗祀而不顾，再让章邯率领二十万大军去巨鹿，那样京师无兵可用，亡国在即啊！"

二世胡亥看了看老将王陵声嘶力竭地当廷阻止自己的诏令，气不打一处来，说："王卿真是老当益壮啊，朕令尔明日前去武关一带御敌去吧！"

王陵退下去了，二世胡亥还小声嘟囔着："真不知蒙宠和嬴昊与那赵王是如何共处一城的，真是怪了去了！"

三个多月过去了，赵王和丞相张耳在无尽的焦虑和等待中煎熬着，援军何时到呢，没有一点消息。张耳也偶尔陪赵王赵歇到城头走一走，看一看，只见不远处秦军营垒中冒出缕缕炊烟，尽管已是天寒地冻，时有飞雪飘洒，但王离军依旧是按时操练不辍。张耳和赵王也时不时地往大麓宫窥视一番，只见里面除了偶尔传出马的嘶鸣外，总是静悄悄的。

秦二世三年十一月二十五日，章邯正要进入函谷关，二世胡亥的使者送来了诏书，盖着玉玺的诏令只有两行字：大将章邯速回巨鹿，监察协助王离屠灭巨鹿城！

章邯满腹疑惑，王离都三个月了，怎么就破不了城灭不了赵呢？今陛下又诏令二十万刑徒军东去和王离的二十万北方军联起手来消灭两三万人的赵军，这同两个大狮子对付一个小鸡有什么区别呢。章邯很不情愿地率军按原路返回到邯郸，到达后，章邯把军队驻扎在邯郸以北五十里的曲梁，并迅速修筑甬道以保障驻军粮草的输送。

入夜的大麓宫灯火通明，王离带着涉间从城西门入城，在甘罗的陪同下拜见蒙宠，这是王离第三次拜见蒙宠了，头一次是单独拜见，第二次是带着副将苏角。

王离知道，秦始皇三十二年，始皇帝派蒙恬和扶苏北击匈奴，连筑长城，始皇帝唯一一次让大将自己挑选副将，蒙恬当时就选了刚刚二十岁的王离为裨将。苏角和涉间还有杨硕，也是蒙恬从普通军士力荐给始皇帝而提升为校尉，而后晋升副将的。几年的征战和连筑长城，拓修驰道，蒙恬都始终把他们当孩子一样加以爱护，蒙恬是什么样的人，他们最清楚了，诛杀蒙恬比杀他们自己还疼，蒙恬死后，王离带头和军士一起用自己的战袍兜土筑坟掩埋。王离记得头一次拜见蒙宠后回到大营，他召集苏角和涉间说："如今二世暴政，人心向背，天下大乱，诸多郡县官吏已叛秦，我等虽不叛秦，但朝廷要我们诛杀蒙恬之妹、始皇帝遗孀和始皇帝骨血，实难从命！"

苏角和涉间听说蒙宠夫人和皇子嬴昊滞留在城中大麓宫，很是意外和兴奋。苏角说："上天有眼，留得青山如蒙宠嬴昊母子，我等是蒙恬属下，岂能听昏君之令而害无辜！"

涉间说："我们二十万大军就是不灭赵也要保护好夫人母子，胡亥这样的皇帝不保也罢！"

王离看到副将苏角和涉间与自己忾然一气，便抱定围而少攻、围而不攻、静观其变的决策。

而今次来到大麓宫，更是有要事与蒙宠与郡守相商。

王离说："章邯本以率大军西归，忽而又挥师返回，这不同寻常，必是胡亥、赵高之意。又闻，楚将项羽杀了上将军宋义，已领五万楚兵到达黄河以东，看来巨鹿郡城必有一场血战，故此特来拜见夫人。"

蒙宠想了想说："胡亥许是已知晓我和昊儿还活着，不然不会下这么大的血本！"

王离说："我派兵在今夜把夫人和嬴昊送出城去，离开这杀气渐重之地。"

蒙宠摇了摇头，说："我哪也不去，要去就去京师！"

王离劝不走蒙宠只好回到大营筹划。

五十二 / 破釜沉舟项羽勇，城中遇宠马脱缰

项羽击杀宋义后，楚怀王熊心封项羽为上将军。

项羽派亚父范增去会稽吴县把虞巾接来安阳成婚，完婚后，虞巾称为虞姬。三日后，项羽率军从安阳北上，经定陶东到成阳、廪丘、聊城，然后到达巨鹿郡。

秦二世三年十二月二十二日，时值隆冬，项羽令当阳君英布、蒲将军陈武率领两万楚军过黄河击秦，当阳君和蒲将军骑马从冰面上驰过，士兵欲乘船，因冰冻，船沉不到水中，几十艘木船从河冰上划过，大部分军士索性跳到船外踏着冰面来到对岸。

当阳君英布和蒲将军陈武过河后，停在了巨鹿城南二十里，再往南便是秦将章邯军修筑的粮草甬道，有些甬道已经废弃，只有极少的秦兵把守。

前几日投奔项羽的阳武人陈平说："我等孤军深入，北有王离二十万大军，南有章邯二十万大军，去攻哪个都是以卵击石，不如先把这些甬道捣毁以待项将军的到来。"

英布连连称是，马上指挥士兵破坏了二十多里甬道。

章邯得知有两万楚军过河到了巨鹿城以南，他命令军队守住营垒，不得出击。

王离早已得知章邯二十万刑徒军又回到邯郸郡和巨鹿郡交界处，也得知章邯受二世指令监察军务。十二月二十三日，王离派副将涉间带书信去见章邯，说："王将军欲请章将军出兵十万共灭赵、楚、齐、燕诸侯军，待项羽过河后夹击之！"

章邯本欲亲往巨鹿郡监察，又觉时机不到，今见王离副将涉间前来，说：

"王将军的祖父王翦十几年前杀了项羽的祖父项燕，我章邯一年多前杀了项羽的叔父项梁，今天我和王离若联手杀这小辈儿项羽，是好笑还是天意，以众暴寡，这不好玩儿。"

涉间说："本来王将军可轻而易举地击灭项羽的，是王将军愿与章将军共享胜果。"

章邯笑了，说："涉将军请回吧，武成侯王离要与章邯共享胜果，让我想想。"

陈馀得知项羽只派了两万楚军过河，大半天没弄出个动静，于是马上于十二月二十六日派使者到河东督促项羽过河。

章邯在打发走涉间后第三天，就把二十万大军向巨鹿城移动，驻扎到城南二十里的棘原。章邯本想亲自与王离会面，但拿不准把驻军棘原说成是壮胆呢，还是监视呢？章邯放弃了与王离会面的打算，只派一军校去见王离。

十二月二十七日凌晨，项羽下令楚军在河畔支釜造饭，士兵吃完饭后，项羽又让军需官给每个士兵发放装有三日口粮的麻布袋子，然后把行军造饭的釜甑全部捣碎。说来也怪，自从五天前当阳君英布和蒲将军带领两万楚军过河后，天气就开始变得暖和起来，已经冻结了厚厚冰层的河面开始融化，漳河在南面五里处的葛孽汇入黄河，加大了河水的流量。

项羽望着缓缓流动的黄河水，望着浮冰闪烁的宽阔河面，原想踏冰而过的计划不行了，项羽一声令下，三万楚军分十批登船过河。全部到达对岸后，项羽令船工将船底凿穿，载以碎石，将士们站在河岸之上看着九十艘大木船慢慢沉没于河水之中。

项羽洪钟一样的声音震撼着将士的心灵："两军相遇勇者胜，宁死不再回河东，随我来！"

高大的乌骓马驮着项羽冲在前面，三万楚军紧随其后，就像一团旋风横扫了过去。

当阳军英布和蒲将军陈武在项羽过河的同时，带领先期过河的两万楚军与之会合。会师后五万楚军势不可挡，一阵猛冲猛打将王离布置在城东的围城秦军冲垮了。张耳见状打开东城门，项羽率领一万多楚军进入城中，从东门向西穿插。赵王赵歇和丞相张耳没料到项羽会这么快就突破秦军的围挡，等出来迎接项羽时，项羽已来到城中甘罗设置的大麓宫与郡府之间的壁垒前。当项羽看到大麓宫时，正面猛然爆出近万秦军，如雨般的弩镞迎面射来，项羽用剑格开弩镞，可近两千楚军死的死伤的伤倒了一大片，项羽万万没有想到城中间还有道壁垒，更没想到还有秦军从壁垒后面现身，他急忙勒马后撤，当撤到东门里时，赵王赵歇和丞相张耳正在那里等候。

项羽虽然见到了赵王赵歇，但并未下马，他骑在乌骓马上绕着赵歇和张耳转着圈子气呼呼地说："为何城中还有秦军？"

丞相张耳上前解释，项羽没听完张耳的话，双腿一夹率领八千多楚军回到东门以外。

项羽回到东门外还没站稳，秦将苏角率领秦军将项羽团团围住，双方展开激战。楚地之兵北上，本不耐寒冷，东冲西突之后，楚兵那僵冷的身体变得活络起来，秦军本是不怕寒冷的，不怕严寒是穿戴得厚实，穿戴得厚实确实是暖和了，可长时间不停止的打斗，秦军浑身冒汗，动作变得迟缓。尽管秦军人多势众，但并未占到上风。

天色渐渐暗了下来，这时刮起了呼呼的北风，王离令秦军收兵回营，项羽也在巨鹿城东扎好营盘。过河后楚军和秦军发生了三次激战，硬是把铁桶一般的围城撕开一道口子，巨鹿城东的秦军分别撤到了城南和城北营垒。

项羽身未卸甲坐在临时搭好的辕营中，汗水浸湿的内衣溻在身上，"嗖嗖"的冷风从帐篷的缝隙钻了进来，他不由自主地打了两个寒战。项羽随从叔父项梁起兵距今已经三年了，从起兵时的裨将到如今的上将军，项羽很是自傲，可二十六岁的项羽自小生活在吴越终年温暖之地，没见识过北赵之地的凛冬，他实在冷得坐不住，站起身来在营帐里来回走动。这时，营帐外传来急切的脚步声。亚父范增掀开帐帘走了进来，范增曾在五十三年前到过这里，到过大陆泽，现今他已经七十三岁了，老当益壮，也许是老皮老肤耐冻，范增浑身冒着热气。

"恭贺将军，今日三战而夺城东之地。"范增说。

项羽正想找范增商议下一战对兵之策，说："皆说秦蒙恬军凶悍无比，匈奴都怕得要死，盛名之下也不过如此也！"

范增说："都起兵三年了，将军终于找到秦军决战，灭秦者必将军也！"

项羽说："此地时值冬日，楚军不习寒冷，如何速战速决，望亚父出良策相助！"

范增说："王离军二十万，兵多粮足，习惯日出而战，日入而息，我等楚兵只携三日干粮，士卒无热食果腹，无暖帐御寒，自明日起日夜连轴恋战、鏖战，方能击败王离军！"

项羽听范增言之有理，异常兴奋，把候在帐外的侍从官韩信召入帐内，令韩信连夜传谕各营。

范增说："我在河东时曾望气，惊见巨鹿城西南方有龙气王气显现，今入城，方知气出大麓宫，明日若入城务必攻破大麓宫。"

项羽说："巨鹿城中有秦军驻守大麓宫，怪不得王离三个多月不破城，搞不懂赵王和秦兵竟能和平共处一城。"

范增说："城中秦兵应该是郡兵，和王离军不是一路，估计和赵王也是井水不犯河水，反正大麓宫之主来头非同一般！"

项羽说："不管什么来路，明日若入城，必攻占大麓宫！"

"还有一块心病决定此役的成败。"范增神色严肃地说，"章邯军突然移驻巨鹿城南棘原，如泰山压顶啊。"

项羽怕的也是秦将章邯大军向巨鹿集结，这个杀死叔父项梁的章邯，项羽虽恨之入骨但也不敢掉以轻心，他对范增说："叔父项梁与章邯部下司马欣有过交情，有劳亚父趁夜晚前往密见司马欣，探明章邯军的意图，最好让司马欣阻止章邯出战。"

在项羽和范增商议军情时，坐镇曲梁的章邯正和司马欣饮酒。快到半夜了，校尉董翳从巨鹿郡前线回来了，章邯让董翳坐下饮酒，董翳不坐，他没有想到主帅章邯和司马欣在这非常之地、非常之时竟然还有雅兴饮酒。

董翳说："末将有几句话不知当说不当说？"

章邯说："董将军跟随我章邯多年，怎么变得客气起来了，有话尽说无妨。"

董翳说："将军定陶之战中击杀项羽的叔父项梁，可以说是和项羽结了仇吧？"

章邯说："既是国仇也是私仇，怎么了？"

董翳说："白日里我前往巨鹿城外围，远远观之，项羽军凶猛异常，如今之势，将军应面见王离，约定明日南北夹击项羽，不消半日即可歼灭项羽军，赵军自然也灭在其中了。"

章邯放下酒爵，想了想说："项羽军加上赵军、齐军、燕军等也不过十万之军，王离二十万大军岂是纸糊的，不消我等操心帮办，如若王离战败，我再行督察。"

董翳一听章邯不打算出击近在咫尺的敌军，很是不解地说："将军若不出兵，错失灭敌良机，待项羽击败王离军后，定会找将军报杀叔父之仇的！"

章邯听到董翳说项羽可能找自己复仇，心里"咯噔"一下，半天没有说话。

自斟自饮的长史司马欣见此情景，站起身来对董翳说："董将军过虑了，项羽的五万楚军打不败王离的二十万大军，就算万一王离败了，他也不敢找章将军寻仇的，不掺和为好。"

司马欣心想：去年在东阿城外，项梁率军大败秦军，秦军被截为两段，败退时正好与项梁相遇，项梁看到我司马欣了才令楚军放开一条生路，自己在前，章邯在后败退到濮阳城，这当然是当年自己任栎阳狱掾时放了关押的项梁的缘故。如今项羽领兵救赵，如若章邯二十万大军和王离二十万大军一同夹击楚赵之军，必致项羽于死地无疑，哎，得给项羽一条生路，也给自己留条后路啊。

听到长史司马欣不同意联合击楚的话，章邯淡淡地问董翳："项羽难道比他祖父项燕还厉害吗，难道比他叔父项梁还厉害吗？"

董翳脸憋得通红说："不知道，我不知道谁更厉害，反正听说这项羽是个重瞳子。"

"哈哈哈，什么重瞳子，是长得有毛病！"章邯和司马欣笑了起来。

当晚午夜时分，司马欣回到自己的营帐，他刚躺下不一会儿就听卫兵报告有一老者求见。

范增进帐后，把项羽让其转赠的白玉珩（héng）放到长史司马欣的榻枕之上，然后说："我看啊，今岁陛下气数将尽，灭秦者，楚也，楚者，项羽也，望长史说服章邯袖手旁观，切莫参战！"

司马欣久知范增之名，他上前抓起范增的双手，满嘴喷着酒气，说："请转告项羽，甬道被断，章邯未怒，我和章将军已商议过了，只是移军棘原，议定暂不出战。"

范增四更刚过返回楚营，他将司马欣的话告知项羽，项羽连声说："天助我项羽啊，天助我项羽啊！"

秦二世三年十二月二十八日，拂晓，王离军刚从睡梦中醒来就遭到项羽军的猛烈攻击。一天的激烈鏖战，王离军退出了城南面的围城。傍晚时分，项羽从南门进入城中，他策马前行，不远就看到了夕照中的大麓宫。项羽想起了范增的话，他令韩信率兵强攻大麓宫前的壁垒，几次冲锋都被郡兵的劲弩射退，项羽见状马上把当阳君英布调将过来，英布和韩信领兵连番进攻，这时从大麓宫北侧杀出大队秦军，王离军副将苏角亲自督阵，把英布和韩信逼得连连后退，一直退到南城门下。项羽气血上涌，大吼一声，纵马上前，挥剑杀入秦军阵营之中，英布和韩信督军复进，秦楚两军在大麓宫前陷入混战，一时杀声震天，人喊马叫，项羽和英布死死盯住苏角不放，苏角一个马失前蹄，项羽趁势挥剑将苏角刺死，割下首级。

此时，从大麓宫里飞出一匹汗血宝马，马上骑着一个青巾包头的校尉。这校尉模样的骑者手提一把金剑，眨眼已到项羽跟前挺剑直刺，项羽本躲无可躲，可偏偏所骑的乌骓马又像受惊了一样猛地一停顿，听到一声响，项羽脖子上的护甲被削穿，鲜血迸溅出来，项羽在这千钧一发之际本能地把剑向校尉头部撩去，剑尖把校尉头上的青巾挑飞，只看到对方一头秀发像瀑布一样"刷"地倾泻下来。众军士还未来得及惊呼，校尉的汗血宝马已跃出二十丈开外，只听一声啸哨响过，再看项羽所乘的乌骓马像着了魔一样前腿直立而起，又蹶又摆，项羽系于小臂上的马缰脱落，人也摔下马来。英布和韩信见主帅落马，随即赶到跟前将项羽围护在当中，那个手持金剑的女子头也不回，策马回到大麓宫里去了。

王离军副将苏角被杀后，王离令副将涉间率三万精壮秦兵从西城门入城接替苏角保护大麓宫，为苏角复仇，涉间率军步步为阵向楚军逼近。英布鉴于主将项羽受伤，便令楚军从南城门撤了出去。

副将涉间没想到这一短兵相接，楚军就把副将苏角杀死了，虽撤出了南城门，但明日还会攻进来的，他对王离说："项羽和楚军凶猛异常，不可小看，章邯军虽已到城南棘原，但仍按兵旁观，可派我再去见章邯，约定南北夹击项羽军。"

王离说："城北齐、赵、燕诸侯军各筑壁垒观望，一时不敢轻举妄动，项羽军只不过四五万人，我军足以荡之，何劳章邯出手，只不过……"

涉间说："项羽攻城不就是为了解救赵王赵歇吗？把赵王赵歇和李耳等逐出城去不就解了吗！"

王离说："哎，对，我怎么没想到呢，你亲自去见甘罗，传我令：令其明日将赵王逐出巨鹿郡城！"

项羽回到辕营，随行的新婚妻子虞姬重新给他包扎了伤口。真的是好险，只差一点点就会脉断人残，当听到项羽说起经过时，虞姬想到了蒙宠，那个她视为母亲的人，虞姬的眼角默默地淌出泪水：自己是蒙宠的，乌骓马也是蒙宠的，自己佩的剑也是蒙宠的，可如今都是项羽的，上天是怎么捉弄的啊，非得让两边的亲人刀剑相对，血光相溅！项羽问虞姬因何流泪，虞姬只顾流泪，无以言说。

五十三 / 以一当十气再鼓，王离誓死护皇娘

今日是项羽率楚军渡河救赵的第三天了。

项羽满眼布满血丝，不管是夜晚还是白日，他双目四瞳精光四射，虽负有轻伤，仍依旧整晚指挥楚军和王离军激烈对战，连续五次击退秦军的反扑。

东方泛起了黎明前的亮光，项羽在薄雾中回到辕营，他给虞姬带回两个冰冷的粗米团子，虞姬啃了两口就放下了，说："此是过河第三日了，将军可能取胜？"

项羽说："今日是与秦军的殊死之战，爱姬不要出营，以防被流矢所伤。"

虞姬说："今日我要跟着将军前往城北和城西决战，不愿独守这冰冷空营。"

项羽说："喏，请随我身后，反正在营里也不安全！"

虞姬在护军和近身侍卫的保卫之下来到巨鹿城北侧，项羽把虞姬安置在各诸侯搭建的壁垒边上，随即一场大战在此展开。

此前，王离和副将涉间集中秦军精锐在城北和楚军展开拉锯战，拉锯战不久转变为激战。王离没有想到只两天多时间就损失兵将两万五千人，王离权衡了一下，把三万五千人布置在郡城西面并直通城内大麓宫，把其余十四万军队全部投入郡城北面区域的战场。项羽盘点了一下，楚军前两日伤亡近一万人，项羽暂时放弃已经攻下的巨鹿城南和城东之地，把四万多的楚军也全部集中到郡城北与王离军决战。

决战开始前，项羽正好来到陈馀率领的赵军和田间、田都、田安率领的齐军壁垒前，项羽唤出陈馀，责问他说："你催促我过河击秦救赵，你怎么龟缩在壁垒里不出战呢？"

陈馀心虚地说："我等兵弱，不是秦兵的对手，出战等于送死，故不敢出战。"

项羽有些不屑地说："此弱彼强，此强彼弱，无恒定之式，强弱在于军心，请跟我出战，共克秦军！"

这时，除陈馀外，齐将田间、燕将藏荼、代王张敖等也从壁垒中走了出来，听项羽说让他们都随同出战击秦，谁也没有回应。这些日子，他们在高高的壁垒上，看到了剽悍的二十万秦军围城，畏惧之心泛滥蔓延。两个多月前，陈馀拨出五千军士交给张耳派来的张黡（yǎn）、陈泽击秦，三下五除二就覆灭了，现在你项羽来了就胆肥了吗，你令我们随你就随你吗，心想，血拼的事还是项羽你去做吧，恕不奉陪。

陈馀环顾左右，各诸侯军首领皆不表态，说："项将军先行，待我和田间、藏荼等诸侯商议商议。"

项羽"哼"了一声，"啐"了一口，打马离去。

王离在郡城以北和各诸侯修筑的壁垒的中间地带布阵，把有些混乱的军阵调整为规整的战阵，决心一举歼灭项羽的几万楚军。战阵最前面的是一万两千人的箭弩横阵，横阵后面是三千辆战车，战车后面是步兵纵阵，每辆战车都是双马单辕，车上四人，除驾驭手外，还有三名军士，其中一名军士左手持盾甲，右手握铜剑站立右前，一名军士持长柄铜戟站于其后，另一名军士持长柄铜铍站于左前。

项羽布阵与王离正好相反，八百辆战车单马单辕单人，战车居前，十路步兵纵队紧随其后。

王离军的进攻开始了，当秦军万箭齐发射向楚军时，楚军中一声号角鸣响，马跪前蹄，人皆卧倒，万箭放空。正当秦军一万两千名弓弩手闪避一旁露出战车时，楚军已经点燃了八百辆战车上的松木、油麻，齐齐向对面秦军三千辆战车冲撞过去，楚军战车拉车的马屁股突被灼烧疯跑起来，车上顿时浓烟中冒着烈焰，一闪眼工夫，楚军八百辆战车和秦军三千辆战车混搅在一起，被引燃的秦军战车掉头往回跑，顷刻间冲散了后面的军阵。项羽纵马舞剑冲了过去，楚军杀声震天，十路纵队的楚兵如十把滚刀向前滚动，秦营也燃起了大火，一时间烟尘蔽日，王离军伤亡大半，遍地都是秦军自相践踏和被楚军伤毙的尸体，随处可见一个楚兵在追杀着十多个秦兵的情形，王离军节节败退到郡城以西区域。驻扎在城北的各路援赵诸侯，趴在壁垒之上观战，他们被眼前的场景吓傻惊呆了，他们怎么也不会想到，如狼似虎的秦军被四万多楚军打得落花流水。

陈馀在惊愕之际，高喊一声："秦军败了，我们快去打啊！"

在陈馀的带动下，十几路观望的援军九万余人开出壁垒，加入楚军战阵。

王离急匆匆从巨鹿郡西城门入城来到大麓宫，他一见到蒙宠就跪下，说："我有负父命，恐怕难保夫人居留大麓宫了。"

蒙宠俯下身拉起王离说："你已尽力，命数如此！"

王离说："我父亲曾嘱咐于我，要像保护自己的母亲一样保护夫人，可如今……如今大势已去，只恨我无能，只恨章邯坐山观虎斗……"

蒙宠说："你不要自责了，就是无今日之危局，我也会离开此宫的。"

王离说："家父派家臣前日到来，告知家父和我家眷已在琅琊郡故交庄园安顿下来，恳请夫人和嬴公子随家臣东去琅琊郡暂避，我即刻派两千军士护行！"

蒙宠说："我难承王将军之好意，我和嬴昊即刻北去上郡祭吊兄长，然后再去咸阳，胡亥不是要见我吗！"

甘罗和蒙嘉知道巨鹿城守不住了，大麓宫也成了危宫，他们已把蒙宠随身带的物什和马匹全部备好。

甘罗说："二世是怕嬴昊公子威胁他的皇位，所以才不惜动用国本来自残内戕，此亡国之举必致亡国之实啊！"

蒙嘉说："我等和王将军一样，不忍反叛先帝创下的基业，如今二世逆天而行，亡国不远了，我等只是尽最后的职责而已。"

说话间，项羽军已打到西城门，英布和陈武在前，项羽在后，从西城门蜂拥而入来到大麓宫前。王离从腰间解下一个皮囊交给蒙宠，说："这里面是蒙恬将军当时移交给我的兵符，夫人若到上郡、九原郡，可凭此符或夫人玉玺调动留守的十万大军。"王离又从衣裳夹层中摸索出一件叠在一起的羊皮，说："匈奴冒顿单于自认与秦嬴同宗，这是长城以北疆域图，咸阳凶险，夫人最好先往上郡、九原，等我回上郡后再商议南下咸阳之事。"

蒙宠把王离递过来的兵符和疆域图接在手里，然后和嬴昊翻身上马，她对王离低首致意，说了声："这些我暂保存，将军保重！"说完便从守兵稀少的南城门奔出，甘罗和蒙嘉带领五千郡兵也跟随出城而去。

项羽眼尖，发现两天前刺伤自己的那个女子和一个少年飞马出城，高声大喊："快捉住那女子，别让她跑喽！"

当阳君英布和韩信带兵欲追，王离见状，纵马挥戈拦住英布去路，秦军"哗"地聚拢过来保卫主帅。大麓宫前，项羽舞剑，王离挥戈，英布横钺，韩信持剑，四人各率军卒激战在一起。待到副将涉间驱使战车赶到西城门时，大将王离已力竭跌下马来，英布和陈武趁机下马将王离擒拿，项羽见秦军大将王离被生擒，哈哈大笑，他勒转乌骓马走到王离面前，"当啷"一声把剑抛在地上，摊了摊双手，把双目四瞳故意白瞪了一下，问了声："被擒的可是武成侯王翦之孙吗？"王离猛然挣脱束缚，冲项羽"啐"了一口，顺手从腰间抽出匕首一跃而起直刺项羽，英布和楚兵"唰"地伸出铜钺和戟戈架住王离的胳膊，王离见刺不到项羽，随手往自己颈项一抹割断喉管，倒地而亡。

副将涉间闻报主帅王离被项羽围杀，赶紧收集兵力。到了这个时候，秦兵已被楚兵和诸侯援军分割包围，副将涉间在西城门外被围困在中间突围不出，项羽一挥剑，说："不要杀他，我有话问他。"

众楚军将涉间的战车团团围住，项羽说："我问你，刚才从此宫出走的女子和少年是何许人？"

涉间怒目而视，闭口不答。

项羽说："只要你老实说明，降与不降，我保你不死。"

涉间没有回答项羽的问话，他掏出火镰，"嚓拉"一划点燃了自己的战袍，随之整个战车也被点燃，涉间一动不动地站在战车上，面对着项羽，一直到倒下都没说一句话。

项羽和随后被送过来的虞姬走进大麓宫，华丽的大麓宫远胜于楚之王宫，项羽在宫里走走看看，让军士和随从把贵重的物件搬运出去。当他来到后殿时，蓦然在玉石案几上看到了自己的模样，项羽边揉眼睛边走过去，走近一看是一幅画在锦帛上的画像，画像中的人物正是项羽四五年前的模样和装扮，这不正是自己在会稽郡时的模样吗，这画像是那女子所画么，难道那女子和始皇帝嬴政是一家吗。项羽顿感剑气缠身，浑身发冷，他把画像拿起来交给虞姬，之后急忙退出大麓宫，出了宫门，项羽令英布在廊柱上涂抹油脂放火烧了大麓宫。大麓宫在熊熊的大火中噼啪作响，三天的血战也在大麓宫的烟雾中迷失了踪影。

虞姬双手抱着项羽的画像，突然冲着蒙宠远去的西北方向跪了下去，哇的一声哭了起来。

蒙宠和嬴昊在前，甘罗和蒙嘉在后，他们离开巨鹿城后，先是向西南行进三十里，在那里与嬴婴派来的心腹家臣韩谈会合，然后一同折向西北。甘罗让蒙嘉领着郡兵匀速跟进，自己快马追上蒙宠和嬴昊。

甘罗说："夫人，我看咸阳来人了，您真的要去咸阳么，还是……"

蒙宠叹了口气说："先别管我，你的家眷安置妥否？"

甘罗说："五日前已派人把家眷送回下蔡老家去安顿了。"

蒙宠说："我和嬴昊到前面始皇宝地祭扫，而后北去兄长埋葬之地祭扫，之后随韩谈去咸阳。"

甘罗说："那么我和蒙嘉在前面封龙邑等夫人吧。"

蒙宠带着嬴昊来到始皇帝嬴政葬埋之地，这里除去远处几颗稀疏的翠柏之外，遍地都是枯干的野草。蒙宠翻身下马，西望太行山，眼前正是对应两高峰之间的凹谷，南面是环河湾流，再往南一定是对应着丛台的正中。

嬴昊跪在草地上，蒙宠用剑割下一截长发和一片衣角，然后用剑割碎，慢慢地洒在草丛之中。

"夫君啊，蒙宠和嬴昊来看你了。"蒙宠说完这句话，眼睛变得红红的，她哽咽着说，"胡亥当朝，对天下黎民加赋增徭，公子、公主重臣尽遭屠戮，其人性不如猪狗，行止犹如傀儡，做尽亡国之事，致使天下大乱，秦三十七代、六百九十一年缔造的如此巅峰之华夏帝国就要败在胡亥手里了……"

蒙宠说到这里，说不下去了，刚才还晴明的天空开始变得阴沉晦暗起来，不一会儿空中飘起了纷纷扬扬的雪花。

蒙宠说："夫君啊，你若能陪我前去咸阳就好了，到了那里去废黜昏聩的胡亥，击杀小人赵高，祭奠无辜亡灵，匡正帝国朝堂，平息天下乱局……"

雪越下越大，蒙宠和嬴昊身上落了厚厚的一层雪片，那匹汗血和赤兔马在大雪中一动不动。

蒙宠叹了口气，拉着嬴昊站了起来，然后牵着马消失在迷蒙的雪幕里。

蒙宠和嬴昊在甘罗和蒙嘉的卫护下来到上郡阳周，他们经过探问寻访，找到了埋葬蒙恬的地方。甘罗和蒙嘉请当地石匠打造了石碑，蒙宠在此停留三日祭奠兄长，之后和甘罗商议留下二百军士守护墓冢。

蒙宠又从上郡往东来到代郡之地，经过二十多日的找寻，终于在恒山之阳的一处山坳里，找到了兄长蒙毅的埋葬之地。蒙毅被二世胡亥所派使者曲宫杀害后，草草葬于此地，百姓怜念蒙毅，在葬地立有木幡和石块。蒙宠和甘罗商议后重新安葬了蒙毅，扩充了墓园，立起了石碑。

蒙宠和甘罗祭奠修葺完毕蒙毅墓园后，就从代郡之地又回到上郡寻找扶苏葬埋之地，几经周折，在疏属山脚下找了扶苏的葬埋之所。甘罗找来当地石匠刻立石碑，修整墓园，之后又留下二百名军士守护墓冢。

心里挂念的这几桩事办妥后，已到了秦二世三年六月底了，蒙宠让甘罗和蒙嘉留在上郡，寻机笼络上郡和九原郡留守的秦军，自己和嬴昊随嬴婴的家臣韩谈秘往咸阳。

五十四 / 壁上观者皆明了，乱世皇家无院墙

项羽击败了王离的围城大军，赵王赵歇和丞相张耳在城内拜谢项羽，然后出北城门拜谢各路诸侯援军。

上将军项羽出东城门回到楚军大营，令蒲将军陈武召集各路援军首领前来相见。燕国大将藏荼，赵国大将陈馀，齐国大将田间、田都、田安，鄱君吴芮，代王张敖等十几个将领心慌腿乱，他们一到辕门，你推我，我推你，谁也不愿领头往里走。这时陈馀"扑通"跪在地上，挺直腰身，以膝代脚而行，其他诸侯也都"扑通""扑通"跪在陈馀后面，以膝行走来到项羽大营，他们都面朝黄土，屏息闭气不敢抬头去看站在前面的项羽。

世人自古就有围观的习好，尤其是喜欢看到力弱的把力强的打趴下的逆袭之举，如果能围观到一个硬的和一个不要命的拼死搏杀就更好了，一看火候到了，众围观者便大喊一声一拥而上，抢的抢，夺的夺，搬的搬，抬的抬，三下两下，量你多大的家业一下就没了。这不，趴在壁垒之上的大小诸侯一看差不多了，都纵身下了场子。

项羽扫视了众将一眼，说："看你们这个怂样，都给我站起来！"

燕军大将藏荼双手抓地，低着头说："我等不敢站起，请大王训示！"

项羽说："什么大王不大王的，你们可愿随我一起入函关灭暴秦吗？"

鄱君吴芮说："我等皆愿拥戴上将军为共主，跟随上将军入函关灭暴秦！"

项羽哈哈大笑，随即一一将他们扶起，共商如何应对随时都可能猛扑过来的章

邯的二十万大军。

墙倒众人推，鼓破人乱捶。自从前年阳城人陈胜在大泽乡义旗那么一举，凡骨子里多少有那么点反心的人都冒了出来。二世胡亥在赵高的帮助下领着头从里面往外连推带拆，关东六国王室后裔和草莽英雄从外面往里连砸带扒拉，就这样，始皇帝修得好好的皇家围墙，一时间到处都是豁口子，不到三年时间都倒塌得差不多了。始皇帝啊，你千万别指望别人永远都和你一条心，君臣父子夫妻兄弟姐妹概莫能外，你又大又好时，别人都和你好得一个人似的，如果你半大半好时，各样的旁心都"噌噌"地生出来了，更不要说你不行了。

项羽很看重鄱君吴芮这个人，吴芮生长在百越之地的余干县，他是被始皇帝嬴政任命的第一批县令鄱阳令。秦二世元年七月，陈胜在大泽乡反秦起义后，吴芮成为秦朝郡县官吏中第一个推墙的人，刚进入八月，吴芮就找来隐藏在山林里的豪强英布，与之商议反秦，英布见了吴芮一面后又躲了起来，吴芮跟到山林里找到英布说："我与你谋划大事，你为何躲躲闪闪？"

英布说："你是始皇帝亲命的官员，怎么一个雇农陈胜刚一反秦，你这么快就响应，不会是假的吧？"

吴芮说："我刚从咸阳回来，都传二世胡亥是诈立为帝的，初继位就杀大臣杀手足，征敛无度，如此三年必亡，动手要趁早啊！"

英布说："你是官，我是盗，官盗同伍，恐人耻笑。"

吴芮得知英布是六安人，皋陶名门之后，六年前曾为刑徒在骊山修过始皇陵，如今他潜藏在鄱阳县山林中，对官府心存戒备也在情理之中。

吴芮在县衙旁收拾好一处屋舍，让部下梅镅（juān）去把英布请来，当面将女儿许配给他。英布在县衙旁干净整洁的屋舍里，迎娶了县令吴芮的爱女吴英。当晚英布把短戈放于枕下，就寝时吴英一手搂着英布的脖子，一手从枕下抽出短戈掷于地下，说："我即刻就是你的人了，大丈夫心也太小了。"英布的心踏实了，两日后辞别新婚妻子，带领三千多人北上投奔项梁军，与项梁共同拥立熊心为楚怀王。吴芮还亲自出马联络无诸、驺摇，说："我等皆为越人，虽是始皇帝亲命，可是天高皇帝远庇护不了咱，要想自保，只有响应义军。项羽是怀王封的上将军，楚国将门之后，做什么也得冲着个名分啊。"无诸和骆摇带领郡兵归附了吴芮。后听说英布跟随项羽反秦救赵到了巨鹿郡，他们也一路北上巨鹿投奔项羽。

项羽消灭王离军解救了赵王赵歇之后，他想起了怀王先入关者为关中王的约定。项羽探知刘季一直在大野泽、雷夏泽以西，阳翟、阳城、荥阳、山阳以东与秦军周旋，从南北看大致在一条线上，并没有西进多少，项羽心里迫切举兵向西抢先入关。

项羽召集诸将领和各诸侯首领议事，声言乘大破王离之声势，浩浩荡荡直奔函谷关。

亚父范增劝谏说："王离军虽破，章邯毫毛未损，并且就驻扎在楚军之侧，若举兵西进，前有秦军关塞相阻，后有章邯率兵堵截，此乃兵家之大忌啊！"

项羽说："章邯军久久不动，必是胆怯，我军尽管西去，何必招惹于他。"

范增说："将军忘了定陶之败么，章邯善于以弱示人，乘人不备。不灭章邯军急于西进，必招大祸！"

这时候吴芮也劝谏说："章邯军驻扎棘原按兵不动，意图不明，不可西行。"

项羽感觉众人说得有理，大手一挥说："既如此，摆平了章邯军再西行入关吧！"

项羽命令英布、陈武率军攻击章邯军，两军刚一交兵，章邯军就先退却数十里。这样一来，项羽军渡三户到漳河北击秦军，在汙（wú）水北击秦军，章邯一直在退却。三个多月过去，章邯军时时处处避免与项羽军正面交锋，弄得项羽也不知章邯葫芦里卖的什么药。

二世胡亥派使者督责章邯：为何不监察协助王离军屠灭巨鹿城，为何在楚军面前一再退却不与决战？章邯派长史司马欣去咸阳面见二世胡亥，以表忠心，中丞相赵高故意三天不搭理不通报，司马欣拿钱三千结识赵高身边的人打探消息，那人看到司马欣又肯出钱又实在，催他说："快跑吧，晚了就来不及了！"司马欣多了个心眼儿抄小路返回巨鹿。司马欣留在咸阳的心腹三日后也返回巨鹿郡，告知司马欣和章邯说："陛下动手了，让赵高把章邯的家眷、司马欣的家眷、董翳的家眷都关押了起来，接下还要治章邯用兵不利之罪！"

正当章邯和司马欣、董翳商议应对之策时，胡亥听从赵高建议，派赵常作为特使来到巨鹿郡章邯大营问罪。董翳囚禁了赵常，他对章邯说："当断不断必有后患，项羽渡河时，将军本可和王离南北夹击歼灭项羽军而不为，今王离军灭，项羽军勇，陛下降罪，将军可派长史司马欣前去项羽营中订立盟约，方为上策。"

章邯顾虑重重，二次派司马欣来到项羽营中议降。项羽和范增、英布、吴芮商议道："数月过去，我军和章邯军拉来扯去，击之难以全歼，西进难以脱身，且我军粮草用尽，今章邯来降正当其时。"

众人皆说招降章邯，既可以壮大军力又可以快些西行入关，两全其美。

司马欣和董翳代表章邯与项羽缔结了盟约，秦二世三年六月十三日，章邯来到项羽军中，咬牙切齿地控诉了赵高的劣行，接着跪谢项羽不记定陶杀叔父之仇而接纳了他。

就这样，王离这面秦帝国的铜墙和章邯这面秦帝国的铁壁都没有了。

项羽在巨鹿郡大败王离军，成功解救赵王赵歇的消息使刘季感到不安，本来项羽自告奋勇要随自己西入关破秦的，可怀王知项羽凶暴，由他随行入关难以安抚关中父老，故令项羽北去救赵，如今救赵成功，项羽必然急欲西行入关，这可该当如何是好呢。

刘季奉怀王之命西进，从十月到三月一直徘徊游击在洛阳以东，在昌邑遇到彭越，西行到达高阳后，当地狂生郦食其兄弟投奔沛公，为沛公出谋划策，沛公在开封西边一个叫白马的地方和秦将杨熊开战，后来转战到曲遇以东，灌婴率军打败了杨熊，杨熊退守荥阳城。二世胡亥得知杨熊战败，就派使臣到荥阳斩杀了杨熊。沛公刘季在曲遇打败杨熊后转向南进攻颍阳，张良辞去司徒离开韩王重新跟随刘季，在张良的计谋下，不久攻下轘辕（Huányuán）关。

张良看到沛公刘季心事忧烦，进言道："沛公不必忧心，章邯不灭，项羽不敢西行，先入关者必是沛公你啊。"

刘季说："前些日子，赵将司马卬从平阴移军至河阳，渡河到孟津，他妄图渡黄河而后西进，当时被灌婴将军阻退。今项羽成功救赵，诸侯西来必是大势所趋，千万不能让他们抢了先啊！"

张良说："沛公所虑极是，项羽如今统率的是六家复国的诸侯军，如果让他占了先机，等于端了我们吃饭的家当。"

刘季说："怎么才能先入关中不辜负怀王之约呢？"

张良说："不走东门走南门，攻心为上攻城为下，宽厚待人，戒掠少杀，不出数月必入关中。"

刘季说："走武关南门是不是绕远又耗时啊，攻心哪有攻城来得痛快啊！"

张良说："这叫走直道不直走绕个活弯，心门开了城门才会开啊！"

沛公刘季顿然领悟，急令大军从阳城南下南阳郡，到南阳郡后，与郡守吕齮展开激战，吕齮战败后退守南阳郡治所宛县。刘季考虑宛县城坚一时半晌攻不下来，就决定向西进军，这时张良劝止了沛公，说："沛公求快入关无可厚非，可想到没有，前面有秦军据险塞把守，后面有宛县之敌虎视眈眈，将军夹在中间是多么危险啊。"

刘季听从张良的计策在半夜返回宛县，天亮之前重重包围了宛县，吕齮大惊失色，拔出剑来想要自杀，他的门客陈恢劝他说："主公莫怕，这么急着死干啥，我去去就来！"陈恢说完就从城墙上翻到外面去见刘季，陈恢对刘季说："欲速则不达，沛公越急着到关中称王，就越想两下子攻下宛城，殊不知城中吏民都以为城破人必亡，所以要拼了命地防守，与其这样，不如和郡守订个盟约，接受郡兵的归降，封郡守个侯位，然后让郡守在此守城，让郡兵随您而行，沿途遇到城邑关隘，让其闻知沛公如此宽厚以待，那还不争着打开城门迎接吗，沛公一路向西就会通行无阻了。"

刘季觉得这个陈恢说得很实在，马上同意了。大军不入城，城中吏民一切照旧，封吕齮为殷侯，还封了陈恢一千户的食邑。陈恢随沛公军向西进兵，陈恢每到一城都先行入城言明沛公的约定，如此一来，沛公军很快就到达了丹水占领了丹阳。二世胡亥派到西陵的两个老臣老将，高武侯戚鳃和襄侯王陵归顺了沛公。沛公派宁昌为使者前去武关，武关守将屠猪出身的王发，嫌宁昌带的钱少而将其扣留。

正当沛公西望武关的时候，项羽已与章邯订立了盟约，然后合兵一处向西而来。

冒顿单于两年前在上郡看到监军扶苏自杀，大将蒙恬被囚的变故后，飞骑回报其父头曼单于，头曼单于沉默良久说："本邦已和秦朝缔结盟约，我即日派使者出使九原郡、上郡和咸阳，尽管不能南下牧马，可秦朝每年给予的粮食、布帛、铜金也还丰厚，现今还是静观其变，相安无事的好。"

冒顿说："父王派儿臣出使咸阳去吧。"

头曼单于说："出使咸阳另有其人，你出使月氏吧，我们只要不南侵，王离就不会打我们，可东胡就不一样了，为父的策略是稳住月氏，攻打东胡。"

冒顿说："我遵父命出使月氏，那派往咸阳的使者，千万要奏请秦的皇帝赦免蒙恬将军，我邦只服蒙将军！"

头曼单于说："我儿说得对，没有蒙恬将军，边境就不会安宁！"

虽说秦帝国北部军事首领的变故对头曼有很大震动，可更让头曼上心的是：冒顿母亲死后头曼新纳的阏氏（yānzhī）生的儿子已经十岁了，阏氏的枕边风吹软了头曼，头曼暗定废了冒顿的太子之位而立十岁的小儿，怎么办？只能让冒顿出使月氏，随后攻打月氏，月氏必迁怒冒顿，这样借月氏之手杀了冒顿。冒顿蒙在鼓里，混乱中抢了一匹月氏王的千里马逃回匈奴。

等到头曼的使者到了咸阳，蒙恬早已被二世胡亥处死了。接替蒙恬的王离和头曼单于没有交过手，头曼对王离大为轻视，他命从月氏逃命回来的冒顿加紧训练军队准备南下阴山。秦二世元年九月，冒顿借头曼检阅军队之机，令军士射杀了他，冒顿随即自立为第二代单于。

冒顿从秦二世元年九月起，就时常率骑兵南下阴山北麓，有时竟从秦郡县中穿过，在狼山、固原一带每天都能看到狼烟直冲云霄。王离自从蒙恬把兵符交给他，到后来王离接到二世胡亥的密诏离开九原郡和上郡，这期间他总共拦截过十一次冒顿的骑兵。始皇帝派驻三十多万大军在长城南北，冒顿虽说和王离的交情远不如蒙恬，可也很是尊重和顾忌。

王离奉二世密诏离开前，在高阙和冒顿订立了口头盟约，王离说："蒙恬将军在城河间设有三十四县，后又在阴山一带设有十县，我离开九原郡、上郡后，匈奴军不得侵扰。"

冒顿说："秦匈是一家，往北往南都是家，扶苏死了，蒙恬将军也死了，我求的就是秦匈合一，我想念蒙恬将军时，来九原、上郡看看，可别说我是侵扰啊！"

王离在忧虑和无奈之下，带领二十万秦军南下巨鹿郡。他不知道有什么大事比北部边疆更重要，但他知道，他离开后，冒顿可能会吞占四十四县之地。王离权且把剩下的十万秦军交由副将杨硕率领，杨硕根本不是冒顿的对手，冒顿也根本不把杨硕放在眼里。果然，秦二世三年四月，王离战死四个月后，冒顿单于率领二十万匈奴军南下，他们越过高阙、阳山、北假中，占领了阴山南北和黄河南北东西的郡县，杨硕率十万秦军从九原、云中退守到上郡南部。

南来的北往的，东奔的西走的，大秦帝国俨然成了个失去围挡的大杂院。

五十五 / 指鹿为马真骇人，胡亥哀鸣赵高唱

　　自从胡亥当上皇帝后，他觉得无论自己怎样享乐都不为过。一天到晚，除了到上林苑狩猎就是在后宫寻欢，反正朝政都交给中丞相赵高打理了。这些日子胡亥唯一牵挂的政事就是蒙宠和嬴昊，唯一在他心中盘踞的地方就是巨鹿郡中的巨鹿城。

　　大半年过去了，密诏令王离围屠巨鹿城，名义上是灭了复兴的赵国，实际上是灭了心腹大患——蒙宠和嬴昊，这一箭双雕多好啊，谁料王离三个月围而不攻，攻而不破，更别说屠城了。接着胡亥不顾朝臣反对，又把章邯派过去帮着督促王离把巨鹿城给灭了。时间一日日过去了，怎么样了，不知道，没个准信。胡亥整日泡在后宫，身子都掏空了，有时睡梦中梦见蒙宠和嬴昊骑马飞奔进了咸阳城，自己吓得躲到御座后头打哆嗦，有时刚入睡就梦到蒙宠和嬴昊站在他的睡榻前，他一声惊叫坐了起来，一身冷汗直往外冒。有一次他在梦中见到了父皇嬴政，他哭着跪下求父皇管管蒙宠和嬴昊，父皇先是呵斥他说："管什么啊管，你就是一头猪！一头猪！什么事都得败在你手上！"之后又慈祥地说："儿啊，真难为你了，你干不了这个活儿！"胡亥哭着哭着就哭醒了。

　　这几日一个叫今顺儿的宫女很讨胡亥的欢心，她是二世大前年巡游辽东时选回来的良家女子，这今顺儿浑身散发着风信子的香气，她要么不穿衣裳走来走去，要么裹一块锦帛翩翩起舞，她舞蹈时，一手顶起向下，一手抽起向上，两脚原地颠动，双手翻摊画圆，煞是好看。这天，本来午后要去渭水南边的上林苑狩猎的胡亥，和今顺儿折腾来折腾去实是累了，他伏在今顺儿身上迷迷糊糊睡着了。不大

一会儿，二世暗中派去巨鹿郡的使者求见，今顺儿抽出身来对使者说："陛下睡了，改日再来吧。"

使者两眼大胆地盯着今顺儿袒露的半个胸脯，坚持说有急事禀报二世，今顺儿说："有什么急事给我说吧，我帮你转禀陛下。"

使者说："王离全军覆没，章邯投降了项羽，蒙宠和嬴昊不知去向，这么紧急的事你转禀得了吗，耽搁得起吗？"

睡意蒙眬中的胡亥听到了使者的话，他惊得心都快跳出来了，连忙穿戴上皇帝的冕服上朝召见赵高。

胡亥问赵高："你身为中丞相，朕把大小事都交你掌管，刚听说王离军灭，章邯军降，蒙宠和嬴昊未亡，天下乱成这样，你为何隐瞒不奏？"

赵高说："高虽为中丞相，管得了陛下狩猎享乐，管不了征讨在外的大将，前些日子不是遣特使赵常去责问章邯了吗，特使还没有回来，怎知巨鹿的实况啊，陛下千万不要盲信，莫要惊慌。"

胡亥说："你日日说天下无事，但愿真的无事。"

赵高说："陛下记得否，那第一个说天下无事的博士叔孙通，早跑到荆鲁之地去了，朝中只剩下我忠心耿耿地给陛下天天报着平安。"

胡亥听赵高这么一说，悬着的一颗心又放了下来，临散朝时说："丞相代朕费心劳神，改日定要重赏，不过当下快些选个东征的大将。"

赵高连连应允说："我来选，我来选，不劳陛下费心。"

隔了一日，赵高来到胡亥寝宫求赏，赵高说："君无戏言，陛下在朝堂上说要赏臣的。"

二世胡亥想了半天说："你都当中丞相了，还有什么可赏的。"

赵高略微忸怩了一下，说："陛下赏臣做养子吧，陛下日夜操劳，至今无后，臣实在想替陛下分忧啊。"

二世胡亥听赵高要赏他做自己的养子，一时没有反应过来，还是今顺儿松开他的腰，在他耳边耳语了一下，二世才恍然大悟。

胡亥难得地大笑了一阵，说："赵高啊，你曾任过朕的师父，朕应该尊你为父，怎么反过来你反要认朕为父呢？"

赵高说："大小我还是分得清哩，陛下收下我这个儿子吧！"

二世说："你姓赵，朕姓嬴，不是一个姓，朕想收你也名不正言不顺啊！"

赵高忙说："陛下不知道啊，咱嬴赵同祖，周穆王把赵城分封给老祖宗造父，嬴姓造父这一支就以赵为氏了。"

胡亥不是太明白赵高说的，他不耐烦地说："你扯得太远了，你那一支姓赵，国叫赵国，王叫赵王，怎么朕这一支姓嬴，国不叫嬴国，王不叫嬴王啊，快别胡搅了。"

赵高一看和二世说不通，眼睛睃来睃去，心想：我都这么大年纪了，若不是当养子比丞相有前途我才不想给人家当儿子呢。

胡亥不愿意让赵高扫兴，安慰说："卿看朕宫里有什么中意的尽管拿去，算朕的赏赐。"

赵高说："陛下宫里宝物太多了，臣只求陛下把今顺儿赏给臣吧。"

二世胡亥大惑不解地说："丞相，你要今顺儿有何用，你又不能……"

赵高伸出半截舌头绕嘴唇添了一圈，说："臣有用，臣能……"

"弄块金子拿块玉的，哪样儿不比今顺儿强啊。"二世胡亥还是不明白。

赵高一边求着一边凑近今顺儿。

胡亥心想，就让今顺儿陪丞相几天吧，到时候他瞎子点灯白费蜡，还不完璧送归啊，想到此，胡亥说："丞相啊，你真是太能了，今顺儿你就带去吧，在你那放一放也无大碍。"

赵高谢恩后就把今顺儿带回了丞相府，养女和女婿阎乐、季弟赵成都前来给他道贺。众人散去后，赵高把今顺儿抱入帷帐之中，他先让今顺儿脱个精光，然后自己裸着个身子扑了过去，赵高让今顺儿翻过来倒过去，连啃带嗅今顺儿身上的气味足足有两个时辰。来的时候，胡亥给今顺儿说："丞相是个无根之人，不会把你怎么样的。"故而今顺儿就任凭赵高摆布也不吱声。

二世胡亥派到北边各郡的使者陆陆续续回来了，他们有的见不到胡亥，有的见了胡亥也不敢奏报实情。一个从九原郡回来的使者见到了胡亥，他向胡亥奏报了冒顿单于领兵过了阴山，已把原来蒙恬收回来的地方又都占领了。胡亥觉得六国闹事是为了复国，匈奴乘人之危不能容忍，胡亥马上在咸阳宫召见赵高。

胡亥责问赵高："你身为丞相，匈奴都过了长城了，你可知道？"

赵高道："臣真的不知道啊，再说是陛下把王离调到内地攻巨鹿的，王离离开了上郡、九原郡，陛下又没派别的大将前去，匈奴真的打进来了也不能怪高啊。"

胡亥说："不怪你怪谁啊，朕想赦免了蒙恬，是你非要杀了他的，这可好，匈奴没个怕的了。"

赵高岔开话头说："陛下切莫惊慌，臣这就让郎中令赵成去查明实情禀报陛下，说不定冒顿已经领兵回去了呢。"

秦二世三年八月十七日，又有使者暗中向二世奏报说："刘季已率楚军攻下了武关正向蓝田进发。"胡亥是真的坐不住了，心急火急地召集百官在咸阳宫上朝。

胡亥说："朕白养你们这些戴官帽的，想安安生生地享乐几天也不成。丞相你说，冒顿到底过了长城没有，那刘季到底过了武关没有，再说瞎话就要亡国了！"

赵高不紧不慢地说："陛下言重了，据郎中令赵成核查，冒顿是过了长城不假，但只是在河套内外牧羊而已，这无伤郡县。至于刘季攻破武关也是真的，不过高已派使者蹲守蓝田，蓝田关会挡住那刘季的。前两年周文不是也攻到戏水了吗，后来怎么样，不是照样被打回原形了吗？"

胡亥听赵高这么一说，略微松了口气，他向赵高招招手，赵高走近胡亥，胡亥小声说："该把今顺儿送还给朕了吧。"

赵高"啊啊"了两声，说："是这样啊，陛下赏给臣的礼物真是妙不可言啊，巧了，臣赵高今个儿也有一份礼物献给陛下啊。"

胡亥说："别卖关子了，什么礼物，快呈上来。"

赵高拍了拍手，只见一名侍者从宫门牵着一头白鹿来到宫中。

赵高哈着腰围着那鹿转了一圈，当着群臣的面说："这匹通体乌黑的马儿就是臣献给陛下的礼物啊。"

胡亥定眼一看，哈哈大笑起来，说："丞相真会开玩笑，这分明是头白鹿，怎么说是马呢。"

赵高笑而不语，目光扫视着群臣。

胡亥站起来，仍笑眯眯地说："众大臣说说，这是鹿还是马，明明是白的还说是黑的。"

咸阳宫偌大的殿堂一下子静了下来，过了半天，胡亥又催问了一遍，这时，一百一十人的大臣中有六十个大臣启奏说：这是一头马，是一头黑马。有四十个大臣缄口不语。有十个大臣说：这是一头白鹿。

胡亥脸上的笑意僵住了，这大白日的活见鬼了，这么多大臣说这是马，还是黑马，还有许多大臣分辨不清。胡亥用手拍了拍头，一下子把冕旒拍得歪拧在一边，他头上冒着热汗，他又"啐"了一口唾沫在右手上，然后伸上来擦了擦干涩的眼睛再细看，一眨眼像是马，一眨眼又像是鹿，这，这……胡亥心里害怕了，害怕极了，他"扑通"一下坐在御座上，不停地挥着手，说："散朝，散朝！"

散朝后不到一天时间，那十个说是白鹿的大臣就以欺骗皇帝之名被赵高下了狱，那四十个闭口不语的大臣被赵高列入排挤的黑名单。

胡亥想都没想赵高会把鹿当成马献给他，他不知道哪里出了幺蛾子，连忙召来太卜卦算，太卜说："陛下春秋季节到城郊祭祀时，对神灵宗庙斋戒不够虔诚，以故招致鬼神作怪，陛下只有仿照有德行的君王那样实行斋戒，灾祸方可避免。"

胡亥听从太卜之言，起驾过中渭桥到渭水南面的上林苑斋戒。到了上林苑，决定静心防患斋戒五日。前三日，胡亥都是在太宰的陪同下沐浴、更衣、吃素食、不狩猎、不见后宫，后两日实在憋不住了，就又吃喝玩乐起来。

一日，胡亥在上林苑狩猎，赵高趁机把今顺儿车载到上林苑边上，他让今顺儿披了件兽纹的帛衣，让她穿过树丛去找胡亥，今顺儿不知赵高用心，她在林中跑跑停停，胡亥没看清是人是兽便搭箭射去，今顺儿倒地，胡亥到了跟前一看是今顺儿，心疼不已，一个劲儿地埋怨说："你偷跑出来做什么啊，改日朕就去接你了。"

胡亥回到咸阳宫后，赵高启奏说："陛下啊，就是陛下也不能射杀一个无罪之人啊，陛下犯了大忌，鬼神定要作祟，老天也要惩罚，陛下还是避一避吧。"

胡亥心神无主地问赵高："去何处暂避呢？"

赵高沉吟道："按说该去沙丘宫暂避，那里边上有一条大河，你也熟悉。"

胡亥受到惊吓似的浑身一颤，说："太远了，那里太破败了，再说……"

赵高说："那就去望夷宫吧，宫北也有一条大河。"

这两天正好胡亥做了个不吉利的梦，梦到一只白虎咬死了他御驾的左马。胡亥又召来太卜问卦，太卜说："这次是泾河之神闹事，只要居住到离皇宫远一点，离泾水近一点的地方，再找几匹白马祭河可免却灾殃。"

胡亥言听计从，身体力行，马上搬到咸阳北十五里，泾河南面的望夷宫居住，同时令随从找来四匹白马沉到泾水之中。

中丞相赵高本想胡亥没有子嗣，自己认他为父，然后慢慢给他进大补之药，不需三个月二世就一命归天了，自己名正言顺接替皇位，可胡亥不上套，还派人责备他压不住叛乱。这几日赵高不知怎么的接连梦到赵王在骂他无能，左掂掂右掂掂，赵高感觉不能再等了，他把担任郎中令的季弟赵成，担任咸阳令的女婿阎乐召到府里商议说："陛下只知道玩乐，不理朝政，致使大秦危在旦夕，然而陛下迟早得把罪祸转嫁给我赵高，我决定废掉陛下，自立为帝，你们看可好？"

赵成和阎乐听后先是一愣怔，接着领首称是，心情激动。

秦二世三年八月二十七日，赵高怕阎乐这个养女女婿临阵倒戈，以保护之名，让赵成把阎乐的老母亲和一双儿女接到丞相府作为要挟。阎乐问赵高："我这就去把陛下软禁起来。"赵高摇摇头。阎乐大着胆子问："用药结果了陛下吗？"赵高又摇摇头，说："用药很麻烦的，你又不懂，怎么利索怎么弄吧。"之后，赵成亲自督阵，阎乐带着一千五百名军卒赶到望夷宫。

阎乐杀死守卫后率领兵卒进了望夷宫。胡亥的侍从和宦官一看来者不善，惊恐万状，纷纷闪避，阎乐带兵边放箭边直扑胡亥寝宫。

当胡亥听到声响时，已经晚了，左右近侍和宦官早已跑得无影无踪，身边只剩下一个宦官帮扶着胡亥往里面跑去。

胡亥边跑边责备说："出现这种逆反的大事你怎么不早些告诉朕啊？"

宦官喘着气说："丞相一手遮天，我因为闭口不言才得以活到现在，如果平时多说一句话，今日连个帮扶陛下的人恐怕也没有了。"

没跑多远，阎乐就追了上来。阎乐把青铜剑搁到胡亥肩膀上，说："陛下即位以来，横征暴敛，滥杀无辜，人神共愤，六国尽反，罪不容诛，跑有何用？"

胡亥东张西望了一番说："丞相在哪里，朕要见丞相。"

阎乐说："实话给你说了吧，我就是丞相派来取你性命的，还见什么见啊！"

胡亥一听，头"嗡"地一下大了，说："请给丞相说说，皇位朕让了，可否换个郡守干干。"

"不行！"阎乐断然打断胡亥的话。

"那朕做一个万户侯总行了吧。"二世又降了一大格。

"不行！"阎乐说。

"朕情愿当个庶民，不能再低了。"二世无奈地说。

"不行，当个庶民也不行！"阎乐贬斥道，"早干吗去了，真是的！"

阎乐说罢，军卒手挺戈铍指向胡亥，步步紧逼，阎乐问道："陛下是自裁还是让我动手？"

胡亥欲哭无泪，仰天哀声说："父皇啊，兄姊啊，我不是不想死，我是怕死后见你们啊！我……"

万般无奈之下，充满无限恐惧的胡亥接过咸阳令阎乐递过来的青铜剑，自杀身亡。

五十六 / 始皇仅存一嫡幺，手刃赵高祭国殇

　　蒙宠带着儿子嬴昊祭奠了兄长蒙恬、蒙毅和长子扶苏之后，在嬴婴家臣韩谈的陪同下离开上郡前往咸阳。

　　他们一路上尽量避开官军，十日后，过洛水到达雕阴，稍做停留又顺着洛水南岸前行，五日后，到达武成侯王翦的老家频阳，他们来到东乡祭扫了王翦的墓园。蒙宠对儿子嬴昊说："十九年前，你父皇亲自到这东乡之地来请王翦出山，答应集结几乎是全国全部的兵力六十万交给王翦，经过三年的战争，王翦和你外翁蒙武，终于啃下荆国这块最大最硬的骨头，如今他们君臣都已长眠地下了……"

　　嬴昊帮着母后把王翦墓前的杂草一棵一棵都拔掉，采集了一大束野花放在墓碑前，然后跪下三叩头。蒙宠看着嬴昊在一个他没有见过面的老将军墓前下跪叩拜，她感到十分欣慰，突然间发现嬴昊长大了。蒙宠爱怜地凝视着儿子，不知怎么地她眼前浮现出嬴政的身影：自己八九岁的时候，祖父蒙骜和兄长蒙恬陪着一个十八九岁的英俊少年来到蒙府后花园看她练剑，记得那个少年还夸奖她剑舞得好，当问起她名字时，祖父很紧张，可那英俊少年却连赞好名字。十年后，那位英俊少年就用前所未有的九礼迎娶了自己。这一切都恍如昨日，蒙宠一时竟把嬴政和嬴昊父子的形象叠在一起了。

　　"母后，母后。"嬴昊的叫声打断了蒙宠的回忆。

　　蒙宠蹲下去把那束野花整理了一下，说："昊儿啊，莫要忘了帮你父王统一天下的功臣啊！"

　　嬴昊说："六国中除了韩国是内史腾率兵灭的外，赵国、燕国、荆国、魏国、齐国都是将门王家为主将灭的，这怎么会忘记呢。"

　　蒙宠说："这次多亏王离将军的护持，听说他为掩护我们母子出城被项羽俘虏，然后自杀身亡了，这么好的江山，这么好的人，说败就败了。"

　　嬴昊不知说什么好，只是陪着母后上马往南方默默地行进。三日后，渡过沮水到了郑国渠，这时嬴婴派人送信说：二世和赵高已安排兵力，分布在咸阳的东面和北面，如此严加盘查防备的不是六国向西来的军队，而是堵截蒙宠和嬴昊。他提醒蒙宠和嬴昊要么先不要到危城咸阳，要么就从西边绕道进京，为的是避免还没有回到咸阳就惊动了二世胡亥和赵高，蒙宠决定绕行，他们沿着郑国渠，过泾水西到达瓠口，然后从岐山南侧再西行去往雍城。

　　到达雍城后，蒙宠把汗血马和赤兔马拴寄在城外一户人家，然后易装进到城里，只见守卫雍城的士兵昏昏欲睡，胡亥新建的祖庙和帝庙空无一人，只有一群乌鸦栖在庙脊和树杈上"呀呀"地叫着。

　　他们三人来到一个小酒肆，刚坐下，就从外面进来两个马贩子。那高个子马贩看起来和酒肆里的人都很熟稔，他还没坐稳又站起来，绘声绘色地讲述他在咸阳城的见闻。

　　酒肆当家的问："这几日咸阳城有何稀罕事吗？"

　　那高个子马贩一仰脖子喝了一大口酒，说："有啊，不仅稀奇，还厉害呢！"

　　这时几个起哄地说："说啊，什么稀奇事让你碰上了？"

　　"有人刺杀丞相，你说稀罕不、厉害不！"那马贩子说，"我贩的马卖了个好价钱，一时高兴就顺着渭河南岸游玩。在离甘泉宫不远的地方，丞相赵高的驷车仪仗过来了，驷车前后足足有二百多兵丁护着。我来不及回避，只能躲在一棵大树的后面。突然从宫殿旁边冲出来十几个绿衣人，他们挥刀砍倒一大片护卫的兵丁，把车里的丞相拽出来当场杀死了！"

　　那高个子马贩说到这儿停了一下，这时酒肆一下热闹起来，有人问："这可除了祸害了，是真的把丞相赵高杀死了吗？"

有的说："这下皇帝不用受气了，真窝囊死了！"

有的说："一定是皇帝派人干的。"

那高个子马贩说："谁能想到那车里的赵高是个替身，假的。"

"啊，假的！"酒肆里众人都张大了嘴。

酒肆当家的说："怎么知道是假的，不是你胡编的吧？"

那高个子马贩说："那真赵高带着大队兵丁现身了，哎呀，俩人长得活像一个模子脱出来的，一样一样的。只听那赵高说：'大胆冯敬，竟敢刺杀本相！'"

酒肆跑堂的小二听得入了迷，问道："那刺客冯敬是什么人，这么厉害？"

那马贩子说："听说那冯敬是老丞相冯去疾的侄子，上党人，他大小也是朝廷的一个官。"

"后来怎么样了，那冯敬把真赵高杀了吗？"有人又问。

那马贩子说："没杀喽，后边来的真赵高带了好多有功夫的人，兵卒又多。"

"那英雄冯敬后来怎么样了？"酒肆当家的担心地问。

那马贩子说："我亲眼所见，那十几个绿衣人，被杀死一大半，剩的几个有接应逃到城外去了。"

蒙宠和嬴昊商量了一下，让韩谈找马贩子买了三匹矮脚马，决定这两天一定要东去咸阳城。

从咸阳往西到雍城，再由雍城往东回咸阳，这条官道蒙宠和她的马队不知驰骋过多少回。可如今，那如风的飞马不见了，那悠长的啸哨之声消失了。

在咸阳城里，赵高怒火冲天：竟然有人敢刺杀本相，亏我赵高有所提防，不然的话……

就在冯敬刺杀赵高的第二天，赵高对胡亥下手了。赵高从郎中令赵成手里接过皇帝玉玺，来到咸阳宫召集大臣上朝。

赵高说："昔时沙丘宫始皇帝临崩传位给胡亥，后又私下给臣交代：若胡亥不顺天应人，胡作非为，辱没先祖，可诛之。众臣都看到了，二世荒废国政，滥杀无辜，众叛亲离。始皇帝又托梦令我诛之，现二世已伏诛，国不可一日无君，众臣商议如何善后啊？"

　　一殿文臣武将，虽说是对二世的昏庸残暴已经麻木了，可一听赵高说已经诛杀了二世，还是很吃惊，这接下来不知赵高还要玩出什么花样来，所以谁也不说话，你看看我，我看看你。

　　见此情景，赵高把皇帝玉玺顺势往腰上一挂，然后一步一步地走到御座前，小心翼翼地坐了上去。突然间，远处传来低沉的滚石声，随之大殿摇晃起来，几十根金柱吱吱作响，赵高觉得坐不稳站了起来，再看看下面众臣都把脸转到了一侧，这时郎中令赵成猛然一声格外刺耳："恭贺丞相……"

　　"别贺了……"赵高打断赵成的话，从御座上溜了下来，他把皇帝玉玺从腰间解下，说，"谁来当皇帝呢？始皇帝嫡生的都不在了，我揣了揣，子婴可算是合适的人选。"

　　嬴婴代表宗室也参加了这次朝会，他没想到赵高杀了二世。从上次朝会赵高指鹿为马愚弄二世和检验群臣来看，赵高权焰正烈，胡亥早已在他的股掌之中。赵高在朝堂上篡逆未逞转而提议让自己继位，这非福实祸啊。

　　嬴婴说："婴德薄才疏，难当大位啊！"

　　丞相赵高把二世诛杀了，自己本打算要来当这个皇帝的，可试了试，天地震怒，群臣抗拒，于是又提议让二世的叔叔成蟜之子嬴婴接替皇位，这么大的事连续发生如同儿戏，众臣先是沉默，继而议论纷纷。

　　"老臣有一提议不知当说不当说。"赵高扭头一看，是年老的一位御史曲宫在说话，便说："有何提议，但说无妨。"

　　曲宫是始皇帝在世时任用的监御史，二世即位曾派他赐死过蒙毅，他颤颤巍巍地走上前，说："臣耳闻先帝遗孀蒙宠带着幺儿在巨鹿城，这幺儿嬴昊正是始皇帝嫡生，应速派使把此幺子找来继承大位，如此，既是正统又服天下。"

　　赵高没想到这个老御史会把蒙宠和嬴昊搬了出来，他的脸部扭曲起来，说："夫人和幺子嬴昊为始皇帝入海求取仙药，早已葬身大海中了，就是逃生回到大麓宫，经巨鹿大战也必死于乱军之中，远水解不了近渴，眼前就只有嬴婴了。"

赵高说罢走过去拉住嬴婴的衣袖，把皇帝玉玺塞过去，嬴婴不得已双手接过玉玺，说道："我实在是德才不配此位啊，要不等等再议。"

赵高说："等不得，等不得，从明日起你就前往斋宫斋戒五日，第六日即皇帝位，哎，不是即皇帝位，是即秦王之位。"

众臣不解，赵高上嘴唇一碰下嘴唇，随便一说这皇帝变成秦王了。赵高说："始皇帝统一天下称皇帝，今关东六国已复国，只能称秦王了。"

嬴婴无奈，只好揣着玉玺回到府中。这时家臣韩谈刚从雍城回来，嬴婴问道："夫人和嬴昊没一起回来吗？"

韩谈说："蒙夫人和公子在咸阳城外，我先进城和主公见面后定夺。"

嬴婴说："快去用我的车驾把蒙夫人接到府里来。"

蒙宠和嬴昊来到嬴婴府里，嬴婴给蒙宠跪下行礼，三个人痛感嬴姓之不幸，几年不见，恍如隔世，唏嘘不已，泪洒当堂。

嬴婴给蒙宠述说了今日朝堂之上，有御史提议找回嬴昊继位的事，他伏在蒙宠跟前说："我明日即联合几个大臣、御史拥立嬴昊，既然蒙夫人和公子回来了，就不怕赵高弄权了。"

蒙宠扶起侄儿嬴婴，说："我回京师是要除掉昏君和奸相的，今入咸阳方知胡亥已亡，国将不国，赵高必有最后的疯狂。"

嬴婴说："赵高这厮本打算杀死二世后自己当皇帝的，可他这外姓阉宦最后慑于天怒人怨而作罢，谁料想他把这顶帽子摞到我头上了。"

蒙宠对嬴婴说："事已至此，你就随机应变吧，嬴昊就不蹚这汪浑水了，只是这赵高是不是有所防范？"

嬴婴说："赵高自前几日遭到刺杀后，他除了增加兵士护卫外，还增加了十来个贴身侍卫，听说正在寻找新的替身。"

蒙宠说："依我之武功，他再多的护卫侍卫也挡不住取他狗命，只是我想让嬴昊亲手杀了这狗日的！"

嬴婴说："这样吧，听说以楚军为首的联军正逼近蓝田和函谷关，我是嬴昊之兄，门难守也只能由我来守这个破门了，今晚我就要去雍城斋宫斋戒五日，请夫人和嬴昊秘密随我同去，我自有安排。"

嬴婴连夜来到雍城斋宫，从明日起开始五日的斋戒。

到了第五日，嬴婴去拜见蒙宠，再次商议明日诛杀赵高的谋划。

嬴婴说："明日百官齐聚祖庙，共同见证我继位秦王之典礼。到了时辰，我拖延不往，赵高必派人来请，我仍不往，赵高必亲自来斋宫相请，到时在斋宫里将其诛杀！"

蒙宠说："到时候赵高不来斋宫，又怎么办呢？"

嬴婴说："他赵高若是不来，我嬴婴就是不去祖庙，他急我不急。"

蒙宠说："我已把鱼肠剑交给了嬴昊，这是始皇帝佩挂过的剑，嬴昊已经十八岁了，明日定让他手刃赵高这巨贼！"

嬴婴说："几日来我再三考量，到明日让嬴昊击杀赵高，让家臣韩谈相助，还有我的两个儿子也可相助！"

蒙宠说："两个孩子太小，把他们转移保护起来为好。"

嬴婴说："大的十一岁，小的九岁，都健壮，也有胆儿，乱世早出头吧！"

蒙宠说："具体就这样，大局我和你掌控，反正不能让赵高活着回咸阳了！"

秦二世三年九月三日，是秦三十九代王嬴婴祭祖继位秦王的日子。

当日，丽日东升，清风徐来，雍城祖庙外戒备严密，祖庙内百官肃立，祭祖登基的吉时已到，典礼官找到中丞相赵高说："时辰已到，嬴婴未到，该怎么办呢？"

赵高马上派郎中令赵成去请，不大工夫赵成回报说嬴婴生病了，不能来祖庙。

赵高急得头上冒汗了，心想：二世是我赵高主张废掉的，立嬴婴也是我赵高决定的，这么大的场子弄砸了的话，我赵高还有何威何信，我这张脸往哪儿搁？

赵高再派赵成去请，不大工夫赵成又回来了，说亲眼看见嬴婴双手捂着肚子站不起来。

赵高急了，说："不行，就是抬也要把他抬来。"

赵高带着赵成急忙走出祖庙，往斋宫而去，走出不到百步，赵高又回到祖庙亲点十名贴身侍卫和二百军士陪护在他周围向斋宫而去。

刚到斋宫，只见嬴婴从宫门里伸出头来说："我是秦王，军士到宫门外守护，不得擅入斋宫！"

还没等赵高说话，军士中一个校尉说："谁官位大听谁的吧，人家马上就是秦王了，他令我等在宫外，我等就在宫外。"二百名军士呼啦退回到斋宫门外。

赵高带着赵成和十名侍卫迈步要进斋宫，这时只见嬴婴的家臣韩谈从门里伸出手抓住赵高，用力一拉，赵高一个前栽跨入宫门。与此同时，蒙宠从宫门里闪出，她金剑一划，五名侍卫倒地，蒙宠又回身一划，另五名侍卫也筋脉尽断倒地。

斋宫门口十名侍卫在不停地呻吟叫唤，斋宫里面却死一般寂静，蒙宠转身回宫，她坐在正对宫门的台阶上，嬴婴已经关闭了斋宫。

赵高仔细一看，"扑通"给蒙宠跪了下去，嘴里"啊啊"直叫却说不成一句囫囵图话。

蒙宠用手一指，说："赵高，你看看他是谁？"

赵高转头一看，又"啊"地大叫，他眼前站立的不正是始皇帝嬴政吗，这不会是公子昊吧，从秦皇岛金山嘴行宫一别，五年了，这公子成长得活脱脱又一个始皇帝。没容赵高说话，嬴昊的剑锋已刺入赵高的脖颈，这时，韩谈已把郎中令赵成刺死在斋宫门口。

"快杀了我吧，我活够了……"赵高边说边想站起来，嬴昊抓着赵高的衣领子顺势一提溜，把赵高像抓小鸡一样提起，鱼肠剑一抹，赵高的脖颈断了一半，嬴昊又用剑往赵高的心口狠狠地刺入。同时，嬴婴的两个小儿也用剑刺入了赵高的腿肚子，赵高倒地而亡。

嬴婴吩咐家臣韩谈把赵高的尸体拖出去，只见韩谈拿剑"哧啦"一下把赵高的裤裆划拉开了，韩谈用剑尖往两边一分，凑近一看，说："这是个真赵高，真国贼，祸害精！"

蒙宠把脸扭到一边，没拿正眼去看。

五十七 / 蒙宠携子漠北去，嬴婴穿起白衣裳

嬴婴心绪纷乱，他心里有一个声音一直在说：有蒙宠在，有嬴昊在，你子婴怎能到祖庙里祭祖当皇帝、做秦王呢。

嬴婴双手捧着皇帝玉玺跪在蒙宠面前，说："我再三思量，还是请夫人和嬴昊一同到祖庙去，由夫人主持大局，由嬴昊继位为好！"

蒙宠扶起嬴婴说："你贤良仁义，公正秉直，继承皇位当之无愧！"

嬴婴说："子婴不是始皇帝后嗣，有嬴昊在，轮不到我啊！"

蒙宠说："世人都误解始皇帝了，始皇帝主张华夏族群统一了，天下就是天下人的天下，不然的话强推郡县制做什么。始皇帝主张自嬴政称帝始，一世二世传之万世，但没说做皇帝的必须是嫡嗣的，也没说必须是嬴姓的，不然的话始皇帝为何长久不立太子呢？"

嬴婴说："我……"

蒙宠说："快去祖庙继位吧，继位后，内则清除赵高余党，外则阻击关东强敌，你还要支撑危局，收拾残局，难为你了！"

嬴婴说："那么夫人有何设想呢？"

蒙宠叹了口气，说："南有赵佗维持，西有张唐父子把守，东有李信坐镇，还有徐福隔海守望，我和嬴昊要往北部边地走走……"

嬴婴听罢，泪湿衣襟，既然夫人和嬴昊要到北边那无边的疆土去，自有她的道理，山河破碎如此，不想到祖庙去接受百官朝拜也自有她的道理。

　　嬴婴令韩谈找来锦帛，他亲自给退却到上郡南部的杨硕写了一封诏令，盖上了皇帝玉玺，诏令杨硕一切悉听蒙宠差遣。之后，嬴婴又给匈奴冒顿单于写了一封信函，加盖了皇帝玉玺，告诉冒顿：蒙宠至如始皇帝至，嬴姓与匈奴同族同宗，冀望冒顿尊待蒙宠，和衷共济，拓展守护中华帝国北部疆土。

　　蒙宠接过嬴婴写好的诏令和信函，幽幽地说："有始皇帝在就好了，真是人善被人欺，马善被人骑啊！"

　　看着嬴婴急匆匆地赶去祖庙，蒙宠和嬴昊默默地来到雍城外，他们换骑上有些衰老的汗血和赤兔马，怅然而落寞地往北而行。东望咸阳，阴云满天，没走几步，蒙宠下马蹲在地上，她双手捂住脸"呜呜"哭了起来，一头秀发披散了下来遮住她的脸庞，嬴昊和飒儿、浅儿站在蒙宠身后陪着落泪，一会儿蒙宠抽泣着站立起来，她缓缓上马，无声北行。母子连心，嬴昊知道这次和母后离开祖地，离开关中，不知何时还能回来，不知还能不能再回来。蒙宠、嬴昊、飒儿、浅儿悄然离开雍城，他们往北到达阴密，从阴密往北抵达义渠，在义渠稍做停留后翻过白于山，这时蒙宠一行看到了蒙恬修筑的内长城，沿着长城南侧上行到生水河，之后顺生水河东行到达肤施，在肤施与早已等候在此的甘罗和蒙嘉会合。

　　甘罗告诉蒙宠："杨硕统领的十万秦军退至挺关，九原和黄河南大部分已被冒顿占领。"说着说着，甘罗有些喘不上气来，他弯着腰咳嗽不止，蒙宠询问后方知，甘罗胸闷气短干咳的症状已有好几个月了。

　　蒙宠说："甘卿，你先别说了，我马上让嬴昊去找医士给你诊治，先行歇息，等疾患好了再议不迟。"

　　甘罗说："事情紧急延迟不得，杨硕正在摇摆不定，必速去挺关稳住杨硕！"

　　蒙嘉说："我和郡守去见过杨硕了，得知冒顿单于边进攻边招降杨硕，楚怀王也派使者许以封侯，招杨硕归服刘季。"

　　甘罗说："我对杨硕将军说，王离将军有言，令其听命于蒙夫人和公子，杨硕将军不信蒙夫人和公子会来这边塞之地。"

　　得知军情紧急，蒙宠和嬴昊决定速去挺关，甘罗不顾疾患缠身，婉拒了蒙宠让其留肤施疗养的劝说，和蒙嘉一起陪蒙宠前往杨硕大营。

杨硕是杨翁子的大儿子，在嬴政设立九原郡后，蒙恬和杨翁子受命修筑连接长城，连筑长城快好了，始皇帝又令蒙恬修筑直道，正是这个时候杨硕来到军中，蒙恬重用杨硕主持修筑直道。待杨翁子告老归乡，待蒙恬被囚阳周时，杨硕已擢升为副将，待二世密令王离带领二十万秦军南下围困巨鹿城时，剩余的十万秦军临时交由杨硕统领。自从监军扶苏被赐死，蒙恬被囚自杀后，冒顿敏锐觉察到了秦朝开始衰亡。在王离和副将苏角、涉间率主力南下后，冒顿便有意试探留守秦军的虚实，他率军进到高阙，翻过阳山到达北假。杨硕在上郡得报后，指令阴山一带的郡县除留下郡兵外，成建制秦军一律后撤。冒顿派使者到上郡，邀请杨硕会师共商大计，杨硕拒绝和冒顿晤面。冒顿率军渐进到阴山之南，后又越过黄河布兵在河湾之内，杨硕又撤到挺关，始终不与冒顿正面交锋。当年随蒙恬驱逐过匈奴的将士实在不愿后撤了，纷纷请战，杨硕说："本将军夯筑直道有专攻，率军对匈奴无韬策，不如保存军力，以待王离大将军回来！"

杨硕驻军的挺关，西边是漫漫黄沙，东面和南面是秦内长城，冒顿坐镇九原也不再向南推进。杨硕出身豪门世家，祖父杨樛（liáo）出仕五大夫，是始皇帝得力近臣，杨硕最喜欢的三儿子杨熊是镇守荥阳和白马津的大将。让杨硕怎么也想不通的是，自己敬为师表的扶苏、蒙恬怎么说死就死了，还有大将王离接了道密诏带着二十万大军，撤下北疆重地说走就走了。杨硕退驻挺关后，派心腹和得力的军校不停地去往咸阳、关东探听消息，当他得知大将王离战死巨鹿城，大将章邯投降项羽后，整个心都凉了，接下来这棋局如何走啊，这可是要亡国的节奏啊。楚怀王熊心派使者来游说，杨硕不予任何答复打发回去了，冒顿派来的使者也被打发回去了。可最近从三川郡探听回来的消息，使杨硕陷入痛苦和焦躁之中：儿子杨熊被刘季打败后退守荥阳，二世却派使者杀死了杨熊。胜败乃兵家常事，怎么一场败仗就要杀死大将，这是什么皇帝，下一个会不会是我杨硕呢，二世会不会以畏敌丧地治我的罪呢，名噪朝野的章邯都投降了项羽，我是不是考虑应楚怀王之邀归降沛公呢。巨鹿郡的郡守甘罗和郡尉来过大营，大将王离战死在巨鹿城，可郡守却跑到这里说三道四，杨硕当时将甘罗和蒙嘉赶出军营。

楚汉争霸一年（前206）十月二十三日，蒙宠和嬴昊来到挺关，后面还跟着甘罗和蒙嘉，大将杨硕惊诧之余，连忙将他们迎入辕营。当杨硕听到蒙宠告诉他：二世被中丞相赵高杀死，赵高被嬴昊诛杀后，杨硕闭上眼睛，心里默默地告慰先祖，也告知儿子杨熊可以安息了。当蒙宠把王离交给他的兵符和北疆地图拿给杨硕时，杨硕说："我原本副将，期待王离将军回归，今见兵符如见王将军，如见蒙将军，这张羊皮地图我知道有两张，一张听说送给始皇帝了，另一张应该就是这一张了。"

当蒙宠把新任皇帝嬴婴的盖有皇帝玉玺的诏令拿给杨硕时，杨硕说："夫人，二世已亡，嬴昊是始皇帝唯一在世的嫡子，我杨硕立马将十万大军交给嬴公子统率，卑将不善用兵，甘愿鞍前马后，追随夫人和公子班师咸阳，与那项羽、刘季决一死战，匡复我大秦一统的江山！"

蒙宠平静地说："我不愿再折回去互相厮杀，同为华夏子孙，嬴婴若能撑住危局，渐图复兴最好，倘若天下被楚人抢去，那也是天意，我和嬴昊只想北去，无意南顾。"

甘罗咳嗽得更加厉害了，时时喘不出气来，蒙宠亲自给甘罗煎熬汤药，一日好转，过两日又复发，蒙宠很是焦急。在这塞外风寒之地，地无名医，药无良材，思来想去，蒙宠觉得还是把甘罗送回故乡调养为好。

甘罗虽愿意追随蒙宠北上，又顾虑顽疾不除拖扯连累，也只能听从蒙宠的劝返。正好从巨鹿郡跟随而来的一名军士，言说他家祖传医治哮喘之疾，细问后得知这名军士是颍川鄢陵县人，其祖父和甘罗在咸阳时有过交情。就这样，蒙宠让蒙嘉精选一百名军士，安排两辆单辕双马的木车，装载半车半两钱和六百镒金，与甘罗随行，甘罗与蒙宠、嬴昊、蒙嘉、杨硕依依惜别后，南下兵荒马乱的颍川郡鄢陵治病。

送走了甘罗，派往咸阳的探使辗转找到挺关，探使向蒙宠报告了嬴婴当了四十六日的秦王。刘季入武关，过蓝田，嬴婴为了咸阳庶民不被屠戮，于楚汉争霸一年十月十九日投降了刘季。这么快，嬴婴就……秦嬴六百多年的基业灰飞烟灭了。蒙宠猛然间心头疼痛难忍，半天说不出话来，不想见任何人。一直到傍晚时分她才长长地舒了一口气，忽然间蒙宠想通了，她如释重负，这个世界就是这个样，你方唱罢我登场，东方不亮西方亮，当年秦嬴灭六国，何曾与人有商量。

那天，嬴婴赶到祖庙后，令人去斋宫割下赵高的首级，以此祭祖而继位秦王。之后，嬴婴下令诛灭赵高三族，那远在赵地的难以完全诛灭，近在咸阳的除赵成、阎乐等也没多少人，对赵高亲近的朝臣一律下狱，这倒是牵涉众多，朝臣中一多半都关了进去。嬴婴还派使者前去蓝田关督战，本想选个大将一时也找不到，从远处调回大将也是来不及，远水救不了近火，因为刘季在攻下丹水、西陵、胡阳、郦县后，采用张良计策诈取武关，随着兵临峣（yáo）关。

在峣关把守的是二世所封的大将王图，他是王发的儿子，因常给二世的御厨房送猪腰子而得以重用。驻扎在蓝田的大将叫崔命，因杀牛屠驴刀法娴熟而得到赵高力荐，从而被二世重用。嬴婴清楚这两位大将难当大任，本应治罪，但在危急关头换将不妥，嬴婴只能亲临蓝田对崔命说："如若你像章邯击溃周文军那样击溃沛公军，封你为左庶长。"

三十日后，沛公率军智取峣关，向北二十里到达蓝田。崔命与沛公军展开激战，终因崔命用兵失误而落败，崔命战死，蓝田失守。沛公驱动大军往西北行进四十里，停驻于灞上，若晴日，西望隐约可见三十里外咸阳坂上的宫脊阙檐。两日后，沛公刘季派郦食其和张良作为特使进咸阳城见到改称为秦王的嬴婴，嬴婴知其来意，当得到沛公不屠城的承诺后，答应开城投降。

楚汉争霸一年十月十九日，日上三竿后，嬴婴把皇帝玉玺上的黑丝绳解了下来，他犹豫了一下，然后套在自己的脖子上。他脱下玄黑的秦王冕服，换上一套皱巴巴的白色长袍，他令侍宦把玉制的国玺、铜制的兵符、竹制的节信包装封好。这一切准备妥当后，嬴婴望向西北雍城秦祖庙、帝庙方向拜了三拜，接着坐上四匹白马拉的无冠盖的青铜安车，出咸阳东都门，来到东都门外十三里处的轵道，在轵道旁边下了车等候沛公刘季。

沛公刘季来到轵道受降后，樊哙说："让我杀了这亡国之君吧！"

沛公刘季说："怀王知我是宽厚之人才会令我西行入关，今秦王已降，杀之不吉。"

沛公一手扶着嬴婴，一手把一袋东西递给嬴婴，说："这是当年你予我的六百铢半两钱，今如数归还，两不相欠了。"

嬴婴愣了一下，他不大记得曾给刘季六百铢半两钱的事了，一切像是一场梦，这六百铢钱意外地回本了，可刘季用它周转了一下却赚大发了。

嬴婴没能撑住，最终投降了。这可不能怪他，比方说一个人都掉进井里了，靠两个耳朵能挂住井沿么。

蒙宠和蒙嘉、杨硕商议：整训军队，补充粮草，添置兵械，复原这十万秦军的昔日雄威。这沉闷了四五年的十多万长城秦军开始振奋，因为他们不但听到而且看到了传说中的夫人蒙宠，这个上将蒙恬的妹妹。蒙宠和嬴昊在杨硕陪同下慰劳军士，从将校到屯长、什长、伍长，再到卒长、屯卒、中卒都亲眼看见了这个在梦中都见不到的夫人蒙宠。在士气振作后，蒙宠令杨硕重新任命了百名校尉，招募三千名制造弓弩的工匠。十月二十七日，中卒轻车在前，屯卒徒步在后，十万大军沿南北内长城拔营北上。十一月八日，大军行进到林胡时，迎面遇到六万匈奴骑兵，蒙宠让嬴昊和蒙嘉指挥大军包抄过去，最终将匈奴骑兵围困在狭长的河谷内。

冒顿得报：十万秦军霸气北上，一举将匈奴精锐骑兵围堵在林胡河谷之中。奇怪的是秦军本可以居高而重创或全歼匈奴骑兵，好多日了却围而不攻。

冒顿随后得报：秦军中有夫人蒙宠和始皇帝嫡幺子嬴昊。冒顿连忙上马，只带五百随从赶往林胡，在离河谷三十里处，冒顿勒马停步，因为前面有一队人马挡住了他的去路。冒顿看到一个气质高贵的女子身佩金剑，身旁站立着两个佩剑女校尉，眼前的人正目视着他，冒顿灵机一动，啊，这应该就是夫人蒙宠了吧。冒顿大老远就腾身下马，徒步走到蒙宠面前。

"对面可是冒顿单于？"蒙宠问道。

冒顿上前一步拱手道："我正是冒顿，你可是蒙夫人？"

蒙宠说："我正等你陪我去河谷，那里除了几个受伤的外，无一人死亡，我把单于你的骑兵全部交还与你。"

到达河谷后，围困十天的匈奴骑兵全部解围，匈奴骑兵还吃上了秦军提供的饭食，冒顿陪着蒙宠一路来到九原。

不久，派出去的探使从咸阳来到九原，向蒙宠报告说：项羽到达咸阳后大开杀戒，首先杀了赢婴，血洗咸阳城，把秦宗室、宫殿一把火全被烧了。项羽还把仇恨发泄在秦陵墓上，大小陵墓都被挖掘盗抢，然后放火焚烧。最后把天下分了十九个王，两个侯，项羽自封为西楚霸王。

在九原，冒顿与赢昊结为兄弟。半年后，蒙宠将跟随多年的心腹侍女飒儿许配给冒顿为阏氏，飒儿哭着对蒙宠说："阏氏是什么，我不愿做。"

蒙宠安抚她说："匈奴人七月常去祁连山、焉支山下采红蓝花做成胭脂，妇人涂之，使颜容绯红、娇艳，故单于把自己娶的女人叫阏氏，等于秦之王后。"飒儿听后乐而遵从。

又半年后，蒙宠亲自设计出秦匈混搭的军服，冒顿的二十万大军和赢昊的十万大军统一易装。

五十八 / 山中无虎猴称大，楚汉项羽和刘邦

楚汉争霸一年十二月十五日，项羽统率诸侯联军闯进函谷关，这条东起崤山西至潼关的关道，在三十五年后又出现了关东六国联军的身影，渡过戏水河后，项羽听从范增的建议将四十万大军驻扎在新丰鸿门。

在巨鹿之战中露脸和沿途加入的六国将领，都心照不宣地跟随项羽一路西来，唯独赵王赵歇离开巨鹿城西行回到信都，任凭丞相张耳如何言说，就是不肯随同项羽西来咸阳。

赵歇对张耳说："项羽是打着救赵的旗子，实际上怒报秦杀项燕、项梁之仇，项羽他越是威风八面，我赵歇越是无足轻重。"

张耳说服不了赵王赵歇，他觉得项羽解救了赵王，赵王不去，丞相也不去，这实在是说不过去。于是张耳告别赵王随同项羽来到了北临渭水、南倚骊山的鸿门。

项羽本来对沛公封锁函谷关有些恼火，可刚到鸿门听到了一个密报，又"腾"地一下怒火中烧：沛公军中左司马曹无伤派心腹到鸿门报告项羽，沛公宣布在关中称王，任用嬴婴为丞相，把秦宫中的财宝都据为己有了。

范增看到项羽暴怒，说："曹无伤密报不实，沛公这么爱财爱女人的人，我听说他什么都没有动，沛公的志向不是这些个物件，我观到沛公驻军的上空浮着五彩龙虎之紫气，快速将其击灭，不能错失良机啊！"

项羽出兵以来，十分信服范增，他虽是副将，但项羽称呼其为亚父，项羽说："明日早些开饭，而后出击沛公军！"

项羽的伯父项伯听说明日一早就要开战，他马上想到在沛公军中的张良，早些年自己杀人逃到下邳，是张良救了自己，现在不能见死不救啊。项伯趁夜来到沛公军中见到张良，张良觉得此事重大，不报告沛公而离去不仁义。沛公以礼接见了项伯，先是结为兄弟，而后约定儿女亲事，沛公说："我奉怀王之命西来击秦，破关降秦几个月来，宫里宫外的任何东西都未曾翻动，封闭关塞是防范强盗出入，我是立了大功的，项羽实在不应该这样对待我沛公啊！"

项伯很相信沛公的话，答应一会儿回去报告项羽，并嘱咐沛公明日早些到鸿门面见项羽解除误会。

项伯连夜回到军中，他把沛公所说如数报与项羽，项羽迟疑不决，欲叫范增一同商议，项伯说："你还信不过我吗，明日人家沛公要亲自过来道歉，若不是沛公先攻入关中，我等能这么轻易地进来么。同是怀王的部将，如今沛公有大功而击之，这可不仁义啊，不如和善对待他。"

项羽应诺，撤销了攻打沛公军的命令。

第二天，沛公带着张良、樊哙、夏侯婴、纪信、靳强从灞上出发来到鸿门见到了项羽，说："我和将军受怀王之命合力攻打暴秦，你战斗在大河之北，我战斗在大河之南，我也没想到能率先入关破秦，几个月来，我封府库、把关口，就是等候将军到来主持大局，这中间定是有小人挑拨，使将军和我之间产生误会。"

项羽说："这是沛公你手下的左司马曹无伤说的，不然我怎么会急眼呢，沛公既然说等我来主持大局，那说定了，秦宗室、财货、宫殿、陵墓、土地，我项羽说怎么办就怎么办！"

项羽瞪着眼睛直视着刘季，刘季没想到项羽说得这么直接决绝，他转脸朝右边看了看张良，张良点了两下头，刘季说："悉听将军明断！"

项羽说："那先把皇帝玉玺和降王嬴婴交给我处置！"

刘季说："给你，都交给你！"

项羽巴掌一拍，拉着沛公分主宾入座饮酒。

昨晚上的事儿范增不知情，今见沛公一早就自投罗网，坐在北面的范增三次朝坐西面东的项羽递眼色，项羽没有反应，范增又三次举起身上佩戴的玉玦示意项羽捕杀沛公，可项羽只顾和沛公饮酒没有任何反应。

沛公说："将军啊，我是在咸阳城里见到过始皇帝赢政的，不知将军见过没有？"

项羽说："我在会稽吴县街头见过，我当时就说要取代他的，没想到始皇帝这么快就亡去了。"

沛公刘季说："始皇帝赢政是取代不了的，不论是现在还是以后，也不论是谁都不行！"

项羽把酒卮往案几上一蹾，说："怎么取代不了，你不行，我行！"

沛公刘季说："始皇帝已经亡故了，如何取代他？说真的，要是始皇帝还活着，将军和我别说无法取代他，就是说一句取代他的话也是要杀头的！"

项羽眨巴着都快挤到一起的眼珠子，想了想，说："我叔父也这么说过，反正我不怕他！"

范增听项羽和沛公说了会儿秦始皇，之后又说起了当年受项梁指派，两人一起率军攻城阳，攻定陶，杀李由，越说越热乎。范增心急火燎地站起身到军帐外找到项羽的弟弟项庄，让项庄以舞剑助兴为名击杀沛公。

项庄舞剑，其意在沛公。项伯猜想项庄一定是受范增指使，便也起身舞剑相护，项庄见无机可乘只好作罢。

张良怕范增再起歹念，遂把军帐外的樊哙叫进军帐护驾。随后沛公告知项羽内急到帐外如厕，项羽允诺。刘季到帐外留下礼品给张良后抄芷阳山间小路回到灞上军中，到军中后马上斩杀了曹无伤。

鸿门宴饮还没结束，沛公就不辞而别溜回了灞上，项羽没生气，可范增气得不行，一连三天不搭理项羽。

三日后，项羽率军从鸿门径直往咸阳城而来，路过灞上时，从沛公那里取了皇帝玉玺，又往西行进三十里来到咸阳城下，项羽军接替了驻防的沛公军，特别是还从沛公驻军看守校尉手上接走了赢婴。两日时间，咸阳城内外都被项羽四十万军占据。

沛公的十万大军在灞上原地不动，眼见得项羽大军从旁鱼贯而过，眼见得受降得到的秦王秦城被项羽夺去，众将眼冒火星，牙咬得嘎嘣响，同声向沛公鸣不平，按捺不住也要西去咸阳。沛公心里七上八下的，最后还是听从张良的话而按兵不动。

项羽进了咸阳城，先是杀了降王嬴婴，接着下令屠城，再接着把秦宫中珍宝和妇女劫掠到城外帐中，然后下令放火焚烧，渭河南北三百间宫殿在大火中燃烧。两三个月后仍有余烟未息，地面上只留下一片瓦砾。项羽把双目四瞳转向地下，他下令挖掘秦室陵墓，就连太后、祖太后的陵墓也不放过，项羽在杜东掘挖夏祖太后的陵墓并下令火烧后，又紧紧盯住了始皇帝嬴政的骊山陵，他督使十万大军日夜挖掘不止。一个月过去了连墓道也没有找到，项羽暴怒，范增凑到项羽耳边说道：“秦时章邯为少府督建此陵，何不令其指点窟窍。”章邯来到陵前听范增如此一说不由得倒退两步。项羽对章邯说：“你如指点明白我就封你为关中第一王，如若不然降为庶卒。”章邯无奈，只得上前指点。接下来不到一个月陵墓被挖开了，里面的奇珍异宝令人眼花缭乱。项羽亲到陵内，可令项羽大失所望又疑惑不解的是：在陵墓内惊现始皇帝的金身而没有找到真身。那些搬运陵中宝物的军士还没怎么搬出就都一个个咳嗽呕吐不止，有些人双手抱头倒地而亡，项羽正要发怒，猛然感到头晕，嗓子好像被什么呛到一样也咳嗽起来。

范增把项羽从陵内拉了出来，说：“不吉，不吉，大王怎么能入空陵，始皇帝嬴政都不在里面，你在里面做什么？”

项羽说：“我要鞭笞嬴政的尸体，以解心头之恨！”

范增说：“大王怎么还不明白，嬴政亲灭六国，岂能置身陵中等着六国毁陵鞭尸。再说秦崇尚水德，陵中设置的大小沟壑为江河，里面都是水银，军士蹚过后遍地都是碎白珠子一样乱滚，这可有毒啊！”

项羽听罢，忙令军士退出。

刘季没想到项羽吃相如此下作，如此不堪，不停地骂项羽不是个东西。骂归骂，刘季还是找到项羽，说：“关已入，秦已灭，应尽速奉迎怀王来关中建帝号，登大位，立为天子，分封诸侯。”

项羽双眼一翻瞪，说："怀王是我们项家所立，这几年都是我项羽在拼杀，怀王什么也没干，他凭什么称帝！"

范增对项羽说："昔有虞舜重瞳子为帝，大王也是重瞳子也可为帝，号令天下。"

项羽说："称帝易亡，我不为也，做个霸王比当皇帝好！"

范增见项羽迷糊，让同僚韩生去劝谏项羽。

韩生说："项王啊，这关中阻山带河，四塞之地，在此建都称帝再好不过了。"

项羽说："你懂什么，什么四塞之地，有用吗，我在这儿能睡着觉么，再说了富贵不归故里，如衣锦夜行，不白闹了！"

韩生苦笑而对范增和同僚说："都说楚人像马猴戴帽子，乍看像个人，实看是个猴，长大了！"

项羽听说韩生说他坏话，于是把韩生叫来，问："韩生啊，你说谁是猴子？"

韩生笑而不语。

项羽说："不说话我就煮死你。"

韩生宁可被沸水烫煮，也不说话。

楚汉争霸一年正月，项羽把帝国分封给了十九个王、两个侯，项羽自封为西楚霸王，统治会稽郡、泗水郡、薛郡、东海郡、东郡、陈郡、砀郡、琅琊郡、郯郡九个郡，定都彭城。封刘季为汉王，统治巴郡、蜀郡和汉中三个郡，定都南郑。关中之地一分为三：章邯为雍王，定都废丘；司马欣为塞王，定都栎阳；董翳为翟王，定都高奴。这次项羽完全采纳范增的主意，把刘季排挤到偏远的巴蜀荒乱之地。唉，挤压沛公没的说，可让秦人恨得牙根疼的叛秦的章邯、司马欣和董翳三个降将留守关中，去阻挡那颇受秦人欢迎的沛公，这不知是范增哪根筋出了毛病。

四月到了，项羽对他封的诸王说："都满足了吧，都到各自封地为王去吧！"

项羽军中的韩信暗叹自己仍只是个低微的郎中，他没有跟随项羽东去彭城，而是投奔刘季去了。

五月，汉王刘季采纳张良、韩信建议，令樊哙明修烧毁的栈道以麻痹常驻陈仓的章邯。

八月，汉王刘季派新任大将韩信率大军暗中由陈仓向东突进至关中，拉开了西楚霸王项羽和汉王刘季之间长达四年的楚汉天下争霸。究竟谁得其鹿，范增一时也断测不出，因为除了汉王刘季回到关中外，赵地的陈馀，齐地的田荣、田横，楚地的彭越也都起兵推翻了项羽封的王。

楚汉争霸二年（前205）三月，汉王刘季出函谷关攻楚，项羽军中都尉陈平在修武投奔汉王，任护军要职。四月，汉军攻占了西楚都城彭城。

六月，汉王派兵水淹废丘，章邯无路可逃，自杀身亡。不久，英布归顺了汉王，张耳归顺了汉王，叔孙通也从项羽军中投靠汉王。

张良对汉王说："欲取天下，必挺在荥阳、成皋一线，不可退却！"

楚汉争霸三年（前204），项羽亲自率军围困荥阳五个月了，城中粮绝，汉王派使与项羽讲和，说："荥阳为界，东归楚，西归汉。"项羽准备答应汉王划的界，这时范增急了，说："汉王马上就要饿死了，怎能前功尽弃呢，不可，千万不可！"

荥阳城马上保不住了，陈平向汉王献计离间项羽和范增。范增难忍项羽的怀疑，向项羽提出回居鄛（cháo）老家养病，说："我推荐韩信你不用，推荐陈平你不用，在鸿门让你杀刘季你不杀，今日荥阳能杀刘季你又不杀，我劝你称帝你不称，没让你杀怀王你急着杀，罢了，罢了。"

项羽不管范增怎么斥责也不回应，也不挽留。

范增临行前把项庄、项伯找来说："我无用了，要走了，项王带着你们从巨鹿来到鸿门，从门外进到门里，又从门里跑到门外，之后必从门外陷在沟里，从沟里往东就垓下了，好自为之吧。"

项伯说："项王屠襄阳你不拦，屠城阳你不管，坑屠二十万秦降卒你不拦，屠城咸阳你不管，屠齐卒你不拦，杀秦降王嬴婴你不管，杀怀王你不拦，掘烧陵墓你不管，结果呢？项王恶名远播，众叛孤立。"

范增也不辩解，带着一名车夫踏上了归家之路，未到彭城疽疮毒发身亡。

谋士范增被项羽赶走了，可项羽仍在加紧攻城。此时，陈平又出奇计：六月六日夜晚，从荥阳东门出来两千名年轻貌美的女子，个个都身披铠甲，未穿内衣，后面是纪信假扮汉王坐在有黄色伞盖的车子里。楚兵哗然，争相观看，有的伸手摸一把女子，有的干脆把女子搂抱过来。汉王投降了，还有香艳女子可观可摸，一时间，北门、西门、南门的楚兵都争相拥到东门，汉王季趁机从西门坐车出城和夏侯婴一起逃往成皋。

项羽发现上当后，带兵向西南追到成皋东门，汉王从成皋北门逃出，渡过黄河向北急行。十日后，韩信和张耳在脩（xiū）武接应到汉王。汉王令韩信、张耳向东越过井陉攻打赵歇，于是韩信带上全部兵力一万两千人，出井陉关过呼沱河。韩信用一万人背靠绵蔓河列阵，另两千人潜伏在赵营侧面的抱犊蓲山的山林中。开战了，汉兵身处死地，拼命迎击赵王二十万大军的围攻，此时，汉军两千人突入赵营，插上汉旗。赵军大乱，溃败，赵王赵歇被杀，丞相陈馀在泜水被杀。

张良对汉王说："汉军与楚军在荥阳、鸿沟对峙，可另派韩信、灌婴去攻占齐地、楚地，在项羽身后插上一刀，到时候项羽将无立锥之地！"

汉王指令韩信和灌婴的骑兵军到东线作战去了。

楚汉争霸四年（前203）七月，项羽将汉王围在荥阳以东北广武山上的西广武城中，项羽此时想起两年前抓获的刘季的父亲刘公和妻子吕雉，于是在相隔二百尺的东广武城头放了一口釜，命令军士把刘季之父刘公押了上来。

项羽冲西广武城头的沛公高喊："刘季你快投降吧，不然我就把你父刘公给煮了。"

汉王伸头细瞧，啊，还真是老父刘公。刘季冲项羽喊道："我和你都曾听命于怀王并结拜为兄弟，我的老父也是你的老父，如若一定要煮，那有幸请你分一杯羹给我。"

项羽气坏了，他要亲自烹杀刘公，项伯上前拉住了项羽，说："是汉王与你争夺天下，你烹杀这糟老头子有什么用，算了吧。"

项羽想了想也是，令人把刘公押了下去，随后项羽对汉王说："天下祸乱四年了，这都是你我两人闹的，我愿与你一对一决战，以此一决胜负。"

汉王大笑说："一对一决斗，你多壮啊，我是君子动口不动手啊。再说，项王你有十宗大罪：违背怀王先入关王之的约定，我本应封王关中，而你反把我弄到蜀汉，这第一罪。擅杀宋义自立为上将军，第二罪。救援赵国后应回彭城向怀王复命，然擅自挟持诸侯西入函谷关，第三罪。怀王有约进入秦地不许施暴抢掠，你竟屠城杀民，焚烧宫室、书库，掘挖始皇帝的陵墓，第四罪。杀死降王嬴婴，第五罪。在新安欺骗坑杀秦卒二十万人，第六罪。把跟随自己的诸侯封在富庶之地为王，致内乱不断，第七罪。自己占据彭城建都把怀王赶走，第八罪。命临江王共敖弑杀怀王，第九罪。不守信、不公正、逆天无道，第十罪。我这是率义兵来诛杀你这残暴之人！"

项羽气急败坏，令人向汉王放箭并射伤汉王。

八月，汉王突回关中栎阳，令人诛杀降汉后又降楚的司马欣。同月，翟王董翳与曹咎守丢了成皋无颜见项羽，在汜水北岸自杀身亡。

九月，汉王又返回荥阳。此时转战在西楚腹地的韩信、灌婴、彭越强力进击楚军，杀死项羽爱将龙且，围困楚将钟离眜。项王渐感招架不住，由好战转为怯战。汉王派谋臣陆贾见项羽，求其释放刘公和吕雉，项羽不应。两日后，汉王又派出辩能覆国的侯成去见项王说和，项羽答应释放刘公和吕雉，并提出以鸿沟为界中分天下，鸿沟以西归汉，鸿沟以东归楚。汉王找出地图指给张良说："去年我说以荥阳为界中分天下，项王不应，今项羽说以北起大梁南到郢陈的鸿沟为界中分天下，汉向东多出几百里，城池多出几十座，太好了。"

汉王爽块地答应了项王的提议并订立盟约，盟约订立后，项羽率军头也不回地回返西楚之地。汉王没有马上要回关中的意思，他半个屁股坐在马车边上，左腿耷拉在地上不住地转头往东方看去。这时，张良、陈平对汉王说："项羽兵疲粮尽，正是灭楚绝佳时机，岂能放虎归山啊！"

汉王左腿一用劲下了车说："西归非我本意，太公能够生还，算我尽孝了，可项羽杀怀王之仇未报，我还未尽忠啊！"

这时，使者来报：大将韩信已平齐地，灌婴已下彭城，彭越已占昌邑、睢阳之地，后院已失，不知项羽东归何处？

汉王听人劝吃饱饭，马上统兵追杀项羽，一直追到阳夏南驻扎下来，刘季对张良说："项羽余威尚存，韩信和彭越手握重兵，态度暧昧，怎么做呢？"

张良说："如韩信、彭越为项羽所用，汉必亡，为沛公所用，楚必亡，请速封之！"

于是汉王派使者封韩信为齐王，封彭越为梁王，第二天韩信亲率三十万大军，彭越亲率二十万大军与汉王刘季汇合，一起围攻项羽的十万楚军。

十月二十七日，激战了一天的楚军人困马乏，最后被汉王围困在垓下。夜深了，韩信让士兵学唱楚人的歌谣，项羽忽然听到汉营四面此起彼伏地响起楚人的歌声，他心惊不已，自言自语说："莫非汉王已占领楚地了，要不，哪来这么多楚人的歌声啊！"

项羽推开怀中的虞姬坐在营帐中饮酒，数卮烈酒入肠，他用粗哑的嗓子自吟自唱道来："我力大能拔山啊，霸气盖世，时机对我不利啊，有千里骓马也走不脱啊，可该怎么办啊，虞姬啊虞姬，该如何办啊？"

项羽唱不下去了，虞姬注视着一筹莫展的夫君，夫君从未如此低迷而沮丧，她不由得想起慈爱的蒙宠，想起那和自己同龄的嬴昊，她拿起从大麓宫捡来的项王画像，对项羽说："你知道这乌骓马是谁的吗？你知道我这把鱼肠剑是谁给的吗？你知道我虞姬这条命是谁救的吗？我虽背离了我的恩人，可我跟随夫君打天下，一点也不后悔，事已至此，我不会拖累与你。"虞姬说完拔剑起舞，歌之和之："汉兵已略地，四方楚歌声，大王意气尽，贱妾何聊生！"歌罢，随着裙摆飘落在项羽的脚边，虞姬也刎颈而亡倒在项羽怀中。

项羽不停地流泪，身边的侍从和帐外的士兵也都流下了眼泪，谁也不忍心抬头去看项王和虞姬。

十月二十九日，项伯来见项羽说："彭城已被汉将灌婴占领，并且灌婴率两万骑兵过乌江与汉王会合。"

项羽说："那过不过江都一样了，唉……"

项伯说："你封的十九个王全都背叛了你，现今围攻楚军的都是你封的王或者是项梁的部下，比如刘季、韩信、陈平、张良……"

项羽说："我项羽没打过一次败仗却败了，我项羽分封诸王，攻城略地却无寸土，晚了，晚了，伯父啊，你原谅我吧，你快走吧！"

项伯过江而东去了，项羽率二十八骑突围来到长江支流乌江浦，他把乌骓马送给江上的渔翁，渔翁收拢不住，那乌骓马仰首嘶鸣，绕着项羽转了两圈而后向北狂奔而去。午后，项羽徒步战死于东城乌江亭前。

十一月十一日，汉王把分割的项羽肢体合拼在一起，将其葬在东郡穀（gǔ）城西北三里处，汉王痛哭流涕，他拍打着坟土说："兄弟啊，你是为我而活又为我而死的啊，你才三十一岁啊，兄弟啊，为兄就不随你去了，啊啊……"

正月时，汉王和众将谋臣从垓下西行来到氾水以北的陶丘之上，张良、樊哙和吴芮代表众臣给汉王上尊号，张良说："臣以为汉王可称汉皇，银河星汉之至尊！"

樊哙说："臣以为汉王可称大汉霸王，项羽称得，汉王也称得。"

众臣说得正起劲，突然汉王放声大哭，哭了几声停住说："我非贤德之人，又是无名之人，不能拥有高贵的尊号啊！"

樊哙心直口快说道："你是汉王又是沛公，怎说是无名之人呢？"

汉王说："我刘姓，字季，何曾有名啊。"

众臣一听，不约而同地小声说："哎，也是啊，弄了半天我等这些有名之人追随一个排行老三的无名之人东奔西跑，南打北斗，这也太不正宗了吧。"

这时叔孙通说道："汉王说得正是时候，原来无名是太公英明，早有名怕夭折，今日封邦建国，岂能无名！"

樊哙抢着问："那叫个什么名啊？"

汉王说："封邦建国，邦，国也！吾名邦可矣！"

众臣皆称善，颂之。

萧何说："沛公有名了，值得庆贺，但若无尊号我等都不知道称呼什么好了。"

刘邦说："如果众卿执意求请，那我中意'皇帝'这一尊号，汉皇偏颇，霸王太难听。"

张良、萧何、樊哙、韩信、灌婴等众臣听到刘邦要称皇帝，都觉不妥。张良说："秦嬴政始称皇帝，今沛公也称皇帝，不免拾人牙慧，不知如何排位啊！"

刘邦说："众卿狭隘了，汉是华夏第二个朝代，我是汉朝的开国皇帝，也是从始皇帝嬴政后的三世皇帝，嬴婴称王是不算的。"

叔孙通谏言说："启禀皇帝，大凡改朝换代必重立岁首，夏以正月为岁首，商以十二月为岁首，周以十一月为岁首，秦以十月为岁首，大汉以几月为岁首？"

刘邦说："始皇帝嬴政以十月为岁首，我刘邦自然也以十月为岁首，毋庸再议。"

五月，刘邦从陶丘迁都洛阳。一天，刘邦问众臣说："我为何能得天下，项王为何得不到天下，都说说真心话。"

众臣把项王的不是说了一大堆，把刘邦的好处说了一箩筐，刘邦听后笑着说："诸位知其一，不知其二啊。运筹帷幄之中，决胜千里之外，我不如张良；安抚百姓，筹划钱粮，我不如萧何；统军百万，战必胜，攻必克，我比不上韩信。我只是放心让这三个大才之人尽情施展而已，而项羽非但容不下诸侯，连他称为亚父的范增也给赶跑了，这就是我得天下的原因。"

过了两日刘邦又问众臣说："秦失其鹿，是何原因啊？"

众臣你一言我一语，说了半天，最后叔孙通说："始皇帝杀诸生也是落败的主因啊！"

刘邦说："你说得不对，杀诸生怎么没有把你这大儒杀了去啊。"

叔孙通尴尬地退下，心想：是啊，当时自己和淳于越是众儒之首都没杀，再拿始皇帝杀诸生说事就不厚道了。

刘邦说："始皇帝嬴政只知道置业，不知道变通，只知道只争朝夕，不知道与民休息。他的心太好了，我的心可没嬴政那么好，众卿可要好好做事，否则莫怪我卸磨杀驴啊！"

　　过了两日，刘邦又与众臣商议取何法治国，众臣莫衷一是。

　　刘邦说："韩非说：'事在四方，要在中央。'汉承秦制可矣，只是我的心可没始皇帝嬴政那么大、那么公，我要封刘姓宗族子弟为郡王，当然也要封几个随我打天下的兄弟到各郡国为王。"

　　张耳被刘邦封为赵王，定都襄国，也就是信都，六月病亡。

　　六月末，刘邦采纳了刘敬的谏议，迁都关中咸阳，更名为长安，刘邦令万名役工填砌修复被项羽军掘毁的始皇帝陵冢。

五十九 / 赵佗闭关镇百越，徐福船到又回航

鸿沟划界，楚汉罢兵……

听到这个消息，刚刚西行到大梁的徐福左右为难，西楚霸王项羽统兵要东归彭城了，汉王刘季要统兵西去关中了，瀛洲郡的几个大事要事向谁奏报呢？眼前这两个争强斗胜的主儿徐福都惹不起，正当徐福不知何去何从时，汉王率兵越过鸿沟又与项羽打了起来。

徐福在一百二十个护卫的随从下离开大梁，途径濮阳来到临淄城外，自称为齐王的韩信久闻徐福之名，他令人请徐福入城相见。

二十八岁的韩信英武凛凛，礼待徐福，当徐福说出他的难处时，韩信也是爱莫能助。

韩信说："鸿沟难以弥合楚汉争霸，究竟鹿死谁手我韩信也不知道。"

徐福说："齐王善将兵，助项则项胜，助刘则刘赢。"

韩信说："四年前，我跟随项王到巨鹿城救赵，当时我没出什么力，项王依然大胜，后来项羽分封诸王后我在汉王军中为将，可汉王一直在败逃啊。"

徐福听到韩信说起秦二世三年的巨鹿大战之事。徐福说，他那年也到过巨鹿郡，那是始皇帝嬴政第五次东游封他为瀛洲郡守，二世三年，徐福渡海回来欲向始皇帝奏报瀛洲郡的民情政事，同时给始皇帝带来了能延长寿命、辟邪纳福的十只玳瑁、五棵红珊瑚树和五棵蓝珊瑚树。当徐福听说始皇帝驾崩，胡亥继位后，他虽对体魄强壮、雄才大略的始皇帝之死感到不可思议，可又觉得那个不起眼的胡亥当了

皇帝，想必也自有他的过人之处吧，所以徐福毅然从秦皇岛到临淄，然后西去咸阳拜见禀报二世胡亥。当徐福一行从平原津西行到武城时，前面传来项羽率诸侯军打败王离军的消息，徐福决定在武城停留，派人时时去巨鹿城周边打探动静。六个月后，徐福得知章邯在洹（huán）水以南的殷墟投降了项羽，徐福从武城来到巨鹿城，眼前是人去城空，大麓宫被火烧得只剩下了高台和柱子。当徐福听到，夫人蒙宠和皇子嬴昊从瀛洲回来后居住在大麓宫时，徐福万分后悔，为何不早些从百里之外的武城过来拜见蒙宠呢，就是冒死也要拜见啊。是蒙宠在瀛洲岛帮自己除去恶人，救了自己的妻儿啊。徐福当时和心腹商议来商议去，不知二世胡亥能否摆平乱局，此时去咸阳，铁定了是要和项羽、刘季的起义军碰在一起，那可是飞蛾扑火啊。最后徐福决定返回瀛洲郡，等待秦朝局势稳定之后再来朝见。徐福留下十个可靠之人西去咸阳打探夫人蒙宠的行踪，打探流散在咸阳的父母、兄嫂和一双儿女的下落。自己和随从回到琅琊郡，在琅琊东山，徐福拜见了隐居在此的通武侯王贲，他把五棵红珊瑚和五棵蓝珊瑚作为见面礼送给了王贲。

王贲嘉赞了徐福身在瀛洲郡岛之上，却能心系华夏故乡，自觉回朝述职，嘱咐徐福可暂回瀛洲郡，过两年平静了再觐见皇帝。徐福临行时，王贲送给徐福五百棵荆桃樱树，徐福把随行来的儿子徐华暂留在王贲身边，以示再回琅琊，同时也诚意请求王贲同意让王离之子王元随船到瀛洲游历。

王贲惦记远在瀛洲的兄长王戊，说："观千种人，行万里路，都是自家的庭院，一衣带水，日月同照，来而往之，有去有回啊。"王贲不但同意孙子随徐福东渡，并且亲送徐福登船。

一晃又四年过去了，徐福本以为大秦早已平定了起义，没想到秦朝已经灭亡，霸王项羽和汉王刘季仍在争夺天下，就连当年随项羽征战巨鹿城的郎中韩信，也是齐王了。

韩信见徐福半天不说话，便问道："郡守在想什么呢？"

徐福说："我当年没想到蒙宠夫人和皇子嬴昊居住在大麓宫，今生恐怕无缘相见了。"

韩信说："当时项王破城后，令我去追查一个神秘女子和一个少年，后来才知道那是始皇帝之夫人和公子。我现在终于明白了二世为何冒着亡国的危险，派两路秦军齐聚巨鹿城了，二世心中有鬼，把夫人和嬴公子看得比亡国还危险了。"

徐福说："齐王啊，霸王项羽分封诸王，遗忘了我瀛洲郡徐福，我现今不知是拜见项羽呢还是拜见刘季？"

韩信说："项羽不是遗漏，而是根本不知道我华夏还有一个瀛洲郡孤悬海外，现今龙虎相斗，你谁也不要去见，还是先回去，过两年再回来，说不定到那时北面已有明主。"

项羽和刘季势均力敌，不知打到何年何月，徐福无奈之下，只好决定像上次一样打道回府。

徐福一行从临淄来到琅琊山，得知三年前王贲已病逝了，徐福来到王贲的墓地转达了王戊对王贲的问候，告知王贲：瀛洲郡人口经繁衍已有三万一千人，之后并请求王元通过当地豪绅三老，招募建造宫殿的工匠和铸造青铜器皿的师傅，并暗中出重金把琅琊郡秦朝铸币的四个官吏招募进来，同时又在龙山一带收集万棵茶树幼苗，还招募酿酒艺人十人。所有这些，徐福本来是要求皇帝赏赐带回瀛洲岛的，自遵始皇帝之命拓建瀛洲郡以来，这是第二次回大陆了，可如今没有皇帝了，接下来皇帝是哪个，在哪里，全无着落。

徐福满怀失望，王元设酒为其送行。

王元说："郡守不必失望，霸王乃一介武夫，虑事粗疏，他不光瀛洲郡不知不封，就连岭南三郡他都弃之不封，还有对北部匈奴冒顿也是置之不理，他只想衣锦还乡，光宗耀祖，难以成就帝业。你只要守住瀛洲郡岛，对得起始皇帝和自己的良心就行了！"

徐福起航了，三十艘楼船满载着大量物料和招募的师匠工役。船向东驶出形似喇叭样的渤海，然后进入浩瀚渺茫的大东海，这时徐福对领航的舵手说："往南，往南！"

舵手把船调整往南行驶了一段，然后又调整到往偏东方向航行，徐福见状，拿给舵手一张航海图用手指画着说道："不是遇到海礁往南绕一下的，而是要往东海，然后到南海，最后到番禺的。"

舵手从没有在这个航线上航行过，故而只能小心翼翼地把船队移到深黑色的海里航行，以免靠近陆岛而搁浅。

楚汉争霸四年（前203）九月，船队到了一个像卧蚕形状的岛屿。徐福和随从登岛，岛上除偶尔见到几个闽越渔人外，别无所见，问此岛何名，无人知晓。徐福命人在一石上刻字：夷洲瀛岛，之后在岛上采摘了些山野蔬果，船队从岛的西侧海峡中向西南驶过。

到了十一月二十三日，徐福的船队进入一个像布袋样的海河口里，到了这里众人才知道徐福是走海路到岭南拜访赵佗的。在此停留五日后，派往番禺城的使者和赵佗派来的引领船徐徐到来，于是徐福船队转向北行，顺江而上，历经十九道弯后到达番禺内河，过了海珠石而后泊岸。

番禺是南海郡的治所，是岭南最大的临江城池。在城中南越武王王宫，赵佗接见和款待了远来的徐福。

赵佗第一次见到徐福是在十七年前的琅琊台，那年是始皇帝第一次巡察东方郡县，赵佗身为嬴政最贴身的侍卫不离左右，他亲见始皇帝召见齐地方士徐福。今见徐福发白面皱，背已微驼，苍老了许多，不像是吃过仙药的样子。

始皇帝两次派徐福求仙问药，发现海里有平原广泽，又令其带着有繁殖能力的童男童女占守，并给以名。此乃旷世的皇恩和信赖，可到头来，始皇帝一没有吃上长生的仙药，二没有乘船巡察这海中仙郡。

始皇帝让自己身边精壮的大将赵佗征战岭南，并令其永久镇守，此乃旷世的皇恩和信赖，可到头来，始皇帝到死也没有巡游这百越之地。

如今徐福和赵佗，这两个都没有被西楚霸王封王的始皇帝的旧臣聚首了，自然是惺惜与共。当徐福得知赵佗早在三年前就自立为南越武王时，仍是吃惊不小，深佩赵佗年轻敢为。

徐福说："武王，始皇帝驾崩你知道不知道？"

赵佗说："不知道，后来关东义军蜂起，咸阳宫遣使者来岭南，令南海尉任嚣勤王，才知道胡亥已经继位。"

徐福说："我孤悬海中，自然也是不知道，待我登陆向始皇帝报功时，在巨鹿郡遇到项羽和王离大战，只能无功而返。这次又来，秦朝帝国已然倒塌，连个皇帝也找不着了。"

说罢，赵佗设好香案，案上摆着始皇帝的黑帛白描画像，赵佗和徐福脱下身上的黑衣在案前焚烧，他俩向北而跪放声痛哭。

哭拜完毕之后，赵佗说："始皇帝驾崩，我应该前去守灵并参与安葬的，可二世竟然不派使者告之，听说其他各郡臣将都未参与始皇帝的丧葬之事，这其中定藏有阴谋。始皇帝尸骨未寒，关东已反，胡亥这才想起我们，真是情理不通啊！"赵佗有些伤感又有些激愤地给徐福说起了这几年的经历……

秦二世二年九月，从咸阳来了一名使者，他手拿二世诏令，令南海尉任嚣出兵三十万入关，助章邯平叛关东六国反贼。任嚣三日不见使者，三日后，任嚣说："南海三郡受命于始皇帝，没有始皇帝的诏书是不会出兵的。"

使者说："始皇帝早已驾崩了！"

任嚣说："始皇帝用五十万大军、五十万迁民换来了岭南半壁江山，我时刻感念始皇帝，时刻盼着始皇帝来巡察，我们都以为始皇帝还在世呢！"

使者有些暴躁，说："这是二世陛下的诏令，朝廷有难，难道你见危不救吗？"

任嚣说："始皇帝说过，非他亲口所令不得擅自回归中原，再说五十万大军已分散到岭南各郡县，一旦三十万大军撤出，这里定会出现变故，重回蛮夷！"

赵佗用重金收买了这位使者，使者回咸阳不久向赵佗送来了二世被赵高逼杀的讯息，时隔不久又送来了嬴婴继位秦王的讯息。接下来，赵佗从使者的讯息中得知蒙宠夫人和公子嬴昊诛杀赵高，之后不知去向，赵佗向任嚣请辞要去辅助蒙宠母子匡复秦朝大业。

任嚣没想到赵佗忠诚的不光是他这个南海尉，更忠诚的是始皇帝。

任嚣说："我只有一个女儿，你和小女成亲后再议北上之事吧！"

赵佗很倾慕南海尉的女儿任霏儿，她可是任嚣的掌上明珠啊。赵佗成婚不久，任嚣旧疾复发，任嚣把赵佗和女儿叫到病榻前，亲书一令，将南海尉让位于赵佗，说："你既为我贵婿，就要听我一言，二世无道，天下苦之，中国扰乱，未知所安，北上无益，为防义军南来抢关，宜速封关自保。"

赵佗说："封关意欲何为？"

任嚣说："番禺，岭南中心，北有五岭之险阻，南有深海之澜挡，东西南北几千里，割据立国以待明主！"

楚汉争霸第一年十二月，任嚣病亡。

任嚣病亡后，赵佗顿感责任重大，再三筹划，先令手下将领严控北岭，封闭四关。千米之高的山岭东西连绵横亘三千里，山岭中的横浦关、阳山关、湟溪关、诓浦关是通往岭南重镇番禺的必经关隘，一将当关，万夫莫开，土填石砌，驻兵值守，鸟兽隔阻。封闭四关后，赵佗出兵兼并了桂林郡和象郡。

楚汉争霸三年，赵佗宣布建立南越国，自立为南越武王。

……

赵佗轻描淡写地回顾着这几年的变故，徐福入迷地倾听着，这时有校尉来报：岭北有自称长沙王吴芮的，日夜叩打阳山关。

赵佗令校尉登岭查看吴芮带领多少人马，五日后校尉来报，吴芮只带了三百兵马，并无重兵。赵佗下令开启阳山关，放吴芮入关来到番禺。

吴芮见到赵佗的第一句话就说："汉皇帝刘邦封我为长沙国长沙王，长沙国封地包括南海、象郡、桂林郡和无边的南海，请赵将军与我交割！"

赵佗半天说不出话来，在一旁的徐福也被这突如其来的长沙王的气势给镇住了。

少顷，赵佗踱着方步回到王座之上，说："我是南越国南越武王，没听说过什么长沙王，我只听命于始皇帝，不知道什么汉皇帝刘邦！"

吴芮转头走到宫门口，猛然又转身径直走到赵佗王座跟前，说："这是大汉皇帝的旨令，你竟敢如此违抗！"

赵佗冷冷地说道："让你入关是礼遇于你，没想到你竟欲鸠占鹊巢，你说是奉汉皇帝的旨令，拿来我看看？"

吴芮一时语塞，他没有带来皇帝刘邦的封王令，只能把长沙国的地形图递给赵佗看。

赵佗看了一眼，说："我奉始皇帝之命浴血百战，镇守岭南，今汉帝刘邦置我赵佗于何地，你可知晓？"

吴芮早年在家乡浮梁瑶里时，就听闻过任嚣为南海尉，赵佗为龙川令，名震百越之地。特别是赵佗兵压东江，收服缚娄，和缉百越。赵佗一个奏请，始皇帝就发五十万人迁戍岭南，这片天地是人家用血汗和生命打下来的，我吴芮说一句话就坐享其成了，这许是有些莽撞啊，想到此，吴芮说："我虽受汉帝封国封王，但感念赵将军居功伟哉，不忍夺人所属，我收回我所说的话，待我禀奏汉帝更改成命，长沙国不越岭南一步！"

赵佗设酒盛待吴芮，宴席间，赵佗和吴芮对徐福久居海岛心系华夏之举以酒相敬。

吴芮答应徐福一定将瀛洲郡之状况奏报汉帝，赵佗赠予徐福翡翠、象牙、铁制农具、茶叶、丝帛等。

吴芮回他的封地长沙国去了，赵佗依旧封闭了阳山关，徐福起航由番禺沿海岸线往东北航行，过琅琊后转向东北回瀛洲郡去了。

南越武王赵佗等待吴芮奏请汉帝刘邦的事杳无音讯，他只好照做南越武王。徐福回到瀛洲郡等待汉帝亲来巡察或派使前来，也是杳无音讯，他索性建造宫殿称王。

六十 / 狄戎匈奴齐会聚，蒙宠嬴昊把舵掌

一座巍峨俊阔的宫殿在北河北岸百尺高台之上建成。这座模仿咸阳宫的高俊殿堂是冒顿花两年多时日为蒙宠建造的，宫殿的北面是经蒙恬修筑连接的赵国旧长城，南面是波涛汹涌的黄河北河，蒙宠将这座宫殿取名为九原宫。

仲夏之夜，时近卯时，星际低垂，温凉如水。身裹绫绢的蒙宠在卧榻上翻了个身差点掉落下来，这时有一双粗大的手托住她柔若无骨的娇躯，蒙宠一惊，睡眼惺忪中看到冒顿赤裸着身子站在她的卧榻旁，蒙宠下意识地抓起身底下的帛巾掷过去，冒顿用帛巾披在肩上，窸窸窣窣地穿上短皮衣裳。

蒙宠说："单于，你怎么会在这里？"

冒顿说："我想陪在你身边，也住到这九原宫里。"冒顿说着上前一把搂住蒙宠，一股热气一下子弥漫了蒙宠的全身。

蒙宠下意识地抽出手来推开了冒顿。晨曦中，冒顿棱角分明的脸上一双眼睛闪动着炽烈的光芒，奔牛般的肌腱，壮硕的马上汉子，野性外泄，蒙宠浑身一阵燥热，脖子和脸颊烫得厉害。八年了，从秦皇岛到巨鹿郡，离开夫君已经快八年了，多少次梦中沉醉在始皇帝嬴政那有力的臂弯里。如今，这新修造的九原宫，尽管也奢华铺张，但怎能和咸阳宫相比呢，这世上再也无始皇帝了，这世上没人能比得上始皇帝了。蒙宠平静了下来，她有条不紊地穿戴好衣裳，说："单于啊，你在这榻下守了半夜我竟不知，我那侍女浅儿呢？"冒顿往宫门那儿一指，只见那浅儿被束缚住手脚，嘴里塞了块丝绢。蒙宠走过去，用剑尖轻轻一挑，浅儿挣脱束缚站了起

来，用手拿掉塞口的丝绢，指着冒顿就骂。

蒙宠说："单于啊，你既然和嬴昊结拜为兄弟，我就是你的母后，不要胡想，不得无礼！"

冒顿说："对啊，你是母后我才要把你纳为阏氏啊，匈奴上千年都是如此啊！"

蒙宠说："单于啊，你既知你先祖与秦嬴关联，就得遵守秦人的长幼有节、君臣之伦，岂能父死娶母，兄亡纳嫂啊！"

冒顿还不死心，他左手按在铺有牛皮的木几上，伸右手去拉蒙宠的纤腕，蒙宠娇喝一声，手起剑落，剑刃擦着冒顿的左手指甲尖而下，入木木断，厚厚的木几被斩作两半。冒顿倒退一步，单膝给蒙宠跪下，低着头喘着粗气。

蒙宠说："始皇帝在世时，你和头曼单于请求归顺大秦，一朝称臣，世世为臣，始皇帝……"

"母后别说了，我一听到始皇帝三字就如雷贯耳，始皇帝是大天子，匈奴是小天子。"冒顿说，"我冒顿绝无冒犯母后之恶意，是匈奴世代相传之流俗，原想母后会高兴快乐，既母后贞守秦礼，冒顿再不强求，请母后放心！"

蒙宠说："我已把飒儿许配与你作阏氏了，并且已生养继承人，你好好待她就行了。"

冒顿说："母后赐儿臣的阏氏冒顿很喜欢，冒顿恳请母后不要干预匈奴各部仍行旧俗。"

蒙宠说："匈奴虽与秦同属一祖，但离分太久，习俗有别，各行其便吧。"

汉高祖五年（前202）八月，冒顿率二十万大军从九原返回狼居胥山和燕然山，然后再往西北和东北攻伐北夷各部族。九月底，汗庚、丁灵、薪犁、屈射、鬲昆等十部族皆归降匈奴。

凯旋回归九原后，蒙宠摆宴为冒顿庆贺，席间左右贤王、左右蠡王、左右大将、左右大都尉、左右大当户、左右骨都侯都尽情宴饮。九原庆功后，在秋风中，冒顿和各臣将和新征服的十部族首领再到蹛（dài）林聚会，令左右骨都侯加紧核查人口、马匹、牛、羊、骆驼、驴、鹿等数目。一切数目清楚后，冒顿前去向蒙宠报告，他来到蒙宠的大帐外时，只见蒙宠大帐被一众臣将包围，左右贤王、左右大将、左右大都尉、左右大当户和新归顺的十部族首领，他们在齐声向帐内呼喊，意思是让蒙宠选他们一人为夫。

冒顿见此，喝令他们走开，众臣将好像没有听见，一动不动，仍在向帐内呼喊。

冒顿把左右贤王叫到一边说："蒙宠是始皇帝之后，是蒙恬之妹，你等不可造次！"

左贤王一直追随头曼单于，后来追随冒顿单于，他听说过始皇帝，见过蒙恬，看到冒顿生气了，他马上退了回去。左贤王退走了，其余二十余个依旧围在蒙宠的大帐外大声喧哗，直白示爱，冒顿挥刀将屈射归降过来的一个大将杀死，可众人依旧不退，冒顿又挥刀将叫喊最急的左大当户杀死，这时左蠡王对冒顿说："如此美人，闲着也是闲着，我等娶为妻妾有何不可？"

冒顿说："我是单于，蒙宠是大天子之后，你们是什么，岂能以卑攀尊，快快走开，永不可再闹，不然统统杀死！"

众臣将听到冒顿这番话，吓得溜溜而去，从此再无人敢提及此事。

冒顿单于封嬴昊为大屠耆王，与单于平起平坐，他还将自己的女儿许配给嬴昊为妻，嬴昊拒绝了冒顿的许配。可冒顿的女儿茶饭不思，非嬴昊不嫁。

蒙宠对冒顿说："你和嬴昊结拜为兄弟，他纳娶你女儿为妻就乱了辈分。"

冒顿听后哈哈大笑说："这事得听我的，什么辈分不辈分，多亲多近最可靠！"

最后嬴昊只得服从冒顿的安排。接着蒙宠和嬴昊把带过来的十万秦军编入匈奴军中，匈奴军原有二十万加上嬴昊这十万，共三十万大军，每到满月的时候就外出征伐，每到月亮残缺的时候就停兵游牧。

汉高祖六年（前201）九月十五日，冒顿让嬴昊留守九原，他亲自率领三十万大军从九原往东南经过楼烦，直扑马邑，身处危城中的韩王信投降了冒顿。得到韩王信的引领，冒顿径直南下，翻越了句注山攻占了狼孟，接着围困了晋阳。

汉高祖刘邦得报，于汉高祖七年（前200）十一月御驾亲征匈奴冒顿。刘邦统帅三十二万汉军，到达晋阳时已是十二月十二日，时令不饶人，天气寒冷无比，恰逢大雪纷飞，士兵中十之有三被冻伤。匈奴士兵耐寒冷不惧冰冻，冒顿带领军队假装败退，在退却中把精锐隐伏在白登山两侧山包的树林里。汉军看到前面败逃的匈奴兵，大都是一瘸一拐的，汉将以为是寒冻所致，于是向刘邦禀报，刘邦下令三十二万大军全力追歼，刘邦和陈平、灌婴、樊哙四人带领七万骑兵脱离大军猛追不舍，翻过句注山后，刘邦派大将刘敬去匈奴军附近探查虚实，刘敬回来后说："不可再追了，恐怕有猫腻，因为越追，前面看似残弱的兵马跑得越快，你追得慢了他们也慢了，好像在等我们追。"

刘邦火气上来了，根本不听刘敬的话，继续猛追。当刘邦到达平城时，后面的步军远远跟不上了，这时，冒顿令号手吹响了牛角，隐伏在山林中的三十多万精锐骑兵迅即把刘邦包围在白登山上。

冒顿一边围困刘邦，一边派快马赶往九原向蒙宠报捷。蒙宠真没想到冒顿居然把汉朝第一位皇帝刘邦围困，蒙宠得报后心里像打翻了五味瓶：杀了他！是他夺了大秦的天下，这是不共戴天之仇啊！可不知道怎么的，蒙宠对刘邦恨不起来，蒙宠听说，刘邦入关进咸阳后，善待嬴婴，不动秦宫，不杀秦人，约法三章，真正可恨的是项羽这个烧杀抢掠的霸王，是祸国殃民的赵高！杀了刘邦，让冒顿率大军直捣咸阳，而后拥立嬴昊为帝，重新复兴大秦帝国，这个念头在蒙宠心中一闪而过。不行啊，蒙宠随即想到，刘邦历经四五年苦战除掉项羽做了皇帝，汉帝国兵多将广臣强，要是再争夺天下，华夏大地上又将掀起一场腥风血雨；可若不指令杀掉刘邦，冒顿定然不解。想到此，蒙宠修书二封：一封让使者报给冒顿，对围困汉帝表示欣喜，令其做好善后；另一封让使者送给阏氏，让她进言冒顿放刘邦一马。

七天七夜过去了，刘邦率领的骑兵粮草已尽，灌婴以带领骑兵著称，这次也只是顿足捶胸，徒呼奈何，因为他从未见过这么整齐强悍的骑兵大军，灌婴看到：西面是六万白马组成的骑兵，东面是六万青马组成的骑兵，北面是六万黑马组成的骑兵，南面是六万红马组成的骑兵，层层环环，厚如山墙，灌婴是看傻了眼。汉兵都饿得眼冒金星，刘邦把希望的目光投向了陈平，于是陈平建议暗中派使者持重金和珠宝送于冒顿的阏氏。

随冒顿出征的阏氏原是蒙宠的侍女飒儿，她刚收到蒙宠的书信接着又收到汉帝的重礼，她对冒顿说："我听说汉朝的君主也是受命于天，也是有神灵的庇佑，如果围困太久要招致灾祸，再说了我们攻下了这里，也不可能住在这里不走，请单于明察！"

冒顿心想：我本来是和汉朝降将韩王信约好的时日，时日到了，把刘邦也围了，可韩王信的部下王黄、赵利、曼丘臣却迟迟没有率军出现，我冒顿用诱敌之计围了刘邦，别反倒让刘邦和韩王信串通不利于我，还是听阏氏的一句劝吧。于是冒顿下令在东南角放开一条通道，刘邦在汉兵中间坐战车从通道退出包围圈。

回到关中长安后，刘邦仍心存后怕，他把兄长刘仲之女刘丹封为公主，派建信侯刘敬出使匈奴和亲，冒顿见到刘丹后十分喜爱，纳为阏氏。

汉高祖十年（前197），投降匈奴的赵国国相陈豨（xī）、燕王卢绾、韩王信在冒顿引领下拜见了蒙宠。

汉高祖十二年（前195）十二月七日刘邦在长乐宫召见丞相萧何，说："芸芸故人，吾独念始皇帝嬴政，尤其是近日夜夜梦到始皇帝。众知我朝乃汉承秦制，邦得政鹿，老觉得还有件事没有做好。"三日后，令萧何为始皇帝嬴政安排二十户守陵人世代守护他的陵墓。

汉高祖十二年四月甲辰日汉高帝刘邦驾崩，享年六十一岁。

冒顿听说刘邦驾崩后，他给吕后吕雉写了一封信，信中说："吕后啊，你的夫君已死，最近我的一个阏氏也亡了，你我都不快乐，不如咱俩搭伙结为夫妻，一块儿快乐。"书信送出前，冒顿拿去让蒙宠阅看，蒙宠看罢，以袖掩口"咯咯"笑了起来，说："快派使者送去，快派使者送去！"

吕雉看到冒顿的信后，气得全身发抖，但鉴于贤武并举的高祖率军都打不过匈奴，唉，气归气，最后吕雉还是咽下了这口气。她两日后给冒顿回信说："你的提议很好，只是我年老色衰，牙齿和头发都脱落得差不多了，走路摇摇晃晃，搭伙过日子寻快乐的事就算了吧，改日给你选个年轻的公主送去不更好么。"吕后随信还赠送给冒顿御车二乘，良马八匹，不久又派去一假公主去匈奴和亲。

冒顿把吕后吕雉的回信拿给蒙宠看，蒙宠看罢忍不住哈哈大笑起来，笑声在九原宫里回响，笑过后，蒙宠觉得久积胸臆中的块垒随大笑飘散了，心情畅爽了许多。

汉文帝三年（前177），汉文帝得报匈奴右贤王率兵侵扰黄河以南郡县，于是派丞相灌婴领兵前去驱逐，灌婴撤回长安后，文帝派使前去匈奴送公主和亲。冒顿把汉文帝送来的公主赐予儿子做阏氏。

汉文帝四年（前176）二月，冒顿令右贤王和嬴昊率二十万骑兵攻打月氏，大军往西先攻下大夏，再往西攻下大宛，从大宛往南攻下月氏，在葱岭攻伐夷狄诸国，大军穿过流沙沼泽，踏过戈壁荒漠。五月，先后平定了浩罕、安息、焉耆、且末、莎车、小宛、疏勒、楼兰、呼揭、乌孙、龟兹、单桓等二十六国，掐指一算，西域三十国尽皆归属匈奴。

汉文帝五年（前175），冒顿来到丁灵，他在北冥之南的燕然山重建王庭，半露天的王庭呈半圆形，除绘有黑蓝祥云和蛟龙图案外，其余都是白色。随后冒顿又在北冥东岸为蒙宠修建了一座秦式宫殿，同时又在北冥西北角的山脚下修建了一座背山面海的宫阁。汉文帝五年五月，冒顿派郎中系雩（yú）浅带着和亲友好的国书前往长安，冒顿给汉文帝说：匈奴把北边、西边、东边的地方部族都平定了，现在也不缺少什么，只愿意养马休兵，使少者能成长，使老者能安养，愿与汉朝结为兄弟之好。

当年六月，冒顿在王庭龙城召集左右各部大会，西域葱岭诸地三十六国头领，东鲜卑头领，乌桓头领，漠北、丁灵、鬲昆等十部族头领，还有汉朝投靠过来的大将赵利、王黄、曼丘臣、侯敞、张春等都齐聚一庭。在王庭宝座之上坐着三个人，左有冒顿，右有嬴昊，中间是蒙宠。

冒顿说："匈奴自夏时西迁北徙至今一千多年，已拥有远超秦汉帝国的土地，东达辽东襄平周边，南过长城到肤施，北越北冥以北，西至葱岭西海，皆为华夏中国之土。匈奴来自华夏，祖先是孟戏、淳维，族徽为黑色皂游旗帜，只因富饶之地被关中六国和皇帝占有，匈奴只好逐水草而居、游牧为生，难享钟鼓馔玉之盛，时有驱逐逃亡之虞。现今，匈奴、胡戎、猃狁、獯鬻、蛮夷、诸翟、貑（yuán）戎、义渠、朐（qú）衍、楼烦、胡貉（mò）、月氏、浑庾、鬲昆、屈射、大宛、小宛、莎车、乌孙等穹庐之下引弓之民合为一家，势力强大，大则大矣，其后何如，茫然不知，今聚会共尊屠耆王嬴昊之母为蒙姑，请蒙姑主持全局，共议国是！"

"蒙姑，蒙姑！"冒顿率众高呼并单膝跪下行军礼！

蒙宠脚蹬皮靴，身穿宽大绢麻裤和玄绢披衣，头戴黑貂裘单帽，她手向前伸出，半天没有说话，整个王庭落根草棍都能听得清楚，众人隐约中觉得有种浓重的神圣之气笼罩着蒙宠。

"蒙姑，蒙姑！"冒顿又率众王、众都尉、众户侯连声高呼。

"匈奴戎狄之祖来自中原，"蒙宠声音清越，一字一板地说，"从来华夏一体，只因私欲与贪婪，只因地大海无边，单于占西北，皇帝居东南，寒釜热灶皆为吃饭。自此始，中原王朝君主若荒淫无道，必击之；若腐败奢靡，必击之；若置民水火，必击之；若腐烂无药可医，可取而代之！"

"若我匈奴戎狄各族遇天灾寒冻无食无衣，中原王朝只顾自己骄奢淫逸，见难不援时，可攻之掠之。"冒顿说。

"中原王朝如羊，"嬴昊说，"我北方匈奴戎狄如狼，让其知道，随时随地狼皆可来，别光吃得膘肥毛亮的，忘了怎么奔跑，忘记了怎么提防！"

冒顿说："今之蒙姑训言永世不变！古往今来，强则兴弱则亡，快则胜慢则败，百年千年后，匈奴各部族无论凝聚还是分散，无论仍叫匈奴还是叫什么名头，都要遵从蒙姑之训言！"

众臣众将诺声一片，议完国事，随之祭拜祖先孟戏，祭拜天地，祭拜神灵。

众臣众将又移聚北冥之畔祭拜北冥之神。

来自大宛、小宛和月氏的头领，向蒙宠敬献了千里良驹十匹。

六十一 / 北冥浩渺神女在，相伴苏武来牧羊

"北冥有鱼，其名为鲲。鲲之大，不知其几千里也；化而为鸟，其名为鹏。鹏之背，不知其几千里也；怒而飞，其翼若垂天之云……"

"快看，那是什么？"一声惊呼打断了蒙宠的思绪，蒙宠和冒顿随着赢昊所指的方向看去，刚才北冥深黑色的海平面涌起一百多尺的巨浪，像一座小山丘般移动过来。

"快后退，那是海怪在兴风作浪！"冒顿催促着蒙宠和众随从离开海边，撤到五十里外的高坡之上。

蒙宠说："推起大浪的应是一种叫鲲的鱼，不是海怪，单于你多年在海边走动，见到或是听到过什么吗？"

冒顿说："我曾亲眼看到过这种长着翅膀的大鱼，我们都叫它海怪，还听说海里浪里飞出过大鸟，我们都叫它怪鸟。"

蒙宠说："真是耳听为虚，眼见为实。到了这几千里外的北冥之滨，我才相信在一百年前，有一个叫庄周的游世之客来到这里，他在海滨草丛中睡着了，做了一个梦，梦到一群白狼眨着惨绿的眼睛，向他包抄过来，他退呀退，一直退到海里，退到海里的他不知怎么地就变成了一条鱼。鱼一天天在长大，结果长得和海一般大，这个大鱼就叫鲲。有一天鲲实在憋躁得不行了，它借着水底巨流，拍动湿润的翅膀，从海里腾跃而起，鲲鹏就这样出世了。"说到这里，蒙宠停顿了一下，问冒顿和赢昊说："是庄周变作了鲲鹏呢，还是鲲鹏变成庄周了呢？"

嬴昊说："说不清，谁变成谁，谁说得清啊？"

冒顿说："我在晋阳得到许多简书，好像听谋士说里面有庄周游北冥的，蒙姑啊，明日我要率五万人到北冥以北去征伐北遁的猃狁。"

蒙宠说："九月将尽，海山以北仍极寒之地，速去速回。"

四个月后，冒顿回来了，带去的五万人马只剩下三万了，两万人马不是战死的，而是饥寒而死和被白熊咬死的。冒顿到蒙宠宫中拜见，讲述了他到北冥以北两千里外，那里黑咕隆咚极夜漫漫，在黑咕隆咚的长夜里，有曼妙妖娆的神光，有的光色葱绿，弯弯环环相连，有的光色青青蓝蓝，宛若丝带，有的光色红黄相间，如幕如帐，仙境瑶台不过如此。士兵有的观神光时被冻僵，有的白日里被白熊所伤，除了无边无际的冻海外真正要找的猃狁却一个没见着。

蒙宠听后惊奇不已，天底下竟有这样的地方，说是地狱吧它又胜过仙境，说是仙境吧它又暗如地狱。又过了几日，冒顿病倒了，这是汉文帝六年（前174）二月，这年冒顿六十岁了。

蒙宠找来草原上的医官，又找来汉朝降将带来的医官给冒顿诊病，诊过后均言是劳顿冰寒惊厥所致，服了几日汤剂有所好转。

二月三十日，汉文帝嘉奖冒顿单于平定统一华夏北面、东面、西面近四十个小国小部族有大功，派特使中大夫意和谒者肩带着绣袷绮衣、绣袷长襦、锦袷袍各一件，黄金镶饰的衣带一条，黄金胥纰一件，绣绸十匹，锦缎三十匹，赤绨绿缯各四十匹等礼送与单于，冒顿很高兴。可送走汉文帝的特使后，单于又沉睡不醒。

突然有一天冒顿醒了过来，他吵嚷着要见蒙宠，当蒙宠来到王庭后，冒顿说："蒙姑啊，这几日我梦到自己骑着千里马追赶一头青牛，青牛背上坐着一老翁，奇怪的是怎么也追赶不上，这是怎么回事啊？"

蒙宠安慰冒顿说："单于啊，你切要安心调养身子，千里马追赶不上青牛，是因为那头青牛驮着伯阳李耳云游景宝山去了。"

冒顿半坐起来，伸手往寝宫角落指了指说："我恐怕病将不起，那边金匣里有几件宝物请蒙姑收纳。"

单于之子稽粥走到角落里，只见那里摆放着数不清的黄金和珠宝，拨开外面这些散放的东西后，里面露出一个由牛皮嵌镶的金匣。打开匣子，稽粥从里面取出二百多片二尺四寸的竹简和两支中指粗的芦苇秆毛笔。蒙宠详细观看，竹简上是伯阳李耳的《老子》，还有庄周的《逍遥游》……

冒顿断断续续地说："这几套简书是从晋阳、代郡、云中郡等地得来，臣僚都说这是宝物，我便珍藏了起来，这两支毛笔是早年蒙恬将军赠送给我的，这些年，我只顾马上征伐了，至今不会使用，今日归还给蒙姑，我也安心了。"

蒙宠令人找来一张焙干的羊皮，用蒙恬造的毛笔，用秦隶字体自右至左把庄周的《逍遥游·北冥有鱼》写好，悬挂在冒顿单于毡榻的上方。

蒙宠坐在冒顿的榻侧，对冒顿说："鲲鹏生于北冥，遨游四海，你就是鲲鹏，北冥之子，你以后要飞到南海去。已从汉使口中得知，闭关自保的南越武王赵佗已经归顺汉朝了。"

冒顿抓住蒙宠的手，蒙宠感到向来枭悍威猛的冒顿的手是那样无力，但他用力睁开的双目中似乎还闪动着那五彩的幻光，说："蒙姑啊，北冥以北我已去过了，那里是有神光在天的冰海啊……有两万军士在那里了……"两日后，冒顿单于崩逝，冒顿之子稽粥继单于之位，号为老上单于。稽粥继位单于的当日，嬴昊和冒顿的女儿生下一子，取名嬴北。

正当蒙宠给老上单于物色新阏氏的时候，汉帝派使者护送汉朝宗室公主前来和亲，正好做了稽粥的阏氏，随嫁辅佐公主的是宦官中行说。

汉文帝不管匈奴是否偶尔越境侵扰，每年都派使者慰问单于，赠送礼品，汉朝从高祖后这样做了很多年了。

汉文帝后元二年（前162），汉文帝派使者见到稽粥后说："单于治理长城以北，汉帝控制长城以南，如今汉朝派到匈奴的中行说，离间挑唆你我兄弟关系，违背了你我顺应天命、体恤万民的共同意志，必加以制止。我知道匈奴处于寒冷的北方，霜肃之气来得早，所以我诏令使节每年都送去吃的粮草，御寒的醇酒、丝帛，还有金币。单于和我系民之父母，百姓安定高兴是你我的心愿，我和单于同在天穹之下，大地之上，两方百姓亲如一家子，你我定能消除一些小的误会，以图谋长远大计。首先我这边不会违背盟约，也希望单于遵循兄弟间的盟约，同时陛下还规定擅自出击关塞以外的汉军处以死刑。"

汉文帝后元四年（前160），稽粥死亡，其儿子军臣继位，名号为军臣单于。

自打冒顿单于死后，稽粥和军臣单于在位四十七年，这四十多年，从汉朝过来辅佐公主的宦官中行说，挑动单于时常无端攻打汉朝边关郡县，对蒙宠和嬴昊的策略不怎么采纳。汉景帝后元三年（前141），汉武帝刘彻即位，汉武帝依然与匈奴和亲，依然开通边关贸易，每年还送匈奴大量财物，但同时武帝用厚实的国力，厉兵秣马，不再像文帝和景帝那样容忍匈奴的侵扰了。

汉武帝元朔三年（前126）的冬天，军臣单于和嬴昊同一日亡故，这一年汉将卫青率兵夺回了河套以南的郡县，建起了朔方城，重新收回蒙恬当年修建的要塞。这一年伊稚斜单于从西域挑选四名侍女，从辽东挑选四名侍女，让她们侍奉已年过百岁的蒙宠，渡海到西北岸上的宫阁中颐养。蒙宠对伊稚斜单于和孙子嬴北说："以后一年之中只许见我一次面，只许报我一件事，其余按族训施治。"

汉武帝元狩二年（前121），汉武帝派大将霍去病出兵陇西，击败匈奴军。汉武帝元狩四年（前119）大将军卫青、骠骑将军霍去病追赶匈奴军，霍去病后来打败了左贤王，到狼居胥山行祭天封礼，在姑衍山行祭地禅礼，在冥海东岸饮完马后撤回到长城以南去了。

汉武帝太初三年（前102），当了三年单于的乌师庐死亡，右贤王呴犁湖被立为单于。呴梨湖单于过海去拜见蒙宠，他接受了蒙宠的祝福，尽管如此可呴梨湖单于在位一年就亡故了。由于呴梨湖没有儿子，匈奴左贤王和嬴北渡海报告蒙宠，蒙宠同意立呴梨湖的弟弟左大都尉且鞮侯为新单于。

汉武帝天汉元年（前100），汉武帝派中郎将苏武出使匈奴，匈奴扣留了他。第二年春天，汉武帝派大将李广利率领三万骑兵，从酒泉西行在天山一带攻伐右贤王，伤亡惨重，后令骑兵都尉李陵从居延泽畔的堡塞哨亭出发，涉过弱水流沙北行近两千里与匈奴激战，战败后李陵投降了匈奴，第二年又招降了汉将李广利。单于听从嬴北建议，把自己的女儿嫁与李陵为妻。

蒙宠居住在北冥的西北海岸之上，那里冒顿为蒙宠修造的宫舍一直连廊至山根。这北冥湖海呈东北西南走向，长一千二百零二里，东西宽一百零六里，略微弯斜就像女子的峨眉，水深近三里，汉军好几次在东海岸瞭望，可他们看不到百里外的宫阁。

一日，嬴北和单于且鞮侯渡海看望蒙宠，单于问："蒙姑，你熬走七位单于，何以活得如此长久啊？"

蒙宠说："送走了七位单于心很累，我之所以活得久，一个念想是，我必替始皇帝活着，把他少活的时日活回来。"

单于说："活回来还赚了，一定还有别的原因吧？"

蒙宠说："还有就是我要看后来人是怎么当皇帝的。"

"还有我们是怎么当单于的。"且鞮侯单于笑着问，"蒙姑想吃些什么？"

蒙宠说："我一日只吃一顿饭，一半来自山上，一半来自海里。哎，听说汉帝派来一个叫苏武的使者有些特别，我想见一见这个人。"

且鞮侯说："见他好办，禀报蒙姑，这个中郎将很硬气，想诱降他，什么法儿都使了，都没用！"

嬴北和且鞮侯扶着蒙宠，登船向对岸驶去，这时船侧半透明的水下一百七十多尺的地方有一个比船还大的巨龟随船移动，且鞮侯担心若龟浮起或作怪会把船翻，蒙宠说："它就是我的船。"说着用无名指放到嘴里一声啸哨，因蒙宠年长了，啸哨之音弱了，她又用金剑轻震了一下船舷，只见那黑色的巨龟便浮出海面，蒙宠和且鞮侯、嬴北一起踏上龟背，然后，平稳地到海的东岸，蒙宠说："我每日的一馏（liù）饭，一半是它送给我，一半是山上的金雕送给我，侍女只管用泉水煮熟就行了。"

见到苏武时，苏武正在海边放牧着两只羊。

蒙宠对单于和嬴北说："我留下陪这中郎将牧几日羊，问一问中原的事。"

嬴北和且鞮侯单于回到王庭，只有两个侍女陪着蒙宠走近坐在草地上的苏武。

蒙宠走过去坐在苏武旁边，问道："你为何不降？"

苏武答道："为臣不忠，不如畜生。"

蒙宠说："什么叫为臣不忠？"

苏武说："一会儿和亲，一会儿攻伐，真不像话。"

蒙宠慢悠悠地说："唉，打打杀杀才是一家。"

苏武听这老媪这么一说，心中暗暗惊异，转眼盯着蒙宠看了一大会儿，说："敢问您是谁，说如此的话？"

蒙宠望着眼前的大海，说："你别问我是谁，我虽说可以做你的祖母了，可仍对你的气节感到钦佩！"

苏武说："我一草芥，值得钦佩的是我大汉皇帝！"

蒙宠慢悠悠地问道："汉朝五代帝王做了什么大事啊，那么值得你钦佩？"

"这……"苏武说，"与匈奴和亲，击灭大宛……"

蒙宠问："和秦始皇帝比，如何？"

苏武左右看看，小声说："始皇帝嬴政好比十指，汉帝仅一小指，同姓子弟封王封国，真的不如郡县治理，骨肉相互内战，自相残杀啊！"

蒙宠说："我只说文帝做得好，隐强示弱，道法自然，不发一兵收服了那赵佗，中华岭南半壁无失，废除肉刑、罪不株连，对北疆的匈奴戎狄诚施怀柔兄弟之情，文帝好，文帝好啊！"

苏武说："赵佗，巨鹿郡东垣人氏，他经历了汉朝四帝，高寿一百多岁啊，是个识时务的俊杰啊！"

蒙宠在侍女的搀扶下站了起来，她步履轻盈，指着那两只皮包骨头的羊儿说："你不会牧羊！"

苏武说："是啊，我不会牧羊，原来单于给了我一大群六十多只，不到一年，有的冻饿而死，有的被狼咬而亡，只剩两只了。"

蒙宠慢悠悠地说："是啊，始皇帝也不怎么会牧羊，当今汉帝也不怎么会牧羊，这些都得学学文帝啊！听说文帝埋葬时也是不封不树，多好啊！"

苏武感到周身有一股大力将自己包得紧紧的，他问道："媪姑啊，您到底是谁，我虽不降匈奴，可我愿意做您的仆从。"

蒙宠说："你不是说赵佗经历了你们汉室四个帝王吗？加上刘彻，这是我老婆子经历的第五个汉帝了。"

苏武张大了嘴，不知说什么好了，眼前这老妇人莫非是……苏武不由自主地趴在草地上给蒙宠磕头。

五日后，蒙宠在两个侍女的陪同下与苏武告别。

苏武说："媪姑，你要去哪里？"

蒙宠面南伫立在草地上，久久地凝望着南边那片遥远的天空，她想起了大麓宫，想起了大陆泽，想起了夫君嬴政，一股暖流从心底涌起，干涸的眼眶里溢满了泪水。她幽幽的羞涩的，像是对苏武又像是对自己说："唉，老天都把我给忘了，我要回去了，这么久了，我真的要回去了。"

蒙宠走到北冥边上，不一会儿只见那只巨龟从深水里浮上来，蒙宠走了上去，慢慢悠悠地向海的西岸而去。苏武张大了嘴巴，半天合拢不上。

此后，苏武在这北冥边上赶着两只瘦羊，好多年，好多年，一直到这片海里的鱼儿和海西面北山上的鹰儿都认得他了。

这北冥，就是汉时的北海，唐时的小海，清初的白哈尔湖。